W0244576

MIRA®

Alle Rechte, einschließlich das des vollständigen oder auszugsweisen Nachdrucks in jeglicher Form, sind vorbehalten.

Der Preis dieses Bandes versteht sich einschließlich der gesetzlichen Mehrwertsteuer.

Umwelthinweis:
Dieses Buch wurde auf chlor- und säurefreiem Papier gedruckt.

Sterne über dem Broadway

Als die Schauspielerin Evelyn in New York für eine neue Rolle vorspricht, traut sie ihren Augen nicht: Der Drehbuchautor ist David McCullough, der einzige Mann, den sie jemals geliebt hat! Damals zerbrach ihre Beziehung an seinen Ambitionen – und jetzt hat er es offensichtlich geschafft! Doch wie sieht sein Leben aus – gibt es eine Frau, die er liebt?

Traumfrau mit kleinen Fehlern

Der vermögende Cal Van Dyne ist von der schönen, eleganten Autorin Margie Silver begeistert. Wenn sein Bruder Andrew sie statt ihrer Schwester heiraten würde, dann hätte Cal überhaupt nichts dagegen! Doch halt: Dann wäre Margie in diesem Fall ja nicht mehr frei für ihn, und das fände er sehr bedauerlich ...

Starker Mann – ganz schwach

Voller Angst, ihr Exmann könnte ihr das Sorgerecht für ihre Tochter streitig machen, flüchtet Marjorie mit Becky auf die Ranch ihrer Patentante Janet. Doch auch hier wird sie nicht besonders freundlich empfangen. Denn Janets Sohn, der breitschultrige Greg Coleman, hält zunächst überhaupt nichts davon, ständig eine aufregende Frau um sich zu haben ...

Diana Palmer

Traumfrauen und starke Männer

MIRA®

MIRA® TASCHENBUCH
Band 25048
1. Auflage: Mai 2003

MIRA® TASCHENBÜCHER
erscheinen in der Cora Verlag GmbH & Co. KG,
Axel-Springer-Platz 1, 20350 Hamburg
Deutsche Taschenbucherstausgabe

Titel der nordamerikanischen Originalausgaben:
Loveplay/ Fire And Ice/ Rage Of Passion
Copyright © 1986, 1983, 1987 by Diana Palmer
erschienen bei: Silhouette Books, Toronto
Published by arrangement with
Harlequin Enterprises II B.V., Amsterdam

Konzeption/Reihengestaltung: fredeboldpartner.network, Köln
Umschlaggestaltung: pecher und soiron, Köln
Titelabbildung: © by Getty Images, München
Autorenfoto: © by Harlequin Enterprise S.A., Schweiz
Satz: Berger Grafikpartner, Köln
Druck und Bindearbeiten: Ebner & Spiegel, Ulm
Printed in Germany
ISBN 3-89941-059-9

www.mira-taschenbuch.de

Diana Palmer

Sterne über dem Broadway

Roman

Aus dem Amerikanischen von
Andrea Schwinn

MIRA®

1. KAPITEL

Die Stille wirkte unerträglich. Nur ein einziger Scheinwerfer erhellte die leere Bühne, auf der Evelyn Cambridge jetzt stand. Sie hielt das Manuskript fest in den schmalen Händen und riskierte einen verstohlenen Blick in das abgedunkelte Theater. Erkennen konnte sie die Zuschauer nicht, nur erahnen.

Evelyn war zusammen mit drei anderen jungen Frauen zu diesem Vorsprechtermin ausgewählt worden. Die Rolle, die sie vorzutragen hatte, war ihr nicht unbekannt, denn sie hatte sich schon einmal damit beworben. Aber heute war sie wesentlich nervöser. Offenbar war man ernsthaft an ihr interessiert, hätte man sie sonst hierher gebeten?

Ja, sie kannte das Stück in der Tat. Es war ihr bis in die letzte Einzelheit vertraut, nicht zuletzt, weil sich so viel von seinem Autor darin widerspiegelte. Vielleicht hätte ich besser nicht kommen sollen, überlegte sie. Was soll ich tun, wenn er plötzlich hier auftaucht?

Andererseits war Evelyn auf dieses Engagement dringend angewiesen, und es würde bestimmt Freude machen, wieder mit diesem Stück aufzutreten. Hatte sie nicht gehört, er wäre in Hollywood, um an einem Drehbuch zu arbeiten?

Sei nicht albern, schalt sie sich insgeheim. Ich benehme mich ja geradezu, als wäre noch etwas zwischen uns. Dabei war David McCullough längst aus ihrem Leben verschwunden, eigentlich seit der Zeit, als er anfing, berühmt zu werden. David machte sich sicher nicht so viele Gedanken wie sie. Er hatte bereits vor Jahren Evelyn Cambridge aus seinen Gedanken verbannt, wie seine jetzige Gleichgültigkeit bewies. Flüchtige Blicke und belanglose Plaudereien auf irgendwelchen Partys – das war alles, was sie noch miteinander verband. Die Vergangenheit lag abgeschlossen hinter ihnen. Weshalb also sollte er etwas dagegen einzuwenden haben, wenn sie sich um die Hauptrolle in seinem alten Erfolgsstück bewarb?

Mit neuer Entschlossenheit sah sie auf das Manuskript und versuchte, sich ganz auf ihren Part zu konzentrieren. Sie sollte ein junges, mittelloses Mädchen spielen, das im dritten Monat schwanger und von dem Vater des Kindes im Stich gelassen worden war. Ganz bewusst hatte sie dieselbe Kleidung gewählt wie beim letzten Mal, nämlich eine unförmige, weite Cordjacke. Das lange rotblonde Haar fiel ihr offen über die Schultern.

Evelyn schwankte leicht, um den Eindruck von Schwäche zu vermitteln. Sie stellte sich vor, wie trostlos und verlassen sich das junge Mädchen in dieser ausweglosen Situation fühlen musste. Und dann begann sie, aus dem Schauspiel „Das dunkle Zimmer“ von David McCullough zu rezitieren.

„ ... und ich dachte, mein Tom wäre anders als die übrigen Männer ...“ Evelyns klare Stimme drang bis in den letzten Winkel des Theaters. Sie warf den Kopf in den Nacken und lachte verbittert. „Ich glaubte stets, er würde mich nie im Stich lassen. Tom, der gute Tom, der mich jeden Abend von der Näherei abholte und nach Hause brachte, damit mir auf dem Weg nichts zustößt. Ach, Tom.“

Sie biss sich auf die Unterlippe und schloss die Augen. Inzwischen war sie so in ihre Rolle hineingeschlüpft, dass sie den Schmerz des Mädchens am eigenen Leibe zu spüren meinte. „Mein Gott, was soll nun aus dem Baby werden? Wie kann ich es zur Welt bringen und großziehen? Ich habe doch niemanden, der mir beistehen würde! Nicht einmal Eltern, bei denen ich Trost suchen könnte ...“ Sie verbarg das Gesicht in beiden Händen und lief eine Weile ratlos auf der Bühne umher. Schließlich blieb sie stehen, hob den Kopf mit einem deutlichen Seufzer und streckte die Hände abwehrend von sich. „Ich darf nicht zulassen, dass mir jemand mein Kind nimmt. Aber ich kann es auch nicht zur Welt bringen. Oh Gott, wenn ich nur wüsste, was ich tun soll!“ Ihre Stimme hatte einen verzweifelten, heiseren Klang bekommen, und Evelyn spürte, dass ihr echte Tränen in die Augen stiegen. „Wenn ich doch nur Rat wüsste!“ wiederholte sie hilflos.

Evelyn holte tief Atem und zwang sich, in die Wirklichkeit zurückzukehren. Plötzlich war sie sich der Zuhörer wieder bewusst, und der Trancezustand, in den sie sich selbst hineingesteigert hatte, verflog. Eine Weile herrschte tiefes Schweigen im Saal, dann ertönte gedämpftes Murmeln. Evelyn spähte in die Dunkelheit und wartete auf das unverbindliche „Dankeschön“, das ihr verriet, dass man sich gegen sie entschieden hatte. Bitte, flehte sie im Stillen, bitte, gebt mir die Rolle trotzdem. Ich brauche sie doch so dringend.

Ganz hinten stand ein Mann auf und steuerte auf die Bühne zu. Er war groß und muskulös und hatte dichtes blondes Haar. Es war ein Mann aus Evelyns Vergangenheit, der sie bis heute in all ihren Träumen verfolgte. Damit hatte sie nicht gerechnet. Warum war er nur hier? Hatte er hier etwas zu sagen?

David McCullough kam auf die Bühne und musterte Evelyn mit jenem altvertrauten zynischen Blick, den er immer aufgesetzt hatte, wenn er mit ihr nicht zufrieden gewesen war. Er hatte sich nicht sehr verändert seit jener Zeit, als er noch ein unbedeutender Schauspieler gewesen war und davon geträumt hatte, einmal selbst Stücke zu schreiben. Inzwischen hatte er seinen Wunschtraum tatsächlich verwirklichen können und galt jetzt als einer der berühmtesten Theaterautoren des Landes. Dementsprechend hatte sich sein Äußeres verändert. Außerdem wirkte er wesentlich reifer.

Als David mit herausfordernder Miene vor Evelyn stehen blieb, blickte sie ihm trotzig entgegen. Sie war auf das Schlimmste gefasst, mochte er also sagen, was er wollte. Sie würde eine andere Rolle finden. New York war schließlich eine riesige Stadt voll ungeahnter Möglichkeiten. Ja, ganz bestimmt ...

„Da wären wir also wieder“, murmelte er und schaute ihr

direkt in die furchtlosen dunklen Augen. „Evelyn Cambridge ... Du hast dich sehr verändert seit Atlanta."

Sie musterte ihn kühl und gelassen. Das Mädchen von früher, das ihn einst geliebt hatte, hätte ihn sicher angelächelt und sich in seine Arme geworfen. Aber Evelyn war älter geworden. Das Einzige, was sie heute noch an ihm interessierte, war, eine Rolle in seinem Stück zu bekommen. Dies musste sehr deutlich in ihren Augen zu lesen gewesen sein, denn David lachte belustigt.

„Du hast mir noch immer nicht verziehen, nicht wahr?" erkundigte er sich. „Was veranlasst dich eigentlich zu der Vermutung, ich könnte dir diese Rolle geben, Evelyn?"

„Weshalb sollte ich das ausgerechnet dir verraten? Ich werde mit dem Regisseur darüber sprechen."

„Ich bin der Regisseur", erklärte David, und als sie ihn überrascht ansah, trat ein ironisches Funkeln in seine Augen. Mit betont sanfter Stimme fuhr er fort. „Also, noch einmal von vorn. Weshalb glaubst du, ich könnte dich engagieren?"

„Weil die Rolle für mich wie geschaffen ist", behauptete sie mit würdevoller Gelassenheit. „Weil ich sie so oft gespielt habe, dass ich sie im Schlaf spielen könnte. Das ist doch Grund genug, oder?"

Prüfend betrachtete er ihre schlanke Gestalt. „Das mag ja sein. Trotzdem weiß ich nicht, warum ich sie dir geben sollte. Die anderen waren auch nicht schlecht."

Evelyn schluckte. Nein, David würde es nicht schaffen, sie einzuschüchtern. Er wusste ebenso gut wie sie, dass nur sie für diese Rolle in Frage kam. Sie brauchte ja nicht einmal den geforderten Südstaatenakzent zu studieren, dank ihrer Kindheit in Atlanta besaß sie ihn längst.

„Los", beharrte er schroff. „Nenn mir einen triftigen Grund."

„Weil ich bis über beide Ohren in Geldschwierigkeiten stecke", erwiderte sie selbstbewusst.

Erstaunt und ungläubig hob er eine Braue. „Ich habe aber ganz andere Dinge über dich gehört. In den letzten zwei Jahren konntest du einen Erfolg nach dem anderen verbuchen, und im vergangenen Jahr hat man dir sogar einen Filmpreis verliehen."

„Stimmt, und ich habe mich auch sehr darüber gefreut", gestand sie. „Bis zu dem Tag, als mein Finanzberater mir eine todsichere Anlage vorschlug. Ich habe alles verloren, meine ganzen Ersparnisse sind dahin. Mittlerweile wachsen mir meine Schulden über den Kopf. Ich bin völlig pleite." Er nickte mitfühlend, aber sie hob nur die Schultern.

„Wie gewonnen, so zerronnen, nicht wahr?"

Dies war ein vertrauter Satz zwischen ihnen gewesen, als sie noch gemeinsam bei den Sommeraufführungen in Atlanta mitgewirkt hatten, und er weckte mehr Erinnerungen, als sie vermutet hätte.

David musterte sie kühl. „Erspar mir die Vergangenheit, Evelyn", teilte er ihr gleichgültig mit. „Das bringt weder dir noch mir etwas. Ich kann heutzutage keinen schwärmerischen Teenager mehr in meinem Gefolge gebrauchen."

Sie musste sich beherrschen, um ihm nicht ins Gesicht zu schlagen. Sie war wirklich dringend auf dieses Engagement angewiesen, und David wusste das.

Sein spöttisches Lächeln ließ keinen Zweifel daran.

Eine ganze Minute lang ließ er sie im Ungewissen. „Du bekommst den Job, wenn du willst", erklärte er endlich beiläufig. „Ted und James finden, dass du die Rolle am besten verkörperst."

„Und was ist deine Meinung? Du hast das Stück ja schließlich geschrieben."

Seine grünen Augen musterten sie von Kopf bis Fuß. „Es wird schon gehen", brummte er und eilte davon.

„Es wird schon gehen!" schäumte Evelyn, als sie in ihre Wohnung zurückgekehrt war, die sie mit Janet Simms, einem erfolgreichen Fotomodell, teilte. „Es wird schon gehen! David hat noch nie an mich geglaubt, niemals! Vor sechs Jahren hat er mir prophezeit, ich würde es nicht schaffen. Aber es kam ganz anders“, fauchte sie. „Ich bin nach New York gekommen, habe hart gearbeitet und mir schließlich einen Namen gemacht! Inzwischen besitze ich teure Kleider, ein elegantes Apartment, und die Kritiker meinen, dass eine glänzende Zukunft vor mir liegt ...“

„Dafür schuldest du dem Staat fast dein ganzes Hab und Gut“, erinnerte Janet sie seufzend. „Du bist wirklich ein Dummkopf! Warum musstest du dich gerade an Davids Stück heranwagen?“

„Weil ich unbedingt Arbeit brauche und dies die einzige Rolle ist, die mir Spaß macht“, erklärte Evelyn kurzerhand.

„Außerdem war es eine günstige Gelegenheit, David McCullough eins auszuwischen, nicht wahr?“ vollendete Janet den Satz.

Evelyn schüttelte den Kopf. „Nein. Ich konnte der Rolle einfach nicht widerstehen. Man hatte mir nicht gesagt, wer Regie führen würde. Ich konnte doch unmöglich ahnen, dass es David ist und er persönlich bei der Probe erscheinen würde.“

„Er hat das Stück doch geschrieben, also ist es nicht außergewöhnlich, dass er dabei sein wollte, oder? Du selbst hast mir erzählt, dass er sich für alle Inszenierungen seiner Stücke vertraglich ein Mitspracherecht bei der Besetzung gesichert hat.“

„Nun ja“, räumte Evelyn kleinlaut ein. Ratlos starrte sie vor sich hin.

„Wie willst du eigentlich deine Steuerprobleme regeln?“

„Das weiß ich nicht. Ich habe dreißig Tage Zeit, um den festgesetzten Betrag aufzubringen. Das jedenfalls sagt mein Steuerberater. Ich muss jetzt an allen Ecken und Enden sparen, und das bedeutet, dass ich hier nicht wohnen bleiben kann.“ In den vergangenen Tagen war ihr ganzes, sonst so geordnetes Leben aus den Fugen geraten. Sie würde Janet schmerzlich vermissen, aber sie konnte sich die halbe Miete an diesem teuren Apartment in der Park Avenue nicht länger leisten. „Ich werde es schon schaffen."

„Natürlich wirst du das", versuchte Janet sie aufzumuntern. „Erinnerst du dich? Du hast sogar den Regisseur dieses gewagten Films über Elisabeth I. dazu überredet, dass du im Gegensatz zu allen übrigen Mitwirkenden wenigstens eine Korsage tragen durftest, anstatt im Evaskostüm aufzutreten!"

„Ich muss dir das irgendwann noch einmal genau erzählen", kicherte Evelyn vergnügt. „Ich werde seither ständig für die Rolle der Elisabeth ausgewählt, ich weiß auch nicht warum."

„Weil du genauso aussiehst wie sie auf den alten Gemälden. Nur deine Stirn ist nicht ganz so hoch, und du hast einen frischeren Teint. Aber die Augen, die einzelnen Gesichtszüge, selbst die Haarfarbe – genau wie sie." Janet schmunzelte. „Und was dein Liebesleben betrifft ... Elisabeth soll in dieser Hinsicht ja ebenfalls nicht sehr rege gewesen sein!"

„Sag das bloß nicht so laut", wehrte Evelyn lachend ab. „Schließlich spiele ich demnächst eine Schwangere, und das muss glaubwürdig wirken. Scherz beiseite, hast du nicht Lust, mit mir auf Wohnungssuche zu gehen?" Sie war aufgestanden und griff nach ihrem Mantel.

„Das wäre wohl das Beste. Ich kenne mich in diesen Dingen besser aus als du. Warte, ich ziehe mir nur schnell was über."

Evelyn wünschte, sie hätte ihren schönen Ledermantel nicht verkaufen müssen. Traurig sah sie an ihrem alten Tweedmantel herab, von dem sie sich aus sentimentalen Gründen nicht trennen mochte. Irgendwann einmal war sie mit David an einem Frühlingstag im Piedmont Park spazieren gegangen, und da hatte sie diesen Mantel getragen ...

Sie schloss die Augen, um die Erinnerung aus ihrem Kopf zu verbannen, und folgte Janet hinaus ins Freie.

Die Wohnung, die Evelyn schließlich mietete, war ein krasser

Gegensatz zu ihrem bisherigen Apartment. Sie befand sich in Queens, im obersten Stockwerk einer schäbigen Mietskaserne, und der Lärm aus der Nachbarschaft war einfach nervenaufreibend.

„Ich kann dich nicht hier lassen", protestierte Janet entschieden. „Ausgeschlossen. Komm, wir finden auch etwas anderes."

„Nein, mir gefällt es." Evelyn schaute sich in der Essecke um. Die Farbe bröckelte von den Wänden, die Polster der Möbel waren zerschlissen, alles in allem ein unerfreulicher Anblick.

„Selbst nach einer gründlichen Putzaktion würde das Gesundheitsamt noch Bedenken haben!" behauptete Janet empört.

„Es ist genau das Richtige für eine mittellose Schauspielerin", erwiderte Evelyn mit einem gequälten Lächeln. „Schließlich habe ich zu Beginn meiner Karriere schon einmal in einer solchen Behausung gelebt. Jetzt werde ich mich erst einmal um den Vertrag kümmern, und danach muss ich ein paar Dinge einkaufen."

„Ein paar hübsche Gardinen wären nicht schlecht", stimmte Janet nachdenklich zu. „Und vielleicht eine dekorative Decke, um das hässliche Sofa darunter zu verstecken. Dazu ein paar üppige Grünpflanzen ..."

„Kommt gar nicht in Frage", unterbrach Evelyn ihre Freundin. „Solchen Luxus kann ich mir vorerst nicht mehr leisten. Vergiss nicht, dass ich jetzt den Gürtel für lange Zeit enger schnallen muss."

Janet stöhnte und murmelte irgendetwas über die Ungerechtigkeit des Schicksals, und dass es immer die Falschen traf.

Es war wirklich wie in alten Zeiten. Schon einmal hatte Evelyn ein solches Leben geführt, sie wusste noch genau, wie und wo man die günstigsten Sonderangebote ergatterte. Der Umstand, dass sie sich jetzt in New York und nicht mehr in Atlanta befand, spielte dabei keine Rolle. Armut kannte keine festen Adressen.

„Ich begreife nicht, warum du mich nicht die Miete bezahlen lässt, bis du aus dem Gröbsten heraus bist“, schalt Janet, als sie Evelyn beim Umzug in die neue Wohnung half.

„In den sechs Wochen während der Proben bekomme ich nur eine minimale Gage“, erklärte sie ihrer Freundin. „Danach geben wir noch eine Testvorstellung in Philadelphia, ehe wir endgültig an den Broadway gehen. Ich kann noch nicht voraussagen, wann ich endlich wieder ein halbwegs normales Leben führen kann. Und ich möchte niemandem etwas schulden, nicht einmal dir, Janet“, fügte sie beschwichtigend hinzu. Seufzend ließ sie sich auf dem schäbigen Sofa nieder. „Sobald ich wieder ein geregeltes Einkommen habe und meine Schulden abbezahlt sind, ziehe ich wieder bei dir ein.“

„In Ordnung. Ich denke, du weißt am besten, was du tun musst.“ Versonnen musterte Janet die Freundin, als diese das Geschirr in den Küchenschrank einräumte. „Aber ich werde mich ohne dich sehr verlassen fühlen. Ich habe mich so daran gewöhnt, dich bei mir zu haben.“

„Ich lade dich für morgen Abend zum Essen ein, was hältst du davon? Es gibt Spaghetti.“

„Das klingt prima. Übermorgen Abend kommst du dann zu mir, und bei der Gelegenheit könntest du dann eigentlich gleich wieder bei mir einziehen.“

Evelyn lächelte sie liebevoll an. „Du wirst mir ebenfalls fehlen. Aber es kommt schon alles wieder ins Lot.“

Janet hob die Hände. „Nun gut. Ich werde mich bemühen, etwas optimistischer zu sein. Und jetzt sag mir, wobei ich dir noch helfen kann. Zum Glück habe ich heute nichts mehr vor.“

„Das ist mir auch sehr lieb. Ich hätte nie gedacht, dass ich so viele Sachen besitze!“

Gegen Abend hatten sie noch nicht einmal die Hälfte von Evelyns Habseligkeiten in der neuen Wohnung untergebracht. Als Janet schließlich aufbrach, fiel Evelyn todmüde ins Bett.

Evelyn schlief schlecht. Lebhafte Träume verfolgten sie, und in den meisten davon begegnete sie David. Noch vor Morgengrauen wurde sie durch das laute Weinen eines Kindes in der Wohnung über ihr geweckt, und danach fand sie keine Ruhe mehr.

Sie stand auf, kochte Kaffee und sah aus dem Fenster auf die gegenüberliegende Betonmauer. Während sie ihren Kaffee trank, wanderten ihre Gedanken sechs Jahre zurück. Damals war sie eine junge, mittellose Schauspielerin gewesen, und David hatte sein erstes Stück geschrieben. Es wurde in einer Sommeraufführung des Provinztheaters gespielt, an dem sie seinerzeit beide für ein paar Wochen Arbeit gefunden hatten.

Bis dahin waren Evelyn und David McCullough oberflächlich befreundet gewesen. Bei einer so kleinen Theatertruppe blieb es einfach nicht aus, dass jeder jeden kannte. Dennoch waren Evelyns Gefühle von Anfang an für ihn wesentlich stärker gewesen als umgekehrt. Sie erinnerte sich noch genau, wie er ihr als neuer Kollege vorgestellt wurde – sie hatte ihn von Anfang an unwahrscheinlich anziehend gefunden und begehrt.

Weil David sie derart aus der Fassung brachte, begann sie ihn zu kritisieren und pausenlos zu reizen. Dies sollte lange Zeit zwischen ihnen so bleiben, denn David reagierte auf ihre Sticheleien mit unerwartetem Humor. Und dann fingen die Proben zu seinem neuen Stück an.

Da Evelyn außergewöhnlich begabt war und über eine starke Ausstrahlung verfügte, verpflichtete man sie für die weibliche Hauptrolle. David wäre der männliche Gegenpart wie auf den Leib geschrieben gewesen, aber er lehnte ihn ab und schlug stattdessen Charles Tanner vor, einen Darsteller mit mäßigem Talent.

Evelyn spielte eine sehr moderne, selbstständige junge Frau, die das Leben und die Liebe in vollen Zügen genoss. Ihr Partner jedoch hatte sich ausgesprochen zurückhaltend, ja beinahe verknöchert zu geben. Dieser Gegensatz zwischen liberaler Lebensweise und konservativer Haltung erwies sich als so reizvoll, dass David schon bald von einem Theatermäzen angesprochen wurde. Kurz darauf reiste er nach New York ab. Aber vorher brachte er Evelyns Gefühlsleben noch gehörig in Unordnung.

Seither hatte sie immer wieder versucht sich einzureden, sie wäre ihm nur deshalb nach New York gefolgt, weil er ihr einmal vorgeworfen hatte, sie würde es aufgrund ihrer vielen Komplexe niemals zu etwas bringen. Allerdings war sie sich bisweilen nicht ganz sicher, ob nicht ihre Liebe zu ihm der eigentliche Anlass dafür gewesen war.

Evelyn schloss die Augen und dachte an jenen ersten Abend zurück, als er die Rolle mit ihr geprobt hatte.

„Du kannst dich einfach nicht gehen lassen, Evelyn“, hatte David ihr vorgeworfen, nachdem sie zum sechsten Mal an derselben Stelle gepatzt hatte. Aufgebracht schleuderte er das Manuskript auf den Tisch in seiner kleinen Wohnung und streckte den Arm nach ihr aus. „Na schön, wollen wir doch mal sehen, ob das etwas hilft.“ Und dann hatte er sie geküsst.

Noch jetzt, sechs Jahre später, konnte sie den wilden leidenschaftlichen Druck seiner Lippen spüren. Monatelang hatte sie davon geträumt, er möge sie wenigstens ein Mal in die Arme nehmen, und nun war ihr Wunsch so plötzlich wahr geworden. Sie wusste noch genau, wie sie damals ganz starr vor Verlangen geworden war und welch ungeheure Sehnsucht er in ihr entfacht hatte. David war acht Jahre älter als sie und zweifellos sehr erfahren. Evelyn hingegen wusste nicht recht, was er von ihr erwartete. Als sie jedoch seinen Gesichtsausdruck bemerkte, wurde ihr alles klar.

Sie errötete und wollte sich von ihm losreißen, aber er hielt sie mit stählernem Griff fest. „Nein, noch nicht“, murmelte er und musterte sie versonnen. „Du hast mich stets irgendwie an Elisabeth I. erinnert. Weißt du, wie man sie nannte, Evelyn?“ fragte er herausfordernd.

„Ja." Verlegen senkte sie den Kopf.

„Die jungfräuliche Königin", erklärte er gelassen. „Hast du außer der Haarfarbe und der Farbe der Augen auch das mit ihr gemeinsam?"

Sie wollte seinem forschenden Blick ausweichen, aber er zwang sie, ihn anzusehen.

„Kein Wunder, dass du die Rolle nicht überzeugend spielen kannst", lächelte er. „Wir wollen doch mal sehen, was sich dagegen tun lässt." Und dann küsste er sie erneut.

Diesmal erwiderte sie seinen Kuss, und David weckte in ihr eine ganz neue, ungeahnte Leidenschaft. In diesem Augenblick schenkte sie ihm ihr Herz.

Minuten später schickte er sie nach Hause, ohne sich zu nehmen, was sie ihm nur zu gern gegeben hätte. In den folgenden Wochen waren sie sowohl bei der Arbeit als auch in ihrer Freizeit unzertrennlich. Gegen Ende des Sommers liebte Evelyn ihn mit jeder Faser ihres Herzens und hoffte sehnlichst, ihr Glück möge niemals enden.

Es war ein entsetzlicher Schock, als er plötzlich den Schlussstrich zog. Vor dem versammelten Ensemble verkündete er eines Tages, er würde nach New York gehen, um sein Stück am Broadway herauszubringen.

In jener Nacht war Evelyn zu seiner Wohnung gegangen, um dort auf ihn zu warten. Als David schließlich nach Hause kam, wurde er von einer Kollegin begleitet, die als überaus freizügig im Umgang mit Männern galt. Auf Evelyns ruhige Frage, wie er sich ihre gemeinsame Zukunft vorstellte, hatte er schallend gelacht. Und die Frau hatte in sein Lachen eingestimmt.

Evelyn hatte sich an jenem Abend in den Schlaf geweint. Aber es sollte noch schlimmer kommen. Am darauf folgenden Tag wusste die ganze Truppe über den Vorfall Bescheid. Evelyn biss die Zähne zusammen und zwang sich weiterzuarbeiten. Allerdings wollte sie David beweisen, dass sie nicht für den Rest ihres Lebens auf kleine Rollen in Sommeraufführungen angewiesen war, weil mehr in ihr steckte. Und so war sie eines Tages ebenfalls nach New York gezogen.

Der Kaffee war mittlerweile kalt geworden, vor lauter Grübeleien hatte Evelyn ihn ganz vergessen. Es stimmte, David hatte von Anfang an klargestellt, dass er keine Affäre mit ihr anstrebte. Laut und deutlich hatte er jedem, der es hören wollte, versichert, er würde niemals heiraten oder sich sonst wie binden. Daher war die Beziehung zwischen ihm und Evelyn von Anfang an aussichtslos gewesen.

Aber trotzdem war es ein ganz besonderes Verhältnis gewesen. Sie konnte mit ihm sprechen wie mit keinem anderen Menschen sonst. Und er schien ihr zu vertrauen, zumindest in dem Maße, wie er dazu fähig war. Es gab noch unendlich viele unerforschte Züge an seinem Charakter, und Evelyn bezweifelte, dass irgendjemand anderes es geschafft hatte, bis dahin vorzudringen. David war eine unglaublich verschlossene Persönlichkeit.

Als sie nach New York kam, kämpfte Evelyn um jede Rolle, und es war auf Dauer unvermeidlich, dass sie einander wieder begegneten.

Wie schon früher nahm sie ihre Sticheleien ihm gegenüber wieder auf, und wie einst reagierte er humorvoll darauf. Manchmal fragte sie sich, ob er wohl ahnte, wie sehr er sie verletzt hatte, und ob er deshalb ihre bissigen Bemerkungen so großzügig überhörte.

Dennoch war ihr Bedürfnis, es ihm heimzuzahlen, noch längst nicht befriedigt. Nein, er würde niemals ahnen, welchen Schaden er ihrer Seele zugefügt hatte. Seit jener Zeit war sie nicht mehr imstande gewesen, eine andere Beziehung aufzubauen. Vielleicht würde es ihr überhaupt nie mehr gelingen. Und dafür sollte er büßen.

Evelyn schüttete den kalten Kaffee fort und begann sich anzuziehen. Sie würde es ihm schon zeigen.

2. KAPITEL

Der erste Probentag war ein ausgesprochener Erfolg. Evelyn verstand sich auf Anhieb mit ihren neuen Kollegen, und das Stück versprach einen großen Erfolg. Alle hofften, es möge sich möglichst lange am Broadway halten, denn bei den hohen Produktionskosten wäre ein frühzeitiges Absetzen einer Katastrophe gleichgekommen. Die Inszenierung eines Schauspiels war immer mit einem Risiko verbunden, aber die Tatsache, dass dieses hier bereits vor Jahren gute Kritiken bekommen hatte, stimmte alle sehr optimistisch.

David begrüßte zunächst das Ensemble und wies sogar darauf hin, welches Glück sie hätten, eine Schauspielerin von Evelyns Format unter sich zu haben. Dann begann die Arbeit. Das Wichtigste war jetzt, den Aktionsradius der einzelnen Darsteller festzulegen, damit nicht ein völliges Chaos auf der Bühne entstand. Jeder Schritt, jede Bewegung musste geplant sein und eine gewisse Bedeutung haben. Da die Mitwirkenden ihre Texte dabei noch ablasen und nicht frei vortrugen, wurde das Ganze natürlich wesentlich erschwert. Evelyn wusste aus Erfahrung, dass David aber spätestens am dritten Tag von ihnen verlangen würde, sämtliche Rollen frei zu sprechen.

Widerspruchslos und mit schneller Auffassungsgabe nahm sie Davids Anweisungen entgegen und notierte sie sich in ihrem Manuskript. Ihr Partner Edward Hadison jedoch, der eine der renommiertesten Schauspielschulen der Stadt besucht hatte, fand an allem etwas auszusetzen. David reagierte mit grenzenloser Geduld und erklärte immer wieder, warum eine Geste so zu sein hatte und nicht anders. Eine halbe Stunde lang zog sich die Diskussion hin, der Kollege kritisierte die Bewegungsabläufe der anderen, forderte Änderungen für sich selbst und störte so den Zeitplan gewaltig. Schließlich teilte David ihm höflich, aber bestimmt mit, er möge entweder die Anweisungen akzeptieren oder sich ein anderes Stück suchen.

„Ach, komm, David", meinte Edward Hadison beschwichtigend. „Du weißt selbst, dass es weit und breit kein besseres Stück gibt. Ich habe extra einen Filmvertrag aufgegeben, nur um mit dir zusammenarbeiten zu können. Gibt mir das nicht das Recht, ein paar minimale Änderungen zu verlangen?"

Edward war groß, dunkelhaarig und launig, aber er war ein hervorragender Schauspieler. Seufzend willigte David ein, eine völlig unwesentliche Passage anders zu arrangieren. Edward schien jedoch damit vollauf zufrieden zu sein. Für den Rest der Proben verhielt er sich ruhig und begnügte sich damit, mit Evelyn zu flirten.

Abends nahm sie ihr Manuskript mit nach Hause und studierte die Rolle so lange, bis ihr die Augen brannten. Ungeachtet des schreienden Kindes über ihr und des entsetzlich falsch singenden Mannes aus der Wohnung unter ihr, deklamierte sie ihren Text immer und immer wieder. Es blieb nur wenig Zeit, alles auswendig zu lernen, und gerade ihr Part war mit Abstand der längste. Evelyn war für ihre Gewissenhaftigkeit und Genauigkeit bekannt, wahrscheinlich hatte David sie auch deswegen engagiert.

Am nächsten Morgen beherrschte Evelyn den Text fast vollständig. Doch dann wurden ein paar Schrittfolgen geändert, und das brachte sie aus dem Konzept. Sie geriet ins Stocken, und David warf ihr einen missbilligenden Blick zu.

„Es tut mir Leid", murmelte sie. „Ich habe gepatzt."

Edward lächelte sie an. „Das macht doch nichts, das passiert jedem von uns einmal. Selbst David, als er noch einer aus der Truppe war, nicht wahr, David?"

Dieser sah ihn nur scharf an. „Wir machen zehn Minuten Pause, Kinder", erklärte er langsam. „Dann geht es weiter. Evelyn, komm bitte zu mir." Die Art, wie er dies sagte, verhieß nichts Gutes.

Mit zögernden Schritten folgte Evelyn ihm von der Bühne.

Sie erinnerte sich nur allzu gut an frühere, ähnliche Situationen. Plötzlich fühlte sie sich wieder sehr klein und hilflos.

Hinter der Bühne schenkte David zwei Tassen Kaffee ein und reichte ihr eine. „Also“, begann er. „Was ist denn los mit dir?“

„Die geänderte Schrittfolge“, stammelte sie. „Ich soll jetzt vorn um den Tisch herumgehen, und dabei fühle ich mich unbehaglich.“

„Wenn du von hinten herumläufst, kommst du Edward in die Quere.“

„Ich weiß, ich beklage mich ja auch nicht. Ich brauche nur einen Tag, um mich daran zu gewöhnen, in Ordnung?“ sagte sie nervös.

David trank einen Schluck Kaffee und betrachtete sie aufmerksam. „Spielst du eigentlich immer noch so oft die Elisabeth?“ erkundigte er sich unvermittelt.

Evelyn lächelte. „Dauernd. Offenbar bin ich auf diese Rolle festgelegt.“

„In jeder Beziehung?“ forschte er weiter.

„Ich habe nicht damit gerechnet, dass du selbst Regie führen würdest“, wechselte sie das Thema. „Es hieß, du wärst in Hollywood, um an einem Drehbuch zu arbeiten.“

„Das stimmt auch. Ich fragte, ob ich bei mir zu Hause daran schreiben dürfte, und sie stimmten selbstverständlich zu.“ David grinste. „Allerdings habe ich ihnen verschwiegen, dass sich mein Apartment in New York befindet.“

„Soweit ich mich erinnere, hat William Faulkner einmal denselben Trick angewendet“, lächelte Evelyn.

„Ein Schriftsteller ganz nach meinem Herzen. Er war wirklich einer der Größten.“ Seufzend lehnte er sich mit dem Rücken an die Wand. „Weshalb hast du dich für die Rolle in meinem Stück beworben?“ fragte er geradeheraus.

Nachdenklich studierte sie sein Gesicht, die Falten, die früher nicht da gewesen waren, die von der Sonne dunkel gebräunte Haut, die leuchtend grünen Augen. „Ich brauchte Geld.“

„Nein, das meinte ich nicht. Schließlich gibt es ja noch andere Theater in der Stadt."

Evelyn seufzte. „Nun gut, aber bei dieser Rolle bestanden für mich die besten Chancen, sie auch zu bekommen", gab sie zu. „Ich kenne sie in- und auswendig. Und ich hatte keine Zeit, lange auf eine Antwort zu warten. Mir bleiben genau noch dreißig Tage, um meine Steuerschulden zu bezahlen. Das kann ich schaffen, aber von irgendetwas muss ich ja inzwischen auch leben." Sie zuckte die Achseln. „Ich glaubte wirklich nicht, dich hier anzutreffen. Es war zu vermuten, dass man mich für das Stück verpflichtet, wenn ich mich nur gut genug anstellte. Schließlich habe ich es ja in jenem Sommer in Atlanta gespielt." Sie warf ihm einen verstohlenen Seitenblick zu.

„Ja, ich erinnere mich", erwiderte er kurz. David leerte seine Tasse. „Los, gehen wir wieder an die Arbeit."

Evelyn hätte das Gespräch gern noch fortgesetzt und ihn gefragt, warum er damals so abrupt und grausam Schluss gemacht hatte. Aber das alles gehörte der Vergangenheit an, und es hatte keinen Sinn, die alte Geschichte wieder aufzuwärmen.

Sie war eine Schauspielerin in Geldnöten, und David war ihr Regisseur – sonst nichts. Seine Arbeit würde bald beendet sein, dann übernahm Dick Hamilton, der Inspizient, die Truppe. Es verblieben also nur noch ein paar Wochen, in denen sie David jeden Tag sehen und über die Vergangenheit grübeln konnte. Sie würde auch das überstehen, wie so vieles andere. Immerhin hatte sie sechs Jahre ohne ihn gelebt, das war weitaus schlimmer gewesen.

Am dritten Tag stand das Stück. Die Bewegungen waren einstudiert, und das Ensemble arbeitete erstmals ohne Manuskript. Einige Darsteller hatten Probleme damit, nicht so Evelyn. Sie kannte jedes Wort ihres Textes im Schlaf, jetzt galt es nur noch, dem Ganzen die richtige Betonung und Ausdruckskraft zu verleihen.

David schien jedoch an allem, was sie sagte, etwas auszusetzen zu haben, obwohl sie eine der wenigen war, die ihre Rolle gänzlich auswendig kannten, und er ihr dafür selbst einst die Regieanweisungen gegeben hatte.

Als die Proben in jener Nacht abgeschlossen waren, fühlte Evelyn sich wie gerädert. Sie war nicht mehr daran gewöhnt, so lange durchzuarbeiten. Um zehn Uhr früh hatten sie angefangen, jetzt war es neun Uhr abends. Außerdem waren ihre Nerven durch Davids ständige Kritik zum Zerreißen gespannt, sie wollte nur noch ins Bett.

Aber David hielt sie am Bühnenausgang zurück. „Nein, du bleibst noch“, verlangte er barsch. „Wir müssen noch etwas besprechen.“

Evelyn hätte am liebsten geweint, sie war völlig übermüdet. „David, bitte ...“, flehte sie. Sehnsüchtig blickte sie dem Letzten der Truppe nach, der sich gerade verabschiedete.

„Du hast diese Rolle gewollt“, erinnerte er sie mit einem unbarmherzigen Lächeln.

Die Tränen stiegen ihr in die Augen. „Das war dumm genug von mir! Stattdessen hätte ich gleich ins Gefängnis gehen können.“

„Spar dir deine Gefühlsausbrüche für das Stück auf, dort brauchst du sie wirklich.“ Er bedeutete ihr, ihm zu folgen, nahm sich ein Manuskript und ließ sich in seinen Sessel fallen. Nervös fuhr er sich mit der Hand durch das ohnehin schon zerzauste Haar. „Also gut“, begann er mürrisch. „Es geht los auf Seite sechsunddreißig, wo du Edward gestehst, dass du schwanger bist. Das muss besser werden.“

„David, ich spiele genauso, wie du es damals in Atlanta gewollt hast!“ wandte sie zaghaft ein.

Seine Augen blitzten zornig. „Hier ist aber nicht Atlanta! Und ich habe dir schon einmal gesagt, dass ich nicht wünsche, an die Vergangenheit erinnert zu werden!“

„Nein, bloß nicht!“ stieß sie aufgebracht hervor und legte

den Kopf empört in den Nacken. „Glücklicherweise bin ich selbst inzwischen auch wählerischer und anspruchsvoller geworden!"

Wutentbrannt warf er das Skript auf den Boden und baute sich unheilvoll vor Evelyn auf. „Du hast dich kein bisschen verändert", stellte er gefährlich leise fest. „Du bist noch immer dasselbe undisziplinierte, aufbrausende und nervenaufreibende Geschöpf wie früher. Aber so lange du in meinem Stück spielst, hast du dich gefälligst nach mir zu richten, ist das klar?"

Evelyn fühlte sich zutiefst in ihrer Ehre verletzt, und sie ballte die Hände zu Fäusten, bis es schmerzte. „Jawohl, Sir!" murmelte sie halblaut.

Ruhig betrachtete er ihr Gesicht. „Du besitzt sehr viel Stolz, nicht wahr? Und noch mehr Temperament. Ja, du warst schon immer ein sehr leidenschaftlicher Typ."

Schlimmer hätte er sie nicht treffen können, und diesmal war es ihr unmöglich, sich zu beherrschen. Sie schloss die Augen, die Tränen strömten ihr die Wangen hinunter.

„Evelyn!"

Sie drehte sich um und trocknete sich die Augen. „Es tut mir Leid, David, aber ich bin wirklich sehr müde. Bitte lass uns weitermachen."

David zögerte eine ganze Weile, ehe er das Skript wieder vom Boden aufhob und sich erneut auf seinen Sessel setzte. Als Evelyn ihren Mantel auszog und sich zu ihm wandte, war ihr Gesicht blass und vollkommen unbewegt. David bemerkte diese Wandlung und kniff die Augen zusammen.

„Verzeihung", meinte sie unvermittelt. „Ich hätte mir einen anderen Job suchen sollen. Es tut mir Leid, dass ich hergekommen bin."

„Mir auch", entgegnete er kurz. „Aber jetzt ist es zu spät, um etwas daran zu ändern. Ich kann es mir nicht leisten, noch mehr Zeit zu verlieren. Um auf deine Spielweise zurückzukommen – Atlanta liegt sechs Jahre zurück. Würdest du bitte berücksichtigen, dass sich meine Einstellung zu diesem Stück und auch meine Art der Interpretation geändert haben? Möchtest du nicht lieber mit mir anstatt gegen mich arbeiten?"

Sie seufzte matt. „Ja."

„Gut. Dann beginnen wir mit der ersten Zeile auf dieser Seite", nickte er und lehnte sich in seinem Sessel zurück.

Evelyn begann zu spielen, dachte dabei an alle seine vorherigen Anweisungen. Zufrieden verfolgte David jede ihrer Bewegungen.

„Viel besser", lobte er, als sie fertig war. „Wesentlich besser. Jetzt hast du endlich begriffen, dass ich ein Höchstmaß an Gefühlen in diese Rolle hineingelegt haben möchte. Ich will, dass dem Publikum wirklich die Tränen kommen, wenn du diesen Monolog sprichst."

„Ich verstehe." Evelyn schlüpfte in ihren Mantel. „Früher hast du aber nicht so viel Wert auf Emotionen in dieser Passage gelegt."

„Ich bin älter geworden."

„Genau wie ich", antwortete sie ruhig. Sie griff nach dem Skript und ihrer Handtasche. „Du hast in letzter Zeit viele Stücke zu diesem Thema geschrieben. Trotzdem hast du nie daran gedacht, selber zu heiraten. Willst du nicht ..."

„Es ist schon spät", unterbrach er sie nach einem flüchtigen Blick auf seine Uhr. „Und ich habe noch einen Termin. Ich fahre dich schnell nach Hause."

„Nein!" wehrte sie hastig ab. Aus einem unerklärlichen Grund wollte sie nicht, dass er sah, wo sie lebte. „Ich nehme ein Taxi."

Er wirkte missmutig, beharrte aber nicht weiter auf seinem Angebot. „Wie du willst, Darling."

Wenn er wüsste, wie sehr dieses lässig hingeworfene Kosewort schmerzte, würde er es sicher zehn Mal so oft gebrauchen, dachte Evelyn unglücklich. Vor langer Zeit einmal hatte er es benutzt und auch so gemeint.

David winkte ihr ein Taxi herbei, wartete ab, bis sie eingestiegen war, und wandte sich zum Gehen. Sie zwang sich, ihm nicht nachzuschauen. Wenige Minuten später war sie zu Hause.

Evelyn schlief schlecht. Am nächsten Morgen erschien sie eine halbe Stunde früher bei der Probe. Sie holte sich einen Kaffee und schlenderte zu Edward Hadison hinüber, der lässig ausgestreckt in einem Sessel saß und sein Manuskript studierte.

Er blickte auf, und als er sie erkannte, lächelte er. „Ich gehe gerade noch einmal eine schwierige Stelle durch", gestand er.

„Tatsächlich? Ich dachte eher, du seist mal wieder dabei, unseren Dialog zu verfluchen."

Edward seufzte. „Stimmt, du hast Recht. Eine nicht sonderlich ergiebige Passage. Die einzigen interessanten Sätze hast du erwischt."

„Willst du tauschen?" fragte Evelyn lächelnd. „Ich leih dir auch mein weites braunes Umstandskleid."

Er musste grinsen. „Ich glaube nicht, dass David einverstanden wäre. Ich bin einfach zu groß für dein Kostüm."

„Wie bedauerlich." Evelyn nippte an ihrem Kaffee. „Ich würde dich ja gern zu einer Tasse einladen, aber irgendwie scheinst du kein Kaffeetrinker zu sein."

„Stimmt, ich ziehe Cola vor", pflichtete er ihr bei. Er legte das Skript beiseite, verschränkte die Arme vor der Brust und betrachtete Evelyn mit unverhohlener Neugier. Und da kam die unvermeidliche Frage auch schon.

„Sag mal, weißt du, dass du genauso aussiehst wie ..."

Noch ehe er seinen Satz vollenden konnte, war sie aufgestanden. Majestätisch warf sie sich den Schal um die Schultern und blickte majestätisch zu Edward herab. „Guter Mann, habt die Güte, Uns nicht so anzustarren", verlangte sie mit betont britischem Akzent. „Es behagt uns nicht, wenn unsere Untertanen so ungeniert ihren Blick auf Uns richten!"

Edward klatschte begeistert Beifall. „Bravourös! Elisabeth, wie sie leibt und lebt!"

Evelyn verbeugte sich tief und antwortete hoheitsvoll. „Wir sind erfreut, dies zu vernehmen."

„Wie oft hast du sie schon gespielt?" erkundigte er sich, nachdem Evelyn sich wieder gesetzt hatte.

„Mindestens zehnmal", seufzte sie.

Er schüttelte den Kopf und betrachtete bewundernd ihre feinen Gesichtszüge, die dunkelgrauen Augen und das flammende Haar. „Solche Ähnlichkeit habe ich noch nie erlebt, und ich bin schon seit zehn Jahren beim Theater. Du musst hinreißend in dieser Rolle sein."

„Ich spiele sie auch gern, aber mit der Zeit wird sie etwas eintönig", gestand Evelyn. „Trotzdem, Elisabeth I. war schon eine Persönlichkeit mit außergewöhnlich starkem Charakter. Ich glaube nicht, dass es ihresgleichen auf der Welt gab, weder was ihre diplomatischen Fähigkeiten betrifft noch in irgendeiner anderen Beziehung."

„Du hast in Atlanta angefangen, nicht wahr? Ich habe dich vor sechs Jahren dort ausgerechnet mit unserem Stück gesehen. Du warst prima."

„Was hattest du denn in Atlanta zu tun?" fragte Evelyn interessiert.

„Ich wollte eine Rolle bei den Sommeraufführungen ergattern." Er hob die Schultern. „Leider hat es nicht geklappt. Also bin ich stattdessen nach New York gegangen, was auch nicht schlecht war."

„Du bist ein sehr guter Schauspieler", bemerkte Evelyn aufrichtig. Nachdenklich sah sie ihn an. „Aber bist du nicht ursprünglich auch Shakespeare-Darsteller?"

„Allerdings, Madam", bestätigte er, nun seinerseits in Shakespeares Ton fallend, und lachte. „Ich bin im Laufe der Zeit in so ziemlich jedem seiner Werke aufgetreten. Jetzt möchte ich mich aber ein wenig verändern."

„Wenn ihr beide vielleicht so freundlich wärt, möchte ich allmählich ganz gern mit den Proben beginnen!" ertönte eine ungeduldige Stimme von hinten.

Sie sprangen auf und stellten fest, dass die Truppe bereits auf der Bühne versammelt war. David wirkte ausgesprochen gereizt, und seine schlechte Laune änderte sich während des ganzen Tages nicht. Ständig schnauzte er Evelyn an, bis diese gegen Abend kurz davor war, in Tränen auszubrechen.

„Aber, Schätzchen", meinte Edward begütigend und legte den Arm um sie, als sie die Bühne verließen. „Wie wär's mit einem Kaffee? Ich lade dich ein."

„Bekomme ich auch ein Brötchen dazu?" fragte sie kläglich lächelnd.

„Was immer du willst." Prüfend klopfte er gegen seine Jackentasche. „Na ja, ganz so viel wohl doch nicht."

Evelyn schmunzelte verständnisvoll. „Ein Hungerleben in der Dachkammer ist nicht gerade, was wir uns erhofft haben, oder?"

„Was weißt du schon von solchen Dingen", neckte er sie. „Du bist doch schließlich ganz an der Spitze."

„So, meinst du? Du solltest wirklich mal zu mir nach Hause kommen!"

„Darf ich?" staunte Edward. „Ich koche auch den Kaffee!"

Sie überlegte. Es wäre schön, etwas Gesellschaft zu haben, und sie scheute sich eigentlich nicht, Edward ihre schäbige Unterkunft zu zeigen. Wahrscheinlich wohnte er auch nicht viel besser. „Gut, gehen wir", willigte sie ein.

Gemeinsam verließen sie das Theater, und Evelyn spürte nur zu deutlich, wie David ihnen zornig nachsah. Draußen wickelte sie sich enger in ihren Mantel, denn die Luft war ziemlich frostig. Das Kind weinte wie üblich, als sie Edward die lange Treppe zu ihrer Wohnung hinaufführte, aber zum Glück schien wenigstens der sangesfreudige Mann aus der Wohnung unter ihr nicht zu Hause zu sein.

Einladend hielt sie Edward die Tür auf. „Wie man so schön sagt – ein Palast ist es nicht, aber es ist zumindest ein Heim."

„Meine Güte, du hast wirklich keinen Witz gemacht!" entfuhr es Edward, als er sich umschaute. „Wie kommt denn das?"

„Ich hatte einen ziemlich unfähigen Finanzberater", gestand Evelyn. „Er hat mir nicht nur eine schlechte Geldanlage empfohlen, sondern es obendrein noch versäumt, mich auf die Steuern aufmerksam zu machen. Jetzt schulde ich Vater Staat eine ganze Menge Geld." Sie zuckte die Achseln. „Zum Glück waren die Behörden sehr freundlich zu mir. Ich nehme an, sie sind solche Dummköpfe wie mich schon gewohnt."

„Ich würde dich nicht als Dummkopf bezeichnen, im Gegenteil", entgegnete Edward freundlich. „Sag, ist das die Kaffeekanne?"

Evelyn nickte flüchtig. „Ja. Ist das nicht der letzte Schrei? Aber sie funktioniert wenigstens."

Edward machte sich daran, Kaffeepulver in den Filter zu schütten und den Wasserkessel aufzusetzen. Dann ließ er sich auf einem Stuhl am Küchentisch nieder. „Wie bist du eigentlich zum Theater gekommen?"

„Meine Mutter hat mich davon überzeugt, dass dies mein größter Wunsch wäre", lachte sie. „Ich schwankte noch zwischen den beiden Möglichkeiten, entweder Schauspielerin zu werden oder Fahrer eines Sattelschleppers. Meine Mutter fand, Ersteres wäre wohl etwas damenhafter. Nein, im Ernst, von klein auf habe ich eigentlich nie etwas anderes tun wollen, als auf der Bühne zu stehen. Und wie war es bei dir?"

„Ähnlich." Mit dem Finger zeichnete er imaginäre Muster auf die Tischplatte. „In der Schule spielte ich irgendwann einmal ein Eichhörnchen, und von diesem Augenblick an war für mich alles klar. Später habe ich studiert und hart gearbeitet, bis ich eines Tages der im Grunde völlig unbekannte Schauspieler war, der jetzt vor dir sitzt."

„Das stimmt doch gar nicht", protestierte Evelyn. „Hast du nicht in einer dieser Fernsehserien mitgespielt?"

„Ja, sechs Wochen lang, dann musste ich leider sterben", meinte er resigniert. „Ich sterbe nämlich sehr gut."

„Ich weiß. Zu schade, dass du es diesmal hinter der Bühne tun musst", murmelte sie mit einem unterdrückten Kichern.

„Ich dachte, ich könnte vielleicht mit ein paar Geräuscheffekten arbeiten", gestand er grinsend. „Ein paar Schreie, Stöhnen, Röcheln, so etwas in der Art."

„David würde dich dafür umbringen."

„Ich glaube, das würde er ohnehin ganz gern." Ruhig betrachtete er sie. „Aber auf dich hat er es ja wohl ganz besonders abgesehen. Ich habe noch nie erlebt, dass ein Regisseur eine Schauspielerin dermaßen schikaniert. Was hast du eigentlich verbrochen, dass er auf dich so böse ist?"

„Ich existiere, das ist der Grund. Aber ich möchte darüber lieber nicht sprechen. Willst du ein Stück Kuchen zum Kaffee?"

Als er zustimmte, legte sie ein paar Scheiben Schokoladenkuchen auf einen Teller, und Edward goss den fertigen Kaffee in die unförmigen Keramiktassen, die Evelyn irgendwo günstig erstanden hatte.

„Ist das nicht komisch?" bemerkte Evelyn plötzlich, während sie aßen und tranken. „Da habe ich in der Park Avenue in einem Luxusapartment gelebt, hatte alle möglichen eleganten Sachen – und wusste nie, was mir dabei eigentlich alles entgeht."

„Es ist bestimmt nicht einfach für dich", stellte Edward teilnahmsvoll fest.

Evelyn dachte eine Weile nach und rührte versonnen in ihrem Kaffee. „Ob du es glaubst oder nicht, so schlimm ist es gar nicht. Mir war das Gefühl für das Wesentliche etwas abhanden gekommen. Geld, Karriere, das war alles, woran ich dachte. Jetzt sehe ich gezwungenermaßen, wie die Menschen hier in der

Gegend leben, es ist trostlos. Und ich finde, diese Erfahrung tut mir ganz gut."

„Ja, es gibt einem immer zu denken, wenn man Menschen kennen lernt, die es nicht so gut haben wie man selbst", bestätigte er. „Mir ist ein Dasein, wie du es früher geführt hast, noch fremd. Aber falls ich einmal auf der Leiter nach oben steige, dann möchte ich nie vergessen, wie alles begonnen hat."

„Das wirst du auch nicht", versicherte Evelyn, und sie meinte es ernst. „Außerdem solltest du sagen wenn, und nicht falls – denn ich bin sicher, du machst eines Tages Karriere."

Er lächelte. „Ja, das glaube ich auch. Nur bin ich ungefähr einmal in der Woche völlig entmutigt, und dann muss ich meinen Kummer mit billigem Wein ertränken!"

„Wir sind alle gelegentlich deprimiert, das bringt unser Beruf so mit sich. Aber resigniere niemals. Denke immer einen Schritt weiter. Ich versuche es genauso zu machen. Zum Beispiel stelle ich mir vor, wie ich Weihnachten wohl dieses Jahr verbringen werde." Sie seufzte. „Bis dahin sind meine Steuerschulden bezahlt, ich werde in einem außergewöhnlich erfolgreichen Stück mitwirken – was will man mehr?"

„Gibt es keinen Mann, der zu diesem vielversprechenden Zukunftsbild passt?" erkundigte sich Edward behutsam.

Sie schüttelte den Kopf und lächelte leicht. „Nein, bis jetzt habe ich noch keinen gefunden, der es wert gewesen wäre. Und ich glaube nicht, dass sich in nächster Zukunft daran etwas ändert." Daran würde sich nie etwas ändern, dazu hatte David sie viel zu sehr verletzt. Aber das mochte sie Edward natürlich nicht erzählen.

„Wer weiß, vielleicht erlebst du schon bald eine Überraschung." Er trank seinen Kaffee aus und stand auf. „So, ich muss jetzt gehen, damit wir wenigstens noch ein paar Stunden Schlaf bekommen. Ich habe gar nicht gemerkt, wie spät es schon ist."

„Besuch mich doch bald noch einmal", lud Evelyn ihn herzlich ein. Sie mochte ihn wirklich gern.

Er nickte. „Bestimmt! Gute Nacht, Evelyn."
„Gute Nacht." Sie schloss die Tür hinter ihm und seufzte. Es war wirklich nett gewesen, einmal nicht allein zu sein.

3. KAPITEL

Seit jenem Abend waren Evelyn und Edward gute Freunde. Allerdings hatte diese Freundschaft eine verheerende Auswirkung auf Davids Stimmung. Er durchbohrte die beiden förmlich mit Blicken, wann immer er ihrer ansichtig wurde.

Das änderte aber nichts an der Tatsache, dass seine ständige Gegenwart in Evelyn alte, unerwünschte Erinnerungen wachrief. Ein einziger Blick von ihm genügte schon, um sie aus der Fassung zu bringen. Diese Reaktion hatte sie nicht voraussehen können, als sie sich um die Rolle in seinem Stück beworben hatte. Wenn sie gewusst hätte, dass er Regie führen würde ...

Eines Nachts, als die Proben beendet waren, stolperte Evelyn über einen Stuhl und wäre beinahe schwer gestürzt, wenn David sie nicht in letzter Sekunde aufgefangen hätte. Sie sah in seine grünen Augen und entdeckte ein Leuchten in ihnen, das ihr Herz zum Rasen brachte. Für eine Weile hielt er sie ganz fest im Arm, während er unverwandt auf ihre Lippen starrte. Es war fast, als küsste er sie, sie meinte beinahe, den Druck seines Mundes zu spüren.

„Werde nicht unvorsichtig, Evelyn", murmelte er halblaut. „Mit einem gebrochenen Bein kannst du die Rolle nicht spielen, Darling."

„Keine Sorge", stammelte sie mit einem gequälten Lächeln.

Sein Blick wanderte bedächtig über ihr Gesicht. „Komm, ich fahr dich nach Hause."

„Nein, das ist nicht nötig."

Aber heute ließ er sich nicht von ihrer Ablehnung beirren. Er begleitete sie hinaus zu seinem Sportwagen und öffnete ihr die Beifahrertür. In Evelyns Kopf überschlugen sich die Gedanken. Was sollte sie jetzt nur tun? Sie musste um jeden Preis verhindern, dass er sah, wie sie lebte, sie schämte sich einfach zu sehr.

„Also los, du kleiner Angsthase, nun verrate mir schon, wo du wohnst“, sagte er mit einem aufmunternden Lächeln.

„Nach Queens“, brachte sie heiser hervor.

Stirnrunzelnd schaute er sie an. „Ich dachte, du hast ein Apartment in der Park Avenue?“

Evelyn erklärte kurz, warum sie dort hatte ausziehen müssen.

„Hast du dort mit einem Mann zusammengelebt?“

„Janet würde es wohl kaum gefallen, als Mann bezeichnet zu werden“, entgegnete Evelyn patzig. „Außerdem geht dich das wohl kaum etwas an.“

„Es gab einmal eine Zeit, da ging es mich schon etwas an. Vor sechs Jahren hätte ich dich nämlich beinahe gefragt, ob du mit mir zusammenziehen willst.“

In ihren Augen spiegelte sich ihr Entsetzen wider. „Mich?“

„Allerdings.“ Er warf ihr einen ironischen Seitenblick zu. „Wenn du damals nicht so unerfahren gewesen wärst ...“

„Hast du schon immer solche Komplexe gegenüber unerfahrenen Frauen gehabt?“ wandte sie bitter ein.

„Nein, seltsamerweise nur bei dir. Ich wollte deine Gefühle für mich nicht ausnutzen, zumal ich keine feste Beziehung im Sinn hatte. Und noch immer nicht habe“, fügte er nach kurzem Schweigen hinzu.

„Du brauchst keine Angst zu haben, dass ich eine Bedrohung für deine Freiheit darstellen könnte“, versetzte Evelyn so kühl wie möglich. „In meinem Leben ist heute nur noch Platz für meine Karriere.“

„Du bist in der Tat eine vielversprechende Schauspielerin“, räumte er widerwillig ein. „Ich habe dich in dem letzten Stück von Lewis gesehen. Du warst gut, verdammt gut sogar.“

„Danke“, murmelte sie verwirrt.

Ein Lob aus seinem Mund war wirklich eine Seltenheit. Inzwischen waren sie jedoch schon vor ihrem Haus angelangt, und David schickte sich an, aus dem Wagen zu steigen.

„Du brauchst mich nicht nach oben zu bringen“, wehrte sie ab.

„Ich möchte deine Wohnung aber sehen.“

Er ließ sich nicht abweisen, und so stiegen sie gemeinsam die Treppen hinauf.

Wie angewurzelt blieb David in der offenen Tür stehen und schaute sich entsetzt um. „Mein Gott!“ stieß er hervor.

„So schlimm ist es nun auch wieder nicht“, verteidigte Evelyn ihre Bleibe und warf die Handtasche auf die Couch. „Es ist warm und trocken, und die Nachbarn hören sofort, wenn mir etwas passiert. Außerdem ist diese Wohnung fast genau wie meine alte in Atlanta“

„Das war ja wohl etwas anderes“, grollte er. „Damals hattest du noch keinen Pfennig Geld.“

„Das habe ich heute immer noch nicht“, wies sie ihn vorsichtig zurecht. „Möchtest du einen Kaffee, oder kannst du ihn in dieser Umgebung nicht genießen?“

„Habe ich tatsächlich so arrogant geklungen?“ fragte er sanft.

Evelyn warf ihm einen Blick zu, während sie den Tisch deckte und Wasser aufsetzte. „Nein, du warst eigentlich niemals ein Snob, David.“

„Gott sei Dank!“ Er zog einen Stuhl heran und setzte sich. „Seit meiner Geburt habe ich immer über ausreichend Geld verfügt, aber ich habe nie auf Menschen herabgeschaut, die keines besaßen. Schließlich war mein Wohlstand nur ein glücklicher Zufall, ich hätte genauso gut arm zur Welt kommen können.“

Evelyn erinnerte sich, dass einer seiner Vorfahren ein englischer Herzog gewesen war, und noch heute hatte David viele adelige Verwandte.

Ihre Gedanken wurden unterbrochen durch den allabendlichen Gesang des Mieters aus der unteren Wohnung. David zuckte zusammen. „Verdi?“ überlegte er stirnrunzelnd.

„Ein Wunder, dass du das überhaupt erkennst“, lachte Evelyn. „Er macht die Tatsache, dass er nicht singen kann, durch umso größere Begeisterung wieder wett. Ich habe mich schon fast an ihn gewöhnt.“

„Wahrscheinlich träumt er nachts von einer glänzenden Karriere an der Met“, vermutete er schmunzelnd. „Aber es ist nur den wenigsten vergönnt, ihre Ziele zu verwirklichen“, fügte er nachdenklich hinzu.

„Aber du hast doch eigentlich alles, was du wolltest. Du hast dir einen Namen als Schriftsteller und Regisseur erworben, du hast erfolgreich ein Theaterstück verfilmt – im Grunde hast du alles erreicht, was du dir gewünscht hast.“

„So?“ Er nahm ihr die volle Kaffeetasse ab und beobachtete sie, während sie sich setzte. „Nicht ganz, Evelyn. Eines habe ich niemals geschafft, obwohl ich es verzweifelt begehrt habe.“

„Und was war das?“

„Mit dir zu schlafen“, erwiderte er. „Mein Verlangen nach dir grenzte schon fast an Besessenheit.“

Da war er wieder, der alte Schmerz, und er traf Evelyn mit unverminderter Härte. „Wie interessant. War das, bevor du mich vor der ganzen Truppe lächerlich gemacht hast?“ Ihre Stimme klang eiskalt.

David senkte den Kopf. „Ich ahnte, dass du deshalb noch immer verbittert sein würdest, und ich kann es dir nicht verübeln. Aber damals schien das der einzige Ausweg zu sein.“ Er suchte ihren Blick, und in seinen grünen Augen war ein schwacher Schimmer des Bedauerns zu lesen. „Du warst so verliebt, und ich konnte dir nicht mehr bieten als allenfalls ein kurzes

Verhältnis. Deshalb musste ich kurz und schmerzlos einen Schlussstrich ziehen.“

„Hättest du mir das nicht rücksichtsvoller erklären können?“

Er lächelte schwach. „Du bist sehr hartnäckig, Evelyn, es hätte dich kaum beeindruckt. Nein, ich musste schon zu drastischeren Mitteln greifen.“ Er zuckte die Achseln. „Gloria war nur allzu bereit, etwas mit mir anzufangen. Ich wusste, dass dein Stolz dich vor größerem Schmerz bewahren würde.“

Sie lachte bitter. „Allerdings, mein Stolz hat mich schließlich nach New York getrieben. Oder hast du dir damals etwa nicht ausrechnen können, wie die Kollegen darauf reagieren würden?“

David wurde ernst. „Was meinst du damit?“

„Deine so genannte Freundin hat sich einen großen Spaß daraus gemacht, meine Schwärmerei für dich ins Lächerliche zu ziehen. Durch sie wurde ich zum Gespött der ganzen Truppe. Deshalb bin ich nach New York geflohen.“ Ihre Augen waren ganz dunkel geworden bei dieser qualvollen Erinnerung.

David atmete durch. „Das tut mir Leid. An diese Möglichkeit hatte ich nicht gedacht.“

„Nein, denn warum solltest du auch? Eine Weile bin ich ein netter, amüsanter Zeitvertreib für dich gewesen, mehr nicht.“

Er musterte sie eindringlich. „Da täuschst du dich. Mir ist noch nie etwas so schwer gefallen, als dich damals zu verlassen.“

„Warum? Warst du so versessen darauf, von Teenagern angehimmelt zu werden?“ spottete Evelyn.

David trank seinen Kaffee aus. „Nein. Ich bin ein Einzelgänger. Und ich werde mein ganzes Leben allein verbringen – im Gegensatz zu dir.“ Er beobachtete sie ruhig. „Du wirst eines Tages heiraten und Kinder haben, wie du es dir immer erträumt hast. Drei waren es, nicht wahr?“

Ein seltsamer Unterton schwang in seiner Stimme mit, und Evelyn runzelte verwirrt die Stirn. Aber ehe sie noch zu einem Ergebnis gelangt war, sah er auf die Uhr und erhob sich schnell.

„Wir sollten jetzt besser schlafen gehen. Die Proben sind ziemlich anstrengend, nicht wahr? Vielen Dank für den Kaffee."

„Gern geschehen", erwiderte sie leichthin und brachte ihn zur Tür.

Völlig unerwartet drehte David sich plötzlich um und umfasste ihr Gesicht mit beiden Händen. „Du bist noch genauso schön wie damals, Evelyn", stellte er leise fest. Seine Augen glänzten. „Dein Haar schimmert wie Gold ... wie oft träumte ich davon, es ausgebreitet auf meinem Kissen zu sehen."

Ihr Herz klopfte so heftig, als wollte es zerspringen. Sie war selbst erschrocken darüber, wie leicht er sie noch immer aus der Fassung bringen konnte. Sie spürte seine Nähe, seine Wärme, und wünschte sich nichts sehnlicher, als noch ein letztes Mal seine Lippen auf ihrem Mund zu fühlen.

„Dazu wird es niemals kommen", brachte sie schließlich heraus.

„Willst du mich provozieren?" David hob ihr Kinn an und küsste sie flüchtig. „Jetzt habe ich nämlich nicht mehr den Wunsch, dich vor mir zu beschützen. Denn du bist nicht mehr so unerfahren wie früher." Während er sprach, hatte er sie fester an sich gezogen. Mit der Zungenspitze öffnete er ihre Lippen, und dann küsste er sie mit derselben Leidenschaft, die sie noch von früher so deutlich in Erinnerung hatte.

Hilflos legte sie die Hände gegen seine Brust, das plötzlich in ihr auflodernde Verlangen ließ sie schwanken. Und alles war wieder so wie damals, im Park ... Sie war wieder achtzehn Jahre alt, David war bei ihr, und sie war so unendlich in ihn verliebt. Sie stöhnte leise auf, alles in ihr drängte ihm entgegen.

Doch er stieß sie abrupt von sich, seine Augen funkelten. „Nein", lachte er hart. „Oh nein, nicht noch einmal. Ich möchte all das nicht noch einmal durchmachen. Wende deine Hexenkünste bei Hadison an, aber lass mich in Frieden!"

David machte auf dem Absatz kehrt und warf mit lautem

Knall die Tür hinter sich ins Schloss. Evelyn blieb lange Zeit wie angewurzelt stehen, ehe sie in die Küche zurückkehrte, um die Tassen fortzuräumen. In ihren Augen brannten Tränen.

Wenn Evelyn gehofft hatte, David würde nach ihrem leidenschaftlichen Kuss fortan etwas sanfter gestimmt sein, so wurde sie gründlich enttäuscht. Am nächsten Tag war er kalt und abweisend wie immer, seine Anweisungen erfolgten schroff und hart. Als Evelyn einmal für einen Sekundenbruchteil in ihrem Text stockte, explodierte er vollends. Die anderen blickten verwundert zu ihr herüber, jeder merkte, dass er Evelyn absichtlich schikanierte.

„Was hast du ihm denn jetzt schon wieder angetan?“ neckte Edward sie in der Mittagspause.

„Eigentlich gar nichts“, lächelte sie. „Wir sind einfach nur alte Feinde.“

„Wirklich?“ erkundigte Edward sich interessiert.

Evelyn zuckte die Achseln. „Macht nichts. Ich möchte die Pause nutzen und ein bisschen im Park spazieren gehen. Bis nachher.“

„Möchtest du vielleicht etwas Gesellschaft?“ fragte er hoffnungsvoll.

Sie schüttelte den Kopf. „Vielen Dank, aber ich möchte gern ein wenig allein sein.“

Als er ihr so traurig nachsah, hätte sie ihn am liebsten doch gebeten, sie zu begleiten. Aber sie konnte ihm letzten Endes doch nicht geben, was er sich wünschte. Ihre Seele und ihr Herz gehörten David, ob er es nun wollte oder nicht.

Sie setzte sich auf eine Parkbank und beobachtete versonnen ein paar spielende Kinder. Wie gern hätte sie ein Kind von David gehabt, wenn er sich seiner Liebe zu ihr nur sicherer gewesen wäre. Einmal hatte sie fast geglaubt, dass er sich ihr öffnen würde. Damals, am letzten Tag, als sie zusammen gewesen waren ...

Es war ein schöner Spätsommernachmittag gewesen. Die Sonne schien warm vom blauen Himmel, und sie lagen in einer abgeschiedenen Ecke des Parks in Atlanta im Gras. Über ihnen rauschten die Blätter einer alten Eiche, und sie plauderten träge über Karriere, Vermögen, bestimmte Rollen – und die Zukunft ...

„Was willst du denn einmal werden?“ fragte Evelyn, während sie nebeneinander im Gras lagen.

Sie trug ein kurzes weißes Baumwollkleid mit dünnen Trägern und David seine gewohnten Jeans mit einem dunkelroten Pullover, der zu seinen blonden Haaren einen reizvollen Kontrast bildete.

Sein Blick wanderte bedächtig von ihrem langen rotblonden Haar bis hinab zu ihren schlanken Beinen. „Dein Geliebter“, erwiderte er langsam. Mit einem undefinierbaren Blick sah er sie an.

Evelyn lachte verwirrt. „Nun, das wird ja wohl noch etwas dauern.“

„Wie wäre es mit heute?“ erkundigte er sich sanft und beugte sich über ihren Mund.

Sie hatten sich schon oft geküsst, zärtliche, liebevolle Küsse, ab und zu auch mal etwas leidenschaftlicher. Aber jetzt war plötzlich alles anders. Ein seltsames Prickeln durchlief ihren Körper, als David sich aufrichtete und mit der Hand sacht über ihren flachen Bauch bis hinauf zu ihren Brüsten strich. Evelyn hielt den Atem an, als er ihr ruhig in die Augen sah und ihr dabei behutsam die Träger ihres Kleides von den Schultern streifte.

Sie schienen die einzigen Menschen im Park zu sein, nur das Gezwitscher der Vögel unterbrach die Stille.

„Oh Evelyn“, raunte er leise und liebkoste die rosigen Spitzen ihrer Brüste, die sofort auf seine Berührung reagierten. Wieder küsste er sie, während seine Hände unablässig streichelnd von ihrem Körper Besitz ergriffen.

Ungeduldig nestelte Evelyn an seinem Pullover herum, sie wollte seine Haut unter ihren Händen spüren. Mit einem heiseren Lachen ermutigte er sie zu immer kühneren Liebkosungen. Seine Augen leuchteten dunkel vor Verlangen, als er bemerkte, wie sie mit langsamen, zögernden Bewegungen begann, seinen Körper für sich zu entdecken.

„Nein, hör nicht auf", flüsterte er, als sich ihre Hände voller Scheu seinem Gürtel näherten. Er ergriff sie und führte sie, ein unterdrückter Laut der Lust entrang sich seinen Lippen. Die Welt um sie herum versank, beinahe hätten sie die sich nähernden Stimmen überhört.

Evelyn erinnerte sich noch genau, wie David mit einem verzweifelten Stöhnen von ihr abließ. Er musste ihr beim Anziehen helfen, sie war nicht dazu in der Lage. Die Tränen strömten ihr über die Wangen.

„Nicht", murmelte er tröstend und presste sie an sich. „Es war trotzdem wunderschön, genauso, wie ich es mir erträumt habe. Wir begehren einander, das ist die natürlichste Sache der Welt. Du brauchst dich deshalb nicht zu schämen."

„Ich schäme mich doch gar nicht", schluchzte sie. „Ich bin nur so unglücklich, weil wir gestört worden sind."

„Mir geht es genauso."

Sie hob den Kopf und war plötzlich unbeschreiblich erleichtert, denn sie meinte endlich in seinen Augen lesen zu können, dass er ihre Gefühle erwiderte.

„David, ich liebe dich", gestand sie leise. „Ich möchte immer bei dir bleiben und eines Tages Kinder von dir bekommen."

Der Ausdruck der Leidenschaft verschwand aus seinem Gesicht. Er umschloss ihr Gesicht mit beiden Händen und sah ihr tief in die Augen. Und dann küsste er sie auf eine Art, wie er sie noch nie zuvor und nie wieder danach geküsst hatte. All seine Zärtlichkeit und Zuneigung lagen in diesem Kuss.

„Ja, ich weiß", flüsterte er schließlich. „Ich werde mein ganzes Leben lang daran denken."

Was für eine seltsame Antwort, fand sie. Er war ihr beim Aufstehen behilflich, und Hand in Hand kehrten sie zu ihrer Wohnung zurück. Evelyn lud ihn scheu ein, doch noch mit hineinzukommen, aber David schüttelte den Kopf.

Behutsam strich er ihr das Haar aus dem Gesicht. „Du bist noch so unerfahren, Liebling, und ich möchte dir nicht wehtun. Heute im Park hätte ich mich beinahe vergessen, aber jetzt sehe ich wieder klar. Ich habe dir einfach nichts zu bieten, begreifst du das nicht?"

„Geld ist mir völlig gleichgültig", unterbrach sie ihn heftig.

„Ich weiß, mir auch. Aber das meinte ich nicht." Er küsste sie zart auf die Stirn. „Du verdienst so viel mehr, als ich dir je geben könnte, Liebes. Eines Tages wirst du mir dankbar sein. Auf Wiedersehen, Evelyn."

Damit war er gegangen. Zu diesem Zeitpunkt war es ihr noch nicht klar gewesen, dass dies das Ende ihrer Beziehung bedeutete. Am Abend desselben Tages hatte er seine Abreise nach New York verkündet, mit grimmig entschlossenem Gesicht und ohne Evelyn dabei auch nur anzusehen. Und es war auch jener Abend gewesen, als sie ihn mit Gloria beobachtet hatte. Der Weg vom Traum zum Albtraum hatte nur wenige Stunden gedauert.

Tränen brannten in Evelyns Augen bei der Erinnerung an diese Zeit, und fast hätte sie den Mann nicht erkannt, der plötzlich neben ihrer Bank stand.

David hatte die Hände tief in den Jackentaschen vergraben und schaute sich um. „Die Umgebung hier weckt alte Erinnerungen, nicht wahr?" bemerkte er kalt.

„Wirklich?" fragte sie ironisch, und es gelang ihr, ihn völlig gelassen anzusehen.

Er studierte ihr Gesicht, kein Lächeln erhellte seine Züge. „Bei mir brauchst du nicht zu schauspielern", meinte er nach einer Weile. „Dafür kenne ich dich zu gut."

Evelyn lächelte traurig. „Ja, das tust du allerdings." Sie blickte geradeaus und hoffte, er würde fortgehen, wenn sie ihn nicht mehr beachtete.

Aber nichts dergleichen geschah, stattdessen setzte er sich neben sie. „Wir haben heute schon viel gearbeitet, und es liegt noch ein langer Tag vor uns. Ich hasse solche Proben."

„Ich auch, und ganz besonders die mit dir." Sie vergaß ihre Zurückhaltung. „Macht es dir eigentlich Spaß, mich vor der ganzen Truppe zu demütigen?"

Er lachte kurz und hart auf. „Ich wusste, dass du das erwähnen würdest." Er betrachtete sie lange. „Ich will dich, Evelyn", gestand er plötzlich und unerwartet, seine Stimme klang fast zornig. „Ich dachte, die sechs Jahre hätten genügt, um endlich von dir loszukommen, aber das war ein Irrtum. Seit jenem Abend in deiner Wohnung sehne ich mich unaufhörlich nach dir."

Evelyn mahnte sich innerlich zur Ruhe. Vielleicht wollte er ihr nur eine Falle stellen. „Ich bin sicher, du bist es nicht gewöhnt, dass Frauen dir einen Korb geben, David, aber ich habe ein ziemlich gutes Gedächtnis. Ich kann nicht vergessen, was du mir damals angetan hast."

„Mein Abschied hat mir genauso wehgetan wie dir", erklärte er langsam. „Ich habe dich geliebt."

Das hatte David ihr noch nie gesagt, und Evelyn hätte in diesem Moment am liebsten vor Schmerz über all die vergeudeten Jahre und ihre verlorene Liebe geweint. Sie wandte den Kopf zur Seite. „Hast du das wirklich?" fragte sie mit unsicherer Stimme. „Was für eine seltsame Art und Weise war es dann, mir deine Liebe zu zeigen!"

„Ich wollte dich nicht heiraten, und ich will es auch heute noch nicht", erinnerte er sie. „Und du standest vor mir und träumtest von der Ehe, von Kindern und ewigem Glück."

Evelyn warf ihm einen kurzen Seitenblick zu. „Nun, in diesem Punkt kannst du dir wirklich gratulieren. Schließlich ist es dir ja gelungen, all dem zu entfliehen."

„Stimmt. Aber warum hast du nie geheiratet, Evelyn?"

Sie lächelte bitter. „Du hast mich von diesem Wunsch geheilt, Liebling. Ich bin nicht mehr fähig, mich gefühlsmäßig zu binden. Siehst du das nicht, oder ignorierst du es einfach?"

Seine Nasenflügel bebten kaum merklich. „Versuch nicht, mir die Schuld daran zu geben." Ungeduldig schlug er die Beine übereinander. „Du warst diejenige mit all den Wunschträumen. Ich hingegen war von Anfang an ehrlich zu dir."

„Ich war damals gerade achtzehn Jahre alt, und du warst der erste Mann, der einen wahren Sturm von Gefühlen in mir wachrief. Allerdings wurde ich durch dich ziemlich schnell erwachsen, ich habe gelernt, was es heißt, eine Frau zu sein."

„Nun, wohl nicht in jeder Beziehung", versetzte er anzüglich.

Evelyn bedachte ihn mit einem geringschätzigen Lächeln. „Da hast du allerdings Recht, von dir habe ich Letzteres mit Sicherheit nicht gelernt." Sie verspürte ein vages Triumphgefühl, als sie an seiner Miene erkannte, dass ihr Pfeil getroffen hatte. „Nun, mein erster Mann war zwar keineswegs wie du, aber man darf ja nicht wählerisch sein."

David war bei ihren Worten leichenblass geworden, aber seine Augen waren völlig ausdruckslos. „Hat er dir wehgetan?"

„Natürlich", entgegnete sie mit gespielter Lässigkeit. „Aber das war auch der Letzte." Seufzend lehnte sie sich zurück. „Vermutlich sollte ich dir dankbar sein, dass du mir damals geholfen hast, meine Hemmungen zu überwinden. Der Tag im Park war wirklich eine ausgezeichnete Lektion. Nur schade, dass im letzten Augenblick Leute kamen."

Er sah sie an, und das Glitzern in seinen Augen jagte ihr einen Schauer über den Rücken. „Findest du? Im Grunde hat mir die Rolle des Privatlehrers nie sonderlich behagt."

„Ach, deshalb warst du so zurückhaltend?" stichelte Evelyn. „Ich dachte, du hättest Angst gehabt, ich könnte mit Absicht eine Schwangerschaft planen, um dich an mich zu binden."

Ein eigenartiger Ausdruck flog über Davids Gesicht. Er lachte spöttisch auf und blickte zur Seite. „Du warst nicht der Frauentyp, der einen Mann gegen seinen Willen halten kann."

„Stimmt, schon gar nicht, nachdem du mir deine Geliebte förmlich vor die Nase gehalten hast", nickte sie. „Aber das macht nichts, es war eine überaus heilsame Erfahrung – wenn ich sie auch nicht ein zweites Mal machen möchte."

„Neulich abends schienst du mir aber nicht so abgeneigt zu sein, wie du jetzt vorgibst", erinnerte er sie. „Im Gegenteil!" Er war von der Bank aufgestanden, und Evelyn folgte ihm.

Mit betonter Lässigkeit hob sie die Schultern. „Ich war nur einfach zu lange nicht mehr mit einem Mann zusammen", seufzte sie. „Natürlich, da ist Edward ..."

„Lass Edward aus dem Spiel!" fuhr er sie wütend an.

„Warum? Fürchtest du die Konkurrenz?" spottete sie. Sie hätte daran denken sollen, wie aufbrausend David reagieren konnte. Sie war zu weit gegangen. Er packte ihren Arm und riss sie grob an sich.

„Hol dich der Teufel, Evelyn!" knurrte er und küsste sie heftig.

Dieses Mal gelang es ihr allerdings, seinen Kuss nicht zu erwidern, so schwer ihr das auch fiel. Die ungestüme Wildheit seiner Liebkosungen entfachte gegen ihren Willen ihr Verlangen, doch sie versuchte sich dem zu widersetzen. Mit aller Kraft zwang sie sich, vollkommen gleichgültig zu bleiben und nicht der Versuchung nachzugeben, auf seine Leidenschaft zu reagieren. Sie begehrte David, sie liebte ihn, aber sie hatte gleichzeitig Angst vor ihm. Vielleicht würde er sie erneut von sich weisen, und das könnte sie nicht noch einmal ertragen.

David merkte sehr schnell, dass Evelyn vollkommen teilnahmslos geblieben war. Er gab sie frei und blickte sie an. „Bist du plötzlich versteinert?" fragte er ironisch.

Sie lächelte gequält. „Richtig. Ich begehre dich nicht mehr."

Er atmete tief durch und vergrub die Hände wieder in den

Jackentaschen. „Ich könnte dich sofort eines Besseren belehren, wenn ich mir die Mühe machen wollte. Aber du bist es nicht wert, mein Schatz. Schließlich kann ich jede Frau haben, die ich will. Ich wünsche dir viel Vergnügen mit Edward." Er drehte sich um und eilte davon.

Evelyn war einerseits froh, dass es ihr gelungen war, ihn empfindlich zu treffen, trotzdem hätte sie sich am liebsten hingesetzt und hemmungslos geweint. Ach, David, warum kannst du mich nicht wirklich lieben, dachte sie unglücklich. Ich könnte dir alles sein, alles für dich tun, wenn du mir nur die Gelegenheit dazu geben würdest.

Aber er hatte keinen Zweifel daran offen gelassen, dass sein Interesse an ihr rein körperlicher Art war, und Evelyns Selbstachtung war zu groß, als dass sie seinem Drängen nachgegeben hätte. Sie nahm ihre Handtasche und machte sich langsam auf den Rückweg.

4. KAPITEL

Die zweite Probenwoche war schon angebrochen, als Janet Evelyn eines Abends zu sich zum Essen einlud. Leider musste sie absagen, weil ihr die Zeit dazu fehlte. David arbeitete härter denn je mit ihnen, und neuerdings geriet Edward immer stärker unter seinen Beschuss, Evelyn war also nicht mehr das einzige Ziel seiner Kritik. Ständig hatte er etwas an ihm auszusetzen, und das hatte zur Folge, dass Edward nur noch unsicherer wurde.

Evelyn verbrachte viel Zeit mit Edward, und gelegentlich lud sie ihn auch zu sich nach Hause ein. Das schien David nur noch mehr in Rage zu bringen.

Heute jedoch war er ganz besonders schlecht aufgelegt. Als die Mittagspause nahte, war Evelyn völlig mit den Nerven fertig. Sie wusste genau, dass alles nur an ihr lag. David war nach wie vor wütend auf sie, und er wollte ihr absichtlich das Leben zur Hölle machen. Und das schloss jeden mit ein, der mit ihr befreundet war. Es hatte keinen Sinn, sie musste aus dem Stück aussteigen und etwas anderes finden. Sie konnte es nicht ertragen, dass Edward ständig gedemütigt wurde. Er war wirklich ein feiner Kerl und hatte eine solche Behandlung nicht verdient.

Als die anderen das Theater zum Lunch verlassen hatten, ging sie auf David zu, der gerade ein paar Notizen in sein Skript machte. Unwirsch sah er auf.

„Nun, was ist? Hast du keinen Hunger?“ fragte er mürrisch.

Sie verschränkte die Arme vor der Brust und nahm all ihre Kraft zusammen. „Ich werfe das Handtuch.“

Er erhob sich langsam. „Du machst was?“

„Ich gebe auf. Es ist unfair, dass du Edward so schlecht behandelst, nur weil er nett zu mir ist. Vielleicht hast du aber auch nur versucht, mich damit hinauszuekeln. Wie dem auch sei, du hast es geschafft.“ Sie hielt ihm ihr Textbuch hin.

David ignorierte ihre ausgestreckte Hand geflissentlich. „Wir proben jetzt seit zwei Wochen. Ich denke nicht im Traum daran, irgendein Mitglied der Truppe auszutauschen.“

„Du denkst im Grunde überhaupt nicht an die Darsteller, nicht wahr, David?“ versetzte sie bissig.

„Du hast diese Rolle gewollt, mein Schatz“, spottete er. „Und Hadison ebenso.“

„Genau das scheint das Verbrechen zu sein, das wir begangen haben“, erwiderte sie. „Ich habe dir schon einmal gesagt, wie sehr ich bedaure, diesen Part übernommen zu haben, und dass ich nie wieder einen solchen Fehler machen werde. Aber wenn jetzt Edward unter dieser Situation zu leiden hat, dann ...“

„Er hat in seinem Text gepatzt“, erklärte David schroff. „Und dafür ist er gerügt worden. Das wird wieder passieren, wenn er sich nicht genug konzentriert. Ich verlange perfekte Arbeit, keine Schlamperei. Und das gilt für jeden Einzelnen aus der Truppe.“

„Aber auf uns beide hast du es doch ganz besonders abgesehen!“ behauptete Evelyn.

„Vielleicht solltet ihr beide euch etwas mehr euren Rollen widmen, statt ständig im Bett zu liegen!“

Bei dieser Unterstellung verlor sie vollends die Beherrschung und ohrfeigte ihn, ohne an die möglichen Folgen zu denken.

David verzog keine Miene. Langsam legte er seinen Stift nieder und stand auf. Mit einer einzigen Bewegung zog er sie an sich. „Darauf habe ich gewartet“, murmelte er. „Ich habe so darauf gewartet, endlich wieder ein Zeichen deiner früheren Leidenschaft zu entdecken ...“

Hungrig nahm sein Mund von ihren Lippen Besitz, und es schien, als lösten sich die vielen Jahre in Nichts auf, eines nach dem anderen, bis Evelyn wieder ein junges Mädchen war.

„Küss mich“, bat er heiser. „Küss mich so wie damals, im Park, weißt du noch, Liebling?“

Oh ja, sie erinnerte sich so gut, und ihr Mund bewies es ihm. Sie legte die Arme um seinen Hals und erwiderte seinen Kuss voller Leidenschaft. Ein grenzenloses Verlangen flammte in ihr auf, sie wusste kaum noch, was sie tat.

David hob schwer atmend den Kopf. „Sechs Jahre“, flüsterte er. „Ich berühre dich, und es ist, als wären es nur Tage gewesen. Und ich begehre dich sogar noch mehr als damals.“

Sie war nicht fähig, auch nur ein Wort über ihre Lippen zu bringen. Stumm hob er sie auf seine Arme. „In meinem Büro steht eine Couch. Ich möchte, dass wir alles vergessen und so tun, als wären wir wieder so jung wie einst.“

„David ...“

„Nein, sag jetzt nichts, Liebling.“ Er trug sie in sein Büro und stieß mit dem Fuß die Tür hinter sich ins Schloss.

„Lass mich dich nur küssen, immer wieder. Seit neulich Nacht habe ich fast den Verstand verloren, ständig hast du mich in meinen Träumen verfolgt. Ich begehre dich so sehr!" David seufzte.

Evelyn erging es ebenso, aber sie ahnte, dass dadurch alles noch schlimmer werden würde. Sie war noch genauso unerfahren wie damals, auch wenn er dies nicht glaubte. Außerdem fürchtete sie die Probleme, die eine Affäre mit David mit sich bringen würde. Sie liebte ihn auch nach all den Jahren und all den Demütigungen. Und sie begehrte ihn mit jeder Faser ihres Körpers. Aber würde das genug sein?

„Bitte, nicht", flehte sie, als er sie auf das Sofa bettete. Aber sie hatte ihn schon zu lange gewähren lassen.

„Doch." Er legte sich neben sie. „Es ist zwar schon lange her, aber ich habe nie den Ausdruck in deinen Augen vergessen, den du hattest, wenn du mich begehrtest."

„Trotzdem sind wir niemals den Weg bis zum Ende gegangen", erinnerte sie mit bebender Stimme.

„Du warst damals zu jung und unerfahren. Ich wollte nicht leichtfertig mit dir ein Verhältnis anfangen."

„Und heute?"

Er strich ihr zärtlich über die Wange. „Heute bist du längst erwachsen und weißt, was du willst. Jetzt ist alles anders. Endlich können wir uns lieben."

„Aber Sex und Liebe sind nicht dasselbe", seufzte Evelyn.

Davids Augen leuchteten. „Was zwischen uns geschieht, ist nicht allein Sex. Dazu verbindet uns viel zu viel. Und das weißt du auch." Er senkte den Kopf und streifte mit dem Mund leicht ihre Brust unter der schwarzen Bluse. Sie stöhnte auf.

„Erinnerst du dich, wie es damals im Park war?" raunte er ihr zu. „Ich habe dich genauso geküsst wie jetzt." Er schob den dünnen Stoff nach oben und umschloss die zarten Knospen ihrer Brüste mit den Lippen. „Es ist alles genauso wie damals. Nur bist du noch schöner geworden, und du begehrst mich noch mehr. Hilf mir, Evelyn ..."

Sie nestelte an den Knöpfen seines Hemdes und streifte es

ihm schließlich von den Schultern. Nur ein einziges Mal waren sie einander so nahe gewesen und hatten dieses Verlangen erlebt. Aber damals hatte er ihrem Flehen nach Erfüllung nicht nachgegeben.

Ihr war, als stünde ihr ganzer Körper in hellen Flammen. Wie lange hatte sie sich nach David gesehnt, und nun war er endlich bei ihr. Er wollte sie noch immer ...

„Ja", stammelte sie. Wie von selbst fanden ihre Hände wieder den Weg zu seinen empfindsamsten Stellen. „Jetzt will ich dich. Bitte."

„Und du willst mich ganz und gar?" fragte er heiser.

„Ganz und gar", versicherte sie ihm mit zitternder Stimme.

„Dann schau mich an", verlangte er rau, während er sich auf sie schob. Sein Gesicht, seine Augen, jeder Zug verriet sein grenzenloses Begehren. „Willst du mich wirklich?" wiederholte er.

Doch Evelyn konnte nicht antworten und stieß nur ein leises Stöhnen der Lust aus.

„Dann werde ich dich jetzt ausziehen, dann du mich, und anschließend werde ich dich lieben ..."

Er öffnete geschickt den Gürtel ihrer Jeans, als plötzlich irgendwo nicht allzu weit entfernt eine Tür ins Schloss fiel. David fluchte unterdrückt und schloss resigniert die Augen. Dann stand er auf und begann, sich anzuziehen. Evelyn rührte sich nicht, sie war noch zu sehr im schwerelosen Zustand ihres Verlangens gefangen.

Wie aus weiter Ferne hörte Evelyn Davids Stimme. „So gern ich dich auch in diesem Zustand betrachte, du solltest dich besser anziehen, denn wir werden gleich gestört werden."

Schlagartig kehrte sie in die Gegenwart zurück und richtete sich auf. Mit unsicheren Händen machte sie sich an ihrer Bluse zu schaffen, aber David hielt sie noch einmal zurück. Er kniete vor ihr nieder und küsste zärtlich ihre Brüste, dann knöpfte er ihr selbst die Bluse zu. „Heute Abend", versprach er. „Du wirst mit mir nach Hause kommen, und dann werden wir uns die ganze Nacht lang lieben."

Tränen brannten in ihren Augen. Sie war zu schwach, um zu protestieren. Endlich wurden alle ihre geheimsten Träume wahr, und ausgerechnet jetzt sollte sie Nein sagen? Sie liebte ihn doch! Selbst, wenn es bei dieser einen Nacht bliebe, wäre es das nicht wert?

„Mir ist, als hätte ich mein Leben lang auf dich gewartet", gestand David, während er sein Hemd glatt strich, und seine Augen suchten ruhig ihren Blick. „In jeder Frau, mit der ich in den vergangenen sechs Jahren zusammen war, habe ich nur dich gesehen."

Seine Worte erschütterten sie zutiefst. Er meinte es ehrlich, das merkte sie ihm an. Wenn er sie so sehr begehrte, konnte es dann nicht sein, dass sie ihm doch nicht völlig gleichgültig war?

Evelyn stand auf und ordnete ihr Haar. Plötzlich fühlte sie sich seltsam befangen in seiner Gegenwart. Ihre Gedanken wurden wieder klar, und gleichzeitig kehrte die Erinnerung an den erlittenen Schmerz zurück. Ob sie wohl stark genug war, dasselbe noch einmal durchzumachen?

„Evelyn."

Sie blickte auf.

„Denk jetzt nicht darüber nach", bat er sanft. „Heute Nacht werden wir darüber sprechen und Pläne schmieden."

„Was für Pläne?" fragte sie traurig. „Wir werden miteinander schlafen, und am nächsten Morgen bist du fort."

„Nein." Zärtlich schloss er sie in seine Arme. „Ich bin auch nicht stärker als du, und die letzten Jahre waren für mich genauso schlimm wie für dich. Wenn wir jetzt miteinander schlafen, dann wird das keine Affäre für eine Nacht sein."

Ihr war, als würde ihr Herz plötzlich ganz weit. Sie schaute ihn an, hundert unausgesprochene Fragen standen in ihrem Gesicht.

David tippte ihr zärtlich mit dem Finger auf den Mund. „Mach Schluss mit Hadison", lächelte er. „Du gehörst mir, und heute Nacht werde ich es dir beweisen."

In diesem Moment verrieten Schritte und Stimmen draußen, dass die Mittagspause beendet war und sich die Truppe wieder eingefunden hatte. Evelyn stürzte sich mit einem fast übermächtigen Glücksgefühl wieder in die Arbeit. Nein, sie wollte sich nicht mehr den Kopf zerbrechen, sondern nur noch unbeschwert die Zeit mit ihm genießen, ganz gleich, wie lange sie dauern würde.

Voller Eifer vertiefte sie sich in ihre Rolle, und David schien äußerst zufrieden zu sein. Sogar Edward heimste ein anerkennendes Wort ein, was ihn sichtlich verwirrte.

Eine halbe Stunde vor Probenschluss wurde Evelyn zunehmend unruhig. Als die anderen schließlich nach Hause aufbrachen, war ihr, als würde sie von Fieber geschüttelt. Denn David sah sie auf eine Art und Weise an, die ihr Herz wild zum Schlagen brachte. Edward wartete zunächst auf Evelyn, aber als er dann den Blick bemerkte, den sie David zuwarf, wandte er sich traurig um und ging. Endlich waren sie allein.

„Hast du Angst?" neckte David sie zärtlich, als er sie hinausbegleitete.

„Ich weiß es nicht", gestand sie ehrlich.

Er legte den Arm um sie und zog sie enger an sich. „Ich bin verrückt nach dir", stieß er schließlich hervor, als sie seinen Wagen erreicht hatten. „Ich denke an nichts anderes mehr."

Ihr Blick suchte sein Gesicht im fahlen Licht der Straßenlaternen. „Ich habe mir auch ständig ausgemalt, wie es mit dir sein würde", bekannte sie atemlos. „In einem Bett mit kühlen Laken, in einem hell erleuchteten Zimmer ..."

Er hob erstaunt den Kopf. „Willst du es wirklich so?"

„Oh ja", bekräftigte sie. „Ich möchte dich ansehen, wenn du mich liebst."

David küsste sie, bevor er ihr beim Einsteigen in den Wagen half. Benommen saß Evelyn neben ihm, während er in raschem Tempo zu seiner Wohnung im Zentrum von Manhattan fuhr. Im Aufzug standen sie seltsam unsicher nebeneinander, und erst, als sie seine Wohnung betraten, schaute er ihr direkt in die Augen.

„Möchtest du einen Drink?" bot er ihr an.

Evelyn schüttelte bedächtig den Kopf. Sie hatte nur noch den einen Wunsch, endlich in seinen Armen zu liegen. Mit geschlossenen Augen schmiegte sie sich an ihn. „Bitte, David, nimm dir viel Zeit mit mir, ja?" bat sie halblaut.

Zärtlich streichelte er ihren Rücken. „Ich werde mir Mühe geben, auch wenn es mir schwer fällt, denn ich begehre dich über alle Maßen."

Sie lächelte. „Danke. Noch eins, David. Ich war nicht vorbereitet, das heißt, ich bin nicht geschützt. Hast du …?"

Sein Lachen klang eigenartig verbittert. „Mach dir keine Sorgen, ich kümmere mich darum. Aber komm jetzt." Er hob sie hoch und trug sie ins Schlafzimmer hinüber.

Das Bett war überdimensional groß. Er setzte Evelyn darauf ab, und seine grünen Augen funkelten, während er sie betrachtete. Dann begann er, sich langsam vor ihren Augen zu entkleiden. Er war herrlich gebaut, und trotz ihrer Befangenheit konnte Evelyn nicht den Blick von ihm wenden. Das schien ihm zu gefallen. „Du bist nicht scheu, nicht wahr?" neckte er sie, während er sie zu sich emporzog.

„Doch, ein wenig schon", bekannte sie und strich ihm zaghaft über die Brust. „Schließlich sind wir das erste Mal so zusammen."

„In meinen Träumen waren wir das schon unzählige Male", entgegnete er, und das Lächeln verschwand aus seinem Gesicht, als er sich daran machte, sie auszuziehen.

Evelyn stand ganz still da und ließ ihn gewähren. Als das letzte Kleidungsstück raschelnd zu Boden gefallen war, betrachtete er sie voller Bewunderung. Dann schloss er sie in die Arme. Evelyn hielt den Atem an, als sie die Wärme seiner Haut spürte. Und als er sie voller Zärtlichkeit küsste, wurde sie völlig von dem Gefühl überwältigt, zu lieben und begehrt zu werden.

Behutsam legte er sie auf das Bett und streckte sich neben ihr aus. Die Lampen im Zimmer brannten, und Evelyn fühlte keinerlei Scham, als David sie beinahe andächtig liebkoste. Ihre grenzenlose Zuneigung nahm ihr jegliche Scheu.

Seine Berührungen wurden kühner, und Evelyn überliefen Schauer der Lust. Schließlich beugte er sich über ihre Brüste und begann, spielerisch an den rosigen Spitzen zu knabbern.

Und das war erst der Anfang. In den darauf folgenden Minuten erfuhr Evelyn, was es bedeutete, geliebt zu werden. Das Verlangen in ihr wurde fast unerträglich, dennoch zeigte er keinerlei Hast oder Ungeduld. Ruhig und aufreizend langsam fuhr er fort, sie zu liebkosen, bis sie sich unruhig in den Kissen hin- und herwarf und glaubte, die süße Qual nicht länger ertragen zu können.

Und dann endlich schob er sich auf sie. Er passte sich ihren Bewegungen an und drang sanft in sie ein.

Evelyn öffnete die Augen weit, ihr war, als stürzte die ganze Welt über ihr zusammen. Ein überströmendes Gefühl der Wonne, ein letztes Aufbäumen, und dann nur noch wohlige, tiefe Erschöpfung.

Erst nach ein paar Minuten schlug Evelyn die Augen auf. Davids Brust hob und senkte sich noch immer schwer atmend, während er ihr liebevoll die langen Haarsträhnen glatt strich. „Hast du all die Jahre auf mich gewartet?“ raunte er.

Sie zögerte verlegen. „Du hast es also gemerkt?“

„Hmm“, murmelte er träge. „Ist es sehr schlimm, dass ich mich unvorstellbar wohl fühle?“

Sie schüttelte den Kopf. „David, bist du mir böse, wenn ich dir sage, dass ich dich noch immer liebe?“

„Nein“, erwiderte er leise. „Gar nicht. Denn auch ich habe nie aufgehört, dich zu lieben.“

Sie hob den Kopf, um sein Gesicht besser betrachten zu können. Und da war wirklich alles zu lesen: Leidenschaft, Zärtlichkeit – und sogar Liebe.

„Aber warum hast du dann ...“, begann sie verwirrt.

„Weil du noch zu jung warst. Das, was wir eben miteinander erlebt haben, ist alles, was ich dir geben kann. Ich denke genauso wenig wie vor sechs Jahren an die Ehe. Ich liebe dich über alles. Aber ich kann dich nicht heiraten.“

Sie suchte seinen Blick. „Ich verstehe dich nicht!“

„Das erwarte ich auch nicht von dir, Liebling.“ Liebevoll zeichnete er mit dem Finger die Konturen ihres Gesichts nach und küsste sie auf den Mund. „Glaub mir, ich habe meine Gründe.“

„Aber was stellst du dir dann vor?“

„Ich möchte mit dir zusammen sein, mit dir schlafen, die ganze Zeit.“ Seine Hand strich über ihren flachen Leib, und erneut fühlte sie das Verlangen in sich aufsteigen.

„Und für wie lange?“ fragte sie unsicher.

„So lange die Proben dauern“, flüsterte er. „Vielleicht auch länger. Ach, Evelyn, können wir alles nicht einfach auf uns zukommen lassen?“

„David, ich möchte aber wissen ...“, begann sie, aber er verschloss ihren Mund mit einem Kuss. Wieder liebten sie einander, und erst im Morgengrauen schliefen sie glücklich ermattet ein.

Es war alles wie damals in Atlanta, nur noch viel schöner. Sie waren wieder unzertrennlich, eine Tatsache, die Edward Hadison traurig zur Kenntnis nahm. Er tat Evelyn Leid, aber sie war viel zu sehr mit ihrer Liebe beschäftigt, um intensiver darüber nachdenken zu können.

David und Evelyn fuhren jeden Abend gemeinsam zu ihm nach Hause, wo sie sich stundenlang liebten. Da sie dabei immer erfahrener wurde, stellte sie eines Tages fest, dass er eigentlich überhaupt keine Vorsichtsmaßnahmen ergriff. Im anfänglichen Rausch ihrer Liebe hatte sie gar nicht daran gedacht, aber schließlich schnitt sie dieses Thema an.

„Du weißt, dass es mir nichts ausmacht, ein Kind zu haben", fügte sie hinzu und spürte, wie David schlagartig erstarrte.

Er ließ sich ungewöhnlich lange Zeit mit einer Antwort. „Ja, wir haben wirklich nicht aufgepasst, du hast Recht", meinte er mit belegter Stimme. „Die Proben sind jetzt fast vorbei, und ich werde für mindestens einen Monat nach Hollywood gehen. Du wirst mit der Truppe für die Testvorführung nach Philadelphia fahren. Vielleicht ist es ganz gut, wenn wir sozusagen eine kleine Ruhepause einlegen."

Evelyn zuckte zusammen und starrte ihn fassungslos an. Er hatte vorher nie erwähnt, dass er nach Hollywood wollte, und eine namenlose Angst erfasste sie. Wollte er damit andeuten, dass er ihrer überdrüssig geworden war, dass es aus war?

„Schau mich nicht so an", bat er gequält. Er riss sie in seine Arme und presste sie verzweifelt an sich. „Ich liebe dich doch!"

Sie merkte, wie ihre Augen feucht wurden. „Warum lässt du mich dann wieder allein?"

„Das tue ich doch gar nicht", versicherte David und drückte sie noch fester an sich. „Du weißt doch, dass ich mein Drehbuch beenden muss. Außerdem wirst du selber mit den Vorführungen völlig ausgelastet sein, habe ich nicht Recht?"

„Ja." Evelyn lächelte zaghaft. „Du verlässt mich nicht für immer, nicht wahr? Ich könnte es nicht ertragen, David."

Er schluckte und wurde blass. „Nur eine kleine Atempause, das ist alles", behauptete er sanft. Er lächelte ebenfalls, aber seine Augen blieben davon unberührt. „Ich liebe dich, Evelyn. Bitte, glaub mir das."

„Ich glaube dir." Mit einem tiefen Seufzer der Erleichterung schmiegte sie sich an ihn. Es war nur gut, dass sie sein Gesicht nicht sehen konnte, sonst hätte sie wohl anders reagiert.

Dies war die erste Nacht, in der er sie in ihre Wohnung brachte. Sie protestierte nicht. Vielleicht hatte er ja Recht. Wenn er ein paar Abende allein verbracht hatte, würde er sie sicher vermissen und zu sich holen.

Inzwischen hatten die Kostümproben begonnen. Das Stück stand kurz vor seiner Vollendung, man war aufbruchbereit für Philadelphia. Zu schnell kam der Augenblick, als David sich von Evelyn verabschieden musste. Sie hatte ihn zum La Guardia-Flughafen gebracht, von wo aus sein Flugzeug nach Kalifornien startete.

„Schreib mir", bat sie ihn mit eigentümlich glänzenden Augen.

„Natürlich, Liebling. Du bist so blass, fehlt dir etwas?" erkundigte er sich besorgt.

„Nein, keine Bange. Nur ein Virus. Ich muss mich bei Janet angesteckt haben."

„Pass auf dich auf. Ich werde früher zurück sein, als du denkst."

Evelyn schluckte und kämpfte gegen ihre Tränen an. Ihr war, als ginge etwas zu Ende, und verzweifelt suchte sie in seinem Gesicht nach der Bestätigung, dass alles war wie bisher. Aber der Ausdruck in seinen Augen war nicht zu deuten.

„Bis bald, Liebling", flüsterte er. Er küsste sie so zärtlich wie nie zuvor, und sie klammerte sich Halt suchend an ihn, um die Kraft für die Trennung zu finden. Mit unsicheren Händen gab er sie schließlich frei. Ein letztes Lächeln, ein letztes Winken, dann eilte er durch die Tür zum Flugsteig, ohne sich noch einmal umzudrehen.

Evelyn fuhr nach Hause und fühlte sich wie zerschlagen. Ihr war schlecht, und sie musste sich übergeben. Der Virus erwies sich als äußerst hartnäckig, er laugte Evelyn völlig aus. Nur mit äußerster Anstrengung überstand sie die Testaufführungen, es waren die längsten zwei Wochen ihres Lebens. Zum Glück wurde das Stück gut aufgenommen, sodass keine Änderungen nötig waren. Der Inspizient teilte David telefonisch mit, dass sein Werk beim Publikum ausgezeichnet ankam.

„Hat David eine Nachricht für mich hinterlassen?“ erkundigte Evelyn sich hoffnungsvoll.

Der Mann starrte sie verdutzt an. „Nein, ich dachte, er hätte dich längst selbst angerufen. Ihr beiden wart ja ziemlich unzertrennlich, oder?“

Evelyn nickte und wandte sich ab. Also war es doch vorbei. Wenn er sie wirklich liebte, hätte er längst angerufen oder geschrieben. Er hatte sie nur begehrt, und jetzt, da sein Verlangen gestillt war, sah er keine Veranlassung mehr, ihr Verhältnis aufrechtzuerhalten. Gerade in diesem Augenblick war er wahrscheinlich längst bei einer anderen, irgendwo in Hollywood ...

Vollkommen benommen setzte sie sich in ihre Garderobe. Warum hatte sie die Gefahr nicht von vornherein erkannt? Warum hatte sie ihm vertraut? Wie hatte sie nur so dumm sein können!

In der Nacht nach der letzten Testvorstellung rief sie David in ihrer Verzweiflung vom Hotelzimmer aus an. Sie verachtete sich für ihre Schwäche, aber sie wollte unbedingt von ihm selbst hören, dass alles aus war.

Seine Stimme klang abwesend, als er sich endlich meldete.

Evelyns Stimme bebte. „David? Wie geht es dir?“

„Gut, danke“, erwiderte er kühl. „Wie ich höre, ist das Stück ein großer Erfolg?“

„Ja.“ Nervös wickelte sie die Telefonschnur um ihre Finger. „Kommst du zur Premiere nach New York?“

„Ich fürchte, nein, Liebling“, erklärte er lässig „Ich habe hier alle Hände voll zu tun.“ Er hielt inne, um leise mit jemandem zu sprechen. „Was ist, Cherrie? Nein, danke, ich möchte nicht mehr. Ja, sicher, die Handtücher sind im Bad, geh nur, Schatz.“ Dann war seine Stimme wieder klar zu verstehen. „Entschuldige, Evelyn, ich bin nicht allein.“

„Ja, ich habe es gehört“, erwiderte Evelyn völlig ruhig. „Es tut mir Leid, dass ich gestört habe.“ Sie legte den Hörer auf und begann herzzerreißend zu schluchzen. Es war ihr nur ein geringer Trost, dass sie sich nichts von ihrem Schmerz hatte anmerken lassen, solange David noch am Apparat war.

Warum nur war sie so dumm gewesen, ihm zu vertrauen? Zumindest kannte sie jetzt die Wahrheit, und es war ihr auch erspart geblieben, die bitteren Einzelheiten ein zweites Mal in Gegenwart der übrigen Truppe zu erfahren. Sie war damals darüber hinweggekommen, sie würde es auch jetzt schaffen, dessen war sie sich ganz sicher.

5. KAPITEL

Evelyn fühlte sich von Tag zu Tag schwächer, sie konnte sich kaum noch auf den Beinen halten. Edward war äußerst besorgt um sie und zeigte es deutlich.

„Hör mal, ein Freund von mir hat kürzlich eine Arztpraxis eröffnet“, berichtete er, als sie wieder in New York waren. Am kommenden Tag sollte die Premiere stattfinden. „Lass uns doch nachher mal bei ihm vorbeifahren, ja?“

Evelyn seufzte matt. „Na gut, wenn es dich beruhigt. Ich glaube aber, es liegt nur an meinen Nerven.“

Widerstrebend suchte sie den Arzt auf und beantwortete zunächst teilnahmslos alle Fragen. Schließlich konnte sie nicht länger an sich halten. „Glauben Sie etwa, ich könnte schwanger sein?“ brach es aus ihr heraus.

„Allerdings“, bestätigte der Arzt freundlich. „Nun, nun, das ist doch kein Weltuntergang. Mögen Sie keine Kinder?“

Tränen stiegen ihr in die Augen. „Ich bin nicht verheiratet“, flüsterte sie. „Ich spiele die Hauptrolle in einem Stück, das morgen Abend am Broadway Premiere hat. Der Vater des Kindes hat mich soeben verlassen. Doch, das ist ein Weltuntergang!“

Er beruhigte sie, ließ ihr von seiner Assistentin eine Tasse Kaffee bringen und sprach tröstend auf sie ein. „Die endgültigen Ergebnisse werden morgen früh vorliegen, erst dann kann man ganz sicher sein."

Evelyn gelang ein schwaches Lächeln, als sie hinaus ins Wartezimmer zu Edward zurückging.

„Was hat er gesagt?" erkundigte er sich, als sie auf die Straße traten.

„Ich bin schwanger."

„Wie bitte?" Edward blieb wie angewurzelt stehen.

„Er glaubt, das ich schwanger bin", wiederholte sie und kicherte hysterisch. „David hat sich gerade endgültig aus dem Staub gemacht, das Stück ist noch nicht einmal angelaufen, Geld besitze ich auch nicht ... Ach, Edward, was habe ich für ein Talent, mein Leben zu verpfuschen. Ich habe ihn geliebt, das war mein einziger Fehler."

„Du musst es ihm sagen", meinte Edward ruhig. „Du hast gar keine andere Wahl."

„Oh, er wird begeistert sein! Dabei trifft ihn genauso viel Schuld." Sie dachte daran zurück, wie nachlässig er in Sachen Empfängnisverhütung gewesen war.

„Er muss es wissen."

Sie sah Edward an. „Es tut mir Leid, wenn ich dir wehgetan haben sollte", begann sie und fühlte sich plötzlich seltsam schuldbewusst. „Ich habe ihn geliebt seit ich achtzehn war, ich konnte nicht anders, Edward."

„Natürlich nicht", beschwichtigte er sie und hielt ihre Hand. Lächelnd betrachtete er ihr abgespanntes Gesicht. „Ich werde für dich sorgen und dich sogar heiraten, wenn er sich weigert. Wie klingt das? Wir werden zwar ein recht armseliges Dasein fristen, aber vielleicht gewöhnt sich das Baby daran ..."

Evelyn umarmte ihn freundschaftlich. „Ach Edward, ich hab dich so lieb!" beteuerte sie.

„Unsinn", brummelte er und schob sie sanft von sich. „Ich

habe versprochen, für dich zu sorgen, aber mach jetzt bloß keine Annäherungsversuche! In deinem Zustand noch dazu – ich bin schockiert!“

Sie lachte erleichtert und hakte sich bei ihm unter. „Nun, es besteht ja immer noch die vage Hoffnung, dass alles ein Irrtum ist. Lass mich dreimal auf Holz klopfen, dass es so ist!“

Aber das Klopfen auf Holz erwies sich als unnütz. Am nächsten Morgen wurde Evelyn von der Assistentin des Arztes angerufen. Es bestand keinerlei Zweifel mehr – sie war tatsächlich schwanger.

Evelyn legte den Hörer auf, und plötzlich fühlte sie sich sonderbar ruhig und gelöst. Sie ließ sich in den nächsten Sessel sinken und starrte leer vor sich hin. Jetzt, wo sie hundertprozentige Sicherheit besaß, stellte sich auf einmal ein ungeahntes Verantwortungsgefühl ein.

Schwanger. Sie strich sich mit der Hand über ihren flachen Bauch und sah versonnen an sich herab. Sie und David hatten neues Leben geschaffen – die Tragweite dieses Gedankens raubte ihr fast den Atem.

Seit dem Tag, als sie David zum ersten Mal begegnet war, hatte sie sich mit derselben Heftigkeit, wie sie ihn begehrte, ein Kind gewünscht. Jetzt, wo sich ihr Traum erfüllt hatte, wurde sie von ruhigem Stolz erfasst. Bestimmt würde er nun zu ihr zurückkehren, er würde sicher nicht wollen, dass sein Kind ohne Vater aufwuchs. Das Problem war nur, wie sollte sie es ihm beibringen?

Evelyn faltete die Hände über ihrem Bauch. Sie lächelte. Ein Baby! Nach all den Jahren war ihr Wunsch Wirklichkeit geworden. Sie überlegte, ob David wohl ebenso überwältigt sein würde wie sie. Er hatte ihr gestanden, dass er sie liebte, und sicher hatte er es ernst gemeint. Wäre er sonst so zärtlich zu ihr gewesen?

Aber gleichzeitig erinnerte sie sich daran, wie er sich allmählich von ihr zurückgezogen hatte. Der Abschied vor seiner Abreise nach Kalifornien war nicht gerade vielversprechend gewesen. Und dann dieses Mädchen, mit dem er gesprochen hatte, als sie ihn anrief. Cherrie.

Cherrie. War das sein neuester Flirt oder eine alte Bekannte? Wenn er nun in Wirklichkeit immer Cherrie geliebt und bei ihr, Evelyn, nur ein flüchtiges Abenteuer gesucht hatte?

Sie stand auf und wanderte rastlos im Zimmer umher. Noch vor nicht allzu langer Zeit hatte alles so einfach ausgesehen. Da hätte sie David angerufen, ihm die freudige Nachricht mitgeteilt, und er wäre bestimmt voller Begeisterung zu ihr zurückgeeilt. Aber allmählich dämmerte ihr, dass die Lage weitaus komplizierter war.

Immer wieder hatte er betont, dass er keine feste Bindung wünschte. Besaß sie das Recht, ihn dazu zu zwingen? Wenn er kein Kind wollte, war es dann nicht besser, das Kind nur mit einem Elternteil aufwachsen zu lassen, das es wirklich lieb hatte?

All diese Grübeleien erschöpften Evelyn. Sie legte sich aufs Bett und schloss die Augen. In weiser Voraussicht hatte sie Dick Hamilton, den Inspizienten, um ein paar zusätzliche freie Stunden gebeten, und in denen wollte sie sich ausschlafen. Am Abend fand die Premiere statt, und ihre Rolle war einfach zu wichtig. Evelyn konnte es sich nicht leisten, ihren Auftritt nur wegen ihrer Probleme mit David zu verpatzen. Später war noch genug Zeit zum Nachdenken.

Als Evelyn aufwachte, fühlte sie sich kaum besser. Sie zog sich an und eilte ins Theater.

„Nun? Alles in Ordnung?“ fragte Dick besorgt. Er war hinter der Bühne mit letzten wichtigen Anweisungen beschäftigt.

Evelyn lächelte freundlich zurück. Sie mochte den gemütlichen kahlköpfigen Mann, einen besseren technischen Leiter hätte man sich nicht wünschen können. „Alles bestens!“ log sie.

Nachdenklich betrachtete er sie. „Glaubst du, du schaffst es?"

„Selbstverständlich!"

Alle waren nervös, sogar Edward. Er kam in Evelyns Garderobe und hielt ein Paar alter grüner Socken in der Hand. „Wie fühlst du dich?" erkundigte er sich teilnahmsvoll.

„Prima, danke", lachte sie.

„Hast du David schon Bescheid gesagt?"

Ihre Fröhlichkeit verflog schlagartig. „Nein."

„Keine Sorge, es wird schon alles gut werden", versicherte er. Er deutete auf seine Strümpfe. „Meine Glücksbringer. Ich habe sie bei jeder Premiere dabei."

Evelyn musterte sie stirnrunzelnd. „Wäschst du sie wenigstens ab und zu?"

„Mitunter schon", grinste Edward. „Aber das ändert nichts an ihren wundersamen Eigenschaften. Was hast du denn?"

Seufzend zog sie ein kleines altsilbernes Kreuz aus ihrem Ausschnitt „Meine Mutter hat mir das geschenkt, als ich beim Sommertheater anfing. Ich trage es bei jeder Vorführung."

„Schauspieler sind schon verrückt", stellte Edward belustigt fest.

„Nein, nicht verrückt, nur exzentrisch", verbesserte sie. „David hatte immer eine Türkiskette dabei. Wir haben alle unsere kleinen Marotten."

„Das stimmt wohl. Also, Hals- und Beinbruch, Liebes!"

„Ich werde mein Bestes tun. Für dich auch!"

Er winkte ihr noch einmal zu, dann war er draußen. Evelyn begann sich zu schminken. Mit klopfendem Herzen fragte sie sich, ob David wohl doch noch eintreffen würde. Sie konnte sich nicht vorstellen, dass er sich eine Premiere entgehen ließ. Hoffentlich kam er, dann konnte sie ihm nach der Vorführung alles erzählen.

Wenn das Stück nun kein Erfolg würde? Sie runzelte die Stirn. Nein, das war zu pessimistisch. Natürlich würde es ein

Erfolg werden. Schließlich war es Davids Werk. Ob er wohl Cherrie mitbrachte? Ihre Stimmung sank. Männer ...

Sie hatte gerade ihr Make-up beendet, als die Tür aufging und David eintrat. In seinem dunklen Smoking wirkte er noch größer als sonst. Der kleine Taschenspiegel glitt Evelyn aus der Hand und fiel klirrend auf den Schminktisch.

„Bist du überrascht, mich zu sehen?" fragte er.

„Ein wenig", gab sie zu. Sie wollte aufstehen und zu ihm eilen, aber sein sonnengebräuntes Gesicht wirkte abweisend. „Es scheint dir gut zu gehen."

„Ja, Kalifornien hat ein durchaus heilsames Klima." Er musterte sie gelassen. „Lampenfieber?"

„Ich habe vor jeder Vorstellung Lampenfieber." Sie bürstete sich ihr Haar und hoffte, ihre Hand möge nicht zittern.

„Ich habe heute Morgen versucht, dich anzurufen. Du warst nicht da, daher habe ich es bei Janet versucht. Sie sagte, du wärst mit Edward zusammen."

„Richtig", bestätigte sie sachlich. „Wolltest du etwas von mir?"

„Dir Glück wünschen."

„Oh, ich werde Glück haben", erwiderte sie. Auf einmal fühlte sie sich unglaublich stark und zu allem fähig. „Wie geht es Cherrie? Hast du sie mitgebracht?"

Seine Züge verhärteten sich. „Evelyn ..."

„Keine Sorge, ich mache dir keine Szene", versicherte sie. Prüfend blickte sie ihn an.

„Das habe ich auch nicht erwartet", meinte er stirnrunzelnd. „Das passt nicht zu dir, du bist anders."

„Ich bin schwanger." Sie hatte es nicht so direkt sagen wollen, es war einfach eine nervöse Reaktion auf sein seltsames Verhalten. Aber jetzt war es zu spät, diese Worte zurückzunehmen. Aufmerksam betrachtete sie ihn, um zu sehen, wie er die Neuigkeit aufnahm.

Erstaunt hob David den Kopf. „Was bist du?"

„Ich bin schwanger!“

„Ich weiß, ich kenne das Skript.“

Sie schluckte. „David, ich spreche jetzt nicht von meiner Rolle.“ Fasziniert beobachtete sie, wie die Farbe aus seinem Gesicht wich und seine Augen zu glitzern begannen. Sie lachte nervös. „Ich habe dir ja gesagt, wir haben nicht genug aufgepasst …“

Sein Atem ging stoßweise, seine Augen hatten einen Furcht erregenden Ausdruck angenommen. „Wer ist der Vater?“ fragte er mit eiskalter Stimme.

„Du natürlich! Du weißt doch, dass du der Erste warst.“

„War, richtig. Aber schließlich hast du seit meiner Abreise ziemlich viel Zeit mit Hadison verbracht,“

„Ich habe nie mit ihm geschlafen“, versicherte sie ihm sanft. „Für mich hat es immer nur dich gegeben.“

David lächelte verbittert. Plötzlich warf er den Kopf in den Nacken und brach in schallendes Gelächter aus. „Du bist also schwanger. Von mir!“

Ihr war, als berührte eine eisige Hand ihr Herz. „Natürlich von dir! Von wem denn sonst?“

Er verstummte schlagartig, und seine Miene wirkte versteinert. „Nun, das ist höchst interessant. Ein biologisches Wunder, sozusagen.“

„Ein Wunder?“ Sie stand auf und spürte, wie ihre Beine nachzugeben drohten. „Schließlich haben wir miteinander geschlafen!“

„Natürlich haben wir das, Liebling!“ versetzte er spöttisch. „Genauso, wie ich mit Dutzenden anderer Frauen geschlafen habe. Allerdings ist keine von ihnen je schwanger geworden, und ich habe mir nie den Kopf über irgendwelche Verhütungsmaßnahmen zerbrochen.“ Evelyns Lippen zitterten, sie verstand nicht, was er andeuten wollte. „Du hast immer noch nicht begriffen?“ David richtete sich auf und blickte überheblich auf sie herab. „Wenn du wirklich schwanger bist und dies nicht ein letzter Trick ist, mich vor den Altar zu schleppen, dann bist du jetzt ganz schön ins Fettnäpfchen getreten. Ich kann nämlich gar kein Kind zeugen. Einer der bekanntesten Ärzte des Landes hat mir bestätigt, dass ich zeugungsunfähig bin."

Zeugungsunfähig. Dieses Wort hallte in ihr nach wie ein Alptraum. Er sagte noch mehr, aber sie hörte ihm nicht länger zu. Aus schreckgeweiteten Augen starrte sie ihn an. Also glaubte er ihr nicht, dass es sein Kind war. Er behauptete sogar, dass es gar nicht von ihm sein konnte. Dabei wusste sie mit absoluter Sicherheit, dass er der Vater war ...

„Ich war mit keinem anderen zusammen", flüsterte sie benommen.

„Natürlich nicht", stimmte er ironisch zu. „Du willst wohl ins Buch der Rekorde kommen, wie?" Er wandte sich zur Tür. „Noch eins, Evelyn, wehe dir, wenn du irgendjemandem erzählst, ich wäre der Vater deines Kindes. Ich habe keine Lust, in den Klatschspalten aufzutauchen." Seine Augen glitzerten gefährlich. „Wenn du es trotzdem tust, dann werde ich dafür sorgen, dass du nie wieder eine Rolle bekommst. Also behalte deine Lügen gefälligst für dich!"

Evelyn war wie gelähmt. „Aber das Baby ..." stammelte sie.

„Das ist Hadisons Angelegenheit, nicht meine. Er soll sich gefälligst um dich kümmern."

„David!" Es klang wie ein Aufschrei.

Von der Tür her warf er ihr einen letzten verächtlichen Blick zu. „Du wolltest doch wissen, warum ich so viele Stücke über Beziehungen und Schwangerschaften geschrieben habe? Interessiert es dich, warum ich fortging, als du achtzehn warst? Du hattest dir so sehr Kinder gewünscht ..." Er lachte böse. „Du hättest dein Gesicht sehen sollen, wenn du davon sprachst. Glaubst du im Ernst, ich hätte bei dir bleiben können, nachdem ich erfahren hatte, wie es um mich stand?"

Eine Welle der Übelkeit überfiel Evelyn, und sie musste sich rasch hinsetzen. Angestrengt versuchte sie, gleichmäßig durchzuatmen.

„Ist dir schlecht?“ erkundigte er sich zynisch. „Ich werde den stolzen Vater rufen. Bestimmt ist er rührend um dich besorgt. Hals- und Beinbruch heute Nacht, Evelyn. Ich will, dass du auf der Bühne stehst, und wenn ich dich eigenhändig dorthin verfrachten muss. Verstanden?“ David warf die Tür mit lautem Knall hinter sich ins Schloss.

Evelyn blieb auf ihrem Stuhl sitzen und wartete, bis die Übelkeit nachließ. Im Geist bedachte sie David mit den schlimmsten Schimpfwörtern, die sie kannte. Sie war am Boden zerstört, aber sie würde sich das diesem Unmenschen gegenüber niemals anmerken lassen. Doch sie würde durchhalten und heute Abend spielen wie noch nie zuvor. Er sollte sie nicht am Boden sehen.

Gerade hatte sie sich wieder einigermaßen gefangen, da betrat Edward ihre Garderobe. Er war sehr blass. „Ist alles in Ordnung mit dir?“ wollte er sofort wissen.

„Dasselbe sollte ich dich fragen“, erwiderte sie. Sie fühlte sich gleichermaßen betäubt, aber auch stolz. „Hat er dich geschlagen?“

„Nein, aber das hätte auch nicht mehr viel ausgemacht. Mein Gott, ist dieser Mann denn blind?“ brauste er auf. „Warum akzeptiert er das Baby nicht?“

„Er möchte eben nicht gern Vater sein“, wich Evelyn geschickt aus. Sie konnte ihm unmöglich die ganze Wahrheit gestehen, dazu fühlte sie sich nicht berechtigt. „Edward, es tut mir Leid, dass alles so gekommen ist“, meinte sie und atmete tief durch.

„Du brauchst dir keine Vorwürfe zu machen, außer vielleicht der Tatsache, dass du diesem Kerl vertraut hast“, entgegnete er. „Mach dir keine Sorgen. Ich werde dich nicht im Stich lassen, und heiraten werden wir auch.“

„Nein.“ Sie hauchte einen liebevollen Kuss auf seine Wange.

„Du bist für mich wie ein großer Bruder, und wenn man es recht bedenkt, so ist das durchaus nicht schlecht. Ich liebe ihn, Edward. Ich habe nie aufgehört, ihn zu lieben, und werde es wohl auch nie tun, auch wenn ich ihn im Moment am liebsten umbringen würde."

Er lächelte traurig. „Möchtest du, dass ich dir dabei behilflich bin?"

„Nein, lieber nicht. Trotzdem, vielen Dank." Sie schloss die Augen. „Vielen Dank, dass du dich so um mich kümmerst."

Edward legte liebevoll den Arm um sie. „Ich würde gern noch viel mehr tun", erklärte er weich. „Aber reg dich jetzt nicht auf, das ist nicht gut für das Baby."

„Ich weiß." Schutz suchend lehnte sie den Kopf an seine Schulter. „Es wird schon wieder, ganz bestimmt."

„Wie idyllisch", ertönte eine schroffe Stimme von der Tür her. Sie drehten sich um und entdeckten David, der sie scharf beobachtete. „Ihr seid aufgerufen. Wenn ihr euch für eine Weile voneinander trennen könntet, solltet ihr jetzt auf die Bühne gehen."

„Wollen wir es wagen, Liebling?" fragte sie Edward absichtlich zärtlich, um David in seinem Vorurteil zu bestärken.

„Aber unbedingt!" Er nahm ihren Arm und führte sie aus der Garderobe.

Auf ihr Stichwort hin trat Evelyn hinaus auf die Bühne. Sie fühlte sich plötzlich so selbstsicher wie noch nie, und ihre ruhige, freie Haltung beeindruckte das Publikum zutiefst. Am Ende ihres großen Monologes herrschte Totenstille im Theater, aber als dann nach dem ersten Akt der Vorhang fiel, brach ein unbeschreiblicher Applaus los.

Hinter der Bühne umarmte Edward sie begeistert. „Mein Gott, was für eine Leistung!" schwärmte er. „Wenn du dafür keine Auszeichnung erhältst ..."

„Ja, wirklich eine große Leistung", spottete sie. „Eine

Schwangere, die eine Schwangere spielt. Dazu gehört nicht viel Talent."

„Doch, was du da draußen bietest, ist hohe Schauspielkunst", beharrte er. „Ich bin so stolz auf dich, Evelyn!"

Sie schenkte ihm ein strahlendes Lächeln, obwohl ihr Herz schon wieder schwer wie Blei war.

„Ist alles in Ordnung bei euch?" rief Dick im Vorbeilaufen.

„Bestens!" erwiderte sie, und er nickte und ging weiter. Fragend sah sie Edward an. „Weiß er etwa ...?"

Er verzog das Gesicht. „Ja. Ich hatte Angst, er könnte dich zu hart anpacken, und du hättest dich nicht beklagt. Natürlich geht es mich nichts an, aber irgendjemand muss sich doch um dich kümmern. David tut es ja doch nicht!"

Es mutete sie eigenartig an, dass Dick die Wahrheit kannte. Irgendwann würde er unabsichtlich eine Bemerkung fallen lassen, und dann wussten alle Bescheid. Aber sie konnte unmöglich aus dem Stück aussteigen, dazu brauchte sie das Geld einfach zu dringend.

„Edward, du bist rührend, aber ..."

„Ja, ja." Er küsste sie auf die Wange. „Wir sprechen uns nachher noch." Er eilte davon, und Evelyn kleidete sich hastig für den zweiten Akt um.

Es wurde ein langer Abend, und Evelyn ermüdete schneller, als sie vermutet hatte. Der Gedanke an David jedoch, der jetzt irgendwo im Publikum saß und sie genau beobachtete, stachelte sie zu Höchstleistungen an. Sie würde es ihm zeigen. Seine Meinung von ihr interessierte sie überhaupt nicht. Wenn er tatsächlich glaubte, sie hätte ihn mit einem anderen betrogen, so hieß das, dass er ihr nicht vertraute. Und dies wiederum bedeutete, dass er sie nicht liebte.

Sie fühlte sich grenzenlos benutzt. Das Baby war das einzig Positive an dieser Beziehung. Es störte Evelyn auch nicht, es allein großzuziehen. Sie wusste, sie würde es schaffen – und sie würde es sehr lieb haben.

Wieder war sie den Tränen nahe. Warum glaubte David ihr nicht? Warum konnte er nicht akzeptieren, dass manchmal Wunder geschahen? Wie hätte sie sonst schwanger werden können? Aber vielleicht hatte er sich zu lange mit diesem vermeintlichen Makel herumgequält, dass er sich jetzt nicht an das Gegenteil gewöhnen wollte.

Vielleicht würde er eines Tages zur Vernunft kommen, aber dann war es mit Sicherheit zu spät. Außerdem bestand immer die Möglichkeit, dass er weiterhin fest davon überzeugt war, es handelte sich um Edwards Kind – ganz gleich, ob es blond und grünäugig war. Die Menschen glaubten oft nicht, was ihnen im Grunde widerstrebte. Und David schien die Vaterrolle zu missfallen, sonst hätte er es nicht von vornherein rigoros ausgeschlossen, dass sie die Wahrheit sagte.

Als endlich der Schlussvorhang fiel, war Evelyn völlig ausgelaugt und dem Zusammenbruch nahe. Trotzdem ging sie immer wieder hinaus und verbeugte sich unter dem donnernden Applaus des Publikums. Unzählige Rosensträuße wurden auf die Bühne gebracht, und Tränen strömten über Evelyns Wangen.

Die Premiere erwies sich als durchschlagender Erfolg, der Grundstein für ihre weitere Karriere war gelegt. Von jetzt an würde sie Geld haben. Die Zeit ihrer finanziellen Nöte würde vorbei sein. Die privaten Sorgen allerdings fingen gerade erst an.

Evelyn eilte in ihre Garderobe und schminkte sich ab. Dann schlüpfte sie schnell in bequeme Hosen und Pullover, bevor die ersten Gratulanten hereinplatzten. Sie nahm die vielen Glückwünsche mit atemloser Begeisterung entgegen, sie fühlte, wie sie auf einer Woge der Anerkennung und Verehrung schwamm.

Erst als David in Begleitung einer atemberaubenden Blondine erschien, verflog der Trancezustand, in dem sie sich befand. Und diesmal war Edward nicht da, um ihr zu helfen.

„Sie waren hinreißend, meine Liebe“, stellte die Blonde fest und schmiegte sich dabei in Davids Arm. „Ich wollte auch Schauspielerin werden, wissen Sie, aber meine Mutter mochte nichts davon hören“, fügte sie mit einem sorgsam einstudierten Seufzer des Bedauerns hinzu. „Mir hat Ihre Interpretation dieser Rolle ausgezeichnet gefallen. David deutete bereits an, dass Sie eine gute Darstellerin wären, aber ich musste mich erst selbst davon überzeugen. Er hatte Recht.“

„Vielen Dank“, entgegnete Evelyn höflich und überlegte, was die Frau wohl sagen würde, wenn sie erfuhr, von wem das Baby war, das sie erwartete.

„Wir müssen jetzt wirklich gehen“, wandte die Blonde sich an David. „Wenn wir tatsächlich heute Nacht noch nach Nassau fliegen wollen ... David verbringt ein paar Wochen mit uns, während er an seinem Drehbuch für Hollywood arbeitet. Obwohl ich hoffe, dass er trotzdem auch etwas Zeit für mich hat, nicht wahr, Liebling?“ fügte sie vielsagend hinzu.

„Weiter so, Evelyn“, ließ sich David nun ebenfalls zu einem Lob herab. „Du warst heute Abend außergewöhnlich gut.“

„Zerbrich dir über mich nicht den Kopf, Liebling“, konterte Evelyn sarkastisch. „Ich bin ein Überlebenstalent.“

Er starrte sie an. „Ja, das habe ich auch schon herausgefunden.“

Sie lächelte. „Ich werde mich darum kümmern, dass du eine Einladung zur Hochzeit erhältst“, teilte sie ihm kühl mit, absichtlich die Unwahrheit sagend. Er verletzte sie, und sie wollte ihm genauso wehtun.

Aber er reagierte überhaupt nicht. „Tu das. Vielleicht kann ich kommen. Bist du fertig, Tammy?“ Die Blonde wollte etwas einwenden, aber er schob sie schon sanft zur Tür. „Nicht jetzt, Liebling“, murmelte er mit heiserem Lachen. „Machs gut, Evelyn.“

Und schon war er fort. Evelyn setzte sich hin. Cherrie. Tammy. Alle seine Freundinnen waren vom gleichen Schlag: gut aussehend, wohlhabend, kultiviert. Das Gegenteil von ihr selbst. Sie griff nach ihrem Mantel, drängte sich durch die Menge der Gratulanten und eilte schließlich durch den Bühneneingang ins Freie hinaus. Sie glaubte, Edwards Stimme hinter sich zu hören, aber sie achtete nicht weiter darauf. Davids Verhalten und die Tatsache, dass er diese Frau mit in ihre Garderobe gebracht hatte, hatten sie völlig deprimiert.

Evelyn war nicht einmal bewusst, wohin sie überhaupt ging. Es war ihr gleichgültig, dass sie fror, und ohne es zu merken, lenkte sie ihre Schritte in Richtung des Flusses. Lange Zeit hastete sie ziellos dahin, mechanisch einen Fuß vor den anderen setzend. Ständig hallte Davids Stimme in ihr nach: „Ich bin zeugungsunfähig ... Das Kind ist nicht von mir ..."

6. KAPITEL

Der Verkehrslärm dröhnte unwirklich in Evelyns Ohren, sie sah die Lichter der Stadt, ohne sie richtig wahrzunehmen. Sie war derart in ihrem Schmerz gefangen, dass sie nicht einmal mehr an ihr Baby dachte. So erreichte sie den Fluss und starrte in die schwarzen Fluten hinab. Sie fragte sich, ob sie in ihnen wohl endlich Frieden finden würde ...

Und in einem Augenblick geistiger Umnachtung setzte sie einen Fuß auf das Brückengeländer.

„Evelyn! Nein!"

Die Panik in diesem Schrei riss sie aus ihrer Benommenheit. Sie drehte sich um und sah, wie Edward auf sie zu gerannt kam. Dann war er bei ihr. Er riss sie in die Arme und hielt sie ganz fest. „Evelyn!" stieß er atemlos hervor. „Du entsetzlicher kleiner Dummkopf!"

Endlich ließ sie ihren Tränen freien Lauf, und zum ersten Mal fühlte sie mit aller Wucht die ganze Tragweite der Tatsache, dass David sie verlassen hatte.

„Er behauptet, es sei nicht sein Kind", stammelte sie. „Und dann hat er dieses schreckliche Geschöpf in meine Garderobe gebracht, um mich zu demütigen. Außerdem denkt er, ich sei eine Herumtreiberin!"

„Und du weißt ganz genau, dass das nicht stimmt", versetzte Edward und zog sie enger an sich. „Hast du denn gar nicht an das Baby gedacht? Mein Gott, wenn ich nicht so besorgt gewesen und dir gefolgt wäre, nicht auszudenken, was dann hätte geschehen können!"

Sie schluchzte hilflos vor sich hin und klammerte sich an ihn. „Ich kann es nicht ertragen", flüsterte sie. „Vor sechs Jahren, als er mich verließ, ging es mir sehr schlecht. Aber diesmal bringt es mich um, Edward. Ich liebe ihn doch! Ich liebe ihn so sehr!"

Er atmete tief durch und strich ihr über das Haar. „Komm, hier ist nicht der richtige Platz zum Reden. Wir rufen ein Taxi und fahren nach Hause. Dort können wir in Ruhe über alles sprechen."

„Kannst du dir das denn leisten?" fragte sie stockend, während sie sich die Augen trocknete.

„Nein, natürlich nicht. Aber wir werden trotzdem eins nehmen. Ende der Woche gibt es die erste Gage. Bis dahin leben wir halt von Wasser und Brot."

„Ich kann dir etwas zu essen machen", bot sie ihm zaghaft an.

„Wirklich? Eine richtige warme Mahlzeit?"

Evelyn brachte ein Lächeln zustande und hakte sich bei Edward unter. „Wie wär's mit Eiern und Speck?"

„Das klingt gut! Lass uns gehen!"

In ihrer Wohnung angekommen, machte Evelyn sich schweigend an die Arbeit. Sie ließ Eier in die Pfanne gleiten. Die Dumpfheit in ihrem Innern hatte sich wieder eingestellt. Voller Entsetzen dachte sie daran, dass sie beinahe ihr Leben und das ihres Kindes aufs Spiel gesetzt hätte. Unbewusst legte sie die Hand auf ihren Bauch.

„Jetzt ist alles in Ordnung“, beruhigte Edward sie, der die Szene beobachtet hatte. „Und dem Baby geht es auch gut.“

„Ja, aber mir kommt alles so unwirklich vor. Dabei bin ich bestimmt kein Mensch, der zum Selbstmord neigt, ich bin eigentlich sehr stark!“ Sie warf ihm einen gequälten Blick zu.

„Niemand von uns hat übermenschliche Kräfte, und du warst in einer wirklich sehr schlimmen Verfassung“, erinnerte er sie. „Dazu noch all die Aufregung und die Strapazen der Premiere. Kein Wunder, dass du ein wenig durchgedreht bist.“

„Wenn du mir nicht gefolgt wärst, hätte ich es getan, glaube ich“, grübelte sie laut.

„Vielleicht wärst du rechtzeitig wieder zur Vernunft gekommen“, wehrte er verlegen ab.

„Möglich.“ Sie schob die gebratenen Eier auf die vorbereiteten Schinkentoasts. „So etwas ist mir noch nie passiert. Ich habe nicht einmal gemerkt, was ich tat.“

„Du brauchst ein wenig Ruhe“, stellte Edward fest. „Ich werde mit dir im Park spazieren gehen.“

„Nein!“ Entsetzt schüttelte Evelyn den Kopf.

„Wie wär's dann mit einem Kinobesuch?“ lenkte er hastig ein. „Es läuft ein neuer Science-Fiction-Film.“

Sie zögerte. „Das könnte nett werden. Ich mag solche Filme.“

„Ich auch. Siehst du, wir haben sogar gemeinsame Interessen. Warum heiratest du mich nicht, vielleicht finden wir dann noch mehr?“

Er scherzte, aber sie ahnte, dass sich dahinter ein gewisser Ernst verbarg. Fast fühlte sie sich versucht einzuwilligen. Es war zu verlockend, all ihre Sorgen ihm anzuvertrauen und sich von ihm umsorgen zu lassen. Aber das wäre nicht fair gewesen. Sie konnte ihm einfach nicht geben, was er sich von ihr erhoffte, und es hatte auch keinen Sinn, sich etwas vorzumachen. Sie wollte Edward nicht verletzen.

Deshalb versuchte sie, das Gespräch ins Scherzhafte zu lenken. „Dann würden wir wohl beide verhungern", lächelte sie. „Und das Baby erst recht!"

Sie lachten beide. Evelyn schien es fast, als wäre das Baby schon da, sie bezog es bereits in all ihre Pläne mit ein. Sie grübelte eine Weile.

„Was hältst du von Jason? Ist das nicht ein schöner Name? Ich werde ihn Jason Clark nennen."

„Aber wenn es nun ein Mädchen wird?" gab er zu bedenken.

„Dann heißt sie eben Jackie", kam es postwendend. „Aber es wird kein Mädchen."

„Bist du dir da ganz sicher?"

Evelyn senkte den Kopf. „David war ein Einzelkind, aber seine Mutter hatte zwei Brüder und sein Vater fünf. Ja, ich bin mir in diesem Punkt ziemlich sicher."

Edward trank seinen Kaffee. „Sag mal, wo hast du so gut kochen gelernt?" fragte er, um das Thema zu wechseln.

„Daheim, als ich zwölf Jahre alt war. Meine Mutter meinte, ein Mädchen müsste unbedingt kochen können." Sie lehnte sich zurück und begann, von ihrer Kindheit und den friedlichen Jahren vor ihrer Zeit mit David zu erzählen. Die Stunden vergingen wie im Flug, bis Edward sich verabschiedete.

„Wenn du möchtest, schlafe ich hier auf dem Sofa", schlug er vor, als sie ihn schon zur Tür brachte.

„Nein, lass nur, es ist jetzt alles in Ordnung", versicherte sie ihm. „Ich werde so etwas Dummes wie vorhin nicht wieder tun."

„So ist es brav. Meist sieht die Welt nach ein paar Stunden Schlaf ganz anders aus, das habe ich schon oft erlebt."

„Du hast Recht. Danke für deine Freundschaft, Edward", sagte sie weich und küsste ihn auf die Wange.

„Gern geschehen. Gute Nacht. Du bist sehr tapfer."

„Beinahe wäre ich es nicht mehr gewesen. Aber das kommt nicht wieder vor. Ich werde dieses Baby haben“, lächelte sie entschlossen. „Und ich werde dafür sorgen, dass David McCullough weder das Kind noch mich jemals wieder anrührt. Eines Tages wird er mich erneut begehren, aber er wird mich nicht bekommen.“

Er nickte. „Ich weiß, du bist jetzt ziemlich durcheinander und erschöpft. Aber das wird sich ändern. Denk daran und halte durch.“

„Sprichst du aus eigener Erfahrung?“

„Ja. Du setzt dir doch immer Weihnachten als Meilenstein, nicht wahr?“ Edward schmunzelte. „Also warten wir ab bis zum Fest. Dann wird alles gut sein.“

„Danke, Edward.“

„Leg dich jetzt schlafen. Ich schaue morgen früh wieder bei dir vorbei.“

„Edward ...“ begann sie scheu.

„Pst. Ich habe so viel Liebe zu geben, warum also nicht dir und dem Baby?“ erklärte er ruhig. „Ich erwarte keine Gegenleistung von dir.“

„Aber das ist doch ungerecht“, flüsterte sie.

„Das Leben ist immer ungerecht“, stimmte er zu. „Aber wer nicht wagt, der nicht gewinnt. Wenn David eines Tages zurückkehren sollte, werde ich selbstverständlich verzichten. Aber wenn nicht ...“

„Das wird wohl nie geschehen“, seufzte Evelyn und wandte sich ab. „Trotzdem kann ich dir nicht etwas geben, was ich nicht wirklich empfinde. Ich will dir nicht wehtun, Edward. Ich bin selbst viel zu oft verletzt worden, ich weiß, wie schrecklich das ist.“

„Ich möchte lieber von dir gekränkt als von einer anderen geküsst werden“, bemerkte er kurz. „Schlaf jetzt. Bis morgen früh!“

Er drehte sich um und ging. Evelyn blickte ihm nach, bis er

im Treppenhaus verschwand, dann schloss sie langsam die Tür hinter sich ab und ging deprimiert schlafen.

Janet kam am nächsten Morgen mit einem Stapel Zeitungen vorbei, um Evelyn das Frühstück zuzubereiten.

„Edward meinte, dir ginge es nicht besonders“, plauderte sie heiter. „Deshalb werde ich dich ein wenig bemuttern. Übrigens, deine Kritiken sind fantastisch. Du hast es geschafft, Liebes!“

„Allerdings“, seufzte Evelyn. Sie richtete sich auf, wurde bleich und erreichte gerade noch mit Mühe und Not das Badezimmer.

Als sie zurückkehrte, hatte Janet ein paar Rühreier gemacht und blickte ihr mitleidig entgegen. „Oh ja, ich sehe ein, dass es dir schlecht geht“, stellte sie ruhig fest „Armes Mädchen. Weiß er davon?“

Evelyn nickte unglücklich.

„Und? Will er dich heiraten?“

Sie schüttelte den Kopf.

„Warum nicht?“

„Er glaubt, es wäre nicht von ihm.“

„Du lieber Himmel!“ Janet setzte sich neben ihre Freundin auf das Bett und legte den Arm um sie. „Wie kommt er denn darauf?

„Kannst du schweigen?“

„Wann habe ich je etwas ausgeplaudert?“

Evelyn lächelte schwach. „Er behauptet, er sei zeugungsunfähig.“

„Wer, David?“

„Ja.“ Sie zögerte. „Janet, er denkt, ich hätte mit einem anderen geschlafen. Er ist überzeugt, dass das Kind nicht von ihm ist, und weigert sich sogar, die Vaterschaft auch nur in Erwägung zu ziehen. Ich weiß nicht, wer ihm eingeredet hat, er könne keine Kinder zeugen. Aber wer immer es gewesen sein mag, ich würde ihm am liebsten den Hals umdrehen!“

„Verständlich. Was willst du jetzt unternehmen?"

„Ich werde das Baby zur Welt bringen."

„Das dachte ich mir. Aber wie willst du später zurechtkommen?"

„Das Stück ist ein Erfolg, und ich verdiene viel Geld damit. Also kann ich demnächst meine Schulden bezahlen." Evelyn seufzte. „Ich werde hier bleiben, und wenn es so weit ist, suche ich mir eine gute Klinik. Danach kümmere ich mich hauptsächlich um Babysitter, Windeln und Ähnliches." Sie musste lächeln. „Janet, ich wollte immer ein Baby haben und habe David geliebt. Und wenn ich ihn nicht bekommen kann, dann doch wenigstens sein Kind. Ich werde es lieben und verwöhnen. Ihm kann ich all die Zuneigung schenken, die er zurückweist. Es wird schon alles gut gehen."

Janet musterte sie ruhig. „Ja, das nehme ich auch an. Trotzdem ist das alles ziemlich unschön."

„Edward hat mir versprochen, mich zu heiraten."

„Na, großartig, da könnt ihr ja gemeinsam verhungern!" lachte Janet. „Er ist ein feiner Kerl."

„Ja, ich liebe ihn nur nicht." Evelyn strich sich das Haar aus dem Gesicht. „Aber er könnte eine Art Onkel für das Kind werden."

„Darf ich dann die Patentante sein? Stell dir vor, wir feiern richtig Taufe, mit allem drum und dran!"

„Das klingt wunderschön." Evelyn stand auf und ging zum Fenster. „Es scheint, als ob nun wirklich endlich Frühling ist. Und Weihnachten werde ich ein ganz besonderes Geschenk bekommen."

Sie drehte sich um und wirkte so zufrieden, dass Janet lächeln musste. „Das wird in der Tat ein außergewöhnliches Präsent! Aber wie wär's jetzt mit ein paar Rühreiern? Du musst in Zukunft regelmäßig und gesund essen."

„Schrecklich. Ich hole schnell den Ketchup."

Janet verzog das Gesicht und füllte die Teller.

In den folgenden Tagen hatte Evelyn kaum Gelegenheit, in Selbstmitleid zu verfallen, die Arbeit nahm sie voll und ganz in Anspruch. Das Stück wurde allabendlich von dienstags bis samstags aufgeführt, dazu kamen noch drei Matineen am Mittwoch, Samstag und Sonntag. Montag war ihr einziger freier Tag, und den verbrachte sie stets mit Edward und Janet.

Die beiden schienen es sich in den Kopf gesetzt zu haben, Evelyn nach allen Regeln der Kunst zu verwöhnen und ihr sämtliche Ärgernisse vom Leibe zu halten. Längst hieß es nicht mehr „Evelyns Baby", es war ihrer aller Kind geworden.

Und dann kam unvermeidlich der Tag, an dem der Rest der Truppe erfuhr, was mit ihr los war. Von da an begannen die Aufregungen.

Ein Reporter hatte die Neuigkeit erfahren, ohne Evelyn selbst zu befragen. Natürlich veröffentlichte er die Story sofort. Und so stand am nächsten Tag im Feuilletonteil der Zeitung die Schlagzeile: „Fiktion wird Wirklichkeit – Schwangere spielt die Hauptrolle in McCulloughs Erfolgsstück ..."

Evelyn fiel fast in Ohnmacht, als sie dies las. Der Artikel war voll des Lobes für die Idee, eine Schwangere von einer Schwangeren darstellen zu lassen, ganz so, als sei das Ganze durchaus absichtlich geplant gewesen. Man erging sich sogar schon in Spekulationen, was passieren würde, wenn Evelyn in die Klinik musste.

Natürlich wurde nicht erwähnt, wer der Vater des Kindes war, aber diese Geheimniskrämerei erhöhte den Reiz der Nachricht noch.

Ganz im Gegensatz zu Evelyn war Edward begeistert: „Das ist doch die beste Werbung für uns", fand er, als sie eines Nachmittags zu dritt im Straßencafe saßen. „Und für dich hat es den Vorteil, dass du nicht ganz so hart angepackt wirst. Sie sind alle sehr nett zu dir."

„Allerdings", vermerkte Evelyn mit etwas säuerlicher Miene. „Die Truppe behandelt mich jetzt schon wie ein rohes Ei."

„Und das bekommt dir", grinste Edward. „Du siehst prima aus, rundherum rosig und gesund."

„Rund und wohl genährt", fügte Janet kichernd hinzu.

„Nur weil meine Reißverschlüsse klemmen, bedeutet das noch lange nicht, dass ich zu dick bin", schmollte Evelyn scheinbar beleidigt und bestellte sich ein Sahnetörtchen.

Niemand hatte etwas Neues von David gehört. Das Stück lief nun schon zwei Wochen und war ein triumphaler Erfolg. Es war schön, endlich einmal spielfrei zu haben und auszuspannen. Genüsslich verzehrte Evelyn ihr Sahnetörtchen.

„Du darfst nicht zu viel davon essen", warnte Janet.

„Außerdem solltest du mehr spazieren gehen", mischte sich Edward ein.

„Also gut, ich höre jetzt auf zu essen und gehe spazieren", seufzte sie und stand auf. Sie machte eine abwehrende Geste, als sich die beiden anderen ebenfalls erheben wollten. „Nein, nein, ich bin ein großes Mädchen und kann schon allein laufen. Wir sehen uns nachher ohnehin."

„Ja, vergiss nicht, dass wir zum Abendessen kommen", erinnerte Janet.

Evelyn winkte ihnen zu und machte sich auf den Weg. Aus dem Augenwinkel warf sie einen Blick zurück und stellte fest, wie gut Janet und Edward im Grunde zusammenpassten. Vielleicht wurde eines Tages doch noch ein Paar aus den beiden.

Gemächlich schlenderte Evelyn an den zahllosen Schaufenstern vorbei und genoss es, einmal ganz für sich zu sein. Sie hatte in den vergangenen Tagen hart gearbeitet, und in ihrem Zustand ermüdete sie sehr schnell. Jetzt aber ging es ihr zunehmend besser. Der Arzt hatte ihr Tabletten gegen die morgendliche Übelkeit gegeben, dazu ein Multivitaminpräparat. Beides trug dazu bei, dass Evelyn sich fühlte, als könne sie Bäume ausreißen.

Gleichzeitig hatte sie den Eindruck, als würde sie immer schwerfälliger, obwohl man ihr sonst noch nichts von der

Schwangerschaft ansah. Meist trug sie lange Hosen mit dehnbarem Bund und weite Blusen, dadurch merkte sie auch selbst kaum, dass sie allmählich zunahm.

Trotz der Tatsache, dass David ihr den größten Schmerz ihres Lebens zugefügt hatte, begann sie langsam wieder aufzublühen. Sie fühlte sich herrlich jung und voller Lebensfreude. Die Menschen um sie herum behandelten sie freundlich und zuvorkommend – besonders nach jenem Zeitungsartikel. Und obwohl niemand genau wusste, wer der Vater ihres Kindes war, konzentrierten sich die Vermutungen überwiegend auf Edward oder David. Allerdings schien Edward mehr und mehr der Favorit zu werden. Er war ständig mit Evelyn zusammen, zeigte sich so aufmerksam und liebevoll – wer kam eher in Frage als er?

Evelyn lächelte nur über all diese Gerüchte. Sie war glücklich über ihre Schwangerschaft, und nichts anderes zählte für sie. Sie hatte ihren Eltern noch nichts davon erzählt, war aber sicher, dass sie sie verstehen würden. Schließlich lebte sie in New York, kein Mensch kümmerte sich darum, ob ihr Kind nun einen Vater hatte oder nicht.

Als sie in die Straße einbog, in der sie wohnte, blieb sie plötzlich wie vom Blitz getroffen stehen. Sie kannte den schwarzen Porsche vor ihrem Haus nur allzu gut. Der Wagen war leer, und Evelyn spähte zögernd zu ihrem Fenster empor. Sollte sie hinaufgehen oder nicht? Einerseits wollte sie ihn sehen, wenigstens noch einmal. Aber würde sich dadurch nicht alles verschlimmern?

Die Haustür öffnete sich, und David kam heraus. Sein blondes Haar war vom Wind zerzaust, er trug weiße Jeans, einen weißen Pullover und ein grobes Tweedjackett. Als er Evelyn entdeckte, eilte er sofort auf sie zu.

Sie rührte sich nicht. Ganz ruhig abwartend stand sie da, die Hände in den Jackentaschen vergraben.

David schaute sie prüfend an. „Wer ist für diesen Artikel verantwortlich?“ fragte er schroff.

„Ich jedenfalls nicht, falls das der Anlass für deinen Besuch gewesen sein sollte“, erwiderte sie kühl. „Ich habe genug Sorgen und brauche mir nicht noch zusätzlich Probleme zu schaffen. Tag und Nacht zittere ich vor Angst, meinen Eltern könnte ein Exemplar dieser Zeitung in die Hände fallen.“

Er musterte sie aufmerksam. „Du siehst nicht sehr gut aus, Evelyn. Bist du krank?“

„Ich bin schwanger“, erinnerte sie ihn gereizt. „Viele Frauen haben in den ersten Monaten Schwierigkeiten.“

David holte tief Atem. „Du willst es also behalten?“

„Natürlich“, bekräftigte sie. „Ich habe nie etwas anderes vorgehabt.“

„Da wird sich Hadison aber freuen.“ Dies war eine ganz eindeutige Beleidigung, aber Evelyn gelangte zu dem Schluss, dass David offenbar wirklich fest daran glaubte, Edward wäre der Vater. Da ein Arzt ihm gesagt hatte, dass er niemals Kinder zeugen könnte, vertraute er diesem Urteil felsenfest.

„Edward ist nicht der Vater“, teilte sie ihm zum wiederholten Mal mit.

„Wer sonst? Der Milchmann?“ spottete er.

„Mein Kind geht dich nichts an“, versetzte sie stolz. „Alle kümmern sich rührend um mich, mit Ausnahme des Vaters.“

„Will er es nicht?“ erkundigte sich David schroff.

„Es ist dein Kind, David.“ Ihre Augen glitzerten. „Du kannst das leugnen bis zum Jüngsten Tag, trotzdem wird sich nichts an dieser Tatsache ändern.“

„Hast du denn nicht begriffen, was ich dir gesagt habe?“ brauste er auf. „Ich habe dir doch genau erklärt, dass ich unmöglich der Vater sein kann!“

„Wer sonst, wenn ich mit niemandem außer dir zusammen gewesen bin?“ antwortete sie hitzig.

„Hadison turtelt um dich herum, seit wir mit den Proben begonnen haben.“

„Er ist mein Freund, und ich mag ihn sehr, aber wir haben nie ein Verhältnis gehabt. Ich könnte es einfach nicht.“

Er lachte ungläubig. „Natürlich!"

„Kannst du nicht akzeptieren, dass sich dein Arzt offensichtlich geirrt hat?" fragte sie zornig. „Wir machen alle mal Fehler. Vielleicht ist der Laborbefund vertauscht worden!"

„Bis jetzt ist noch keine der Frauen, mit denen ich zusammen war, schwanger geworden", entgegnete er stur.

„Weil die meisten die Pille nehmen, das weißt du ganz genau", fauchte Evelyn wütend. Dann kicherte sie. „Du und deine Freundinnen! Wie viele hast du denn zurzeit? Wahrscheinlich musst du einen Terminkalender führen, damit du sie nicht verwechselst."

„Du musst gerade so reden, du Herumtreiberin!" Die Verachtung in ihrer Stimme trieb David zur Weißglut.

Evelyn schlug so fest zu, wie sie nur konnte, und beobachtete fasziniert, wie sich seine Wange rötete.

David verzog keine Miene, sondern starrte Evelyn nur wortlos an. Doch in seinen Augen funkelte es gefährlich.

„Es hat nie einen anderen außer dir gegeben!" wiederholte sie mit bebender Stimme. „Ich habe dich geliebt!"

Für den Bruchteil einer Sekunde zuckte er zusammen, dann hatte er sich wieder völlig unter Kontrolle. „So?" höhnte er. „Warum hast du mich dann betrogen?"

„Das habe ich nicht!" rief sie. Aber es war hoffnungslos, sie sah ihm deutlich an, dass er ihr nicht glaubte. „Warum vertraust du mir denn nicht?"

„Ich wünschte, ich könnte es", erwiderte er ruhig. „Du ahnst nicht, wie sehr ich mir Kinder wünsche. Ich würde alles dafür geben, wenn ich der Vater deines Kindes sein könnte. Aber ich glaube nicht an Wunder."

„Habe ich dich jemals belogen?" fragte sie traurig.

Er zuckte die Achseln. „Wie soll ich das mit Sicherheit wissen? Du bist eine gute Schauspielerin."

„Dies hier ist kein Theater", verteidigte sie sich und wies auf ihren Bauch. Sie versuchte, irgendeine Regung in seinem Gesicht zu entdecken, aber er verstand es meisterhaft, sich zu beherrschen. Nie hatte sie sich hilfloser gefühlt als in diesem Augenblick. „Du hast wohl nach einem Weg gesucht, mich loszuwerden, da kam dir meine Schwangerschaft recht gelegen, nicht wahr?"

„Bist du dir da so sicher?" Er blickte sie unbewegt an. „Woher weißt du, was in mir vorgeht?"

„Natürlich weiß ich das nicht. Schließlich hast du dich wieder einmal vom Acker gemacht und auch jetzt versteckst du deine Gefühle sehr gut", murmelte sie bitter. „Ich bin noch immer nicht sonderlich erfahren. Für dich war ich eine leichte Beute, weil ich mich seit Jahren immer noch nach dir gesehnt habe. Außerdem war ich naiv genug, mir einzubilden, du würdest etwas für mich empfinden. Dabei wolltest du von Anfang an nur mit mir ins Bett."

„Nicht ganz", flüsterte David gepresst. „Ich stand im Begriff, dir einen Vorschlag zu machen. In den Wochen meiner Abwesenheit hatte ich dich sehr vermisst." Vermisst, fügte er insgeheim hinzu, ich habe mich verzehrt nach dir.

„War das vor oder nach der Sache mit Cherrie und Tammy?" erkundigte sich Evelyn ironisch. „Du magst mir nachsagen, ich wäre dir nachgelaufen. Aber dir werfe ich vor, ständig andere Frauen zu haben. Erstaunlich, dass es mit mir überhaupt so lange gedauert hat!"

„Nicht", forderte er dumpf und wandte den Kopf ab. „Bitte lass es nicht so billig klingen."

„War es das denn nicht? Ich war doch nur ein Zeitvertreib für dich. Leider war ich zu blind, um das zu erkennen. Nun, das ist jetzt glücklicherweise vorbei, ich werde dir nicht bis ans Ende meines Lebens nachweinen. Es ist schon beinahe ein Segen, dass alles so gekommen ist."

„Ein uneheliches Kind ist für mich kein Segen."

„Für dich nicht, du brauchst keinen ruhigen Pol in deinem Leben. Ich schon, denn ich brauche Liebe."

„Hast du den Vater deines Kindes geliebt?"

„Zufällig ja", seufzte sie lächelnd. „Obwohl du ein entsetzlicher Dummkopf bist."

„Es ist nicht von mir, und auch der Wunsch, es möge anders sein, ändert daran nichts", beharrte er kalt.

„Nun ja, wie du meinst." Evelyn zog die Jacke fester um sich. Sie fröstelte im kühlen Wind. „Ich bin sicher, du wirst längst irgendwo von einer Frau erwartet, und was mich betrifft, so möchte ich mir keine Erkältung holen. Deshalb verabschiede ich mich jetzt von dir."

„Grüße an deinen Geliebten."

Im Gehen drehte Evelyn sich noch einmal zu ihm um, ihre Augen leuchteten unnatürlich groß und vorwurfsvoll. „Lass die Tests noch einmal wiederholen."

„Das brauche ich nicht"

„Eines Tages wirst du es bedauern", prophezeite sie ihm. „Eines Tages wirst du erkennen, dass ich die Wahrheit gesagt habe, aber dann wird es zu spät sein. Und das wäre der Gipfel der Ironie. Dann hast du ein Kind, dem du nie im Leben begegnen wirst, und damit wirst du das Einzige verleugnet haben, was du dir angeblich am meisten gewünscht hast."

Mit diesen Worten eilte Evelyn davon, und es war ihr in dem Moment völlig egal, ob sie ihn jemals wiedersehen würde oder nicht.

7. KAPITEL

Die Begegnung mit David hatte auf Evelyns Gefühle wie ein kalter Guss gewirkt. Das Leben ging weiter, und sie schwamm mit im Strom, ohne irgendetwas zu empfinden. Davids Worte hatten entsetzlich wehgetan. Warum war er nur so starrsinnig? Wie konnte er nur behaupten, sie zu mögen, und ihr dennoch kein Vertrauen schenken?

Die Aufregung wirkte sich zunächst auf ihren Appetit aus. Edward stellte als Erster fest, dass sie kaum noch aß, und so lud er sie eines Nachts nach der Vorstellung in ein Restaurant ein.

Er hatte genau den richtigen Augenblick erwischt. Sie schloss die Augen und atmete genüsslich den verführerischen Duft ein.

„Fühlst du dich jetzt besser?“ erkundigte sich Edward lächelnd.

„Ja“, gestand sie und aß mit großem Appetit. „Ich hatte gar nicht gemerkt, wie hungrig ich war.“

Er lachte. „Es war wieder eine gute Vorstellung heute, nicht wahr? Wir müssen das Ganze wohl richtig anpacken, denn die Leute strömen nach wie vor in Scharen ins Theater.“

„Ich hätte allerdings beinahe alles verpatzt, als ich gestolpert bin.“ Sie stöhnte. „Das passiert mir ständig in diesem schrecklichen langen Kleid. Danke, dass du mich aufgefangen hast.“

„Gern geschehen. Garantiert dachten alle, das gehört zum Stück. Jedenfalls hat keiner gelacht“, fügte er trocken hinzu.

„Das Thema ist ja auch nicht unbedingt amüsant.“ Evelyn nippte an ihrem Kaffee, und ihre Augen hatten einen traurigen Ausdruck angenommen. „Ich nehme an, David ist wieder auf die Bahamas geflogen, um sich dort mit seiner Blondine zu treffen. Hast du sie am Premierenabend gesehen? Eine Wucht, sage ich dir.“

„Nein, ich war viel zu beschäftigt mit meinen eigenen, wenn auch nicht sehr zahlreichen Bewunderern.“ Edward beugte sich vor, um sie eindringlich zu mustern. „Heirate mich, Evelyn“, bat er unvermittelt „Wir ziehen das Kind gemeinsam groß.“

Sie atmete tief durch und legte langsam die Gabel aus der Hand. „Edward, ich kann nicht. Du bist mein Freund, und ich habe dich sehr gern. Aber das ist auch alles. Ich gehöre zu den Frauen, die nur einmal wirklich lieben, auch wenn es sich bei dem Betreffenden um einen ausgemachten Dummkopf handelt, der obendrein völlig blind ist.“

„Ich verlange nicht viel von dir“, beharrte er.

„Du würdest auch nicht viel bekommen, und gerade das kann ich nicht zulassen.“ Nachdenklich blickte sie auf ihre Tasse. „Nein, Edward, ich muss mit diesem Problem allein fertig werden.“

„Es ist nicht allein deine Sache“, widersprach er. „Janet sorgt sich ebenfalls sehr um dich. Sie hat Angst, weil du ganz allein in der Wohnung bist.“

„Warum?“ lachte Evelyn. „Ich habe doch sehr nette Nachbarn!“

„Ich kenne keinen.“

„Doch, zum Beispiel Mr. Bartholomew“ protestierte sie. „Das ist der Mieter, der immer so falsch singt. Er sieht einem berühmten Opernstar sehr ähnlich, auch wenn er nicht ganz so üppig proportioniert ist!“

„Beziehungsweise nicht ganz so talentiert“, witzelte Edward.

„Egal, er ist jedenfalls immer da und begrüßt mich stets, wenn ich nachts nach Hause komme. Er meint, das Kind brauche unbedingt einen Vater, und da ich keinen aufzuweisen hätte, wolle er sich um uns kümmern.“ Tränen der Rührung schimmerten in ihren Augen „Im Ernst, Edward, die Leute sind alle so lieb zu mir ...“

„Nicht doch.“ Beruhigend streichelte er ihre Hand. „Nicht weinen, Evelyn. Soll ich vielleicht einmal mit David reden und ihm erklären, wie das mit uns beiden ist?“

„Denkst du wirklich, er würde dir glauben?“ fragte Evelyn niedergeschlagen. „Edward, er behauptet, mich zu lieben. Trotzdem akzeptiert er nicht, dass das Baby von ihm ist. Das ist ein Drama für ihn, denn er wollte immer unbedingt Kinder haben.“

„Warum hat er dann nicht geheiratet und eine Familie gegründet?“

Aber Evelyn konnte ihm den Grund nicht verraten. So hob sie nur die Schultern. „Keine Ahnung. Möglicherweise missfällt ihm die Vorstellung, dadurch an eine einzige Frau gebunden zu sein." Sie senkte den Kopf. „Schließlich ist er meiner auch ziemlich schnell überdrüssig geworden, nicht wahr?"

„Evelyn." Edward umschloss ihre Finger mit beiden Händen.

„Schon gut", erwiderte sie gepresst. „Wir lernen immer dazu. Ich fühle mich nur so schrecklich dumm. Und billig."

„Du bist nicht billig."

„Doch!" begehrte sie auf. „Ich habe für diesen Mann all meine Ideale und Wertvorstellungen über den Haufen geworfen. Und was habe ich jetzt davon? Ich bin schwanger und allein."

„Evelyn, ich bitte dich noch einmal, heirate mich. Alles wäre viel einfacher."

„Aber es wäre nicht fair dir gegenüber, begreifst du das denn nicht?" seufzte sie verzweifelt. „Edward, ich liebe dich nicht. Ich will nicht noch einen Fehler begehen."

Er schnaubte ärgerlich. „Himmel, bist du dickköpfig!"

„Nein, ich bin einfach nur dumm. Aber dies ist kein Augenblick für Selbstmitleid. Ich werde mich von jetzt an zusammenreißen."

Er sah sie ungeduldig an. „Und wie willst du allein zurechtkommen?"

„Ich bin doch nicht allein", versetzte sie. „Ich habe dich und Janet, bei euch kann ich mich immer ausweinen!"

Edward nickte. „Das stimmt. Wie lange kennst du Janet schon?"

„Ewig. Wir haben zusammen auf der Schauspielschule angefangen. Allerdings entschied sie sich schon bald für mehr Sicherheit, deshalb wurde sie Model, um sich ihre Ausbildung als Modedesignerin zu finanzieren." Evelyn lächelte. „Ich bin sicher, eines Tages wird sie noch eine berühmte Modeschöpferin."

„Ich würde mir gern einmal ein paar ihrer Arbeiten ansehen", murmelte er.

„Seit wann interessierst du dich für Kleider?“ Evelyn warf ihm einen verstohlenen Blick zu.

„Nun, eigentlich interessiere ich mich mehr für deren Inhalt.“ Er wurde nachdenklich. „Janet sieht eigentlich immer gut aus, egal, was sie trägt.“

„Richtig“, stimmte sie zu.

„Hat sie einen Freund?“

„Nein, sie kann Männer nicht ausstehen.“

„Wie interessant.“ Er lehnte sich auf seinem Stuhl zurück. „Warum nicht?“

„Frag sie doch mal!“ Evelyn schaute auf ihre Uhr. „Edward, das Essen war köstlich, aber es ist schon spät, und morgen haben wir wieder einen langen Tag. Die Matinee ...“

„Ja, ich weiß.“ Er seufzte und stand auf, um zu zahlen. „Wie hältst du das alles nur durch? Du hast eine bewundernswerte Konstitution.“

Sie erhob sich ebenfalls. „Ich bin ziemlich zäh“, entgegnete sie. „Außerdem ist es keine echte Arbeit für mich, dafür macht es mir viel zu viel Spaß. Mein Arzt meint auch, dass es mir nicht schadet, solange ich zwischendurch regelmäßig Schlaf bekomme. Er sagt, es könnte sogar die Geburt erleichtern.“

„Hat er dir schon verraten, was es werden wird?“ fragte er.

„Selbst wenn er es wüsste, würde ich nicht wollen, dass er es mir erzählt. Ich möchte überrascht werden. Gehen wir?“

„Jederzeit, meine Dame.“

Die Wohnung erschien Evelyn an diesem Abend besonders leer. Unruhig wanderte sie umher und zermarterte sich den Kopf, wie sie ihren Eltern die neue Situation beibringen sollte. Manchmal fragte sie sich, warum sie nicht vorher an all die möglichen Folgen dieser Beziehung gedacht hatte. Sie war einfach zu verliebt gewesen, daran lag es wohl. Jetzt musste sie dafür geradestehen, und obwohl sie sich auf ihr Kind freute, befand sie sich in einer sehr verzwickten Lage.

Die ganzen Sorgen, die viele Arbeit der letzten Zeit forderten allmählich ihren Tribut, und Evelyn fühlte sich plötzlich entsetzlich müde. Sie ging zu Bett, und zum ersten Mal seit langer Zeit konnte sie wieder richtig fest schlafen.

Gegen Ende der Woche ging sie zu ihrem Steuerberater, um ihre ausstehenden Schulden zu begleichen. Der Mann entschuldigte sich vielmals, aber seiner Sekretärin wäre ein Fehler unterlaufen, die zu zahlende Summe wäre in Wirklichkeit noch um ein paar tausend Dollar höher. Er nannte einen Betrag, der Evelyn für die nächsten Monate kaum noch genug Geld für die nötigsten Dinge übrig lassen würde.

Als sie in ihre Wohnung zurückkehrte, war sie den Tränen nahe. Kreidebleich setzte sie sich auf den nächsten Stuhl. Vom Regen in die Traufe, so sagte man doch ... Schließlich stellte sie den Scheck aus. Bezahlen musste sie ohnehin irgendwann, da war es besser, es gleich hinter sich zu bringen.

Später ging sie in die Stadt zum letzten Termin mit ihrem Gynäkologen. Sie musste ihre Besuche bei ihm künftig einschränken, die Arztkosten wurden ihr allmählich zu hoch. Und obwohl sie sich in den letzten Tagen nicht ganz auf der Höhe gefühlt hatte, traf es sie doch wie ein Schlag, als der Arzt bei ihr Blutarmut feststellte. Er verordnete ihr ein sündhaft teures Vitaminpräparat und legte einen neuerlichen Termin fest.

Evelyn erklärte ihm, sie könnte sich das alles nicht mehr leisten, aber das trug ihr nur einen langen Vortrag darüber ein, wie wichtig es war, sich darum zu kümmern, dass sie und das wachsende Leben in ihrem Bauch bei bester Gesundheit blieben. Was sollte sie dagegen noch sagen?

Erst eine Woche später fanden Janet und Edward die Wahrheit heraus. Sie hatten Evelyn immer wieder mit Fragen bombardiert, bis sie schließlich ihre Misere beichtete. Die beiden waren entsetzt.

„Mein Gott, das ist ja furchtbar!“ rief Janet aus. „Evelyn, lass mich deine Eltern anrufen ...“

„Nein!" Sie wurde blass. „Janet, wenn du das tust, werde ich dir das nie verzeihen! Sie dürfen auf keinen Fall erfahren, wie schlecht es mir geht!"

„Schon gut, reg dich nicht auf", beeilte Janet sich sie zu beschwichtigen. „Aber, Liebes, irgendetwas müssen wir unternehmen."

„Keine Sorge, ich passe schon auf mich auf. Ich muss mich nur ein wenig einschränken."

„Das ist es ja eben, das hättest du gar nicht nötig!" grollte Janet. „David könnte im Überfluss für dich sorgen."

„David ist weder für mich noch für das Kind verantwortlich", versetzte Evelyn knapp, und sie meinte es auch so. „Es ist meine Schuld, dass es überhaupt so weit gekommen ist, und ich werde mir auch selbst wieder aus der Patsche helfen. Das ist alles. So, und nun seid meine lieben Freunde und hört auf damit. Möchte jemand Kaffee?"

Evelyn hatte gehofft, die beiden würden sich damit abfinden. Aber sie hätte es besser wissen müssen, Janet war nicht der Typ, der einen Freund in Not im Stich ließ.

Sie verlor die Geduld und rief David an. Danach beichtete sie Evelyn, was sie getan hatte.

Evelyn stand reglos da, die Tasse Kaffee in der einen, ein Stück Kuchen in der anderen Hand. In ihrem verblichenen blauen Leinenkleid, mit riesigen dunklen Augen in dem blassen Gesicht wirkte sie wie die Verkörperung der Verzweiflung.

„Bitte, sei mir nicht böse", flehte Janet mit unglücklicher Miene. „Evelyn, der Gedanke an deine Notlage hat mich dazu bewogen. Meine Güte, jeder, der dich kennt, weiß genau, dass du niemals mit einem Mann zusammen sein würdest, den du nicht liebst. Und außer David hast du nie einen anderen geliebt. Wenn er nicht ein so verbohrter Dickschädel wäre, würde er das sofort merken. Zumindest sollte er dir jetzt helfen."

„David schuldet mir nichts", widersprach Evelyn. „Gar

nichts, Janet. Ich will ihm nie mehr begegnen. Er hat mich zu sehr verletzt. Außerdem möchte ich nicht, dass er mich in diesem Zustand sieht!“ Ihre Stimme brach. Janet schloss ihre Freundin in die Arme und hätte am liebsten ebenfalls geweint.

„Verzeih mir“, bat sie. „Ich habe einen ganz schönen Fehler gemacht, nicht wahr?“

Evelyn atmete tief durch und wischte sich über die Augen. „Schon gut. Du sorgst dich eben um mich, und ich weiß das zu schätzen. Wie hast du ihn überhaupt gefunden?“

„Ich habe im Filmstudio in Hollywood angerufen“, gestand Janet ruhig. „Es tut mir wirklich Leid.“

„Er kommt doch wohl nicht hierher?“ fragte Evelyn angstvoll.

„Keine Ahnung, ich habe nicht gefragt. Ich war viel zu sehr damit beschäftigt, ihm zu erzählen, was für ein entsetzlicher Dummkopf er doch ist. David ist kaum zu Wort gekommen.“ Sie zögerte. „Wirst du Edward heiraten? Er sagte, er hätte dich gefragt.“

Evelyn spürte das Unbehagen in Janets Stimme. „Nein, ich habe abgelehnt. Ich liebe ihn nicht, obwohl er wirklich ein fantastischer Mann ist.“

„Nun ja, für einen hungerleidenden Schauspieler geht es“, lachte Janet nervös und wich Evelyns Blick aus. „Aber er ist nicht gerade ein Traummann.“

„Er ist sehr lieb“, verteidigte Evelyn ihn. „Und es macht viel Spaß, mit ihm zusammen zu sein. Vielleicht wird er sogar eines Tages berühmt!“

„Darauf würde ich nicht wetten“, erwiderte ihre Freundin bissig.

„Du magst nur keine Männer, daran liegt es. Warum bist du Edward gegenüber nicht etwas toleranter? Ich dachte, ihr versteht euch recht gut? Zumindest zieht ihr euch gegenseitig in letzter Zeit nicht mehr so auf.“

„Ja, er hat seine Sticheleien etwas eingestellt.“

„Und du auch“, fand Evelyn.

Janet räusperte sich verlegen. „Los, dein Kaffee wird kalt“, wechselte sie hastig das Thema. „Nochmals Entschuldigung, dass ich David angerufen habe.“

„Vergiss es“, seufzte Evelyn. „Ich kenne ihn, wahrscheinlich hat er deinen Anruf sofort wieder vergessen. Er würde niemals die weite Reise unternehmen, nur um mich zu sehen, davon bin ich überzeugt. Der Kaffee schmeckt nicht schlecht, was meinst du?“

Janet antwortete nicht. Sie erinnerte sich deutlich an das entsetzte Schweigen, als sie David von Evelyns Notlage erzählt hatte. Sie war sich nicht so sicher, dass er nicht kommen würde. Allerdings fürchtete sie, Evelyn unabsichtlich noch mehr Probleme aufgebürdet zu haben. Und das war wirklich das Letzte, was sie der Freundin antun wollte.

Evelyn fragte sich bisweilen, ob sie sich jemals wieder ganz wie früher fühlen würde. Die Blutarmut schwächte sie, sodass ihr jeder Schritt zur Qual wurde. Nur durch ihren eisernen Willen schaffte sie es durchzuhalten, sie merkte aber, dass man anfing, die zweite Besetzung für ihre Rolle sorgfältig vorzubereiten.

Das war nur natürlich, schließlich mussten die Aufführungen weitergehen, ganz gleich, ob nun Evelyn auftrat oder jemand anders. Nur, wie sollte sie in diesem Fall ohne ihre Gage leben?

Am nächsten Tag zwang sie sich, zur Probe zu gehen, aber sie erlitt prompt einen Zusammenbruch. Edward brachte sie nach Hause und ließ sie nur ungern dort allein zurück.

„Ich sollte wohl besser bleiben“, zögerte er im Hinausgehen.

„Sei nicht albern“, schalt Evelyn und machte es sich auf dem Sofa bequem. „Mir ist nur ein wenig schlecht geworden. Vergiss nicht, ich bin schwanger!“

Edward seufzte. „Nun gut. Wenn etwas ist, kannst du mich immer im Theater anrufen, ja?“

„Mache ich“, lächelte sie.

„Fein. Ich schaue heute am späten Nachmittag noch einmal bei dir vorbei.“

„Edward, das ist nicht nötig! Im Notfall kann ich mich ja auch bei Janet melden.“

„Wenn du das tun würdest!“ grollte er. „Für meinen Geschmack bist du viel zu selbstständig.“

„Ich bin daran gewöhnt. Außerdem ist Mr. Bartholomew ja auch noch da ...“

„... und er kommt sofort, wenn du rufst. Ja, ich weiß! Also gut, pass auf dich auf!“ Lachend verließ er die Wohnung.

Evelyn machte es sich seufzend auf dem Sofa bequem und spürte, wie sie sich entspannte. Ihr Blick fiel auf ihre abgelaufenen Schuhe. Sie musste sie unbedingt neu besohlen lassen. Die Zeiten, wo sie sich einfach ein neues Paar kaufen konnte, waren vorbei.

Plötzlich tat sie etwas, was sie bislang in Gegenwart ihrer Freunde sorgsam vermieden hatte: Sie gab sich ganz ihrem Kummer hin und begann, herzzerreißend zu schluchzen. Alles schien ihr so hoffnungslos. Ganz gleich, wie sehr sie sich auch bemühte, es wurde immer nur noch schlimmer.

Ein lautes, ungeduldiges Klopfen an der Wohnungstür ließ sie aufhorchen. Sie wischte sich achtlos die Tränen am Ärmel ihres Umstandskleides ab und stand seufzend auf. Das war sicher Edward, dem es wohl doch keine Ruhe gelassen hatte, dass sie ganz allein war.

„Ich sagte dir doch, es geht mir gut ...“ begann sie, während sie die Tür öffnete, aber dann verstummte sie jäh. Es war nicht Edward, sondern David, und er schien äußerst wütend zu sein.

Das hat mir gerade noch gefehlt, dachte Evelyn elend. „Bitte, komm herein“, forderte sie David schroff auf. „Ich brauche wohl nicht zu fragen, weshalb du hier bist. Janet hat mir bereits alles gebeichtet.“

„Tu nicht so, als hättest du sie nicht beauftragt, mich anzurufen“, schnauzte er sie an. Sein Haar war zerzaust, und seine grünen Augen funkelten.

Evelyn legte den Kopf in den Nacken und schaute ihn an. „Nur zu“, ermunterte sie ihn spöttisch. „Sprich dich aus!“

David rührte sich nicht von der Stelle, sein Atem ging schwer. „Ich kann mich nicht erinnern, jemals so wütend gewesen zu sein“, erklärte er ihr unumwunden. „Wir wissen beide, dass dies nicht mein Kind ist. Dass du jetzt noch andere Leute in diese Geschichte mit hineinziehst, macht mich rasend! Außerdem erreichst du damit gar nichts bei mir, im Gegenteil.“

„Das habe ich mir schon gedacht“, versicherte sie ihm und verschränkte die Arme vor der Brust. „Ich will auch gar nichts von dir. Das habe ich nie getan. Janet und Edward waren in Sorge um mich, und so beschloss Janet ohne mein Wissen, bei dir anzurufen. Ich habe sie bestimmt nicht darum gebeten, denn ich wäre glücklich, dich nie wiedersehen zu müssen.“

„Wenn Hadison sich so rührend um dich kümmert, warum heiratet er dich dann nicht?“ frischte er den alten Streit wieder auf.

Evelyn hob resigniert die Hände. „Es hat keinen Sinn, gegen Wände zu reden“, stellte sie fest und setzte Kaffee auf.

„Deshalb bin ich auch nicht hier. Ich wollte dir lediglich mitteilen, dass ich gerichtlich gegen dich vorgehen werde, wenn du mich als Vater deines Kindes bezeichnest.“

„Klingt komisch“, murmelte sie ironisch. „Ich sehe schon die Schlagzeile vor mir: Schauspielerin scheinschwanger.“

„Das ist überhaupt nicht lustig!“

Nein, ganz sicher nicht, stimmte sie ihm insgeheim zu. Sie wusste nicht, ob sie lachen oder weinen sollte. „Diese Erklärung ist genauso haarsträubend wie deine“, entgegnete sie.

„Mein Gott, verstehst du denn nicht?“ brach es aus David heraus. „Begreifst du nicht, dass ich alles geben würde, um der Vater deines Kindes zu sein? Aber die Tatsachen sprechen nun einmal dagegen! Soll ich dir die Telefonnummer meines Arztes nennen, damit du dich selbst überzeugen kannst? Vielleicht siehst du endlich ein, wie absurd deine Behauptung ist.“

Evelyn betrachtete in aller Ruhe sein Gesicht. David war älter geworden, um seine Augen und seinen Mund zeigten sich die ersten Fältchen. Er schien in der letzten Zeit wenig Schlaf und viel Ärger gehabt zu haben. Nun ja, vielleicht setzte ihm eine seiner Freundinnen neuerdings zu. Dieser Gedanke ließ Evelyn noch niedergeschlagener werden.

„Du hättest einen großartigen Anwalt abgegeben“, seufzte sie abwesend. „So viel zielstrebige Beharrlichkeit ist beim Theater eigentlich reine Verschwendung.“

„Hast du mir überhaupt zugehört?“ ereiferte er sich.

„Selbstverständlich, David. Ich habe genau verstanden, dass du mich als Lügnerin bezeichnet hast. Doch, das hast du“, versicherte sie, als sie merkte, dass er protestieren wollte. „Du sagst, ich hätte dich betrogen. Und das beweist nur noch mehr, dass du mich im Grunde gar nicht kennst. Ich war so in dich verliebt, dass ich es nie ertragen hätte, wenn ein anderer Mann mich auch nur angesehen hätte. Wie sollte ich mir da einen Liebhaber zulegen?“

Er zuckte unbehaglich die Achseln. „Möglicherweise hattest du auf einer Party etwas zu viel getrunken ... Wäre immerhin möglich.“

„Sehr schön! Vielleicht bin ich auch von einer fliegenden Untertasse gekidnappt und von einem Außerirdischen verführt worden!“ Evelyn hob ratlos die Hände.

„Kannst du denn niemals ernst sein?“ warf er ihr empört vor.

„Ich wage es nicht“, konterte sie düster. „Denn wenn ich ernsthaft über all das nachdenke, was du mir vorwirfst, bekomme ich hysterische Anfälle. Und dann eilt mir sofort Mr. Bartholomew zu Hilfe und wirft dich hinaus!“

Davids Augen verengten sich. "Bartholomew? Ist der öfter hier?“

„Ja, gut so, David, mach nur so weiter. Warum nicht auch

Mr. Bartholomew?“ schrie sie. „Warum nicht der Briefträger, der Milchmann, der Busfahrer und wer sonst noch immer? Himmel, ich bin tatsächlich ein leichtes Mädchen geworden!“

„Hör auf damit“, knurrte er.

„Du hast damit angefangen.“ Seufzend nahm sie eine Tasse aus dem Regal und schenkte sich Kaffee ein – wenn man dieses wässrige, helle Gebräu überhaupt so bezeichnen konnte. Aber sie musste sparsam mit dem Kaffeepulver umgehen, es war viel zu teuer. Es war nicht leicht, jeden Pfennig zweimal umzudrehen, aber sie würde es schon schaffen. Um des Babys willen musste sie es einfach.

Plötzlich stand David hinter Evelyn. „Hättest du vielleicht auch eine Tasse für mich?“ fragte er zaghaft.

Vage wies sie auf das Regal. „Nimm dir eine.“

Sie setzte sich wieder auf das Sofa und hörte, wie er mit dem Geschirr herumhantierte. Er öffnete den Kühlschrank, und dann herrschte eine Weile Stille. Davids Seufzen verriet überdeutlich, was er dachte. Alle ihre Vorräte bestanden aus Milch, Käse, Fertigsuppen und ein paar Scheiben Brot, dazu ein Aufbaupräparat für Schwangere. Sie musste unbedingt einkaufen gehen, das wusste sie selbst. Davids Gesicht sprach Bände, als er zu ihr kam.

„Ich verhungere schon nicht“, versicherte sie. „Morgen gehe ich einkaufen.“

„Eine gute Ernährung ist jetzt ungeheuer wichtig für dich!“ meinte er und musterte sie nachdenklich. „Vor allem in den ersten Monaten.“

„Nein, tatsächlich? Weshalb hat mir das mein Arzt nur nicht gesagt?“ spottete sie.

„Weil du nicht mehr hingehst! Janet hat mir berichtet, dass du deine Besuche dort auf ein Minimum eingeschränkt hast. Stimmt das?“

„Das ist einzig und allein meine Sache.“

„Wissen deine Eltern schon Bescheid?"

Evelyn wurde bleich und starrte angestrengt auf die Tasse in ihrer Hand. „Nein." David pfiff durch die Zähne. „Liebe Güte, ich dachte, du hättest es ihnen längst erzählt!"

„Ich glaube nicht, dass meine Eltern darauf besonders erfreut reagieren würden", stellte sie traurig fest. „Meine Mutter hat ohnehin ein schwaches Herz, dieser Schock würde sie umbringen. Die beiden sind sehr religiös, David!"

„Nun gut, dann werde ich mich eben um dich kümmern", schlug er schließlich gepresst vor.

Evelyn hob den Kopf. „Kommt nicht in Frage. Eher würde ich mich an den Bäcker an der Ecke wenden, ehe ich deine Hilfe in Anspruch nehme!"

„Aber du kannst so nicht leben."

„Unsinn, andere Frauen schaffen das auch, warum also nicht ich? Denk du nur an dein eigenes kompliziertes Privatleben. Junior und ich passen schon aufeinander auf."

Er konnte ihrem Blick nicht standhalten. „Du brauchst etwas zu essen", beharrte er.

„Ich sagte dir bereits, ich verhungere schon nicht!" wiederholte Evelyn gereizt. „Ich bin nur etwas vorsichtig. Das Baby bekommt alles, was für seine Entwicklung wichtig ist, und bei den anderen Dingen muss ich eben den Gürtel etwas enger schnallen."

„Das brauchtest du aber nicht!" rief er aufgebracht. „Der Vater deines Kindes sollte sich um dich kümmern!"

„Warum?" wandte Evelyn kühl ein. „Das Baby gehört ganz allein mir."

„Nun, immerhin haben zwei dazu gehört, um es überhaupt entstehen zu lassen!"

„Natürlich habe ich das nicht ganz allein zustande gebracht", fauchte sie ihn an. „Was glaubst du eigentlich?"

David stand abrupt auf und schien seinen Zorn kaum noch beherrschen zu können. Er leerte seine Tasse und stellte sie auf dem Tisch ab. „Diese Diskussion führt zu nichts. Ich sollte wohl besser gehen, bevor ich mich noch vergesse."

„Was für eine gute Idee", stimmte sie ungerührt zu. „Grüß mir Kate, Mary, Beverley oder wie sie auch heißen mögen!"

Er war bis zur Weißglut gereizt, trotzdem verzichtete er auf eine Antwort. „Gute Nacht", brummte er und ging zur Tür.

„Ich werde dafür sorgen, dass Janet dich nicht mehr belästigt, da kannst du sicher sein", rief sie ihm nach.

Mit lautem Knall fiel die Tür hinter ihm ins Schloss. Nachdem Evelyn sein grimmiges Gesicht nicht mehr vor sich hatte, fiel alle Selbstbeherrschung von ihr ab. Sie war froh, dass sie vor David hatte verbergen können, wie hilflos sie tatsächlich war. Jetzt würde er Janets Schilderung keinen Glauben mehr schenken und sie in Ruhe lassen. Auf diese Weise hoffte sie, endlich Frieden zu finden.

8. KAPITEL

Der Mann draußen im Regen auf der Straße hatte keine Ahnung von Evelyns Verfassung. David spürte nicht, wie sein blondes Haar allmählich nass wurde und die Regentropfen in seinen Kragen rannen.

Warum gab sie die Wahrheit nicht endlich zu? Warum machte sie ihn weiterhin hartnäckig für ihren Zustand verantwortlich? Ahnte sie denn nicht, was sie ihm damit antat?

Langsam begann er zu laufen, er fühlte sich einsam und verzweifelt. Ihre Worte ließen ihm keine Ruhe. Sie hatte behauptet, sie wäre so in ihn verliebt gewesen, dass sie an gar keinen anderen hätte denken können. Das Teuflische daran war, dass das durchaus glaubwürdig klang. Er hatte Evelyn ohnehin nie zugetraut, dass sie leichtfertig von einem Mann zum nächsten wechseln könnte, das passte nicht zu ihr. Aber ...

Ja, dachte er. Aber dann ... Der Arzt war sich seiner Sache so sicher gewesen. David versuchte, sich an den genauen Wortlaut zu erinnern. Höchst unwahrscheinlich, hatte der Mann gesagt. Es wäre höchst unwahrscheinlich, dass er je ein Kind würde zeugen können. Er runzelte die Stirn. Das bedeutete, dass es dennoch nicht ausgeschlossen war.

Trotzdem verwarf er diesen Gedanken sofort wieder. Evelyn spielte nur mit ihm. Das war ihre Rache, weil er sie so einfach im Stich gelassen hatte. Und wahrscheinlich hatte sie sich sogar schon sehr bald getröstet, nachdem er nach Hollywood abgereist war.

Fast war er schon überzeugt. Doch dann fiel ihm ein, dass er sich nur drei Wochen in Kalifornien aufgehalten hatte. Und man sah ihr die Schwangerschaft allmählich an. Es war also nicht während seiner Abwesenheit geschehen, sondern noch in ihrer gemeinsamen Zeit. Und das schmerzte am meisten.

David ertappte sich dabei, wie er im Laden an der Ecke Lebensmittel in einen Einkaufskorb packte. Nun, schließlich musste sie etwas essen. Wer immer auch der Vater des Kindes sein mochte, er konnte nicht zulassen, dass sie verhungerte.

Unwillkürlich überlegte David, ob es wohl ein Junge oder ein Mädchen werden würde. Er lächelte leicht, als er an Evelyns rotgoldenes Haar, ihre dunklen Augen und ihre zarte Haut dachte. Er seufzte. Ein kleines Mädchen, das aussah wie sie, wäre wundervoll. Es würde hübsche Kleidchen tragen und alle kleinen Jungen um den Finger wickeln. Und dann, eines Tages, käme die Zeit der ersten Verabredungen und ... Seine Züge verhärteten sich. Nein, er würde es nicht zulassen, dass ihm jemand seine Tochter fortnahm. Obwohl, es ist natürlich gar nicht meine Tochter, rief er sich in Erinnerung.

„Ist das alles, Sir?" erkundigte sich der junge Mann höflich.

„Wie bitte?" David räusperte sich. Er hatte gar nicht gemerkt, dass er schon an der Kasse stand. „Oh ja, natürlich." Verlegen zog er sein Geld heraus und bezahlte.

Auf dem ganzen Rückweg zu Evelyns Wohnung grübelte er

über das Baby nach. Es würde ihm nichts ausmachen, sich seiner anzunehmen. Er konnte es sich leisten. Zudem hatte er sich schon immer ein Kind gewünscht, jemanden, den er lieben und verwöhnen konnte. Liebe war nämlich das Einzige, woran es ihm in seinem Leben gefehlt hatte.

David hatte nie viel Kontakt zu seiner Familie gehabt und die meiste Zeit in teuren Internaten verbracht. Seine Eltern hatten sich nicht sonderlich um ihn gekümmert. Später hatte er ein Mädchen kennen gelernt und sich verlobt. Sie unterzogen sich vor der Hochzeit einer Reihe von Tests, um eventuelle Erbkrankheiten auszuschließen – und damals hatte er die schockierende Nachricht erhalten.

Er konnte sich kaum noch an das Mädchen erinnern, das er mit einer fadenscheinigen Ausrede verlassen hatte. Danach hatte er jede tiefere Beziehung gescheut, bis schließlich Evelyn in sein Leben trat. In all den Jahren war es ihm nicht gelungen, sich wirklich von ihr zu lösen, selbst jetzt nicht, wo sie seiner Meinung nach das Kind eines anderen erwartete.

Mit den Lebensmitteltüten im Arm klopfte David an Evelyns Tür und wartete ungeduldig, dass sie ihm öffnete.

Sie hätte am liebsten so getan, als wäre sie nicht da, aber dann fiel ihr ein, dass auch Edward oder Janet draußen stehen konnten. Unwirsch machte sie auf und sah sich David gegenüber.

„Verschwinde“, forderte sie ihn auf, „auf der Stelle!“

„Nicht, bevor ich meine Einkäufe in der Küche abgeladen habe“, versetzte er knapp. „Und wehe, du sagst noch ein Wort. Um des Kindes willen vergiss endlich mal deinen übertriebenen Stolz!“

Evelyn beobachtete reglos, wie er die einzelnen Sachen im Kühlschrank verstaute. „Ich möchte nichts von dir annehmen“, teilte sie ihm schneidend mit.

„Dann wirf die Lebensmittel eben zum Fenster hinaus.“ Er

ließ sich nicht im Mindesten beeindrucken. Konserven, Frischfleisch, Käse, Obst, alles wanderte in den Kühlschrank, und Evelyn lief das Wasser im Mund zusammen. Sogar an knackigen grünen Salat und Stangen Weißbrot hatte er gedacht! Beides aß sie für ihr Leben gern.

„Ich bin auf deine Wohltätigkeit nicht angewiesen", wagte sie einen letzten schwachen Protest.

„Aber auf eine solide Mahlzeit." Er faltete die leere Einkaufstasche zusammen und verstaute sie unter der Spüle. „Diese Wohnung ist ja noch schlimmer als meine allererste Bude in Atlanta!"

„Du warst aber nicht darauf angewiesen", erinnerte sie ihn und verschränkte die Arme vor der Brust. „Schon damals hattest du Geld in Hülle und Fülle!"

„Ja, aber es war nicht mein eigenes." Er schenkte sich Kaffee ein, bot ihr ebenfalls eine Tasse an, und als sie ablehnte, sprach er weiter. „Ich leiste mir gern Luxus, aber nur von dem Geld, das ich mir selbst verdient habe."

Evelyn beharrte nicht weiter auf diesem Thema. „Danke für die Lebensmittel, ich gebe dir das Geld zurück, sobald ich wieder bei Kasse bin."

„Habe ich dich darum gebeten, es mir zurückzuzahlen?"

„Ich werde es trotzdem tun", sagte sie und versuchte, so selbstsicher wie möglich wirken.

David musste lächeln. „Jetzt gleichst du wieder Königin Elisabeth I.! Bist du sicher, dass du nicht ihre Wiedergeburt bist?"

„Ganz sicher. Vor allem, wenn man meinen jetzigen Zustand bedenkt und man sich an ihren Beinamen erinnert ..." Seufzend schaute sie aus dem Fenster. „Es sieht draußen ziemlich ungemütlich aus." Missmutig starrte sie in den grauen Himmel, aus dem immer noch ein feiner Nieselregen herniederfiel.

„Ich hörte, dass man inzwischen deine zweite Besetzung einstudiert. Wie läuft es, ist sie gut?"

Damit hatte David einen wunden Punkt getroffen, aber sie bemühte sich, es sich nicht anmerken zu lassen. „Das ist richtig", bestätigte sie gelassen. „Und nach dem, was heute Morgen passiert ist, werde ich wohl schon bald endgültig abgelöst werden." Es ärgerte sie, dass sie die Furcht nicht ganz aus ihrer Stimme verdrängen konnte. Aber wie sollte sie nur ohne ihre Gage auskommen? Sie sah betreten zu Boden. „Ich habe ein wenig Probleme mit meiner Blutarmut."

„Nimmst du irgendwelche Medikamente?" erkundigte er sich.

„Ach, das ist nicht unbedingt nötig."

„Medikamente sind teuer, nicht wahr?"

Evelyn wurde blass.

„Ich werde die Kosten dafür übernehmen."

„Das wirst du nicht tun", widersprach sie kalt. „Nur über meine Leiche."

„Das wird nicht mehr lange dauern, wenn du nicht langsam etwas besser auf dich achtest. Und um in dieser Sache sicherzugehen, habe ich beschlossen, dich zu heiraten."

Evelyn war sich nicht sicher, ob sie richtig verstanden hatte. Heiraten? Fassungslos starrte sie David an.

„Du sagst ja gar nichts", sagte er freundlich. „Ich habe es ernst gemeint, falls du mich deshalb so entsetzt anschaust!"

Es fiel ihr schwer, dies zu glauben. Sie redete sich gar nicht erst ein, dass er sie vielleicht abgöttisch liebte. In diesem Fall hätte er ihr nämlich von Anfang an abgenommen, dass sie sein Kind erwartete, ganz gleich, wie auch die Diagnose eines anerkannten Arztes lauten mochte. Nein, dieser Vorschlag entsprang seinem Mitleid für sie, das war ganz offensichtlich.

„Ich danke dir", erklärte sie schließlich und lehnte sich wieder auf ihrem Sofa zurück. „Aber ich werde dich nicht heiraten, David."

Er wollte etwas sagen, hielt jedoch inne und setzte sich neben sie. Dann versuchte er es noch einmal. „Du brauchst finanzielle Unterstützung, begreif das doch. Um Himmels willen, du kannst es allein nicht schaffen. Arztkosten kommen auf dich zu.

Babykleidung, ausgesuchte Ernährung, all das will bezahlt werden ..."

„Das ist mir klar", entgegnete sie knapp.

„Wenn du deine Eltern nicht mit in die Sache hineinziehen willst, bleibt dir kaum eine andere Wahl, und das weißt du", stellte er fest. „Hadison und Janet können dir nicht helfen, sie haben genug eigene Probleme. Also bleibe nur ich."

„Du bist nicht für mich verantwortlich", behauptete sie mit trotzig erhobenem Kinn.

„Du tust aber so, als ob. Oder gibst du jetzt zu, dass das Kind nicht von mir ist?"

Evelyn stand auf. „Ich bringe dich zur Tür, David. Bestimmt hast du noch etwas zu erledigen."

Er erhob sich ebenfalls. „Denk noch einmal darüber nach. Ich hätte nichts dagegen, dich zu heiraten."

„Aber ich habe etwas dagegen, weißt du!" Sie zwang sich zu äußerster Ruhe. „Was du mir anbietest, ist nichts als ein Almosen. Für gute Werke gibt es wohltätige Einrichtungen. Trotzdem vielen Dank, doch mein Baby und ich werden schon allein zurechtkommen."

Er runzelte die Stirn, offenbar hatte er diese Reaktion nicht erwartet.

„Bist du verwirrt, Liebling?" Lachend hielt sie ihm die Wohnungstür auf. „Dabei ist alles ganz einfach! Ich kann mein Leben unmöglich mit einem Mann teilen, der mir nicht vertraut. Das ist keine Basis für eine Beziehung, deshalb bleibe ich lieber allein."

„Wir haben dieses Thema doch schon hundert Mal durchgesprochen!" brauste er auf. „Warum sagst du mir nicht endlich die Wahrheit?"

„So seltsam es klingen mag, genau das habe ich schon längst getan. Aber du scheinst nicht nur blind, sondern auch taub zu sein. Auf Wiedersehen, David. Es war nett, dich gesehen zu haben."

„Dick Hamilton wird dich entlassen müssen", stieß David hervor. „Merkst du denn nicht, dass wir alle bis zum Hals in der Arbeit stecken? Wir können dich nicht dauernd auf die Bühne und anschließend wieder hinunterschleppen!"

„Das wird mir Dick dann schon selbst sagen", erwiderte sie. Natürlich hatte David im Grunde recht. „Er ist schließlich der Inspizient. Deine Arbeit an diesem Stück ist beendet."

„Ich bin noch lange nicht fertig!"

„Doch, besonders, was den heutigen Abend betrifft. Gute Nacht, ich bin müde. Junior braucht Ruhe."

Seufzend blickte er auf ihren leicht gewölbten Bauch. „Verdammt!" murmelte er vor sich hin.

„Wage es nicht, zu fluchen!" fuhr Evelyn ihn an. „Du warst derjenige, der mir eingeredet hat, ich würde keine Verhütungsmittel benötigen! Wenn irgendjemand an meiner jetzigen Lage schuld ist, dann du, du ganz allein!"

„Aber ich sagte dir doch, das ist unmöglich, ich bin ..."

Sie warf ihm einen vernichtenden Blick zu. „Sicher bist du das." Und damit warf sie ihm die Tür vor der Nase zu und drehte den Schlüssel um.

Edward schaute später auf dem Heimweg noch bei Evelyn vorbei. Er machte einen ausgesprochen verlegenen Eindruck. „Dick kommt morgen früh zu dir, um mit dir zu sprechen", verkündete er widerwillig.

„Ich weiß schon, weshalb", antwortete sie mit schwachem Lächeln. „Sag ihm, es ist nicht nötig. Ich verstehe ihn und mache ihm auch keine Vorwürfe. Außerdem bin ich wirklich nicht in der Lage, weiterhin zu arbeiten."

„Warum heiratest du mich nur nicht?" fragte Edward. „Dann ist alles doch viel einfacher!"

Evelyn überlegte, wie viele Frauen wohl schon zwei Heiratsanträge innerhalb von knapp zwei Stunden erhalten haben mochten. „Edward, es geht nicht. Ich habe dich sehr lieb, aber nicht so, wie es für eine Ehe nötig wäre. Außerdem würde Janet es mir nie verzeihen, wenn ich ihren Lieblingsstreitpartner heirate!“

Er musterte sie misstrauisch. „Janet merkt nicht einmal, dass ich überhaupt existiere!“

„Lade sie doch zum Essen ein. Im Allgemeinen bessert sich das Wahrnehmungsvermögen dann ganz entscheidend!“

Edward strahlte. „Bei dieser Gelegenheit könnten wir dann auch überlegen, was wir mit dir machen“, stimmte er zu und schaute sie bewundernd an.

„Das klingt beinahe, als wäre ich ein überflüssiges Möbelstück!“ lachte sie.

„Übrigens, ich habe Mr. Bartholomew im Treppenhaus getroffen. Er erzählte, du hättest Besuch gehabt?“

„Ja, David“, nickte Evelyn düster. „Bitte richte unserer gemeinsamen Freundin Janet aus, sie soll gefälligst seine Telefonnummer vergessen!“

„Hat er dich beleidigt?“ erkundigte sich Edward.

„Er hat mir angeboten, ihn zu heiraten.“

Edward hob verblüfft den Kopf. „Und? Was hast du gesagt?“

„Ich habe abgelehnt.“

„Gütiger Gott! Das hätte all deine Sorgen mit einem Schlag aus der Welt geschafft!“

„Nein, es hätte nur noch mehr Probleme gebracht“, widersprach sie nüchtern. Wieder befiel sie ein leichtes Schwindelgefühl, sie klammerte sich an der Sofalehne fest. „Er glaubt immer noch nicht, dass er der Vater ist. Wie kann ich einen Mann heiraten, der nur Mitleid mit mir hat? Nein, danke, es ist alles schon schlimm genug.“ Sie blickte sich in der Wohnung um. „Vielleicht werde ich sogar in ein Obdachlosenasyl umziehen müssen ...“

„Nein!“ Er klang entsetzt.

„Keine Sorge, ich habe nur Spaß gemacht. Aber es gibt ein

paar gute Frauenhäuser. Wenn es so weit ist, werde ich sicher eins finden."

Edward stand auf, er wirkte erschöpft. „Ich könnte David umbringen."

„Das wäre zu einfach", entgegnete Evelyn. Sie schloss die Augen. „Ich brauche nur etwas Ruhe. Morgen früh werde ich mir dann etwas überlegen. Ich muss irgendeine Beschäftigung haben, weißt du."

Er nickte bedrückt. „Ja, schlaf ein wenig. Janet und ich werden auch beraten, was wir tun können. Dick tut das alles entsetzlich Leid."

„Ich bin Schauspielerin", erinnerte sie ihn. „Seine Entscheidung ist durchaus verständlich."

„Du kennst ihn ja, unter der rauen Schale schlägt ein butterweiches Herz. Die Geschichte macht ihm arg zu schaffen."

Mir auch, dachte Evelyn deprimiert, trotzdem lächelte sie zuversichtlich. Als Edward jedoch gegangen war, versank sie in tiefste Hoffnungslosigkeit.

Es war schon fast Mitternacht, als Janet und Edward noch einmal bei Evelyn klopften. Beide wirkten selig und strahlten, aber Evelyn tat, als merkte sie nichts. Sie legte sich auf das Sofa und hörte Janets begeistertem Bericht zu.

„Einer meiner Kunden bringt eine neue Kollektion von Umstandsmoden heraus", erzählte sie begeistert. „Dazu suchen sie ein Model, das tatsächlich schwanger ist. Wenn du dir das zutraust, würde ich dich vorschlagen und ein paar Probeaufnahmen von dir schicken."

Evelyn lächelte matt. „Liebes, wenn ich schon nicht auf der Bühne stehen kann, dann bin ich sicher genauso wenig in der Lage, stundenlang vor der Kamera zu posieren. Das ist doch logisch."

Janet seufzte. „Nein, daran habe ich nicht gedacht. Wahrscheinlich bin ich schon so an diese Arbeit gewöhnt, dass ich gar nicht mehr merke, wie anstrengend sie ist. Noch dazu in deinem Zustand ... ich wollte dir nur so gern helfen!"

„Das tust du auch, indem du immer so rührend um mich besorgt bist. Möchtet ihr Kaffee?"

„Nein", antwortete Edward für beide. Er nahm Janets Hand und zog sie zur Tür. Dabei sah er ihr ein paar Sekunden länger als nötig in ihre ihm zugewandten Augen. „Wir, hm, wir müssen noch wohin."

„Ja", bestätigte Janet verlegen, nervös trat sie von einem Fuß auf den anderen und schaute Evelyn unsicher an.

Diese schmunzelte. „Na dann, viel Spaß!"

Janet entspannte sich sichtlich. Ohne dass ein Wort gefallen war, hatte Janet die Freundin mit ihren Blicken gefragt, ob sie etwas dagegen hätte, wenn sie mit Edward zusammen wäre. Und Evelyn hatte genauso stumm geantwortet, dass es ihr nicht das Geringste ausmachte. Edward hatte von alledem nichts bemerkt.

„Ich rufe dich morgen an!" versprach Janet.

„Wir rufen an", verbesserte Edward schmunzelnd. „Schlaf gut, Evelyn."

„Ganz bestimmt. Gute Nacht."

Amüsiert schloss sie die Tür hinter ihnen. Nun, wenigstens ging es bei den beiden bergauf. Sie freute sich, dass ausgerechnet ihre beiden besten Freunde zueinander gefunden hatten. Anscheinend hatten sie noch mehr miteinander gemeinsam als nur ihre Freundschaft zu Evelyn. Befriedigt über diese Entwicklung ging sie schlafen.

Wie erwartet erschien Dick Hamilton am nächsten Morgen. Aber er kam mit einem überraschenden Vorschlag.

„Die Theaterleitung wird deine Arztkosten übernehmen", verkündete er strahlend. „Und wir werden dich in der Rolle belassen. Wenn du nicht spielen kannst, wird die zweite Besetzung kurzfristig für dich einspringen, so wie gestern."

Evelyn hätte am liebsten vor Freude geweint. „O Dick, aber ich kann dir nicht zumuten ..."

„Es war meine Idee", teilte er ihr ernst mit und blickte sie eindringlich an. „Du bist so gut, dass dich niemand ersetzen kann, ohne dass wir Verluste erleiden. Das Publikum zahlt, um dich zu sehen, nur dich. Deshalb werden wir dafür sorgen, dass du die beste medizinische Betreuung erhältst, einschließlich eines Arztes hinter den Kulissen, falls du plötzlich einen Schwächeanfall erleiden solltest. Wie klingt das?"

Evelyn lachte weich. „Du ahnst ja gar nicht, wie erleichtert ich bin."

„Du solltest dich jetzt erst einmal ausruhen. Aber ruf vorher den Arzt an und vereinbare einen Termin mit ihm."

„Ich kann heute Abend auftreten", versicherte sie lächelnd. „Mir geht es wirklich viel besser. Ich habe einen randvollen Kühlschrank und gegessen habe ich auch", entschlüpfte es ihr. Sie biss sich auf die Lippen. Aber wahrscheinlich wusste er, dass David ihr ein paar dringend benötigte Lebensmittel gebracht hatte. Wenn in Zukunft die Arztkosten wegfielen, konnte sie selbst für ihre Ernährung aufkommen.

„Du bist unser Zugpferd, weißt du", erklärte Dick, ehe er aufbrach. „Ein ganz ausgezeichnetes sogar, denn durch dich füllen sich unsere Kassen. In erster Linie jedoch interessierst du uns als Mensch. Ich wünschte, ich hätte früher erfahren, wie sehr du sparen musst. Ganz sicher hätte ich einen Weg gefunden, um dir zu helfen."

„Ich wollte niemandem zur Last fallen."

Dick schüttelte den Kopf. „Frauen!" rief er in gespielter Verzweiflung. „Bis nachher also, mein Kind."

In den darauf folgenden Tagen fühlte Evelyn sich beinahe wie neu geboren. Die teuren Vitaminpräparate, die wesentlich ausgewogenere Ernährung, all das trug dazu bei, dass sie sich zusehends erholte und ihre Arbeit wieder aufnehmen konnte. Es war wirklich die Rettung gewesen, dass sich die Theaterleitung so großzügig gezeigt hatte. Fast hatte sie David im Verdacht, dahinter zu stecken. Aber im Grunde war sie sicher, ihn von der Unsinnigkeit seines Hilfsangebotes überzeugt zu haben.

An einem späten Nachmittag in der nächsten Woche erschien David in ihrer Wohnung. Er trug einen großen Karton unter dem Arm.

„Du siehst besser aus“, stellte er fest, nachdem er Evelyn eingehend gemustert hatte.

Sie strich sich mit einer unsicheren, flüchtigen Geste das Haar aus der Stirn. „Es geht mir auch besser, danke.“

David trat ins Wohnzimmer. Er trug Jeans und einen Pullover, der genauso grün war wie seine Augen. „Ich habe dir etwas mitgebracht.“ Er hielt ihr die Schachtel entgegen.

Sie blickte ihn argwöhnisch an. „Warum bringst du mir ein Geschenk mit?“

„Das ist von der gesamten Theaterbelegschaft“, stellte er achselzuckend richtig. „Es war Dicks Einfall“, fügte er hinzu. Ihm entging keineswegs, dass sich für den Bruchteil einer Sekunde Enttäuschung in ihren Augen widerspiegelte.

Doch dann konzentrierte sich ihre Aufmerksamkeit auf das Präsent. Evelyn entfernte die Verpackung und stieß einen überraschten Schrei aus, als sie drei wunderschöne Umstandskombinationen fand. „Wie reizend!“ freute sie sich. „Was für eine rührende Idee! Bis jetzt habe ich mich immer in Secondhand-Läden eingekleidet ...“

Ein Schatten flog über Davids Gesicht, und er wandte sich ab. „Wir dachten, du hättest vielleicht Spaß an ein paar neuen Sachen.“

„Natürlich! Möchtest du eine Tasse Kaffee?“ fragte sie.

„Ja, aber nur, wenn ich ihn zubereiten darf“, brummte er mürrisch. „Deine Vorstellung von Kaffee ähnelt einer Tasse heißen Wassers mit einem winzigen Schuss brauner Farbe.“

„Das Pulver ist teuer!“ verteidigte sie sich.

David drehte sich abrupt um. „Dann kaufe ich ihn eben für dich! Herrgott, du bringst mich zur Verzweiflung! Es endet jedes Mal mit einem Streit, wenn ich etwas für dich tun möchte."

„Ich habe eben meinen Stolz", erklärte sie kühl. „Ich möchte nichts von dir annehmen, gar nichts."

„Nicht einmal das Kind, das du erwartest?" erkundigte er sich ruhig.

„Es ist nicht deins, hast du das vergessen?" Ihre Gegenfrage wurde von einem ironischen Lächeln begleitet. „Zumindest behauptest du das doch immer." Ihr Gesicht, das gerade noch vor Freude über das Geschenk geleuchtet hatte, wirkte mit einem Mal blass und müde.

„Es tut mir Leid", entschuldigte er sich. „Ich bin nicht gekommen, um dich aufzuregen."

Das war etwas ganz Neues. David hatte früher nie um Verzeihung gebeten. Ob eine seiner Freundinnen vielleicht einen guten Einfluss auf ihn hatte?

Evelyn setzte sich aufs Sofa und strich andächtig über ihre neuen Kleider. „Wie schade, dass ich nur eines davon am Sonntag tragen kann", bedauerte sie versonnen.

„Was ist denn Sonntag?"

„Da gehe ich neuerdings immer mit Mr. Bartholomew bummeln. Er meint, frische Luft täte mir sicher gut."

„Das passt mir nicht!" erklärte er geradeheraus.

„Und warum nicht? Ich kann spazieren gehen so viel ich will!" konterte Evelyn trotzig.

Davids Augen funkelten wütend. „Wenn du Abwechslung brauchst, dann werde ich dich abholen."

„Du? Das hast du doch noch nie gemacht!"

„Dann wird es höchste Zeit. Dieser verhinderte Starbariton wird jedenfalls nicht mehr ständig um dich herumscharwänzeln!"

„Ach so, ich vergaß – du denkst wohl, er sei der Vater meines Kindes, nicht wahr?"

Zornig fuhr er sich mit der Hand durchs Haar. „Natürlich ist er das nicht, das wäre ja absurd."

Evelyn schnalzte anerkennend mit der Zunge und lehnte sich belustigt zurück. „Schau an, du schränkst die Zahl der möglichen Kandidaten bereits ein! Pass auf, sonst bleibt am Ende niemand mehr übrig. Dabei stelle ich mir die Taufe sehr nett vor; Edward, Mr. Bartholomew, der Briefträger, der Würstchenverkäufer, alle werden da sein ..."

David trat zu ihr ans Sofa, und ehe sie noch zurückweichen konnte, hatte er sie in die Arme geschlossen. „Ich könnte dich ..." knurrte er.

„Was denn?"

Für eine Sekunde schien er zu schwanken. „Evelyn", murmelte er heiser. Und dann beugte er sich über ihren Mund.

Sie wollte sich wehren, hatte aber nicht die Kraft dazu. Und so ließ sie es geschehen, dass er sie küsste, und lag ganz still in seinem Arm.

„Das wird nichts ändern, David", flüsterte Evelyn atemlos, als David sie endlich losließ.

„Doch, vielleicht lässt das Verlangen ein wenig nach", erwiderte er genauso leise. Er ließ sich auf das Sofa sinken und zog sie an sich.

„Hast du dafür nicht genug andere Frauen?" Sie konnte sich nicht enthalten, diese vorwurfsvolle Frage zu stellen.

Er sah ihr geradewegs in die Augen und lächelte. „Ich würde sagen, du vertraust mir genauso wenig wie ich dir, nicht wahr?" Er streichelte ihre Wange, und plötzlich legte er die Hand auf ihren Bauch.

Evelyn erstarrte.

„Nein, wehr dich nicht", bat er mit beinahe zärtlicher Stimme. „Ich muss dir nicht erzählen, wie sehr ich mir immer ein eigenes Kind gewünscht habe. Und doch bin ich nie einer schwangeren Frau so nahe gewesen. Ich möchte alles wissen." Behutsam strich er über die sanfte Wölbung ihres Körpers und schien zu sich selbst zu sprechen. „Ich möchte wirklich alles darüber erfahren. Wie es sich anfühlt, wie es aussieht. Ich will wissen, wie sehr es die Mutter verändert."

„Dann solltest du eine Vorlesung darüber an der Universität besuchen", schlug sie mit dem letzten Rest von Humor vor, den sie noch aufbringen konnte, um sich der Anziehungskraft zu entziehen, die von der Berührung seiner Hände ausging.

David spreizte die Finger über ihrem Bauch, seine Geste hatte etwas seltsam Beschützendes an sich. „Sag mir, was für ein Gefühl ist es, schwanger zu sein?" Forschend sah er sie an.

„Oh, meistens ist mir schlecht." Sie vermied es, seinen Blick zu erwidern. „Ich werde schnell müde und schlafe viel. Außerdem habe ich eine ganze Menge Beschwerden."

„Was für welche?"

Sie berührte ihre Brust. „Mein Busen wird größer, und das spannt ein wenig. Und ich habe sehr oft Sodbrennen."

„Aber was für ein Gefühl ist es, ich meine, seelisch?" beharrte er.

„Es ist himmlisch! Die atemberaubendste Erfahrung meines Lebens. In wenigen Wochen kann ich die ersten Bewegungen spüren. Und dann kommt es zur Welt, und ich kann es im Arm halten, es anfassen. Ich werde nie wieder allein sein. Bald werde ich etwas haben, was mir ganz und gar gehört." Evelyn seufzte glücklich. „Du kannst das nicht nachvollziehen, nicht, David? Dieses Gefühl der Zugehörigkeit. Du hast dich niemals so eng und so endgültig an jemanden binden wollen. Dein ganzes Leben lang bist du allein gewesen, und es gefällt dir."

„Ich möchte eine Familie", widersprach er.

„Nein, ich glaube nicht, dass du das wirklich willst", überlegte Evelyn laut. „Ich denke vielmehr, dass du lieber einem Arzt vertraust, wenn er dir einredet, du könntest keine Kinder zeugen. Denn das gibt dir eine gute Ausrede, warum du dich nicht binden willst. Es ist eine Art Sicherheit."

„Du bist nicht bei Sinnen“, bemerkte er schneidend. Er stand auf. „Darf ich am Fenster eine rauchen?“ fragte er mit Blick auf ihren Bauch.

Seltsam, dachte Evelyn, ich habe ihn seit einer Ewigkeit nicht mehr rauchen sehen. Sie nickte und erhob sich ebenfalls. „So, ich bin also nicht bei Trost? Habe ich etwa einen wunden Punkt getroffen? Ich habe dein Geheimnis gelüftet. Du darfst gar nicht zugeben, dass dies dein Kind ist. Denn dann stürzt der ganze von dir so sorgsam errichtete Schutzwall um dich herum ein, und du musst beweisen, dass es dir ernst war mit der Behauptung, du wünschst dir eine Familie. Und dazu wärst du nicht in der Lage. Das würde nämlich bedeuten, du müsstest etwas tun, wovon du nicht die geringste Ahnung hast – und zwar geben.“

„Ich bin kein Geizhals“, begehrte David auf.

„Was Geld betrifft vielleicht nicht, aber gefühlsmäßig bist du einer.“ Sie musterte sein verschlossenes Gesicht. „Kein verliebter Mann hätte mir das zumuten können, was du mir damals in Atlanta angetan hast. Du hast mich vor der ganzen Truppe gedemütigt, und du warst dir dessen genau bewusst. Mir sagtest du, du härtest dich dazu entschlossen, um mich vor einer ausweglosen Beziehung ohne Kinder zu bewahren. Aber das war nicht die Wahrheit. Du wolltest dich selbst retten.“

Er seufzte laut. „Nein!“

„Doch, Darling. Selbst als wir unser Verhältnis hier fortsetzten, hast du nie aufgehört, insgeheim dagegen anzukämpfen. Dein körperliches Verlangen hat dich zu mir getrieben, nicht Liebe oder Zuneigung. Ich habe das zunächst nicht gemerkt. Aber ein einziges Telefonat nach Kalifornien hat mir Klarheit über deine so genannte Liebe verschafft. Cherrie ... Hieß sie nicht so?“

„Sie war nur irgendein Mädchen“, murmelte er. „Und wir haben nicht ...“

„Ach nein?“ Evelyn schaute ihn ungläubig an. „Ich rief dich

an, um dir mitzuteilen, dass ich schwanger bin! Als ich dir endlich alles erzählte, bist du förmlich explodiert. Es wäre nicht von dir, ganz sicher nicht. Dabei wusstest du doch genau, dass ich dich viel zu sehr liebte, als dass ich auch nur an einen anderen hätte denken können!" rief sie. „Und trotzdem hast du mir das Leben zur Hölle gemacht, als ich darauf beharrte, dass du allein der Vater bist."

„Ich bin es nicht", wiederholte er stur.

„Armer David." Sie schüttelte den Kopf. „Mittlerweile hast du dich so an deine Einsamkeit gewöhnt, dass du keinen Eindringling in deinem Leben mehr duldest. Du wirst nie jemandem so weit vertrauen, dass du ihn lieben kannst – oder wiedergeliebt wirst. Wenn du behauptest, dir ein Kind zu wünschen, lügst du. Du willst im Grunde niemanden. Liebe verlangt nämlich Selbstlosigkeit und blindes Vertrauen, zwei Eigenschaften, die du einfach nicht besitzt. So ist das!"

„Das ist nicht wahr!" Seine Stimme klang eisig. „Ich würde alles geben für ein Kind, eine Frau, ein Zuhause."

„Aber sicher!" nickte sie. Sie ging zur Tür und hielt sie ihm auf. „Deshalb geben sich deine Verehrerinnen bei dir auch die Klinke in die Hand!"

David starrte Evelyn an, die Zigarette verglomm zwischen seinen Fingern. „Glaub von mir aus, was du willst."

„Vielen Dank für deine Erlaubnis. Gute Nacht, David."

„Es ist noch gar nicht so spät."

„Belästige mich nicht mit diesen Kleinigkeiten. Bitte geh jetzt, ich veranstalte nämlich nachher eine Orgie, und dafür muss ich noch einige Vorbereitungen treffen!"

Früher hätte David darüber gelacht, aber jetzt blieb sein Gesicht unbeweglich, fast versteinert. Seine Maske der Überheblichkeit zeigte die ersten Sprünge, darunter kam der wahre David zum Vorschein. Er blickte Evelyn wütend an, denn sie hatte ihm eine Seite seiner Persönlichkeit verdeutlicht, die er am liebsten ignoriert hätte.

Es steckte viel Wahres in ihren Vorwürfen, aber er war noch nicht so weit, dies einzugestehen. „Wenn ich jetzt aufbreche, werde ich nie mehr zurückkehren", warnte er sie ruhig. „Ich frage dich ein allerletztes Mal, ob du mich heiraten willst, dann nie wieder."

„Nein, ich will dich nicht heiraten", betonte sie. „In deinen Augen magst du vielleicht perfekt sein – du bist reich, attraktiv, entstammst einer alteingesessenen Familie. Leider passe ich nicht in diesen noblen Rahmen. Ich will einen ganz normalen Mann, der mich einfach nur liebt. Mr. Bartholomew hat hundertmal mehr Herzensbildung als du, mein Lieber, auch wenn er entsetzlich falsch singt. Er ist durch und durch aufrichtig."

„Dann heirate doch den alten Herrn!" riet David ihr im Fortgehen. „Und dann zum Teufel mit ihm!"

„Pass auf, dass dein so selbstherrliches Ego keinen Schaden nimmt!" rief sie ihm nach und knallte lautstark die Tür ins Schloss.

Unverzüglich folgten auf diesen Temperamentsausbruch bittere Tränen. Minutenlang saß Evelyn heftig schluchzend auf dem Sofa. Sie verwünschte David McCullough und hoffte inständig, ihn niemals wiedersehen zu müssen.

9. KAPITEL

Evelyn bereute die heftigen Worte, die sie David an den Kopf geworfen hatte, obwohl sie immer noch mit ihm grollte. Er verschanzte sich stets hinter einer Mauer aus Zynismus, um zu verhindern, dass Menschen ihm zu nahe kamen und ihn verletzten. Aber diesmal hatte sie ihn mit seinen eigenen Waffen geschlagen. Er scheute die Verantwortung, die die Liebe mit sich brachte, und deshalb wich er hartnäckig jeder Beziehung aus. Vielleicht hatte er nie am eigenen Leib erfahren, was Liebe eigentlich bedeutete. Evelyn wusste nur sehr wenig über Davids Vergangenheit, darüber hüllte er sich stets in Schweigen.

Obwohl ihr Herz vor Kummer fast zerbrach, trieb sie ihr Stolz doch dazu, unermüdlich weiterzuarbeiten. Evelyn konnte und wollte die Theaterleitung nicht enttäuschen, deshalb sparte sie sich sämtliche Emotionen für ihre Rolle auf. Trotz ihrer persönlichen Probleme freute sie sich über die begeisterten Kritiken, die das Stück einheimste.

Nach seinem letzten Besuch in ihrer Wohnung war David wie vom Erdboden verschwunden. Kein Mensch sah oder hörte etwas von ihm. Evelyn war überzeugt, dass er wieder nach Kalifornien zurückgekehrt war, um die Arbeiten an seinem Drehbuch fortzusetzen. Sie achtete auch nicht mehr darauf, wenn er bei irgendwelchen Unterhaltungen erwähnt wurde. Von jetzt an wollte sie nur noch an ihr Kind denken, nichts anderes zählte.

Aufgrund der ausgezeichneten ärztlichen Versorgung, die sie der Großzügigkeit der Theaterleitung zu verdanken hatte, ging es Evelyn von Tag zu Tag besser. Sie entwickelte neue Energien, und auch ihr Blutbild war endlich wieder in Ordnung. Die Auftritte machten ihr zunehmend Spaß, und so fehlte zu ihrem vollständigen Glück eigentlich nur noch der Mann, den sie liebte. David mochte ihr vielleicht nie verzeihen, was sie ihm gesagt hatte, aber andererseits brauchte auch sie sicher eine ganze Weile, um über seine Vorwürfe hinwegzukommen. Besonders die Tatsache, dass er sein Kind verleugnet hatte, schmerzte sie.

Drei lange, einsame Wochen waren verstrichen, als Evelyn herausfand, dass David noch immer in der Stadt weilte.

„Dick hat ihn gestern Abend besucht“, berichtete Janet eines Nachts nach der Vorstellung, während Evelyn sich in ihrer Garderobe abschminkte.

Ihr Herz machte einen Sprung, aber sie ließ sich nichts anmerken. „Ach, ja?“

„Er hat sich offenbar vorgenommen, sich zu Tode zu arbeiten", bemerkte Janet spöttisch. Nach allem, was er Evelyn angetan hatte, war sie ihm nicht mehr sehr freundlich gesonnen. „Er hat sich in seiner Wohnung eingeschlossen, und manchmal vergisst er angeblich sogar zu essen. Dick hat Edward erzählt, dass David sein fast fertiges Drehbuch zerrissen und ein völlig neues begonnen hat. Da man ihm jedoch einen festen Abgabetermin gesetzt hat, muss er sich jetzt doppelt anstrengen, um rechtzeitig liefern zu können."

Evelyn fragte sich, ob sein blinder Arbeitseifer wohl mit ihren Vorhaltungen zusammenhing. Ihr Gewissen begann sich zu regen. Sie wusste aus Erfahrung, dass David dazu neigte, sich allzu intensiv auf eine Aufgabe zu konzentrieren. Er verbrachte dann Tage und Nächte, ohne zu essen oder zu schlafen, und arbeitete bis zur völligen Erschöpfung.

„Er tut dir doch nicht etwa Leid?" erkundigte sich Janet. „Nach all dem, was er dir angetan hat?"

„Natürlich nicht", behauptete Evelyn. Sie bürstete sich energisch das Haar, aber Janet bemerkte ihren besorgten Blick im Spiegel.

„Du und deine Gutmütigkeit", schalt Janet sanft. „Das wird dich eines Tages noch ins Unglück stürzen. Du bist nicht für David verantwortlich!"

„Wahrscheinlich nicht."

„Und überhaupt, schließlich arbeitet er nur", beharrte Janet hartnäckig. „Es ist sein Beruf und hat nichts mit dir zu schaffen."

Aber Janet hatte keine Ahnung von ihrem letzten erbitterten Streit, sie wusste nicht, dass Evelyn David verletzt hatte. An diesem Abend war es bereits zu spät, um etwas zu unternehmen, aber am nächsten Morgen forderte sie Dick auf, ihr von David zu erzählen.

„Ich schwöre dir, ich weiß auch nicht, was mit ihm los ist", gestand Dick und vergrub die Hände in den Hosentaschen.

„Ich habe schon oft erlebt, wie er sich geschunden hat, aber so schlimm war es noch nie. Als ich ihn neulich besuchte, war er weiß wie die Wand. Wenn er in dieser Verfassung schreibt, dann kann nichts Gescheites dabei herauskommen. Er isst nichts, aber dafür hat er zu trinken begonnen."

„David?" Evelyn war entsetzt. Sie wusste, dass er sonst fast nie Alkohol anrührte. Er hatte einmal erwähnt, wie abstoßend er es gefunden hatte, wenn sein Vater sich betrank.

„Ja, das passt so gar nicht zu ihm, nicht wahr?" meinte Dick bekümmert. „Aber ich kann nichts dagegen tun. Als ich ihm vorschlug, doch einmal auszuspannen und nicht nur die Wände anzustarren, da antwortete er ... nun ja, das Ende vom Lied war, dass ich verschwunden bin. Wenn man mich nicht ausdrücklich dazu auffordert, gehe ich nicht mehr zu ihm."

„War er denn krank?" erkundigte Evelyn sich teilnahmsvoll.

„Ja, ich glaube, das war er", räumte Dick widerstrebend ein. „Was ihm fehlte, kann ich allerdings nicht sagen. Vielleicht hat er sich deshalb betrunken. Manche Leute glauben ja, Alkohol würde die Bazillen abtöten."

Obwohl Janet Evelyn immer wieder einhämmerte, Davids Gesundheitszustand hätte sie nicht zu interessieren und sie sollte lieber an sich selbst denken, machte sie sich gelegentlich Vorwürfe. Sollte sie wirklich ruhigen Gewissens zusehen, wie er sich zu Tode arbeitete? Nein. Schließlich hatte sie auch einmal schöne Zeiten mit ihm verbracht. Deshalb, und auch, weil er trotz allem der Vater ihres Kindes war, musste sie etwas für David tun.

Und so bezwang Evelyn eines Abends ihren Stolz und besuchte David nach der Vorstellung. Sie versuchte, dabei nicht an die schönen Stunden zurückzudenken, die sie in seinem Apartment einst erlebt hatte.

Ganz offensichtlich schien er nicht abgeneigt zu sein, sie zu sehen, denn er bestätigte sofort den Türsummer, als sie unten an der Haustür klingelte und ihren Namen nannte. Allerdings brauchte er dann fast fünf Minuten, ehe er ihr öffnete.

Der Mann, der ihr gegenüberstand, war nicht mehr der David, den sie in Erinnerung hatte. Er war dünn geworden, und sein unrasiertes Gesicht hatte eine ungesunde, fahle Farbe. Die grünen Augen wirkten matt, das ehemals so glänzende blonde Haar war zerzaust und stumpf. Er trug nur einen Bademantel.

„Evelyn?“ fragte er verwirrt.

„Jawohl“, bestätigte sie betont heiter. „Oh, Mr. McCullough, wie Sie sich verändert haben!“

Kriegerisch hob er das Kinn und starrte sie an. Er schwankte kaum merklich. „Was willst du? Bist du gekommen, um mir erneut die Leviten zu lesen? Nein danke, einmal genügt!“

„Nicht so laut, du erschreckst das Baby“, beschwichtigte sie ihn sanft und schob sich an ihm vorbei in die Wohnung.

Selbst eine erfahrene, hartgesottene Putzfrau hätte bei diesem Anblick wohl der Schlag getroffen. Evelyn hatte noch nie ein derartiges Chaos erlebt. Übervolle Aschenbecher, schmutzige Gläser und Teller, wohin man auch sah, am Boden lagen verstreute Kleidungsstücke. Papierfetzen, ja sogar ein paar völlig verwickelte Farbbänder waren auf dem Teppich festgetreten.

„Verschwinde“, knurrte David sie unhöflich an. Er stand noch immer in der offenen Wohnungstür.

Evelyn zog sich den Mantel aus und krempelte die Ärmel ihrer leuchtend gelben Umstandsbluse auf. „Sei still, Liebling“, sagte sie leichthin und schüttelte den Kopf über dieses Durcheinander. „Warum gehst du nicht erst einmal unter die Dusche, und ich mache inzwischen etwas zu essen?“

„Es ist nichts mehr da“, murmelte er dumpf.

„Dann werde ich etwas besorgen.“ Sie drängte sich an David vorbei, um die Tür zu schließen, und bugsierte ihn dann in Richtung Schlafzimmer.

„Nein. Evelyn, wirklich ..." protestierte er.

„Oh doch. Erst duschst du, danach gibt es was Gutes zu essen."

Er wollte erneut widersprechen, gab es dann aber auf und verschwand im Schlafzimmer.

Evelyn begab sich in die Küche und öffnete den Kühlschrank. Ein Blick verriet ihr, dass das Einkaufen noch warten konnte. Sie fand ein großes saftiges Steak, das würde sie ihm braten. Dazu eine kleine Dose Erbsen, die sie mit Rahm abschmeckte, und schließlich entdeckte sie sogar noch etwas Reis. Während das Essen auf dem Herd brutzelte, wusch sie schnell das Geschirr ab und räumte oberflächlich auf. Dann klopfte sie an die Schlafzimmertür.

„Nun?" fragte David, als er aufmachte.

„So ist es viel besser", lobte sie anerkennend. Er trug jetzt einen dunkelblauen seidenen Hausmantel, war frisch rasiert und hatte sich die Haare gewaschen. Trotz allem sah er aber immer noch krank aus. „Dein Abendessen ist fertig", verkündete Evelyn.

„Es war aber doch gar nichts da!"

Sie ignorierte seine Bemerkung, ging in die Küche und holte das Tablett, auf dem sie alles appetitlich angerichtet hatte. Sogar an Kaffee hatte sie gedacht! Sie forderte ihn auf, sich ins Bett zu legen und platzierte das Tablett auf seinen Knien. Dann setzte sie sich mit ihrer Tasse auf einen Stuhl und beobachtete David beim Essen.

Eine Weile stocherte David unlustig auf seinem Teller herum, doch dann schien ihm plötzlich aufzufallen, wie gut es ihm schmeckte. „Isst du denn gar nichts?" fragte er. „Junior muss auch zu Kräften kommen."

„Das Baby hatte bereits sein Abendbrot, dazu eine von diesen himmlischen Vitaminpillen", erklärte Evelyn gelassen. „Eine Tablette davon, und ich könnte Bäume ausreißen."

Er brachte ein schwaches Lächeln zustande. Während er aß,

beobachtete er sie immer wieder verstohlen. „Hat Dick dich hergeschickt?" erkundigte er sich neugierig.

„Nein, es war meine eigene Idee."

„Du willst mich wohl vor mir selbst retten?" Seine Stimme klang bereits viel energischer. „Vielen Dank, aber ich kann sehr gut allein auf mich aufpassen." Er reichte ihr das Tablett.

„Natürlich", bekräftigte Evelyn. „Das habe ich eben auch schon festgestellt! Wann hast du denn das letzte Mal vernünftig gegessen?"

„Erst gestern, und zwar eine Schachtel Kekse", versicherte er.

„Hast du einen Arzt angerufen?" setzte sie ihr Verhör fort.

„Wozu?" ereiferte er sich. „Ich bin schließlich nur müde!"

„Ich finde, du siehst aus, als hättest du Fieber. Außerdem bist du erschreckend blass."

„Ich musste das Drehbuch beenden", erklärte David schwach. Er musterte Evelyn. „Du solltest es lesen. Es ist das Beste, was ich je geschrieben habe."

„Ich warte auf die Verfilmung, danke. Möchtest du noch etwas essen, ehe ich anfange, das Wohnzimmer aufzuräumen?"

„Du wirst überhaupt nichts machen", widersprach er schroff. „Dafür habe ich schließlich eine Putzfrau, die ich ordentlich bezahle."

„Wenn sie nicht inzwischen vor Schreck ausgewandert ist", konterte Evelyn und stand auf. „Dein Apartment gleicht nämlich einem Schlachtfeld."

„Ich habe gearbeitet!"

„Kein Wunder, dass du nie geheiratet hast", murmelte sie, während sie sich daran machte, das Tablett herauszutragen. „Es gibt wohl keine Frau auf der Welt, die tapfer genug ist, diesem Chaos hier den Kampf anzusagen."

„Und weshalb bist du dann hier?"

Evelyn erwiderte seinen Blick gelassen. „Wenn ich selbst dahintergekommen bin, werde ich dich informieren, David. Allerdings geschah es bestimmt nicht aus unsterblicher Liebe. Du hattest die ganze Zeit über Recht. Wir hatten ein schönes Verhältnis miteinander, aber das war auch alles. Das ist mir inzwischen klar geworden."

Er setzte sich im Bett auf. „Wovon sprichst du?"

„Ich habe in letzter Zeit viel nachgedacht", erklärte sie. „Vielleicht erleichtert es dich, wenn ich dir versichere, dass ich dich nicht länger liebe. Außerdem werde ich dir auch nicht mehr einreden, mein Kind wäre von dir." Sie lächelte. „Nun, zufrieden?"

„Ich habe ebenfalls viel gegrübelt", begann er, ganz offensichtlich suchte er sorgfältig nach den richtigen Worten. „Evelyn, was das Baby betrifft ..."

„Schnee von gestern!" unterbrach sie ihn heiter. „Das Thema ist abgeschlossen, Liebling. Ein für alle Mal!" Sie schickte sich an, endgültig das Zimmer zu verlassen.

„Aber Evelyn!"

„Nein." Sie drehte sich um, ihre Stimme klang sehr entschlossen. „Versuch jetzt ein wenig zu schlafen. Ich wasche noch schnell diese Teller ab und verschwinde dann. Du brauchtest lediglich eine vernünftige Mahlzeit und ein wenig Ordnung. Ich glaube, jetzt kommst du allein zurecht."

„Warum bist du hier?" Seine grünen Augen musterten sie ruhig und eindringlich.

Sie zuckte die Achseln. „Weißt du, mir geht es momentan ausgezeichnet. Und da du gerade in einer wesentlich schlechteren Situation bist, dachte ich, ich könnte mich bei dir revanchieren. Nun sind wir quitt. Machs gut!" Sie schloss die Tür und ließ ihn völlig verwirrt zurück.

Evelyn war selbst überrascht über ihre neu erworbene Fähigkeit, sich den Gegebenheiten anzupassen, ohne vor Kummer zusammenzubrechen. Es war schon erstaunlich, dass es einer gescheiterten Liebe und einer Schwangerschaft bedurft hatte, um ihr Leben grundlegend zu ändern. Jetzt brauchte sie sich nur noch ein wenig zu gedulden, und dann würde sie bestimmt auch bald die Trennung von David überwunden haben.

Wie eigenartig, dass er ganz allein gewesen war. Es gab doch gewiss genug Frauen, die ihn mit Wonne gepflegt hätten. Aber vielleicht mochten sie ihn nur, wenn er strahlend und gesund war ...

David war am nächsten Abend im Theater. Er eilte gleich nach der Vorstellung hinter die Bühne, um Evelyn abzuholen und nach Hause zu fahren.

„Normalerweise bin ich dafür zuständig", bemerkte Janet spitz, während er darauf wartete, dass Evelyn endlich fertig war.

„Von heute an nicht mehr", teilte er ihr gelassen mit. „Irgendwelche Einwände?"

„Bitte, David ..." protestierte Evelyn.

„Nein, sag nichts. Streit ist nicht gut für das Baby. Beeil dich, du brauchst Ruhe."

„Dann sehen wir uns morgen", verabschiedete Janet sich widerwillig von Evelyn. „Ruf mich, wenn du mich benötigst", fügte sie mit einem giftigen Seitenblick auf David hinzu.

„Du bist wirklich ein Grobian", schimpfte Evelyn, während sie sich die letzte Schminke vom Gesicht rieb.

„Nun, zumindest zeigt diese Methode Erfolg", stellte er ruhig fest.

David wirkte ausgeruht und frisch. Er trug weiße Bundfaltenhosen und einen leuchtend roten Pullover. Insgeheim musste Evelyn einräumen, dass er der attraktivste Mann war, den sie kannte. Immer noch weckte er in ihr ein ungestümes Verlangen, erst recht jetzt, da sie sein Kind erwartete.

„War es vernünftig, dass du heute bereits aufgestanden bist?" fragte sie zweifelnd.

„Ich war nur übermüdet", verteidigte er sich. „Nach deiner Pflege geht es mir viel besser."

„Ich kann aber trotzdem allein nach Hause fahren", versuchte Evelyn ihn zu überzeugen. „Mir geht es wirklich prächtig."

„Das glaube ich dir, aber du wirst es nicht tun. Los, kleine Mama, du kannst dich unterwegs auch an mich ankuscheln, wenn es zu kalt wird."

„In deinem engen Porsche bleibt mir wohl auch nichts anderes übrig", versetzte sie trocken.

„Ich habe den Flitzer nicht mehr! Heute Morgen habe ich ihn gegen einen Lincoln eingetauscht, der ist wesentlich bequemer."

„Und ich dachte immer, der Wagen wäre genau das Richtige für einen so begehrten Junggesellen wie dich", spöttelte sie leicht.

„Ich werde eben älter, Evelyn. Auf jeden Fall zu alt für Spielereien." David hielt ihr die Garderobentür auf.

„Jetzt behaupte bloß nicht, dass du daran denkst, fortan ein solideres Leben zu führen!" lachte sie. „Ich würde es dir sowieso nicht glauben."

„Wirklich nicht?"

Evelyn zog es vor, den eigenartigen Unterton in seiner Stimme zu überhören. Sie knöpfte ihren Mantel zu, als sie in die kalte Nachtluft hinaustraten.

„Ist das dein einziger Mantel?" erkundigte er sich knapp.

„Ja, und er ist schön warm."

„Er sieht nicht so aus. Du könntest einen mit Kapuze gebrauchen."

„Nächstes Jahr wünsche ich mir einen vom Weihnachtsmann", neckte sie ihn.

Er seufzte und begleitete sie zum Auto. „Warum erlaubst du nicht, dass ich ab und zu etwas für dich kaufe?" fragte er ernst. „Ich habe Geld, aber ich bin allein. Es gibt niemanden, für den ich sorgen müsste. Deshalb könnte ich ohne weiteres all das bezahlen, was du für das Baby brauchst."

Evelyn nahm auf dem Beifahrersitz Platz und wartete ab, bis

David neben ihr saß. „Wenn die Situation umgekehrt wäre, würdest du von mir auch keine Geschenke akzeptieren."

„Das ist doch etwas ganz anderes!" protestierte er.

„Überhaupt nicht. Wir sind beide gleichermaßen selbstständig und unabhängig."

„Ich dachte aber, dass das Kind für dich ausschlaggebend ist und immer an erster Stelle kommen wird."

Evelyn lehnte sich bequem zurück. „Dank der Hilfsbereitschaft der Theaterleute brauche ich mich jetzt nicht mehr einzuschränken, was Medikamente und Lebensmittel betrifft. Also keine Sorge."

„Schon, aber es gibt ja auch noch andere Dinge. Du musst doch irgendwelche Wünsche haben."

Verträumt lächelnd schloss sie die Augen. „Ja, natürlich habe ich die. Zum Beispiel gibt es da ganz zauberhafte Kinderzimmermöbel. Außerdem habe ich viele niedliche Kleidchen gesehen, die sie schon bald tragen könnte. Und wunderhübsche kleine Schuhe ..."

„Sie?" forschte er verblüfft, als sie an einer Ampel anhielten.

„Man hat einen Ultraschalltest gemacht, um festzustellen, ob auch alles mit dem Baby in Ordnung sei", erklärte sie. „Dabei kann man das Geschlecht des Kindes erkennen. Es ist ein Mädchen, David."

David biss sich auf die Unterlippe, seine Augen schimmerten dunkel. Also hatte er an jenem Nachmittag im Lebensmittelgeschäft instinktiv das Richtige vermutet, als er über seine kleine Tochter nachgegrübelt hatte. Er wusste jetzt, dass es sein Kind sein musste, aber Evelyn wollte ihn nicht mehr.

„Hast du dir schon einen Namen überlegt?" erkundigte er sich betont beiläufig.

„Kathryn wäre hübsch, man könnte sie dann Kate rufen."

Er lächelte versonnen. „Warum nicht Elisabeth?" schlug er schließlich vor.

„Ich finde, ein Name genügt", murmelte sie. „Obwohl mir Helen auch immer sehr gut gefallen hat. Es ist der Name meiner Mutter."

„Helene gefällt mir besser. Kathryn Helene ..."

„Ja, das ist sehr schön." Sie betrachtete eingehend ihre im Schoß verschränkten Hände. „Wie hieß denn deine Mutter?"

„Michele", erwiderte David knapp.

„Und dein Vater?"

„Thomas." Seine Stimme klang so kalt, dass Evelyn erstaunt aufblickte.

„Leben deine Eltern noch?"

„Er ist irgendwo in Frankreich gestorben, wo er sich mit zwei jungen Mädchen vergnügt hatte. Meine Mutter wohnt in einem Alkoholikerheim. Ich besuche sie dort zweimal im Jahr."

„Das tut mir Leid. Deine Jugend war bestimmt nicht einfach."

„Ich war meist in Internaten", erzählte er. „Meine Eltern wollten kein Kind, ich war sozusagen ein Unfall. Das haben sie mir auch oft genug zu verstehen gegeben. Ich war für sie nur ein lästiger Klotz am Bein, deshalb schickten sie mich von meinem sechsten Lebensjahr an ins Schulheim. Unter diesen Umständen war es vielleicht sogar das Beste für mich. Ich habe meine Eltern nie vermisst."

Evelyn glaubte David kein Wort. Verstohlen sah sie ihn an. Er hatte immer jemanden vermisst, der ihm Liebe und Geborgenheit hätte schenken können.

„Fühlst du dich so weit gut?" erkundigte er sich und wechselte das Thema. „Strengen dich die Vorstellungen nicht zu sehr an?"

Sie lächelte. „Im Gegenteil, sie tun mir sogar sehr gut. Ich bewege mich regelmäßig, habe eine Beschäftigung, sodass ich nicht müßig herumsitze und grüble, ansonsten halte ich mich in meiner freien Zeit genau an die Anweisungen meines Arztes. Mir geht es wirklich sehr gut."

„Ich werde von nun an dafür sorgen, dass das auch in Zukunft so bleibt“, versicherte er entschlossen.

„Das brauchst du nicht, David. Ich kann sehr gut allein auf mich und mein Kind aufpassen. Du bist nicht für mich verantwortlich.“

„Doch“, war alles, was er sagte.

„Ich verlange nichts von dir. Gestern Nacht habe ich dir erklärt, dass sich meine Gefühle für dich grundlegend geändert haben, David.“

Erschrocken wandte er das Gesicht zur Seite, um sich nichts anmerken zu lassen. „Du wirst mir meine erste Reaktion auf deine Schwangerschaft nie verzeihen, nicht wahr?“

„Es war schon ziemlich hart“, gab sie zu. Abwesend starrte sie hinaus auf das Lichtermeer der Stadt. „Ich war so aufgeregt“, erinnerte sie sich. „Ich dachte, ich hätte das Ende des Regenbogens erreicht. Und dann wolltest du mir nicht einmal zuhören. Das hat am meisten wehgetan. Mittlerweile verstehe ich, warum du mir nicht glaubtest. Aber das spielt jetzt keine Rolle mehr.“

„Bist du sicher, dass Hadison dich nicht heiraten will?“ forschte er zögernd.

„Ganz sicher!“ Sie schmunzelte. „Er wird höchstwahrscheinlich irgendwann Janet heiraten. Die beiden passen besser zueinander.“

„Und was wird jetzt aus dem Baby?“

„Ich werde es allein großziehen. Warum sollte ich mein Kind mit jemandem teilen?“

„Sie braucht einen Vater“, erwiderte er streitsüchtig. „Jemand, der sie tröstet, wenn sie nachts weint. Jemand, der sie vor allen möglichen Verehrern beschützt, wenn sie größer ist“, fügte er hinzu.

„Das schaffe ich bestimmt genauso gut!“ versicherte Evelyn.

„Aber niemals wie ein Vater das könnte.“

Sie tat so, als würde sie ernsthaft seinen Einwand abwägen.

„Mr. Bartholomew würde mir sicher helfen, die Verehrer abzuwimmeln."

„Der ist doch viel zu alt!"

„Nicht so laut, was sollen die Nachbarn denken?"

Sie waren inzwischen vor ihrem Haus angekommen, und David war sichtlich aufgebracht.

„Heirate mich! Wir sorgen gemeinsam für sie."

„Nein, danke", lehnte Evelyn entschieden ab.

„Aber sie ist meine Tochter!" rief David verzweifelt aus.

Sie sah ihm geradewegs in die Augen. „Nein, auf diese Art wirst du mich nicht umstimmen", meinte sie kühl. „Jetzt ist es zu spät, um mir weiszumachen, du würdest mir auf einmal glauben. Diesen plötzlichen Sinneswandel nehme ich dir nicht ab."

„Aber es ist wirklich so!"

„Ich bin sehr müde, David, und mir ist heute Abend nicht nach Auseinandersetzungen zumute", wehrte sie schwach ab. „Danke, dass du mich nach Hause gefahren hast."

Er stieg aus und ging um den Wagen herum, um ihr die Tür aufzuhalten. Sein Gesicht wirkte angespannt und entschlossen, in seinen Augen spiegelten sich Sehnsucht und Verzweiflung wider.

David reichte Evelyn die Hand, um ihr beim Aussteigen behilflich zu sein. Er ließ sie nicht einmal los, während er den Lincoln abschloss und mit Evelyn zu ihrer Wohnung hinaufging.

„Ich würde mich wirklich wohler fühlen, wenn du bei mir einziehen würdest", verriet er ihr an der Wohnungstür. „Selbst wenn du mich nicht heiratest, wärest du dort besser aufgehoben."

„Aber sicherlich ein Ärgernis für deine zahlreichen Geliebten, nicht wahr?"

„Ich habe keine Geliebten, Evelyn", antwortete er ernsthaft.

„Natürlich nicht, und ich bin die Kaiserin von China!"

„Wer hat denn nun kein Vertrauen?" brauste er auf.

„Schließlich hast du mir einige Lektionen diesbezüglich erteilt." Sie schloss auf und sah eine Weile schweigend auf den abgegriffenen Türknauf hinunter. „Nochmals vielen Dank fürs Nachhausefahren."

David legte ihr die Hand auf die Schulter und drehte Evelyn behutsam zu sich um. Dann zog er sie an sich und schaute ihr lange in die Augen. „Ich werde mich um dich kümmern, Liebes, und wenn du dich noch so sehr dagegen sträubst."

„David ..."

„Sag jetzt nichts", bat er liebevoll. Er beugte sich zu ihr, bis sie seinen Atem spüren konnte. „Schlaf gut, Liebling."

Diesmal klang dieses Kosewort zärtlich und aufrichtig. Und Evelyn wehrte sich auch nicht, als er sie sacht auf den Mund küsste. Zum ersten Mal gab er ihr einen Kuss, im wahrsten Sinne des Wortes. Früher, selbst in den leidenschaftlichsten Situationen, hatte er stets nur genommen. Jetzt war alles anders.

Kurz darauf strich er ihr leicht mit der Hand über die Wange. „Gute Nacht, Evelyn."

„Gute Nacht." Mit Tränen in den Augen blickte sie ihm nach. Ach, David, dachte sie unglücklich, warum tust du jetzt auf einmal so, als glaubtest du mir? Wie kann ich dir je wieder vertrauen?

Er schien ihren Blick im Rücken zu spüren, denn er drehte sich plötzlich um und lächelte. Er winkte ihr zu, ehe er um die Ecke verschwand. Evelyn ging langsam in ihre Wohnung zurück, hundert ungestellte Fragen kreisten in ihrem Kopf.

10. KAPITEL

„Du glaubst doch nicht im Ernst, dass David so plötzlich seine Meinung geändert hat?" brummte Janet stirnrunzelnd am anderen Morgen. Sie saßen in einem kleinen Café ganz in der Nähe von Evelyns Wohnung.

„Nein", gestand Evelyn. „Vermutlich möchte er nur das Kind. Du weißt ja, wie versessen er immer auf Kinder war. Und da bislang kein anderer Mann Ansprüche angemeldet hat, hofft er, einspringen zu können."

Janet blickte versonnen auf ihre Tasse hinab. „Er darf dich nicht noch einmal verletzen", warnte sie die Freundin liebevoll.

„Mach dir keine Sorgen, so weit wird er gar nicht erst an mich herankommen." Evelyn rührte ihren Kaffee um. „In der vergangenen Nacht habe ich mehr über ihn erfahren als in all den Jahren zuvor. Er hat sich wirklich mit mir unterhalten, und dabei ist mir aufgefallen, dass wir früher nie ernsthaft miteinander geredet haben."

„Nun, mit etwas Glück wird er wohl eines Tages zumindest sein Verantwortungsgefühl entdecken. Was ist, wenn er glaubt, es wäre Edwards Kind?"

Evelyn musterte Janet aufmerksam. „Es ist aber nicht Edwards Kind", erklärte sie gelassen. „Edward ist mein Freund, und etwas anderes war niemals zwischen uns. Hör also auf damit, dich deswegen zu quälen."

Janet wurde tiefrot. „Nein, Evelyn, so meinte ich das nicht ..."

Evelyn lachte. „Du Dummerchen. Du weißt genau, dass ich stets nur David im Sinn hatte, die ganzen Jahre lang. Nicht einmal aus Rachegelüsten heraus hätte ich mit einem anderen schlafen können."

„Eigentlich habe ich das immer gewusst. Wahrscheinlich wollte ich es nur noch einmal von dir bestätigt haben", gestand Janet kleinlaut.

„Das habe ich hiermit getan. Alles in Ordnung?" Kopfschüttelnd lehnte sie sich zurück. „Ach, Janet, was soll ich jetzt nur mit ... au!" Evelyn presste eine Hand auf ihren Bauch und hob ratlos den Kopf.

„Stimmt etwas nicht?" fragte Janet hastig. „Was hast du?"

„Das Baby ... es hat sich bewegt!" lachte Evelyn atemlos mit Freudentränen in den Augen.

„Jetzt schon?" Janet konnte es nicht fassen.

„Das ist normal, im fünften Monat fängt es an." Sie seufzte glücklich. „Stell dir vor, ich werde tatsächlich ein Kind haben, eine kleine Tochter. Von allen Wundern dieser Erde ist dies ..."

„Sprich nicht von Wundern", unterbrach Janet sie. „Dreh dich bitte nicht um, aber ich sehe Ärger auf uns zukommen."

Natürlich schaute sich Evelyn sofort um, und sie entdeckte David, der mit den Blicken das Café absuchte. Schließlich hatte er sie entdeckt und eilte mit großen Schritten auf sie zu.

„Was macht ihr denn hier?" fragte er und setzte sich auf den freien Stuhl neben Evelyn.

„Ich frühstücke wie jeden Morgen", erklärte sie knapp.

„Oh, du magst morgens frische Brötchen? Gut, heirate mich, und ich kaufe dir das ganze Cafe."

Evelyn errötete, und Janet riss verblüfft die Augen auf.

Diesmal wandte sich David an sie. „Ich habe sie mindestens zehn Mal darum gebeten. Morgens beim Frühstück, mittags, abends. Ich habe es ihr im betrunkenen und im nüchternen Zustand erklärt. Aber sie will mich nicht. Würdest du ihr bitte sagen, dass ich ihr all das geben kann, was sie sich wünscht? Ich kann alles für das Baby tun, und noch mehr für seine Mutter. Sie muss mich nur heiraten!"

Zwei Arbeiter am Nebentisch horchten auf. Jede Abwechslung war willkommen im täglichen Alltagseinerlei.

„Lady, sind Sie nicht bei Trost?" rief der eine hinüber. „So schlecht sieht er doch gar nicht aus! Und Babys brauchen eine Menge Sachen!"

„Das stimmt", pflichtete ihm sein Kollege bei. „Meine Frau und ich haben sechs Kinder großgezogen. Ich kann Ihnen versichern, allein die Windeln kosten schon ein halbes Vermögen!"

David wandte sich seufzend an die beiden Männer. „Wissen Sie, das Schlimmste dabei ist, dass es sich um mein Kind handelt. Es ist ein kleines Mädchen, aber diese Dame will nicht, dass ich sie heirate und meinem Kind meinen Namen gebe!"

„Na, so etwas!" staunte der eine. „Ein kleines Mädchen, das ist aber reizend. Ich habe zwei!"

„Hören Sie", mischte sich der andere ein. „Sie sollten ihn heiraten, wirklich. All das Gerede über die Ehe ohne Trauschein ist doch Unsinn. Kinder brauchen eine Familie, daran ist nicht zu rütteln."

„Er glaubt aber nicht, dass es von ihm ist", klärte Evelyn auf.

„Da täuschst du dich gewaltig!" versetzte David.

„Du sagst das nur, damit ich dich heirate. Du hast nur Mitleid mit mir, sonst nichts."

„Hörst du mir jetzt gefälligst mal zu?" fuhr David sie aufgebracht an.

„Junger Mann, Sie dürfen das arme Mädchen nicht so aufregen, sie ist jetzt sehr empfindsam!" ertönte es vom Nebentisch.

„Das stimmt", nickte Evelyn. „Ich bin in der Tat sehr sensibel."

„Und das wird sich noch verschlimmern, wenn du nicht endlich anfängst, etwas Vernünftiges zu frühstücken", konterte David. „Du brauchst Eier und gebratenen Speck."

„Da hat er nun wieder Recht", meldete sich einer der beiden Arbeiter zu Wort. „Babys brauchen eine kräftige, gesunde Ernährung."

„Also, ich werde nie vergessen, wie hungrig ich während meiner Schwangerschaft war", mischte sich jetzt auch noch die Kellnerin ein.

„Das sagte meine Frau auch immer", trumpfte der eine Arbeiter auf. Er nahm seinen Stuhl und rückte näher zu ihnen heran. „Haben Sie auch dauernd Sodbrennen?"

„Ja ..." begann Evelyn.

„Da weiß ich etwas, was sofort hilft."

Sein Kollege setzte sich nun ebenfalls dazu, und es dauerte nicht lange, dann wurde der Kreis durch die Serviererin vervollständigt. Eine rege Diskussion entspann sich, von den Schwangerschaftssymptomen gelangte man zur Politik, und plötzlich war das Theater an der Reihe.

„Ich wusste doch, dass ich Sie kenne“, nickte der größere der beiden Arbeiter, als er hörte, wer Evelyn war. „Das Stück ist ja wirklich in aller Munde. Und Ihr Freund hier hat es geschrieben? Muss ein kluger Mann sein!“

„Nicht ganz“, seufzte David und küsste Evelyn auf die Wange. „Sonst hätte ich sie längst überreden können, meine Frau zu werden.“

„Na, da hätte sie ja ein schönes Leben vor sich“, ließ sich Janet vernehmen. „Bei den vielen Konkurrentinnen?“

„Es gibt keine Einzige. Ich habe mich geändert. Künftig werde ich ein mustergültiger Ehemann und Vater sein.“

„Ich will dich aber nicht heiraten“, beharrte Evelyn entschieden.

„Wir werden ja sehen.“

„Nein, das werden wir nicht ... au!“

„Was hast du denn?“ fragte David mit entsetztem Blick.

„Das Baby hat sie getreten“, erklärte Janet sachkundig. „Das fängt nämlich jetzt an, weißt du.“

„Ach, ist das nicht goldig?“ strahlte der eine Arbeiter. „Mein Ältester hat meiner Frau damals Höllenqualen bereitet.“

Aber David hörte gar nicht mehr zu, als sich nun eine neue angeregte Unterhaltung anbahnte. Er schaute Evelyn wortlos an, und beide waren plötzlich ganz allein in ihrer eigenen kleinen Welt.

Sie nahm seine Hand und legte sie auf ihren Bauch. Er musste nicht lange warten, dann bewegte sich das Kind erneut, und David spürte es ebenfalls.

Sein Gesicht war ein einziges Leuchten, seine Augen glitzerten verdächtig feucht. „Mein Gott!“ flüsterte er atemlos.

Evelyn lächelte. „Sie ist sehr stark, nicht wahr? Der Arzt

meint, es wäre ein gutes Zeichen, dass sie sich schon so früh und so kräftig bewegt."

Er konnte den Blick nicht von ihr wenden. „Es ist wie ein Wunder", raunte er. „Wenn man bedenkt, dass zwei Menschen etwas so Einzigartiges schaffen können ..."

David sprach ihr aus der Seele. Der einzige Schatten über ihrem Glück war nur, dass sie immer noch nicht sicher war, ob er dieses Kind wirklich als das seine betrachtete. Sie konnte sich einfach nicht vorstellen, dass er seine Meinung wirklich so überraschend geändert haben sollte. Schließlich hatte sich ja an der Situation selbst nichts geändert. Nein, Evelyn war felsenfest davon überzeugt, dass er noch immer Zweifel hegte.

Ringsum sie herum diskutierte man noch immer lebhaft über Schwangerschaften. Die anderen merkten kaum, dass David Evelyn bei der Hand nahm und sich unauffällig davonstahl.

„Wohin gehen wir?" wollte sie draußen wissen. „Warum haben wir uns heimlich davongestohlen?"

„Ich dachte mir, wir bummeln jetzt ein wenig durch die Kinderabteilung bei Macys."

Evelyn war verwirrt. „Aber ..."

„Pass auf, Liebes", begann er. Er drehte sie zu sich herum, und blickte ihr tief in die Augen. „Ein Baby ist ein Baby. Du erwartest eins, und ich wünsche mir eins. Warum tun wir uns nicht zusammen? Ich versichere dir, ich werde es grenzenlos verwöhnen!" Er beugte sich über sie und küsste sie voller Zärtlichkeit.

„Aber ..." versuchte sie ein zweites Mal.

„Du willst mich, Evelyn", stellte er sanft fest. „Und ich will dich und das Kind. Es gibt so vieles, das uns verbindet. Unsere gemeinsame Liebe zum Theater, unser gemeinsamer Wunsch nach Kindern, unsere gegenseitige Achtung. Reicht das nicht für den Anfang?"

Sie zögerte. Das Kind brauchte einen Vater. Und sie brauchte David. Aber wie konnte sie ihn heiraten, wenn er immer noch glaubte, das Baby wäre von einem anderen Mann? Sorgenvoll sah sie ihn an, in ihren Augen spiegelte sich ihre Furcht wieder.

„Ich möchte mich um dich und das Kleine kümmern", betonte er nochmals eindringlich.

Sie senkte den Kopf. „Du willst doch gar nicht ernsthaft heiraten."

„Oh doch, das will ich!" widersprach er energisch. Er umschloss ihr Gesicht mit beiden Händen. „Du ahnst gar nicht, wie sehr!" Wieder küsste er sie, zart und gleichzeitig drängend. Sie spürte, wie ihre Knie nachzugeben drohten, und klammerte sich Halt suchend an ihn.

David schmunzelte. „Wirst du schwach, Kleines?" neckte er sie liebevoll. „Komm, wir gehen nach Hause, ich will dich lieben, bis du alles um dich herum vergisst."

Ihr Herz klopfte heftig, sie hielt den Atem an. „David, was fällt dir ein, schwangeren Frauen mitten auf der Straße solche Anträge zu machen!"

„Oh, das tue ich gern!" lachte er. „Nun komm schon, du kleiner Feigling. Du willst es genau wie ich, das weiß ich."

„Aber ich habe heute Morgen die Matineevorstellung ..."

„Die zweite Besetzung wird für dich einspringen", murmelte er. „Ich will dich eine Weile ganz für mich haben. Nur wir beide, genauer gesagt, wir drei ... Nun, was ist?"

Evelyn schloss die Augen. Wo war nur all ihr Stolz geblieben? Jetzt, wo sie ihn am nötigsten gebraucht hätte, ließ er sie im Stich. „Ja", seufzte sie leise.

David nahm Evelyns Hand, und sie machten sich gemeinsam auf den Heimweg. Minuten später standen sie in seiner Wohnung, und Evelyn konnte sich beim besten Willen nicht daran erinnern, wie sie dorthin gelangt waren. Sie hatte den ganzen Weg wie in Trance zurückgelegt. Bald darauf saß sie auf seinem Schoß, und er küsste sie, bis sie kaum noch Atem hatte.

„Wusstest du", murmelte er zwischen zwei Küssen, „dass das Recht auf der Seite der Besitzenden ist?"

„Was meinst du damit?"

„Dass ich dich jetzt bei mir habe und dich nicht wieder aus dem Apartment lassen werde", lachte er leise. „Ab sofort gehörst du mir."

„Kidnapper!" schalt sie scherzhaft.

„Was soll man machen, wenn das die einzige Methode ist, die zum Ziel führt", stimmte er zu. Behutsam streifte er ihr den Mantel von den Schultern, öffnete die Knöpfe ihrer Bluse und machte sich schließlich an den Trägem des dazu passenden Tops zu schaffen.

Evelyn hielt ihn zurück. „David, ich sehe im Moment nicht mehr so gut aus wie früher", gestand sie scheu.

„Das glaubst auch nur du, Liebling!" Zärtlich schaute er ihr in die ängstlich geweiteten Augen.

Er nahm sie lachend auf die Arme und trug sie ins Schlafzimmer hinüber, wo er sie vorsichtig auf das Bett legte. Mit geschickten Bewegungen entkleidete er sie und betrachtete sie dann voller Bewunderung.

„Du warst nie schöner", flüsterte er und strich andächtig über die sanften Rundungen ihres Körpers.

Evelyn war verlegen. „Ich werde immer rundlicher und fülliger."

„Das ist doch herrlich!" strahlte David. „Je mehr von dir da ist, desto besser!"

Ihre Augen schimmerten feucht. „Du findest mich also wirklich nicht hässlich?"

„Ich werde dir gleich beweisen, wie wenig ich das denke." Ganz langsam begann er sich zu entkleiden, und Evelyn beobachtete ihn dabei fasziniert. Früher hatten sie so etwas nie getan, sie waren immer viel zu sehr in Eile gewesen, weil sie es nie hatten abwarten können, ihr gegenseitiges Verlangen zu stillen. Jetzt aber ließ er sich unendlich viel Zeit.

„Hast du Sehnsucht nach mir, Evelyn?“ fragte er schließlich, als er nackt vor ihr stand.

Ihre Augen leuchteten vor Liebe. Er war ihr Geliebter. Der Vater ihres Kindes. Ihr Ein und Alles. „Ja, mehr als alles auf der Welt“, gestand sie. Auffordernd streckte sie ihm ihre Arme entgegen.

Er setzte sich neben sie, nahm ihre Hände und legte sie sich auf die Brust. „So war es noch nie, nicht wahr?“ raunte er. „Noch nie war echte Liebe mit im Spiel, wenn wir miteinander geschlafen haben.“

„Doch“, widersprach sie atemlos. „Von meiner Seite aus immer.“

Als er sie erneut küsste, fühlte sie sofort, dass diesmal alles anders war. Seine Liebkosungen waren ein einziges zärtliches Werben, sie berührten nicht nur ihren Körper, sondern auch ihr Herz. Alle seine Bewegungen waren viel bedächtiger, intensiver und zeugten endlich von dem, was bisher gefehlt hatte: wirkliche Liebe.

„Ich hätte nie gedacht, dass es so schön sein kann“, stöhnte David, während seine Lippen spielerisch ihren Körper erkundeten. Seine Leidenschaft wuchs ins Unermessliche, dennoch ließ er sich Zeit, streichelte sie ohne Hast und voller Zärtlichkeit.

Evelyn seufzte hilflos auf, sie gab sich ihm ganz hin, vertraute sich völlig seinen erfahrenen Händen an, bis sie meinte, ihre Erregung nicht länger ertragen zu können. „David, bitte!“ Ihre Stimme brach, ihre Augen funkelten dunkel vor Verlangen.

Er richtete sich ein wenig auf und lächelte auf sie herab. „Begehrst du mich so sehr, Liebling?“

Sie nickte. „Bitte, ich halte es nicht mehr aus ...“ Sie drängte sich ihm entgegen, voller Unruhe und Sehnsucht nach Erfüllung, aber David zwang sie sanft zurück auf die Kissen.

„Warte, Liebes, nicht so hastig.“

Und mit ganz langsamen, gleichmäßigen Bewegungen begann er, sie zu lieben. Evelyn hörte kaum, wie er ihren Namen rief. Ihr war, als stünde ihr ganzer Körper in hellen Flammen. Immer höher trug sie die Woge der Erregung, bis sie sie schließlich mit sich fortriss und in einen Strudel nicht enden wollender Lust zog. Schwer atmend klammerte sie sich wie eine Ertrinkende an Davids Schultern.

Sie fühlte Davids Mund auf ihren geschlossenen Lidern, der Stirn, den Wangen, dem Hals. Jede dieser federleichten Berührungen durchzuckte sie wie ein elektrischer Schlag.

Evelyn schlug die Augen auf und blickte in Davids Gesicht. Es war so voller Liebe und Zärtlichkeit, dass sie beinahe vor Glück geweint hätte. Er lachte leise. „Oh, Liebling, es war wundervoll! So haben wir uns noch nie geliebt."

Verträumt sah sie zur Decke hinauf. „Nein, noch nie."

„Ich wusste nicht einmal, wie sehr ich dich brauche, Evelyn", flüsterte er ihr ins Ohr. „Erst als du mir vorgeworfen hast, ich liebte dich nicht, kam ich zur Besinnung. Als du mich fortschicktest, habe ich erkannt, dass ich ohne dich nicht leben kann. Und da war es zu spät. Zumindest glaubte ich das."

Evelyn war glücklich. Sie spürte, dass David sie aufrichtig liebte. Endlich war sie sich ganz sicher. Sie zog ihn an sich und strich ihm liebevoll durch das Haar. „Die Tage ohne dich waren so dunkel und kalt", bekannte sie leise.

Seine Hände ballten sich zu Fäusten „Und ich habe dich mit all deinen Sorgen ganz allein gelassen ..." Er konnte nicht weitersprechen.

„Jetzt ist alles gut. Ich verstehe dich."

„Nein, du hast ja keine Ahnung." Langsam richtete er sich auf. Dann schloss er Evelyn wieder in seine Arme. „Liebling, was du mir damals vorgeworfen hast, entsprach zum größten Teil der Wahrheit. Ich tat es vielleicht nicht absichtlich, aber trotzdem benutzte ich meine Zeugungsunfähigkeit als Abwehrschild. Meine Eltern waren nicht gerade ein Vorbild, was Ehe und Familienleben betrifft. Sie betrogen einander ständig.

Ich habe nie kennen gelernt, was es bedeutet, Sicherheit und Vertrauen in einer Partnerschaft zu finden. Ich sehnte mich danach, aber gleichzeitig fürchtete ich eine engere Bindung. Aus Angst, dich zu verlieren, kämpfte ich gegen meine Liebe zu dir an."

Evelyn kuschelte sich bequem in seinen Arm und lächelte David an. „Wenn du es verlangt hättest, wäre ich dir ohne Zögern durch die Hölle gefolgt. Und daran hat sich in all den Jahren nichts geändert. Warum, glaubst du, habe ich mich nie für einen anderen Mann interessiert?"

„Diese Überlegungen habe ich stets weit von mir geschoben. Denn dann hätte ich mir ja eingestehen müssen, wie sehr ich dich liebte." Sanft strich er über ihren Bauch. „Unsere Tochter. Mein Gott, du ahnst gar nicht, wie verzweifelt ich war, als ich dachte, ich hätte dich und das Kind verloren. Seit jenem Nachmittag, als ich Hals über Kopf deine Wohnung verließ, habe ich die Hölle durchgemacht. Ich bildete mir in meiner Panik ein, du könntest den Erstbesten heiraten, nachdem ich dich so enttäuscht hatte."

„Und deshalb hast du dich in deinem Apartment eingeschlossen und dich betrunken."

„Genauso war es nicht", widersprach David. „Ich habe sogar sehr intensiv gearbeitet."

Er drückte die Zigarette aus, stand auf und ging ins Nebenzimmer. Kurz darauf kehrte er mit einem Manuskript zurück.

Er reichte es ihr und streckte sich neben ihr aus. „Lies das, während ich ein bisschen schlafe. Wenn ich aufwache, werden wir uns noch einmal so himmlisch lieben wie vorhin, und danach schmieden wir endlich Hochzeitspläne!"

Evelyn wollte etwas einwenden, aber er legte ihr den Finger auf den Mund. „Lies jetzt, sag nichts."

Fasziniert vertiefte sich Evelyn in Davids jüngstes Drehbuch. Die Hauptpersonen waren zwei junge Schauspieler ganz am

Anfang ihrer Laufbahn, die sich bei der Inszenierung eines Sommertheaters kennen lernten und ineinander verliebten. Er war zeugungsunfähig, und als seine Freundin schwanger wurde, wollte er zunächst nicht glauben, dass das Baby von ihm war. Im Laufe der Zeit musste er jedoch feststellen, dass absolutes Vertrauen das Wichtigste in einer Beziehung ist. Und so gelangte er von ganz allein, ohne weitere wissenschaftliche Tests, zu der Überzeugung, dass das Kind wirklich von ihm war. Denn er konnte seine Freundin nicht lieben und gleichzeitig an ihrem Wort zweifeln. Er liebte sie jedoch von ganzem Herzen, und so heirateten sie zum Schluss und waren glücklich mit ihrem gemeinsamen Kind.

Noch lange, nachdem Evelyn das Manuskript beiseite gelegt hatte, starrte sie gerührt vor sich hin. Mit dieser Geschichte wollte David ihr beweisen, dass er sein Kind wirklich anerkannte, auch wenn die Umstände zunächst dagegen gesprochen hatten. Jeder Satz zeugte von seiner grenzenlosen Liebe zu ihr. Endlich hatte sich ihr sehnlichster Wunsch erfüllt. In ihren Augen brannten Tränen.

„Liebling, nicht doch", flüsterte David, der sie seit seinem Aufwachen beobachtete, beruhigend. Er drehte sich zu ihr um und nahm sie in die Arme. „Du wirst die kleine Kate unnötig aufregen."

Schluchzend barg Evelyn das Gesicht an seiner warmen Schulter. „Ach, David, ich liebe dich so sehr!"

„Wirklich?" raunte er. „Warum kommst du dann nicht näher zu mir und beweist es mir? Und danach bin ich dann an der Reihe. Später rufen wir deine Eltern an, um ihnen mitzuteilen, dass sie demnächst einen Schwiegersohn und ein Enkelkind haben werden."

Evelyn trocknete sich die Tränen am Bettlaken und lachte zaghaft. „Du kannst mir glauben, sie werden entsetzt sein!"

„Im Gegenteil, sie werden überglücklich sein", versicherte er, wurde aber gleich wieder ernst. „Ach, Evelyn, es hat nie eine andere Frau für mich gegeben. Ich hatte ein paar kurze Affären, das stimmt, aber jeder kann dir bestätigen, dass Sex allein auf die Dauer ziemlich unbefriedigend ist. Besonders stark kam mir das zu Bewusstsein, nachdem ich dich wiedergefunden hatte. Und jetzt werde ich dich nie mehr gehen lassen. Ich möchte dich lieben, mit dir leben, dich auf Händen tragen. Ich möchte mit dir Zukunftspläne schmieden und mich mit dir auf das Baby freuen. Und ich will mit dir alt werden, mein Liebling." Er streifte ihre Lippen.

„Das will ich auch", gab sie leise zurück.

„Aber erst haben wir noch etwas anderes zu tun", neckte er sie zärtlich. „Zum Beispiel dies hier ..." Er zog sie enger an sich, und schon nach kurzer Zeit waren sie so in ihrer Leidenschaft gefangen, dass alle Sorgen und Qualen der Vergangenheit vergessen waren.

11. KAPITEL

Evelyn konnte sich in den folgenden Tagen nicht erinnern, jemals in ihrem Leben so glücklich gewesen zu sein. Sie zog in Davids Wohnung ein, und kurz darauf wurden sie vom Friedensrichter getraut. Janet und Edward waren natürlich die Trauzeugen.

Danach machten sie keinen Schritt mehr ohneeinander. Sie gingen zusammen für das Baby einkaufen, und wenn Evelyn auftrat, saß David hinter der Bühne, um aufzupassen, dass sie sich auch nicht überanstrengte. Das Baby wuchs und wuchs.

„Bestimmt wird sie später eine Hochleistungssportlerin", stöhnte Evelyn eines Nachts, als sie von der Bühne kam. Die Vorstellung war ihr an diesem Abend ganz besonders schwer gefallen, sie fühlte sich völlig ausgelaugt. „Da, schon wieder! Hast du gesehen, wie sie sich bewegt hat?"

„Allerdings", strahlte David und umarmte sie. „Es kann jetzt jeden Tag so weit sein, nicht wahr?"

„Also, wenn ich bedenke, wie ich mich schon den ganzen Abend fühle, dann möchte ich eher meinen, es kann jetzt jede Minute passieren!" Eine neue Welle des Schmerzes erfasste sie.

David wurde blass. Janet und Edward, die ihnen gefolgt waren, erschraken über seinen Gesichtsausdruck.

„Was ist denn los?" erkundigte sich Edward besorgt.

„Das Baby kommt!" rief David heiser aus. „Mein Gott, das Baby kommt! Was soll ich denn jetzt nur tun?"

Wenn die Schmerzen nicht so heftig gewesen wären, hätte Evelyn beinahe gelacht. Ausgerechnet der sonst so selbstbewusste, energische David geriet zunehmend in Panik!

„Ins Krankenhaus", stöhnte sie und klammerte sich an seinem Arm fest. „Schnell, Liebling."

„Ich habe das Auto zu Hause gelassen." stellte er entsetzt fest.

„Wir holen ein Taxi", erklärte Janet entschlossen und zog Edward mit sich. „Bring Evelyn zum Seitenausgang, David, dann geht es schneller."

Er hob sie trotz ihres Gewichts mühelos hoch und trug sie zum Ausgang. „Es ist ja gut, Liebes, es ist ja gut", redete er auf sie ein, um sie zu beruhigen. „Ich bringe dich rechtzeitig ins Krankenhaus, keine Angst."

Edward und Janet hatten tatsächlich sofort ein Taxi erwischt. Der Fahrer kam ihnen merkwürdig bekannt vor.

„Ach, Sie sind das!" strahlte der große, vierschrötige Mann, als er seine Diskussionspartner aus dem Café näher betrachtete. „Ich habe einen neuen Job gefunden, wissen Sie! Nun, ist es so weit?"

„Das kann man wohl sagen!" bestätigte David. „Um Himmels willen, fahren Sie so schnell Sie können!"

Edward und Janet stiegen ebenfalls zu ihnen, und nachdem sie den Namen des Krankenhauses genannt hatten, fuhr der Wagen mit quietschenden Reifen los.

„Was ist, wenn wir es nicht rechtzeitig schaffen?“ überlegte David plötzlich laut.

„Dann bringen wir es eben unterwegs zur Welt“, entgegnete der Chauffeur gelassen.

„Nein!“ rief Janet entsetzt. „Das könnte ich niemals!“

„Ich auch nicht“, stimmte Edward zu.

„Mich braucht ihr gar nicht erst zu fragen, ich habe überhaupt keine Ahnung“, stammelte David.

„Keine Sorge, es wird schon klappen“, beruhigte sie der Fahrer. „Los, wir singen jetzt alle, das beruhigt und wird auch die junge Mutter ablenken.“

Während sie lautstark einen Schlager nach dem anderen schmetterten, rasten sie in halsbrecherischem Tempo durch die Straßen. Plötzlich wurden sie von einem Streifenwagen überholt, der sie zum Anhalten aufforderte.

Der Fahrer bremste und kurbelte das Fenster herunter. „Bitte, lassen Sie uns durch! Hinten sitzt die Hauptdarstellerin aus dem berühmten Theaterstück, das gerade am Broadway läuft, Sie wissen schon, ‚Das dunkle Zimmer!‘ Sie bekommt ihr Kind, und wenn wir nicht so schnell wie möglich die Klinik erreichen, dann ...“

„Folgen Sie uns“, befahl der Beamte. „Wir machen Ihnen den Weg frei. Halten Sie durch, meine Dame. Ich habe das Stück zweimal gesehen, Sie waren großartig!“

Ehe Evelyn sich bedanken konnte, war der Mann schon zum Streifenwagen zurückgekehrt. Er fuhr mit Blaulicht voraus, das Taxi direkt hinter ihm, bis endlich die hell erleuchteten Fenster der Klinik auftauchten.

Knapp eine Stunde später kam die kleine Kate zur Welt. Sie wog etwas über vier Kilo. Da Evelyn und David vorher Kurse für werdende Eltern besucht hatten, verlief die Geburt reibungslos. Die schönste Überraschung für Evelyn war jedoch, dass David die ganze Zeit nicht von ihrer Seite wich. Erst nachdem die

Hebamme das Neugeborene kurz in seine Arme gelegt hatte, ging er aus dem Kreißsaal. Evelyn beobachtete ihn, während er mit seiner Tochter dastand, und obwohl sie immer noch Schmerzen hatte, lächelte sie unter Tränen. Diese beiden waren ihr Ein und Alles.

Als David wenige Minuten später ins Wartezimmer trat, fand er dort den Taxifahrer, dessen Freund und die Serviererin aus dem Café, den Polizisten, Janet, Edward, Mr. Bartholomew sowie die halbe Theatertruppe vor. Er brach in schallendes Gelächter aus, als er sie alle zusammensitzen sah und hörte, wie sie lebhaft über das Stück diskutierten.

Dick Hamilton bemerkte David zuerst. „Nun?" rief er erwartungsvoll aus. „Was ist es denn?"

Alle drehten sich gespannt zu David um.

„Das Beste, was ich bisher produziert habe!" strahlte er. „Kathryn Helene McCullough! Sie wiegt acht Pfund, ist siebenundfünfzig Zentimeter groß und ist einfach vollkommen!"

Um ihn herum drängten sich die Gratulanten. Der Taxifahrer zauberte sogar scheinbar aus dem Nichts eine in rosa Papier eingewickelte Schachtel Zigarren hervor, die natürlich sofort die Runde machte.

„Ich lade euch alle zum Kaffee ein!" verkündete David und lotste den ganzen Trupp zum Kaffeeautomaten. Wo sollte er schließlich auf die Schnelle Champagner herbekommen? Und so stieß man auf die kleine Kate mit schwarzem Kaffee an.

Später saß David in einem Sessel neben Evelyns Bett, und beobachtete, wie sie dem Baby zum ersten Mal die Brust gab. Tränen der Rührung schimmerten in seinen Augen. „Wie wunderhübsch sie ist", flüsterte er und streichelte behutsam über das kleine Köpfchen mit dem blonden Haarflaum.

Evelyn blickte auf. „Ja, ist sie nicht ein kleines Wunder?" Sie lächelte. „Stell dir vor, wir haben das zustande gebracht!"

Er nickte und seufzte zufrieden. „Das ganze Wartezimmer

war voll", berichtete er. „Ich habe eine Runde Zigarren und Kaffee ausgegeben."

„Wo hattest du denn die Zigarren her?"

„Vom Taxifahrer. Mr. Bartholomew war übrigens auch da. Deine Eltern habe ich auch angerufen. Sie kommen mit dem nächsten Flugzeug."

„Fühlt sich Mutter denn der anstrengenden Reise gewachsen?" erkundigte Evelyn sich besorgt.

„Sie nimmt jetzt andere Medikamente, und dein Vater meint, sie sei kaum noch zu bändigen vor Lebenslust." Stolz beobachtete er das Baby an ihrer Brust. „Ich bin sehr erleichtert, dass du dich entschlossen hast, die Kleine zu stillen."

„Ja, der Arzt sagt, das Baby würde mehr Abwehrkräfte durch die Muttermilch entwickeln."

Ein zärtliches Leuchten trat in seine Augen. „Ja, und außerdem ist es ein zauberhafter Anblick!" grinste David.

Evelyn lachte ebenfalls leise. „Hast du dich bei dem Chauffeur und dem Beamten bedankt?"

„Ich habe die beiden, zusammen mit Janet und Edward, morgen früh zum Frühstück in unser Café eingeladen", schmunzelte er. „Du und das Baby, ihr frühstückt ja wohl hier, nicht wahr?"

„Du bist einmalig, David. Ich bin sehr froh, dich geheiratet zu haben."

Er beugte sich über sie und küsste sie sanft. „Das beruht ganz auf Gegenseitigkeit. Und unsere Tochter ist einfach hinreißend."

Ruhig suchte Evelyn seinen Blick und überlegte, ob er wohl nun vollständig akzeptiert harte, dass dies sein Kind war, oder ob er vielleicht doch noch insgeheim Zweifel hegte.

„Ich habe gerade nachgedacht ..." murmelte er versonnen.

„Worüber denn?"

David deutete auf das Baby an ihrer Brust. „Nun, man hat mir ja gesagt, es wäre unmöglich ... und trotzdem haben wir ein

Kind. Deshalb frage ich mich ... Meinst du, wir sollten es demnächst noch einmal probieren? Vielleicht bekommen wir einen kleinen Jungen. Dann hätten wir ein Pärchen!“ ergänzte er mit einem Augenzwinkern.

„Oh David! Ich liebe dich so sehr!“

Er küsste sie. „Ich dich auch.“ Er lächelte verstohlen, als er Tränen auf ihren Lippen schmeckte. Ja, endlich glaubte sie ihm, dass er sich nicht verstellte, und das war für ihn das Wichtigste.

Allerdings war es wirklich kaum zu fassen, dass sich ein so erfahrener Spezialist in seiner Diagnose getäuscht haben sollte. Andererseits konnte er sich wirklich nicht vorstellen, dass Evelyn mit einem anderen Mann geschlafen hatte. Sie war so von Grund auf ehrlich, dass sie ihm dies sicher gestanden hätte. Stattdessen war sie hundertprozentig sicher, dass es sein Kind war, und deshalb vertraute er ihr. Flüchtig hatte er in Erwägung gezogen, den Test wiederholen zu lassen, aber das hätte bedeutet, dass er Evelyn immer noch misstraute. Es hätte nur neue Probleme zwischen ihnen aufgeworfen, und das wollte er auf jeden Fall vermeiden. Also nahm er die Tatsachen als gegeben hin und konzentrierte sich nun voll und ganz auf sein Familienleben.

Ein Jahr war vergangen, und Davids Drehbuch war mitten in der Produktion. In den letzten Monten war er viel unterwegs gewesen. Er war mehrfach nach Hollywood geflogen, um zu kontrollieren, ob auch alles seinen geordneten Gang lief. Evelyn spielte noch immer in seinem Stück am Broadway. Janet und Edward hatten sich verlobt und wollten heiraten. Und Klein-Kate hatte ein Kindermädchen bekommen, das auf sie aufpasste, während Evelyn draußen auf der Bühne stand und von einem begeisterten Publikum gefeiert wurde.

Es war Frühling, und Evelyn wartete ungeduldig auf Davids Heimkehr. Ein geheimnisvolles Strahlen lag in ihren Augen, als sie ihn vom Flughafen abholte.

„Du wirst von Tag zu Tag schöner", bemerkte er, als sie ihm in die Arme fiel. Bewundernd musterte er sie. „Hast du mich vermisst?"

„Entsetzlich." Sie stellte sich auf die Zehenspitzen und küsste ihn voller Verlangen. „Kate ist bei ihren Großeltern im Hotel Roosevelt. Das Kindermädchen hat seinen freien Tag. Die Haushälterin ist gegen Mittag nach Hause gegangen. Und ich ..." hauchte sie atemlos in sein Ohr, „habe den überwältigenden Wunsch, dich mitten im Wohnzimmer bei weit geöffneten Fenstern zu lieben!"

„Evelyn, du bist fantastisch!" stöhnte er lachend. Seine Augen verrieten ihr, dass sein Verlangen mindestens ebenso groß war wie das ihre. Hungrig küsste er sie gleich noch einmal.

„Du scheinst interessiert zu sein", neckte sie ihn lächelnd. „Los, lass uns nach Hause fahren, Liebling!"

Mehrere Wochen lang hatten sie sich kaum zu Gesicht bekommen, und jetzt brach die aufgestaute Leidenschaft mit aller Macht hervor. Evelyn konnte sich nicht erinnern, wann sie einander jemals mehr begehrt hatten. Der im Scherz geäußerte Wunsch, sich im Wohnzimmer zu lieben, wurde Wirklichkeit, sobald sie daheim angekommen waren.

Sie waren beide nicht länger fähig, ihre Lust zu zügeln. Ungeduldig sanken sie zusammen auf den weichen Teppich nieder und klammerten sich voller Sehnsucht aneinander.

Evelyn war noch ganz benommen vor Glück, als David sich besorgt erkundigte, ob er zu stürmisch gewesen wäre.

Sie lachte leise. „Ach, Liebling."

Zärtlich schaute er sie an.

„Ich werde nie wieder über Männer lästern, die in der Liebe viel zu hastig und ungeduldig sind!" grinste er.

„Nein, denn es gibt wirklich Ausnahmesituationen ..." Evelyn kicherte. „Und jetzt trag mich hinüber ins Schlafzimmer, damit wir das Ganze noch einmal von vorne und in aller Ruhe anfangen können. Das heißt, wenn du noch dazu in der Lage bist!" fügte sie neckend hinzu.

„Das wirst du gleich sehen!" Nur zu bereitwillig folgte er ihrem Befehl.

David hatte nicht zu viel versprochen. Diesmal liebten sie sich langsam und voller Genuss, bis sie endlich gemeinsam einem atemberaubenden Höhepunkt entgegenstrebten.

„Hast du jetzt noch irgendwelche Zweifel an mir?" lachte er eine Stunde später, als sie erschöpft und glücklich nebeneinander lagen.

Evelyn atmete noch immer schwer. „Nicht die geringsten", seufzte sie.

David hob den Kopf und küsste sie auf den Mund. „Das kommt davon, wenn ich zwei Wochen von dir getrennt bin. Ich war völlig ausgehungert nach dir!"

„Fein!" bemerkte sie. „Jetzt weiß ich wenigstens, dass du dich inzwischen nicht anderweitig getröstet hast."

„Als ob mir je eine andere außer dir das geben könnte, was du mir schenkst. Fühlst du dich wohl?"

„Wenn du wüsstest, wie sehr", murmelte Evelyn verträumt. Sie hatte eine wunderschöne Nachricht für ihn, aber sie zögerte es noch ein wenig hinaus, um die Vorfreude länger genießen zu können.

„Du bist ja plötzlich so still", wunderte er sich.

Sie öffnete die Augen und sah ihn voller Liebe an. „Liebling", begann sie bedächtig. „Erinnerst du dich noch, wie du mich einmal fragtest, ob wir nicht einen kleinen Jungen haben wollten?"

David nickte. „Ja, Liebling, natürlich. Aber wir können jederzeit einen adoptieren", schlug er ihr ohne Bitterkeit vor. Er lächelte. „Wunder geschehen nicht zweimal im Leben, und du weißt, wie sehr ich unsere kleine Kate liebe. Um nichts in der Welt würde ich sie wieder hergeben."

„Ganz so meinte ich es nicht." Sie zupfte abwesend an einer Haarsträhne. „Ich war heute beim Arzt."

David rührte sich nicht, er hielt den Atem an. Wie erstarrt lag er neben ihr. „Und?"

Ihre Augen leuchteten. „O David, ahnst du es nicht? Ich bin wieder schwanger!"

Er wollte etwas antworten, brachte aber keinen Ton heraus. Stattdessen riss er sie in seine Arme und presste sie mit aller Kraft an sich. Er zitterte am ganzen Körper vor Glück. Jetzt waren endlich auch die allerletzten Zweifel beseitigt.

Evelyn schien seine Gedanken zu erraten. Erleichtert barg sie ihr Gesicht an seinem Hals. „Ich weiß auch nicht, woran es liegt", lachte sie froh. „Wir müssen wirklich ganz besonders vom Schicksal begünstigt sein. David, diesmal müssen wir deinem so genannten Spezialisten aber unbedingt eine Geburtsanzeige schicken!"

„Ja, das finde ich auch", stimmte er heiser zu. „Ach, Liebling, ich liebe dich so! Ich bete dich an!"

„Ich liebe dich auch. Und wenn du je einen Beweis gebraucht hast, jetzt hast du ihn", flüsterte sie ihm ins Ohr.

„Denkst du, Kates grüne Augen hätten mich nicht längst überzeugt?" raunte er glücklich. „Ich liebe dich. Seit dem Tag, als ich das erkannt habe, waren alle Zweifel für mich ohnehin aus der Welt geräumt."

Liebevoll streichelte Evelyn Davids Wange. „Manchmal dachte ich, du würdest dies nie eingestehen können", bekannte sie. „In der ersten Zeit, als wir zusammen waren, hat mir immer irgendetwas gefehlt."

„Aber selbst damals habe ich dich schon geliebt", offenbarte er ihr. „Ich hatte mich jedoch so an mein Junggesellendasein gewöhnt, dass ich nicht sicher war, ob ich mein Leben mit einem anderen Menschen teilen wollte. Schon gar nicht mit einer Frau. Du hast ja keine Ahnung, wie es damals in Kalifornien war."

Sie zwickte ihn spielerisch in den Arm. „Ach ja, besagte Cherrie ..."

Er küsste sie. „Habe ich dir niemals erzählt, dass das Strandhaus, in dem ich dort wohnte, Cherrie und ihrem Mann gehört? Bob und ich sind gemeinsam zur Schule gegangen."

Evelyn glaubte nicht recht verstanden zu haben. „Wie bitte?"

„Männer brauchen ab und zu Geheimnisse", neckte er sie verschmitzt und küsste sie auf die Nasenspitze.

„Hör auf damit! Wie soll ich mit dir streiten, wenn du mich dauernd küsst?"

„Ich will aber gar nicht streiten!"

„Warum hast du dann so getan, als hättest du eine heiße Liebesaffäre mit Cherrie?" beharrte sie.

Er hielt ihre Hände fest. „Ich wollte versuchen, von dir loszukommen. Du hattest eine solche Macht über mich. Die Erinnerung an die Zeit mit dir hat mich fast umgebracht. Ich liebte dich über alle Maßen. Am Premierenabend kam ich nicht wegen des Stückes zurück, sondern allein, um dich zu sehen."

„Ja, mit diesem Luxusgeschöpf Tammy im Arm", erinnerte sie ihn.

„Reiner Selbstschutz. Ich brauchte sie, um mir nicht anmerken zu lassen, wie deprimiert ich war."

„Das ist dir ja auch ausgezeichnet gelungen, ich hatte wirklich nicht den Eindruck, dass du besonders gelitten hast."

David schüttelte bedächtig den Kopf. „Ich habe beinahe den Verstand verloren, als du mir von deiner Schwangerschaft erzählt hast. Obwohl ich fest davon überzeugt war, dass das Kind nicht von mir sein konnte, zweifelte ich keine Sekunde an deiner Treue. Es war entsetzlich. Schließlich sagte ich mir, wenn ich dich wirklich liebe, dann muss ich dir auch vertrauen. Aber gerade, als ich mich mit dir aussprechen wollte, zeigtest du plötzlich keinerlei Interesse mehr an mir. Du hörtest mir nicht einmal mehr zu. Und so verschanzte ich mich in meiner Wohnung, um dir durch das Drehbuch zu verstehen zu geben, wie ernst es mir war. Ich war mir nämlich sicher, dass du mich nicht mehr liebst. Erst als du unerwartet bei mir auftauchtest, sah ich wieder einen schwachen Hoffnungsschimmer." Er lächelte. „Deshalb ließ ich dich fortan nicht mehr aus den Augen. Und ich glaube, diese Taktik hat endlich zu einem überwältigenden Erfolg geführt!"

Evelyn erinnerte sich noch, wie sie zum ersten Mal nach dem ganzen hässlichen Streit wieder miteinander geschlafen hatten. Damals hatte sie instinktiv gespürt, dass er ihre Liebe erwiderte. Und später hatte er ihr dann sein Drehbuch zu lesen gegeben ... ein weicher Schimmer trat in ihre Augen.

„Ich bereue noch heute, dass ich dich damals nicht sofort geheiratet habe. Dabei hätte ich wissen müssen, dass ich auf Dauer gar nicht ohne dich leben kann. So wäre uns viel Leid erspart geblieben", fuhr David fort. „Ich schwöre dir, bei unserer Tochter werde ich aufpassen, dass sie nicht an einen ähnlichen Schuft gerät!" versprach er.

Evelyn brach in helles Lachen aus. „Das arme Mädchen! Hoffentlich wird unser zweites Kind wirklich ein Junge, dann bleibt ihm so etwas wenigstens erspart!"

„Mein Gott, ein zweites Kind ..." David konnte sein Glück noch immer nicht fassen. „Zwei Mal ... ich bin wirklich gut!" brüstete er sich stolz.

Evelyn richtete sich langsam auf. „Wirklich?" flüsterte sie mit sinnlicher Stimme. „Das musst du erst beweisen!"

Gehorsam beugte er sich über sie und küsste sie voller Glut. Seine Hände strichen verlangend über ihren Körper. „Mit Vergnügen", raunte er. Doch dann zögerte er und hielt inne. „Wie schade, dass du deine ganzen Umstandskleider nicht aufgehoben hast."

„Irrtum, Liebling!" Sein verdutzter Gesichtsausdruck schien sie zu amüsieren.

„Du hast sie noch?"

„Allerdings. Ich habe darauf vertraut, dass Wunder bisweilen zweimal geschehen."

„Wenn du das wirklich gehofft hast, dann glaube ich ab sofort an Engel!" erklärte er fröhlich. „Ich habe nämlich einen geheiratet. Du und unsere beiden Kinder, ihr seid für mich der Himmel auf Erden."

Evelyn stimmte in sein Lachen ein, aber schon bald verschloss er ihren Mund mit einem nicht enden wollenden, brennenden Kuss.

– ENDE –

Diana Palmer

Traumfrau mit kleinen Fehlern

Roman

Aus dem Amerikanischen von
Yolanda Bertolaso

MIRA®

1. KAPITEL

Margie Silver hatte schon damit gerechnet, dass sie interessierte Blicke der männlichen Gäste in dem exklusiven Restaurant in Atlanta auf sich ziehen würde. Sie saß dort allein an einem Tisch und wartete. Das leuchtende Grün ihres Seidenkleids war schon auffällig genug, doch der extravagante Schnitt war der Clou dieses Modells. Das raffinierte Wickelkleid hatte lange Ärmel, einen gewagten Ausschnitt und wurde in der Taille nur von einem schlichten Gürtel zusammengehalten. Dieses Kleid betonte die Schönheit ihres langen schwarzen Haars und ihrer strahlend grünen Augen. Oberhalb des Knies gab eine Falte im Rock den Blick frei auf ihre scheinbar endlos langen, makellosen Beine bis hinab zu ihren schlanken Füßen, die in teuren, hochhackigen Velourslederpumps steckten.

Sie nippte an einem Glas Ginger Ale und betrachtete nachdenklich ihre schmalen, perfekt manikürten Hände. Margie sah zwar aus wie ein hoch bezahltes Top-Model, doch sie verdiente ihren Lebensunterhalt als Autorin gefühlvoller historischer Liebesromane und schrieb unter dem Pseudonym Silver McPherson. Doch das durfte sie heute Abend auf keinen Fall erwähnen, denn dieser Punkt ihrer Biografie könnte womöglich die Romanze ihrer Schwester Janet, genannt Jan, gefährden. Sie hatte den Verdacht, dass sich hinter dieser spontanen Einladung eine Begegnung mit Jans zukünftigem Schwager, dem Industriemagnaten, verbarg. Deshalb war Margie absichtlich auf Konfrontationskurs gegangen und hatte dieses provokative Kleid gewählt.

Verärgert presste Margie ihre vollen roten Lippen zusammen. Sie war gerade dabei gewesen, eine äußerst komplizierte Szene zu schreiben, als Jans Anruf sie unterbrach. Atemlos hatte ihre Schwester sie gebeten, um sieben im Restaurant zu sein. Mittlerweile war es halb acht, und weit und breit war keine Jan in Sicht. Margie begann ziemlich wütend zu werden.

Sie lehnte sich zurück und warf einen amüsierten Blick auf ihr Kleid. Jan würde bestimmt entsetzt sein. Sie hatte Margie nachdrücklich auf das extrem konservative Image der Van Dynes hingewiesen und ihr erklärt, dass der ältere Bruder ihres Freunds eigensinnige, auffällige Frauen verachtete. Sie hatte Margie nahe gelegt, sich damenhaft und dezent zu verhalten und sich äußerst stilvoll zu kleiden. Da Margie jedoch nichts mehr hasste als Vorschriften und Befehle, hatte sie ihr extravagantestes Kleid angezogen und so viel Make-up aufgelegt, dass sie wahrscheinlich ein Sandstrahlgebläse benötigte, um es wieder zu entfernen.

Bei dem Gedanken an Jans Reaktion – und an die des jungen Andrew Van Dyne und seines älteren Bruders – bekamen ihre Augen einen besonderen Glanz. Wenn Jan es wirklich auf ein Zusammentreffen mit den Van Dynes angelegt hatte, so würde sie, Margie, schon dafür sorgen, dass sie auf ihre Kosten kam!

„Oh Margie, benimm dich doch bitte deinem Alter entsprechend!“ – Das war der berühmte Stoßseufzer, den Jan jedes Mal hervorbrachte, wenn Margie einmal wieder einen ihrer berühmten Späße trieb – so hatte sie zum Beispiel einer Venusstatue im Park einen schwarzen Spitzen-BH angezogen und hätte ihr am liebsten noch einen Strumpfgürtel angelegt, wenn Jan nicht gedroht hätte, sich von ihrer Schwester loszusagen.

Aber Margie war fest entschlossen, auch weiterhin so zu leben, wie sie es für richtig hielt – wenn sie dabei das ein oder andere Mal ihre Schwester schockierte, war das nur ein amüsanter Nebeneffekt. Margies kurze Ehe war der Hauptgrund für ihr unkonventionelles Verhalten. Durch ihr scheinbar ungezügeltes Benehmen schuf sie sich eine Schutzmauer, hinter der sie ihre Verletzlichkeit verbarg. Den plötzlichen Tod ihres Mannes hatte sie fast als Erleichterung empfunden, dabei waren sie gerade erst zwei Monate verheiratet gewesen. Diese kurze Ehe hatte ihr sämtliche Illusionen in Bezug auf Männer und Partnerschaft geraubt. Ihr war klar geworden, dass man einen Menschen erst richtig kannte, wenn man eine Weile mit ihm zusammengelebt hatte.

Sie hatte wirklich geglaubt, Larry Silver zu lieben. Er war jung, hatte ein gewinnendes Wesen und schien eine glänzende Zukunft als Anwalt vor sich zu haben. Sie waren ein paarmal miteinander ausgegangen, hatten dann rasch geheiratet und schließlich noch schneller entdeckt, dass sie absolut nicht zueinander passten. Als er nach zwei Monaten bei einem Flugzeugabsturz ums Leben gekommen war, machte Margie sich zwar Vorwürfe wegen der gescheiterten Ehe, doch ihren Mann vermisste sie nicht. Das alles war vor fünf Jahren geschehen, damals war sie gerade zwanzig Jahre alt gewesen. Seitdem hatte sie eine betonte Lässigkeit an den Tag gelegt und Jan erklärt, es sei reine Selbstquälerei, alles so furchtbar ernst zu nehmen. Doch sie wurde das Gefühl nicht los, dass ihre jüngere Schwester genau wusste, wie es in ihrem Inneren aussah, und dass sie sich selbst etwas vormachte.

Seufzend nippte sie an ihrem Ginger Ale. Wenn Jan und Andy in den nächsten zehn Minuten nicht auftauchten, würde sie wieder gehen. Schon in einem Monat musste sie das neue Manuskript bei ihrem Verleger abliefern, und so hatte sie wirklich keine Zeit, um die Abende mit fremden Leuten zu vertrödeln. Auch wenn es zwischen Jan und Andy etwas Ernstes zu sein schien, hatte Margie dennoch keine Lust, seinem Bruder zu begegnen.

Sie schaute sich um und kam sich vor wie ein gefangenes Tier. Sie wusste, dass der Industriemagnat die Verbindung zwischen seinem Bruder und Jan missbilligte. Jan war Sekretärin bei einem Rechtsanwalt, doch der Firmenchef wollte seinen Bruder mit der jungen Tochter eines reichen Freundes aus Chicago verkuppeln – eine kleine Sekretärin aus Atlanta war ein Nichts in seinen Augen. Die Familie der jungen Frau besaß eine Kette erlesener Bekleidungsgeschäfte, die Van Dynes waren die ungekrönten Könige der Bekleidungsindustrie. Eine Verbindung der beiden Familien konnte Andys Bruder natürlich nur recht sein.

Margie spürte ein Kribbeln im Nacken, und als sie sich umwandte, schaute sie in die dunklen Augen eines Mannes, der am Eingang des Restaurants stand. Sie spürte seinen eindringlichen Blick, obwohl er sich am anderen Ende des Raumes befand, und hätte beinahe ihr Glas fallen lassen. So aufregende Augen hatte sie noch nie gesehen, und trotz seiner abweisenden Miene schaute Margie den Fremden wie hypnotisiert an. Warum legte ein völlig Fremder ihr gegenüber eine derartige Feindseligkeit an den Tag?

Seine ablehnende Haltung belustigte sie, und spontan warf sie ihm einen Kuss zu, klimperte mit den langen Wimpern und schenkte ihm ein provozierendes Lächeln.

Dann wandte sie sich wieder um und setzte ihr Glas ab, während sie mit einem Lachanfall kämpfte. Der Gesichtsausdruck dieses Mannes war nicht mit Gold zu bezahlen. Da Margie sich langweilte, fand sie allmählich Gefallen an dem Spiel. Jan wäre bestimmt entsetzt, wenn sie erfuhr, womit ihre Schwester sich hier die Zeit vertrieben hatte.

Ein Schatten fiel auf ihren Tisch, und Margie schaute auf und blickte in das Gesicht des Fremden. Er wirkte so streng und unerbittlich, dass einem das Blut in den Adern gefrieren konnte.

„Wenn das mal nicht der Mount Rushmore ist", murmelte Margie und lächelte schelmisch. Sie drehte sich halb zu dem Fremden, legte lässig einen Arm auf die Stuhllehne und musterte ihn von oben bis unten. „Setz dich zu mir, Süßer, und trink ein Glas mit mir."

Er lächelte nicht. Er sah aus, als wüsste er gar nicht, wie man das machte. Mit wachsender Abneigung ließ er den Blick über sie gleiten. „Nein, danke. Ich habe schon eine Verabredung mit einer jungen Dame." Er betonte das Wort „Dame" so, als würde Margie in seinen Augen nicht in diese Kategorie fallen.

Seine Stimme gefiel ihr auf Anhieb. Sie war dunkel, leicht heiser und sehr männlich. „Das erste Treffen?“ Sie lachte.

„Eine gesellschaftliche Verpflichtung“, meinte er verächtlich.

„Ich stamme von hier“, erwiderte sie. „Vielleicht kenne ich die Dame.“

Er sah sie zweifelnd an. „Sie heißt Janet Banon.“

Margie dachte, sie hätte sich verhört. „Jan ist meine Schwester“, sagte sie, ohne nachzudenken. Sie setzte sich kerzengerade auf und schaute ihn prüfend an. Wieder lag Feindseligkeit in seinem Gesichtsausdruck. „Was wollen Sie von meiner Schwester?“

Ohne zu antworten, setzte er sich zu ihr an den Tisch und winkte den Kellner herbei. „Bringen Sie mir einen Scotch“, wies er den Angestellten an. „Und einen Tom Collins für die Dame“, fügte er mit einem Blick auf ihr großes Glas hinzu.

„Sehr wohl, Sir“, sagte der Kellner höflich und verschwand.

„Das letzte Wort nehme ich übrigens zurück“, bemerkte der Mann eisig und sah Margie fest in die Augen. „Eine Dame macht fremden Männern keine eindeutigen Angebote.“

Margies grüne Augen funkelten übermütig. „Sie tun mir Unrecht, Sir“, gab sie in breitestem Südstaatenakzent zurück. „Bevor ich einem Mann eindeutige Angebote mache, ziehe ich mich immer aus.“

Er hob eine Braue und betrachtete ihren tiefen Ausschnitt. „Ich glaube nicht, dass das vorteilhaft für Sie wäre“, bemerkte er trocken.

Margie wusste, dass sie nicht gerade ein Busenwunder war, und blitzte ihn wütend an. „Sind Sie immer so geradeheraus?“

„Wie man in den Wald hineinruft, so schallt es hinaus“, entgegnete er kurz. Er begegnete ihrem Blick. „Ich mag keine haltlosen Frauen, die sich wie Strichmädchen kleiden. Ebenso wenig halte ich von Frauen, die sich vor dem Essen betrinken und auf Männerfang gehen.“

„Wie können Sie es wagen!" begann sie zornig und rang nach den passenden Worten.

„Halten Sie den Mund!" befahl er mit einer Bestimmtheit, die sogar aufmüpfige Romanautorinnen dazu bringen konnte zu gehorchen.

Er schwieg, bis der Kellner die Drinks und die Rechnung gebracht hatte. Als er wieder fort war, hob er den Kopf und warf ihr einen vernichtenden Blick zu. „Mein Bruder will Ihre Schwester heiraten. Aber nur über meine Leiche!"

Sie schaute ihn an. „Sie sind also Andrews älterer Bruder?" fragte sie höflich und fügte mit einem harmlosen Lächeln hinzu: „Doch nicht der, der Damenunterwäsche verkauft?"

Doch es gelang ihr nicht, ihn mit dieser Frage in Verlegenheit zu bringen. Er lehnte sich zurück und trank einen Schluck von seinem Scotch. „Wir stellen eine Spitzenkollektion von Dessous her", erwiderte er und schaute wieder auf ihr Dekolletee. „Darunter auch einen BH mit kleinen Einlagen, der in Ihrem Fall sicher Wunder wirken würde."

Das Ginger Ale schwappte aus dem Glas und ergoss sich über Margies Serviette und über das Tischtuch. Zum ersten Mal seit fünf Jahren errötete sie.

„Sie müssen entschuldigen, dass meine Maße nicht den Normen entsprechen, aber ich hatte leider keinen Einfluss auf meine diesbezügliche Ausstattung", konterte sie entrüstet.

Er straffte seine breiten Schultern, und da erst bemerkte Margie den eleganten Schnitt seines Abendanzugs. Dieser Mann war wirklich äußerst attraktiv. Er war zwar kein Dressman und auch nicht mehr ganz jung, besaß aber eine ungeheuer männliche Ausstrahlung. Margie schätzte ihn auf ungefähr vierzig Jahre, vielleicht war er auch erst Ende Dreißig. Die tiefen Linien um seinen Mund und auf seiner Stirn waren Zeichen äußerster Anspannung und hatten nichts mit seinem Alter zu tun.

„Warum ist Ihre Schwester nicht hier?" fragte er kühl.

Margie blickte ihn unverwandt an. „Jan hat mich lediglich

gebeten, um sieben hier auf sie zu warten. Sie wissen ebenso viel wie ich. Vielleicht auch mehr“, fügte sie boshaft hinzu. „So wie Sie sich aufführen, scheinen Sie Ihrem Bruder ja ganz genau vorzuschreiben, welche Sachen er anzuziehen hat. Befehlen Sie ihm auch, mit welchen Frauen er sich treffen soll?“

„Soll ich offen sein?“ fragte er ruhig. „Ihre Schwester passt ebenso wenig in meine Familie wie eine Maus in eine Katzenfamilie. Meine Welt – und die von Andrew – lässt sich am besten als eine Art kultivierte Kriegsführung auf gesellschaftlichem Parkett beschreiben. Und so wie ich Ihre Schwester einschätze, wird sie schon allein mit häuslichen Auseinandersetzungen nicht fertig werden.“

„Da wäre ich mir nicht so sicher“, entgegnete Margie nachdenklich. „Sie hat als Kind Rugby gespielt und sie ist es, die mich bis heute noch herumkommandiert.“

„Sie sehen auch aus, als könnte Ihnen ein wenig Anleitung nicht schaden“, erklärte er mit aufreizender Gelassenheit und betrachtete missbilligend ihr Kleid.

„Das ist ein Designerkleid“, rechtfertigte sie sich.

„Es würde dem Designer wahrscheinlich besser stehen.“

„Aber das ist ein Mann.“

„Eben.“

Sie atmete tief durch, ihre Augen funkelten. „Nun, Mr. Dessous-Fabrikant, wenn Sie mich jetzt bitte entschuldigen würden. Offenbar hat Jan mich herbestellt, damit ich Sie kennen lerne. Nachdem ich jetzt das zweifelhafte Vergnügen hatte, möchte ich gern nach Hause gehen.“

Sie wollte sich erheben, wurde jedoch mit eisernem Griff wieder auf ihren Platz gezerrt. Sie war ebenso erschrocken über sein unerwartetes Verhalten wie über ihre eigene Reaktion auf seine Berührung. Ein erregendes Prickeln breitete sich von ihrem Handgelenk, wo er sie festhielt, über ihren ganzen Körper aus.

„Noch nicht“, erklärte er mit tiefer, leiser Stimme. „Mein

Bruder wird Ihre Schwester nicht heiraten. Dafür werde ich sorgen."

„Sie ahnen ja gar nicht, was für einen Gefallen Sie mir damit tun", antwortete sie hitzig. „Ich bin nämlich absolut nicht daran interessiert, das gesunde Blut unserer Familie durch Ihre Sippschaft verseuchen zu lassen!"

„Passen Sie auf, ich kann beißen", warnte er sie.

„In den Hals?" fragte sie mit giftigem Lächeln.

„Andy und ich werden ein paar Wochen nach Panama City in Florida fahren, um unsere Mutter zu besuchen", bemerkte er gedankenverloren. „Das wird ihn wieder zur Vernunft bringen. Ich schätze, die Gefahr, dass Ihre Schwester ihm folgt, ist recht gering."

„Warum?" wollte Margie wissen. „Weil sie eine Sekretärin ist und kein gepolstertes Bankkonto hat?"

„So ungefähr."

„Nur damit Sie es wissen", antwortete sie ruhig, „ich kann es mir leisten, ihr ein Flugzeug zu chartern, wenn sie unbedingt nach Florida reisen will. Und genau das werde ich dann auch tun. Nicht, dass ich wild darauf bin, Andy zum Schwager zu bekommen. Aber ich kann es nicht leiden, wenn reiche Lackaffen wie Sie daherkommen und meiner Schwester vorschreiben wollen, was sie zu tun oder zu lassen hat."

Er sah sie abschätzend an. „Bereiten Sie den Krieg vor?" erkundigte er sich sanft. „Ich habe noch nie eine Schlacht verloren, Miss Banon."

„Ich heiße nicht Banon", informierte sie ihn förmlich. „Mein Name ist Silver."

Er zog eine Braue hoch und musterte ihre rechte Hand, an der kein Trauring zu entdecken war. „Übermitteln Sie Ihrem Gatten bitte mein Beileid. Aber ich möchte fast wetten, dass Sie längst nicht mehr mit ihm zusammenleben." Er lachte kurz auf, als er sah, dass sie die Lippen zusammenpresste. „Volltreffer, was?" Er stützte die Ellbogen auf den Tisch. „Ich möchte nicht, dass Andy Ihre Schwester heiratet, ganz gleich, ob Ihre Familie vermögend ist oder nicht. Es würde ganz einfach nicht gut gehen. Ich will nicht, dass meine Mutter sich wegen einer weiteren gescheiterten Ehe Sorgen machen muss."

Diesmal betrachtete sie seine rechte Hand – auch er trug keinen Trauring. Margie lächelte scheinbar mitleidig. „Wie ich sehe, hat Ihre Frau es vorgezogen, auf Ihre Gesellschaft zu verzichten."

Sein Gesichtsausdruck wurde noch verschlossener. „Ich bereue meine Entscheidung, Andy die Leitung unserer Firmenfiliale in Atlanta übertragen zu haben", erklärte er schroff und erhob sich. „Aber glücklicherweise werde ich auch mit diesem Problem fertig werden. Halten Sie sich da raus, Mrs. Silver."

„Wie wollen Sie mich daran hindern, meiner Schwester zu helfen, Mr. Van Dyne?" erkundigte sie sich mit honigsüßem Lächeln. „Wollen Sie mir Schläger auf den Hals schicken? Warum packen Sie nicht Ihre gute alte Reisetasche und verziehen sich wieder in den Norden, wo Sie hingehören?"

Er hob eine Braue. „Wenn Sie schon anfangen, alte Geschichten aufzuwärmen, Silver, dann denken Sie doch mal daran, wer den Bürgerkrieg gewonnen hat. Ciao." Damit ging er fort und ließ sie mit der Rechnung zurück.

„Und dann hat er mich mit der Rechnung sitzen lassen", beschwerte sich Margie, als Jan in das viktorianische Haus zurückkehrte, in dem die beiden Schwestern lebten. „Er hat mich beschimpft und gedroht, dich und Andy auseinander zu bringen. Was ist das nur für ein Mensch?"

„Er hat seine eigenen Gesetze", erwiderte Jan und ließ sich seufzend auf die Couch fallen. „Oh Margie, ich hatte so sehr gehofft, dass ihr beide alles regeln würdet, wenn Andy und ich nicht dabei wären, du und Cannon ..."

„Cannon?" fragte sie und runzelte die Stirn.

„Ja, so heißt er, aber die meisten nennen ihn Cal", erklärte

Jan niedergeschlagen. „Es tut mir wirklich Leid. Andy würde mich gern für ein paar Wochen nach Panama City, Florida, ins Strandhaus seiner Familie einladen. Ich würde gern mitkommen, dann könnte ich Andys Mutter kennen lernen. Doch Cannon will nichts davon wissen, er ist wild entschlossen, unsere Heirat zu verhindern. Und ich dachte" – sie verzog das Gesicht – „na ja, ich dachte, er würde seine Meinung ändern, wenn er erst einmal mit dir gesprochen hätte. Du kannst doch jeden becircen, wenn du willst. Ich habe natürlich nicht damit gerechnet, dass du dich so entsetzlich auftakeln würdest", setzte sie traurig hinzu.

Margie warf sich in Pose. „Ich war besser als jede Schauspielerin." Sie lächelte. „Ich glaube, dein zukünftiger Schwager ist jetzt fest davon überzeugt, dass ich eine Frau von äußerst zweifelhaftem Ruf bin."

„Margie!" stöhnte Jan verzweifelt.

„Bist du wirklich sicher, dass du Andy heiraten willst?" fragte Margie besorgt. „Dein tyrannischer Schwager wird dich das ganze Leben lang herumkommandieren."

„Wir werden Cannon nicht oft zu Gesicht bekommen", versicherte Jan. „Er wohnt doch in Chicago."

Margie wandte sich ab und spielte mit ihrem Armband. „Ist er verheiratet?" erkundigte sie sich beiläufig.

„Er hat sich scheiden lassen, weil seine Frau jedem Paar Hosen hinterhergelaufen ist. Andy sagt, dass sein Bruder Frauen seitdem nur noch zu einem Zweck benötigt."

„Die Frau, die es so nötig hat, dass sie mit diesem Kerl schlafen will, kann ich mir beim besten Willen nicht vorstellen", gab Margie mit blitzenden Augen zurück.

„Die Frauen in Chicago sollen ganz verrückt nach ihm sein", meinte Jan und wartete gespannt die Reaktion ihrer Schwester ab.

„In Atlanta würde er nicht so viel Glück haben", entgegnete Margie schroff. „Und schon gar nicht bei mir."

Jan runzelte die Stirn. Sie ist Cannon ähnlicher, als ihr lieb ist, dachte sie. Margie verbarg ihre wahren Gefühle hinter einer Maske von unbeschwerter Heiterkeit, doch wer sie besser kannte, wusste, dass sie keineswegs so gelassen und ausgeglichen war, wie sie vorgab. Jan war dabei gewesen, als ihre Schwester die Nachricht von Lawrence Silvers Tod erhalten hatte, und sie allein wusste um die unglückliche Ehe ihrer Schwester. Seit Lawrence' Tod war Margie allen Männern aus dem Weg gegangen, sie hatte nur unverfängliche Freundschaften geduldet. Niemand sollte je wieder so nah an sie herankommen, dass er sie verletzen konnte.

Ihre Reaktion auf Cannon war Jan ein Rätsel. Margie verhielt sich nicht völlig ablehnend und ihre Augen funkelten, wenn sie von Andys Bruder sprach. Seit Jahren hatte sie nicht mehr so heftige Gefühlsregungen gezeigt.

„Cannon ist ein attraktiver Mann", murmelte Jan.

„Dieser grobe Klotz?" rief Margie aus und wandte sich ab. „Mir wird schon schlecht, wenn ich nur von ihm rede. Stell dir vor, da hat er mich doch tatsächlich mit der Rechnung für seinen Scotch und meinen Drink sitzen lassen! Wohlgemerkt, er hat mir diesen Drink bestellt, den ich übrigens nicht einmal angerührt habe! Ich hätte die Rechnung in Acrylglas gießen und ihm per Eilboten schicken lassen sollen, per Nachnahme, versteht sich." Ihr Blick erhellte sich. „Nun, das könnte ich ja eigentlich immer noch tun."

Jan musste grinsen. Margie war einfach unverbesserlich.

Das Klingeln des Telefons unterbrach ihr Gespräch.

Jan lief zum Apparat, und als sie den Hörer abgenommen hatte, lächelte sie glücklich. „Es ist Andy", flüsterte sie ihrer Schwester zu. Margie nickte und verließ den Raum, damit Jan ungestört mit Andy sprechen konnte.

Sie trat in den lang gestreckten Flur, und auf dem Weg zu ihrem Zimmer fiel ihr Blick auf den hölzernen Schirmständer, den sie und Larry kurz nach ihrer Hochzeit gekauft hatten. Sie hatten ihn in einem Antiquitätenladen erstanden – Larry war nur unter Protest mitgekommen, denn Margies Leidenschaft für alte Dinge hatte ihm stets missfallen. Sie hatte das teure Stück gegen den Willen ihres Mannes gekauft. Damals hatte sie Larry erklärt, dass sie schließlich eigenes Geld besaß, das sie von ihrer Großmutter McPherson geerbt hatte. Daraufhin war er wutentbrannt aus dem Geschäft gelaufen und hatte sie allein gelassen.

Am Abend hatten sie sich heftig über ihren Kauf gestritten, und Larry hatte sie ins Bett gezerrt und gegen ihren Willen genommen – dies war in ihrer kurzen Ehe schon oft geschehen. Verletzt und gedemütigt hatte sie am nächsten Morgen beobachtet, wie er sich für seine schicksalhafte Reise vorbereitete. Als er fort war, brannten Hass und Verzweiflung in ihrem Herzen – und der leidenschaftliche Wunsch, dieser Hölle zu entkommen.

Sie schauderte bei der Erinnerung und starrte den Schirmständer an. Sie fühlte sich irgendwie verantwortlich für diesen Flugzeugabsturz, obwohl ihr Verstand ihr immer wieder sagte, dass es nicht ihre Schuld war. Doch sie hatte sich gewünscht, frei zu sein, und dann war Larry umgekommen ...

Margie war bei weitem nicht das hemmungslose, ungezügelte Wesen, für das ihre Leser sie hielten. Die Frau, die sich hinter der kapriziösen Maske verbarg, war verletzlich und sehr einsam. Doch eins hatte ihre Ehe sie gelehrt: Man konnte sich nie auf den ersten Eindruck eines Menschen verlassen. Nie wieder wollte sie sich von einem herrischen Mann herumkommandieren lassen. Plötzlich musste sie an Cannon Van Dyne denken. Er war genauso wie Larry, ein arroganter Tyrann, der nur unterwürfige, gehorsame Frauen in seiner Nähe ertrug.

Margies Schlafzimmertür flog auf, als sie sich gerade ein mintgrünes Nachthemd überzog. Lächelnd wandte sie sich um und betrachtete das glühende Gesicht ihrer Schwester. Jan strahlte selten so wie jetzt, sie war eher scheu und zurückhaltend.

„Oh Margie, wir haben noch eine Chance!“ sagte sie und sah ihre ältere Schwester aufmerksam an.

„Wir?“ wiederholte Margie mit hochgezogenen Augenbrauen. Sie legte die Hände auf die Hüften. „Also schön, Kleine. Was hast du jetzt wieder mit mir vor?“

Jan setzte sich auf das Bett und fuhr sich nervös durch ihr kurzes Haar. „Margie, du liebst mich doch, oder?“

Margie schmolz dahin, als sie hörte, wie aufgeregt ihre Schwester war. „Aber natürlich liebe ich dich, Darling“, sagte sie, setzte sich neben ihre Schwester und umarmte sie zärtlich. „Du bist doch alles, was ich habe. Weißt du das denn nicht?“

Jan biss sich auf die Unterlippe und drückte ihre Schwester. „Du weißt hoffentlich, dass ich das Gleiche für dich empfinde“, sagte sie leise. „Ich weiß nicht, was ohne dich aus mir geworden wäre. Mutter war tot, Dad hat sich zu Tode gesoffen und unseren Ruf ruiniert, Granny McPherson musste ständig um uns kämpfen ...“ Sie schaute auf. „Granny war im Grunde gut zu uns, sie war nur nicht herzlich. Die einzige Person, von der ich mich geliebt fühlte, warst du.“

Margie seufzte. „Mir ging es genauso.“

„Ich werde dir nie vergessen, dass du mich nach Grannys Tod aufgenommen hast, und das, obwohl Larry dagegen war.“ Jan hatte Larry nie gemocht; er hatte ihr stets das Gefühl gegeben, eine Fremde zu sein. Sie hatte keine Verwandten außer Margie, und ein Internat kam nicht in Frage, weil es zu teuer war. Deshalb hatte Margie so lange gefleht und gebettelt, bis Larry nachgegeben hatte. Doch er hatte sich nie damit abgefunden, und das hatte er seine Schwägerin bei jeder Gelegenheit spüren lassen.

Jan hatte sich nie in Margies Ehe eingemischt, doch obwohl Margie sich nach außen hin so zuversichtlich gab, kannte Jan ihre Schwester gut genug, um zu bemerken, dass da etwas nicht stimmte.

„Ich hätte ihn nie heiraten sollen“, bekannte Margie, als sie an ihren Exmann dachte. „Er war ein richtiger Blender. Wir haben einfach zu schnell geheiratet. Drei Wochen sind einfach zu wenig Zeit, um etwas so Wichtiges zu entscheiden."

Jan legte behutsam eine Hand auf Margies Schulter. „Wir hatten kaum noch Geld, Grannys Erbschaft war fast aufgebraucht", nahm sie ihre Schwester in Schutz. „Das hat dich bestimmt auch beeinflusst. Larry machte den Eindruck, als könnte er dich ... uns ... ernähren." Sie senkte den Blick. „Ich war eine furchtbare Belastung für deine Ehe, nicht wahr?"

„Nein!" widersprach Margie heftig. „Nein, unsere Ehe stand von Anfang an unter keinem guten Stern. Was hätte ich denn tun sollen? Dich auf die Straße setzen? Du bist meine Schwester, und ich liebe dich."

„Ich dich auch", sagte Jan und lehnte sich an Margies Schulter.

„Er schien so ein netter Mann zu sein. Wie sollte ich denn ahnen, dass er ein Trinker und Herumtreiber war? Davon habe ich vor unserer Ehe nichts gemerkt."

Jan betrachtete ihre Schwester. „Aber Margie, du weißt genauso gut wie ich, dass nicht alle Männer wie Larry sind."

Nachdenklich begegnete Margie dem Blick ihrer Schwester. „Woher kann man wissen, wie ein Mann wirklich ist, wenn man noch nicht mit ihm gelebt hat? Ich jedenfalls traue meiner eigenen Urteilsfähigkeit nicht mehr."

Besorgt musterte Jan ihre ältere Schwester. Der Gedanke, dass Margie womöglich ihr Leben lang nicht über ihre gescheiterte Ehe hinwegkommen würde, schmerzte sie. Wie die meisten Verliebten, so wollte auch Jan, dass alle Menschen so glücklich waren wie sie selbst. Doch sie wusste nicht, wie sie ihrer Schwester helfen sollte.

„Wir sind vom Thema abgekommen", bemerkte Margie, und ein plötzliches Lächeln stahl sich auf ihre Lippen. „Worüber warst du so aufgeregt? Hat Mount Rushmore euch noch eine Chance gegeben, ihn zu überzeugen?"

Jan blinzelte. „Mount Rushmore?“

„Cannon Van Dyne.“

„Äh, ja. Genau.“ Sie zögerte. „Andy hat für morgen Abend einen Tisch für vier Personen im ‚Louis Dane‘ reservieren lassen.“

Margie erhob sich und ging langsam zum Fenster. „Für vier Personen?“

Jan nickte. „Für dich, mich, Andy ...“

„Und?“

Jan schluckte. „Cannon Van Dyne.“

Margies grüne Augen funkelten rebellisch. „Nein! Kommt gar nicht in Frage!“

„Ihr habt euch beide nicht gerade von eurer besten Seite gezeigt, als ihr euch begegnet seid“, erinnerte Jan sie. „Und du hast es ja auch darauf angelegt mit deinem furchtbaren Kleid. Ich habe doch bloß gedacht, dass ihr beide die Sache unter euch regeln könntet.“ Sie stöhnte. „Es ist alles meine Schuld, ich hätte dir sagen sollen, worum es ging. Aber Margie, du glaubst gar nicht, wie wichtig Cannons Einverständnis ist. Ich kann doch von Andy nicht verlangen, wegen mir mit seiner Familie zu brechen und auf sein Erbe zu verzichten!“ Sie warf Margie einen flehenden Blick zu. „Allein werde ich mit Cannon nicht fertig, das schaffe ich einfach nicht.“

„Ach, und du meinst, mir gelingt das?“ fragte Margie.

„Ja, denn du lässt dich nicht von ihm einschüchtern“, erwiderte Jan. „Ich weiß, wie gut du Männer um den Finger wickeln kannst. Wenn du sie anlächelst und auf deine spezielle Art mit ihnen redest, liegen sie dir alle zu Füßen.“

Margie war entsetzt. „Du verlangst doch wohl nicht, dass ich diesem rohen Kerl schöne Augen mache?“

„Nein, natürlich nicht“, beruhigte Jan sie rasch. „Das würde ich dir doch nicht antun. Aber du hast ein gutes Händchen für schwierige Zeitgenossen, und du wirst Cannon sicher überzeugen können, dass ich weder zu jung noch zu dumm oder zu unkultiviert bin, um eine Van Dyne zu werden", fuhr sie unerschrocken fort.

„Ich weiß nicht, ob ich mich darüber freuen könnte, wenn du zu dieser Familie gehörst", bemerkte Margie mit leichtem Unwillen. „Du weißt genau, was ich von elitären Snob-Cliquen halte. Apropos, meinst du nicht, dass es langsam an der Zeit wäre, Andy von Dads Trinkerei zu erzählen? Du kannst die Vergangenheit nicht ewig vor ihm verbergen."

Jan nickte schuldbewusst. „Ich weiß. Ich wollte es ihm eigentlich in Panama City sagen. Cannon traut mir ja noch nicht einmal zu, mich in seine Familie einzufügen und Andy glücklich zu machen, ohne dass er meine Vergangenheit kennt."

„Du würdest den Van Dynes keine Schande machen – im Gegenteil", betonte Margie, um Jan aufzumuntern. „Du hast Stil und hervorragende Umgangsformen. Du kannst sogar Dinnerpartys organisieren, die Frau deines Chefs hat dir doch gezeigt, wie man das macht."

„Siehst du?" Jan grinste. „Du bist schon von meinen Qualitäten überzeugt. Jetzt musst du mich nur noch Cannon verkaufen."

„Lincoln hat die Sklaverei vor einiger Zeit verboten", meinte Margie augenzwinkernd.

„Margie!"

„Der Herr Firmenboss würde mir nicht einmal zuhören", erklärte Margie nüchtern. „Dieser Kerl ist ein hochtrabender Chauvinist, der sich in seiner unglaublichen Verblendung für den Nabel der Welt hält. Er ist so arrogant – dabei ist das lächerlich – ein Mann, der Damenunterwäsche herstellt und arrogant!" Sie kicherte leise. „Jan, meinst du, Andy könnte mir einige aufregende Dessous besorgen? Dann könnte ich noch ein paar Statuen im Park verkleiden."

Jan musste lachen, Margie war wirklich herzerfrischend. „Schön, ich frage ihn. Aber bitte iss doch morgen Abend mit uns. Vielleicht kannst du Cannon ja so bearbeiten, dass er uns nach Panama City einlädt."

Margie seufzte. „Ist dir vielleicht schon einmal aufgefallen, dass ich dir mehr schade als nutze? Ich könnte mich dafür ohrfeigen, dass ich mich gestern Abend so unmöglich aufgeführt habe. Ich weiß selbst nicht, was in mich gefahren ist.“ Sie schüttelte ihr langes, seidiges Haar. „Mein Verleger hat mir nur noch einen Monat gegeben, dann muss das Buch fertig sein. Die Story macht mir im Moment ziemliche Schwierigkeiten und ...“ Sie sah Jan in die Augen. „Darling, es tut mir Leid. Ich komme mit. Vielleicht kann ich meinen Fehler wieder gutmachen. Ich beiße mir auch die Zunge ab, wenn es sein muss! Egal, irgendwie werden wir die Einladung nach Panama City schon bekommen.“

„Ich wusste, dass du mich nicht im Stich lässt!“ sagte Jan dankbar und umarmte ihre Schwester zärtlich. „Wir werden es schaffen, du wirst sehen.“

2. KAPITEL

Doch als sich Margie am nächsten Abend zum Dinner umzog, war sie nicht mehr so zuversichtlich. Sie betrachtete ihr Spiegelbild, und die schlimmsten Befürchtungen überfielen sie.

Sie trug ein schlichtes, schwarzes Chiffonkleid mit einem dezenten, rüschenumspielten V-Ausschnitt. Sie steckte ihr widerspenstiges schwarzes Haar zu einem üppigen Knoten zusammen und zog einige Strähnen heraus, die ihr ins Gesicht fielen. Sie hatte sich dezent geschminkt und ein zartes, blumiges Parfüm aufgelegt. Sie sah so anders aus als gestern Abend, dass sie fast Angst hatte, Cannon Van Dyne könnte sie nicht wiedererkennen.

Als Jan ihre unbezähmbare Schwester betrachtete, unterdrückte sie ein Lachen. „Was für eine Verwandlung!“ rief sie aus.

Margie seufzte. „In dem Aufzug werde ich zumindest deinen zukünftigen Schwager nicht schockieren."

„Wollen wir wetten?"

Margie musterte ihre Schwester. Sie sah zauberhaft aus in ihrem blassgrünen Etuikleid und den dazu passenden Accessoires. Sie strahlte, und ihre Liebe zu Andy war nicht zu übersehen. Margie mochte den Freund ihrer Schwester auch, er war sehr aufgeschlossen und freundlich.

„Sollen wir hinuntergehen?"

„Ja", sagte Jan. „Sie können jede Minute hier sein."

Margie folgte ihrer Schwester ins Wohnzimmer und setzte sich aufgeregt auf den Rand des Sofas.

„Ganz ruhig", neckte sie Jan. „Ich bin doch diejenige, die allen Grund hat, nervös zu sein. Ich war noch nie länger in Cannons Nähe, wir haben uns immer nur kurz begrüßt."

Es klingelte, und Margie fuhr zusammen.

Jan starrte sie fassungslos an. Noch nie hatte sie ihre Schwester so aufgedreht erlebt. „Schon gut", meinte sie besänftigend und tätschelte ihr die Schulter. Dann ging sie zur Tür.

Margie erhob sich und versuchte, Haltung zu wahren. Ich lasse mich nicht nochmal von dem Kerl fertig machen, dachte sie.

Sie vernahm Andys angenehme, warme Stimme – und die tiefere, abweisendere von Cannon.

Margie umklammerte ihre Abendtasche, als die beiden Männer das Zimmer betraten. Andy war fast so groß wie Cannon, aber nicht so kräftig und muskulös. Er hatte hellbraunes Haar und haselnussbraune Augen, seine Gesichtszüge verrieten Kraft und Zärtlichkeit. Er sah gut aus, doch Jan himmelte ihn an, als wäre er der attraktivste Mann auf Erden. Andy legte schützend den Arm um sie und beugte sich hinab, um sie zu küssen, ohne sich um Cannons missbilligenden Blick zu kümmern.

„Ich habe die Einladung in der Tasche – und zwar von Mutter selbst", flüsterte Andy Jan zu, ehe er den Kopf wieder hob. „Guten Abend, Margie", fügte er lauter hinzu.

„Guten Abend", brachte Margie hervor und schaute sich unruhig nach Cannon um. Er wiederum betrachtete sie mit unverhohlener Fassungslosigkeit und schien das Getuschel zwischen Andy und Jan überhaupt nicht bemerkt zu haben.

Cannon sah phantastisch aus in seinem dunklen Abendanzug, der seinen kraftvollen, männlichen Körper noch stärker zur Geltung brachte. Er bewegte sich erstaunlich leichtfüßig für einen Mann seiner Größe, und Margie ertappte sich dabei, wie sie seine starken, wohlgeformten Hände betrachtete. Er trug nur einen schlichten Siegelring und eine elegante Golduhr. Seine Handgelenke waren mit feinem dunklen Haar bedeckt, und Margie fragte sich, ob der Rest seines wundervollen Körpers wohl auch so behaart war. Sie atmete geräuschvoll ein, als ihr ihre Gedanken bewusst wurden.

Cannons unergründlicher Blick ruhte auf Margie.

„Können wir gehen?" fragte er barsch. „Ich kann es mir nicht leisten, die Nächte durchzufeiern."

„Ich könnte es mir nie verzeihen, Sie aufgehalten zu haben, Mr. Van Dyne", sagte Margie zuckersüß, nahm ihre Stola und legte sie sich um die Schultern.

„Keine Sorge, das wird Ihnen nicht gelingen", sagte er ruhig, ohne sie aus den Augen zu lassen. „Ich hätte nicht gedacht, dass Sie in einem viktorianischen Haus leben, Mrs. Silver."

Sie hob eine Braue. „Ich kann mir genau vorstellen, was Sie gedacht haben", sagte sie mit einem schwachen Lächeln. „Entschuldigen Sie, wenn ich Sie schockiert habe."

„Dieses Haus hier reicht noch lange nicht, um mich zu überzeugen, dass mein erster Eindruck von Ihnen falsch war", entgegnete er.

„Bitte, Mr. Van Dyne", murmelte Margie und klimperte mit den Wimpern. „Nach Ihnen."

„Gehen Sie vor", sagte er und trat zur Seite. „Bevor ich völlig die Geduld verliere."

Jan warf ihrer Schwester einen besorgten Blick zu, doch Margie registrierte dies nicht einmal. Sie rauschte bereits an Cannon vorbei, der ihr die Tür aufhielt. Am liebsten würde er sie mir wohl vor der Nase zuknallen, dachte sie amüsiert.

Das Restaurant war gut besucht, doch als Cannon eintrat, steuerte der Servicechef sofort eifrig auf ihn zu und führte sie zu einem Tisch neben einem kunstvoll angelegten kleinen Wasserfall, der von üppigen exotischen Pflanzen umgeben war.

„Warum haben wir nicht gleich einen Tisch im Sumpf bestellt?" nörgelte Andy, während Cannon dem Weinkellner seine Wünsche mitteilte.

Margie grinste. „Hast du daran gedacht, das Moskitonetz mitzubringen?" flüsterte sie.

„Fliegenpapier wäre besser, glaube ich."

„Könntet ihr beiden Kleinkinder euch wenigstens benehmen, solange wir in der Öffentlichkeit sind?" schnitt ihm Cannon ungehalten das Wort ab und funkelte Margie und Andy an.

„Ja, Daddy", erwiderte Margie mit geheuchelter Unterwürfigkeit und senkte den Blick.

Cannon konnte seinen Zorn kaum unterdrücken, als glücklicherweise der Kellner kam und ihm einen Schluck Wein kosten ließ. Cannon nickte, und daraufhin schenkte der Kellner auch den anderen ein und reichte ihnen die Speisenkarten.

„Auch wenn ihr keinen Sinn für Natur habt", bemerkte Cannon schroff, nachdem der Kellner fort war, „so könntet ihr wenigstens die architektonische Leistung respektieren, die hinter diesem Wasserfall steckt."

Margie platzte fast vor Lachen und vermied es, Andy anzuschauen. Stattdessen versteckte sie sich hinter ihrer Speisenkarte. „Doch, er gefällt mir sehr gut", sagte sie mit unbeweglicher Miene. „Zudem ist es sehr praktisch, denn wenn man vergisst, uns Gläser und Wasser zu bringen, können wir uns immer noch an dieser Quelle bedienen."

„Oh Margie", stöhnte Jan und schlug die Hände vors Gesicht.

Ein erstickter Laut ertönte aus Andys Richtung, ehe er sich die Serviette vor den Mund hielt und einen Hustenanfall vortäuschte.

Cannon ballte die Hände zu Fäusten und zerknüllte dabei einen Teil seiner Speisenkarte. „Wenn einer von euch etwas mit auch nur einem Tropfen Alkohol bestellt, gehe ich raus, das schwöre ich euch", erklärte er Andy und Margie. „Himmel, werdet ihr denn schon allein von dem Geruch von Wein betrunken?"

Margie hob den Blick und funkelte Cannon an.

„Margie", brachte Jan mit ersterbender Stimme hervor. „Du hast mir doch versprochen ..."

Margie nickte und schob ihr Weinglas zu Cannon. „Du hast Recht, Kleine. Also schön, dann werde ich diesmal eben nicht im Brunnen plantschen."

Cannon sah sie finster an. „Was sagten Sie, wie alt sind Sie doch gleich? Zwölf?"

Sie hob die Brauen. „Noch nicht ganz", sagte sie. „Aber lassen wir das jetzt. Wir sollten lieber die Gelegenheit nutzen, uns wieder zu vertragen."

„Da muss aber noch einiges passieren", meinte er trocken.

„Hört, hört. Der große Meister hat gesprochen", sagte sie spöttisch. „Aber ich bin sehr hungrig und wäre Ihnen dankbar, wenn Sie es vermeiden könnten, mir den Appetit zu verderben. Ich habe heute weder gefrühstückt noch zu Mittag gegessen."

„Diese Schreibmaschine wird dich eines Tages umbringen", murmelte Jan und biss sich gleichzeitig auf die Zunge. Sie selbst hatte Margie gebeten, ihren Beruf noch eine Weile zu verschweigen. Cannon war sowieso schon nicht gut auf ihre temperamentvolle ältere Schwester zu sprechen. Wenn er erst erfuhr, welche Art von Romanen sie schrieb ...

„Schreibmaschine?" hakte Cannon rasch nach und schaute Margie eindringlich an.

Margie reagierte schnell. „Ich schreibe politische Kommentare für eine lokale Wochenzeitung", schwindelte sie.

„Und Sie haben nichts gegessen, weil Sie den ganzen Tag daran arbeiten mussten?" bohrte er misstrauisch.

„Ich schreibe pro Woche einen Kommentar", gab sie zurück. „Und ich muss ständig recherchieren und vorarbeiten, falls ich einmal spontan mit meinem neuesten Liebhaber auf die Bermudas fliegen möchte."

„Ihr armer Mann", bemerkte er.

„Mein Mann ist tot, Mr. Van Dyne", erklärte sie ernst. „Er ist vor fünf Jahren bei einem Flugzeugabsturz ums Leben gekommen. Aber ich würde jetzt gern das Thema wechseln, wenn Sie nichts dagegen haben. Der Schmerz sitzt noch zu tief."

Er wirkte erstaunt und schaute sie lange prüfend an, ehe er sich wieder halbherzig der Speisenkarte zuwandte.

Margie vertiefte sich ebenfalls in die Karte. Auch wenn sie es sich mittlerweile leisten konnte, teure Restaurants zu besuchen, die Preise dieses Gourmettempels verschlugen ihr die Sprache. Das Billigste war ein Hühnchen Cordon bleu. Sie machte sich zwar nicht viel aus Geflügel, doch ihr Stolz verbot es ihr, mehr als unbedingt nötig von Cannon Van Dyne anzunehmen.

„Soll ich Ihnen die Karte übersetzen?" erbot sich Cannon mit herablassender Höflichkeit, als der Ober zurückkam, um die Bestellungen entgegenzunehmen.

Sie lächelte ihn honigsüß an. „Wie aufmerksam Sie doch sind", sagte sie übertrieben freundlich. „Aber wenn es mir auch schwer fällt, irgendwie schaffe ich das schon allein." Sie richtete den Blick auf den Kellner. „Je prends la poule cordon bleu, s'il vous plait", erklärte sie in einwandfreiem Französisch. „Des pommes de terre Louis et des choux de Bruxelles."

Der Ober grinste sie an und notierte sich die Bestellung. „Avec plaisir, madame", entgegnete er. „Monsieur?"

Cannon warf ihr einen Seitenblick zu, während er sich ein Steak mit Salat bestellte.

„Nicht schlecht“, räumte er kühl ein, als der Kellner die restlichen Bestellungen aufnahm. „Ihr Französisch ist wirklich gut. Sprechen Sie noch andere Sprachen?“

„Spanisch“, erwiderte sie. „Italienisch, ein wenig Arabisch und ein paar Worte Hebräisch. Ich liebe Sprachen. Es waren meine Lieblingsfächer am College.“

„Welches war Ihr Hauptfach?“

„Journalismus“, antwortete sie. „Aber ich habe nach zwei Jahren abgebrochen.“

Er runzelte die Stirn. „Warum?“

Ihr Gesichtsausdruck wurde undurchdringlich. „Ich habe geheiratet.“

„Margie ist eine fantastische Köchin“, pries Jan ihre ältere Schwester, als das Schweigen selbst dann noch anhielt, als der Ober gegangen war.

„Tatsächlich?“ fragte Cannon spöttisch und richtete den Blick auf Margie. „Was ist Ihre Spezialität?“

Ihre grünen Augen glitzerten angriffslustig. „Ich habe da ein paar wirkungsvolle Familienrezepte. Zum Beispiel überbackener Fliegenpilz mit Tollkirschsorbet“, meinte sie lässig. „Aber wie ich Sie kenne, würden Sie bei dieser Art Nahrung sogar noch richtig aufblühen.“

„Margie!“ stöhnte Jan.

„Lassen Sie nur“, winkte Cannon ab. „Wir kommen schon zurecht.“ Der Schalk blitzte in seinen dunklen Augen, als er sich zurücklehnte und spielerisch sein Weinglas in der Hand drehte. „Ich habe nichts gegen ein anregendes Gespräch vor dem Essen einzuwenden. Das kann mitunter sehr erfrischend sein.“

„Erleben Sie so etwas denn so selten?“ fragte Margie arglos. „Die meisten Leute verstecken sich wohl unter dem Tisch, wenn Sie nicht Ihrer Meinung sind, stimmt's?“

Er nickte. „Es ist sicherer für sie."

„Ach ja, ehe ich es vergesse", meldete sich nun Andy zu Wort. „Ich habe heute Abend mit Mutter telefoniert und ihr gesagt, dass Jan uns nach Panama City begleitet."

Erstaunt über Andys selbstsicheres Auftreten hob Cannon eine Braue. „Das hat sie mir gesagt. Ich habe nämlich inzwischen auch mit ihr gesprochen, und ich bin zu dem Schluss gekommen, dass es letztlich keine schlechte Idee ist, dass Jan uns besucht. Ich habe angedeutet, dass Mrs. Silver wahrscheinlich Wert darauf legt, ihre Schwester zu begleiten."

Die drei anderen starrten ihn erstaunt an. Andy und Jan waren sichtlich erleichtert, doch Margie konnte ihr Entsetzen kaum verbergen. „Ich reise eigentlich nie sehr viel, Mr. Van Dyne", brachte sie schließlich ruhig heraus. „Außerdem habe ich ... gewisse Verpflichtungen."

„Du kannst die Schreibmaschine mitnehmen", versprach Jan und sah sie flehend an. Margie wusste, dass ihre Schwester nun inständig hoffte, dass ihre Pläne nicht schon wieder durchkreuzt würden.

Cannon zog die Brauen hoch. „Ist Ihre Schreibmaschine so eine Art glücksbringender Fetisch?"

„Nein, zufällig nicht", erwiderte Margie und warf ihm einen vernichtenden Blick zu. „Ich gehöre nur der scheinbar vom Aussterben bedrohten Spezies Mensch an, die ihre Verpflichtungen ernst nimmt. Die Zeitung ist auf meinen Beitrag angewiesen."

„Selbstverständlich können Sie Ihre Schreibmaschine mitnehmen", sagte er.

„Du kannst ihr das Surfen beibringen", warf Andy grinsend ein.

Margie lächelte ihn an. „Es ist schwierig genug, ihr das Alphabet zu erklären", entgegnete sie und zwinkerte Jan zu.

„Versprich mir wenigstens, dass du über die Einladung nachdenkst", bat Jan, und Margie nickte.

Cannon sagte kein Wort, doch er ließ Margie nicht aus den Augen. Dieser eindringliche Blick war fast unerträglich, und unwillkürlich schaute sie auf. Doch das bereute sie sofort, denn seine Augen schienen eine magische Kraft zu besitzen, die sie sofort in seinen Bann zog. Sie erschauerte und fühlte sich wider Willen erregt. Um sich keine Blöße zu geben, wich sie Cannons Blick aus.

Sie griff nach ihrer Gabel, die ihr beinah aus der Hand fiel. Ich bin wohl doch nicht so unerschütterlich, wie ich immer geglaubt habe, dachte sie verwundert.

Nach dem Essen gingen sie in eine nahe gelegene Disco, und Jan und Andy stürzten sich sogleich auf die Tanzfläche und bewegten sich ausgelassen zu der ohrenbetäubenden Musik. Margie und Cannon blieben allein zurück.

Cannon zündete sich eine Zigarette an und nippte an dem Kaffee, den er sich und Margie bestellt hatte. Cannon wirkte hier völlig deplatziert, und auch Margie sehnte sich danach, dieses lärmende Inferno zu verlassen.

„Amüsieren Sie sich gut?“ neckte er sie.

Sie setzte ihr liebenswürdigstes Lächeln auf. „Wie könnte ich mich mit einem so aufmerksamen, zart fühlenden Begleiter nicht amüsieren, Mr. Van Dyne?“ Sie musste fast schreien, um gegen die Musik anzukommen. „Ist das nicht ein romantischer, abgeschiedener Ort? Man muss sich einfach hier wohl fühlen.“

Er sah sie an und trank noch einen Schluck Kaffee. Er schien ihn immer schwarz zu trinken, doch irgendwie passte das zu ihm.

„Himmel, hier wird man ja taub“, sagte er nach einer Weile und schob die Tasse von sich. Cannon hatte die Stimme eines Schauspielers, sie klang dunkel und weich, selbst wenn er laut sprach. „Trinken Sie Ihren Kaffee, und dann machen wir, dass wir hier rauskommen.“

Sie gehorchte ihm nur, weil auch sie den Lärm nicht mehr ertrug. Cannon ging kurz zu Andy und wechselte ein paar Worte mit ihm, ehe er Margie hinausbegleitete. Die warme Nachtluft streichelte ihre Haut, und Margie wich vor Cannons Hand zurück, als diese sie zufällig streifte, weil die Reaktion auf seine Berührung sie zu sehr verwirrte.

„Wo gehen wir hin?“ fragte sie und schaute zu ihm auf. Margie war zwar nicht klein, doch Cannon überragte sie um einiges. Es kam ihr in den Sinn, dass er wohl jedem Handtaschenräuber Furcht einflößen würde, und seltsamerweise fand sie diesen Gedanken gar nicht so unangenehm.

Er zog eine Braue hoch. „Vergessen Sie es“, murmelte er. Er hatte ihre Frage für einen Annäherungsversuch gehalten. „Sie sind nicht wohlproportioniert genug für meinen Geschmack.“

Sie starrte ihn fassungslos an. „Mister, Sie sind nicht nur unhöflich, Sie sind sogar unverschämt!“

Er lachte leise vor sich hin, als er sie zu dem luxuriösen Lincoln führte. Galant öffnete er ihr die Beifahrertür und setzte sich dann ans Steuer.

„Wo fahren wir hin?“ wollte sie erneut wissen.

„Nirgendwohin. Ich habe Andy gesagt, dass er nach diesem Tanz herkommen soll.“ Lässig legte er einen Arm auf die Rückenlehne von Margies Sitz und starrte sie unverfroren an, bis sie errötete.

„Mein Gebiss ist vollständig“, sagte sie. „Und ob Sie es glauben oder nicht, alles andere an mir ist auch echt.“

„Ich kann es gar nicht fassen, dass Sie und der Vamp von gestern Abend ein und dieselbe Person sind“, bemerkte er und freute sich, als sie ihn anfunkelte. „Was ist aus dem männermordenden Weib geworden?“

„Ich habe sie wieder zurück in die Truhe mit den Karnevalskostümen gesteckt“, entgegnete Margie verärgert. „Jan hat mir gestern Abend gesagt, ich sollte mich konservativ anziehen und dann ins Restaurant kommen. Ich war da mitten in einer Sache und hatte eigentlich keine Lust, alles stehen und liegen zu lassen ...“

„Und deswegen wollten Sie sich ein bisschen rächen und Ihre Schwester in Verlegenheit bringen?“ vermutete er.

„Ich hatte mir gedacht, dass sie Sie und Andy auch eingeladen hätte“, gestand Margie mit einem schiefen Lächeln. „Sie hat mir gesagt, dass Sie konservativ wären und dass ich mich benehmen sollte.“

„Konservativ.“ Er ließ das Wort auf der Zunge zergehen, und für einen Augenblick erhellte ein Lächeln seine sonst so harten Gesichtszüge. „Man hat mir ja schon einiges nachgesagt, aber als konservativ hat mich wirklich noch niemand bezeichnet.“

„Sie tragen extrem klassische Kleidung und fahren einen Nobelwagen“, rechtfertigte sie sich.

„Das alles soll meine Gegner in scheinbare Sicherheit wiegen“, murmelte er.

Langsam dämmerte es ihr. Dieser Mann war wirklich nicht leicht zu durchschauen, und plötzlich geriet das Bild, das sie sich von ihm gemacht hatte, heftig ins Wanken.

„Sie spielen mit falschen Karten, Mr. Van Dyne“, warf sie ihm vor.

„Ich bin nur vorsichtig, Mrs. Silver“, gab er zurück. „Wenn ich einen Fehler mache, verlieren viele Leute ihren Job. Ich trage eine große Verantwortung, und deshalb repräsentiere ich in der Öffentlichkeit das Image, das meine Firma braucht.“

Sie betrachtete seinen kräftigen, muskulösen Körper. „Und privat?“

Er wandte sich ihr zu und schaute ihr unverwandt in die Augen. „Flirten Sie eigentlich immer mit fremden Männern?“ wollte er wissen, ohne auf ihre Frage einzugehen.

„Eigentlich nicht“, bekannte sie. „Aber Sie sahen so abweisend und verärgert aus, dass mich einfach der Hafer gestochen hat.“

„Sie sind es wohl nicht gewöhnt, dass man das, was Sie tun, kritisiert, oder?“

„Doch, von den Leuten aus dem Park.“

„Wie bitte?“

„In unserem Viertel gibt es einen kleinen Park mit lebensgroßen Steinstatuen“, erklärte sie und lächelte verlegen. „Eines Tages hat mich der Teufel geritten, und ich habe einer weiblichen Statue schwarze Spitzenunterwäsche angezogen. Die Leute, die mich dabei gesehen haben, fanden das zum Teil nicht so lustig.“

Er zog eine Braue hoch. „Sie verkleiden Statuen im Park? Nun, das wundert mich nicht.“ Er lachte. „Das passt zu dem Eindruck, den ich von Ihnen habe.“

Dieser Eindruck war zwar völlig falsch, doch Margie dachte nicht daran, Cannon aufzuklären. Sollte er sie doch ruhig für exzentrisch, vorwitzig und glamourös halten, dann würde er ihr wenigstens vom Leib bleiben.

„Verkaufen Sie eigentlich viele Dessous?“ fragte sie mit leisem Spott in der Stimme.

Er setzte sich auf und wirkte plötzlich wieder kalt und unnahbar. „Lassen Sie das lieber, Schätzchen, ich mag diese Art nicht. Sie würden bei einem Streit nur den Kürzeren ziehen. Glauben Sie mir, ich bin schließlich gut und gerne fünfzehn Jahre älter als Sie und kenne das Leben besser.“

„So schnell lasse ich mich nicht einschüchtern“, erwiderte sie.

„Ich weiß. Ehrlich gesagt macht Sie das um einiges interessanter, als ich zunächst gedacht habe. Die Frauenbewegung mag ja durchaus ihre Berechtigung haben, aber ich hasse es, als Freiwild betrachtet zu werden.“

Sie sah ihn lange und eindringlich an. „Die Frauen sind ganz schön hinter Ihnen her, stimmt's?“ fragte sie ernst. „Sie sind begehrt, weil Sie reich und mächtig sind, und viele Frauen würden wohl so ziemlich alles dafür tun, um eine Eintrittskarte zu Ihrer Welt zu bekommen.“

Er sah sie erstaunt an – er war es nicht gewohnt, dass man ihn so rasch durchschaute. „Ja.“

„Hat Ihre Frau Sie auch nur deswegen geheiratet?“ fragte sie ruhig.

Seine Augen blitzten gefährlich. „Darüber möchte ich nicht reden.“

„Entschuldigen Sie, ich wollte mich nicht in Ihre Privatangelegenheiten einmischen. Ich bin selbst auch sehr zurückhaltend“, erklärte Margie und wunderte sich, wie leicht es ihr fiel, sich ihm anzuvertrauen.

Er beobachtete sie eine Weile mit finsterer Miene. Sie wurde unruhig und nervös. Sie konnte sich nicht erinnern, dass ein Mann ihr Innerstes jemals derart aufgewühlt hatte.

„Sie sind ein Rätsel“, murmelte er gedankenverloren. „Sie passen nicht in die übliche Kategorie.“

„Meinen Sie die Kategorie der Frauen, die vor Ihrem Schlafzimmer Schlange stehen?“ fragte sie herausfordernd. „Oder haben Sie an etwas anderes gedacht?“

„Wenn Sie mich damit provozieren wollen, haben Sie Pech gehabt“, sagte er sanft. „Sie verhalten sich mir gegenüber so ablehnend. Warum?“

Ihr gefiel die Richtung, die die Unterhaltung nun nahm, ganz und gar nicht. „Darüber spricht eine Dame nicht“, sagte sie in breitestem Südstaatenakzent.

„Begraben Sie doch endlich das Kriegsbeil, Margie“, knurrte er. „Ich habe dieses Theaterspielen satt. Weniger ist immer mehr, das gilt auch für diesen Akzent.“

Sie funkelte ihn wütend an. „Und ich habe die Nase voll von Ihnen, Mr. Unterwäschefabrikant. Ich habe keine Lust, mich auseinander nehmen und analysieren zu lassen. Und damit Sie es nur wissen, ich finde, Ihr Akzent ist auch nicht gerade ein Ohrenschmaus, Sie elender Yankee!“

Er schüttete sich aus vor Lachen. „Würde es Sie beruhigen, wenn ich Ihnen mitteile, dass meine Großmutter aus Charleston stammt?“

„Nicht unbedingt.“ Margie spürte, dass sie drauf und dran

war, dieses Wortgefecht zu verlieren, und das passte ihr gar nicht. Dieser Mann ließ sich kaum einordnen.

„Stimmt etwas nicht, Schätzchen? Wollen Sie mich etwa nicht mehr becircen?"

Margie warf ihm einen mordlustigen Blick zu. „Das hieße Perlen vor die Säue zu werfen", bemerkte sie bissig.

Er lachte immer noch. „Eber, bitte, nicht Säue." Plötzlich umfasste er ihre Schulter und zog sie dicht an sich heran. Sie roch sein teures Eau de Toilette und begegnete seinem hochmütigen Blick. „Ob Sie wollen oder nicht, Sie werden mitkommen nach Panama City. Und wenn Sie mir gegenüber noch mal die Irma La Douce-Nummer versuchen, denken Sie immer daran: Frauen sind keine Rarität in meinem Schlafzimmer, und ich bin kein sanfter Liebhaber, Margie."

Sie schnaubte empört. „Das ist mir doch egal!"

„Ich kenne Frauen wie Sie", entgegnete er unbarmherzig und ließ sie nicht aus den Augen. „Ihr flirtet und reizt uns Männer, doch wenn es ernst wird, kneift ihr. Es hat zwar eine Weile gedauert, aber jetzt weiß ich, wie ich Sie einzuschätzen habe. Ich rate Ihnen, überlegen Sie sich gut, was Sie tun. Wenn Sie sich mir in Panama City so an den Hals werfen wie gestern Abend im Restaurant, werde ich Sie noch unten am Strand nehmen."

Margie zitterte am ganzen Körper, als sie seine Warnung hörte. Cannon gab sie frei und rutschte wieder auf seinen Sitz. Dann zündete er sich lässig eine Zigarette an, als wäre nichts gewesen. „Und damit Sie es wissen, all Ihre Tricks werden Ihrer Schwester nicht helfen. Sie wird meinen Bruder nicht heiraten. Das ist mein letztes Wort."

„Aber warum laden Sie uns dann überhaupt noch nach Panama City ein? Zum Tontaubenschießen?"

„Ich habe meine Gründe", erklärte er geheimnisvoll.

„Sie geben Jan noch nicht einmal eine Chance", hielt sie ihm vor.

„Ich denke nicht daran", erwiderte er scharf. „Ich kenne die

Hindernisse. Sie nicht. Ihre Welt und meine sind so verschieden wie New York und ein Sumpf."

„Sie elender Yankee!" schleuderte sie ihm entgegen. Margie sah wundervoll aus, wenn sie wütend war. Ihre Augen blitzten, ihr Teint war gerötet, und einzelne Haarsträhnen lösten sich aus ihrer Frisur und fielen locker auf ihre Schulter.

„Sie wollen wohl um jeden Preis kämpfen, Silver, was?" neckte er sie und zog an seiner Zigarette.

„Als ob ich ein Interesse daran hätte, dass meine Schwester in eine Familie einheiratet, die so etwas wie Sie herangezüchtet hat!" rief sie aus. „Dann ist es besser, Jan bleibt allein!"

Cannon sah aus, als würde er gleich an unterdrücktem Lachen ersticken. Dieser Satan, dachte Margie und schäumte vor Wut.

„Beruhigen Sie sich doch."

Am liebsten hätte sie ihn verprügelt. Noch nie zuvor hatte sie solchen grenzenlosen Zorn verspürt.

Cannon schien zu ahnen, was in ihr vorging, denn seine Augen funkelten belustigt.

„Ich will nach Hause", stieß sie hervor und schaute an ihm vorbei auf den leeren Parkplatz. Tränen stiegen in ihre Augen, und sie hasste Cannon dafür, dass er sie so weit gebracht hatte.

„Geben Sie etwa auf?" provozierte er sie.

Sie atmete bebend ein.

Plötzlich legte Cannon die Zigarette in den Aschenbecher und zog Margie in seine Arme. Sie versteifte sich zuerst, doch dann streichelte er ihr sanft den Rücken und wiegte sie zärtlich und langsam. Sie entspannte sich ein wenig, bis sie seinen breiten Oberkörper an ihren weichen Brüsten spürte.

„Ich ... ich komme nicht mit nach Panama City", sagte sie atemlos. Sie wusste genau, dass Jan ihre Hilfe brauchte, doch ihre eigene heftige Reaktion auf Cannon machte ihr Angst.

„Doch, Sie kommen mit", flüsterte er sanft in ihr Ohr, sein warmer Atem fächelte ihre Haut. „Sie kommen mit – weil ich es will. Und im Grunde wollen Sie es doch auch“, fügte er heiser hinzu.

Sie wollte sich von ihm lösen, und Panik stieg in ihr auf, als er sie nicht freigab.

„Bitte, nicht!“ flehte sie hilflos und starrte ihn erschrocken an. „Bitte, tun Sie das nicht ...“

Sofort ließ er sie los und sah zu, wie sie nach Haltung rang.

„Ist es meinetwegen, oder reagierst du bei allen Männern so?“ fragte er leise.

„Ich kann es nicht ertragen, gegen meinen Willen festgehalten zu werden“, gestand sie. „Ich fühle mich dann gefangen und bekomme Angst.“

Cannon schaute hinaus und sah, dass Jan und Andy Hand in Hand langsam auf den Wagen zuschlenderten. Er fluchte leise. „Eines Tages“, prophezeite er, „wirst du mir erklären warum.“

„Da würde ich nicht drauf wetten“, riet sie ihm. Sie hatte sich wieder gefangen, und gleich brach ihre Wut wieder aus. „Wenn ich mitkomme nach Panama City, werde ich dir aus dem Weg gehen.“

Er lächelte drohend. „Du wirst mitkommen“, sagte er bestimmt. „Und wenn ich dich persönlich hintragen muss.“

„Das ist Kidnapping“, erklärte sie ihm. „Der Staat sieht das nicht so gern. Er hält es sogar für ein Verbrechen.“

„Ich habe meine eigenen Gesetze. Ist dir das noch nicht aufgefallen?“ fragte er mit fast unerträglichem Hochmut. „Ich bekomme immer, was ich will.“

„Diesmal sieht es aber schlecht aus.“

„Irrtum. Gerade diesmal sieht es gut aus“, entgegnete er und sah ihr tief in die Augen.

Margie spürte seine Hände auf ihren nackten Armen, und die Zeit schien stillzustehen, während sie gegen eine Anziehungskraft kämpfte, die so überwältigend war, dass sie ihr den Atem raubte. Cannon Van Dyne war ein ungewöhnlicher Mann, bei dem ihre sonst so verlässliche Menschenkenntnis versagte. Er war ein Rebell, ein Pirat, und er stellte die größte Herausforderung dar, der sie je gegenübergestanden hatte. Einerseits wäre sie am liebsten ausgestiegen und davongelaufen, doch andererseits wuchs in ihr eine unbezähmbare Neugier auf diesen faszinierenden Mann.

Sanft und zärtlich zeichnete er mit den Fingerspitzen die Konturen ihrer fein geschwungenen Lippen nach. Seine Berührung war so leicht und behutsam, dass ihre Haut prickelte.

Margie stöhnte leise auf und wich Cannon aus.

Er verzog den Mund zu einem spöttischen Lächeln. „Sag, dass du mit nach Panama City kommst, Margie", flüsterte er, als sein Bruder und Jan den Wagen fast erreicht hatten. „Oder ich verbiete Andy, Jan mitzubringen."

„Das würdest du sogar fertig bringen!" schimpfte sie.

„Ganz recht. Also, was ist? Ja oder nein?"

„Ja", seufzte sie und schaute zur Seite.

Andy öffnete die Wagentür, und er und Jan setzten sich auf den Rücksitz. Beide lächelten und waren offensichtlich im siebten Himmel.

„Wohin fahren wir jetzt, großer Bruder?" fragte Andy lachend.

„Nach Hause", sagte Cannon und ließ den Motor an.

Kurz darauf hielt er vor Margies und Jans Haus und stellte den Motor ab. Als sie vor der Haustür standen, wandte er sich an Margie. Andy und Jan waren einige Meter von ihnen entfernt und verabschiedeten sich zärtlich voneinander.

„Ich hole euch am Freitagmorgen um sechs ab", sagte er ruhig.

„Es reicht, wenn du mir die Flugnummer und die Gesellschaft nennst ...", begann sie unbeholfen. Es passte ihr ganz und gar nicht, dass es ihm immer wieder gelang, sie einzuschüchtern.

„Flugnummer?" Er lächelte kühl. „Ich habe einen eigenen Jet, Honey. Ich werde uns selbst nach Florida fliegen."

Sie spürte, wie das Blut aus ihrem Gesicht wich. „Ich möchte lieber ...“

„Ich habe über zwanzig Jahre Flugpraxis, Margie“, erklärte er sanft, aber dennoch ein wenig ungeduldig. „Ich gehe nicht leichtfertig mit dem Leben anderer Menschen um.“ Er sah sie forschend an. „Du bist nicht mehr mit einem kleinen Flugzeug geflogen, seit dein Mann umgekommen ist, stimmt's?“

Sie heftete den Blick auf seine schwarze Krawatte. „Ja.“

„Ich passe schon auf dich auf“, erklärte er in einem ungewohnt zärtlichen Tonfall, und unwillkürlich schaute sie ihn an.

Erneut verlor sie sich in dem Blick seiner dunklen, unergründlichen Augen, und eine süße Schwäche überkam sie.

„Komm mit mir“, flüsterte er leise.

Sie wollte etwas sagen, doch ihr stockte der Atem. Dieser Mann war wie ein Magnet, der sie einfach in seinen Bann zog, ohne dass sie etwas dagegen tun konnte.

„Mir bleibt wohl kaum etwas anderes übrig, oder?“ hauchte sie mit brüchiger Stimme.

„Gut beobachtet“, entgegnete er gedankenverloren. Sein Blick ruhte auf ihren leicht geöffneten Lippen. „Ich habe mich seit meiner jugendlichen Sturm-und-Drang-Zeit nicht mehr so danach gesehnt, eine Frau zu küssen“, murmelte er so leise, dass nur sie ihn verstand.

„Wer's glaubt“, witzelte sie lahm, doch ihr Puls raste, und ihre Knie wurden weich.

„Glaubst du mir etwa nicht?“ Er trat einen Schritt näher. Margie hatte schon eine Kostprobe seiner Stärke bekommen, und sie wollte gar nicht wissen, ob Cannons Küsse eine ebenso starke Wirkung auf sie hatten wie seine Berührung.

„Du bist bestimmt nicht sehr sanft“, sagte sie, ohne nachzudenken. Im Moment war sie keiner logischen Überlegung mehr fähig.

Er begegnete ihrem Blick, und seine Augen glitzerten so erregt wie ihre. „Nein, das wäre ich sicher nicht“, sagte er leise.

„Und du würdest dich wehren wie eine Wildkatze, habe ich Recht?“

Sie nickte langsam. Sie wollte den Zauber nicht zerstören, der sie und Cannon verband. „Mit Zähnen und Krallen.“

„Aber nur ein paar Minuten“, prophezeite er ihr und betrachtete ihren Körper mit unverhohlener Bewunderung. Dann sah er ihr wieder in die Augen. „Danach aber ...“

Sie räusperte sich. „Ich habe einen Termin am Freitag ...“

„Sag ihn ab“, meinte er kurz angebunden. „Es bleibt dabei. Wenn du kneifst, kommt Jan auch nicht mit.“

Margie sah ihn verwirrt und verunsichert an. „Wirst du mich denn wenigstens anhören, wenn ich mitkomme?“

„Ja“, erwiderte er, und sie wusste, dass er es ernst meinte.

„Dann komme ich.“

Er hob leicht das Kinn. „Ich verspreche nicht mehr, als ich halten kann, Margie.“

„Das habe ich auch nicht erwartet“, sagte sie lächelnd.

Er musterte sie erneut, und sein Blick ruhte auf ihrer Corsage. „Vielleicht habe ich dir in einer Sache Unrecht getan“, sagte er.

„Was meinst du?“ fragte sie.

„Das mit dem gepolsterten BH“, flüsterte er.

Sie ballte die Hände zu Fäusten und konnte sich nur mühsam davon abhalten, ihn zu ohrfeigen.

„Du bist ekelhaft!“ beschimpfte sie ihn, ihre Wangen waren hochrot.

„Bist du jetzt wirklich sauer?“ fragte er spöttisch. „Habe ich deinen Stolz verletzt? Ich dachte, du wärst eine emanzipierte Frau.“

„In deiner Nähe fühle ich mich wie eine Dreizehnjährige“, warf sie ihm vor, und im nächsten Moment wäre sie am liebsten vor Scham im Erdboden versunken. Wie konnte sie ihm gegenüber nur so etwas zugeben!

„Wirklich?“ neckte er sie.

„Gute Nacht, Mr. Van Dyne", sagte sie kühl und wandte sich ab.

„Bekomme ich keinen Abschiedskuss?" fragte er dreist.

„Ich beiße dich, wenn du es versuchst", drohte sie.

Cannon hob eine Braue, und seine Mundwinkel zuckten verräterisch. „Welch faszinierender Gedanke. Und wo, bitteschön, gedenkst du mich dann zu beißen?"

Margie wusste immer, wann sie eine Schlacht verloren hatte. Ohne Cannons Frage zu beantworten, ging sie ins Haus.

3. KAPITEL

„Als ob ich ihn küssen würde!" schimpfte Margie, als sie die Treppe zu ihrem Schlafzimmer hochging. In ihrer Rage bemerkte sie nicht einmal Jans amüsierten Gesichtsausdruck.

„Wollte er es denn?" fragte ihre Schwester.

Margie überging die Frage. „Er ist arrogant, selbstherrlich und einfach unerträglich", beschwerte sich Margie. „Ich muss den Verstand verloren haben, mich auf diese Reise einzulassen!"

„Florida wird dir gefallen", versprach Jan. „Außerdem tust du mir damit einen Riesengefallen."

Margie beruhigte sich und wandte sich vor ihrer Schlafzimmertür um. „Du weißt doch genau, dass ich dir nichts abschlagen kann." Sie lachte. „Vielleicht fällt mir ja etwas ein, wie ich diesem Grobian aus dem Weg gehen kann. Am besten, ich verschanze mich die ganze Zeit hinter meiner Schreibmaschine. Ich habe sowieso nicht mehr viel Zeit für den letzten Teil meines neuen Romans."

Jan sah sie schuldbewusst an. „Es macht dir doch nichts aus, dein Pseudonym für dich zu behalten, oder?" fragte sie zaghaft. „Versteh mich nicht falsch, ich bin furchtbar stolz auf dich und auf das, was du erreicht hast. Du hast Talent, bist berühmt ... Es ist nur so, dass Cannon entsetzlich konservativ ist."

„Es macht mir nichts aus", versicherte Margie. „Es ist einmal eine nette Abwechslung, einfach nur Margie Silver zu sein. So wie damals, als ich Journalistin war. Jetzt bin ich doch überall die berühmte Romanautorin. Die meisten Leute denken gar nicht daran, dass ich im Grunde auch nur ein ganz normaler Mensch bin, dem seine Arbeit Spaß macht. Ich bin doch nichts Besonderes."

„Doch, das bist du", sagte Jan und umarmte sie. „Etwas ganz Besonderes."

Margie unterdrückte ein Kichern. „Cannon scheint da aber völlig anderer Meinung zu sein", bemerkte sie trocken. „Ich hatte schon die Befürchtung, er würde Andy und mich aus dem Restaurant werfen."

Jan lachte. „Andy macht gern seine Späßchen. Er liebt es, Leute zu provozieren, er schreckt sogar vor Cannon nicht zurück."

„Apropos Cannon", warf Margie ein. „Ich glaube, er ist gar nicht so konservativ und langweilig, wie man zuerst denkt. Er hat mir selbst gesagt, dass er sich dieses Image nur zugelegt hat, um seine Gegner und Konkurrenten zu verwirren."

„Und du glaubst ihm?"

Margie sah Jan ein wenig verdutzt an. „Ja", entgegnete sie schließlich. „Er ist unberechenbar. Heute Abend habe ich zum ersten Mal verstanden, was das Sprichwort ‚Wer Wind sät, wird Sturm ernten' bedeutet."

„Aber du hast wohl keine Angst vor ihm, oder?" sagte Jan und betrachtete ihre Schwester nachdenklich.

„Ich?" Margie richtete sich auf und warf sich die Stola über die Schulter wie eine beleidigte Prinzessin. „Du hast wohl vergessen, dass meine Techniken, mir die Männer vom Leib zu halten, berühmt sind. Ich nehme es mit jedem auf, stelle mich ihnen überall, sei es an Land oder auf See. Wo gehst du hin?"

„Gute Nacht!" rief Jan ihr zu, bevor sie in ihrem eigenen Zimmer verschwand.

„Aber das Beste kommt doch erst noch", meinte Margie vorwurfsvoll.

„Schreib ein Buch darüber, ich werde es auch garantiert lesen", ertönte Jans Stimme hinter der verschlossenen Tür.

Margie wandte sich ab und ging mit einem verschmitzten Lächeln in ihr eigenes Schlafzimmer.

Aber es dauerte lange, bis sie sich endlich entspannte. Ihr unruhiger Schlaf war erfüllt von Träumen, die sich ausnahmslos um Cannon Van Dyne drehten. Schließlich setzte sich Margie auf und atmete tief durch. Ihr Körper schien zu brennen, und die zarte Haut ihrer Lippen prickelte wie in dem Moment, als Cannon sie berührt hatte. Dieser Mann mochte wie ein arbeitswütiger Manager aussehen, aber er wusste genau, wie man mit Frauen umging. Und das beunruhigte Margie. Sie wollte sich diesem Ausbund an Männlichkeit nicht schutzlos ausliefern. Es hatte ihr schon gereicht zu spüren, wie ihr Herzschlag raste, wenn er sie nur berührte. Er durfte keine Macht über sie gewinnen.

Margie nahm sich vor, ihm in Panama City so gut wie möglich aus dem Weg zu gehen. Das war ihre einzige Chance. Sie wollte sich nicht mit einem zweiten Larry einlassen, dazu liebte sie ihre Freiheit zu sehr.

Freitagmorgen wählte Margie ein schlichtes weißes Leinenkostüm, dazu trug sie eine zartgelbe Bluse. Sie lachte, als Jan in einem mintgrünen Strandkleid die Treppe hinunterkam.

„Jetzt fühle ich mich richtig overdressed", stöhnte Margie. „Fehlt nur noch, dass Andy gleich in Shorts auftaucht."

„Und wenn schon", winkte Jan ab. „Du siehst jedenfalls großartig aus."

„Du auch. Komm, wir schauen nochmal nach, ob alles ausgeschaltet und abgeschlossen ist." Margie und Jan hatten alles bestens für ihren zweiwöchigen Urlaub vorbereitet. Ihre Nachbarin, Mrs. James, würde inzwischen das Haus hüten, die Blumen gießen und die Post aus dem Kasten nehmen.

Als sie oben alles kontrolliert hatten und wieder hinabgingen, fuhr ein Wagen in die Einfahrt. Margies Herz hämmerte wie wild. Mit zitternder Hand strich sie über ihr dunkles Haar. Natürlich war es der bevorstehende Flug, der sie so nervös machte, und nicht Cannon Van Dyne.

„Sie sind da!" rief Jan und lief zur Tür. Margie hatte ihre jüngere Schwester selten so fröhlich und ausgelassen erlebt. Sie war bereit, jedes Opfer zu bringen, damit das so blieb.

Jan riss die Tür auf, und Andy stand vor ihr. Er trug Bermudas, ein helles Hemd und Turnschuhe. Er beugte sich hinab und küsste Jan zärtlich, ehe er Margie begrüßte.

„Was habe ich gesagt? Ich bin vollkommen overdressed", jammerte Margie.

„Du siehst sehr elegant aus", bemerkte Andy beeindruckt.

Sie warf sich in Pose. „Ruf bitte in der Vogue-Redaktion an und bestell ihnen, dass sie mich für ihr nächstes Titelbild haben können."

Jan und Andy lachten, doch ihre heitere Stimmung verflog sofort, als Cannon in der Tür stand. Er wirkte erschöpft und absolut nicht zu Späßen aufgelegt. Er trug einen Safarianzug, in dem jeder andere Mann lächerlich ausgesehen hätte. Doch Margie konnte sich ihn genau als Held eines Abenteuerfilms vorstellen, der ein Gewehr trug und dem eine Schar von Trägern durch den dichten Dschungel folgte.

„Wo genau stoßen wir auf unsere einheimischen Träger?" fragte Margie mit gespielter Arglosigkeit, als Andy die Koffer zum Wagen trug und Jan hinausführte.

Cannon starrte sie an, seine Augen spiegelten die verwirrendsten Gefühle wider.

„In drei Stunden, und wenn ich fünf Tassen Kaffee getrunken habe, kann ich vielleicht darüber lachen", sagte er. „Aber jetzt möchte ich nur endlich losfahren."

„Wie du willst. Ich habe noch nie einen beschäftigten Mann aufgehalten!" erwiderte sie und griff nach ihrer Handtasche.

Doch entgegen ihrer Erwartung rührte sich Cannon nicht vom Fleck, sodass sie mit ihm zusammenstieß, als sie sich in Bewegung setzte.

Er packte sie bei den Schultern und sah sie so eindringlich an, dass sie errötete. „Lass das Theater. Bei mir brauchst du dich nicht zu verstellen."

Margie rang nach Atem. In seiner Gegenwart kam sie sich vor wie ein Teenager – so jung und aufgeregt. „Ich verstelle mich nicht", brachte sie schließlich mit bebender Stimme heraus.

Sein Griff verstärkte sich, und unwillkürlich spannte sich Margie an. „Du bist wunderschön", murmelte er. „Und leider genauso spröde. Komm schon, Schätzchen, ich habe mir die halbe Nacht mit Konferenzen um die Ohren geschlagen, ich bin hundemüde. Lass uns gehen."

„Bist du sicher, dass du heute überhaupt selbst fliegen kannst?"

„Nein", bekannte er zu ihrem Erstaunen. „Deswegen habe ich meinen Piloten hergeholt. Er wird uns nach Panama City fliegen. Ich muss während des Flugs einige wichtige Telefongespräche führen, und sogar ich kann nicht telefonieren und gleichzeitig ein Flugzeug lenken."

Sie folgte ihm und musste fast laufen, um mit ihm Schritt zu halten. „Jan, hast du meine Schreibmaschine eingepackt?" rief sie ihrer Schwester zu, die sich gerade mit Andy unterhielt.

„Klar." Jan grinste. „Wir haben sie sicher im Kofferraum verstaut."

„Willst du die Leute mit deinem Image einer hart arbeitenden Journalistin beeindrucken?" fragte Cannon mit einem provozierenden Lächeln.

„Ich habe dir doch schon erklärt, dass ich mich wohler fühle, wenn ich vorgearbeitet habe." Sie sah ihn an, als er ihr die Tür aufhielt. „Ich bin hier wohl nicht die Einzige, die hart arbeitet. Heute schon mal in den Spiegel geschaut? Entspannst du dich eigentlich jemals?“

„Im Bett“, gestand er.

Errötend wich sie seinem Blick aus, ihr Puls beschleunigte sich sofort.

Er lachte. „Du hast wirklich eine lebhafte Phantasie. Ich meine, ich entspanne mich, wenn ich schlafe.“

Sie rutschte unbehaglich auf ihrem Sitz hin und her. „Was für ein herrlicher Tag für einen Ausflug!“ verkündete sie fröhlich.

Das Sommerhaus der Van Dynes lag einige Kilometer außerhalb von Panama City. Es war umgeben von einer hohen, weißgetünchten Steinmauer, und eine lange, gewundene Zufahrt führte zur Villa. Dieser Weg war von Palmen und blühenden Hibiskussträuchern gesäumt. Das Haus selbst war ein eleganter Herrensitz mit großzügigen Räumen, edlen Holztäfelungen und einer geschwungenen Treppe aus Mahagoni. Die Inneneinrichtung folgte dem indischen Kolonialstil, die Böden waren gefliest, und an den großen Fenstern hingen schwere Vorhänge aus erlesenen Stoffen. Überall standen Regale und Etageren mit hübschen kostbaren Kleinigkeiten, die das Herz jeder Frau höher schlagen ließen.

Victorine Van Dyne passte perfekt in ihre Umgebung. Sie war eine elegante, bezaubernde Dame. Beide Söhne hatten etwas von ihrem Äußeren geerbt: Cannon die dunkelbraunen Augen, Andy die offenen, freundlichen Gesichtszüge. Victorine war sehr zierlich, und ihr immer noch jugendliches Gesicht wurde von feinem silbergrauen Haar umrahmt.

„Ich habe schon so viel von Cannon und Andrew über Sie beide gehört“, sagte Victorine, und dabei funkelten ihre Augen. „Die Berichte der beiden waren allerdings recht unterschiedlich.“ Sie warf Cannon einen provozierenden Blick zu. „Cannon hat sich ziemlich knapp geäußert, erst Anfang der Woche hat er seiner alten Mutter etwas mehr erzählt. Aber wie dem auch sei, ich freue mich jedenfalls, Sie kennen zu lernen."

Nachdem Cannon die Damen einander vorgestellt hatte, umarmte Jan die ältere Frau spontan. Victorine erwiderte diese Begrüßung leicht reserviert, ihr ganzes Interesse galt Margie.

Margie lächelte schelmisch. „Auch wenn man Ihnen etwas anderes erzählt haben sollte, glauben Sie mir, ich bin nicht im ältesten Gewerbe der Welt tätig."

Victorine grinste sie an. „Und ich wollte Sie gerade fragen, wie das Geschäft so läuft." Sie lachte. „Aber vielleicht sollte ich mich erst einmal erkundigen, was Sie überhaupt beruflich machen."

„Sie treibt sich in Parks herum und schockiert harmlose Bürger", rief Cannon seiner Mutter über die Schulter zu, während er einige Koffer hinauftrug. Jan und Andy folgten ihm und hatten große Mühe, nicht in lautes Gelächter auszubrechen.

„Nun", sagte Victorine, als sie mit Margie allein war. „Wollen Sie mir nicht verraten, was eigentlich vorgefallen ist?"

Margie antwortete ihr ehrlich und ohne Zurückhaltung. „Da ist eins zum anderen gekommen, und nachdem wir uns das erste Mal begegnet sind, dachte er wohl, ich wäre ein Callgirl. Bei unserem zweiten Zusammentreffen hätte er mich am liebsten in einen Kindergarten verfrachtet, und jetzt habe ich den Eindruck, dass er mich gern durch den Fleischwolf drehen würde."

„Nehmen Sie sich in Acht, mein Kind", warnte die ältere Frau lächelnd. „Er hat noch nie einem Menschen gegenüber eine solch spontane Abneigung gezeigt. Das könnte ein Omen sein."

Margie zog die Brauen hoch. „So?"

Victorine betrachtete sie eindringlich. „Cannon hat gesagt, Sie wären Witwe."

„Ja, das stimmt." Margie senkte den Blick. „Mein Mann ist vor fünf Jahren bei einem Flugzeugabsturz ums Leben gekommen."

„Ich habe meinen Mann ungefähr zur gleichen Zeit verloren." Victorine seufzte. „Das war nicht nur für mich ein schmerzlicher Verlust, sondern auch für meine Kinder. Cannon hatte es besonders schwer, er musste von heute auf morgen die ganze Verantwortung übernehmen. Natürlich hilft Andrew ihm, aber Cannon ist nun einmal der Firmenchef."

„Ein Mann, der ständig unter beruflichem Druck steht", bemerkte Margie.

„Das kann man wohl sagen, und er gönnt sich kaum eine Minute Ruhe. Irgendwie hat mein Ältester seine Lebensfreude und seinen Humor verloren. Seine Ehe stand unter keinem glücklichen Stern, die Scheidung war entsetzlich. Zum Glück waren keine Kinder da." Sie schaute Margie an. „Haben Sie ...?"

„Nein", entgegnete Margie kurz angebunden.

Victorine legte ihre schmale Hand auf Margies Arm. „War Ihre Ehe nicht glücklich?" erkundigte sie sich behutsam.

Margie schüttelte den Kopf, und für einen Moment fiel ihre Maske.

Dieser Moment genügte Victorine, um die wahre Margie zu erkennen. Sie wandte sich ab. „Kommen Sie, wir setzen uns und plaudern ein wenig. Ich habe eine Angina Pectoris, und obwohl ich es nur ungern zugebe, fällt es mir schwer, mich viel zu bewegen." Einen Augenblick sah sie wütend aus. „Ich werde hier fast zu Tode behütet. Cannon hat den Angestellten befohlen, mich im Auge zu behalten."

Margies Miene erhellte sich. „Was hat er getan?"

Stirnrunzelnd setzte sich Victorine zu Margie auf das Sofa. „Er lässt mich ständig beobachten, und wenn ich etwas tue, was der Arzt mir verboten hat, wird er fuchsteufelswild."

„Wie ich sehe, haben Sie so manchen Schicksalsschlag erlitten", meinte Margie. „Aber mit Cannon zusammenleben zu müssen, ist bestimmt die härteste Prüfung."

Victorine lächelte. Sie hatte diese junge Frau gleich ins Herz geschlossen, und irgendwie wurde sie das Gefühl nicht los, dass es Cannon ebenso ging.

Die Tage verstrichen in angenehmem Müßiggang, und zu Margies Erleichterung war Cannon oft auf irgendwelchen Konferenzen. Jan und Margie genossen die Sonne und den Strand, unterhielten sich mit Victorine, sahen fern und labten sich an den köstlichen Mahlzeiten des französischen Kochs.

Diesen Urlaub hatte Margie schon lange nötig gehabt, und sie spürte, wie sie sich allmählich entspannte und alles gelassener hinnahm. Sie arbeitete ohne Hektik weiter an ihrem Buch, meistens am frühen Morgen, um sich dem Tagesablauf der anderen anzupassen.

Doch sobald Cannon zu Hause war, spürte sie seinen forschenden Blick. Er beobachtete sie wie eine Katze ihre Beute, auf eine eindringliche, siegessichere Art, die sie nervös machte.

„Suchst du mich nach Warzen oder so etwas Ähnlichem ab?“ fragte sie ihn am dritten Tag ihres Aufenthalts in Panama City, während sie darauf wartete, dass die anderen zum Dinner erschienen.

„Würde ich denn welche finden?“ erkundigte er sich und lehnte sich lässig in seinen Sessel zurück.

„Nicht da, wo man es sieht“, entgegnete sie spitz.

„Jetzt hast du mich neugierig gemacht“, meinte er, und der Blick seiner dunklen Augen wanderte langsam über ihren Körper. Margie trug ein kurzes weißes Trägerkleid, und plötzlich prickelte ihre Haut, als hätte sie jemand gestreichelt.

Sie wünschte, sie könnte ihn ebenso kaltschnäuzig taxieren, doch sie traute sich nicht. Cannon trug ein blaues Seidenhemd, das bis zur Mitte seiner muskulösen Brust geöffnet war, und eine weiße Hose. Er hätte jedem Filmstar den Rang streitig machen können.

„Morgen Abend habe ich einige Männer zum Dinner und zu einer Geschäftsbesprechung eingeladen“, sagte er unvermittelt und zog an seiner Zigarette, ehe er fortfuhr. „Ich wäre dir dankbar, wenn du nicht am Kerzenleuchter schaukeln oder ein rückenfreies Kleid tragen würdest.“

„Ich besitze kein rückenfreies Kleid", erklärte sie.

Um seine Mundwinkel zuckte es. „Nicht einmal, um die Parkbesucher zu schockieren?" neckte er sie.

„Irgendwo muss man einfach eine Grenze ziehen", verteidigte sie sich matt.

Er beobachtete, wie sie nervös den Rock ihres Kleides glatt strich. „Ich mag es, wenn du dein Haar offen trägst wie jetzt", meinte er und ließ anerkennend den Blick über ihre lange, seidige Lockenpracht gleiten. „Das sieht sehr sexy aus."

Errötend sprang sie auf. „Sollten wir nicht lieber hineingehen?" schlug sie verlegen vor.

Er erhob sich langsam und ging auf sie zu. Seine Bewegungen sind geschmeidig wie die eines Tigers, dachte Margie bewundernd.

„Du hast Angst vor mir", stellte er fest, als er näher kam. „Warum?"

„Ich habe keine Angst", erwiderte sie und wich ihm lachend aus. „Ich bin nur vorsichtig. Du schüchterst mich manchmal richtig ein."

„Was du nicht sagst." Er ließ sie nicht aus den Augen. „Interessant."

Sie funkelte ihn an. „Sagtest du nicht, du hättest heute Abend eine Konferenz?"

Er lachte leise vor sich hin. „Du willst mich wohl loswerden, Margie? Richtig, ich habe eine Konferenz, aber erst nach dem Dinner."

„Das Geschäft scheint das meiste von deiner Zeit in Anspruch zu nehmen", bemerkte sie ruhig.

Er nickte und zog an seiner Zigarette. Immer noch fixierte er Margie, als wüsste er ganz genau, wie sehr er sie dadurch verunsicherte. „Es lenkt von anderen Problemen ab."

„Brauchst du denn Ablenkung?" platzte sie heraus.

Er sah ihr tief in die Augen. „Brauchst du Ablenkung?" gab er die Frage zurück. „Für jemanden, der nur kurze Artikel schreibt, sitzt du ziemlich lange an der Schreibmaschine. Ist das ein befriedigender Ersatz?“

„Wofür?“ fragte sie und zwang sich, nicht vor Cannon zu fliehen.

„Für einen Liebhaber“, antwortete er und weidete sich an ihrem schockierten Gesichtsausdruck.

4. KAPITEL

Einen Augenblick lang war Margie sprachlos, als sie die Heiterkeit in Cannons dunklen Augen entdeckte.

„Ich will keinen Liebhaber“, entgegnete sie eisig.

„Das merkt man. Aber du brauchst einen“, erklärte er schonungslos. „Du wirkst wie eine Frau, die seit Jahren nicht mehr berührt worden ist. Oder gestreichelt“, murmelte er und wollte über ihre Wange streichen.

Panikartig wich sie vor ihm zurück, ihre Augen waren weit aufgerissen. „Lass das“, warnte sie ihn.

Er hob den Kopf und betrachtete sie nachdenklich. Der Rauch seiner Zigarette bildete einen dünnen Schleier zwischen ihnen. „Du magst es nicht, wenn man dich anfasst, stimmt’s? Aber das untermauert meine Vermutung nur noch. Wie lange ist es her, seit ein Mann dich geküsst hat? Ich meine so richtig, voller Leidenschaft?“

Sie kochte vor Wut. „Sex ist nicht alles im Leben, Mr. Van Dyne.“

„Das klingt fast, als wärst du eine Nonne“, versetzte er spöttisch.

Ihre Augen blitzten. „Ihr Männer denkt immer nur an das eine“, warf sie ihm vor. „Wer von euch kümmert sich schon um die Bedürfnisse von uns Frauen?“

„Was weißt du denn schon über die Bedürfnisse einer Frau?“ konterte er. Sein Blick ruhte auf ihrem angespannten

Körper. „Sei ehrlich, Margie, ist dein Mann wirklich bei einem Flugzeugabsturz ums Leben gekommen, oder hat er sich in deinem Bett zu Tode gefroren?"

Impulsiv hob sie die Hand, doch er reagierte schnell und packte sie beim Handgelenk. Mit eisernem Griff hielt er ihre Hand nur wenige Zentimeter von seiner Wange entfernt.

„Wenn du das noch einmal machst, du kleine Wildkatze, dann werfe ich dich zu Boden und zeige dir, was Leidenschaft heißt", drohte er sanft.

„Was weiß ein Konferenztourist wie du schon über Leidenschaft?" gab sie zurück. Ihr Haar war zerwühlt, ihr Teint rosig und ihre Augen glänzten.

Er lachte leise und zog sie in seine Arme.

Ängstlich schaute sie zu ihm auf und versuchte noch heftiger, sich zu befreien. Ihr Gesicht spiegelte Furcht wider.

„Schuft", sagte sie und wollte ihn gegen das Schienbein treten.

„Endlich", meinte er. „Die Fassade bröckelt, ich kann die wahre Margie sehen."

Sie stemmte sich gegen seine breite Brust und spürte seine starken Muskeln. Bei dieser ungewohnten Berührung erstarrte sie. In ihrer Ehe hatte sie es stets vermieden, Larry anzufassen, doch bei Cannon war es anders. Sie mochte seinen kräftigen Körper, und als ihr dies bewusst wurde, zog sie die Hand zurück, als hätte sie sich verbrannt.

Cannon fasste in ihr seidiges Haar und drehte ihren Kopf so, dass er sie küssen konnte. Sein Blick verschleierte sich und heftete sich auf Margies leicht geöffnete Lippen.

„Lass mich los, Cannon", flüsterte sie.

„Wir haben gekämpft, Schätzchen", sagte er mit tiefer, heiserer Stimme. „Und du hast verloren. Du müsstest doch wissen, dass die Beute immer dem Sieger gehört."

Er beugte sich hinab und Margie erbebte. Sie fürchtete sich vor ihm und davor, gezwungen zu werden, die Zärtlichkeiten eines Mannes gegen ihren Willen über sich ergehen zu lassen.

„Bitte, nicht!“ rief sie, und alle Farbe wich aus ihrem Gesicht, als sie Larry vor sich sah, entschlossen, sie gewaltsam zu nehmen ...

Cannon fing sie auf und trug sie zu dem Sofa. Verwirrt und besorgt betrachtete er sie.

„Möchtest du einen Brandy?“ fragte er sanft.

Sie schüttelte den Kopf und rang nach Atem. Wenn er sie doch nur endlich allein lassen würde!

„Willst du mir nicht wenigstens erklären, was mit dir los ist? Ich gehe auf dich zu, und du weichst zurück. Ich berühre dich, und du benimmst dich, als hätte ich dir bei lebendigem Leib die Haut abgezogen. Und jetzt das ... Hast du etwa ernsthaft gedacht, ich wollte dich vergewaltigen?“

Margie konnte ihm nicht in die Augen sehen. „Ich kann es nicht ertragen, gegen meinen Willen festgehalten zu werden“, stieß sie hervor. „Es ist furchtbar für mich.“

„Das habe ich gemerkt.“

„Warum tust es dann trotzdem?“ fuhr sie ihn an, ihre Stimme gehorchte ihr kaum.

Er atmete geräuschvoll ein. „Du verletzt meinen Stolz“, erklärte er. „Ich bin es nicht gewohnt, als gefühlloser ‚Konferenztourist‘ bezeichnet zu werden.“

Sie setzte sich auf und seufzte tief. „Es hat nichts mit dir zu tun. Absolut nichts.“

„Womit denn dann?“ bohrte er.

Sie lachte bitter. „Bitte versuch nicht, gewaltsam eine Festung einzunehmen. Es hat keinen Zweck. Ich schnüffle doch auch nicht in deinem Leben herum, oder?“

Sein Gesichtsausdruck verdüsterte sich. „Nein, das tust du nicht. Und das ärgert mich noch mehr“, murmelte er, während er beobachtete, wie die anderen eintrafen. Sie schienen die Spannung, die in der Luft lag, nicht zu bemerken.

„Gerettet!“ flüsterte Margie, um Cannon noch eins auszuwischen.

„Nur für den Augenblick", versprach er.

Es war schon spät am Abend, und Margie wollte gerade zu Bett gehen, als Cannon von seiner Geschäftsbesprechung zurückkehrte. Er ging zur Wohnzimmerbar, schenkte sich einen Brandy ein und würdigte Margie kaum eines Blickes. Sein Hemd war fast bis zur Taille aufgeknöpft, und sein weißes Jackett hatte er achtlos auf einen Barhocker geworfen. Cannons dunkles Haar war zerwühlt, seine Augen gerötet und von tiefen Schatten umgeben.

Margie beobachtete, wie er den Drink in einem Zug hinunterstürzte, und hoffte davonzukommen, ohne mit ihm sprechen zu müssen. Doch Cannon verstellte ihr den Weg, und so fügte sie sich in ihr Schicksal und setzte sich auf das Sofa.

„Was habe ich nur an mir, dass du ständig vor mir davonläufst?" fragte er schroff und ließ sich neben ihr nieder.

„Ich mag deine Annäherungsversuche nicht", entgegnete sie kühl und rieb sich die Arme.

„Himmel, welche Annäherungsversuche? Du wolltest mich schlagen, weißt du das nicht mehr?"

Ihre Miene wurde abweisend. „Und du weißt wohl nicht mehr, was du zu mir gesagt hast?"

„Nein, nicht mehr so genau", gab er zu. „Es war zu belanglos." Er holte tief Luft, während Margie bereits wieder vor Wut kochte. „Ich bin sehr müde. Je älter ich werde, desto eher komme ich zu der Ansicht, dass stellvertretende Direktoren dazu da sind, um einen in den Wahnsinn zu treiben."

„Du hattest heute Abend das Vergnügen mit einem solchen Exemplar, nehme ich an", sagte sie und faltete die Hände im Schoß. Sie hatte im Moment überhaupt nicht das Bedürfnis, vor ihm fortzulaufen.

Er lachte kurz auf. „Das war sehr wohlwollend formuliert."

Ihr Blick fiel auf seine kräftige, schlanke Hand, mit der er seine Zigarette hielt. Seine Hände sind stark, dachte sie, und sehr männlich. Unwillkürlich schaute sie zu seiner breiten, halb nackten Brust, und plötzlich erschauerte sie. Immer noch glaubte sie die Hitze seiner Haut zu spüren, als sie die Hände auf seine Brust gelegt hatte. Sie hatte ihn gar nicht berühren wollen, und dieser flüchtige Körperkontakt hatte sie völlig durcheinander gebracht. Entsetzt über ihre Gedanken senkte Margie den Blick.

„Verwirren dich meine Hände?" fragte er ruhig. „Ich kann sie in die Hosentaschen stecken, wenn du willst."

Sie räusperte sich. „Ich war mit meinen Gedanken ganz woanders."

Er rauchte die Zigarette zu Ende und drückte sie in dem Aschenbecher, der auf dem Couchtisch stand, aus. „Du trinkst keinen Alkohol, oder?" fragte er in beiläufigemTon. „Du hast damals den Drink bei Louis Dane's nicht angerührt, und bei allen Mahlzeiten lässt du den Wein stehen."

Sie sah zu ihm hinauf. „Ich mache mir nichts aus Alkohol", gestand sie. „Du glaubst gar nicht, wie ich dich verflucht habe, als du mir bei unserer ersten Begegnung diesen Drink bestellt hast, den ich gar nicht mochte – und mich obendrein noch mit der Rechnung sitzen gelassen hast."

Er lachte fröhlich. „Ich werde das eines Tages wieder gutmachen." Er legte einen Arm auf die Lehne des Sofas, sodass sein Hemd noch weiter aufklaffte. Wie hypnotisiert starrte Margie auf seinen muskulösen Oberkörper. „Warum trinkst du keinen Alkohol?"

„Ich kriege das Zeug einfach nicht runter", erklärte sie.

„Ist das die ganze Wahrheit? Oder hängt deine Abneigung gegen Alkohol mit Erinnerungen an unangenehme Erlebnisse zusammen?"

Sie dachte an ihren alkoholsüchtigen Vater und wurde blass. „Ich mag deine Mutter sehr gern", sagte sie, um rasch das Thema zu wechseln. „Sie ist eine echte Persönlichkeit."

Er zögerte, ehe er darauf einging. „Das musste sie auch

sein", entgegnete er nach einer Weile. „Mein Vater war Colonel und hat in zwei Kriegen gedient. In Friedenszeiten war er unerträglich und hielt seine Lebensgeister wach, indem er die Menschen in seiner Umgebung herumkommandierte."

„Besonders dich, nehme ich an", vermutete sie.

Er zog eine Braue hoch. „Vor dir kann man wohl nichts verbergen, was?" Er schmunzelte. „Ja, mich hatte er besonders aufs Korn genommen. Zumindest nachdem ich meinen jugendlichen Ehrgeiz, seine Anerkennung zu erringen, abgelegt hatte. Bis zu seinem Tod hatten wir eine Auseinandersetzung nach der anderen – und er hat jede Minute davon genossen."

Sie sah nachdenklich in seine dunklen Augen. „Und Andy?"

Er zuckte mit den Schultern. „Andy legt sich mit niemandem an, am allerwenigsten mit mir."

„Soll das eine Warnung sein?" wollte Margie wissen.

„Du kannst es so auffassen." Cannon zündete sich eine Zigarette an. „Andy ist nicht sehr willensstark. Er braucht eine Frau, die klug genug ist, ihm allen Ärger vom Hals zu halten, ohne dass er es merkt."

„Möchtest du damit etwa andeuten, dass Andy ein Softi ist, der so eine Art weiblichen Bodyguard braucht?" fragte sie ungehalten. „Erstens ist das eine Unverschämtheit, und zweitens stimmt es nicht. Andy mag zwar ein lustiger Kerl sein, aber er ist ganz sicher kein Weichling. Vielleicht wirst du das auch noch eines Tages entdecken."

Cannon runzelte verärgert die Stirn. „Willst du mir etwa das Wesen meines Bruders erklären?"

„Sitz hier bloß nicht so selbstgefällig herum und bilde dir ein, dass du ihn in- und auswendig kennst, nur weil du mit ihm zusammenlebst", konterte sie scharf. „Jeder Mensch hat etwas in sich, worüber man nichts weiß, und wenn man ihn noch so lange kennt."

„Und woher willst du denn Andy so gut kennen?"

„Ich habe durch meine Arbeit als Journalistin ein sicheres

Urteilsvermögen und eine Menge Menschenkenntnis erworben", klärte Margie ihn auf. „Trotz seines freundlichen Wesens kann Andy knallhart sein, wenn es darauf ankommt. Du hast das bloß noch nicht gemerkt, weil es bisher nichts gab, was du ihm abgeschlagen hast. Verbiete ihm, Jan zu heiraten, und du wirst dein blaues Wunder erleben."

Er betrachtete sie mit finsterem Blick und vergaß sogar, an seiner Zigarette zu ziehen. „Du hast ganz schön Mut."

„Was ist, Mr. Van Dyne?" erkundigte sie sich zuckersüß. „Bist du es nicht gewohnt, dass man dir Widerworte gibt?"

„Nein", räumte er ein.

„Du kannst vielleicht deinen Aufsichtsrat einschüchtern, aber bei mir muss da schon ein anderer kommen als ein Unterwäschefabrikant, ehe ich ... Oh!" Sie keuchte erschrocken auf, als Cannon ihren Nacken umfasste und sie zu sich heranzog.

„Weiter so", sagte er leise. „Ich bin müde und schlecht gelaunt, und das ist jetzt das zweite Mal heute Abend, dass du mir auf die Nerven gehst."

„Lass mich los!" stieß sie hervor und hämmerte auf seine Brust ein, wie bei ihrem ersten Zusammentreffen an diesem Abend. Doch diesmal war es anders. Ihr Herz raste – aber nicht aus Furcht.

Mit stählernem Griff zog er ihr Gesicht an seine Schulter. Außer dieser Berührung geschah nichts.

„Los, wehr dich, Schätzchen", murmelte er und schaute ihr unverwandt in die Augen, während er sich zu ihr hinabbeugte. „Aber damit wirst du nur erreichen, dass ich dich umso mehr begehre."

Margie stockte der Atem bei dieser Anspielung, und plötzlich küsste er sie.

Ihr Körper versteifte sich, als sie Cannons rauchige, leicht nach Brandy schmeckenden heißen Lippen auf ihrem Mund spürte, den Duft seines teuren After Shaves einatmete. Ein nie gekanntes Verlangen erhitzte ihr Blut und ließ ihre Abwehr dahinschmelzen. Cannon war so stark, und obwohl sein Kuss irgendwie herablassend war, genoss Margie das erregende Spiel seiner Zunge. Sie hätte Cannon kratzen und treten können, doch ihre Hände lagen regungslos auf seiner breiten Brust.

Stöhnend öffnete sie die Augen und entdeckte, dass Cannon sie mit leicht spöttischem Blick beobachtete, während er sie küsste.

So etwas hatte sie noch nie erlebt. Noch nie hatte ein Mann ihr bei einem Kuss in die Augen geschaut. Eine Wärmewelle durchströmte sie von Kopf bis Fuß, und das erschreckte sie mehr als Cannons Stärke. Unvermittelt löste sie sich von seinen Lippen und entzog sich ihm mit einer schnellen Bewegung. Das geschah so rasch, dass sie taumelte und sich an einer Armlehne des Sofas festhalten musste, um nicht zu stürzen. Sie atmete schwer, in ihrem Blick lag eine Mischung aus Furcht, Demütigung und Erregung. Ihre Lippen waren leicht geöffnet, und sie zitterte am ganzen Körper. Sie sah Cannon an wie ein in die Enge getriebenes Tier.

Er beobachtete sie genau, während er gelassen an seiner Zigarette zog.

„Das war abscheulich von dir“, brach es aus ihr hervor. Wütend funkelte sie ihn an.

Sein Blick verdüsterte sich, doch er wahrte die Haltung. „Du wolltest es ja nicht anders“, entgegnete er lässig.

„Das hättest du wohl gern“, erwiderte sie und rang nach Atem. „Ich gehöre nicht zu den Frauen, denen es Spaß macht, misshandelt zu werden.“

Er runzelte die Stirn. „So empfindest du also einen Kuss – als Misshandlung.“

Sie erhob sich und entfernte sich langsam und mit weichen Knien von ihm. Sie war völlig verwirrt. Wie sollte sie ihm nur klar machen, dass sie seit den furchtbaren Erlebnissen in ihrer

Ehe ein gebranntes Kind war? Ein Chauvinist wie er würde dies sowieso nicht verstehen.

„Ich gehe jetzt schlafen“, brachte sie mühsam hervor und befeuchtete sich die trockenen Lippen, die immer noch nach Cannons Kuss schmeckten.

„Flucht vor dem Feind?“ witzelte er.

Sie wandte sich um, ohne die Hand von der Türklinke zu nehmen. Margie sah hinreißend aus in ihrer Wut, ihre grünen Augen funkelten wie Smaragde. „Der Himmel weiß, wozu du noch fähig bist“, warf sie ihm an den Kopf.

Er lehnte sich behaglich im Sofa zurück und musterte sie dreist. „Schraub deine Hoffnungen nur nicht zu hoch, Schätzchen. Die Frauen stehen Schlange vor meinem Schlafzimmer. Du wirst schon warten müssen.“

„Ich würde mich noch nicht einmal anstellen, wenn ich es bezahlt bekäme“, versicherte sie ihm.

„Auch gut“, gab er zurück und lachte bitter auf. „Es ist bestimmt nicht sehr angenehm, mit einem Eisblock im Bett zu liegen.“

Margie biss sich auf die Lippen. Das hatte gesessen. Tief verletzt drehte sie sich um und öffnete die Tür.

„Margie!“ rief Cannon.

Sie hielt kurz inne, ohne sich umzudrehen. Doch dann stürmte sie in den Flur, knallte die Tür hinter sich zu und lief wie von Furien gejagt in ihr Zimmer.

5. KAPITEL

Am Frühstückstisch wechselten Margie und Cannon kaum ein Wort miteinander, und sie wagte es nicht, ihm in die Augen zu schauen. Sie konnte seinen spöttischen Blick einfach nicht ertragen, die Erinnerung an seinen Kuss war noch zu frisch.

„Wann kommen deine Gäste, mein Junge?“ wollte Victorine von Cannon wissen, nachdem sie das Frühstück beendet hatten und bei einer zweiten Tasse Kaffee saßen.

„Um sechs“, entgegnete er, und Margie spürte, dass er sie ansah. „Ich habe es ernst gemeint, was ich über die Kleiderordnung gesagt habe, Margie. Wenn du es wagen solltest, in irgendeinem extravaganten Fummel diese Treppe hinunterzukommen, trage ich dich persönlich wieder hinauf.“

Margie schwieg und starrte auf ihre Kaffeetasse. Einen Moment später hörte sie, wie Cannon aufstand und den Raum verließ.

„Nun“, murmelte Victorine und sah Margie forschend an, „was hat das alles zu bedeuten? Hattet ihr beide einen Streit?“

Margie schaute sie offen an und war dankbar, dass Jan und Andy nicht Zeugen von Cannons Befehl gewesen waren. „So ungefähr“, erwiderte sie kurz und nippte an ihrem Kaffee. „Er ist einfach unerträglich!“

„Genau wie sein Vater“, erklärte Victorine mit einem hintergründigen Lächeln. „Aber ich habe diesen alten Teufel über alles geliebt. Und wenn er am wütendsten und einschüchterndsten war, konnte ich ihn durch eine Umarmung immer ganz schnell wieder beruhigen.“

Margie schaute sie fassungslos an. „Ich lasse mich lieber erschießen, als Cannon zu umarmen.“

Victorine lächelte. „Wirklich? Oder bringt er Sie durcheinander, meine Liebe?“

Sie rutschte unruhig auf ihrem Stuhl hin und her. „Er ... erschreckt mich.“

„Ja, ich weiß. Und Sie machen ihm auch ein wenig Angst. Er hat sich noch nie zuvor einem Gast gegenüber so abweisend verhalten. Ich sehe förmlich, wie sich ihm die Haare sträuben, wenn Sie hereinkommen, und dennoch lässt er Sie nie aus den Augen.“

Margie zitterte vor Nervosität. Sie griff nach ihrer Kaffeetasse und hätte sie in ihrer Aufregung beinahe umgestoßen. Mit bebenden Fingern stellte sie sie wieder gerade auf die Untertasse.

Victorine tätschelte ihr beruhigend die Hand. „Sie brauchen sich nicht vor ihm zu fürchten, Margie. Er ist so hart, weil er es immer sein musste. Aber glauben Sie mir, er würde Sie nie absichtlich verletzen."

Das bezweifelte Margie, doch dann wurde ihr klar, dass sie es gewesen war, die ihn provoziert hatte. Warum hatte sie das getan? Hatte sie geahnt, dass er sie berühren würde, wenn sie ihn nur genug reizte? Hatte sie es unbewusst darauf angelegt?

„Er ist sehr einsam", fuhr die ältere Frau fort.

„Das passt so gar nicht zu dem Bild, das er mir vermittelt hat", bemerkte Margie leise. „Er hat vielmehr gesagt, er müsste die Frauen aus seinem Schlafzimmer scheuchen." Plötzlich fiel ihr wieder ein, mit wem sie sprach, und sie errötete.

Victorine lächelte erfreut über Margies Reaktion. „Ich frage mich, warum er einen solchen Unsinn erzählt." Sie seufzte. „Das stimmt natürlich nicht. Seit Della ihn verlassen hat – oder besser gesagt, seit er sie rausgeworfen hat –, hatte er keine feste Beziehung mehr. Sicher, hier und da sieht man ihn einmal mit einem dieser Luxusweibchen, er ist schließlich ein Mann. Doch keiner dieser Frauen hat er ein tieferes Gefühl entgegengebracht."

Nachdenklich schaute Margie in ihre Tasse. „Darf ich fragen, warum seine Frau sich mit anderen Männern eingelassen hat?"

Victorine lächelte geheimnisvoll. „Es ist nicht das, was Sie denken", meinte sie freundlich. „Della war einfach süchtig nach Männern – ich glaube, es gibt da so einen Fachausdruck für eine derartige Sexbesessenheit. Cannon hat einiges durchgemacht, ehe ihm schließlich der Kragen geplatzt ist." Sie sah Margie prüfend an. „Ihr Mann hat Sie nicht gut behandelt im Bett, habe ich Recht? Mein Kind, Sie dürfen nicht denken, dass alle Ehen so sind. Sie haben eine schlechte Erfahrung gemacht, aber deswegen dürfen Sie doch nicht einfach den Rest Ihres Lebens den Kopf in den Sand stecken, Margie." Sie streichelte behutsam ihren Arm. „Sie sind noch zu jung, um sich vor dem Leben zu verstecken."

Margie schaute die alte Dame unverwandt an, in ihren Augen spiegelten sich all ihre Ängste. „Die Männer, denen ich bisher begegnet bin, waren nicht gerade die Crème de la Crème", bekannte sie. „Das, was ich von meinem Vater mitbekommen habe, war mehr als unerfreulich, und mein Mann war ebenfalls eine Enttäuschung ..." Sie senkte den Blick. „Ich kann mir denken, dass nicht alle Männer so sind, aber woher soll man wissen, wie sie wirklich sind, wenn man nicht einige Zeit mit ihnen zusammengelebt hat? Ich dachte, Larry wäre der beste Mann auf der Welt. Wenn ich mich damals so getäuscht habe, wie kann ich sicher sein, dass mir so etwas nicht wieder passiert?"

Victorine betrachtete sie mitfühlend. „Sie müssen wieder lernen zu vertrauen. Ich weiß, das ist leichter gesagt als getan, aber es wird sich ganz von selbst ergeben, wenn Sie den richtigen Mann getroffene haben, glauben Sie mir."

Margie trank ihren Kaffee aus. Sie lächelte schüchtern. „Ich habe bis jetzt mit niemandem über diese Dinge gesprochen, außer mit Jan vielleicht."

„Dann fühle ich mich richtig geschmeichelt. Und was ist mit Ihrer Mutter?"

„Sie starb bei Jans Geburt. Ich kann mich kaum an sie erinnern. Wir sind bei unserer Großmutter McPherson aufgewachsen, einer strengen alten Dame, die uns eher mit Disziplin als mit Liebe erzogen hat." Sie seufzte und lächelte. „Wir hatten sie gern, aber im Grunde standen wir allein da."

Victorine musterte sie mit einem merkwürdigen, nachdenklichen Gesichtsausdruck. „McPherson?" murmelte sie.

Margie hätte sich am liebsten die Zunge abgebissen. Wusste

Victorine nun, wer sie war? „Stimmt etwas nicht?“ fragte sie und betrachtete Victorine eindringlich.

Cannons Mutter zuckte mit den Schultern. „Ich überlege gerade, woher ich diesen Namen kenne.“ Sie lachte. „Und Sie kommen mir auch irgendwie bekannt vor. Nun ja, es gibt immer Leute, denen man ähnlich sieht, nicht wahr?“

„Ja, das stimmt“, kam die erleichterte Antwort.

„Ich mag Ihre Schwester“, bemerkte Victorine ruhig. „Es ist wundervoll zu beobachten, wie sich mein Jüngster vor meinen Augen verändert. Er beschützt sie und setzt sich durch. Früher hat er alles getan, um Cannons Anerkennung zu erlangen, aber jetzt hat er seinen eigenen Kopf.“

„Jan liebt ihn von ganzem Herzen“, erklärte Margie. „So glücklich wie jetzt habe ich sie noch nie erlebt. Larry hat ständig seine Wut an ihr ausgelassen, doch sie musste bei uns bleiben, sie hatte doch sonst keinen Menschen. Seit sie Andy kennt, ist sie so aufgeschlossen und fröhlich. Ich dachte schon, sie würde nie wieder lachen.“

Victorine musterte sie mit scharfem Blick. „Gilt das nicht auch für Sie?“ fragte sie sanft. „Ich höre Sie stundenlang an Ihrer Schreibmaschine arbeiten. Sind Sie etwa auch eine dieser frustrierten Romanautorinnen, die darauf hoffen, den Bestseller des Jahrhunderts zu schreiben? Kommen Sie, Margie, seien Sie ehrlich.“

Margie lachte laut auf. „Gut, ich gestehe es. Ja, ich bin eine dieser frustrierten Autorinnen.“

„Wusste ich's doch! Welche Art von Büchern wollen Sie denn schreiben? Kriminalromane?“

„Ja“, schwindelte Margie. „Wie sind Sie bloß darauf gekommen?“

Victorine lachte. „Keine Ahnung, es war wohl so eine Art Eingebung. Ich persönliche lese ja viel lieber diese erotisch gefärbten Geschichtsromane. Ich verschlinge sie zu Dutzenden.“ Sie ließ Margie nicht aus den Augen. „Lesen Sie sie auch so gern?“

„Oh nein. Sie sind etwas zu anzüglich für meinen Geschmack“, schwindelte Margie erneut und bat im Stillen um Vergebung.

„Ich verstehe.“ Victorine senkte den Blick, doch ein feines Lächeln umspielte ihren Mund.

„Cannon will verhindern, dass Andy Jan heiratet“, sagte Margie, ohne Victorines verräterischen Gesichtsausdruck zu bemerken.

„Ja, ich weiß.“ Victorine trank ihren Kaffee aus. „Aber das legt sich. Er braucht nur ein wenig Zeit. Wenn er erst sieht, wie gut sich die beiden verstehen, wird er seine Meinung schon ändern. Er hat einfach etwas gegen die Ehe an sich, denn er ist ebenso wie Sie ein gebranntes Kind. Doch eines Tages wird er darüber hinwegkommen.“

Margie seufzte. „Ich hoffe, Sie haben Recht.“

Margie wäre am liebsten in ihrem Zimmer geblieben, um Cannon und seinen Gästen nicht begegnen zu müssen. Sie wollte sich auf keine weitere Konfrontation mit diesem Mann einlassen, bis sie sich über ihre eigenen Gefühle im Klaren war. Doch da hatte sie die Rechnung ohne Victorine gemacht.

„Sie kommen schön mit, mein Kind“, bestimmte Victorine und richtete sich auf. „Und ziehen Sie etwas Ausgefallenes an“, fügte sie augenzwinkernd hinzu. „Wir werden es ihm schon zeigen!“

Margie schüttelte sich vor Lachen. „Sie werden bestimmt die beste Schwiegermutter, die man sich ...“

„Sie wollen nicht zufällig meine Schwiegertochter werden?“ erkundigte sich Victorine hoffnungsvoll.

„Andy will doch Jan heiraten.“

„Sie wissen ganz genau, dass ich nicht von Andy rede.“ Sie neigte den Kopf auf die gleiche Art zur Seite, wie es Cal immer tat. „Er begehrt Sie. Ein Blick in sein Gesicht, und man weiß, wie es um ihn steht.“

Margie schaute zu Boden. „Ich bin nicht an einer solchen Beziehung interessiert. Ich habe Angst, mich darauf einzulassen."

„Ihm geht es doch genauso", erwiderte Victorine und lächelte über Margies ungläubigen Gesichtsausdruck. „Ehrlich. Das Erlebnis mit Della verfolgt ihn noch immer. Er sucht sich nur solche Frauen für seine kurzen Abenteuer aus, die ihre Freiheit lieben und nicht an einer tieferen Beziehung interessiert sind. Über eine kurze Nacht in einem Hotelzimmer gehen diese Affären nie hinaus."

„Und mehr wird er von mir auch nicht wollen", wandte Margie ein.

„Da wäre ich mir nicht so sicher", meinte Victorine. „Vielleicht erleben Sie auch die Überraschung Ihres Lebens, mein Kind. Und jetzt ziehen Sie sich rasch um. Nicht vergessen – etwas Auffälliges!"

Aber dummerweise hatte Margie all ihre extravaganten Kleider in Georgia gelassen. Sie folgte ihrer Laune und wählte ein duftiges Kleid im viktorianischen Stil. Es war hochgeschlossen und hatte einen Spitzeneinsatz im Dekolletee. Der Rock des Kleides war weitgeschnitten und hinten angekraust. Dazu trug sie zierliche Schnürstiefeletten und legte nur einen Hauch Make-up auf. Sie sah aus wie eine Schönheit, die einem alten Fotoalbum entstiegen war.

Langsam ging sie hinab, und am Fuß der Treppe begegnete sie Victorine und Jan.

„Das soll auffällig sein?" fragte Victorine verwundert und drehte sich in ihrem pflaumenfarbenen Samtkleid, während sie Margie begutachtete.

„Man kann meine Knöchel sehen", verteidigte sich Margie. „Um die Jahrhundertwende war das mehr als auffällig."

Victorine lachte. „Ja, so betrachtet ist es sogar revolutionär."

Margies Blick ruhte zufrieden auf Jan, die in ihrem zartgelben, figurbetonten Kleid bezaubernd wirkte. „Du siehst aus wie eine Rose."

„Sie hat Recht", stimmte Victorine zu. „Sie haben einen hervorragenden Geschmack und Stil. Das wird Ihnen eines Tages zugute kommen, mein Kind."

Jan errötete zart und lächelte. „Ich wollte Andy nicht in Verlegenheit bringen und als Vamp erscheinen."

„Was war das gerade?" fragte Andy und kam in seinem eleganten Abendanzug auf die drei Damen zu. „Als ob mich so etwas in Verlegenheit bringen würde!"

Jan lachte freudig auf und lief ihm entgegen. „Sehe ich gut aus?" fragte sie.

„Verführerisch", murmelte er, beugte sich hinab und küsste sie sanft auf die Stirn.

„Könnt ihr damit nicht warten, bis ihr im Schlafzimmer seid?" wetterte Cannon, der in diesem Augenblick dazu kam. Er warf seinem Bruder einen Furcht einflößenden Blick zu. „Ich kann nicht einmal durch das Haus gehen, ohne dass ihr beide euch in irgendeiner Ecke am Hals hängt."

„Dann schau doch weg, wenn es dich stört, Bruderherz", erwiderte Andy mit ungewohnter Forschheit. „Nur um dein puritanisches Gemüt zu beruhigen: Jan und ich haben getrennte Schlafzimmer. Wir haben noch genug Zeit, um in einem Bett zu schlafen – nach unserer Hochzeit."

„Du willst ohne mein Einverständnis heiraten?" fragte Cannon gereizt.

Andy richtete sich auf und zog Jan fest in seine Arme. „Wenn es sein muss, ja. Begreif doch endlich, Cal, ich bin ein erwachsener Mann. Ich bin nicht mehr der kleine Junge, der alles tut, um es seinem großen Bruder recht zu machen. Und ob du es glaubst oder nicht, ich bin sehr wohl in der Lage, auch ohne deine Hilfe für Jan zu sorgen."

„Womit denn, wenn ich fragen darf?" erkundigte sich Cannon.

„Ich werde natürlich in unserer Firma arbeiten“, erklärte Andy.

„Das würde ich mir an deiner Stelle lieber noch einmal überlegen“, erwiderte Cannon triumphierend. „Wenn du ohne meine Erlaubnis heiratest, kannst du ganz von vorn anfangen, denn dann stehst du ohne einen Penny da.“

„Cannon!“ schaltete sich Victorine ein.

„Vielleicht erinnerst du dich, dass ich immer noch der Verwalter deines Vermögens bin, bis du dreißig Jahre alt bist“, bemerkte Cannon. „Außerdem weißt du ganz genau, dass ich die Leute einstellen und feuern kann, wie ich will. Also leg dich lieber nicht mit mir an. Du wirst nur den Kürzeren ziehen.“

„Wenn ihr uns bitte entschuldigen wollt“, wandte sich Andy ruhig an Victorine und Margie. „Ich denke, wir werden jetzt in die Stadt fahren.“

Jan war den Tränen nahe, und Margie hatte Mitleid mit ihr. Dieser verdammte Cannon! Sie funkelte ihn wütend an, doch er kümmerte sich nicht darum.

„Schade, dass wir gleich Gäste bekommen“, meinte Victorine mit kaltem Lächeln zu ihrem ältesten Sohn. „Ich würde dir gern ein paar Takte zu deiner netten kleinen Ansprache sagen, mein Junge.“

Er lächelte amüsiert über die nur mühsam gezügelte Wut seiner Mutter. „Das glaube ich dir gern. Doch auch wenn du und Andy mich noch so unter Druck setzt, werde ich nicht nachgeben, bis ich überzeugt bin, dass er keinen Fehler macht.“

„Willst du ihm sein ganzes Leben lang vorschreiben, mit welchen Frauen er sich abzugeben hat, welche Gabel er benutzen soll und welche Sendungen er sich anschauen darf?“ meldete sich Margie zu Wort.

„Das geht dich gar nichts an“, erwiderte er kurz angebunden.

„Und ob mich das etwas angeht“, entgegnete Margie empört. „Jan ist meine Schwester, und sie hat in ihrem Leben schon genug Kummer erlebt." Sie holte tief Luft. „Ich werde es nicht zulassen, dass ein eingebildeter Familientyrann wie du sie wie den letzten Dreck behandelt."

Cannon sah sie an, als würde er jeden Moment auf sie losgehen, und Victorine wollte gerade etwas sagen, als es an der Tür klingelte.

„Oh, unsere Gäste sind da", verkündete sie. „Das Mädchen lässt sie jetzt herein. Wollen wir sie nicht begrüßen?"

Cannon starrte Margie immer noch grimmig an. „Wir zwei", flüsterte er drohend, „werden uns nachher einmal in Ruhe unterhalten."

„Ich kann es kaum erwarten", meinte Margie trocken.

Er wandte sich ab und ging wütend zur Haustür, während Victorine Margie seufzend mit sich zog.

Vor der Tür standen zwei Geschäftsmänner, der eine war hoch gewachsen und ernst, der andere untersetzt, plump und mit gerötetem Gesicht. Cannon folgte ihnen ins Wohnzimmer und warf Margie einen viel sagenden Blick zu, als er Bob Long und Harry Neal vorstellte.

Es dauerte nicht lange, da stand Margie allein mit Bob Long da, während die anderen sich angeregt über ein tagespolitisches Thema unterhielten.

„Verfolgen Sie die politischen Ereignisse, Mr. Long?" erkundigte sich Margie höflich.

Er schüttelte den Kopf und wirkte irgendwie verärgert. „Ich interessiere mich besonders für Wassersparmaßnahmen auf Bezirksebene." Er sah sie an. „Aber ich glaube kaum, dass Sie darüber Bescheid wissen."

Seine herablassende Art reizte sie ein wenig, aber sie zwang sich zu einem Lächeln. „Im Gegenteil, Mr. Long. Ich interessiere mich sehr dafür. Ich komme aus einer kleinen Stadt in der Nähe von Atlanta, dort verbraucht man acht Millionen Liter pro Tag. Wir beziehen das Wasser aus einem

Nebenfluss des Chattahoochee Rivers. In der nächstgrößeren Stadt ist eine Aufbereitungsanlage, die allein schon vier Millionen Liter pro Tag verschlingt, ganz zu schweigen vom Verbrauch der Stadt selbst, der bei zwölf Millionen Litern liegt."

Bob Long starrte sie verdattert an und schien seinen Ohren nicht zu trauen. „Und die bekommen das Wasser aus dem gleichen Nebenfluss?"

„Teilweise", führte sie aus. „Doch im letzten Jahr, als wir diese entsetzliche Dürre hatten, musste die Stadt drei zusätzliche Brunnen bohren, um die Wasserversorgung zu gewährleisten. Und jetzt werden gerade Gutachten über die Durchführbarkeit eines bezirksweiten Wasser- und Abwassersystems erstellt."

„Genau das Gleiche ist bei uns auch passiert", meinte er und erklärte ihr, wie es in seinem Bezirk zu dem Problem gekommen war und wie die Regierung es gelöst hatte.

Sie führten gerade eine angeregte Diskussion über eine neue Gesetzgebung zur Einschränkung des Wasserverbrauchs, als Cannon sie unterbrach.

„Ich störe nur ungern, Bob", sagte er und fixierte dabei Margie. „Aber Harry und ich müssen mit dir über ein paar Punkte des Fusionsprojekts sprechen."

„Fusion?" Bob Long blinzelte. „Ach ja, richtig, die Fusion." Er wandte sich um und schüttelte Margie die Hand. „Ich habe mich lange nicht mehr so hervorragend unterhalten. Wir müssen das unbedingt wiederholen."

Cannon warf ihr einen irritierten Blick zu, als er sich mit dem älteren Mann entfernte.

Andy und Jan kamen wieder herein, sie sahen aus, als wollten sie es mit jedem aufnehmen, der sich ihnen in den Weg stellte. Selbst Cannons feindseliger Blick konnte sie nicht einschüchtern.

„Sieh mal einer an", neckte Margie die beiden. „Habt ihr es euch doch noch anders überlegt?"

„Klar“ erwiderte Andy grinsend. „Ich habe im College ein Seminar über ‚Drachentöten für Fortgeschrittene‘ belegt, das kommt mir jetzt zugute. Als ich draußen vor dem Wagen stand, dachte ich mir, dass man nur davonläuft, wenn man wirklich keine andere Chance mehr hat.“

„Mir ging es genauso“, betonte Jan. „Cannon mag vielleicht etwas gegen mich haben, aber er wird mich eines Tages akzeptieren müssen.“

Margie lächelte die beiden an. „So ist es richtig. Ich werde alles tun, um euch zu helfen, wenn ihr ohne Geld und ohne Arbeit dasteht.“

Andy erwiderte ihr Lächeln dankbar. „So weit werde ich es nicht kommen lassen, aber danke für dein Angebot.“

„Wozu ist eine zukünftige Schwägerin sonst da?“ fragte Margie mit einer theatralischen Geste.

„Übrigens“, erkundigte sich Andy, „hat der alte Long dich wirklich angelächelt, als wir gerade hereinkamen, oder habe ich mich da getäuscht? Er ist doch sonst ein regelrechter Menschenfeind, steht nur in Ecken herum und wartet auf den geschäftlichen Teil des Abends. Selbst dann durchkreuzt er ständig die Pläne der anderen und lehnt alle Vorschläge ab.“

„Der Name kommt mir bekannt vor“, warf Jan ein.

„Kein Wunder – seit Wochen raufe ich mir die Haare wegen diesem Mann.“ Er warf Margie einen Blick zu. „Cal versucht Long zu überzeugen, seine Strickwarenfabrik mit unserem Unternehmen zu fusionieren. Doch Long hat immer nur auf stur geschaltet. Eine Konferenz jagte die andere, aber Cal musste sich immer nur mit Longs Stellvertretern begnügen. Dies ist das erste Mal, dass er sich herabgelassen hat, sich mit Cal zu treffen.“

„Dann kann ich mich jetzt wohl geschmeichelt fühlen“, bemerkte Margie trocken.

Es überraschte Margie nicht, dass man sie beim Dinner neben

Bob Long gesetzt hatte. Den ganzen Abend lang ging ihnen der Gesprächsstoff nicht aus – Bob Long verließ sogar als Letzter der Gäste das Haus der Van Dynes. Er war nicht wiederzuerkennen, wirkte heiter und lebendig, keine Spur mehr von dem mürrischen Manager, der Margie vor einigen Stunden vorgestellt worden war.

„Du hast mir noch keine Antwort in Bezug auf die Fusion gegeben, Bob“, erinnerte ihn Cannon und sah Margie eindringlich an.

„Ach, das.“ Bob winkte ab. „Mach ruhig, wie du denkst. Lass die Verträge aufsetzen und schick sie mir rüber. Ich werde sie prüfen und dann unterschreiben. Es war mir wirklich ein Vergnügen, Mrs. Silver“, fügte er hinzu und hielt lächelnd Margies schmale Hand. „Ich hoffe, wir sehen uns bald einmal wieder.“

„Das hoffe ich auch, Mr. Long“, versicherte sie herzlich. „Gute Nacht.“

Er nickte, winkte den anderen zu und ging lächelnd hinaus.

„Das darf doch nicht wahr sein“, sagte Cannon gereizt und sah Margie mit funkelnden Augen an. „Seit Monaten versuche ich ihn dazu zu bewegen, mir grünes Licht für diese Sache zu geben, damit Harry und ich endlich weiterkommen, und er hat sich nicht gerührt. Er wollte sich noch nicht einmal mit uns treffen. Und jetzt unterhält er sich ein paar Stündchen mit dir und tut so, als wäre ihm die ganze Geschichte vollkommen gleichgültig!“

„Er ist eben ein introvertierter Mensch“, erklärte ihm Margie. „Er kann sich schlecht in eine Gruppe einfügen, und deshalb wird er aggressiv. Im Grunde möchte er nur von der Gemeinschaft akzeptiert werden und an allem teilhaben, doch er weiß nicht, wie er es anstellen soll.“

„Aber du hast ihm dabei geholfen“, bemerkte Cannon.

„Ich war Reporterin“, erinnerte sie ihn. „Ein Zeitungsverleger hat mir einmal gesagt, dass es keine dummen Menschen gibt

– nur phantasielose Journalisten. Seitdem versuche ich, mich in die Leute hineinzuversetzen, um sie aus der Reserve zu locken. Es ist nicht schwer, man findet leicht Dinge, über die sie gern reden, und dann muss man als Gesprächspartner eben auch ein guter Zuhörer sein."

„Das hört sich ja ganz leicht an, wie Sie das so sagen, mein Kind", meinte Victorine. „Sie wissen genau, dass es im Grunde nicht so einfach ist."

„Wie dem auch sei, es hat mir Spaß gemacht", bemerkte Margie. „Wir hatten ein interessantes Gespräch über Wassersparmaßnahmen und ..."

„Meine Söhne waren alle beide in Komitees, die sich mit Schutz- und Erhaltungsmaßnahmen verschiedenster Art befassten", erklärte Victorine. „Cannon hat sogar in Chicago an einer Fernsehdiskussion über dieses Thema teilgenommen."

„Ich hatte nicht die leiseste Ahnung, dass Bob sich für Wassersparmaßnahmen interessiert", brummte Cannon und sah Margie an, als wäre das ihre Schuld.

„Wir gucken mal, was es im Fernsehen so gibt", sagte Andy und hielt lächelnd Jans Hand.

Cannon betrachtete seinen Bruder, der seinem strengen Blick ohne mit der Wimper zu zucken standhielt. „Wir müssen uns demnächst einmal ernsthaft unterhalten."

Andy nickte. „Ganz meine Meinung."

„Ich fahre jetzt ein bisschen raus", kündigte Cannon an. „Zieh dir etwas über und komm mit, Margie."

Sie schaute zu ihm hoch. „Kommt gar nicht in Frage", erwiderte sie.

„Oh doch. Wir machen einen romantischen Ausflug im Mondschein."

Sie betrachtete ihn und seufzte. Irgendwann würde sie sich sowieso mit ihm auseinander setzen müssen, und je eher sie es hinter sich gebracht hatte, desto besser.

„Wenn ich in zwei Stunden nicht zurück bin", flüsterte

Margie Victorine für alle hörbar zu, „dann rufen Sie den Sheriff und sagen ihm, dass Sie ein Verbrechen vermuten."

Victorine lachte. „Mache ich, aber ich werde alles tun, um Sie in Schutz zu nehmen. Ich werde sagen, dass Sie in Notwehr gehandelt haben."

„Ich muss vollkommen verrückt sein, mich auf einen Ausflug mit dir einzulassen", meinte Margie, als sie bereits unterwegs waren.

„Und dazu noch mitten in der Nacht", pflichtete Cannon ihr bei. „Warum tust du so etwas?"

Sie starrte auf ihren Schoß, den die Neonbeleuchtung des Highways in ein wirres Spiel von Licht und Schatten tauchte. „Ich weiß es selbst nicht. Vor ein paar Stunden hätte ich dich am liebsten erwürgt."

„Du kämpfst für deine Schwester, Schätzchen. Das Gleiche tue ich für meinen Bruder."

Margie schaute wie gebannt auf die schaumgekrönten Wellen, die sich hinter einer Reihe Motels tosend am Strand brachen. „Wo fahren wir hin?" erkundigte sie sich.

Er warf ihr einen raschen Seitenblick zu. „Die Frage kommt mir so bekannt vor. Unterstellst du mir immer niedere Motive, wenn ich mit dir in einem Wagen sitze?"

Sie lachte. „Hat sich das so schlimm angehört? Ich bin nur neugierig."

„Keine Angst", sagte er und lenkte den Wagen in eine Kurve, die auf ein Stück Straße führte, das parallel zum Strand verlief. „Ich werde in keinem Motel absteigen."

Hitze stieg in ihre Wangen. „Das habe ich auch nicht erwartet."

„Ach, nein?" Er schaute zu ihr herüber. „Du tust aber meistens so, als wäre ich ein entflohener Triebtäter."

„Du hast doch selbst gesagt, du wärst kein sanfter Mann", verteidigte sie sich und verkrampfte die Finger ineinander.

Er richtete den Blick wieder auf die Straße. „Ich sagte ‚Liebhaber'", rief er ihr ins Gedächtnis zurück. „Du hast mich sicher falsch verstanden. Ich wollte damit sagen, dass ich im Bett anspruchsvoll bin, nicht brutal."

Ihr Gesicht brannte, aber zum Glück war es dunkel, und so fiel es nicht auf.

„Kein Kommentar?" fragte er. Er ging ein wenig vom Gas, während er sich eine Zigarette aus der Tasche holte und anzündete.

„Ich habe noch genug von unserer letzten Auseinandersetzung", murmelte sie.

„Das wäre nicht geschehen, wenn du nicht versucht hättest, mir den Unterkiefer zu brechen."

„Du hast mich beleidigt!" beschuldigte sie ihn.

„Und was, glaubst du, hast du mit mir gemacht?" gab er zurück. „Ich will ja nicht prahlen, aber seit zwanzig Jahren musste ich mir keinen Kuss mehr erkämpfen – und keine Frau hat meine Küsse als ‚abscheulich' bezeichnet."

Langsam verstand Margie sein Verhalten und schämte sich ein wenig. Er war ein sehr stolzer Man, und sie hatte ihn verletzt. Sie war aufgeregt gewesen und hatte Angst gehabt, seinen Kuss zu sehr zu mögen, doch Abscheu hatte sie noch nie vor Cannon empfunden. Sie fragte sich, ob das überhaupt möglich war.

„Ich hätte das nicht sagen sollen", entschuldigte sie sich leise. „Es ist auch nicht wahr."

Er zog an seiner Zigarette. „Ich bin sonst nie grob zu Frauen", sagte er nach einer Weile. „Ich habe noch nie eine zu irgendetwas gezwungen. Verdammt, es muss die Art sein, wie du auf mich reagierst", fügte er schroff hinzu. „Ich komme einfach nicht an dich heran."

„Ich habe dir doch schon erklärt, dass das nichts mit dir persönlich zu tun hat", gab sie zurück und verschränkte die Arme vor der Brust. „Sex macht mir einfach keinen Spaß", gestand sie.

„Ich kann nichts dagegen tun, also bitte, akzeptiere es und bedränge mich nicht."

Cannon fuhr von der Straße auf einen kleinen Rastplatz mit Picknicktischen und Bänken. Von hier aus hatte man eine herrliche Aussicht auf die grasbewachsenen Dünen und das dunkel glitzernde Meer. Er stellte den Motor ab und wandte sich zu Margie. Sein Gesicht war im Halbschatten des Mondlichts nur undeutlich zu erkennen, doch seine Augen funkelten.

„Keine Frau ist frigide", sagte er. „Es gibt nur leider viele Männer, die Frauen schlecht behandeln."

Sie betrachtete ihren hellen Rock. „Worauf wartest du? Auf ein Bekenntnis?" Sie schluckte nervös. „Tut mir Leid, du weißt doch, dass ich nicht gern über mich rede."

„Da sind wir schon zwei." Er zog erneut an seiner Zigarette. „Warum fürchtest du dich vor mir?"

Sie brauchte nicht lange zu überlegen. „Du bist so groß."

Seine Mundwinkel zuckten unmerklich. „Hättest du lieber einen Mann, der nur halb so groß ist wie du, damit du ihn am ausgestreckten Arm verhungern lassen kannst?"

Seine Worte klangen so grotesk, dass sie einfach lachen musste. „Nein, ich glaube nicht."

Er beugte sich vor und drückte die Zigarette im Aschenbecher aus. Dabei kam er Margie so nah, dass sie die Wärme seines Körpers spüren und den herben Duft seines After Shaves riechen konnte.

Plötzlich drehte er sich um, und sein Gesicht war nur wenige Zentimeter von ihrem entfernt. Ihr Herz begann wie wild zu schlagen.

„Du hast mir einmal erlaubt, dich zu halten, weißt du das noch?" fragte er sanft und sah tief in ihre großen Augen. „Ich habe dich wütend gemacht, und du hast geweint. Das war an dem Abend, als wir mit Andy und Jan ausgegangen waren."

Sie befeuchtete ihre trocknen Lippen und war wie hypnotisiert vom Blick seiner faszinierenden Augen. „Ich wollte dich schlagen“, erinnerte sie ihn.

„Du scheinst dieses Bedürfnis öfter zu haben“, bemerkte er lächelnd. Er legte die Hände auf ihre Schultern und zog sie behutsam an sich, bis sie jeden Widerstand aufgab.

„So“, sagte er kaum hörbar und schlang die Arme ganz langsam um ihren weichen Körper. Er wollte ihr Gelegenheit geben, sich von ihm zu lösen, wenn sie wollte. „Keine Angst, Margie, du siehst, ich verlange nichts von dir, ich bedrohe dich nicht. Ich möchte dich nur in meinen Armen halten.“

Sie spürte seine raue Wange an ihrer, fühlte den langsamen, gleichmäßigen Rhythmus seiner Atemzüge an ihren Brüsten, die seinen Oberkörper berührten. Er zwang sie zu nichts, bedrängte sie in keiner Weise. Margie wusste genau, dass er sie sofort freigeben würde, wenn sie sich irgendwie sträubte, und das beruhigte sie. Sie entspannte sich und legte die Hände auf seine breiten Schultern.

„Siehst du?“ murmelte er, und seine Stimme klang so tief und beruhigend wie das Rauschen des Meers. „Ich tue dir nichts.“

Sie schloss die Augen, und zum ersten Mal schmiegte sie sich freiwillig in seine starken Arme. Eine seltsame süße Schwäche breitete sich in ihrem Körper aus und ein nie gekanntes Gefühl der Erregung ließ all ihre Sinne hellwach werden. Sie spürte die Wärme seines muskulösen Körpers, seinen Duft, den leichten Druck seiner großen Hände auf ihrem Rücken.

Er zog sie dichter an sich, sodass sie halb auf seinem Schoß lag und den Kopf an seiner Schulter barg. Sie beobachtete ihn, und auch er ließ sie nicht aus den Augen, betrachtete jeden Zentimeter ihres Körpers.

„Es ist, als ob man ein kleines wildes Tier festhält“, sagte er zärtlich und strich ihr einige Haarsträhnen aus dem erhitzten Gesicht. „Du bist so weich, Margie. Deine Haut ist wie Seide.“

Zögernd fuhr sie mit den Fingerspitzen über seine Lippen, und dann über sein Kinn, seine Wangen. Es gefiel ihr, ihn zu berühren. Zum ersten Mal nach ihrer gescheiterten Ehe hatte sie den Wunsch, einen Mann anzufassen.

Sanft und verführerisch rieb er seine Nase an ihrer. „Küss mich, Margie“, schmeichelte er, und sein heißer Atem fächelte ihre empfindlichen Lippen.

Ihre Finger lagen immer noch auf seiner Wange. „Du könntest mich wirklich überreden“, flüsterte sie.

„Warum hast du immer nur solche Angst vor deinen eigenen Gefühlen?“ wollte er wissen. „Niemand zwingt dich zu etwas. Wenn du mich küssen willst, dann tu es einfach.“

Sie ließ die Hände über sein Jackett gleiten und schaute ihn benommen an. Vorsichtig berührten ihre Lippen seinen Mund. Einmal. Zweimal. Sie küsste ihn mit spielerischer Leichtigkeit, die sie jedoch unbefriedigt ließ. Cannon rührte sich nicht.

Jetzt wurde Margie mutiger, fuhr durch sein dichtes Haar und presste sich fester an ihn. Ohne den Blick von seinen Augen zu nehmen, küsste sie ihn. Cannon schmeckte nach Rauch, und auch er beobachtete sie. Mit der Zunge liebkoste er ihre geöffneten Lippen, schürte das Feuer ihrer Leidenschaft, bis sie stöhnend nach Atem rang. Noch nie hatte sie ein derartiges Verlangen gespürt.

Seine Lippen berührten ihre, während er sprach. „Es hat dich ganz schön verwirrt an diesem Abend, stimmt's?“ murmelte er. „Ich meine, dass wir uns beim Küssen angeschaut haben.“

„Ich habe das noch nie getan“, gab sie zu und wickelte sich eine Strähne seines weichen Haars um den Finger.

„Ich auch nicht“, entgegnete er. „Aber ich wollte dich ansehen. Auch jetzt. Komm her zu mir.“

Mit starkem Herzklopfen gehorchte sie ihm und begegnete seinem verschleierten Blick. Dann knabberte er sanft an ihrer Unterlippe, und seine Zunge drang in ihren Mund ein. Sein

Kuss wurde fordernder, und ihr Körper wurde verzehrt von lodernden Flammen des Begehrens, als sie fühlte, wie sehr er sich nach ihr sehnte. Sie klammerte sich an ihn wie eine Ertrinkende und schloss von ihren Gefühlen überwältigt die Augen. Erregt stöhnte sie auf und presste sich an ihn.

Margie spürte, wie Cannon erschauerte, doch als er besitzergreifend ihre Brüste umfasste, stieg Panik in ihr hoch.

Mit einem leisen Aufschrei befreite sie sich aus seiner Umarmung und griff mit steifen Fingern nach seiner Hand. In ihren Augen standen Angst und Verwirrung.

Cannon atmete tief durch. „Ich bin ein erwachsener Mann", erklärte er mit mühsam zurückgehaltenem Ärger. „Was erwartest du denn, wenn du dich so an mir reibst?"

Sie verkniff sich eine patzige Antwort und rutschte von seinem Schoß zurück auf den Beifahrersitz. Sie schlang die Arme um ihre Schultern und brachte mit versagender Stimme hervor: „Es tut mir Leid."

Cannon suchte nach Zigaretten und zündete sich eine an. Auch seine Hände zitterten ein wenig. Er saß eine Weile schweigend da und zog nur hin und wieder an der Zigarette. Sein Haar war zerwühlt, seine Augen spiegelten Enttäuschung über Margies Reaktion wider.

„Der eine oder andere Mann wird dich doch in letzter Zeit einmal berührt haben, oder?" fragte er mit leichtem Spott.

„Nicht auf diese Art", gestand sie und sah ihn verlegen an.

Er wirkte entgeistert. „Nicht einmal ein bisschen Streicheln?" fragte er fassungslos.

Sie atmete geräuschvoll ein und wappnete sich innerlich für die Erklärung, die sie ihm schuldete. „Wenn du es genau wissen willst, ich weiß nicht viel über Streicheln, Petting und solche Dinge."

„Himmel, du warst doch verheiratet!"

„Ja", entgegnete sie, unfähig, ihre Verbitterung zu verbergen. „Mit einem Mann, der die Heiratsurkunde als eine Art Freibrief für Vergewaltigung betrachtet hat!"

6. KAPITEL

Cannon sah Margie nachdenklich an.

Beschämt wich sie seinem Blick aus. Außer Jan hatte sie noch keinem Menschen dieses furchtbare Geständnis gemacht. „Es tut mir Leid, dass ich es so weit habe kommen lassen", sagte sie mühsam beherrscht. „Ich kann ein intimes Zusammensein mit einem Mann einfach nicht ertragen. Ich muss immer daran denken, wohin es letztendlich führt."

Er drückte seine Zigarette aus. „Es war meine Schuld", widersprach er und legte den Arm auf die Rückenlehne des Beifahrersitzes. „Ich habe mich in der letzten Zeit viel mehr um Fusionspläne als um Frauen gekümmert. Ich hatte keine Ahnung, dass ich so ausgehungert war."

Verstohlen sah sie ihn von der Seite an. „Falls es dich tröstet", meinte sie trocken, „es ist schon sehr lange her, dass ich mich so danach gesehnt habe, einen Mann zu küssen."

Ein kaum merkliches Lächeln umspielte seine Lippen. „Das freut mich."

Sie senkte den Blick. „Jetzt weiß ich, warum die Frauen sich um dich reißen." Sie lachte. „Und du bist verrückt, wenn du glaubst, dass es ihnen nur ums Geld geht."

Behutsam nahm er ihre Hand und hielt sie zärtlich fest. „Kannst du über deine Ehe reden?"

„Es ist noch immer zu schmerzlich", bekannte sie. „Mit strahlendem Gesicht habe ich geheiratet, und weinend habe ich diese Ehe hinter mir gelassen. Alle meine Träume in Bezug auf Liebe und Zärtlichkeit sind dadurch zerstört worden."

Er seufzte. „Er muss dich ja regelrecht gequält haben."

Sie zuckte mit den Schultern. „Ich war noch Jungfrau und wusste nichts über Sex außer ein paar Dingen, die ich gelesen oder bei Gesprächen anderer Mädchen aufgeschnappt hatte. Ich glaube, meine Unerfahrenheit hat ihn geärgert, und dann wurde alles immer schlimmer."

Er umschloss ihre Hand etwas fester. „Den meisten Männern liegt so viel an ihrer Partnerin, dass sie beim ersten Mal besonders viel Rücksicht nehmen."

Sie lachte bitter auf. „Aber nicht Larry", erklärte sie und schloss die Augen bei dieser entsetzlichen Erinnerung. „Es war alles meine Schuld." Sie bewegte sich unruhig. „Können wir bitte über etwas anderes reden?"

„Gleich." Er drehte ihren Kopf ein wenig, sodass sie seinem Blick nicht ausweichen konnte. „Hat es dir jemals Spaß gemacht?"

Sie sah ihm in die Augen und lächelte traurig. „Nein. Beim ersten Mal hat es wehgetan, und auch später ... war es immer schrecklich unangenehm."

„Nur noch eine Frage, dann lasse ich dich in Ruhe. Hast du bei deinem Mann jemals etwas Ähnliches empfunden wie vorhin bei mir?" fragte er leise.

Sie hob die Brauen. „Wenn du glaubst, dass ich dir darauf antworte ..."

„Hast du Angst?" erkundigte er sich sanft.

Sie fuhr sich mit der Zunge über die Lippen. „Nein, ich bin nur vorsichtig. Dein Selbstbewusstsein ist ohnehin schon ein wenig zu groß."

„Ich habe nur ein gesundes Selbstvertrauen", entgegnete er. „In einigen Dingen jedenfalls. Ich möchte mich in dich hineinversetzen können."

Sie runzelte die Stirn. „Meinst du das wörtlich?"

Er lachte leise. „Normalerweise falle ich nicht mit der Tür ins Haus, aber du bringst mich einfach um den Verstand. Und das eben war der Tropfen, der das Fass zum Überlaufen gebracht hat. Das hält doch kein Mann lange aus, wenn du dich so an ihn schmiegst …"

Sie errötete und schaute hinab auf Cannons starke, wohlgeformte Hand, die ihre umschloss. „Ich mag deine Hände."

Er drückte leicht ihre Hand. „Ich deine auch." Er lehnte sich zurück. Die Stille, die nun herrschte, war wohltuend beruhigend und gab Margie ein nie gekanntes Gefühl der Geborgenheit. Sie ließ den Kopf auf seinen Arm sinken, und ohne ein Wort zog Cannon sie an sich, sodass sie an seiner Brust ruhen konnte.

„Es widerstrebt mir zwar", meinte er nach einer Weile, „aber ich glaube, wir sollten lieber wieder heimfahren."

Sie öffnete die Augen und schaute aus dem Fenster. „Ich bin gern mit dir zusammen", sagte sie leise.

Er streichelte sanft ihre Schulter, und Margie spürte seinen warmen Atem auf ihrem Haar. „Ich bin auch gern mit dir zusammen", murmelte er. „Sehr gern sogar." Er drehte den Zündschlüssel um und Margie begann, sich von ihm zu lösen.

„Nein", protestierte er in einem seltsam zärtlichen Tonfall und betrachtete sie liebevoll. „Bleib, wo du bist. Ich mag es, wenn du so in meinen Armen liegst."

Cannon ließ den Wagen an und fuhr zurück auf den Highway. Auf dem ganzen Weg zum Sommerhaus der Van Dynes hielt er sie fest wie ein kostbares Juwel.

Als sie schließlich wieder zu Hause ankamen, half er ihr beim Aussteigen und führte sie zur Haustür.

„Sieht aus, als wären schon alle zu Bett gegangen", bemerkte er lächelnd.

Sie schaute ihn an. „Glaubst du, dass Jan und Andy sich lieben?"

„Ich weiß es nicht", sagte er ruhig. „Ich hoffe nur in ihrem Interesse, dass die Sache noch nicht zu weit fortgeschritten ist. Ich will nicht, dass sie wegen einer ungewollten Schwangerschaft heiraten müssen."

„Woher willst du wissen, dass sie ungewollt wäre?“ hakte Margie nach.

Er sah ihr tief in die Augen, und seine Gesichtsmuskeln spannten sich an. „Wolltest du Kinder?“

„Mehr als alles andere, aber er war dagegen“, erwiderte sie traurig.

„Unter diesen Umständen war es vielleicht am besten so“, meinte Cannon.

Sie nickte nur. „Wolltest du welche?“

Für einen kurzen Augenblick zerbrach seine Maske, und Margie sah den einsamen Mann, der sich dahinter verbarg. „Ja“, antwortete er.

„Wollte sie denn nicht?“ fragte Margie behutsam.

Er lachte bitter. „Sie meinte, eine Schwangerschaft würde ihre Figur ruinieren. Dieses Opfer wollte sie nicht bringen.“

„Oh Cal. Das tut mir so Leid“, flüsterte sie.

Er betrachtete sie unablässlich, sein Atem beschleunigte sich, sein Blick wurde undurchdringlich. Dann umfasste er ihren Arm und zog sie in den Schatten neben der Tür. Dort presste er sie verlangend an sich.

„Sag mir, wenn ich dir Angst mache“, forderte er sie auf und beugte sich zu ihr hinab. Behutsam berührte sein Mund ihre Lippen, und seine Zunge spielte langsam mit ihrer. Heiße Erregung ließ ihren Körper erschauern, und zögernd fuhr sie unter sein geöffnetes Jackett und legte die Arme um ihn. Sie kostete das Gefühl seines warmen, muskulösen Körpers aus und drängte sich dichter an ihn. Mit der Zungenspitze liebkoste sie die weiche, feuchte Haut seiner Unterlippe.

Keuchend löste er sich von ihr. „Lass das lieber“, brachte er heiser hervor.

Mit einer ihr völlig unbekannten Hingabe versank sie in seinem Blick. „Du schmeckst so gut“, flüsterte sie. „So rauchig.“

Unwillkürlich verzog sich sein Mund zu einem Lächeln. „Und du schmeckst wie Honig, süß und verführerisch. Viel zu verführerisch für diese Uhrzeit. Es sei denn, du möchtest gern in meinen Armen liegen ... in meinem Bett ..."

Margie erbebte, als sie sich vorstellte, sich an diesen starken, wundervollen Mann zu kuscheln und ...

„Du wirst ja rot", bemerkte er leise.

Sie senkte den Blick und machte sich von ihm los. Diese völlig neuartigen Gefühle überwältigten sie. „Ich glaube, ich gehe jetzt besser schlafen, ehe ich den Kopf verliere."

„Dabei war das noch gar nichts", sagte er geheimnisvoll. „Kommst du morgen früh mit mir schwimmen?"

Sie zögerte. „Ich hatte eigentlich vor, ein wenig hinauszufahren und auszuprobieren, ob ich etwas fangen kann."

Er zog seine dichten Brauen hoch. „Du gehst gern angeln?"

Sie lachte befangen. „Nun ja, es soll außer mir noch ein paar Frauen geben, denen das Spaß macht."

„So habe ich das nicht gemeint", erklärte er rasch. „Ich angle selbst gern, aber ich bevorzuge Hochseefischen."

Ihr Blick erhellte sich. „Wirklich?"

„Ich werde ein Boot mieten", schlug er vor. „Und dann versuchen wir, ein paar Fächerfische zu fangen. Wie wäre das?"

„Du kümmerst dich um den Fächerfisch, und ich schaue dir zu", widersprach sie. „Ich bin nicht kräftig genug, um mich mit so einem Kameraden anzulegen."

„Na schön." Er lachte erfreut. „Aber du musst früh aufstehen."

„Reicht vier Uhr?" fragte sie.

Er fuhr zärtlich über ihre Wange, und ein wohliger Schauer lief über ihren Rücken. „Vier Uhr ist bestens."

Sie lächelte und trennte sich widerstrebend von ihm. Langsam ging sie die Treppe hinauf.

„Margie?"

Sie wandte sich um, ihre Hand lag auf dem Treppengeländer.

„Trag dein Haar morgen bitte offen", sagte er sanft.

Sie lächelte scheu und nickte. Dann ging sie weiter die Stufen hinauf, und er folgte ihr mit seinem Blick, bis sie verschwunden war.

Um halb vier wachte Margie von allein auf, obwohl sie nur ein paar Stunden geschlafen hatte. Am liebsten hätte sie die Uhrzeiger weiter vorgerückt, um Cannon rascher wiedersehen zu können.

Plötzlich klopfte es an ihrer Tür, und sie fuhr zusammen. Sie lief rasch hin, um zu öffnen, und vor ihr stand Cal. Er trug Jeans und einen roten Pullover, der sein dunkles Haar und seinen dunklen Teint noch mehr zur Geltung brachte. Er hatte eine leichte Jacke über die Schulter geworfen.

„Können wir gehen?“ fragte er lächelnd und ließ den Blick über ihren schlanken Körper gleiten. Margie hatte Jeans, ein blassgrünes Polohemd und einen grünen Pulli angezogen, dessen Ärmel hochgeschoben waren.

„Ja“, sagte sie. „Schon lange. Ich wusste nicht, ob du schon wach bist.“

„Ich konnte nicht schlafen“, bekannte er, und sein Lächeln verschwand. „Nicht eine Minute.“

Sie schaute ihn eindringlich an. „Ich auch nicht“, erwiderte sie.

Er streichelte ihr offenes Haar, zog sie zu sich heran und küsste sie. Dieser Kuss war wie das erlösende Gewitter in einer schwülen Sommernacht. Margie hielt den Atem an, als sie seine Lippen auf ihren spürte, und klammerte sich an seine starken Unterarme.

„Himmel“, stöhnte Cannon und riss Margie fester an sich.

Mit dem Fuß schloss er die Tür, dann hob er Margie auf seine Arme und trug sie zum Bett, ohne den Kuss zu unterbrechen.

„Nein“, flüsterte sie flehend, als er sie in die Kissen legte.

„Keine Angst, ich werde dich nicht überrumpeln“, versprach er und legte sich neben sie. „Ich möchte dich nur ein wenig streicheln", sagte er leise und küsste sie zärtlich. „Ich möchte dich überall spüren und berühren."

Spielerisch zeichnete er mit der Zunge die Konturen ihrer Lippen nach, und er lächelte befriedigt, als er spürte, dass sie seine Zärtlichkeiten erwiderte.

Er lachte leise und streifte ihre weichen, runden Brüste ein paar Mal mit seinem breiten Oberkörper. Bei dieser erregenden Berührung richteten sich ihre Knospen gleich hart auf.

„Wundervoll", seufzte er genüsslich. „Hast du immer noch Angst vor mir, Margie?"

„Mehr denn je", gestand sie. Ihre Pupillen waren groß, und mit jeder Faser ihres Körpers kostete sie diese ihr unbekannten Wellen lodernden Begehrens aus. Sie streichelte seine Wangen, ließ die Hände hinabgleiten auf seine Brust.

„Du brauchst nur ein Wort zu sagen, und ich höre auf", erklärte er schwer atmend. „Küss mich, du Wildkatze. Vertrau mir, und küss mich jetzt einmal richtig."

Margie schlang die Arme um Cannons Nacken und verschloss seinen Mund mit einem leidenschaftlichen Kuss. Sie fühlte das Gewicht seines warmen Körpers auf sich, und das fachte die Glut ihres Verlangens nur noch stärker an. Sie schob ein Bein zwischen seine muskulösen Schenkel und presste sich fest an ihn. Dieser Kuss raubte beiden den Atem.

„Ja", stöhnte Cannon schließlich und schaute in Margies Augen, die ungezügelte Lust widerspiegelten. „So sollte es zwischen einem Mann und einer Frau sein. Das hast du noch nie erlebt, oder?"

„Nein", hauchte sie und ihr ganzer Körper erbebte. „Noch nie. Cal, ich möchte dich etwas fragen. Aber nur, wenn du versprichst, mich nicht auszulachen."

Er spielte mit einer ihrer langen, seidigen Haarsträhnen. „Ich werde nicht lachen. Ehrenwort."

„Haben es eigentlich alle Männer immer so schrecklich eilig, wenn sie die Frau erst in ihrem Bett haben?" fragte sie leise.

„Einige schon“, erklärte er. „Aber das sind Egoisten, die nur an sich selbst denken.“

Sic legte die Hände auf seine starke Brust und spürte, wie sie sich im Rhythmus seiner Atemzüge hob und senkte. Ihr brannte noch eine Frage auf der Seele, doch sie zögerte, sie zu stellen.

„Nein, ich bin nicht so“, kam Cannon ihr zuvor. Er hatte ihre Frage erahnt. „Mir macht es keinen Spaß, wenn ich nicht ebenso viel gebe wie ich nehme. Das ist es doch, was du wissen wolltest?“

Margie errötete, wich seinem Blick jedoch nicht aus. „Kann es wirklich schön sein?“

Seine Gesichtszüge verhärteten sich, und er strich ihr zärtlich über die Wange. „Armes Mädchen“, sagte er leise. „Was hat der Mistkerl nur mit dir gemacht?“

Sie senkte den Blick. „Vielleicht hätte ich mir mehr Mühe geben sollen. Wenn ich doch nur ...“

„Ich bezweifle, dass das etwas geändert hätte“, schnitt er ihr das Wort ab. „Hör auf, dich immer wieder mit Gedanken an die Vergangenheit zu quälen.“ Er hob sanft ihr Kinn. „Was nun, schöne Frau? Wollen wir uns jetzt gegenseitig ausziehen, oder stehen wir lieber auf? Wenn du so weitermachst, habe ich keine große Alternative mehr.“

Sie lachte frei heraus. In Cannons Nähe fühlte sie sich geborgen und unbeschreiblich weiblich.

Er lächelte sie an, küsste sie noch einmal hart und rollte sich dann zur Seite, um aufzustehen. Als er vor dem Bett stand, reichte er Margie eine Hand und zog sie hoch.

„Du findest das wohl auch noch lustig, was?“ meinte er mit gespielter Verärgerung, während er die Arme um sie legte. „Einen armen, hilflosen Mann einfach in dein Schlafzimmer zu locken, ihm den Himmel auf Erden zu versprechen und ihn dann im übelsten Moment wieder hinauszuwerfen ...“

„Armer, hilfloser Mann! Kenne ich den Herrn?“ Sie grinste

und schmiegte sich an ihn. Sie wurde ernst, als sie in seine Augen sah. „Es ist wundervoll mit dir“, brach es unwillkürlich aus ihr hervor.

Er betrachtete lange ihr verträumtes Gesicht, ehe er antwortete. „Ich werde dich nicht drängen“, versprach er.

„Ich weiß.“ Sie hauchte ihm einen sanften Kuss auf die Wange. „Freunde?“

„Wenn du nicht völlig unsensibel bist“, erwiderte er mit einem verschmitzten Lächeln, „dann ist dir sicherlich aufgefallen, dass das, was ich für dich empfinde, weit über Freundschaft hinausgeht.“

Sie hob den Kopf. „Mich kann so leicht nichts erschüttern“, erklärte sie, löste sich allerdings gleichzeitig aus seiner Umarmung.

Cannon lachte und griff nach seiner Jacke, dann schob er Margie behutsam auf den Flur.

Dies war der aufregendste Tag, den Margie je erlebt hatte. Cal hatte einen Kutter gemietet, und sie stand neben ihm, als er mit einem wütenden Fächerfisch kämpfte, der sich heftig wehrte. Der Kapitän und die Crew des Fischkutters beobachteten fasziniert, wie dieser hünenhafte, braun gebrannte Mann den sich windenden, peitschenden Fisch in Schach hielt.

Cal lachte die ganze Zeit, seine Augen sprühten vor Begeisterung, sein Gesicht strahlte vor Kampfeslust. Margie ließ ihn nicht aus den Augen, und sie wusste, dass sie in diesem Augenblick einen matten Eindruck von dem mächtigen Firmenboss bekam, dem wahrscheinlich die Auseinandersetzungen mit seinen Aufsichtsräten ebenso viel Spaß machten.

Margie hüpfte aufgeregt neben ihm herum und feuerte ihn an wie ein Fußballfan, doch als der imposante, schöne Fisch aus dem Wasser gezogen wurde, bekam sie Mitleid mit ihm. Er hatte hart um sein Leben gekämpft und dennoch verloren.

„Guck doch nicht so traurig, Liebling." Cal lachte und zog sie an sich, während er dem Skipper auftrug, den Fisch wieder schwimmen zu lassen.

Margie traute ihren Ohren kaum und schaute Cannon ungläubig an, als das große Tier wieder ins Wasser geworfen wurde.

„Er hat ihm ganz schön zugesetzt, nicht wahr?" Der ältere Kapitän grinste Margie und Cal an, und sie beobachteten, wie der Fächerfisch eiligst die Flucht ergriff.

„Er war wirklich ein würdiger Gegner", stimmte Cal zu. „Aber da draußen sieht er tausendmal besser aus als bei mir daheim an der Wand."

Der Kapitän nickte und ging dann wieder auf die Brücke. „Richtig. Trophäensammeln ist schließlich kein Sport."

„Du bist ein wundervoller Mann, Cannon Van Dyne", sagte Margie zärtlich.

Er zuckte mit den Schultern. „Mit der Natur steht es wahrlich nicht zum Besten, und wir können es uns einfach nicht leisten, sie schamlos auszubeuten – erst recht nicht aus falsch verstandenem sportlichen Ehrgeiz. Ich brauche keine Trophäen, um mich als Mann zu fühlen."

Margie erhob sich auf die Zehenspitzen und küsste ihn rasch auf den Mund.

„Wofür war das?" fragte er leise.

Margie schaute zu Boden und schmiegte sich an Cannon, während der Skipper das Boot wieder in Richtung Hafen steuerte. Mit einem Mal wurde ihr klar, dass ihr noch nie ein Mann begegnet war, der so viel geballte Männlichkeit ausstrahlte wie Cannon.

„Hey", murmelte er.

Sie lächelte scheu. „Was ist denn?"

Er sah ihr lange und tief in die Augen. „Bei keiner anderen Frau habe ich mich je so gefühlt wie bei dir."

„Wie fühlst du dich denn bei mir?" fragte sie.

Er fuhr behutsam mit den Fingerspitzen über ihre Lippen

und atmete tief ein. „Ich fühle mich, als könnte ich die ganze Welt erobern. Bei dir kann ich ich selbst sein."

Sie empfand ebenso, traute sich aber noch nicht, es ihm zu gestehen. Seufzend barg sie ihr Gesicht an seiner Schulter und kuschelte sich unter seine Jacke.

„Himmel, lass das lieber. Wir sind leider nicht allein."

„Was soll ich lassen?" raunte sie.

„Mich so zu berühren", flüsterte er und umfasste ihre Hand, die sie unter sein Hemd geschoben hatte.

„Oh", brachte sie erstaunt heraus. Sie hatte gar nicht richtig gemerkt, was sie da tat.

Er schaute in ihre großen Augen und atmete schwer. „Wenn wir zu Hause sind, gehen wir schwimmen", erklärte er bestimmt. „Dann kannst du mich anfassen, wo und wie du willst."

Erregt und zitternd vor Vorfreude presste sie die Wange an seine Brust.

„Du brauchst keine Angst davor zu haben, Margie", sagte er beruhigend, als das Boot schon Kurs auf die Küste genommen hatte. „Tu es einfach!"

Als ob ich noch anders könnte! dachte Margie benommen und schloss die Augen. Sie hatte das Gefühl, von einer Lawine mitgerissen zu werden, aus der es keine Rettung gab. Aber eigentlich wollte sie auch gar nicht gerettet werden.

Jan und Andy unterhielten sich gerade mit Victorine, als Margie und Cannon zurückkehrten. Überrascht stellte Margie fest, dass sie die Gegenwart anderer Menschen kaum ertragen konnte. Sie wollte nur noch mit Cannon allein sein.

Mit deutlichem Widerwillen ließ Cannon ihre Hand los und sah ihr in die Augen, als sie das Wohnzimmer betraten.

„Na, wo wart ihr zwei denn?" fragte Victorine mit amüsiertem Blick.

„Hochseeangeln", erklärte Cannon und zündete sich eine Zigarette an.

„Habt ihr etwas gefangen?“ fragte Andy.

Cannon lachte. „Einen Fächerfisch, aber ich habe ihn wieder ins Wasser geworfen. Es war noch ein Jungtier.“

„Und ein kleines Vermögen wert“, warf Margie ein.

„Ich werde dich wohl nie verstehen.“ Victorine seufzte. „Warum fängst du sie denn, wenn du sie sowieso wieder zurückwirfst?“

„Der Sport ist die Herausforderung, die ihn reizt, Mutter“, antwortete Andy für seinen Bruder. „Nicht das Töten. Es ist so wie Bergsteigen oder Rennfahren – die Lust am Abenteuer.“

„Forellenangeln macht auch viel Spaß“, bemerkte Jan und warf Cannon einen schüchternen Blick zu. „Margie, Dad und ich sind früher jedes Jahr zur Forellensaison in die Berge gefahren und haben dort im seichten Wasser vom Chattahoochee gefischt.“

Cannon war beeindruckt. „Habt ihr viele gefangen?“ wollte er wissen.

Jan lächelte. „Ganz ordentlich“, gab sie zu. „Aber ich muss gestehen, ich habe sie nicht zurückgeworfen. Ich esse für mein Leben gern gebratene Forellen.“

Cannon schmunzelte. „Ich auch, aber Fächerfisch ist nicht ganz mein Geschmack.“

„Was habt ihr jetzt vor?“ wandte sich Victorine an Cannon.

Er schaute Margie an. „Wir wollten schwimmen gehen“, antwortete er ganz in Margies Anblick versunken.

„Eine großartige Idee“, stimmte Andy zu und legte den Arm um Jans Taille. „Wir kommen mit. Los, Jan, lauf schnell hoch und zieh dich um.“

Margie sah Cannon verstohlen an und hoffte, er würde ihr die Enttäuschung nicht anmerken. Doch erfreut stellte sie fest, dass er ebenso unglücklich wirkte wie sie selbst.

Margie stockte fast der Atem, als sie und Jan am Strand ankamen. Cannon wartete schon auf sie. Er war ja schon ein unglaublich aufregender Mann, wenn er nur seine alltägliche Kleidung trug, doch in dieser knappen weißen Badehose sah er aus wie eine wundervolle griechische Statue.

Margie war so fasziniert von seinem Anblick, dass sie es nicht einmal bemerkte, als Andy hinter ihr auftauchte und Jan zum Wasser führte. Ihr Blick war fest auf Cannon geheftet. Sein muskulöser Körper war tief gebräunt, seine Brust dicht behaart. Ein schmaler Haarstreifen lief von seinem Nabel abwärts und verschwand in der weißen Badehose, und seine kräftigen Beine waren ebenfalls mit dunklen Haaren bedeckt. Er war der vollkommenste Mann, den Margie je gesehen hatte, und es wurde ihr schon heiß, wenn sie nur daran dachte, ihn zu berühren.

Cannon spürte ihren Blick, wandte sich um und sah Margie an. Aller Spott und alle Feindseligkeit waren verschwunden. Margie entdeckte etwas völlig Neues in seinem Mienenspiel, und ihre Knie wurden weich.

Er ging zu ihr und betrachtete anerkennend ihren tief ausgeschnittenen schwarzweißen Badeanzug. Sein Blick ruhte auf der sanften Rundung ihrer Brüste, dann legte er die Hände auf ihre Taille.

„Ich will mit dir allein sein", sagte er.

Sie brachte ein spitzbübisches Lächeln zustande. „Meinst du, die beiden würden gehen, wenn wir sie bestechen?"

Er lachte leise. „Wir können es ja mal versuchen."

Ihre Anspannung verschwand, als sie die Nähe seines warmen, starken Körpers spürte. „Es geht alles so schnell", flüsterte sie.

„Ich weiß." Plötzlich beugte er sich hinab, hob sie auf seine Arme und trug sie zum Meer. „Ich hoffe, du kannst schwimmen", murmelte er.

„Wie ein Fisch, Mr. Van Dyne." Lachend schlang sie die Arme um seinen Nacken und genoss es, ihre Brüste an ihn zu pressen.

Cannon zog eine Braue hoch. „Nackt?" wollte er wissen.

Sie spürte, wie Hitze in ihre Wangen stieg. „Ehrlich gesagt", bekannte sie, „habe ich das noch nie gemacht."

Er schaute ihr lange in die Augen. „Würdest du es denn gern einmal versuchen?" fragte er mit rauer Stimme. „Mit mir?"

Sie konnte kaum atmen, war wie hypnotisiert von seinem begehrlichen Blick, und sie erwachte erst aus ihrer Versunkenheit, als sie im Wasser waren und die kühlen Wellen ihre Brust bedeckten.

Margie klammerte sich an Cannon, und er lachte, als sie strampelnd versuchte, sich über Wasser zu halten.

„Ich lasse dich schon nicht ertrinken", neckte er sie. „Keine Angst, das Wasser ist nicht kalt."

„Natürlich ist es kalt", protestierte sie lachend.

„Ich halte dich schon warm, wenn das deine einzige Sorge ist", versprach er und ließ sie aus seinen Armen gleiten. Doch gleich darauf zog er sie wieder dicht an sich heran.

„Wir werden untergehen", hauchte sie, und ihre Lippen berührten fast seine.

„Da bringst du mich auf eine gute Idee", murmelte er und schaute zu Jan und Andy, die im Wasser herumtollten. „Wenn wir uns unter Wasser küssen, können sie uns nicht sehen, richtig?"

Ihre Lippen öffneten sich, und sie erbebte, so sehr sehnte sie sich nach Cannons Zärtlichkeiten.

„Komm her", stöhnte er und nahm ihr Gesicht zwischen die Hände. „Halt den Atem an, Darling", flüsterte er.

Sie tauchten gemeinsam unter, und ihre Lippen verschmolzen zu einem stürmischen Kuss. Cannon legte die Hände auf ihren Po und presste ihre Hüften so fest gegen seine harte Männlichkeit, dass sie lautlos aufschrie. Sie wühlte in dem dichten Haar auf seiner Brust und umklammerte ihn mit den Beinen. Die Leidenschaft hatte sie so übermannt, dass sie kaum merkte, wie ihr die Luft ausging.

Prustend und atemlos kamen sie wieder an die Oberfläche,

und Cannon nahm Margie bei der Hand und führte sie zurück zum Strand.

„Es ist nicht ganz ungefährlich, sich unter Wasser zu lieben", meinte er mit einem reuigen Grinsen und legte sich neben Margie in den Sand. „Man kann leicht dabei ertrinken."

„Es war wundervoll", erwiderte sie.

„Ja." Besitzergreifend ließ er den Blick über ihren schlanken Körper wandern. „Ich will dich so sehr, dass es fast wehtut, und nun kann ich dich noch nicht einmal berühren."

Er nahm ihre Hand und legte sie auf seine Brust. Sein Atem beschleunigte sich wieder, als sie über seinen Körper strich. „Ich möchte hier neben dir liegen und dir den Badeanzug ausziehen", raunte er ihr ins Ohr. „Ich will dich überall streicheln und küssen, bis du es nicht mehr aushältst. Und dann", fügte er hinzu und beobachtete, wie ihre Augen erregt flackerten, „dann lege ich mich auf dich und spüre dein heißes Begehren ..."

„Hör auf", flehte sie leise.

„Willst du mich?" fragte er und strich mit einer aufreizend langsamen federleichten Bewegung über ihre Wange.

Margie befeuchtete ihre Lippen. „Ja", gestand sie mit bebender Stimme.

„Ich will dich auch", sagte er. „Ich bin verrückt nach dir, und sosehr ich meinen Bruder auch liebe, im Moment wünschte ich, er wäre da, wo der Pfeffer wächst, und deine Schwester auch!"

Sie lachte nervös auf, und ihr ganzer Körper schien vor schmerzlichem Verlangen nach Cannons Zärtlichkeiten zu brennen. „Dies ist ein öffentlicher Strand", erinnerte sie ihn.

Er sah ihr in die Augen. „Wir haben aber auch ein Pech!" Sein Blick ruhte auf ihrer Hand, mit der sie die harten Muskeln seiner Brust streichelte.

„Das war es doch, was du auf den Fischerboot tun wolltest, oder?" fragte er leise.

„Ja", gab sie zu und atmete den berauschenden Duft seiner Haut ein.

Cannon warf einen Blick auf den Strand und sah, dass Jan und Andy weiter ins Meer hinausschwammen.

„Endlich", stöhnte er. „Ein paar Minuten Ruhe."

Er rutschte dicht an Margie heran, legte eine Hand auf ihren flachen Bauch und küsste sie tief und fordernd.

Sie wollte ihn fortstoßen, doch er hob lediglich den Kopf. „Sie gucken gerade nicht", erklärte er ihr leise. „Komm, lass uns die Zeit ausnutzen."

Während er redete, ließ er die Hand zwischen ihre Brüste gleiten, und ohne Margie aus den Augen zu lassen, tastete er sich unter den dünnen Stoff ihres Badeanzugs vor. Seine Berührung war sanft und behutsam, aber Margie erschauerte erregt und bäumte sich auf. Sie wollte mehr von Cannon als diese zarten und dennoch unbeschreiblich sinnlichen Streicheleinheiten. Er hatte in ihr den Hunger nach etwas geweckt, was weit darüber hinausging.

„Gefällt dir das?" fragte er.

„Bitte nicht aufhören", hauchte sie kaum hörbar und führte seine Hand, bis sie auf ihrer Brust lag. Er umfasste sie, streichelte sie und reizte die zarten Brustknospen, bis sie sich hart aufrichteten. Margie drängte sich an Cannon, er erstickte ihren lustvollen Aufschrei mit einem hungrigen Kuss. Margie nahm nichts mehr um sich herum wahr und gab sich ganz den herrlichen Gefühlen hin, die Cannon in ihr entfachte.

Eine Weile später gab er ihre Lippen frei und wandte sich um. Andy und Jan kamen wieder aus dem Wasser, und Cannon stieß einen wüsten Fluch aus.

Er schaute auf die weiße Stelle auf Margies Haut, wo er gerade den Badeanzug zur Seite gezogen hatte. Der Kontrast zwischen seiner stark gebräunten Hand und ihrem hellen Körper war groß, und er beobachtete, wie Margie unwillkürlich auf die leichteste seiner Berührungen reagierte.

„Sie werden es bemerken", wandte Margie hilflos ein, als sie an sich herabschaute.

„Keine Angst, ich passe schon auf" erwiderte er. „Ich nehme alles zurück, was ich bei unserer ersten Begegnung gesagt habe. Das Letzte, was du brauchst, ist ein BH mit Einlage. Du bist wunderschön." Damit zog er ihr den Träger des Badeanzugs wieder auf die Schulter.

Margie konnte ihm nicht in die Augen sehen. Sie fühlte sich wie ein Schulmädchen, das beim Schmusen mit dem begehrtesten Jungen der Klasse ertappt worden war. Mit brennenden Wangen setzte sie sich auf und zog die Beine an.

Er richtete sich ebenfalls auf und griff nach dem Päckchen Zigaretten und dem Feuerzeug neben den Handtüchern. Er zündete sich eine Zigarette an, als Andy und Jan neben ihnen auftauchten.

„Das hat vielleicht Spaß gemacht", sagte Jan, noch immer völlig außer Puste, und trocknete sich mit einem Handtuch die Haare.

„Ich könnte jetzt ein Sandwich vertragen", meinte Andy und rubbelte sich den Oberkörper ab.

„Kommt, wir versuchen den Kühlschrank zu entern, ehe Nina mit dem Abendessen anfängt", sagte Cannon.

„Ihr beide wart doch noch gar nicht im Wasser", wandte Jan ein.

„Wir hatten besseres zu tun", erklärte Cannon und half Margie beim Aufstehen.

„Jetzt sind sie hellhörig geworden", flüsterte Margie, während sie dem jüngeren Paar folgten.

„Wie gut, dass sie vorhin keinen Feldstecher dabeihatten", stellte Cannon fest und amüsierte sich über ihren entsetzten Gesichtsausdruck.

„Ich hatte keine Angst", sagte sie nach einer Weile mehr zu sich selbst. „Gut, ich war vielleicht ein wenig verlegen, aber Angst hatte ich nicht."

Er blieb stehen, drehte Margie zu sich um und umfasste ihre Taille. Unverwandt schaute er ihr in die Augen. „Du bist nicht frigide", beruhigte er sie sanft. „Und ich werde dafür sorgen, dass du all diese schrecklichen Erlebnisse vergessen kannst, wenn du mich nur lässt."

„Ich weiß", erwiderte sie leise. Ihr Blick ruhte auf seinem verlockenden Mund. „Es geht nur alles so schnell ..."

Er legte ihr zärtlich einen Finger auf die Lippen und erstickte all ihre Bedenken. „Ich lasse dir so viel Zeit, wie du brauchst, um dich an mich zu gewöhnen. Ich nehme nur das, was du mir wirklich geben willst."

Doch Margie war bereit, ihm alles zu geben, das wurde ihr jetzt erst so richtig klar. Sie wandte sich um und ging schweigend neben ihm her, doch Cannon spürte, wie sie plötzlich seine Hand drückte, die ihre hielt.

Margie überlegte angestrengt, wie sie es schaffen sollte, ihren Blick an diesem Abend nicht auf Cannon zu richten, denn sie wollte nicht, dass die anderen merkten, wie es um sie stand. Doch das Schicksal löste dieses Problem für sie. Cannon hatte völlig vergessen, dass er abends zum Essen eingeladen war, bis eine Frau mit einer sinnlichen Stimme anrief und ihn daran erinnerte.

Margie hatte abgenommen, da sie direkt neben dem Telefon stand, und sie hatte Cannon nicht aus den Augen gelassen, während er dieses Gespräch führte. Er wirkte nicht unbedingt erfreut, doch der Klang seiner tiefen Stimme ließ darauf schließen, dass er die Frau am anderen Ende der Leitung gut kannte. Dann legte er auf und entschuldigte sich, er müsse sich umziehen.

Jan und Andy wollten ins Kino fahren und waren schon fort, als er wieder herunterkam. Victorine verfolgte mit Begeisterung ihre Lieblingsshow im Fernsehen, und da Margie keine Lust hatte, etwas anderes zu tun, leistete sie ihr Gesellschaft, obwohl der Abgabetermin für ihr neuestes Buch immer näher rückte.

„Ich fürchte, heute Abend wird es ziemlich spät werden", erklärte Cannon seiner Mutter und küsste sie auf die Wange. „Du brauchst nicht aufzubleiben."

„Das würde ich nicht wagen, du könntest es ja meinem Arzt verraten", neckte Victorine ihren Sohn. „Wo gehst du eigentlich hin, wenn ich fragen darf?"

„Zu Missy Caller und ihrem Bruder", erwiderte er. „Es geht um den Bademodenvertrag. Ich will sie dazu bringen, dass sie ihre Kollektionen exklusiv für uns entwerfen."

„Du brauchst Missy doch nur einmal nett anzulächeln, und schon frisst sie dir aus der Hand." Seine Mutter lachte.

Cannon lächelte nicht, und besorgt betrachtete er Margie, die ihr Gesicht abgewandt hatte. „Margie, komm einmal kurz mit mir hinaus."

Sie schaute ihn zögernd an. „Ich ..."

Er streckte ihr die Hand hin und zog Margie hoch. Nachdem sie sich kurz bei Victorine entschuldigt hatte, ließ sie sich von Cannon nach draußen führen.

„Ich würde am liebsten hier bleiben", erklärte er und wandte sich ihr zu, als sie vor seinem Wagen standen. „Wenn dieser Vertrag nicht so wichtig wäre, hätte ich abgesagt. Kümmere dich nicht um das, was Mutter gesagt hat. Ich habe nicht das geringste persönliche Interesse an Missy, es geht mir nur ums Geschäft."

Sie schaute zu ihm hoch. „Du bist nicht mein Privatbesitz."

„Ich weiß. Aber vielleicht wäre ich es gern", erwiderte er zu ihrem Erstaunen. Er streichelte sanft ihre Wange. „Wir werden morgen etwas gemeinsam unternehmen, nur wir beide. Ich suche uns einen Ort aus, wo Andy und Jan uns nicht stören können."

„Ich bin mir nicht sicher, ob das eine so gute Idee ist", protestierte sie schwach. Ihr war nur allzu bewusst, dass sie ihr Herz bereits an diesen Mann verloren hatte.

Er legte die Hände um ihr schmales Gesicht. „Du hast keinen Grund, dich vor mir zu fürchten“, betonte er, und es klang fast so, als wäre er verletzt.

„Das ist es nicht, was mir Sorgen macht“, entgegnete sie. Ihr ganzer Körper geriet in Aufruhr, wenn Cannon sie nur leicht berührte.

Mit den Daumen liebkoste er ihr Kinn und ihre verführerischen Lippen. „Erhebt da mal wieder deine strenge Erziehung ihr hässliches Haupt?“ erkundigte er sich trocken.

Margie musste lachen. „Ja, ja, ich weiß. Wir leben im zwanzigsten Jahrhundert, stimmt's?“

Er beugte sich hinab und küsste sie zärtlich. „Wäre es nicht am besten, die Dinge einfach auf uns zukommen zu lassen?“ schlug er vor. „Außerdem“, fügte er hinzu, „bist du diejenige, die mich in Betten lockt und dann Dinge von mir verlangt, die mir die Schamesröte ins Gesicht treiben.“

„Was bist du für ein verruchter Kerl!“ stieß sie theatralisch hervor.

„Raffiniertes Frauenzimmer“, gab er zurück und berührte ihre Lippen mit seinen. „Zum Teufel mit Missy“, murmelte er.

Margie schaute ihn aus großen grünen Augen an. „Ist sie hübsch?“

Er betrachtete ihre glänzenden Augen, das lange, weiche, dunkle Haar und ihren zarten hellen Teint. „Keine Frau kann sich mit dir messen.“

„Du bist auch nicht gerade hässlich.“ Sie lachte.

Er atmete tief durch. „Ich würde dich ja bitten aufzubleiben, aber ich habe keinen blassen Schimmer, wie lange das Ganze dauert. Ich schlage vor, wir treffen uns um sechs beim Frühstück.“

Ihre Mundwinkel zuckten amüsiert. „Soll ich einen Trenchcoat und eine Sonnenbrille tragen?“

Seine Augen funkelten herausfordernd. „Wie wäre es mit einem durchsichtigen Negligee?“

Sie trommelte scherzhaft mit den Fäusten auf seine Brust. „Lass das."

Er grinste. „Warum ziehst du dich nicht schnell um und kommst einfach mit?"

Sie schüttelte den Kopf. „Ich habe keine Lust zuzusehen, wie andere Frauen dir schöne Augen machen."

Sein Lächeln verschwand augenblicklich, und er spürte, dass Margie wirklich eifersüchtig war.

Er zog sie an sich und sah ihr in die Augen. „Gib mir einen Gutenachtkuss und dann lauf schnell wieder ins Haus. Es ist kühl, und du hast nicht einmal eine Jacke an."

Margie traten die Tränen in die Augen, außer Jan hatte sich noch niemand Sorgen um sie gemacht. Sie war regelrecht überwältigt von diesem neuen Gefühl. Sie schlang die Arme um seinen Hals und presste die Lippen auf seinen Mund, und Cannon erwiderte ihren Kuss ganz sanft.

Dann hob er den Kopf, sein Blick war verschleiert. „Gute Nacht", sagte er leise.

„Gute Nacht", hauchte sie.

Erneut eroberte er ihre Lippen, und dieser Kuss war alles andere als sanft. Als Cannon sie schließlich freigab, glaubte Margie, ihr ganzer Körper würde in Flammen stehen.

„Ich gehe jetzt", erklärte er, „solange ich noch dazu in der Lage bin. Gute Nacht."

Margie sah ihm noch nach, bis sein Wagen in der Dunkelheit verschwunden war.

Victorine warf Margie einen amüsierten Blick zu, als sie sich wieder aufs Sofa setzte, um fernzusehen.

„Er hat nichts mit Missy", klärte sie Margie freundlich auf.

Margie lächelte. „Ich glaube, ich würde ihr die Augen auskratzen, wenn es anders wäre", gestand sie verlegen.

Victorine lachte leise und tätschelte Margies Hand. „Ich bin sehr glücklich, dass wir beide uns so gut verstehen. Sie werden mir helfen, wieder Zugang zu Cannon zu finden."

Noch war es zu früh, an so etwas auch nur zu denken, doch Margie sehnte sich so sehr danach, für immer ein Teil von Cannons Leben zu sein, dass sie nicht einmal protestierte.

Die Sendung war fast zu Ende, als das Telefon klingelte. Margie hob ab und war erstaunt, die Stimme ihres Agenten zu hören.

„Warum bist du nicht zu Hause?" knurrte er. „Ich habe überall herumtelefoniert, und es hat auch eine Weile gedauert, bis ich endlich deinen Anrufbeantworter an der Strippe hatte, die Leitungen waren wohl zusammengebrochen. Ist ja auch egal", sein Tonfall wurde freundlicher. „Ich habe großartige Neuigkeiten. Erinnerst du dich noch an Gene Murdock? Er will deinen letzten Roman verfilmen und möchte, dass du bei den Vertragsverhandlungen dabei bist. Er ist aber nur noch bis morgen Abend in der Stadt. Kannst du morgen früh um zehn bei mir im Büro sein?"

7. KAPITEL

Margie war nicht einmal in der Lage, ihrem Agenten eine Antwort zu geben. Seit sie hier in Panama City angekommen war, schien alles, was sich vor ihrer Begegnung mit Cannon Van Dyne ereignete hatte, unwichtig.

„Morgen früh?" stotterte sie.

„Geht es dir gut, Mädchen?" Er lachte. „Du weißt doch noch, wer du bist, oder? Du bist Silver McPherson, die Autorin von ‚Flammende Leidenschaft', dem Roman, der seit vier Wochen auf Platz eins aller Bestsellerlisten steht."

„Natürlich weiß ich das noch", erklärte sie benommen. „Morgen früh um zehn. Mal sehen, wenn ich um sieben einen Flug bekomme ... Ich tue, was ich kann. Falls ich es nicht schaffen sollte, melde ich mich, einverstanden?"

„Gut. Und herzlichen Glückwunsch! Wenn das klappt, bist du eine gemachte Frau! Bis dann!"

Sie starrte den Hörer an, und obwohl sie Victorines verwirrten Blick spürte, vermochte sie sich noch nicht aus ihren Gedanken zu reißen. Morgen sollte sie in New York sein, bestimmt würde sie dort auch übernachten müssen, und schon der bloße Gedanke daran, von Cannon getrennt zu sein, schien ihr unerträglich. Was war nur mit ihr los? Es hatte Zeiten gegeben, da wäre ein Filmvertrag das Größte für sie gewesen, doch nun türmte sich dadurch das Lügengebäude zwischen ihr und Cannon noch höher auf und drohte sie völlig zu trennen. Eines Tages würde er herausbekommen, was sie wirklich tat, und was dann? Er würde mit Sicherheit wütend darüber sein, dass sie ihm die Wahrheit vorenthalten hatte. Konnte ein Mann in seiner Position es sich leisten, eine Frau an seiner Seite zu haben, die erotische Romane schrieb? Ihr Herz krampfte sich zusammen, und Tränen verschleierten ihren Blick.

„Alles in Ordnung, meine Liebe?" erkundigte sich Victorine freundlich.

Margie fuhr zusammen und starrte sie an. „Oh, ja, natürlich", erklärt sie rasch. „Es ist nur eine geschäftliche Angelegenheit, um die ich mich morgen kümmern muss. Es geht um meine Tantiemen", führte sie vage aus. Sollte Victorine doch ihre eigenen Schlüsse ziehen.

„Zum Glück kümmert sich Cannon um meine Finanzen", meinte Victorine. „Selbstverständlich müssen Sie sich nicht um einen Linienflug bemühen, mein Kind. Cannon fliegt Sie persönlich nach New York."

„Das kann ich doch nicht verlangen", wehrte Margie ab.

„Aber sicher. Und nun hören Sie auf, sich Sorgen zu machen, und setzen Sie sich wieder zu mir. Es wird sich schon alles regeln", versprach sie.

Margie ließ sich auf das Sofa sinken, doch in ihrem Kopf überschlugen sich die Gedanken. Was sollte sie nur tun, wenn

Cannon sie begleiten wollte? Wie sollte sie verhindern, dass er herausfand, warum sie wirklich nach New York flog?

In dieser Nacht fand Margie kaum Schlaf. Sie und Cannon waren sich so nahe gekommen, und das alles war so schnell gegangen, dass sie keine Zeit gehabt hatte, über eine Lösung ihrer Probleme nachzudenken. Aber nun musste sie Farbe bekennen. Es gab keinen vernünftigen Grund mehr, Cannon die Wahrheit über ihren Beruf noch länger zu verschweigen.

Es heiterte sie auch nicht auf, dass Jan in ihr Zimmer stürmte und sich auf dem Rand ihres Betts niederließ.

„Cannon fliegt heute Morgen nach New York", platzte sie heraus. „Was ist denn los? Hat es etwas mit deinem Roman zu tun?"

Margie drehte sich um und blinzelte in das helle Sonnenlicht. Ihr Kopf schmerzte entsetzlich. „Ja", antwortete sie müde. „Es geht um einen Filmvertrag."

„Ein Filmvertrag!" jubelte Jan. „Was für ein Film soll denn das werden?"

„Ein Fernsehfilm", brachte Margie hervor und rappelte sich schwerfällig auf. „Wie spät ist es?"

„Sechs Uhr. Warum machst du eigentlich so ein mürrisches Gesicht?" Ihre Schwester lachte. „Du wirst jetzt richtig berühmt!"

„Ich will aber nicht berühmt werden", entgegnete sie grimmig. „Hätte ich doch diese Bücher nie geschrieben. Ist hier irgendwo ein tiefes Loch im Erdboden, wo man sich eine Weile verstecken kann?"

Jan starrte sie entgeistert an. „Was ist denn in dich gefahren?"

„Vergiss es." Margie legte die Stirn auf ihre angezogenen Knie und stöhnte. „Wie soll ich Cannon nur beibringen, was ich in New York will?"

Jan riss die Augen auf. „Jetzt wird mir alles klar. Du liebst ihn, nicht wahr?"

Margie lachte schwach. „Ich fürchte, das trifft den Nagel auf den Kopf."

Jan rutschte dichter an ihre Schwester heran und legte ihr tröstend einen Arm um die Schulter. „Oh, Margie, und ich Idiotin habe auch noch von dir verlangt, ihm nicht zu erzählen, dass du Silver McPherson bist."

„Schon gut", beschwichtigte sie Margie. „Ich werde das schon deichseln."

Jan setzte sich zurück und betrachtete ihre Schwester eindringlich. „Eigentlich hätte mir schon gestern ein Licht aufgehen müssen. Cannon hat dich keine Sekunde aus den Augen gelassen, und du hast ihn angesehen, als würdest du lieber ihn als das Dessert vernaschen."

„Er will mich", fiel ihr Margie ins Wort. „Und wie wir beide nur zu gut wissen, habe ich ein kleines Problem in dieser Richtung."

„Nein, das stimmt nicht", widersprach ihr Jan liebevoll. „Nicht, wenn du ihn wirklich liebst. Dann wird sich alles andere wie von selbst ergeben, warte es nur ab."

„Plötzlich wird man mit Anforderungen konfrontiert, die einem Angst machen. Verstehst du das nicht?" fragte Margie verzweifelt. „Ich bin nicht der Typ für kurze Bettgeschichten, ich käme mir dann so benutzt vor."

„Du prüdes viktorianisches Mädchen", neckte Jan sie zärtlich. „Glaube mir, wenn du ihn wirklich so liebst, und das scheint mir der Fall zu sein, dann kannst du nicht mehr Nein sagen. Traurig, aber wahr."

Margie schaute auf, und all ihre verwirrenden Gefühle spiegelten sich in ihrem Blick wider. „Er hat sich einfach still und leise in mein Herz geschlichen", lachte sie. „Oh Jan, ich liebe ihn so sehr!"

Jan strahlte. „Margie, ich freue mich so für dich. Ich hatte schon Angst, du würdest dein Leben nur noch als Bestsellerautorin fristen. Das wäre wirklich eine Schande gewesen!"

Margie seufzte. „Aber wie soll ich ihm klar machen, womit ich meinen Lebensunterhalt verdiene? Was für ein Durcheinander!"

„Du machst das schon." Jan erhob sich. „Komm schon, zieh dich lieber an, anstatt hier Trübsal zu blasen. Und Margie ... darf ich dich noch um einen Gefallen bitten? Es ist auch das letzte Mal, ich schwöre es."

„Aber sicher."

Jan ließ die Schultern hängen. „Könntest du Cannon vielleicht zu verstehen geben, dass Andy und ich sogar bereit sind, noch einige Monate zu warten und uns solange zu trennen? Damit wollen wir ihm beweisen, dass wir es wirklich ernst miteinander meinen." Sie lächelte. „Vielleicht kannst du ihm auch ein wenig Honig um den Bart schmieren ...?"

„Du durchtriebenes Weibsstück!" neckte Margie ihre Schwester, schlug die Decken zurück und stand auf. „Ich werde mit ihm reden, wenn er mich anhört."

„Frag ihn, wenn du so angezogen bist wie jetzt", grinste Jan und wies auf Margies durchsichtiges Nachthemd. „Dann wird er dich garantiert anhören." Sie schaffte es gerade noch, den Raum zu verlassen, als hinter ihr ein Kissen gegen die geschlossene Tür flog.

Cannon und der Rest der Familie saßen schon am Frühstückstisch, als Margie mit ihrem Koffer und der Handtasche die Treppe hinunterkam. Sie stellte beides am Fuß der Treppe ab und spürte sofort wieder dieses erregende Prickeln, als Cannon ihr weißes Leinenkostüm, die beigefarbene Seidenbluse und den dezenten Schmuck musterte.

„Man hat mir gesagt, dass wir beide gleich nach New York fliegen", meinte er mit einem verheißungsvollen Lächeln, das ihr allein galt.

„Ich ... ich kann immer noch einen Linienflug nehmen", stammelte sie und setzte sich rasch auf den Stuhl, den er ihr vorgerückt hatte.

„Mach dich doch nicht lächerlich. Es geht viel schneller, wenn ich fliege."

Sie schaute ihn scheu an, in seinen Augen konnte sie alle möglichen Versprechen lesen. „Macht es dir auch wirklich nichts aus?"

„Keineswegs. Wir bleiben über Nacht und fliegen morgen zurück."

„Cannon hat eine Hotelsuite in New York", schaltete sich Victorine ein. „Er hat dort oft geschäftlich zu tun. Es wird dir gefallen, das Restaurant ist erstklassig!"

„Und die Schlafzimmertür hat ein Vorhängeschloss", murmelte Cannon und beobachtete, wie Margie errötete. Dann lachte er leise, als er das unterdrückte Kichern der anderen vernahm.

„Wage es bloß nicht, sie zu verführen", warnte Victorine ihren Sohn in einem Ton, der keinen Widerspruch zuließ. „Ich möchte nicht, dass meine junge Freundin eine weitere Trophäe in deiner Sammlung wird."

Cannon grinste seine Mutter an. Er sah unverschämt gut aus in seinem grauen, lässig geschnittenen Maßanzug. „Keine Angst, Mutter", erwiderte er und wurde plötzlich ernst, als er Margie anschaute. „Diese Zeiten sind vorbei."

Victorine fing seinen Blick auf und schaute lächelnd auf ihre Kaffeetasse.

Margie saß schweigend neben Cannon im Cockpit und beobachtete, wie er routiniert alle Knöpfe und Hebel bediente, während sich das kleine Flugzeug in die Lüfte erhob.

Nach Larrys Tod hatte sie geglaubt, sich nie wieder in eine so kleine Maschine setzen zu können, doch Cannon strahlte so viel Vertrauenswürdigkeit, Ruhe und Gelassenheit aus, dass sie es sogar schaffte, sich zu entspannen. Noch nie hatte sie sich bei einem Menschen so sicher gefühlt wie bei ihm. Trotzdem schien sich ihr Puls nie zu beruhigen, wenn Cannon in der Nähe war, und immer öfter stellte Margie sich die Frage, wie es wohl sein mochte, sich diesem erfahrenen Mann ganz hinzugeben.

Cannons Hotelsuite war elegant und luxuriös, doch Margie hatte kaum Zeit, sich umzuschauen. Rasch stellte sie ihren kleinen Koffer ab und nahm ein Taxi zum Büro ihres Agenten. Cannon hatte sie erklärt, sie hätte noch ein paar rechtliche Dinge mit dem Anwalt ihres verstorbenen Mannes zu klären. Margie verabscheute sich für diese Lüge und nahm sich vor, Cannon so schnell wie möglich reinen Wein einzuschenken.

Jim Payne, ihr Agent, erwartete sie bereits und stellte sie lächelnd Gene Murdock vor, der nur etwa halb so groß war wie ihr Agent, dafür aber doppelt so alt. Voller Enthusiasmus legte er ihr seine Pläne dar, ihre Saga „Flammende Leidenschaft“ zu verfilmen.

Die Verhandlungen dauerten sehr lange, doch am Ende war Margie davon überzeugt, dass Murdock den Stoff angemessen und glaubwürdig umsetzen würde. Jim war hellauf begeistert, und alle drei unterzeichneten einen Vertrag, der ihr einen Vorschuss zusicherte, durch den allein sie in Zukunft finanziell versorgt war. Margie verabschiedete sich von den beiden Männern und ging benommen zum Aufzug.

Eins war klar: Sie musste Cannon so schnell wie möglich die Wahrheit sagen. Es würde nicht mehr lange dauern, bis die Werbetrommeln für den Film gerührt wurden, und dann wäre Silver McPherson noch berühmter als sie es ohnehin schon war. Margie wollte nicht, dass Cannon alles durch eine dritte Person erfuhr. Sie wollte in seinen Augen nicht als Betrügerin dastehen.

Als sie wieder in der Suite ankam, telefonierte Cannon gerade. Er hatte die Brauen hochgezogen, die Lippen waren zu einem dünnen Strich zusammengepresst, während er seinem Gesprächspartner konzentriert zuhörte.

„Nein“, sagte er kurz angebunden und warf Margie einen Blick zu, als sie hereinkam. „Nein, das klappt so nicht. Ich habe Ihnen doch schon gesagt, dass mir mein Anwalt geraten hat, diese Klausel zu ändern, und ich denke nicht daran zu unterschreiben, ehe das nicht geschehen ist. Ob ich was? Verdammt", fluchte er und seufzte. „Wenn es sein muss. Wo? Um wie viel Uhr? Also, bis dann." Ungehalten knallte er den Hörer auf die Gabel.

„Ärger?" erkundigte sich Margie.

Er sah sie an. „Nichts, womit ich nicht fertig würde. Dummerweise muss ich nur den Rest des Tages für diesen Unsinn opfern. Dabei hätte ich so gern etwas mit dir unternommen."

Sie zuckte mit den Schultern. „Keine Angst, ich verstehe das", erklärte sie lächelnd. „Das ist schon in Ordnung."

„Das ist es nicht", entgegnete er und ging auf sie zu. Er umfasste ihre Schultern und zog sie ganz langsam in seine starken Arme. Sein Atem wurde ebenso unregelmäßig wie ihrer. „Jetzt ist es in Ordnung", meinte er mit heiserer Stimme und presste ihre Hüften an seine harten, muskulösen Schenkel.

Sie griff nach seinen Händen, doch das beeindruckte ihn nicht im Geringsten.

„So kommen wir der Sache schon näher", murmelte er. „Hilf mir."

Margie hielt den Atem an, und sie spürte sein Verlangen schon, bevor er ihr den Mund mit einem feurigen, leidenschaftlichen Kuss verschloss.

Sie erwiderte seine Zärtlichkeiten, gab sich vollkommen dem Begehren hin, das die Nähe seines heißen, starken Körpers in ihr auslöste. Seine Zunge begann ein erregendes Spiel, und Margie begann hastig, ihm das Hemd aufzuknöpfen.

„Möchtest du mich streicheln?" fragte er atemlos.

„Oh ja", stöhnte sie und schob das Hemd zur Seite. Lustvoll ließ sie die Hände über seine Brust gleiten.

Cannon beobachtete sie fasziniert. „Komm, wir legen uns dabei ins Bett", stieß er keuchend hervor. „Das ist doch viel bequemer."

Sie schaute zu ihm auf und atmete tief durch. „Du hast doch eine Besprechung."

„Ich könnte sie schwänzen", murmelte er.

„Das wäre nicht richtig", mahnte sie und schaute ihm in die Augen.

Er seufzte. „Du hast ja Recht", gab er zu.

Sie hauchte einen zärtlichen Kuss auf seine Brust, ehe sie sein Hemd wieder zuknöpfte.

Cannon erschauerte unter ihrer Berührung. „Ich sollte deine Tür eigentlich mit einem Panzerschloss sichern, solange ich fort bin", meinte er hilflos. „Du kannst auch eine Kommode dagegen schieben."

„Ich werde eine Tigerfalle unter der Schwelle vergraben, wenn du weg bist", versprach sie, doch ihr Blick verriet, dass sie es gar nicht lustig fand, dass Cannon sie nun verließ.

Er küsste sie zärtlich. „Ich sehe zu, dass ich so schnell wie möglich zurück bin", erklärte er. „Wirst du mich vermissen?"

„Das tue ich jetzt schon."

Er lächelte, streichelte ihre Wange und ließ Margie allein in der Suite zurück.

Margie und Cannon aßen in dem exklusiven Hotelrestaurant zu Abend, und Margies Appetit war ungewöhnlich groß. Sie war einfach überglücklich, diesen Abend mit Cannon allein verbringen zu können.

Er war ungewöhnlich aufmerksam und ließ sie nicht aus den Augen. Sein Blick wanderte immer wieder zu dem tiefen Dekolletee ihres hautengen silberfarbenen Abendkleids, das ihre grazile Figur vorteilhaft betonte. Cannon sah in seinem Abendanzug so phantastisch aus, dass fast alle Frauen im Restaurant ihn mit unverhohlenem Interesse anstarrten.

„Wenn dieses rothaarige Bist da hinten nicht gleich aufhört, dich so unverschämt anzustarren, schütte ich ihr ein Glas von diesem hervorragenden Wein in den Ausschnitt."

Cannon lachte leise. „Das wäre schade um den guten Wein", meinte er. Er nahm die Flasche und schenkte Margie noch ein Glas ein. Es war ein trockener, alter Burgunder, und eigentlich hatte sie schon mehr als genug davon getrunken, doch das war ihr im Moment egal. Vielleicht war dies ja der letzte Abend, den sie je mit Cannon verbringen würde, denn morgen wollte sie ihm unbedingt die Wahrheit über sich selbst sagen.

„Willst du mich betrunken machen?" fragte sie neckend.

„Aber nein", entgegnete er und sah sie über den Rand seines Glases hinweg an. „Nur ein bisschen entspannt."

„Du bist doch nicht richtig betrunken, oder?" erkundigte sich Cannon, als sie wieder in der Suite waren. Sein Blick war fest auf Margie gerichtet, während er sein Jackett und die Krawatte auszog und das Hemd aufknöpfte.

„Ich bin nur entspannt", erklärte sie augenzwinkernd. Sie war aufgedreht und sprudelte schier über vor Glück. Langsam ging sie auf Cannon zu und legte die Arme um seinen Nacken. „Sogar sehr entspannt." Ihr Blick verschleierte sich. Ihr Lächeln erstarb, als sie seinem forschenden Blick begegnete. „Und furchtbar verliebt", hauchte sie unwillkürlich. Diese Worte waren ihr einfach herausgerutscht, sie hatte kaum bemerkt, dass sie laut gesprochen hatte.

„Mein Liebling", flüsterte er und küsste sie auf eine völlig andere Art, als er es bisher getan hatte. Sie drängte sich dichter an ihn, voller Liebe und voller Verlangen, ihn endlich überall zu spüren und zu berühren.

Er tastete nach den dünnen Trägern ihres Kleids und schob sie von ihrer Schulter. Dann bedeckte er die samtene Haut ihrer Halsbeuge und ihres verlockenden Dekolletees mit federleichten Küssen. Dann fiel ihr Kleid mit einem leisen Rascheln auf den Boden, und sie spürte die kühle Luft des Raums auf ihrer Haut. Cannon seufzte ungeduldig.

Margie öffnete die Augen und wollte protestieren, doch

schon umschloss Cannon eine zarte Brustknospe mit seinem Mund und erregte sie mit der Zunge, bis sie sich hart aufrichtete. Gleichzeitig begannen seine Hände eine erotische Entdeckungsreise und weckten lustvolle Gefühle in ihr, die sie bisher nie erlebt hatte.

Stöhnend presste sie sich an ihn, schürte seine Glut, ohne auf die immer noch präsente Stimme ihres Unterbewusstseins zu hören, die sie warnte und zur Vorsicht mahnte. Sie war so eingefangen von diesen neuen, aufwühlenden Empfindungen, dass es ihr den Atem raubte. Ihr Körper hatte sich für Cannon entschieden, und das zeigte er ihm auch durch seine Reaktionen.

Margie spürte, wie Cannon sie in seine starken Arme nahm und sie anhob, bis ihre Lippen auf gleicher Höhe waren.

„Ich bin zu alt für belanglose Spielchen“, erklärte er ihr schwer atmend. „Und du auch. Wenn du jetzt mit mir schläfst, ist das eine folgenschwere Entscheidung, nicht nur Sex. Verstehst du mich?“

„Ich liebe dich“, wisperte sie. „Ich liebe dich ...“

„Ich lasse dich nie mehr fort, Margie“, schwor er und trug sie durch den langen, dunklen Flur. „Solange ich lebe, bist du mein.“

„Bitte, tu mir nur nicht weh“, flehte sie, denn ein Rest Furcht steckte immer noch in ihr.

„Wie könnte ich das, mein süßer Schatz?“ murmelte Cannon mit heiserer Stimme. „Du bedeutest mir mehr als mein Leben.“

Sie klammerte sich fest an ihn und bedeckte sein Gesicht mit heißen Küssen, während er sie behutsam auf sein Bett legte. Es war weich und einladend, und sie schloss genüsslich die Augen, als Cannon es sich neben ihr bequem machte.

„Das Licht, Cannon“, flüsterte sie.

„Ich möchte dich gern dabei sehen. Geht es dir nicht ebenso?“

Ihr Herz hämmerte wie verrückt, und sie lag ganz still da, als er sich aufsetzte und voller Begehren ihre reizvolle, schlanke Gestalt betrachtete. Margie, die nur noch ihren Seidenslip trug, errötete. Larry, der einzige Mann, der sie außer Cannon schon so gesehen hatte, hatte nie etwas für ihren, wie er es nannte, „knochigen" Körper übrig gehabt.

„Wenn ich nicht so eifersüchtig wäre", erklärte Cannon schließlich, „würde ich dich so, wie du jetzt bist, malen lassen. Aber ich könnte es nicht ertragen, dass irgendein Maler dich stundenlang so anschaut. Kein Mann hat das Recht dazu. Nur ich." Zärtlich beugte er sich über sie und küsste sie behutsam. Margie erbebte, als sie Cannons Hand auf ihrer Brust fühlte, doch sie kostete diese aufreizenden Berührungen lustvoll aus und schmiegte sich fester an ihn.

„Möchtest du bei mir bleiben, Margie?" fragte er.

„Ja", entgegnete sie ohne zu zögern. „Für immer, mein ganzes Leben lang."

Er fuhr mit den Händen über ihren nackten Rücken und streichelte ihre zarte Haut. Dann küsste er sie sanft und ließ sich auf sie hinabsinken. Als sie das Gewicht seines Körpers und die Hitze, die er durch seine Kleidung hindurch ausstrahlte, spürte, stöhnte sie erregt auf.

„Siehst du jetzt, wie schön es sein kann?" flüsterte er und liebkoste ihre Lippen mit seinen. Dann führte er ihre Hand zu den Knöpfen seines Hemds. „Komm, Darling, mach sie auf."

Mit einer Gewandtheit, die ihr selbst fremd vorkam, knöpfte sie das Hemd auf und streifte es ihm von den breiten, sonnengebräunten Schultern. Rastlos fuhr sie ihm über die Brust, genoss es, seine warme Haut und seine Muskeln zu streicheln. Sie lächelte zufrieden, als sie hörte, wie Cannon geräuschvoll einatmete, doch dann nahm er mit einem fordernden Kuss Besitz von ihrem Mund.

„Du kleine Hexe", keuchte er und schaute sie an. Ihre Augen hatten einen seltsamen Glanz, so als hätte sie Fieber.

Margies Hände umfassten seine Schultern. „Larry mochte es nicht, wenn ich ihn angefasst habe“, erinnerte sie sich. „Er hat es auch nicht über sich gebracht, mich länger als unbedingt nötig zu berühren oder anzusehen ...“

„Lass die Vergangenheit endlich ruhen“, wies er sie sanft an. „Jetzt gehörst du zu mir, und ich kann gar nicht genug von dir bekommen.“

„Und wenn ich dich enttäusche ...“

„Das wird nie geschehen“, beschwichtigte er sie leise. „Durch dich erst ist mein Leben lebenswert geworden, du bist die Frau, von der ich immer geträumt habe. Wie schön, dass es dich wirklich gibt! Wie könntest du mich je enttäuschen?“

Heiße Tränen schossen in ihre Augen, und zärtlich fuhr sie mit den Fingerspitzen über seine Lippen. „Ich liebe dich so sehr, Cal.“

Er zog sie an sich, sodass sich ihre Körper überall berührten.

„Heute wird es geschehen“, flüsterte er bewegt und küsste sie voller Liebe und fast ehrfürchtig. „Ich kann mich nicht mehr lange zurückhalten.“

„Ich will ja gar nicht, dass du das tust“, stöhnte sie und rieb ihre Brüste an seinem Oberkörper. „Komm endlich zu mir! Ich will dich überall spüren, auf mir und in mir. Bitte lass mich nicht länger warten.“

Behutsam ließ er eine Hand zwischen ihre Schenkel wandern und streichelte sie dort, bis sie erbebte und leise aufschrie.

„Noch nie ... habe ich einen Mann wirklich gewollt“, stieß sie keuchend hervor. „Ich wusste nicht, was Liebe ist – bis jetzt!“

„Ganz ruhig, Darling“, flüsterte er. „Vertrau mir, ich zeige dir, wie es am schönsten ist.“

„Was bist du für ein lasterhafter, verruchter Kerl“, neckte sie ihn mit zitternder Stimme. Sie konnte es kaum erwarten, ihn ganz in sich aufzunehmen.

„Aber das ist noch gar nichts im Vergleich zu dem, was ich

jetzt tun werde", versprach er mit einem triumphierenden Lächeln und begann seinen Gürtel zu lösen. „Gleich bin ich bei dir, Darling ..."

In diesem Augenblick schrillte die Türklingel. Cannon fühlte sich, als hätte ihn jemand in eiskaltes Wasser geworfen, und er fluchte laut.

„Ich hoffe, dass derjenige, der da vor der Tür steht, eine Lebensversicherung abgeschlossen hat", knurrte er und versuchte, seinen Puls und seinen Atem zu beruhigen.

„Ich hätte dich ganz bestimmt nicht gebeten aufzuhören", flüsterte Margie. „Ich hätte bis morgen früh mit dir weitermachen können."

Cannon atmete tief durch und straffte die Schultern. Er warf Margie einen bedauernden Blick zu, als sie sich das Laken bis zum Kinn zog.

„Wirklich eine Schande", sagte er leise, „so viel Schönheit zuzudecken."

Sie zwang sich zu einem Lächeln. „Mir ist nur gerade wieder eingefallen, wo ich bin und warum", bekannte sie, und ihre Augen funkelten übermütig. „Du herzloser Verführer ..."

„Ich?" protestierte er mit gespielter Entrüstung. Er erhob sich und zog sich sein Hemd an. „Das hättest du wohl gern! Du hast mich doch hierher gezerrt und versucht, mich zu vernaschen!"

„Alles Lüge!" gab sie zurück. Sie setzte sich auf und warf ihr dunkles, schimmerndes Haar zurück. „Ein Gentleman", begann sie und betonte jede Silbe.

„Ich bin kein Gentleman", warf er ein und sah wütend zur Tür, als es erneut Sturm klingelte. „Du wolltest doch gar nichts mit mir zu tun haben, wenn ich ein Gentleman wäre, habe ich Recht?"

Margie schaute ihn an und lächelte. „Ich werde dir diese Frage nach ein paar Stunden Bedenkzeit beantworten. Und jetzt geh lieber und sieh nach, wer da solche Sehnsucht nach dir hat. Vielleicht hat auch jemand die Polizei gerufen, als er gesehen hat, dass du so ein süßes junges Ding wie mich in deine sündige Räuberhöhle geschleppt hast!"

„Du bist wirklich süß, da kann ich nicht widersprechen", murmelte er, während er zur Tür ging. „Bleib so liegen, bis ich unseren Besucher abgewimmelt habe, dann werde ich dir meine Bewunderung auf eine Art und Weise zeigen, die du nie mehr vergisst."

„Oh, ich fand den Abend schon aufregend genug, danke", erklärte sie. „Ich muss das alles erst einmal verarbeiten."

Er wandte sich zu ihr um, doch er war weder verärgert noch ungeduldig. Ein warmes Lächeln umspielte seine Lippen. „Ich richte mich ganz nach dir, mein Liebling. Ich will dich, aber ich möchte dich nicht drängen. Bis morgen früh!"

Sie nickte. „Gute Nacht."

Er zwinkerte ihr zu und ging hinaus.

Der Störenfried entpuppte sich als ein Geschäftspartner von Cannon, der mit ihm einen Vertragsentwurf durchgehen wollte, an dem er den ganzen Tag gearbeitet hatte. Insgeheim war Margie sogar dankbar, dass sie sich in ihr eigenes Schlafzimmer zurückziehen konnte. Der Wein hatte ihre Hemmungen eine Weile fortgespült, doch nun machte sie sich umso heftigere Vorwürfe. Sie war nicht nur bereit gewesen, all ihre Prinzipien über Bord zu werfen – nein – sie hatte Cannon sogar ihre Liebe gestanden!

Margie zog sich ein Nachthemd über und ging zu Bett. Doch sie konnte an nichts anderes denken als an Cannon, an die lustvollen Gefühle, die die Berührung seines starken, männlichen Körpers in ihr ausgelöst hatten, an die Leidenschaft, die sie bei seinen wilden Küssen empfunden hatte. Sie liebte ihn – das war die reine Wahrheit. Die Sehnsucht nach ihm überwältigte sie so sehr, dass sie kaum etwas anderes um sich herum wahrnahm.

Cannon hatte zwar nicht gesagt, dass er sie liebte, aber immerhin, dass sie die Frau seiner Träume wäre.

Aber Männer reden viel daher, wenn sie eine Frau besitzen wollen, dachte Margie ernüchtert, egal, ob sie es ehrlich meinen oder nicht. Und Cannon wollte sie, da gab es keinen Zweifel.

Sie knipste das Licht aus und deckte sich zu. Morgen früh, wenn sie wieder einen klaren Kopf hatte, würde sie über alles nachdenken.

Als Margie am nächsten Morgen erwachte, fuhr sie entsetzt zusammen und setzte sich in ihrem großen Bett auf. Sie biss sich auf die Unterlippe, als ihr wieder einfiel, was vergangene Nacht geschehen war, und sie schloss die Augen.

Mit einem Ruck schlug sie die Decken zurück und stand auf. Dann ging sie zu ihrem Koffer und nahm eine blaue Leinenhose und eine weiße Seidenbluse heraus. Schnell huschte sie ins Bad und duschte sich. Sie war froh, dass sie mit Föhn und ein wenig Festiger wieder Fasson an ihre Frisur bekam. Sie legte mehr Make-up auf als gewöhnlich, um die dunklen Schatten unter ihren Augen zu verbergen. Die Wirklichkeit stürmte unerbittlich auf sie ein. Jetzt war sie wirklich heilfroh, dass jemand an der Tür geklingelt und sie so vor einer Dummheit bewahrt hatte.

Du Närrin, schalt sie sich selbst. Wie kann man nur so leichtsinnig sein?

Margie wusste nicht, wie sie Cannon gegenübertreten sollte. Wenn sie nur nicht so viel Wein getrunken hätte! Und wenn sie doch nur ein bisschen Widerstand geleistet hätte!

Mechanisch packte sie ihren Koffer und legte sich ihren marineblauen Blazer über die Schultern. Mit dem Koffer in der einen Hand und ihrer Handtasche in der anderen ging sie zur Tür, öffnete sie und schlenderte langsam über den Flur.

Cannon saß im Wohnzimmer vor dem Tablett mit dem Frühstück, das der Zimmerservice gebracht hatte.

Er schaute auf, als Margie hereinkam. Er trug ein gelbes,

kurzärmliges Strickhemd, das seine muskulösen Arme freigab. Seine Augen waren ebenso gerötet wie Margies, und die Schatten darunter nicht kaschiert.

„Guten Morgen", sagte sie förmlich und mied seinen Blick.

„Guten Morgen", erwiderte er, ebenfalls reserviert. „Setz dich doch. Wir frühstücken schnell noch, ehe wir nach Florida zurückfliegen."

Sie nahm Platz und legte sich eine Serviette auf den Schoß, bevor sie an ihrem Kaffee nippte.

Keiner von ihnen sprach ein Wort, während sie aßen, doch Cannons besorgter Blick ruhte unablässlich auf ihr.

„Margie", sagte er sanft.

Sie schaute auf von dem Essen, das sie kaum angerührt hatte, und entdeckte in seinem Gesichtsausdruck ebenfalls Bedauern.

„Es ist nichts geschehen", erinnerte er sie.

Sie lächelte gedankenverloren. „Aber beinahe."

„Und selbst wenn, wäre davon die Welt untergegangen?" fragte er, stand auf und kniete sich neben sie. Einen Arme legte er auf ihren Schoß, den anderen um ihre Taille. „Bitte, antworte mir. Wenn wir vergangene Nacht miteinander geschlafen hätten, wäre das wirklich so schlimm gewesen?"

„Du hast es doch schon selbst gesagt", erwiderte sie und seufzte. „Meine prüde Großmutter hat mich gelehrt, dass eine Frau sich aus dem Fenster werfen soll, wenn sie sich von einem Mann hat verführen lassen."

„Hängt das nicht davon ab, wer sie verführt?" fragte er nüchtern.

Sie senkte den Blick. „Ich glaube, es war der Wein", wich sie aus.

„Das nehme ich dir nicht ab", antwortete er und streichelte ihren Oberschenkel. Unwillkürlich spannte sie bei seiner zärtlichen Berührung die Muskeln an. „Wir haben es beide gewollt, Margie, und das ist doch nicht verwerflich. Diese Dinge geschehen, seit es Menschen gibt."

„Du weißt genau, was ich meine", entgegnete sie. „Heutzutage gehen Männer und Frauen einfach so zusammen ins Bett, ohne etwas füreinander zu empfinden. Ich finde das schrecklich."

Cannon atmete tief durch und betrachte Margie eingehend. Sie hatte das Gesicht abgewandt. „Ich habe dir nicht gesagt, was ich für dich empfinde, ist es das?" wollte er wissen. Er legte die Finger unter ihr Kinn und drehte ihren Kopf behutsam, sodass sie ihm in die Augen schauen musste. „Glaubst du etwa, dass das, was ich dir entgegenbringe, nur mit körperlicher Anziehung zu tun hat? Dass du nur eins meiner vielen Betthäschen bist?"

„Das war nicht gegen dich gemeint", erwiderte sie sachlich. „Du bist schließlich ein Mann."

„Und du eine Frau. Und was für eine! Die erste Frau, die ich seit Monaten angerührt habe", fügte er hinzu und sah ihr fest in die Augen. „Ich arbeite hart, und meine Spielregeln sind hart, aber ich habe keine Affären. Noch nicht einmal kurze."

„Nur hier und da mal eine kurze Bettgeschichte für eine Nacht?"

„Ja", bekannte er. „Das schon. Aber selbst dabei suche ich mir die Frauen sehr genau aus. Seit meiner Scheidung habe ich keine mehr so richtig an mich herangelassen. Es waren immer Frauen, die mit einer kurzen, rein sexuellen Affäre zufrieden waren."

Sie sah ihn forschend an.

Er hielt ihrem Blick stand. „Was suchst du? Die Narben meiner Seele? Die sieht man nicht."

Sie schüttelte den Kopf. „Ich versuche mir nur gerade vorzustellen, was das für eine Frau gewesen ist, die es geschafft hat, dich zum Traualtar zu schleppen."

Ein bitteres Lächeln umspielte seine Lippen. „Es war eine üppige Rothaarige, wegen ihr habe ich wirklich für einige Zeit den Kopf verloren. Ich war fünfundzwanzig, hatte gerade das

Studium beendet und gleich einen Posten als stellvertretender Direktor am Hals. Ich habe an die ewige Liebe geglaubt, doch sie hat mich innerhalb von zwei Jahren gründlich kuriert. In der Nacht, als ich sie mit ihrem neuesten Liebhaber in meinem Bett erwischt habe, habe ich gleich die Scheidung eingereicht."

„Kanntest du den Mann?"

Er verzog den Mund. „Es war ihr Innenarchitekt."

„Soll das heißen, sie hat dich betrogen?" Margie konnte es einfach nicht glauben.

Er fixierte sie. „Du sagst das, als könntest du dir nicht vorstellen, dass eine Frau mich wegen eines anderen Mannes verlässt."

„Das kann ich auch nicht", bekannte sie und wandte sich ab. „Wir sollten jetzt besser zu Ende frühstücken."

„Und wenn ich es mir nun nicht mehr vorstellen könnte, mit einer anderen Frau zusammenzuleben als mit dir?" fragte er leise und ergriff ihre Hand.

Margie bekam große Augen, und ihre Lippen öffneten sich. „Ist das dein Ernst?"

Er küsste zärtlich ihre Fingerspitzen. „Mein voller Ernst." Er drehte ihre Hand und liebkoste ihre Handfläche mit den Lippen. Sein Atem beschleunigte sich. „Margie, ich hole dir sogar die Sterne vom Himmel, wenn du es willst. Aber bitte versprich mir, dass du mich nie mehr verlässt."

Tränen standen in ihren grünen Augen, als er aufstand und sie in seine Arme zog. Er drückte sie an seinen kraftvollen, durchtrainierten Körper und streichelte ihr sanft den Rücken. Was sollte sie nur tun? In ein paar Stunden würden sie schon wieder in Panama City sein, und spätestens dann musste sie ihm die Wahrheit sagen. Sie konnte unmöglich mit einer Lüge leben, die immer drohend zwischen ihnen stand. Sie musste einfach stark sein, ihm genug Vertrauen entgegenbringen, selbst auf die Gefahr hin, dass dies das Ende ihrer Beziehung war.

„Ich werde dich nie verlassen, es sei denn, du schickst mich weg", erklärte sie und schmiegte sich fest an ihn. Sie sog seinen aufregenden Duft ein und schloss die Augen.

„Ich und dich wegschicken?" Er lachte auf. „Als ob ich dazu noch in der Lage wäre!" Sein Griff verstärkte sich. „Margie, ich will dich nie wieder verlieren."

Sie hielt den Atem an und schaute zu ihm auf. „Cannon, wenn wir wieder in Panama City sind, muss ich dir etwas sagen. Es ist so eine Art Geständnis. Es wird dir sicher nicht gefallen, und vielleicht magst du mich dann gar nicht mehr."

Er zog eine Braue hoch. „Du nimmst die Pille nicht – ist es das?" neckte er sie leise.

Sie lächelte kurz, wurde aber schnell wieder ernst. „Das stimmt, ich nehme sie wirklich nicht. Aber das ist es nicht, worüber ich mit dir reden möchte."

„Was ist es denn dann?"

Er wirkte ernsthaft besorgt, so besorgt, dass sie ihm am liebsten gleich alles erzählt hätte. Doch sie brachte es nicht über sich.

„Nicht heute", sagte sie.

„Schön, wie du willst." Er hob sie ein wenig hoch und schaute ihr in die Augen. „Ich habe letzte Nacht von dir geträumt", flüsterte er und legte seine Wange an ihre. „Ich habe geträumt, wir hätten miteinander geschlafen ..." Er fuhr ihr mit der Zungenspitze über die Unterlippe. „Das war so echt, dass ich schweißgebadet aufgewacht bin und dich in den Arm nehmen wollte."

Sie schlang die Arme um seinen Hals und rieb ihre Nase an seiner. „Und? War ich da?" fragte sie und lächelte ihn verliebt an.

Er lachte leise. „Es fühlte sich so an wie du", erwiderte er leise, „doch als ich dann die Augen aufgemachte habe, hatte ich nur ein Federkissen im Arm."

„Ich wusste gar nicht, dass ich schon so schlaff bin", scherzte sie zwischen zwei Küssen.

„Du bist nicht schlaff, du bist weich“, verbesserte er sie. „Und das auch nur an den richtigen Stellen. Hier zum Beispiel.“ Er hob sie noch ein Stückchen höher, sodass er die sanften Rundungen ihrer Brüste mit Küssen bedecken konnte. Sogar durch ihre Seidenbluse hindurch hatten seine Zärtlichkeiten eine verheerende Wirkung auf sie. Margie erschauerte und stöhnte erregt auf.

Langsam ließ Cannon sie wieder hinabgleiten, bis sie den Boden unter ihren Füßen spürte. Dann schaute er ihr lange in die Augen. „Ich brauche dich nur anzusehen“, erklärte er mit tiefer, fester Stimme, „und schon habe ich das Gefühl, lichterloh zu brennen. Das ist wirklich Hexerei.“

„Du hast aber auch ein paar gute magische Tricks in petto“, entgegnete sie und legte die Hände auf seine Brust. Sie spürte, wie sein Herzschlag sich sogleich beschleunigte. „Als ich dir zum ersten Mal begegnet bin, habe ich mich gefragt, ob du wohl überall so behaart bist wie auf deinen Unterarmen. Wusstest du das?“ Sie lachte, und ihre Augen strahlten vor Glück.

Cannon stimmte in ihr Lachen ein. Er verschränkte die Hände hinter ihrem Rücken und schaukelte Margie heftig von einer Seite zur anderen. „Gestern Abend hättest du die Lösung ja beinahe herausgefunden“, murmelte er.

„Ich glaube, ich bin auf den Geschmack gekommen. Ich mag Männer, die überall behaart sind. Man kann so schön mit den Fingern im Haar herumspielen.“

„Was meinst du damit? Alle Haare einzeln auszupfen?“ schimpfte er neckend und zog sie wieder nah an sich. „Ich kann an nichts anderes mehr denken als an dich, Margie. Ich hab mir zwar geschworen, mich nie wieder auf eine feste Beziehung einzulassen, aber ich könnte es nicht ertragen, dich wieder zu verlieren, nur um an irgendwelchen überkommenen Grundsätzen festzuhalten. Noch nie habe ich eine Frau so geliebt wie dich.“

„Ich bin ja so glücklich, Cal!“ sagte sie. „Seit ich dich zum ersten Mal gesehen habe, träume ich nur noch von dir.“

„Mein Liebling!" stieß er gerührt hervor. Dann küsste er sie so liebevoll, dass ihr die Tränen in die Augen traten.

Nach einer Weile schob er sie behutsam von sich. „Ich glaube, wir lassen das jetzt lieber", erklärte er mit belegter Stimme. „In den nächsten Tagen werden wir uns nur unterhalten und uns so kennen lernen."

Sie schaute ihn ruhig an. „Und danach?"

Er lächelte. „Ich denke, du weißt genau, was danach kommt. Ich kann es mir jedenfalls schon in allen Einzelheiten vorstellen ..."

Margie blickte ihn ängstlich an. „Es gibt so vieles, was du nicht über mich weißt."

„Das wird sich schon ergeben", meinte er und küsste sie zärtlich. „Komm, wir gehen."

„Cannon ..."

Er blieb auf der Schwelle stehen und wandte sich um, ihren Koffer in der Hand. „Was ist denn, mein Schatz?"

„Wie geht es jetzt weiter mit Andy und Jan?" fragte sie scheu.

Er lachte, als er ihren besorgten Gesichtsausdruck sah. „Du weißt doch ganz genau, dass du mittlerweile alles von mir haben kannst. Meinetwegen können sie heiraten. Zufrieden?"

„Danke", sagte sie schlicht und lächelte.

Er zog sie an seine Seite, als sie die Suite verließen. „Ich hoffe, sie werden ebenso glücklich wie wir", fügte er sanft hinzu.

8. KAPITEL

Margie folgte Cannon in den Terminal von Panama City und hatte Mühe, mit ihm Schritt zu halten.

„Das darf doch nicht wahr sein! Sie sind es ja wirklich!" rief eine weißhaarige Frau ihr aufgeregt zu und verstellte ihr den Weg. Immer wieder schaute sie abwechselnd zu

Margie und auf die Innenseite des Schutzumschlags von „Flammende Leidenschaft“.

Am liebsten wäre Margie davongelaufen, doch das hätte ihr auch nichts mehr genutzt.

„Ist das nicht ein gutes Foto?“ fragte die ältere Frau und reichte Cannon das Buch. Fasziniert betrachtete er das kleine Bild über dem Klappentext. „Ich würde sie immer und überall erkennen! Wann erscheint Ihr nächster Roman, Miss McPherson?“ fuhr die Frau fort, ohne zu bemerken, welches Unheil sie da angerichtet hatte. „Ich verschlinge alles, was Sie schreiben!“

„Mein nächstes Buch erscheint im kommenden Frühjahr“, brachte Margie mühsam heraus. „Wenn Sie mich jetzt bitte entschuldigen wollen ...“

Sie stürmte an der Frau vorbei, die gerade ihr Buch von Cannon zurückbekam. Sein Gesichtsausdruck war finster, und Margie wusste, was ihr gleich bevorstand. Sie schluckte ihre Tränen herunter und wartete draußen in der Hitze auf ihn.

Es dauerte nicht lange, da stand er vor ihr. Zögernd schaute sie zu ihm auf.

„So nennt man das also“, sagte er mit eisiger Stimme. „Ein paar politische Artikel für eine Zeitungskolumne. Waren das nicht deine Worte?“

Sie senkte den Blick und holte nervös Luft. „Ich dachte, du wärst ein sehr konservativer Mann“, entgegnete sie leise. „Ich hatte Angst, Jans und Andys Glück zu zerstören, wenn ich dir die Wahrheit sagen würde. Ich bin eine ziemlich bekannte Schriftstellerin, und meine Romane sind berühmt für ihre heißen Szenen.“

„Ja“, stimmte er schroff zu, „du bist wirklich bekannt. Ich habe dieses Buch auf jedem zweiten Schreibtisch im Sekretariat unserer Firma liegen sehen, und der Titel ist mir in den Auslagen fast aller Buchläden aufgefallen. Zu schade, dass ich mir nicht einmal die Mühe gemacht habe, ein Buch aufzuschlagen, nicht wahr?“

Sie wich vor ihm zurück, ihr Blick war voller Qual und Verzweiflung. „Ist das alles so schlimm, Cal?“ fragte sie zögernd.

Seine Miene war abweisend. „Du hast mich belogen.“

„Das war keine Lüge“, protestierte sie. „Ich habe dir nur nicht alles gesagt, aber das hatte ich vor. Ich ...“

„Das kommt aufs Selbe hinaus“, fiel er ihr ins Wort. „Und das Schlimmste ist, dass du es für deine Schwester getan hast. War das kleine Intermezzo von vergangener Nacht auch ein Teil dieser Strategie?“ fügte er kalt hinzu.

Unwillkürlich schlug sie ihm ins Gesicht.

Er packte ihr Handgelenk mit eisernem Griff. „Bitte lass mich wissen, wie viel ich dir schuldig bin“, sagte er in einem ihr fremden, spöttischen Tonfall, und die Lippen, die sie gestern Nacht so leidenschaftlich geküsst hatte, verzogen sich zu einem bitteren Lächeln. „Ich bin es gewohnt, für meine Vergnügungen zu zahlen.“

Cannon hätte sie nicht schlimmer treffen können, wenn er sie geschlagen hätte. Tränen brannten in ihren Augen, und sie wandte sich ab.

„Wo willst du hin?“ fragte er kühl. „Der Wagen steht da hinten.“ Er führte sie zum Auto, ließ sie einsteigen und fuhr die ganze Strecke zum Strandhaus, ohne ein einziges Wort zu sagen.

Wie in Trance betrat Margie das Haus. Sie war dankbar, dass niemand da war, und lief rasch in ihr Zimmer. Sie hatte gerade ihre Handtasche abgelegt, als Jan zu ihr kam. Ihre Augen leuchteten hoffnungsvoll.

„Hast du mit ihm gesprochen?“ fragte sie, ohne darauf zu achten, dass die Zimmertür noch offen stand. „Konntest du ihn ein bisschen einwickeln?“ fügte sie neckend hinzu und spielte auf ihre scherzhaft gemeinte Bemerkung an, die in einem Gespräch vor Margies Abflug nach New York gefallen war.

Doch für Cannon, der mit Margies Koffer in der Tür stand, war dies nur eine Bestätigung seines Verdachts.

„Ich will, dass ihr beide ins Wohnzimmer kommt, und zwar sofort", erklärte er mit undurchdringlicher Miene. Dann wandte er sich ab und ging.

Tränen verschleierten Margies Blick und liefen über ihre Wangen, und Jan starrte sie verständnislos an.

„Er weiß, wer ich bin." Sie schluckte. „Und was noch viel schlimmer ist, er denkt, ich hätte ihm alles nur vorgespielt, um dir zu helfen."

Jan sah Margie bestürzt an. „Du liebst ihn ja wirklich", flüsterte sie.

Margie nickte, doch dann war es um ihre Haltung geschehen. „Er wird uns heimschicken, Jan." Sie barg ihr Gesicht an Jans Schulter und weinte herzzerreißend. „Es tut mir ja so Leid!"

Plötzlich war Jan die stärkere von beiden und tröstete Margie trotz ihrer eigenen Sorgen und Ängste. „Es wird sich schon wieder einrenken. Alles wird gut", sagte sie und wiederholte damit die Worte, die sie selbst schon so oft in ähnlichen Situationen von Margie gehört hatte.

„Ich habe dir alles vermasselt."

Jan klopfte ihr beruhigend auf den Rücken. „Andy und ich werden uns schon irgendwie durchschlagen. Im Moment mache ich mir eigentlich mehr Sorgen um dich. Oh Margie, verzeih mir, dass ich dich da mit hineingezogen habe. Wenn ich Cannon doch nur von Anfang an allein gegenübergetreten wäre ..."

Doch Margie hörte ihr gar nicht zu. Sie zitterte am ganzen Körper, und ihr Herz krampfte sich bei dem Gedanken zusammen, dass sie Cannon jetzt für immer verloren hatte.

Andy funkelte Cannon an, als Margie und Jan zu ihnen ins Wohnzimmer kamen.

Cannon würdigte Margie keines Blickes. Er rauchte eine Zigarette, und nie war er Margie unnahbarer vorgekommen als in diesem Moment.

„Ich fahre morgen früh nach Chicago", erklärte er ohne Umschweife. „Unter den jetzigen Umständen halte ich es für angebracht, wenn deine ... Gäste morgen nach Atlanta zurückfahren", wies er Andy an.

„Du meinst wohl meine Verlobte und meine zukünftige Schwägerin", verbesserte ihn Andy, seine Augen sprühten vor Zorn.

„Nur über meine Leiche", gab Cannon eisig zurück.

„Wenn es sein muss, bitte", erwiderte Andy achselzuckend.

„Andy, nicht", bat ihn Jan sanft.

„Ich liebe dich", erklärte ihr Andy mit fester Stimme. „Ein Leben ohne dich kann ich mir nicht vorstellen, und wenn ich mich deswegen mit meinem Bruder anlegen muss, auch gut. Lieber verzichte ich auf seinen Respekt als auf deine Liebe."

Cannon sah seinen Bruder finster an, doch in seinem Blick lag auch ein Hauch von Bewunderung.

„Ich fahre mit dir heim nach Chicago", sagte Andy bestimmt. „Und Jan kommt mit, sie hat noch etwas Urlaub. Wir werden uns dort aussprechen."

Cannon zog an seiner Zigarette. „Ihr wollt euch also gegen mich verbünden?"

„Wenn es sein muss, hole ich mir auch noch Verstärkung aus der Nachbarschaft", erklärte Andy mit einem schwachen Lächeln. „Ich habe das Recht, mit einem Menschen, den ich liebe, zusammenzuleben, ebenso wie du das Recht hast, allein zu bleiben. Ich sehe nicht ein, dass ich auf Jan verzichten soll, nur weil du schlechte Erfahrungen mit Frauen gemacht hast."

„Frauen sind verlogen und falsch", gab Cannon scharf zurück, und sein Blick wanderte zu Margie.

„Warum sagst du das?"

„Weißt du denn nicht, wer unser Gast hier ist?" fragte Cannon sarkastisch und schaute seine Mutter an, die gerade hereinkam.

„Natürlich weiß ich, wer sie ist", erklärte Victorine und

blitzte ihren ältesten Sohn an. Sie legte Margie beschwichtigend einen Arm um die Schulter. „Sie ist eine meiner Lieblingsschriftstellerinnen."

Margie versteifte sich, doch Victorine strich ihr liebevoll über den Arm. „Schon gut, mein Kind", sagte sie sanft. „Ich habe es gleich gewusst, denn ich besitze all Ihre Bücher, wissen Sie." Sie sah Cannon an. „Und wenn du dich einmal dazu herabgelassen hättest, eins davon aufzuschlagen, hättest du sie auch gleich wiedererkannt."

Cannon verzog keine Miene. „Welch ein Jammer, dass mich niemand darüber aufgeklärt hat."

„Damit hätte ich dir doch nur noch mehr in die Hand gegeben, was du gegen Andy und Jan verwenden kannst", sagte Margie und versuchte, ihre Enttäuschung und ihren Schmerz zu verbergen. Sie lächelte verbittert. „Jetzt kannst du auch ruhig die ganze Wahrheit erfahren. Nein, Jan", hielt sie ihre Schwester auf, die sich gerade einschalten wollte. „Andy hat das Recht, alles über uns zu wissen."

„Da bin ich völlig deiner Meinung", meinte Jan und trat unerschrocken vor. „Aber da das alles meine Schuld ist, möchte ich jetzt auch reinen Tisch machen. Ich habe Margie gebeten, Ihnen nicht zu sagen, was sie beruflich macht. Irgendwie hatte ich die verrückte Idee, ich könnte Ihnen vorspielen, wir wären reich und unabhängig." Sie straffte die Schultern, ihr Blick spiegelte ihr schlechtes Gewissen wider. „Unsere Mutter starb bei meiner Geburt, dann hat unsere Großmutter McPherson uns zu sich genommen und uns aufgezogen. Wir hatten sonst niemanden, denn unser Vater ..." Sie hielt inne, fasste sich dann jedoch ein Herz und fuhr fort: „Unser Vater war Alkoholiker. Er hat alles, was wir besaßen, in Alkohol umgesetzt, und oft, wenn er so richtig voll war, kam er zu Granny, hat rumrandaliert und verlangt, dass wir mit ihm gehen. Ein paarmal", erzählte sie mit Unbehagen in der Stimme, „wollte er uns sogar entführen. Ashton ist ein kleines Nest, und jeder dort wusste, was mit ihm los war. Er war regelrecht berüchtigt. Wir hatten in der Schule einen schweren Stand wegen ihm."

Jan strich ihr kurzes Haar zurück und sprach weiter. Margie war noch nie so stolz auf sie gewesen wie jetzt. „Als er starb und Großmutter ihm kurz darauf folgte, standen wir mit sehr wenig Geld da. Es reichte gerade aus, um Margie zwei Jahre College zu ermöglichen. Als sie Larry Silver geheiratet hat, musste ich bei ihnen wohnen, und ich war eine große Belastung für ihre Ehe."

„Das ist nicht wahr, Schätzchen", widersprach ihr Margie sanft.

Jan lachte bitter auf. „Du weißt genau, dass es so war. Ich habe alles nur noch schlimmer gemacht." Sie wandte sich wieder an Cannon. „Larry hatte keine Versicherungen abgeschlossen, und seine Eltern wollten nichts mit uns zu tun haben – sie waren ziemlich wohlhabend, aber wir waren ihnen nicht gut genug. Also haben sie sich von uns abgewandt. Wir haben nur noch einmal durch ihren Anwalt von ihnen gehört, sie verlangten ihr Erbteil von Larrys kleiner Hinterlassenschaft. Er stellte sich jedoch heraus, dass er sein gesamtes Vermögen verspielt hatte, und so stand Margie wieder einmal mit leeren Händen da. Sie hatte nur mich, einen Haufen Schulden und Erinnerungen an eine furchtbare Zeit."

Jan atmete tief durch. „Dann hat sie einen Job bei einer Zeitung angenommen, damit wir nicht verhungerten, während ich die Schule beendete. Ich will hier gar nicht aufzählen, wie viele Nächte sie auf der Straße verbringen musste, um über Morde, Drogenrazzien und Brände zu berichten. Es gab eben nur diesen Job in der Polizeiberichterstattung."

Cannon fixierte Margie, und in seinem Blick lag etwas, das sie nicht ertragen konnte. Rasch schlug sie die Augen nieder.

„Sie hat also diesen Job gemacht und nachts noch geschrieben", begann Jan erneut. „Eines Tages hat sie ein Manuskript eingesandt, das einem Verleger gut gefiel. Er kaufte es, half ihr, es zu redigieren – und innerhalb von ein paar Monaten hatte sie den Sprung in die Bestsellerliste geschafft. Ich war so stolz auf sie, dass ich beinahe geplatzt wäre." Sie sah ihre Schwester liebevoll an. „Und ich bin immer noch stolz auf sie. Ich wünschte, ich hätte nie von Margie verlangt, die Wahrheit zu verschweigen. Wir sind nicht reich. Ich verdiene ganz gut mit meiner Arbeit in der Anwaltskanzlei, und Margie wird sich demnächst einen Rolls Royce leisten können, wenn sie so weitermacht. Aber alles, was wir besitzen, haben wir ihr zu verdanken. Unsere Familie hat nie in den ersten Kreisen der Gesellschaft verkehrt, aber wir sind ehrliche Menschen, Mr. Van Dyne." Sie hob stolz ihr Kinn. „Es war nicht Recht von mir, Andy die Wahrheit zu verschweigen", schloss sie. „Und es war unverantwortlich, Margie zu bitten, sich als etwas auszugeben, was sie gar nicht ist. Es tut mir alles schrecklich Leid. Meine Schwester und ich reisen jetzt ab. Ich hoffe, wir haben Ihnen keine allzu großen Unannehmlichkeiten bereitet." Jan warf Andy einen traurigen, zärtlichen Blick zu. „Aber eins musst du mir glauben", flüsterte sie. „Ich liebe dich von ganzem Herzen."

Andy war innerlich völlig aufgewühlt und lief zu Jan. Er zog sie in seine Arme und barg ihr Gesicht an seiner Schulter. „Du meine Güte, was interessiert mich deine Herkunft?" sagte er mit heiserer Stimme. „Ich liebe dich, du Dummkopf!"

Margies Augen füllten sich mit Tränen. Wenigstens Andys Liebe war aufrichtig.

„Ich packe jetzt meine Sachen zusammen", erklärte Margie ruhig und wandte sich ab. „Ich fände es sehr nett, wenn mich dann gleich jemand zum Flughafen bringen würde."

„Margie, du kannst natürlich mit uns nach Chicago kommen", rief Andy ihr nach.

„Das geht leider nicht. In zwei Wochen muss der Rest des Manuskripts beim Verleger sein", erwiderte Margie stolz. „Übrigens war ich in New York, weil ich einen Vertrag für die Verfilmung von ‚Flammende Leidenschaft' unterzeichnet habe."

„Oh Margie, wie wundervoll!“ rief Jan.

„Ja, klar“, meinte Margie verbittert. „Wie wundervoll.“ Sie drehte sich wieder herum und ging die Treppe hinauf.

Cannon hatte kein Wort verloren, doch sein Blick folgte ihr, und sein Gesichtsausdruck war so traurig und gequält, wie es Victorine seit Jahren nicht bei ihm gesehen hatte.

Besorgt betrachtete sie ihren ältesten Sohn und überlegte fieberhaft, was sie tun könnte. Plötzlich lächelte sie. Es war ja so einfach!

„Oh!“ stieß sie hervor und ließ sich anmutig zu Boden fallen.

9. KAPITEL

Cannon trug seine Mutter in ihr Zimmer und griff nach dem Telefon an ihrem Bett, während Margie sich auf den Bettrand setzte und die Hand der alten Dame hielt.

„Was hast du vor?“ brachte Victorine mit kaum vernehmbarer Stimme heraus.

„Ich rufe einen Krankenwagen“, erwiderte er knapp.

„Nein!“ sträubte sich Victorine und versuchte sich aufzusetzen. „Lass das!“ Sie rang nach Luft. „Damit machst du alles nur noch schlimmer.“

Cannon stieß einen leisen Fluch aus und warf wütend den Hörer wieder auf die Gabel.

„Und jetzt geh und hol mir meine Tabletten“, wies ihn Victorine an. „Dort in der Schublade ... ja, da hinten. Und leg mir ... eine unter die Zunge.“

Gehorsam nahm Cannon eine der kleinen weißen Pillen und steckte sie seiner Mutter in den Mund. Dann wartete er neben Margie ungeduldig, ob die Medizin helfen würde. Jan und Andy standen nervös am Fußende des Betts.

„Ich würde dich lieber ins Krankenhaus bringen“, meinte Cannon kurz angebunden.

„Und ich würde lieber ... hier bleiben“, sagte Victorine und rang nach Luft. Sie umklammerte Margies Hand. „Es wird langsam besser.“

„Dem Himmel sei Dank.“ Cannon atmete auf. „Aber du kommst mit nach Chicago, sobald es dir wieder etwas besser geht“, fügte er grimmig hinzu. „Ich will, dass Howard sofort nach dir sehen kann, wenn es nötig ist.“

„Howard ist unser Hausarzt“, erklärte Victorine Margie. „Und ein Freund der Familie.“ Sie seufzte erleichtert und lächelte. „Jetzt wirkt die Tablette.“

„Kann ich Ihnen etwas bringen?“ erkundigte sich Margie leise.

„Nein, im Moment nicht, mein Kind. Aber Sie kommen mit mir nach Chicago. Ich brauche ein wenig Gesellschaft, und Jan und Andy sind sicherlich viel zu sehr mit sich selbst beschäftigt, um sich ständig um mich kümmern zu können.“

Cannons Miene war undurchdringlich, aber dennoch stand ein seltsamer Glanz in seinen Augen, den nur seine Mutter bemerkte.

„Es tut mir Leid, aber das geht nicht“, erwiderte Margie. Sie konnte es einfach nicht ertragen, Cannon ständig zu sehen und ihn nicht berühren, nicht küssen zu dürfen.

„Natürlich können Sie Ihre Schreibmaschine mitbringen“, versuchte Victorine, sie zu überreden. „Das Personal wird sich um alles kümmern, während Sie schreiben. Wenn Sie dann ein wenig Zeit haben, können wir beide etwas gemeinsam unternehmen. Was sagst du dazu, Cannon?“ fügte sie mit einem unnachgiebigen Blick zu ihrem Sohn hinzu.

Er holte tief Luft. „Wenn du dann ruhig zu Hause bleibst, ist sie mehr als willkommen.“

„Das ist unmöglich!“ widersetzte sich Margie, und Panik stand in ihren Augen, als sie flüchtig seinem Blick begegnete.

Er steckte die Hände in die Hosentaschen. „Ich werde kaum daheim sein, falls das deinen Entschluss beeinflussen sollte", meinte er kühl.

„Wenn das so ist, komme ich mit", verkündete Margie spontan. Obwohl sie Victorine noch gar nicht so lange kannte, war sie ihr doch schon richtig ans Herz gewachsen. Sie war, ohne zu zögern, bereit, alles für Cannons Mutter zu tun, was in ihrer Macht stand.

„Schön, dann wäre das also geregelt." Zufrieden sank Victorine in ihre Kissen. „Und jetzt geht bitte alle, und lasst mich ein wenig ausruhen. Nur Margie soll bei mir bleiben", fügte sie hinzu und ergriff Margies schmale Hand. „Es wird mir sicher bald wieder besser gehen."

Jan und Andy gingen langsam und widerstrebend, doch Cannon verließ den Raum, so schnell er konnte. Margie hörte, wie er kurz darauf fortfuhr.

Er kam noch nicht einmal zum Abendessen. Margie und Victorine bekamen ihr Essen von Nina, dem Mädchen, auf Tabletts gebracht. Andy und Jan aßen in der Küche und setzten sich zu Victorine ans Bett, als Margie ihre Sachen zusammenpackte und schnell ein Bad nahm.

Sie hatte sich nur ihr smaragdgrünes Nachthemd übergestreift und war gerade auf dem Weg vom Bad in ihr Zimmer, als sie wie versteinert stehen blieb.

Cannon kam ihr auf dem Flur entgegen, sein Gesichtsausdruck war undurchdringlich, sein Blick anklagend.

Sie senkte den Blick und wollte an ihm vorbeieilen, doch er verstellte ihr den Weg. Sie schaute zu ihm auf, und erneut ergriff die alte Furcht vor ihm Besitz von ihr. Als er die Hand ausstreckte, um sie zu berühren, schreckte sie zurück.

Cannon ließ die Hand sinken, und in seinen dunklen Augen standen Schmerz und Enttäuschung, als er entdeckte, dass Margie wieder Angst vor ihm hatte. Er hatte so sehr gehofft, dass sie diese Scheu vor ihm endgültig überwunden hätte.

„Tut mir Leid, Süßer", sagte sie gedehnt, als sie sich wieder einigermaßen in der Gewalt hatte. „Mit mir nicht mehr. Die Lektion, die du mir heute erteilt hast, werde ich so schnell nicht vergessen."

„Margie", begann er förmlich.

„Keine Manöverkritik, ja?" stellte sie klar. „Geh zurück in deine Firma und scheffle Geld, Herr Direktor. Kümmere dich nicht um mich und meinen skandalösen Beruf. Keine Sorge, ich bleibe nur so lange, wie deine Mutter mich braucht."

„Um Himmels willen, so hör mich doch wenigstens an!" forderte er in scharfem Ton.

Sie schüttelte den Kopf und wich seinem Blick aus. „Es gibt nichts, was ich aus deinem Mund noch hören möchte. Du hast dein Pulver heute Morgen schon verschossen. Vielen Dank."

„Zum Teufel! Warum hast du es mir nicht gleich gesagt?"

Sie seufzte resigniert auf und schaute ihn traurig an. „Weil ich genau wusste, was dann geschehen würde." Margie versuchte verzweifelt zu verbergen, wie sehr Cannon sie verletzt hatte. „Und prompt ist es auch geschehen."

Er sah sie forschend an, seine Miene war verschlossen. „Du hättest mir vertrauen sollen."

„Ich habe einmal den Fehler gemacht, einem Mann zu vertrauen", erklärte sie ihm leise. „Aber das wird mir so schnell nicht wieder passieren. Ich werde dafür sorgen, dass du nie mehr so nah an mich herankommst und mir noch mal wehtun kannst, Mr. Van Dyne. Kein Mann wird je wieder auf meiner Seele herumtrampeln, das schwöre ich." Und ehe er sich's versah, lief sie an ihm vorbei in ihr Zimmer.

Das Haus der Van Dynes in Chicago war der reinste Palast. Margie starrte es an, als hätte sie noch nie in ihrem Leben viktorianische Architektur gesehen. Dieses Haus war nicht wie das Haus ihrer Großmutter aus Holz, sondern aus Stein gebaut. Es hatte hier und da kleine Türmchen, wunderschöne Erkerfenster und war fast völlig mit Efeu bewachsen. Es lag weit ab von jeder Straße und bot eine herrliche Aussicht auf den Michigansee. Es war umgeben von prächtigen alten Buchen, Ahornbäumen und Eichen, von hohen, dichten Hecken und märchenhaften Rosenrabatten.

Jan strahlte, als Andy Victorine von ihrem Haus erzählte, das sich natürlich nicht mit diesem Herrenhaus messen konnte.

Victorine lachte. „So ein Zufall!“ wandte sie sich lächelnd an Margie. „Ich mag diesen Stil persönlich sehr gern. Gut, er ist vielleicht ein wenig zu prunkvoll, aber es ist eben eine Art Denkmal einer vergangenen Zeit. Solche Liebe zum Detail findet man doch heute nicht mehr.“ Sie seufzte wehmütig.

Margie nickte zustimmend, doch ihre Gedanken waren ganz woanders – sie drehten sich nur um den schweigsamen Mann, der am Steuer des Wagens saß. Sie hatte kein Auge für die Skyline von Chicago, den Sears Tower oder den schneeweißen Strand, der sich parallel zum Highway erstreckte. Ihr Blick ruhte unablässlich auf Cannon.

Margie und Jan benötigten einige Tage, bis sie sich eingelebt und an den Tagesablauf in dem riesigen Haus gewöhnt hatten. Es gab ein Hausmädchen, Anna, und ihren Mann, Jack, der sowohl als Gärtner als auch als Chauffeur arbeitete. Die Köchin hieß Mrs. Summer, sie war eine rundliche, gemütliche Frau und buk die besten Kuchen, die Margie je gegessen hatte.

Draußen gab es noch einen einladenden Swimmingpool und nach hinten hinaus eine große Terrasse, an die sich der Rosengarten anschloss, einen Tennisplatz und so viel Wald, dass jedem Naturfreund das Herz höher schlug.

Doch das Schönste war für Margie ein großer See, der an den Wald grenzte. Dort tummelten sich zwischen Schilf und Seerosen majestätische Schwäne, Enten und andere Wasservögel. Wenn Margie gerade nicht bei Victorine saß – was leider nicht so häufig vorkam, da der Abgabetermin immer näher rückte – oder sie an ihrem Buch arbeitete, ging sie zum See hinunter, um zu angeln.

Jan und Andy setzten immer noch alle Hebel in Bewegung, um Cannon sein Einverständnis zu ihrer Hochzeit abzuringen, doch er blieb stur und unnachgiebig. Das alles änderte sich jedoch, als Jan und Margie eines Tages hinzukamen, während Cannon im Wohnzimmer ein interessantes Gespräch mit seiner Mutter führte.

Er stand am Fenster und schaute hinaus. In seinem anthrazitfarbenen, maßgeschneiderten Anzug war er jeder Zoll der Chef eines riesigen Unternehmens. Dennoch, wenn man genauer hinsah, wirkte er irgendwie einsam und verhärtet.

Margie und Jan blieben auf der Schwelle stehen und wurden unabsichtlich Zeugen dieser Unterhaltung.

„Wenn du der Ansicht bist, dass ich zu schwach bin, könnte ich jemand anders bitten, die Party zu organisieren", erklärte Victorine. Dann entdeckte sie die beiden jungen Frauen, und ihr Blick erhellte sich. „Rein zufällig ist mir zu Ohren gekommen, dass Jan schon oft Gesellschaften für ihren Boss arrangiert hat. So ist es doch, meine Liebe?" fügte sie hinzu und machte Cannon auf die Anwesenheit der Schwestern aufmerksam.

Jan stutzte. „Gesellschaften?" murmelte sie. „Ja, klar. Ich habe schon einige Dinnerpartys für ihn auf die Beine gestellt. Seine Frau ist krank, und er tut alles, um sie irgendwie auf andere Gedanken zu bringen ..."

„Was habe ich gesagt?" meinte Victorine triumphierend.

Jan und Margie sahen sie mit offenem Mund an.

Cannon drehte sich um und ging auf Jan zu. „Können Sie eine Dinnerparty für zwanzig Personen organisieren? Und zwar noch diese Woche?" fragte er, und sein Tonfall machte nur allzu deutlich, dass er große Zweifel an ihren Fähigkeiten hegte.

„Natürlich kann ich das", versicherte Jan mit entwaffnendem Selbstvertrauen. „Geben Sie mir die Gästeliste, dann kann ich schon einmal die Sitzordnung erstellen." Sie lächelte. „Ich werde selbstverständlich darauf achten, dass Leute, die sich geschäftlich oder privat nicht riechen können, nicht gerade nebeneinander sitzen. Der Abend soll ja nicht in eine Messerstecherei ausarten."

Unwillkürlich verzog er den Mund zu einem Lächeln, und dieses Lächeln veränderte sein ganzes Aussehen. „Na schön", willigte er ein.

Jan errötete, doch sie hielt seinem Blick stand. „Ich werde Sie nicht enttäuschen, Cannon", versprach sie.

„Er gibt mir eine Chance! Das hätte ich nie erwartet!" rief Jan, als sie und Margie in der Küche und somit außer Hörweite waren. Sie umarmte ihre Schwester stürmisch. „Endlich habe ich Gelegenheit, ihm zu zeigen, was in mir steckt. Ist das nicht großartig?"

„Doch", stimmte Margie zu. „Wenn er wüsste, wen er da beauftragt hat!" fügte sie verschmitzt hinzu. „Wenn ich einen Dollar für jede Party hätte, die du schon organisiert hast ..."

Jan kicherte. „Wenn ihn das nicht überzeugt, dass ich in der Lage bin, mich in seinen Kreisen zu bewegen, dann weiß ich es auch nicht." Ihr Lächeln erstarb. „Natürlich werden Andy und ich unsere Pläne nicht über den Haufen werfen, nur weil Cannon nicht damit einverstanden ist. Oh Margie, du kannst dir ja gar nicht vorstellen, wie ich mich gefühlt habe, als Andy im Strandhaus gesagt hat, er würde lieber Cannons Respekt als meine Liebe verlieren!"

„Du kannst dich wirklich sehr glücklich schätzen", sagte Margie leise, „dass du einen Partner hast, der dich so liebt."

Der sehnsüchtige Unterton in ihrer Stimme war Jan nicht entgangen. Zärtlich legte sie ihrer Schwester einen Arm um die Schulter. „Es wird schon alles wieder gut werden. Hast du nicht bemerkt, wie Cannon dich eben angeschaut hat?"

Margie zuckte mit den Schultern. „Wie er mich ansieht und was er für mich empfindet, sind zwei Paar Schuhe. Er hat sich ja nicht einmal die Mühe gemacht, sich in meine Lage hineinzuversetzen, geschweige denn, mir zu glauben, dass ich nicht die Absicht hatte, ihn zu betrüben."

„Gibst du dir denn überhaupt Mühe, ihn zu verstehen?" fragte Jan ruhig zurück. „Er hat ebenso schlechte Erfahrungen mit Frauen gemacht wie du mit Männern. Es braucht seine Zeit, darüber hinwegzukommen."

Margie goss sich nachdenklich eine Tasse Kaffee ein. „Wie dem auch sei, was habe ich denn schon zu bieten? Eine in seinen Augen zweifelhafte Berühmtheit – erst recht nach dem Filmvertrag –, einen dubiosen Ruf als männermordender Vamp, an den sogar meine Freunde glauben. Wie ließe sich das mit dem konservativen Image seines Unternehmens vereinbaren? Seine Aufsichtsratsmitglieder würden ihm das doch ewig unter die Nase reiben."

Jan sah ihre Schwester besorgt an. Sie bemerkte ihren verstörten Gesichtsausdruck, die dunklen Schatten unter ihren Augen. Seit Jahren hatte Margie nicht mehr so elend ausgesehen.

„Ich glaube kaum, dass ein Mann wie Cannon Van Dyne sich darum kümmert, was sein Aufsichtsrat denkt", erklärte Jan. „Nicht, wenn er wirklich verliebt ist."

Gern hätte Margie den Worten ihrer Schwester geglaubt, doch sie wusste, dass Cannons Interesse an ihr nichts mit Liebe zu tun hatte. Sie lachte leise auf und warf Jan einen leicht amüsierten Blick zu.

„Ich kann mir nicht vorstellen, dass ein Mann wie er sich verliebt", sagte sie leise und trank einen Schluck Kaffee.

„Ich mir schon", widersprach ihr Jan. „Aber ich bin natürlich nicht so eine erfahrene Reporterin wie du. Meine Menschenkenntnis kann deiner nicht das Wasser reichen. Ich bin mit Blindheit geschlagen und sehe nicht, wenn ein Mann verrückt nach einer Frau ist. Alles, was recht ist, Margie, jeder sieht es – nur du nicht."

„Was sehe ich nicht?" fragte Margie verständnislos.

Jan schlug sich die Hand vor den Kopf. „Schon gut, schon

gut. Ich gehe jetzt hinauf und denke mir eine Strategie aus, um dir die Augen zu öffnen. Was brauche ich denn? Mal sehen, zwanzig Schreckschusspistolen, einen Korb voll Feuerwerkskörper ..."

Margie lachte leise vor sich hin, während sie ihrer Schwester nachschaute. Es wäre wirklich wundervoll, wenn Cannon sich von Jans Fähigkeiten überzeugen lassen und den beiden seinen Segen geben würde, dachte sie.

Sie trank gerade ihren Kaffee aus und stellte die Tasse in die Spüle, als die Küchentür geöffnet wurde und Cannon eintrat. Er hatte eine qualmende Zigarette in der Hand und lehnte sich an den Türrahmen, sodass Margie den Raum nicht verlassen konnte.

„Möchtest du eine Tasse Kaffee?" fragte sie und hoffte, dass er ihr nicht anmerkte, wie sehr seine Anwesenheit sie verunsicherte.

Er antwortete nicht gleich. Der Blick seiner dunklen Augen ruhte auf ihrem Gesicht, und mit einer gewissen Befriedigung registrierte er dort die Spuren von Schlaflosigkeit und Überarbeitung. Margie entdeckte die gleichen Anzeichen bei ihm.

„Kann Jan wirklich Dinnerpartys organisieren?" fragte er.

„Ja", erwiderte Margie und beschäftigte sich damit, ihre Tasse zu spülen und abzutrocknen. „Das hat sie in den vergangenen Jahren sehr oft gemacht."

„Margie ..." Er kam näher, bis sie die Wärme seines Körpers hinter sich spüren konnte. Dann legte er sanft die Hände auf ihre Schultern, und sie fuhr zurück, als hätte sie sich daran verbrannt.

„Tu das nicht", stieß er gequält hervor und verstärkte den Druck seiner Hände auf Margies Schultern. „Bitte zucke nicht zurück, wenn ich dich berühre. Das kann ich nicht ertragen."

Sie schloss die Augen und spürte, wie sie wieder unaufhaltsam von Cannons männlicher Ausstrahlung angezogen wurde. Ihre Knie wurden weich, als sie seine starken Hände auf ihren Schultern fühlte, den Duft von herbem Rasierwasser und Tabak einsog.

„Ich bin nicht zurückgezuckt", flüsterte sie. „Du ... hast mich bloß erschreckt."

Cannons Atem ging unregelmäßig. „Versteh doch, Margie. All die Jahre habe ich keiner Frau mehr genug vertraut, um mit ihr eine feste Beziehung einzugehen. Meine Exfrau hat mich ständig betrogen, immer lagen andere Kerle in meinem Bett. Ich will mein Verhalten dir gegenüber nicht rechtfertigen – ich weiß, ich habe mich unmöglich benommen –, aber, zum Teufel, ich bin bisher von Frauen nur belogen worden. Ich habe dich fast für eine Heilige gehalten", schloss er unbeholfen. „Und dann erfuhr ich, wer du wirklich bist, und das musste ich erst einmal verarbeiten. Als ich wusste, dass du in Wirklichkeit eher eine Art Vamp bist, kam ich mir irgendwie verschaukelt vor. Auf mich wirkte das alles wie ein Vertrauensbruch, verstehst du?"

„Mach du nicht auch noch den Fehler, das zu glauben, was die Medien über mich verbreiten", entgegnete sie kühl. „Ich bin ebenso wenig eine Nymphomanin wie du ein prüder Spießer. Aber der Verlag hat nun einmal mein Image so aufgebaut, dass es zu meinen Büchern passt, und die Leute glauben natürlich, was sie über mich hören. Es passt in das Klischee. Die Bücher einer skandalumwitterten Autorin verkaufen sich nun einmal besser als die eines Mauerblümchens. Ich kann mein Image genauso wenig abstreifen wie du deins. Außerdem", fügte sie mit einem kurzen Lachen hinzu und entfernte sich von ihm, „ist es gerade unser Image, das uns so erfolgreich macht. Aber es ist auch eine Barriere zwischen unseren Welten, wir passen nun einmal nicht zusammen, Cannon. Es ist schon gut, dass alles so gekommen ist."

„Ich mag es nicht, wie du sprichst", erklärte er und ließ sie nicht aus den Augen. „Du bist viel zu jung für solchen Zynismus."

„Das hat nichts mit dem Alter zu tun", konterte sie und verschränkte die Arme vor der Brust. „Ich war in meinem Leben noch nie auf Rosen gebettet, aber gerade das hat mich stark gemacht. Das Erste, was ich gelernt habe, war, je näher man Menschen an sich heranlässt, desto furchtbarer können sie einen verletzen. Ich habe das dummerweise eine Zeit lang vergessen, aber das wird nicht wieder vorkommen." Sie verzog den Mund zu einem Lächeln, doch ihre Augen blieben ernst.

„Das, was zwischen uns war, war etwas ganz Besonderes", wandte er ruhig ein, den Blick fest auf Margie gerichtet.

„Man denkt immer, dass Sex etwas Besonderes ist, bis der erste Rausch verfliegt", gab sie zurück.

„Hier geht es nicht um Sex", verbesserte er sie. „Du kennst den Unterschied vielleicht nicht, aber ich schon. Das, was ich für dich empfinde, hat nichts mit deinem zugegebenermaßen begehrenswerten Körper zu tun."

Margie schaute ihn an und versuchte, seine Worte zu verstehen, doch was dabei herauskam, wollte nicht in das Bild passen, das sie sich zuletzt von Cannon gemacht hatte. „Es ist nicht klug, impulsiv zu handeln", sagte sie leise.

„Du hast an dem Abend in New York ziemlich lange mit mir in meinem Bett gelegen, ehe wir gestört wurden", meinte er trocken. „Das war dann wohl keine impulsive Handlung, oder?"

Margie errötete, hielt seinem Blick jedoch stand. „Ich hatte eine Menge Wein getrunken", redete sie sich heraus.

„Glaubst du das wirklich?" bohrte er unnachgiebig. „Dass du betrunken warst und dich hast gehen lassen?" Er hielt inne und drückte seine Zigarette im Aschenbecher aus, der auf dem Küchentisch stand. „Ich bin ein paar Tage auf Geschäftsreise, es ist eine wichtige Sache, die ich nicht verschieben kann. Vielleicht ist es ja auch ganz gut so. Du könntest merken, dass du mich vermisst."

Während er sich über den Aschenbecher beugte, fühlte sich Margie unbeobachtet und betrachtete Cannon aufmerksam. Sie liebte ihn mit jeder Faser ihres Körpers. Sehnsüchtig ließ sie den Blick über sein markantes Profil, sein dichtes Haar und seine breiten, kräftigen Schultern wandern. Er war ein wundervoller Mann, und mittlerweile hatte sie ihn schon so in ihr Leben einbezogen, dass sie sich nicht mehr vorstellen wollte, wie es sein würde, wenn sie ihn nicht wenigstens kurz beim Abendessen oder im Flur sehen könnte. Er war jede Nacht daheim gewesen, seit sie in Chicago wohnten, und sie hatte sich so sehr an seine Nähe gewöhnt. Tränen stiegen ihr in die Augen.

Cannon wandte sich um und erhaschte noch einen Schimmer der Traurigkeit auf ihrem Gesicht. „Könnte doch sein, oder?" fragte er, während er näher kam, ihre Oberarme umfasste und sie an sich zog.

„Was könnte sein?" flüsterte sie. Wie hypnotisiert schaute sie auf seinen Mund, den sie schon so heiß geküsst hatte.

„Dass du mich vermisst."

Unwillkürlich befeuchtete sich Margie die Lippen, ihre Hände ruhten auf seiner Brust, doch sie wehrte ihn nicht ab.

„Bekomme ich keinen Abschiedskuss?" fragte er. „In Erinnerung an einen wundervollen Abend?"

„Dafür kennen wir uns noch nicht gut genug", wandte sie atemlos ein, doch es klang nicht sehr überzeugend.

„Ich habe das Gefühl, als würde ich dich schon mein ganzes Leben lang kennen, Margie", sagte Cannon, und sein Mund berührte zart ihre Lippen. „Ich habe dich schon begehrt, als wir uns zum ersten Mal begegnet sind ... Himmel, küss mich doch endlich!"

Er riss sie in seine Arme und presste seine Lippen auf ihre. Margie stöhnte leise auf, als sie seinen harten, starken Körper an ihren weichen Rundungen spürte. Sie wühlte in seinem dichten Haar, und ihr Kuss wurde immer leidenschaftlicher und fordernder. Ein lustvolles Prickeln ließ sie erbeben, und ihre Knie wurden weich.

Mit der Zunge umspielte er ihre, dann saugte er an ihrer Unterlippe, während er die Hände über ihre sanft gerundeten Brüste gleiten ließ. Er umfasste ihre Hüften und zog sie fest an sich.

Margie krallte sich an seinen Schultern fest und rieb sich an seinem warmen Körper. Sie wollte ihn, und ihr Verlangen war so groß, dass sie all die harten Worte und die Vorwürfe vergaß. Die Vergangenheit war unwichtig, jetzt zählte nur noch ihre Sehnsucht nach Cannon und das sinnliche Feuer, das er in ihr entfachte.

„Ich bin verrückt nach dir", hauchte sie ohne nachzudenken.

„Glaubst du etwa, mir geht es anders?" brachte er schwer atmend hervor.

„Ich weiß, dass du mich willst" sagte sie mit versagender Stimme, und als sie in seine Augen schaute, entdeckte sie, dass sein Verlangen ebenso stark war wie ihres.

„Dass ich dich will", murmelte er belustigt. „Was für ein harmloser Ausdruck aus dem Munde einer so berüchtigten Schriftstellerin! Fällt dir nichts Besseres ein?"

Sie lächelte ihn verführerisch an, und plötzlich wusste sie, dass sie diesem Mann für immer vertrauen konnte. „Willst du reden oder mich küssen?"

„Sei froh, wenn es beim Reden bleibt", erklärte er und bemühte sich sichtlich, seine Leidenschaft zu zügeln. „Ein Küchentisch ist zwar nicht unbedingt der geeignetste Ort, um miteinander zu schlafen, doch je mehr ich darüber nachdenke, desto einladender wirkt dieses Möbelstück auf mich."

Margie lachte leise. „Ein reizvoller Gedanke. Ob ich das wohl in mein nächstes Buch einbaue?"

„Jetzt ist es aber gut, Lady", protestierte er, und seine Augen funkelten übermütig. „Ich wehre mich dagegen, als Versuchsobjekt missbraucht zu werden."

„Du wirst es nicht bereuen." Sie unterstrich ihre kokette Antwort mit dem entsprechenden Augenaufschlag.

Er lachte. „Wirklich? Wie aufregend. Dann leg dich mal auf diesen Tisch, und ich stelle mich gern der Forschung zur Verfügung ..."

„Cannon!" Andys Stimme tönte durch den Flur und zerstörte den sinnlichen Zauber zwischen Margie und Cannon.

„Verdammt", schimpfte Cannon. „Er scheint genau zu wissen, wann man ihn nicht gebrauchen kann – und dann schlägt er zu."

„Das ist vielleicht ganz gut so", meinte Margie augenzwinkernd. „Mit all den Holzsplittern im Po hätte ich wahrscheinlich gar nicht mehr arbeiten können."

Cannon brach in lautes Lachen aus, und nach den vergangenen Tagen, in denen sie sich nur aus dem Weg gegangen waren, schien es Margie, als ginge die Sonne auf. Sie war glücklich wie nie zuvor, und ihr Gesicht erstrahlte in einer Schönheit, die Cannon den Atem raubte.

„Warum hast du mich nicht schon früher wieder angelächelt?" beschwerte er sich. „Musstest du ausgerechnet damit warten, bis ich auf dem Sprung zum Flughafen bin?"

„Ich werde an meinem Timing arbeiten, wenn du fort bist", versprach sie und schenkte ihm erneut ein bezauberndes Lächeln.

Cannon berührte zärtlich ihre Lippen mit den Fingerspitzen. „Wirst du mich vermissen?"

„Ja", gab sie zu und wehrte sich nicht mehr gegen ihre wahren Gefühle.

„Ich dich auch", sagte er und schaute ihr tief in die großen smaragdgrünen Augen. „Wenn ich zurück bin, werden wir uns einmal ausführlich unterhalten."

Sie nickte. „Da bin ich auch für."

Dann verließ er sie, und plötzlich erschien ihr die ganze Welt in einem trüben Grau.

10. KAPITEL

„Heute kommt Cannon wieder zurück", sagte Victorine am Freitag und schaute von ihrer Stickerei auf.

Margie gab sich Mühe, ihre Freude darüber zu verbergen. „Er ist bestimmt schon auf die Party heute Abend gespannt", wich sie aus. „Er platzt doch sicher vor Neugier, ob Jan wirklich gut Gesellschaften organisieren kann."

„Sie hat ihre Sache hervorragend gemacht", lobte Victorine. „Ich hätte es selbst nicht besser hinbekommen."

Margie schaute Victorine forschend an. „Mal ehrlich, hatten Sie eigentlich wirklich einen Herzanfall?" wollte sie wissen. Diese Frage hatte sie schon seit Tagen beschäftigt.

Victorine sah sie mit großen, unschuldigen Augen an. „Ich? Wer behauptet denn so etwas?"

Margie grinste. „Schämen Sie sich denn gar nicht?"

„Warum sollte ich, mein liebes Kind?" Sie lachte. „Cannon war drauf und dran, den größten Fehler seines Lebens zu machen. Ich musste einfach irgendetwas unternehmen, und da ist mir eben so spontan nichts Besseres eingefallen. Übrigens, was macht das neue Buch?"

„Mir fehlt noch ein Kapitel." Margie seufzte. „Ich muss mich ganz schön ranhalten, in einer Woche ist Abgabetermin."

„Das ist alles meine Schuld", sagte Victorine. „Sie haben sich immer um mich gekümmert, sind extra mit nach Chicago gereist, das hat Sie sicherlich ganz schön aufgehalten. Aber Jan wird mit ihrer Party einen Riesenerfolg haben, und dann wird Cannon den beiden seinen Segen geben, warten Sie nur ab."

„Ich wünschte, ich könnte da genauso zuversichtlich sein

wie Sie", meinte Margie mit einem leichten Lächeln. „Wenn mich jemand sucht, ich bin unten am See. Ein bisschen Ruhe wirkt vielleicht ganz belebend auf meine schöpferische Kraft."

„Es gibt bestimmt noch ein besseres Mittel dafür", murmelte Victorine. „Wenn Cannon nur nicht so starrköpfig wäre! Warum kann er nicht einmal zugeben, dass er auch nur ein Mensch ist, der Fehler macht?"

Margie lachte nur. Dann erhob sie sich, nahm ihre Angelausrüstung und machte sich auf den Weg.

Cannon kam erst eine halbe Stunde vor Beginn der Dinnerparty von seiner Geschäftsreise zurück. Er wirkte erschöpft und ausgelaugt.

Margie ging gerade die Treppe hinab, sie trug ihr silberfarbenes Abendkleid – das gleiche Kleid, das sie an dem Abend mit Cannon in New York angehabt hatte. Cannon lief die Treppe hinauf, und als er Margie sah, schien ein Feuer in seinem Blick aufzulodern. Er blieb wie verzaubert stehen.

„Du bist wunderschön", sagte er fast ehrfürchtig. „So elegant, apart ..."

Sie fuhr mit der Zungenspitze über ihre plötzlich trockenen Lippen. „Vielen Dank", brachte sie gerade noch heraus.

Cannon ging weiter die Treppe hinauf. Auf der Stufe unter ihr blieb er stehen.

Er duftete nach seinem herben After Shave und Tabak, und der anthrazitfarbene Leinenanzug ließ seinen Teint und seine Haare noch dunkler erscheinen. Margie konnte sich nicht von seinem Anblick losreißen.

„Du wärst ... fast zu spät gekommen", stotterte sie. Seine Nähe brachte sie völlig aus dem Konzept.

„Ich habe mein Flugzeug verpasst und musste auf das nächste warten", erklärte er, ohne sie aus den Augen zu lassen. „Es tut gut, wieder daheim zu sein." Er strich über Margies seidiges Haar und beugte sich zu ihr hinab, denn er war immer noch größer als sie, obwohl sie auf der höheren Treppenstufe stand. „Ist der Lippenstift kussecht?“ flüsterte er, und seine Lippen berührten bereits ihre.

„Ich ... ich weiß es nicht“, gab sie leise zurück.

Aufreizend langsam fuhr er mit der Zungenspitze über ihre Lippen, sein Atem war ebenso unregelmäßig wie ihrer, und Margie spürte seinen rasenden Herzschlag unter ihren Händen, die sie auf seine Brust gelegt hatte, um nicht das Gleichgewicht zu verlieren. Sie fühlte, wie erneut diese süße Schwäche von ihr Besitz ergriff.

„Ich habe dich vermisst“, stieß er heiser hervor und zog sie in seine Arme. „Ich habe es kaum noch ausgehalten.“

Da gab es für Margie kein Zurück mehr. Sie schlang die Arme um seinen Nacken und hörte, wie sein Aktenkoffer zu Boden fiel. Die Hitze seines starken Körpers schien sie fast zu verbrennen. Cannon stöhnte auf und presste seine Lippen auf ihre. Er küsste sie hungrig und Margie klammerte sich an ihn wie eine Ertrinkende.

Schließlich löste er sich schwer atmend von ihr, und sie schaute ihn benommen an.

„Weißt du eigentlich, wann ich das letzte Mal geschlafen habe? Weißt du, wie furchtbar es ist, allein in einem Bett zu liegen, den Menschen, den du am meisten liebst, herbeizusehnen, bis du vor Verlangen fast wahnsinnig wirst?“

„Es wird nicht gut gehen“, wisperte Margie. Sie wagte noch nicht so recht, an ihr Glück zu glauben. Sie hob den Kopf und sah Cannon verliebt an.

„Ich werde dafür sorgen, dass es gut geht, Margie“, flüsterte er mit rauer Stimme und beugte sich wieder zu ihr hinab. „Darling ...“

Gerade wollte sie ihn küssen, als eine Tür aufging. Cannon gab Margie frei, sein Blick drückte Begehren und Enttäuschung aus.

„Seid ihr fertig?“ erkundigte sich Jan. Sie trug ein duftiges, pinkfarbenes Chiffonkleid, das ihren Porzellanteint und ihre schlanke Figur wundervoll zum Ausdruck brachte. „Hallo, Cannon! Willkommen daheim“, fügte sie hinzu und sah zu, wie er sich widerwillig von Margie löste und seinen Aktenkoffer aufhob. „Die Gäste werden jeden Augenblick hier sein.“

Er seufzte und brachte ein schiefes Lächeln zustande. „Wenn ihr mich in diesem Aufzug reinlasst, bringe ich nur schnell den Aktenkoffer hoch.“ Er wandte sich an Margie. „Ich bin gleich wieder bei dir, Liebling.“

„Er sieht fantastisch aus, findest du nicht auch, Margie?“ fragte Jan und betrachtete ihre errötende Schwester.

„Ja, fantastisch“, wiederholte Margie.

Cannon hielt ihr eine Hand hin. „Komm, hilf mir, meinen Aktenkoffer hochzubringen“ murmelte er und gab sich nicht einmal die Mühe, sein Begehren vor Jan zu verbergen.

„Geht ruhig“, meinte sie und zwinkerte Margie amüsiert zu. „Ich kümmere mich schon um die Gäste.“ Dann klingelte es an der Tür, und Jan huschte die Treppe hinab.

Wieder ging eine Tür, und Andy stürmte in den Flur. Mit einer Hand nestelte er noch an seinem Krawattenknoten herum. Grinsend betrachtete er Margie und Cannon. „Na, ihr zwei“, sagte er. „Ist Jan unten? Ach, ich finde sie schon. Wollt ihr nicht mitkommen?“ rief er ihnen zu.

Cannons Blick ruhte immer noch auf Margie, die ihn wie hypnotisiert anschaute und regungslos auf der Stelle verharrte. „Wir kommen in ein paar Minuten nach. Wir müssen nur noch meinen Aktenkoffer fortbringen.“

„Ihr müsst was?“ entfuhr es Andy. Er glaubte, sich verhört zu haben, und starrte die beiden fassungslos an.

„Oh Darling, unsere Gäste sind da!“ rief Jan fröhlich und winkte Andy zu.

„Wie bitte? Oh, natürlich!“ Andy drehte sich um und lief die Treppe hinunter zu Jan.

„Wir sollten lieber auch nach unten gehen und die Gäste begrüßen“, flüsterte Margie.

Doch Cannon schüttelte den Kopf. „Jetzt nicht. Noch nicht. Ich brauche dich so sehr, Margie!“

Sie wollte etwas erwidern, doch das lodernde Verlangen in seinem Blick raubte ihr den Atem.

Da ging erneut eine Tür auf. Es war Victorine, die in einem langen pfirsichfarbenen Kleid auf den Flur trat und mit einem schelmischen Lächeln auf Margie und Cannon zuschritt.

„Was steht ihr hier so im Flur herum und haltet den Verkehr auf?“ fragte sie augenzwinkernd. „Geht euch doch erst einmal kämmen!“

„Ist das eine bessere Ausrede? Und ich war so stolz, dass mir das mit dem Aktenkoffer eingefallen ist“, sagte Cannon zu seiner Mutter, als sie an ihnen vorbeischritt.

„Dein Vater und ich haben sie immer benutzt“, erklärte sie ihm. „Du bist doch damit einverstanden, dass ich Jan zu ihrer bevorstehenden Verlobung gratuliere ....?“

Seufzend beobachtete Cannon, wie die Gäste unten in den Flur strömten. „Mach, was du willst“, gab Cannon zurück und griff nach Margies Hand. „Ich glaube, deine Schwester hat hervorragende Arbeit geleistet, was diese Party angeht.“

„Das hat sie wirklich“, erwiderte Victorine zufrieden.

Cannon zog Margie mit sich hinauf in sein Zimmer, und sie musste fast laufen, um mit ihm Schritt zu halten. In ihrem Inneren tobte ein erbitterter Kampf zwischen Vernunft und Verlangen.

Cannon öffnete die Tür und trat sie hinter ihnen mit dem Fuß wieder zu. Ohne ein Wort zu verlieren, warf er den Aktenkoffer in die Ecke und riss Margie in seine Arme.

Protestlos ließ sie zu, dass er sie hochhob und auf sein Bett legte. Eine Sekunde später war er schon neben ihr auf der cremefarbenen Bettdecke, befreite sich von seiner Krawatte und öffnete die Knöpfe seines Hemds.

„Du zerknitterst es, wenn du so weitermachst“, wisperte Margie mit bebender Stimme und half ihm aus seinem Jackett und dem Hemd.

„Das ist mir im Moment völlig egal“, erwiderte er und streifte ihr ungeduldig das silberfarbene Kleid bis zur Taille hinab. Im gleichen Atemzug verschloss er ihren Mund mit einem leidenschaftlichen Kuss, in dem sich sein aufgestautes Verlangen entlud.

Margie war schwindlig, als er ihre Lippen wieder freigab, und ermattet von seinem ungestümen Kuss ließ sie sich in die Kissen sinken. Ihr ganzer Körper zitterte vor Erregung, und sie wünschte sich, Cannons Zärtlichkeiten würden nie enden.

„Hast du schon genug?“ neckte sie ihn leise.

Er verschlang sie förmlich mit seinen Blicken, streichelte ihr langes, seidiges Haar, das sich aus der hochgesteckten Frisur gelöst hatte, und leckte mit der Zungenspitze die zarte Haut um ihre Brustknospen. „Nein, aber wir müssen uns schließlich um unsere Gäste kümmern“, murmelte er, und ein schwaches Lächeln umspielte seine Lippen.

Margie hob die Hüften und schmiegte sich herausfordernd an ihn. Sie lächelte zufrieden, als er aufstöhnte.

„Du kleine Hexe“, stieß er heiser hervor und küsste sie so lustvoll, dass Margie fast die Sinne schwanden.

Als er sich von ihrem Mund löste, barg sie seinen Kopf an ihren weichen Brüsten und küsste sein dunkles Haar. „Ich liebe dich“, flüsterte sie.

Cannon hob den Kopf und sah sie an. Einen kurzen Moment spiegelte sich die quälenden Gefühle, die ihn in den vergangenen Tagen gepeinigt hatten, in seinem Blick. „Ich hatte solche Angst, du würdest nichts mehr für mich empfinden“, bekannte er atemlos. „Ich dachte schon, ich hätte alles zerstört. Ich schwöre dir, ich wollte nicht so heftig reagieren, ich habe mich mehr als einmal für diesen Ausbruch verflucht. Ich wollte mich entschuldigen – ich habe es schon versucht, bevor wir Florida verlassen haben – aber du wolltest nicht mehr mit mir reden." Er schloss die Augen. „Ich weiß nicht, was ich getan hätte, wenn du mich aus deinem Leben verbannt hättest."

Liebevoll zeichnete sie mit den Fingerspitzen die Konturen seines Mundes nach. „Ich hatte auch Angst", gestand sie. „Ich hatte Angst, deine und meine Welt wären einfach zu verschieden und würden nie zusammenpassen."

„Wir werden schon dafür sorgen, dass sie zusammenpassen", versprach er ihr und bedeckte ihr Dekolletee mit kleinen Küssen. „Wir werden heiraten, Margie. Ich hoffe, du bist damit einverstanden, und wenn nicht, dann habe ich auch keine Hemmungen, dich zum Altar zu zerren. Das wäre doch die Story für die Morgenblätter – und eine fantastische Publicity für die Verfilmung deines Romans."

„Dann kannst du dein konservatives Image aber vergessen", wandte sie ein. „Dein Aufsichtsrat ..."

Er hob ihr Kinn und schaute ihr in die Augen. „Ich liebe dich", sagte er zärtlich, aber bestimmt. „Dich, Mrs. Silver, und dein berüchtigtes Pseudonym. Alles andere ist unwichtig. Das Einzige, was zählt, bist du. Nicht die Firma, nicht mein Bankkonto – nur du."

Margie spürte, wie ihr die Tränen in die Augen stiegen, und Cannons Bild verschwamm.

„Das ist doch kein Grund zum Weinen", flüsterte er und küsste ihre Tränen fort. „Mach dir keine Sorgen. Du wirst sehen, alles wird gut werden."

„Beinahe wäre es aber schief gegangen", gab sie zu bedenken.

„Das stimmt", räumte er ein. „Aber zum Glück habe ich eine raffinierte Mutter mit einem goldenen Herzen, die mich besser kennt als ich mich selbst."

Margie starrte ihn mit offenem Mund an. „Du hast die ganze Zeit gewusst, dass sie keinen Herzanfall hatte?"

Er grinste. „Natürlich wusste ich das, doch wie du sicher bemerkt hast, habe ich brav mitgespielt. Ich wollte viel mehr als sie, dass du hier bleibst."

Sie schob schmollend die Unterlippe vor. „Aber ich frage mich warum? Du warst doch so oft, wie du nur konntest, fort ..."

„Ja, aber nur weil ich gehofft hatte, du würdest Sehnsucht nach mir bekommen und mich wenigstens halb so sehr vermissen, wie ich dich vermisst habe", gestand er mit rauer Stimme. „Ich war ja schon froh, wenn ich dich hier im Haus sehen oder dich beim Angeln beobachten konnte."

„Du hast mich beobachtet?"

„Ich konnte nicht anders", sagte er leise und zog Margie in seine Arme. „Ich bin manchmal fast verrückt geworden vor Sehnsucht nach dir, Margie."

„Mir ging es genauso", hauchte sie. „Als du fort warst, hatte ich das Gefühl, die Sonne würde nie mehr scheinen."

Mit einem sanften Kuss brachte er sie zum Schweigen und legte sich behutsam auf sie.

Als sie das Gewicht seines warmen Körpers auf sich spürte, steigerte sich ihr Verlangen ins Unermessliche. Mit bebenden Fingern fuhr sie ihm durch das dichte Haar, und als sein Kuss fordernder wurde, stöhnte sie auf und presste sich noch fester an Cannon.

„Ich will dich", flüsterte Cannon, und sein heißer Atem fächelte ihre Halsbeuge. „Und zwar jetzt." Mit seinen erfahrenen Händen erkundete er die samtige Haut ihrer Brüste und ihrer Hüften, streichelte ihren festen, wohlgeformten Po.

„Man wird uns sicher schon vermissen", brachte Margie halbherzig hervor. Doch auch sie war längst nicht mehr in der Lage, eine Entscheidung zu treffen. Sie liebte Cannon und sehnte sich danach, mit ihm zu verschmelzen, obwohl tief in ihr immer noch die alten Ängste lauerten.

Behutsam nahm Cannon ihr Gesicht zwischen seine großen Hände. „Ich weiß, was du willst", sagte er mit tiefer, vibrierender Stimme. „Und genau das will ich auch. Ich kann nicht länger warten. Noch nie habe ich eine Frau so begehrt wie dich."

Margie wusste das, und innerlich triumphierte sie. Sie war stolz darauf, dass sie es war, die bei diesem wundervollen Mann dieses starke, alles verzehrende Verlangen weckte – und dass sie die Einzige war, die es stillen konnte.

Sie atmete tief durch, um sich zu entspannen. „Bitte, erwarte nicht zu viel", meinte sie leise. „Es ist nicht einfach für mich, selbst mit dir nicht."

„Ich liebe dich", erwiderte er. „Denk immer daran und vergiss nie, dass das, was wir gleich tun, nur ein weiterer Ausdruck meiner Liebe ist."

Langsam streichelte er sie, fuhr in kleinen Kreisen um ihre festen Brüste, und ein prickelnder Schauer durchrieselte Margie.

„So", sagte er und rollte sich auf den Rücken. „Berühre mich. Streichle mich, wo und wie du willst. Sei mal ein bisschen mutig. Tu so, als wärst du eine deiner Romanheldinnen", fügte er hinzu.

Ein warmes Lächeln umspielte ihre Lippen, während sich ihre Hände in dem dichten Haar auf seiner Brust und unter seinem Nabel verloren. „Meine Heldinnen sind leidenschaftliche Geliebte", sagte sie. „Aber sie geben sich immer nur einem Mann hin, dem Mann, den sie über alles lieben. Einen Seitensprung könnte ich nicht verzeihen."

„Ich weiß", murmelte er. „Ich habe endlich einmal eins deiner Bücher gelesen. Es hat mir wirklich Hoffnung gemacht. Eine Frau, die in der Lage ist, Leidenschaft so gut zu beschreiben, ist bestimmt auch fähig ..."

„Pssst", fiel sie ihm ins Wort und beugte sich zu ihm hinab. Sie küsste ihn aufreizend langsam und schloss entzückt die Augen, als sie spürte, dass ihm dies nicht reichte. Er presste seine Lippen fester auf ihre, und ahmte mit der Zunge den Rhythmus des Liebesspiels nach, um einen Vorgeschmack der Freuden zu geben, die sie erwarteten.

„He, was soll das?“ beschwerte sie sich. „Ich denke, ich soll etwas ausprobieren!“

Er umfasste ihre Taille und zog sie auf seinen muskulösen Körper. „Mach ruhig weiter“, entgegnete er. „Ich wollte dir nur einige ... Anregungen geben.“ Seine dunklen Augen funkelten, während er die Hände auf ihre Oberschenkel legte und sie so fest an sich drückte, dass sie ihn beinahe so intensiv spürte, als wäre er nackt.

Margie warf den Kopf zurück und biss sich auf die Unterlippe. Das war es, wonach sie sich so lange gesehnt hatte. Endlich würde sie erleben, wie es war, wenn sie sich aus eigenem Willen einem Mann hingab.

Cannon spielte mit ihrem langen Haar und zog ihren Kopf zu sich hinab. Dann rutschte er unter ihr hervor und drehte sie auf den Rücken. Sein Atem beschleunigte sich, als er seine Hose und die Boxershorts abstreifte und sich auf Margie sinken ließ.

„Und jetzt“, flüsterte er, während er sanft ihre Schenkel auseinander bog, „zeige ich dir, was eine Frau empfinden sollte, wenn sie mit ihrem Mann schläft. Du wirst mich zitternd vor Verlangen anflehen, dich zu nehmen, und dann werde ich dir eine so lustvolle Befriedigung bereiten, dass du keinen anderen Mann mehr an dich heranlässt.“

„Cannon!“ stöhnte sie, als er sich mit einer Hand immer weiter vortastete und sie mit kleinen, geschickten Bewegungen verwöhnte, bis sich alles um sie herum drehte und sie in einem Flammenmeer zu versinken drohte.

„Küss mich“, stieß er keuchend hervor, und seine Zunge rieb sich rasch an ihrer. Ohne sein aufreizendes Streicheln zu unterbrechen, reizte er mit der anderen Hand ihre Brüste, umspielte die empfindlichen Spitzen mit den Daumen, bis sie sich steif aufrichteten.

Margie wand sich erregt unter Cannon und konnte es kaum noch erwarten, seine harte Männlichkeit in sich aufzunehmen.

„Das ist erst der Anfang", versprach er und schaute in ihre glänzenden grünen Augen. „So wird es von nun an immer sein."

Mit einer geschmeidigen Bewegung drang er tief ein. Margie atmete geräuschvoll ein und umschlang Cannon mit Armen und Beinen. Er hatte eine grenzenlose Leidenschaft in ihr entfesselt, sie konnte nicht genug von ihm bekommen und von den nie gekannten Freuden, die er ihr bereitete. Immer schneller bewegte sich Cannon in ihr, und Margie nahm seinen Rhythmus auf. Ihr Herz hämmerte wie wild, und sie stieß kleine kehlige Laute des Entzückens aus, während die Woge der Lust unaufhaltsam auf sie zurollte und sie mit sich riss.

„Das ist Liebe", stöhnte Cannon, und seine Worte waren das Letzte, was in ihr Bewusstsein drang. Tausend Sonnen schienen in ihr zu explodieren, und mit einem erregten Schrei bäumte sie sich auf und fand die lang ersehnte Erfüllung.

Jetzt konnte auch Cannon sich nicht mehr zurückhalten. Er stöhnte heiser auf und verströmte sich in ihr.

„Ich wusste nicht, dass es so wundervoll sein kann", hauchte sie, als sie langsam in die Wirklichkeit zurückkehrte.

Er hielt sie zärtlich umarmt und drückte ihr sanfte Küsse auf die Stirn, die Augenlider und die Wangen. Allmählich beruhigte sich ihr Herzschlag, und ihr Atem ging regelmäßiger.

„Ich auch nicht, Liebling", flüsterte er an ihre Schläfe. Er sah, wie sie die Augen aufschlug, und der Blick, den sie tauschten, war so liebevoll und vertraut wie die Berührung ihrer ermatteten Körper. „Ich habe es noch nie mit einer Frau erlebt, die ich wirklich liebe. Bis jetzt."

Margie streichelte sein Gesicht, und Cannon schloss die Augen, um ihre Liebkosung intensiver auszukosten.

„Ich liebe dich", flüsterte sie, und zum ersten Mal in ihrem Leben hatte sie den Mut, einem Mann rückhaltlos zu vertrauen, denn sie wusste, dass Cannon ihre Gefühle erwiderte. „Ich liebe dich, Cannon, und ich möchte gern Kinder mit dir haben."

Er öffnete die Augen und hielt Margie in seinen Armen wie

einen kostbaren Schatz. „Ich hätte nie für möglich gehalten, dass meine Träume einmal wahr werden und dass ich eine solche Liebe erlebe“, bekannte er leise. „Ein Leben ohne dich kann ich mir nicht mehr vorstellen.“

„Ich möchte immer bei dir sein, Darling“, entgegnete sie lächelnd. „Du kannst von mir haben, was du willst.“

„Ich habe eben schon etwas Wundervolles bekommen“, erwiderte er sanft. „Und jetzt wartest du wohl darauf, dass ich dir einen Heiratsantrag mache.“

„Willst du unsere schöne, ungezwungene Beziehung aufs Spiel setzen?“ fragte sie mit gespieltem Entsetzen.

Cannon sah sie an und stupste ihre Nase mit seiner. „Ich weiß, dass du sehr freiheitsliebend bist, Miss Bestsellerautorin“, meinte er. „Aber wenn du jetzt nicht Ja sagst, zerre ich dich die Treppe hinunter und erkläre den ehrenwerten Gästen, dass du schwanger bist.“

„Cannon Van Dyne!“ fuhr sie ihn entrüstet an. „Das würdest du nicht wagen!“

„Willst du es darauf ankommen lassen?“ fragte er sie. „Du bist wirklich die widersprüchlichste Frau, die mir je begegnet ist. Wie viele deiner Leser wissen eigentlich, wie prüde du in Wirklichkeit bist? Mir macht es absolut nichts aus, über heikle Dinge zu reden, aber du wirst schon rot, wenn du nur daran denkst!“

Margie lachte verlegen. „Gegensätze ziehen sich eben an!“ bemerkte sie. „Oh Cannon, dein Aufsichtsrat wird ganz schön außer sich sein, wenn er von deiner Liaison hört!“

„Zum Teufel mit meinem Aufsichtsrat. Willst du jetzt meine Frau werden oder nicht?“ fragte er und küsste sie mit neu erwachter Leidenschaft. „Stell dir nur vor, wie entsetzt meine Mutter wäre, wenn ich ihr sagen würde, dass du vielleicht schwanger bist. Das ist gar nicht so weit hergeholt, du könntest es jetzt ja wirklich schon sein“, meinte er und seine dunklen Augen blitzten triumphierend, als er die Hand auf ihren Bauch legte.

„Du kannst es wohl gar nicht erwarten, was?“ zog sie ihn liebevoll auf. Doch sie selbst war auch ganz aufgeregt, wenn sie daran dachte. Kinder waren immer ihr sehnlichster Wunsch gewesen.

„Nächsten Monat werde ich vierzig“, erklärte er nachdenklich. „Würde es dir wirklich etwas ausmachen, wenn wir uns mit den Kindern etwas beeilten? Ich will dich natürlich zu nichts drängen ...“

„Nein, es macht mir nichts aus“, erwiderte sie und unterstrich ihre Worte mit einem Kuss. „Ich möchte auch so schnell wie möglich eine richtige Familie haben. Ich habe sogar noch das Taufkleidchen meiner Großmutter.“

„In unserer Familie gibt es schon seit Generationen eine silberne Taufschale ...“, spann er ihren Gedanken weiter. Dann lächelte er sie an „Ich will zehn.“

„Zehn? ... Oh!“ Sie stöhnte auf, als sie seine Hände auf der zarten Innenseite ihrer Schenkel spürte.

„Wollen wir feilschen?“ neckte sie Cannon. „Wie viele möchtest du denn gern?“

Ein unbändiges Glücksgefühl stieg in ihr auf, die Schatten der Vergangenheit waren endlich besiegt. „Zehn.“ Sie lachte. „Zwölf. So viele du willst, aber erst musst du mich küssen!“

Cannon strahlte, und siegesbewusst beugte er sich zu ihr hinab.

Die Salatteller wurden gerade abgeräumt und der erste Gang serviert, als Cannon und Margie Hand in Hand das Esszimmer betraten. Zum Glück war ihr Fehlen nicht allzu sehr aufgefallen.

Victorine erhob sich und ging zu ihnen. „Das wird aber auch langsam Zeit“, schalt sie augenzwinkernd. „Wie seht ihr nur aus ...“

„Du hast uns doch selbst vorgeschlagen, wir sollten uns kämmen gehen“, erinnerte sie Cannon mit einem jungenhaften Grinsen.

„Dein Haar sieht aber noch wüster aus als vorher“, erwiderte seine Mutter. „Ich werde dir noch einmal verzeihen, aber nur unter einer Bedingung. Na, wie heißt das Zauberwort?“

Er hob eine Braue. „Wie wird es wohl heißen? Doch nicht etwa Heirat?“ fragte er trocken.

Victorine strahlte und umarmte Margie liebevoll. „Was habe ich gesagt? Meine Söhne sind sehr feinfühlige Menschen.“ Sie lachte. „Sie wissen genau, wenn sie einen guten Fang gemacht haben.“

„Ich glaube, das Ganze war eher meine Schuld“, meinte Margie und warf Cannon einen übermütigen Blick zu. „Ich habe ihm den ganzen Schlamassel eingebrockt, und jetzt muss ich auch zu meiner Tat stehen und ihn heiraten.“

Victorine sah ihren Sohn amüsiert an. „Schämst du dich denn gar nicht?“ fragte sie ihn. „Am Ende glaubt sie noch, dass sie dich um den Finger wickeln kann!“

Cannon brach in lautes Gelächter aus und zog die beiden Frauen in seine Arme. „Was heißt, sie glaubt es? Sie weiß es doch schon längst!“ Dann zwinkerte er Margie zu. „So, nun will ich endlich etwas essen. Ich bin völlig ausgehungert!“

– ENDE –

Diana Palmer

Starker Mann – ganz schwach

Roman

Aus dem Amerikanischen von
Sabine Fischer

MIRA®

1. KAPITEL

Marjorie zerknüllte das Telegramm und betrachtete voller Wut das Stück Papier in ihrer Hand.

„Was ist, Mama? Schlechte Neuigkeiten?"

Beckys leise Stimme holte Marjorie in die Gegenwart zurück. Sie blickte auf. Sie befand sich immer noch in dem riesigen alten Haus, und vor ihr stand ihre sechsjährige Tochter, die sehr bedrückt wirkte.

„Was sagst du, Darling?" Ihre eigene Stimme kam ihr fremd vor. Sie räusperte sich und drehte das Papier nervös in der Hand. „Schlechte Neuigkeiten? Ja, das kann man sagen."

Becky seufzte. Marjorie fand, dass sie für ihr Alter viel zu ernst war. Ihre Tochter hatte es von Anfang an nicht leicht gehabt. In dem exklusiven Internat, in das Marjorie sie zu schicken gezwungen war, war das Mädchen nur noch verschlossener, noch scheuer geworden.

„Ist es wieder Daddy?" Becky sah ihre Mutter fragend an. Sie las die Antwort in ihren Augen und zuckte mit den Schultern. „Tante Janet kommt heute", erklärte sie unvermittelt mit kindlicher Begeisterung. Sie lächelte auf einmal. „Wenn sie da ist, geht es dir bestimmt bald besser."

Marjorie erwiderte Beckys Lächeln. Es kam so selten vor, dass ihre Tochter einmal fröhlich wirkte.

„Sie kommt, das stimmt. Aber sie ist nicht wirklich deine Tante. Sie ist meine Patentante. Meine Mutter und sie waren Freundinnen. Es war wirklich eine nette Überraschung, dass wir sie in der letzten Woche zufällig getroffen haben. Sie wusste nicht einmal, dass es dich gibt."

Becky lachte leise. Dieses Lachen hatte Marjorie in der letzten Zeit viel zu selten gehört.

Sie wäre wirklich froh gewesen, wenn sie ihrer Tochter das Internatsleben hätte ersparen können, aber es hatte keine andere Möglichkeit gegeben, als sie wieder anfing zu arbeiten. Es gab niemanden, der sich nach der Schule um Becky hätte kümmern können. Dazu kam, dass sie oft Überstunden machen und auch am Samstag arbeiten musste. Hätte sie das Kind nicht ins Internat gegeben, wäre die Kleine viele Stunden allein zu Hause gewesen. Dennis hätte diese Situation ausnutzen und seine Tochter entführen können. Er war zu allem imstande, wenn es um Geld ging, darüber machte sich Marjorie keine Illusionen. Das Telegramm, das sie eben bekommen hatte, bewies es. Darin teilte er ihr mit, er habe die Absicht, sich das Sorgerecht für seine Tochter zu erkämpfen. Er habe seinen Anwalt bereits beauftragt, die nötigen Schritte einzuleiten.

Marjorie strich sich eine Strähne ihres kurzen, glatten Haares aus der Stirn. Sie war groß und sehr schlank. Ihre Figur war ideal für die Kleider, die man in dieser Saison trug. Sie würde sich allerdings sicher keines kaufen können. Ihre finanzielle Situation wurde mit jedem Tag bedrohlicher. Daran war einerseits ihr Exgatte schuld, der die Unverfrorenheit besessen hatte, bei der Scheidung eine Abfindung zu verlangen, die ihm dann tatsächlich auch zugesprochen worden war. Andererseits waren da ihre Anwälte, die mit immer neuen finanziellen Forderungen auf sie zukamen.

Mittlerweile waren ihr eigentlich nur noch das Haus und ein relativ neues Auto geblieben. Dann gab es noch das Vermögen ihrer Tochter, das sie treuhänderisch verwaltete.

Marjories Vater war von Anfang an gegen ihre Ehe mit Dennis gewesen. Damals hatte sie seine Einwände nicht verstanden. Ihre Auseinandersetzungen endeten damit, dass er Marjorie aus seinem Testament ausschloss und alles ihrer Tochter, Becky, hinterließ. Marjorie hatte erst nach seinem Tode davon erfahren. Nie würde sie den Wutanfall vergessen, den Dennis bei der Verlesung des Testaments bekommen hatte. Zu diesem Zeitpunkt wusste Marjorie längst, dass sie einen Fehler gemacht hatte. Sie war sehr unglücklich und lebte eigentlich nur noch für Becky.

Natürlich hatte Dennis versucht, das Testament anzufechten. Beckys Vermögen war zwar unantastbar, aber der Verwalter dieses Vermögens hatte die Möglichkeit, Aktien zu verkaufen und das Geld neu anzulegen. Marjorie konnte sich nur zu gut vorstellen, wie Dennis diese Vollmacht ausgenutzt hätte. In kürzester Zeit würde er das ganze Vermögen durchgebracht haben, daran zweifelte Marjorie nicht.

Gegenwärtig arbeitete Marjorie in einem Buchladen, um sich finanziell über Wasser zu halten. Sie liebte Bücher, und der Job gefiel ihr. Weniger gefiel ihr allerdings, dass sie ihre Tochter nicht bei sich hatte. Sie sehnte sich nach dem Tag, an dem Becky bei ihr zu Hause sein konnte und sie nicht mehr fürchten musste, Dennis werde sie entführen, sobald sie einmal allein wäre.

Marjorie war kein geselliger Mensch. Das was schon in der Zeit so gewesen, in der sie als Tochter einer wohlhabenden Familie alle Vorteile auf ihrer Seite gehabt hatte. Schon damals war sie lieber für sich geblieben und hatte Partys und andere Geselligkeiten gemieden. Sie war wie Becky gewesen, scheu und in sich gekehrt. Sie war es immer noch.

„Ich muss doch nicht zu Daddy ziehen, oder?" fragte Becky plötzlich. Der durchdringende Blick, mit dem sie ihre Mutter musterte, verriet Angst.

„Natürlich nicht, Darling!" Marjorie drückte das Kind fest an sich. Zärtlich strich sie ihm über das Haar. Becky war alles, was ihr auf der Welt geblieben war, ihr kostbarster Besitz. Das einzig Gute, was ihre sechsjährige Ehe ihr gebracht hatte. Diese Ehe hatte erst vor wenigen Monaten ein erlösendes Ende gefunden. Gleich nach der Scheidung hatte Marjorie wieder ihren Mädchennamen – Turner – angenommen. Durch nichts wollte sie mehr an Dennis erinnert werden – nicht einmal durch seinen Namen.

„Niemals", sagte sie gedankenverloren. „Du wirst niemals bei ihm leben müssen."

Marjorie hoffte inständig, dass Dennis sie nicht doch noch

eines Tages Lügen strafen werde. Immerhin drohte er ihr gerade damit, ihr ihre Tochter fortzunehmen. Sie wussten beide, dass ihn einzig und allein das Vermögen interessierte, das der alte Turner seiner Enkeltochter hinterlassen hatte. Nur wer das Sorgerecht für Becky hatte, hatte Zugang zu diesem Vermögen. Bis jetzt hatte Marjorie verhindern können, dass ihre Tochter Dennis in die Hände fiel. Aber wie lange würde ihr das noch gelingen? Dennis hatte sich bereits offiziell mit der Frau verlobt, mit der er seit der Scheidung zusammenlebte. Marjories Anwalt fürchtete, Dennis werde in einem Prozess um das Sorgerecht ihr gegenüber im Vorteil sein. Sicher würde er das Gericht glauben machen, er könne dem Kind ein geordnetes Familienleben bieten.

Ein geordnetes Familienleben! An nichts war Dennis Blaine weniger interessiert als daran! Marjorie hätte ihn einfach nicht heiraten dürfen. Sie hatte es gegen den Wunsch ihres Vaters und gegen alle Ratschläge ihrer Patentante Janet getan. Es war eine kurze, leidenschaftliche Romanze gewesen. Sie waren ein schönes Paar gewesen: die scheue junge Frau aus San Antonio und der aufstrebende junge Kaufmann.

Gleich nach der Hochzeit wurde Marjorie schwanger. Erst jetzt stellte sie fest, dass Dennis sich vor allem für Geld interessierte und ganz und gar nicht für ein glückliches Familienleben. Er mochte Frauen. Eine war einfach nicht genug für ihn. Schon drei Wochen nach der Hochzeit hatte er seine erste Affäre mit einer anderen. Das war seine Art Rache dafür, dass Marjorie sich weigerte, einen der zahlreichen Pläne zu unterstützen, mit denen er rasch reich werden wollte.

Marjorie seufzte und sah schweigend ihre Tochter an. Die Zeit mit Dennis war die Hölle gewesen. Er hatte eine Affäre nach der anderen gehabt. Als Marjorie drohte, ihn zu verlassen, schlug er sie. Zum ersten und zum letzten Mal. Sie erklärte, sie werde zur Polizei gehen, wohl wissend, dass sie damit einen Skandal heraufbeschworen hätte. Da versprach er unter Tränen, sie nicht wieder anzurühren. Später fand er andere Möglichkeiten, sie sich gefügig zu machen: Mehr als einmal drohte er damit, er werde Becky entführen und sie versteckt halten, falls Marjorie ihm das Geld, das er für seine Spekulationen brauchte, verweigern sollte.

Dass sie schließlich doch auszog und die Scheidung einreichte, war sozusagen Beckys Verdienst. Dennis hatte eine seiner Geliebten mit nach Hause gebracht und war mit ihr im Schlafzimmer gewesen, als Becky unerwartet nach Hause kam. Sie überraschte die beiden. Dennis drohte Becky und schärfte ihr ein, auf jeden Fall den Mund zu halten. Aber Becky hatte Mut. Sie schwieg nicht. Noch am selben Tag zog Marjorie mit ihr in das alte Haus ihrer Familie in San Antonio. Glücklicherweise hatten ihre Eltern das Haus behalten, als sie nach Austin zogen.

Dennis war in Austin geblieben, wo er und Marjorie während der sechs schrecklichen Jahre ihrer Ehe gelebt hatten. Nachdem die Scheidung rechtskräftig war, hatte er, ironischerweise mit Marjories Geld, einen langen Prozess angestrengt und schließlich das Recht zugesprochen bekommen, seine Tochter zu besuchen.

Marjorie hatte nicht die Absicht, ihr Kind diesem skrupellosen Egoisten zu überlassen. Daran hatte sie nie einen Zweifel gelassen. Aber Dennis' bevorstehende Eheschließung konnte die Situation vor Gericht entscheidend ändern, das wusste sie. Im Moment war ihr noch nicht klar, wie sie auf die neue Entwicklung reagieren sollte.

„Könnten wir nicht einfach fortlaufen?" fragte Becky in diesem Moment. Sie trat einen Schritt zurück. „Wir könnten doch zu Tante Janet und ihrer Familie ziehen, oder? Sie haben eine richtige Ranch, und Tante Janet ist so furchtbar nett. Sie hat gesagt, wir könnten sie dort besuchen und reiten ..."

„Ich fürchte, das geht nicht", unterbrach Marjorie sie rasch. Die Erwähnung der Ranch hatte bei ihr sofort die Erinnerung an Gregory Coleman wachgerufen. Dieser Mann machte ihr Angst. Er verfolgte sie in ihren Träumen, obwohl es schon Jahre her war, seit sie ihn das letzte Mal gesehen hatte. Wenn sie die Augen schloss, sah sie ihn immer noch deutlich vor sich: Er war groß, muskulös, ausgesprochen männlich. Dennis würde es nicht wagen, sie zu bedrohen, solange Gregory in ihrer Nähe wäre. Aber Marjorie hatte zu viel Angst vor ihm, um bei ihm Zuflucht zu suchen. Es war bekannt, dass Janet und ihr Sohn nicht miteinander auskamen.

Marjorie hatte auch so schon genug Probleme. Sie wollte sich nicht noch mehr belasten. Außerdem wusste sie, dass Gregory sie nicht mochte. Er hielt sie für eine verwöhnte Tochter aus gutem Hause, der man nichts recht machen konnte. So war es schon immer gewesen. Sein Urteil über sie stand fest. Sie hatte nie eine Chance bei ihm gehabt, auch früher nicht. Er hatte sie gar nicht weiter beachtet. Dabei hatte es einmal eine Zeit gegeben, in der sie nichts dagegen gehabt hätte, ihn näher kennen zu lernen. Aber nun, nach den Erfahrungen, die sie mit Dennis gemacht hatte, lag es ihr fern, an eine neue Beziehung zu denken. Und eine wie auch immer geartete Beziehung mit einem Mann wie Gregory konnte sie schon gar nicht brauchen.

„Aber wieso denn nicht?“ hakte Becky nach und sah Marjorie mit ihren großen grünen Augen fragend an.

„Weil ich einen Job habe“, erwiderte Marjorie und strich ihrer Tochter eine Haarsträhne aus der Stirn. „Ich habe nur jetzt einen Monat Urlaub, weil Trudie in Europa ist. Weißt du, ihr gehört das Geschäft.“

Trudie war der Ansicht gewesen, Marjorie brauche auch einmal Urlaub und hatte den Laden deswegen kurzerhand für diesen Monat geschlossen, obwohl ihr die finanzielle Einbuße, die das bedeutete, durchaus nicht gleichgültig sein konnte. Diese Art der Rücksichtnahme war typisch für Trudie. Sie war einer der Gründe dafür, dass Marjorie ihre Freundin so sehr mochte.

„Können wir nicht doch mit Tante Janet fahren? Ich würde so gern ihre Ranch sehen." Becky sah ihre Mutter bittend an.

„Nein, das geht nicht. Und du darfst auch nicht danach fragen", antwortete Marjorie bestimmt. „Außerdem musst du ja auch noch eine Woche zur Schule gehen, bevor die Ferien anfangen. Das Schuljahr ist noch nicht zu Ende."

„Ja, Mama." Becky seufzte, widersprach aber nicht mehr.

„Siehst du!" Marjorie lächelte. „Wie wäre es, wenn du jetzt in die Küche laufen und Mary daran erinnern würdest, dass es heute Abend zu Ehren von Tante Janet einen Apfelkuchen geben soll?" setzte sie hinzu.

Becky strahlte auf einmal. Mit fliegenden Zöpfen rannte sie aus dem Wohnzimmer und den langen Korridor hinunter zur großen Küche.

Versonnen sah Marjorie sich um. Die großen Ohrensessel und das Chippendale-Sofa erinnerten an eine andere, glücklichere Zeit. Das Haus befand sich schon seit über achtzig Jahren im Besitz ihrer Familie. Dennis und sie hatten hier gelegentlich ein Wochenende bei ihrer Mutter verbracht, nachdem ihr Vater gestorben war. Viele der Erinnerungen, die sich an diese Umgebung knüpften, waren schmerzlich. Aber der Verlust des elterlichen Hauses wäre für Marjorie noch sehr viel schmerzlicher gewesen. Sanft strich sie mit der Hand über die Lehne des Sofas. Hier hatte ihre Mutter früher oft gesessen und gestickt, während ihr Vater in einem der großen Sessel seine Zeitungen las. Er war in den letzten Jahren nur selten zu Hause gewesen. Als Diplomat hatte er viel herumreisen müssen.

Marjories Mutter hatte ihn anfangs immer begleitet. Doch dann hatte ihre schlechte Gesundheit sie gezwungen, zu Hause in Texas zu bleiben. Sie überlebte den geliebten Mann nur um sechs Monate. Marjorie wusste, dass es eine solche Liebe wie zwischen ihren Eltern nur noch selten gab. Sie selbst hatte sie in ihrer Ehe nicht gefunden, und sie bezweifelte, dass sie sie je finden würde. Sie hatte viel zu viel Angst, sich ein zweites Mal auf eine enge Beziehung einzulassen. Das Risiko, wieder eine schlechte Erfahrung zu machen, war ihr einfach zu groß. Außerdem musste sie schließlich auch an ihre Tochter denken.

Ein lautes Klopfen an der Tür riss Marjorie aus ihren Gedanken. Sie kam gar nicht dazu, etwas zu sagen. Schon sah sie sich Janet Coleman gegenüber.

„Hallo, Marjorie! Es ist heute schrecklich heiß draußen. Ich weiß wirklich nicht, wieso ich das Apartment in San Antonio behalte. Schließlich gibt es Gegenden, in denen es auch zu dieser Jahreszeit angenehm kühl ist."

Janet umarmte Marjorie stürmisch.

„Du musst die Stadt sehr lieben", meinte Marjorie lachend. „Du hast doch dieses Apartment schon, solange ich denken kann."

„Ich weiß, ich weiß." Janet lachte. „Es war natürlich unmöglich von mir, mich selbst zum Essen einzuladen, aber ich musste einfach kommen. Wir haben uns so lange nicht gesehen! Und dann steht man sich plötzlich in einem Kaufhaus gegenüber! Es war richtig schockierend für mich, dass ich nichts von Beckys Existenz wusste. Ich habe einfach nicht mitbekommen, wie es dir in all den Jahren ergangen ist." Sie schüttelte den Kopf. „Ich selbst habe niemanden mehr, mit dem ich reden kann. Die Mädchen sind ja nicht mehr im Haus, und Gregory denkt nur an die Arbeit." Sie seufzte leise. „Ich bin, ehrlich gesagt, auch nur noch selten auf der Ranch. Die letzten sieben Monate habe ich in Europa verbracht."

Marjorie war mit Janets Töchtern, Audrey und Robin, zusammen im Internat gewesen, in derselben Schule, die jetzt Becky besuchte.

„Audrey lebt mit einem Mann in Chicago", erzählte Janet. Sie errötete ein wenig, als sie Marjories erstaunten Blick bemerkte. „Ich weiß, was du denkst. Ist es nicht schrecklich? Aber heutzutage hält man so etwas ja wohl für normal. Es hat mich trotzdem einige Anstrengung gekostet, Gregory davon abzuhalten, sofort nach Chicago zu fahren. Er war so wütend, dass er den Mann am liebsten erschossen hätte. Du kennst Gregory ja."

Marjorie nickte. Ja, das sah Gregory ähnlich. Der Gedanke an ihn ließ sie erschauern. Sie hatte die Reaktionen ihres Körpers auf diesen Mann noch nie verstanden ...

„Ich konnte es ihm schließlich doch ausreden, aber er ist immer noch wütend." Janet zuckte mit den Schultern. „Ich hoffe nur, dass Audrey klug genug ist, fortzubleiben, bis er sich wieder beruhigt hat. Wenn sie Gregory jetzt unter die Augen käme, würde er sie wahrscheinlich mit vorgehaltener Waffe zwingen, sofort zu heiraten."

„Das glaube ich. Und wie geht es Robin?" Marjorie mochte die jüngere Tochter ihrer Patentante besonders gern.

„Sie fühlt sich berufen, nach Öl zu bohren. Daran hat sich nichts geändert." Janet schüttelte den Kopf. „Sie behauptet, der Job gefalle ihr."

„Die Zeiten haben sich geändert, Janet." Marjorie lachte. „Die Frauen machen Fortschritte."

„Sag das nur nicht, wenn Gregory dabei ist!" bemerkte die ältere Frau trocken. „Er mag diese neuen Entwicklungen gar nicht."

„Mir geht es zum Teil auch so." Marjorie seufzte. „Kümmert er sich immer noch um die Ranch?"

„Ob er sich darum kümmert? Mein Gott, er kennt nur seine Arbeit!" Janet lachte. „Jetzt ist die Zeit, in der die Herden zusammengetrieben werden. Da kommt es vor, dass er tagelang mit niemandem spricht. Sonst ist er kaum noch zu Hause. Ständig hat er Besprechungen, reist zu Kunden, den Lieferanten, und besucht Konferenzen. Er sitzt im Vorstand von mehreren Unternehmen und Banken ... Wenn ich zu Hause bin, bekomme ich ihn kaum zu Gesicht. Und wenn ich einmal Gelegenheit habe, mit ihm zu reden, dann hört er mir nicht zu."

„Weiß er von Becky und mir?"

„Ich habe gelegentlich von deiner Mutter gesprochen, aber dich habe ich ihm gegenüber nie erwähnt. Und ich wüsste nicht, wer ihm von Becky erzählt haben sollte. Wenn man von Frauen spricht, reagiert er immer sehr empfindlich. Inzwischen vermeide ich das Thema lieber. Einmal hatte ich ein wirklich nettes Mädchen kennen gelernt und sie mit auf die Ranch gebracht." Janet schüttelte den Kopf. „Es war eine Katastrophe! Danach habe ich beschlossen, mich nicht mehr in sein Leben einzumischen. Ich rede ihm gegenüber von niemandem. Vor allem nicht von netten jungen Frauen in heiratsfähigem Alter." Sie lachte leise.

Marjorie stimmte mit ein. „Nun, was mich angeht, brauchte er sich in dieser Hinsicht keine Sorgen zu machen", meinte sie. „Ich habe genug von den Männern. Für immer."

„Das kann ich verstehen", erwiderte Janet voller Mitgefühl. „Ich mochte den Mann nie. Er hat mir zu viel gelächelt!"

Und das sagte eine Frau, deren Sohn ein immer grimmig dreinblickender Einsiedler war! Marjorie verkniff es sich, eine Bemerkung darüber zu machen. Das Thema Männer interessierte sie einfach nicht mehr. Sechs Jahre lang war sie ständig bedroht und eingeschüchtert worden. Das reichte. Kein Mann sollte jemals mehr die Chance habe, ihr das anzutun, was Dennis ihr angetan hatte.

Die beiden machten sich auf den Weg zur Küche.

„Wenn Greg doch nur heiraten würde!" Janet wirkte richtig zerknirscht „Er hat nie die Möglichkeit gehabt, zu leben wie andere junge Männer. Manchmal mache ich mir deswegen Vorwürfe."

Marjorie war voller Mitgefühl für die alte Frau. Sie kannte die Probleme in Janets Familie. Marjories Mutter war jahrelang eng mit Janet befreundet gewesen. Dadurch hatte Marjorie vieles über die andere Familie erfahren, an das sie sich nur ungern erinnerte. Die Töchter waren von Janet und ihrem Mann sehr verwöhnt worden. Nach dem Tod von Jonathan Coleman hatte Audrey das Elternhaus verlassen, um sich zu vergnügen, während Robin das College besucht hatte. Gregory hatte sich allein um die riesige Ranch kümmern müssen. Von seiner Familie hatte er keinerlei Hilfe zu erwarten gehabt. Niemand hatte die Kenntnisse besessen, die nötig gewesen wären, um ihm zur Seite zu stehen.

Gregory hatte die Last auf sich genommen, ohne auch nur ein einziges Mal unter ihr zu wanken. Marjorie hatte seine Kraft immer bewundert. Seine Willensstärke und seine Durchsetzungsfähigkeit waren einzigartig.

„Da ist ja meine Becky!" Janet breitete die Arme aus. Das kleine Mädchen lief fröhlich lachend auf sie zu.

„Tante Janet, ich freue mich so, dass du gekommen bist." Becky strahlte. Sie hatte bei der ersten zufälligen Begegnung im Kaufhaus sofort Zutrauen zu der weißhaarigen Dame gefasst, und als sie dann erfahren hatte, dass Marjorie Janets Patenkind war, hatte sie sofort beschlossen, in Janet eine Tante zu sehen. Marjorie hatte nichts dazu gesagt, und Janet hatte sich ganz offenbar gefreut. Das arme Kind hatte ja sonst, von seinem Vater abgesehen, keine lebenden Verwandten mehr.

Becky schmiegte sich einen Moment lang an Janet. Dann blickte sie auf. „Mein Daddy will, dass ich zu ihm ziehe, und ich habe Mama gesagt, dass es das Beste wäre, fortzulaufen, aber sie will nicht."

Janet warf Marjorie einen fragenden Blick zu. Marjorie stand mit hochrotem Kopf mitten in der Küche. Die alte Mary schaute nur kurz zu der kleinen Gruppe hinüber und wandte sich dann wieder ihrer Arbeit zu. Mary arbeitete für die Familie, solange Marjorie denken konnte. Jetzt war sie nicht mehr ständig im Haus, sondern kam nur noch, um sich etwas dazuzuverdienen, wenn ihr Geld nicht reichte. Marjorie machte oft Überstunden, um Mary bezahlen zu können. Sie hatte das Bedürfnis, der Frau zu helfen, die so sehr ein Teil ihrer Kindheit gewesen war.

„Das ist also immer noch nicht vom Tisch?" Janet schüttelte den Kopf. „Wirklich, Marjorie! Du solltest mir erlauben, mit Gregory darüber zu reden. Wenn er sich der Sache annähme, hättest du sehr bald deine Ruhe."

Marjorie konnte sich nicht vorstellen, dass Gregory auch nur einen Finger für sie rühren würde. Aber sie wollte die alte Dame nicht vor den Kopf stoßen. „Meine Anwälte kümmern sich darum. Aber vielen Dank für das Angebot!"

„Ich habe Gewissensbisse, weil ich nach deiner Heirat jeden Kontakt zu dir verloren habe", sagte Janet bedrückt. „Hättten wir uns nicht zufällig in der Stadt gesehen, wäre ich nie auf die Idee gekommen, mich bei dir einzuladen."

„Du weißt doch, dass du immer willkommen bist."

Janet musterte sie einen Moment lang durchdringend. „Ich habe mich zu lange um nichts gekümmert, nicht wahr? Ich hätte meine Pflichten als Patentante nicht so vernachlässigen dürfen." Sie seufzte leise. „Ich vergesse immer mehr. Eine Alterserscheinung, nehme ich an. Nachdem wir uns getroffen hatten, fiel mir ein, dass ich den Mädchen gegenüber deine Heirat nie auch nur mit einem Wort erwähnt habe. Ist das nicht schrecklich?"

„Wir haben uns wirklich lange nicht gesehen", meinte Marjorie lächelnd. „Aber es ist schön, dass du jetzt hier bist."

Sie führte Janet ins Esszimmer. Die alte Dame nahm an dem kostbaren alten Tisch Platz und fächelte sich mit der Hand Luft zu.

„Es ist schrecklich heiß heute. Wie haltet ihr es hier nur ohne Klimaanlage aus?"

„Ich hole dir einen Fächer", rief Becky und rannte auch schon zum Schrank. Den Fächer, mit dem sie gleich darauf zurückkam, zierte auf der einen Seite eine hübsche Frühlingslandschaft. Auf der anderen war in großen schwarzen Buchstaben der Name eines bekannten Beerdigungsunternehmens der Stadt zu lesen.

Mit einem dankbaren Lächeln nahm Janet den Fächer entgegen. „Du solltest wirklich überlegen, ob du nicht eine Klimaanlage installieren lassen willst“, meinte sie. „Wir haben uns vor zwei Jahren dazu entschlossen. Die Hitze wird ja immer unerträglicher.“

Becky setzte sich auf den Stuhl neben Janet. Mary schenkte allen Tee ein und stellte den noch ofenwarmen Kuchen auf den Tisch.

Später wurde Becky zum Spielen geschickt. Mary ging wieder in die Küche, im das Abendessen vorzubereiten. Durch das Küchenfenster konnte sie sehen, was Becky im Garten machte.

„Und nun möchte ich endlich alles hören.“ Janet sah Marjorie erwartungsvoll an.

Marjorie wusste, dass ihre Patentante nicht lockerlassen würde. Und es tat ja auch wirklich gut, sich einmal alles von der Seele zu reden. Viel zu lange war es her, dass sie jemanden gehabt hatte, dem sie sich offen anvertrauen konnte.

Janet hörte aufmerksam zu und stellte nur gelegentlich Zwischenfragen. Als Marjorie fertig war, herrschte einen Moment lang Schweigen.

„Komm doch mit mir nach Hause!“ sagte Janet schließlich. „Du brauchst jetzt vor allem Ruhe, um gründlich über die Sache nachzudenken. Die Ranch ist der ideale Ort dafür. Außerdem wird Dennis dich sicher nicht dorthin verfolgen.“

Damit hatte sie Recht. Wie Marjorie hatte auch Dennis so manches von Gregory Coleman gehört. Dennis würde sich mit einem Mann wie ihm sicher nicht anlegen.

„Aber was ist mit Becky?“ fragte Marjorie. „Ich kann sie doch jetzt nicht aus der Schule nehmen.“

„Wir holen sie in der nächsten Woche nach“, erwiderte Janet „Warum sollte sie auf einmal im Internat nicht mehr sicher sein?

Man wird dort nicht zulassen, dass Dennis sie ohne einen Gerichtsbescheid abholt.“

Gedankenverloren starrte Marjorie auf die Tasse, die sie in der Hand hielt. Janets Angebot klang verlockend. Es wäre gut, einmal aus der Stadt fortzukommen und Ruhe zu haben, über alles nachzudenken. Wenn doch nur Gregory nicht gewesen wäre!

Die Erinnerungen an ihn verfolgten sie schon seit Jahren. Das Problem war: Sie wusste zu viel von ihm. Da war zum Beispiel der Vorfall mit den Viehdieben. Er hatte die drei Männer gestellt und so lange mit einer Waffe in Schach gehalten, bis einer der Rancharbeiter mit dem Sheriff kam.

Ein andermal hatte es eine Auseinandersetzung mit einem seiner Männer mitten auf der Straße gegeben. Marjorie war selbst dabei gewesen. Sie war sich immer noch nicht im Klaren darüber, ob sie nicht überhaupt der Anlass für die Szene gewesen war. Sie war damals sechzehn gewesen und hatte ein paar Wochen mit Gregorys Schwestern auf der Ranch verbracht. Zusammen mit Janet erledigten sie Einkäufe in der Stadt. Einer der Rancharbeiter fuhr sie. Er war erst vor kurzem eingestellt worden. Seine interessierten Blicke und die Art, wie er mit den drei Mädchen sprach, amüsierten Robin und Audrey, aber Marjorie hatte Angst.

Als sie ankamen, verließ Gregory gerade die Eisenwarenhandlung, die sich neben dem Lebensmittelgeschäft befand, in dem Janet einkaufen wollte. Als die Mädchen ausstiegen, legte der neue Mann seinen Arm um Marjories Taille, um seine Hand gleich darauf grinsend tiefer gleiten zu lassen.

Gregory entging diese Geste nicht. Er kam mit langen Sätzen auf sie zugelaufen und streckte den Mann ohne viel Federlesens mit einem Faustschlag zu Boden. Er entließ ihn auf der Stelle. Die bewundernden Blicke der Umstehenden schien er gar nicht wahrzunehmen. Wenn Marjorie an die Flüche dachte, die er damals ausgestoßen hatte, wurde sie jetzt noch rot.

Als Gregory schließlich auf sie zugekommen war, war sie verschreckt zurückgewichen. Was auch immer er hatte sagen wollen, es blieb ungesagt. Er warf den Mädchen einen wütenden Blick zu und fragte, warum sie ihn denn so anstarrten. Dann befahl er ihnen, sich wieder in den Wagen zu setzen, zündete sich eine Zigarette an und ging fort, ohne sich noch einmal umzusehen. Von Robin und Audrey erfuhr sie, wie er diesen Vorfall später erklärt hatte. Er hatte behauptet, der Mann habe ein Tier misshandelt. Aber Marjorie hatte sich immer gefragt, ob der eigentliche Grund nicht jene plump vertrauliche Geste des Mannes gewesen war. Dieser Vorfall ging ihr einfach nicht aus dem Sinn.

Natürlich lag das alles lange zurück. Aber diese Erinnerungen genügten doch, um ihr die Vorstellung, mit ihm unter einem Dach zu leben, äußerst unangenehm zu machen. Sie zog es vor, eine sichere Distanz zu wahren. Die Entfernung zwischen San Antonio und der Coleman-Ranch war genau richtig.

Aber mit ihrem Nein stieß sie bei Janet Coleman auf taube Ohren. Schon nach wenigen Minuten gab Marjorie auf und nahm die Einladung an.

2. KAPITEL

Marjorie hatte erwartet, Janet werde einfach wieder nach Hause fahren und darauf warten, dass sie nachkäme. Aber darin hatte sie sich getäuscht. Janet half ihr beim Packen und fuhr dann sogar noch mit zu dem exklusiven Internat, um Becky abzuliefern und die Schulleitung darüber zu informieren, wo Marjorie im Notfall zu erreichen wäre.

Mrs. Haynes, die Schulleiterin, war eine alte Freundin der Familie. Marjorie war froh darüber, dass die Frau über ihre Situation Bescheid wusste. Sie hätte niemals zugelassen, dass

Dennis Becky einfach mitnahm. Es verursachte ihr immer noch Unbehagen, sich von ihrer Tochter zu trennen. Aber sie brauchte wirklich Zeit, um nachzudenken und Pläne zu schmieden. Wenn sie ihre Tochter behalten wollte, musste sie handeln. Und zwar schnell.

„Ich lasse dich nicht gern hier“, sagte Marjorie zu Becky, als sie sie zum Abschied umarmte. „Sobald die Schule vorbei ist, richten wir es so ein, dass du die ganze Zeit bei mir bleiben kannst. Das verspreche ich dir.“

„Du brauchst dir keine Sorgen zu machen, Mama.“ Becky sprach ganz ernst, wie eine Erwachsene. „Ich komme hier schon zurecht. Und sobald die Schule aus ist, kommst du und holst mich, nicht wahr?“

„Ganz bestimmt, Liebling.“ Marjorie drückte die Kleine ein letztes Mal an sich. „Sei schön lieb!“

Minuten später waren Marjorie und Janet bereits auf dem Weg zur Coleman-Ranch. Das riesige Anwesen lag im Norden von San Antonio, in der Nähe von Abilene. Der nächste Ort war Junction, eine moderne Kleinstadt, die gerade groß genug war, um ein eigenes Postamt zu haben. Immerhin gab es auch einen kleinen Flughafen.

„Es tut mir Leid, dass ich Gregory nicht dazu bewegen konnte, uns herzufliegen“, entschuldigte Janet sich, als sie mit ihrer eleganten Limousine auf dem Highway fuhr. Der Lincoln Mark IV war der ganze Stolz der alten Dame. „Er denkt zurzeit wirklich nur an sein Vieh. Ich glaube, er hat mir nicht einmal richtig zugehört. Schließlich bin ich ja nur seine Mutter. Wieso sollte ich wichtiger sein als seine Rindviecher? Für mich würde er sicher keinen guten Preis bekommen.“

Marjorie lachte leise. Janets Sinn für Humor hatte ihr schon immer gefallen. In ihrer Gesellschaft wurde es einem nie langweilig. Vielleicht war es doch eine gute Idee gewesen, sie zu begleiten. Jetzt konnte sie Dennis und die Schrecken der Vergangenheit einmal für eine Weile vergessen. Wenn sie etwas ruhiger geworden wäre, würde sie darüber nachdenken, wie sie am besten vorging, um ihre Tochter zu behalten. Wäre da nur nicht Gregory gewesen ...

Es war Frühling und schon ziemlich heiß in dieser Gegend. Die Fahrt war trotz der Klimaanlage und der luxuriösen Ausstattung des Wagens ziemlich anstrengend. Sie legten mehrere Pausen ein. Endlich erreichten sie die Ausläufer der bezaubernden Hügellandschaft um Abilene. Bald hatten sie die Hügel hinter sich gelassen und fuhren durch scheinbar endloses Flachland.

„Er hätte uns wirklich fliegen können", sagte Janet noch einmal, als sie nur noch wenige Meilen von ihrem Ziel entfernt waren. „Schließlich besitzt die Ranch zwei Flugzeuge und einen Hubschrauber." Sie blickte kurz zu Marjorie hinüber. „Du bist müde, nicht wahr?" Sie seufzte.

„Nein, gar nicht", widersprach Marjorie lachend. Sie hätte nicht sagen können, wann sie das letzte Mal so viel gelacht hatte. In Janets Gesellschaft war sie endlich einmal wieder richtig entspannt. „Außerdem ist die Strecke sehr schön. Ich bin froh, dass wir mit dem Auto gefahren sind. Aber für dich war es sicher sehr anstrengend."

„Für mich?" Die alte Dame warf ihr einen empörten Blick zu. „Mein Kind, als ich jünger war, konnte ich wilde Pferde zähmen. Immerhin bin ich Texanerin."

Auch Marjorie war Texanerin. Und es hatte Zeiten gegeben, in denen auch sie sich manches zugetraut hatte, was man von einer Frau nicht unbedingt erwartete. Aber in den letzten Jahren hatte sie viel von ihrem alten Schwung verloren. Hätte sie nicht gewusst, dass Becky sie brauchte, wäre alles noch viel schlimmer gewesen.

„Ich hoffe, es wird dir auf der Ranch gefallen", bemerkte Janet, als sie in die breite Auffahrt einbog, neben der ein großes Schild darauf hinwies, dass auf der Coleman-Ranch reinrassige Santa-Gertrudis-Rinder gezüchtet wurden.

„Das wird es bestimmt", versicherte Marjorie Janet, während sie den Blick über die Herde gleiten ließ, die hinter dem Holzzaun, an dem sie gerade entlangfuhren, graste. „Santa Gertrudis ist die einzige original amerikanische Rasse, nicht wahr? Sie wurde zuerst auf der King Ranch gezüchtet und ist jetzt in der ganzen Welt bekannt. Die Tiere sind so schön! Ich gäbe etwas dafür, selbst ein paar zu haben!"

Janet seufzte schwer. „Hätte ich dich nur schon eher hierher gebracht." Sie hatte das leise und mehr zu sich selbst als zu Marjorie gesagt. „Gregory ist richtig besessen von seiner Tierzucht. Du wärst die ideale Frau für ihn gewesen."

„Bitte mach keine Versuche, uns zu verkuppeln!" bat Marjorie mit einem gequälten Lächeln. „Ich will wirklich nichts gegen deinen Sohn sagen. Aber das Letzte, was ich in meinem Leben noch einmal haben möchte, ist ein herrischer Mann. Okay?"

Janet lächelte verhalten. „Okay. Ich würde nie versuchen, dich zu etwas zu zwingen, was du nicht willst. Ich mag dich sehr."

„Ich dich auch."

Marjorie betrachtete das große weiße Haus mit der eleganten langen Veranda und den grünen Fensterläden. Es erinnerte ein wenig an die Häuser der Kolonialzeit, hatte aber nicht die typischen Säulen vor dem Eingang. Auf der Veranda standen Korbstühle, eine Art Hollywoodschaukel und viele Kübel mit üppig blühenden bunten Blumen. Es war ein wunderbarer Anblick.

„Das Haus ist fast so groß wie eures, nicht wahr?" Janet lachte. „Mein Vater hat es gebaut, ohne im Mindesten auf einen einheitlichen Stil zu achten."

„Es ist wunderschön." Marjorie seufzte. Sie runzelte die Stirn, als ihr Blick auf den langen elektrischen Zaun fiel. „Ich hätte eher einen weißen Holzzaun erwartet", meinte sie.

„Gregory rechnet sehr genau", erwiderte Janet lächelnd. „Unser Grundstück ist riesengroß. Und elektrische Zäune sind zwar die teuersten von allen, aber sie haben andere Vorzüge. Gregory nimmt keine anderen mehr. Es ist nicht einfach, das Vieh zu bewachen und Diebe fern zu halten. Wir haben hier nur reinrassige Tiere. Wenn ich dir sage, dass ein Bulle fast eine halbe Million Dollar bringen kann, dann verstehst du vielleicht, wieso Gregory solchen Wert auf Sicherheit legt. Er hat sogar einen Mann eingestellt, der sich um nichts anderes zu kümmern hat."

„Großer Gott!" rief Marjorie aus. „Ich wusste gar nicht, dass es noch Viehdiebe gibt."

„Das ist immer noch ein großes Problem. Sie haben ihre Methoden den modernen Zeiten angepasst. Heutzutage fahren sie gleich mit großen Transportern vor."

„Das hätte ich nicht gedacht."

In diesem Moment erreichten sie den Eingang des großen Hauses. Janet hielt an. Marjorie bemerkte nicht, wie die alte Dame neben ihr plötzlich zusammenzuckte. Wie gebannt beobachtete sie den Mann, der auf den Wagen zukam.

Er war groß und kräftig. Seine Haltung verriet so viel Arroganz, dass es Marjorie sofort aufbrachte. Sein Gesicht war sonnengebräunt, und er war gekleidet wie ein Cowboy bei der Arbeit. Aber er bewegte sich ganz anders als alle anderen Männer, die sie kannte. Man sah sofort, dass er es gewohnt war, Befehle zu geben. Seine Miene war alles andere als freundlich.

Er blieb neben dem Wagen stehen. Janet stieg rasch aus und umarmte ihn mit der natürlichen Wärme und Herzlichkeit, die ihr eigen waren. Er schob sie abrupt von sich.

„Hör auf damit!" fuhr er sie an. Er hielt sich die Seite und fluchte. „Ich bin von einer Klapperschlange gebissen worden. Der Arm ist geschwollen. Es wird wahrscheinlich Tage dauern, bis ich wieder arbeiten kann. Nun brauchst du ihn mir nicht auch noch zu brechen!"

Janet war verwirrt und sichtlich betroffen. „Es tut mir furchtbar Leid ..."

„Ich kann weder reiten noch im Landrover fahren. Ich kann nicht einmal fliegen!" Er sah Janet so wütend an, als hätte er in ihr die Schuldige erkannt. „Landers muss meinen Chauffeur spielen. Mir war elend wie einem überfütterten Hund!"

„Ich ... es tut mir Leid. Du bist wirklich bleich", stammelte Janet. „Es muss sehr schmerzhaft sein."

„Ich werde es überleben." Er sah zu Marjorie hinüber. Mit grimmiger Miene beobachtete er, wie sie ausstieg.

Als ihre Blicke sich begegneten, hätte sie am liebsten auf der Stelle kehrtgemacht, so abweisend sah er sie an. Er hatte blaue Augen, seine Nase war markant geschnitten. Marjorie fragte sich unwillkürlich, ob er sie sich einmal gebrochen hatte. Mit seinen dichten Brauen, den hohen Wangenknochen und dem eckigen Kinn unter den festen, schmalen Lippen war er wohl nicht im eigentlichen Sinne das, was man einen schönen Mann nannte, aber sein Gesicht verriet Charakter, und sein Körper hätte es mit dem jedes Filmstars aufnehmen können. Gregory Coleman war ein Mann, von dem man träumen konnte. Und doch überraschte es Marjorie nicht, dass er mit seinen achtunddreißig Jahren immer noch ledig war. Ein Mann wie er brauchte eine starke Frau, eine leidenschaftliche Frau. Ihr lief ein Schauer über den Rücken, als sie ihn sich im Bett vorstellte.

Der Blick, mit dem Gregory sie bedachte, sprach Bände. Erst jetzt wurde ihr bewusst, wie provozierend sie mit ihrer weißen Bluse, der weißen Hose und den leichten Sandalen auf ihn wirken musste. Schließlich hatte er in ihr schon immer das verwöhnte Mädchen aus gutem Hause gesehen und sie deswegen verachtet. Hätte sie doch nur früher daran gedacht und ihre Jeans angezogen! Sie hatte doch gewusst, dass sie auf eine Ranch fuhr und nicht in die Stadt zum Einkaufen! Sie brauchte diesen Urlaub so dringend, und nun hatte sie Gregory schon bei der ersten Begegnung wieder gegen sich aufgebracht!

„Du erinnerst dich sicher noch an Marys Tochter, Marjorie Turner, nicht wahr, Gregory?“ fragte Janet.

Marjorie beobachtete, wie er für den Bruchteil einer Sekunde die Stirn runzelte. Seine Miene wirkte nach wie vor kühl und desinteressiert.

„Ich erinnere mich.“

„Es ist nett, dich ... dich wiederzusehen.“ Marjorie verstummte.

Er nickte, sagte aber nichts. Stattdessen wandte er sich wieder seiner Mutter zu. In diesem Augenblick hielt ein Wagen mit dem Zeichen der Ranch neben ihnen. „Ich werde nicht lange fort sein. Aber ich erwarte einen wichtigen Anruf aus Cheyenne. Falls er kommt, während ich fort bin, sag dem Mann bitte, er möchte um fünf noch einmal anrufen!“

„Ja, natürlich.“ Janet schien froh zu sein, dass sie etwas für ihn tun konnte. „Es tut mir Leid, dass ich ... dass wir zu einer ungünstigen Zeit gekommen sind ...“

„Tust du das nicht immer, Mutter?“ Er lächelte kühl. „Du passt eben doch besser nach Europa als hierher, wo es nichts gibt als Staub und Rinder.“

„Ich bin gekommen, um dich zu besuchen“, sagte die alte Dame zwar nicht vorwurfsvoll, aber doch sehr bestimmt.

„Ich bin bald zurück.“ Ohne sich noch einmal umzusehen, ging er zum wartenden Wagen und stieg ein. Für einen Moment verzog er vor Schmerz das Gesicht, als er die Tür hinter sich zuzog und dabei mit dem Arm gegen sie stieß. Gleich darauf hatte er sich schon wieder in der Gewalt. Eine große Staubwolke aufwirbelnd fuhr der Wagen davon.

Janet seufzte. „Ich werde diesen Mann nie verstehen“, sagte sie bedrückt. „Ich habe ihn nicht dazu erzogen, so unhöflich zu sein. Es tut mir Leid, Marjorie.“

„Du brauchst dich nicht zu entschuldigen“, sagte Marjorie

ruhig. „Ich nehme an, er hat Schmerzen und ist deshalb so kurz angebunden."

„Natürlich ist es ärgerlich, dass er ausgerechnet jetzt nicht mit anpacken kann. Die Zeit des Viehtriebs ist für alle sehr anstrengend. Außerdem ..." – sie seufzte schwer – „... mag er es nicht, wenn ich ihn hier besuche. Ich muss gestehen, dass ich dich ebenso brauchte wie du deinen Urlaub. Es ist nicht leicht für mich, wenn ich mit ihm allein bin. Aber du wirst sehen, es wird dir hier gefallen. Er wird bestimmt nicht oft zu Hause sein", setzte sie hinzu. „Er wartet sicher nur, bis er glaubt, seinem Arm wieder alles zumuten zu können. Wie ich meinen Sohn kenne, dürfte das nicht länger als ein paar Tage dauern", bemerkte sie nicht ohne eine Spur von Bitterkeit. „Ihn kann nichts lange von der Arbeit abhalten."

„Er scheint über unseren Besuch wirklich nicht sonderlich erfreut zu sein", sagte Marjorie leise.

„Er wird uns in Ruhe lassen. Und nun komm, lass uns ins Haus gehen!" Janet ging die Stufen zur Tür hinauf. „Dies ist schließlich auch mein Zuhause. Auch wenn es mir nicht erlaubt ist, oft hier zu sein."

Marjorie schwieg. Sie war sich nicht sicher, ob es richtig gewesen war, Janets Einladung anzunehmen. Gregory schien sie immer noch zu hassen. Ihr war instinktiv klar, dass er sie sofort zurück nach San Antonio geschickt hätte, wenn sie nicht mit seiner Mutter gekommen wäre. Nein, das war wirklich kein sehr viel versprechender Urlaubsbeginn.

Die nächsten beiden Stunden verbrachte Marjorie damit, sich wieder mit dem Haus vertraut zu machen. Die neue Köchin und Haushälterin, Jennie, war fröhlich und warmherzig. Marjorie mochte sie sofort.

Sie brachte ihre Sachen ins Gästezimmer und zog sich um. Diesmal entschied sie sich ganz bewusst für ihre Jeans und eine gelbe Bluse. Während sie ihr Haar bürstete, überlegte sie, wie sie sich verhalten musste, um ihren Gastgeber nicht noch mehr gegen sich aufzubringen. Beklommen ging sie hinunter, um mit Janet und ihrem Sohn zu Abend zu essen.

Gregory saß bereits am Tisch. Er empfing sie mit einem so vernichtenden Blick, dass sie vor Schreck in der Tür stehen blieb. Eine Regel für den Umgang mit Hunden fiel ihr ein: Keine Angst zeigen und keine heftigen Bewegungen machen! Vielleicht tat das auch bei diesem ungehobelten Rancher seine Wirkung!

„Setz dich doch zu uns!“ sagte Janet laut und warf ihrem schweigsamen Sohn einen wütenden Blick zu.

„Es tut mir Leid, dass ich euch habe warten lassen.“ Marjorie nahm neben Janet Platz und schaute vorsichtig zu Gregory hinüber.

„Bei uns wird um Punkt sechs zu Abend gegessen“, erklärte er kühl. „Ich warte nicht gern, falls du das vergessen haben solltest.“ Sie wollte etwas erwidern, aber er winkte ab, um spöttisch hinzuzusetzen: „Du brauchst keine Angst zu haben, ich beiße nicht.“

„Könnte ich das bitte schriftlich haben?“ Marjorie lachte nervös. Dann sagte sie zu Janet: „Die Luft ist so frisch und sauber hier. Es gibt keine Abgase, nichts!“

„Ganz recht, Stadtmädchen!“ Gregory lehnte sich zurück und musterte sie spöttisch. Erst jetzt fiel Marjorie auf, dass er sich nicht einmal umgezogen hatte. Er trug immer noch die Arbeitskleidung. Das verstaubte Hemd war nur halb zugeknöpft, sodass man seine dunkel behaarte Brust sah. Dieser Anblick beunruhigte Marjorie jetzt nicht weniger als früher. Nervös senkte sie den Blick und griff nach ihrer Serviette.

„Ich hätte mich umgezogen“, erklärte er plötzlich unvermittelt. Offenbar hatte er ihre Reaktion missverstanden. „Ich bin gleich von den Viehpferchen zum Arzt gefahren. Jetzt bin ich ein wenig müde.“

Sie blickte auf. „Dies ist dein Zuhause, Greg“, sagte sie leise.

„Ich würde nie auf die Idee kommen, dir vorzuschreiben, wie du dich zu kleiden hast."

Er musterte sie einen Moment lang durchdringend, bis sie den Blick wieder auf ihren Teller senkte. Dann griff er nach der Platte mit dem Fleisch und bediente sich. Janet wirkte auf einmal erleichtert.

„Wie ist es dazu gekommen, dass du gebissen wurdest?" fragte sie ihren Sohn.

„Ich habe nach einem Tau gegriffen, ohne genau hinzusehen."

Janet nagte an ihrer Unterlippe. „Ein solcher Biss ist sicher sehr schmerzhaft. Ich nehme an, du wirst ein paar Tage nicht arbeiten können."

Er sah sie ärgerlich an. „Ich komme schon klar. Wahrscheinlich kann ich mich bald schon wieder selbst ans Steuer setzen. Es ist nur die Schwellung und der Schmerz, sonst nichts. Ich werde sicher nicht lange hier festsitzen."

Janet wollte noch etwas sagen, überlegte es sich dann aber anders. Sie wusste, dass es keinen Sinn hatte, mit ihrem Sohn zu streiten.

Gregory bestrich sich ein Stück Weißbrot mit Butter und sah Marjorie an. „Was machst du denn so?" erkundigte er sich neugierig.

„Ich? Ich arbeite in einem Buchgeschäft." Sie schaute Gregory einen Augenblick lang an, senkte den Blick aber sofort wieder. Es war wirklich erstaunlich, wie sehr seine Gegenwart sie verwirrte. Dabei hatte sie immer geglaubt, nach ihrer katastrophalen Ehe gegen Männer immun zu sein.

„Du arbeitest?" wiederholte er. „Du kommst doch aus einer sehr reichen Familie, wenn ich mich recht entsinne."

„Die Zeiten ändern sich", sagte sie ruhig. „Meine finanzielle Situation ist keineswegs besonders rosig. Wie schon gesagt: Ich gehe arbeiten wie jeder andere auch."

„Nimm doch ein paar Erbsen, Greg!"

Janets Versuch, dem Gespräch eine andere Richtung zu geben, schlug fehl.

Er legte das Stück Brot beiseite und musterte Marjorie aufmerksam. „Das merkt man", sagte er nachdenklich. „Du scheinst mit dem wohl behüteten kleinen Mädchen, das früher immer mit meinen Schwestern gespielt hat, wenig gemeinsam zu haben. Was ist passiert?"

Marjorie spürte, wie ihr kalt wurde. So ähnlich musste sich die Maus unter dem Blick der Katze fühlen. Sie hatte Angst, wenn er sie so ansah. Ihm schien wirklich nichts zu entgehen. Früher hätte sie in einer solchen Situation wahrscheinlich das Bedürfnis gehabt, sich aufzulehnen. Aber die Ehejahre hatten sie verändert. Sie wollte jedem Streit aus dem Weg gehen.

„Ich bin erwachsen geworden", sagte sie ruhig.

Er ließ nicht locker. „Du warst einmal vermögend. Jetzt bist du es nicht mehr. Was bringt dich hierher? Willst du Urlaub machen, oder suchst du einen Mann, der deinen Lebensunterhalt finanziert?"

„Gregory!" Janet warf ihre Serviette auf den Tisch. „Wie kannst du es wagen, so etwas zu sagen?"

Marjorie presste ihre Hände so fest gegeneinander, dass sie zitterten. Es gelang ihr, seinem Blick standzuhalten, auch wenn sie am liebsten davongelaufen wäre.

„Deine Mutter hat mich eingeladen", sagte sie tonlos. „Ich wollte einmal eine Weile von allem fortkommen, das ist alles. Du musst schon entschuldigen, dass ich nicht daran gedacht habe, zuerst deine Erlaubnis einzuholen. Wenn du möchtest, dass ich gehe ..." Sie erhob sich.

„Mein Gott, bleib sitzen!" knurrte er. „Ich kann während des Viehtriebs wirklich keinen Besuch aus der Stadt brauchen, aber wenn Mutter dich eingeladen hat, bist du natürlich willkommen. Nur lass mich bitte in Ruhe!" Seine Warnung hätte kaum direkter formuliert sein können.

Er warf seine Serviette auf den Tisch. Die wütenden Blicke seiner Mutter beachtete er gar nicht.

„Ich werde dir nicht im Wege sein", sagte Marjorie leise.

Greg zündete sich eine Zigarette an. Dabei ließ er Marjorie nicht aus den Augen.

„Wirklich nicht? Das wäre ja einmal etwas Neues", bemerkte er spöttisch, nachdem er einen tiefen Zug getan hatte. „Das Mädchen, an das ich mich erinnere, war wie ein junges Füllen, langbeinig, temperamentvoll und dabei doch sehr scheu. Du hast dich sehr verändert, Marjorie."

Diese Bemerkung überraschte Marjorie. Sie wurde rot. Eine Weile sah sie ihn schweigend an.

„Du bist immer noch der Alte", entfuhr es ihr schließlich. „Genauso kalt, arrogant und unhöflich, wie du schon damals warst."

Es war fast unglaublich, aber er lächelte! „Und genauso aufbrausend, vergiss das nicht." Er erhob sich. Die Bewegung schien ihm Schmerzen zu bereiten. Er stöhnte auf und fluchte leise.

„Kann ich dir etwas holen?" Janet runzelte die Stirn.

Er bedachte sie mit einem abweisenden Blick. „Nein, danke." Er nickte den beiden Frauen kurz zu. Im nächsten Augenblick hatte er schon das Zimmer verlassen.

„Es tut mir Leid, Marjorie!" Janet seufzte. „Während des Viehtriebs ist er noch ungenießbarer als sonst. Dazu kommt noch, dass er Frauen nicht sonderlich mag."

„Du meinst, er mag mich nicht." Marjorie starrte bedrückt auf die Tischdecke. „Er mochte mich noch nie." Sie lächelte versonnen. „Weißt du, es gab eine Zeit, in der er mein großer Schwarm war. Glücklicherweise hat er es nie herausgefunden. Ich habe es dann ja auch überwunden. Damals war er für mich tatsächlich der Größte." Sie lachte verlegen.

„Und jetzt?" fragte Janet leise.

Marjorie überlegte kurz. „Ich glaube, jetzt habe ich ein wenig Angst vor ihm. Ich weiß nicht, ob es eine gute Idee war, hierher zu kommen."

„Doch, das war es", entgegnete Janet. „Ich bin sicher, es wird sich alles finden. Du wirst schon sehen. Es ist alles bestens geplant."

Marjorie wagte nicht zu fragen, was „es" war. Gregory, der an der Tür gelauscht hatte, unterdrückte einen Fluch. Er deutete Janets Bemerkung auf seine Weise. Er wäre vor Zorn fast an die Decke gegangen. Seine Mutter versuchte also wieder, ihn zu verkuppeln! Diesmal hatte sie ihm eine Frau ausgesucht, die er bereits kannte. Dabei konnte sie gar nicht wissen, was er von Marjorie Turner hielt.

Diesmal war Janet eindeutig zu weit gegangen. Und wenn die kleine Marjorie dachte, sie könne ihn zum Traualtar schleppen, dann stand ihr eine Überraschung bevor. Eine große Überraschung!

Leise verließ er das Haus.

Die beiden Frauen hörten ihn nicht. Janet schüttelte den Kopf. „Ich war so sicher, dass er nicht zu Hause sein würde", sagte sie. „Er hat Schmerzen, aber er will es nicht zugeben. Deswegen war er so unhöflich."

„Verhält er sich anderen Frauen gegenüber genauso?"

Janet nahm sich ein Brötchen und bestrich es mit Butter.

„Irgendwann werden wir weiter darüber sprechen", sagte sie leise. „Im Moment möchte ich nur sagen, dass er eine sehr schlechte Erfahrung hinter sich hat und dass das meine Schuld war. Ich habe versucht, meinen Fehler wieder gutzumachen, aber es war vergebens."

„Kannst du nicht offen mit ihm darüber sprechen?"

Janet lachte bitter. „Wenn Greg etwas nicht hören will, dann geht er einfach fort. Und was ich ihm zu sagen habe, will er nicht hören, da kann ich gar nichts machen. Ich habe schon mehrfach versucht, ihm zu erklären, was damals passiert ist.

Beim letzten Mal ist er aufgestanden und für ein paar Tage nach Oklahoma geflogen. Danach habe ich aufgegeben. Mein Sohn kann einen sehr ... sehr einschüchtern."

„Das kann man wohl sagen", bemerkte Marjorie trocken.

Janet sah sie lächelnd an. „Ja, du verstehst mich. Weißt du, ich bin noch nicht einmal dazugekommen, ihm zu sagen, dass du verheiratet warst. Er begann immer, mich zu ignorieren, sobald ich deinen Namen erwähnte. Das ist seit dem Sommer so, den du damals bei uns verbracht hast. Es ist wirklich merkwürdig. Erinnerst du dich an die Auseinandersetzung mit dem Cowboy?"

Marjorie spürte, wie ihr das Blut in die Wangen stieg. Sie konnte es nicht verhindern.

„Natürlich. Wie könnte ich so etwas vergessen?"

„Danach wollte er überhaupt nichts mehr von dir hören. Er wirkte lange Zeit sehr in sich gekehrt und ein wenig merkwürdig", erzählte Janet. „Er hat den Swimmingpool abgedeckt und nicht zugelassen, dass irgendjemand auf Butterball ritt."

Marjorie hatte Mühe, sich zu erinnern. Butterball! Natürlich! Er hatte ihr erlaubt, auf der Stute zu reiten. Im Geiste sah sie ihn wieder vor sich, wie er ihr das erste Mal in den Sattel half. Sie hatte ihn vergöttert, obwohl er sich ihr gegenüber auch damals schon oft schroff und abweisend verhalten hatte. Auch das war übrigens merkwürdig gewesen, denn er war eigentlich mit den meisten Frauen gut ausgekommen. Zu allen war er freundlich gewesen – außer zu Marjorie.

„Er kann es immer noch nicht ertragen, mich in seiner Nähe zu haben", sagte Marjorie leise.

„Nun, dies ist jedenfalls auch mein Zuhause", betonte Janet noch einmal. „Und ich möchte dich hier haben. Nimm dir doch noch etwas von dem Fleisch! Es ist aus unserer eigenen Produktion."

„Reinrassige Santa Gertrudis?" Marjorie starrte entsetzt auf die Fleischplatte.

„Was?“ Es dauerte eine Weile, bis Janet begriff. Sie lachte laut auf. „Nein, nein, natürlich nicht. Greg hat auch noch ein paar andere Rinder. Die reinrassigen Santa Gertrudis auf den Tisch, nein, das würde er nicht übers Herz bringen. Eher würde er seine Pferde schlachten, um zu überleben, als seine geliebten Rinder. Hier, nimm auch eines von den Brötchen dazu! Jennie backt sie selbst.“

Marjorie nahm sich ein Brötchen und biss nachdenklich hinein. Nein, es war wohl wirklich nicht klug gewesen, hierher zu kommen. Alles deutete darauf hin, dass es zwischen Greg und ihr zu Reibereien kommen würde. Greg schien sogar planmäßig darauf hinzuarbeiten.

3. KAPITEL

Zwei Tage vergingen. Marjories Gefühl, alles treibe auf irgendeine Art auf eine Katastrophe zu, verstärkte sich. Greg war ungeduldig und gereizt wegen seines Arms. Er schien die ganze Welt zu hassen. Nichts fand seine Zustimmung – und am allerwenigsten, so schien es, Marjories Gegenwart. Er behandelte sie mit einer kalten Höflichkeit, die ihr ein tiefes Unbehagen verursachte. Es war mehr als deutlich, dass er sie nur im Haus duldete, weil seine Mutter auf ihrer Anwesenheit bestand. Und als hätte Marjorie das entgehen können, fasste er es am dritten Tag nach ihrer Ankunft auch noch in Worte.

Er musterte sie kühl, als sie sich zu ihm an den Frühstückstisch setzte. Janet war noch oben in ihrem Zimmer. Marjorie und sie hatten sich am Vorabend lange unterhalten.

„Entschuldige! Komme ich zu spät?“ Marjorie hatte beschlossen, alles zu tun, um ihn nicht unnötig herauszufordern.

„Würde es dir etwas ausmachen?“

Sie holte tief Luft. „Ich weiß, dass du mich nicht hier haben willst, Greg ..."

„Das dürfte die Untertreibung des Jahres sein." Er zog an seiner Zigarette und musterte sie kritisch. „Was hat sie dir dafür geboten, dass du mit ihr auf die Farm kommst, Marjorie?" fragte er unvermittelt.

Sie sah ihn verblüfft an. „Nichts. Ich brauchte etwas Ruhe, das ist alles."

„Ruhe wovor?" hakte er nach. Er durchbohrte sie förmlich mit seinem Blick. „Du hast abgenommen. Du warst schon immer schlank, aber nicht so sehr. Du bist bleich, und du hast Schatten unter den Augen. Was ist los, Marjorie? Wovor läufst du davon? Und warum ausgerechnet zu mir?"

Marjorie war kreidebleich geworden. „Zu dir? Das würde mir nicht im Traum einfallen."

„Werde nicht beleidigend!" Wieder zog er an seiner Zigarette. „Erzähl schon! Was ist los?"

Marjorie schluckte. „Ich kann nicht."

„Du willst nicht", verbesserte er sie. Er lächelte. Aber sein Lächeln hatte nichts Warmes, Beruhigendes. Es drückte Ungeduld und Ärger aus. „Ich bin nicht blind. Ich kenne meine Mutter. Ich weiß, wie sie denkt, du bist wirklich nur ihr Opfer, nehme ich an. Was ich wissen will, ist, ob du ein williges Opfer bist."

„Ich verstehe nicht ..."

„Du wirst sehr bald verstehen." Das klang wie eine Drohung. Er erhob sich. Marjorie fiel auf, dass er sich schon wieder leichter bewegte als vor drei Tagen. Es war ganz so, wie Janet vorhergesagt hatte.

„Ich bin hier, weil Janet mich eingeladen hat, nicht deinetwegen, Greg." Sie ärgerte sich darüber, dass ihr Protest so schwach klang.

Gregory ließ sie nicht aus den Augen. Er verstand selbst nicht, wieso diese Frau ihn zu so starken Reaktionen veranlasste. Das war schon immer so gewesen. Aber diesmal war es besonders schlimm, weil sie so verletzlich wirkte. Er ertrug es nicht, sie so zu sehen und nicht zu wissen, was sie so verändert hatte. Machte sie ihm vielleicht etwas vor? War das alles Teil jenes Plans, von dem seine Mutter gesprochen hatte, als er die beiden belauschte? Die ganze Situation behagte ihm nicht. Dass es ihm nach all den Jahren immer noch nicht gelang, Marjorie einfach zu ignorieren, störte ihn dabei am meisten.

„Willst du mich, Marjorie?" Er provozierte sie ganz bewusst. „Ich weiß, dass du früher für mich geschwärmt hast. Ich wusste es, spürte es, wenn du mich ansahst. Willst du mich immer noch?"

Marjorie senkte den Blick. Die alte Marjorie hätte zurückgeschlagen, hätte protestiert. Aber die alte Marjorie war tot, das Opfer einer katastrophalen Ehe, eines grausamen Ehemanns. Sie war den Tränen nahe.

„Hör auf!" flüsterte sie. „Hör auf!"

„Sieh mich an!" Sein Ton war so hart, dass sie unwillkürlich den Kopf hob. „Euer Plan hat keine Chance", sagte er ruhig. „Gib auf! Ich möchte dir nicht wehtun."

Während sie noch versuchte, hinter den Sinn seiner Worte zu kommen, sprang er auf und warf die Tür hinter sich ins Schloss.

Marjorie erzählte Janet nichts von ihrer Auseinandersetzung mit Greg. Sie bemühte sich nur noch mehr als zuvor, ihm aus dem Weg zu gehen. Wenn sie sich doch einmal trafen, bedachte er sie mit Blicken, die geradezu hasserfüllt wirkten. Marjorie ging darüber hinweg. War seine Mutter zugegen, gab sie sich besondere Mühe, wenigstens die Form zu wahren.

Mehr als einmal fragte Marjorie sich, ob er wohl je eine Frau geliebt hatte oder von einer Frau geliebt worden war. Er schien so unnahbar. Sogar seine Männer blieben auf Distanz zu ihm, wenn es sich irgendwie einrichten ließ. Er hatte ihnen wenig zu sagen. Aber besonders auffallend war, wie wenig er mit seiner Mutter sprach. Er schien sie nicht zu mögen.

„Er lässt niemanden an sich heran, nicht wahr?“ sagte Marjorie eines Nachmittags zu Janet, als sie mit ihr im Garten war. Die beiden hatten gerade beobachtet, wie Greg sich von einem Mann abwandte, der offenbar mit einer Frage zu ihm gekommen war.

Janet sah ihm besorgt nach. Sie hatte die Arme vor der Brust verschränkt „So ist er schon lange“, sagte sie leise. „Besonders mir gegenüber. Ich glaube, er hat mir nie verziehen, dass ich so bald nach dem Tod seines Vaters wieder geheiratet habe. Dass er meinen zweiten Mann nicht ausstehen konnte, hat alles nur noch schlimmer gemacht Er ist ... schlecht behandelt worden“, gestand sie nach kurzem Zögern bedrückt. „Stiefväter sind nun einmal nicht unbedingt die besten Väter. Ben mochte Audrey und Robin. Sie waren einfach zwei niedliche kleine Mädchen, von denen er nichts zu befürchten hatte. Aber Greg war schon ein großer Junge. Das Verhältnis der beiden hätte nicht schlechter sein können. Ben hat ihn schließlich ins Internat geschickt, und ich ...“ Sie seufzte tief. „Ich stand irgendwie zwischen ihnen. Ich liebte sie beide, aber ich konnte einfach die Zauberformel nicht finden, die nötig gewesen wäre, um sie zu versöhnen. Die Situation besserte sich nicht, bis Ben starb. Damals kam Greg gerade von der Marine zurück.“ Sie verstummte, um eine Weile ihren Gedanken nachzuhängen. „Er kam wieder nach Hause und begann aus dem, was von der Ranch seines Vaters geblieben war, wieder etwas zu machen. Es war nicht viel geblieben, denn mein zweiter Mann hatte sehr viel mehr Geld ausgegeben als verdient. Greg war sehr verbittert darüber. Er ist es immer noch.“

„Eine solche Erfahrung reicht doch nicht aus, einen Mann so hart zu machen“, sagte Marjorie leise.

Janet zögerte einen Augenblick. Dann gab sie sich einen Ruck. „Es ist wohl am besten, ich erzähle dir alles“, sagte sie schließlich. „Ein Jahr vor Bens Tod lernte Greg eine junge Frau kennen, die ihn zu vergöttern schien. Er brachte sie mit auf die Ranch, damit wir sie kennen lernen konnten. Sie blieb zwei Wochen. Ben war die ganze Zeit über sehr freundlich zu ihr. Es gelang ihm, sie davon zu überzeugen, dass er allein hier das Sagen hatte – und die Kontrolle über die Finanzen." Janet war vor Verlegenheit rot geworden. Sie schloss für einen Moment die Augen. „Ben war damals schon todkrank. Er hatte Krebs, musst du wissen. Es schmeichelte ihm, dass das Mädchen sich ihm zuwandte. Schließlich war er ja auch nur ein Mann. Ich brachte es nicht fertig, ihm deswegen Vorwürfe zu machen. Greg verlor das Mädchen, und er machte Ben Vorwürfe. Ben und mir. Später habe ich versucht, ihm alles zu erklären, aber er wollte mir nicht zuhören. Bis heute weiß er nicht, was damals wirklich geschehen ist. Ben ist dann nämlich sehr bald gestorben, aber nicht an Krebs, sondern an einem Herzinfarkt. Ich habe auch den Mädchen nichts davon gesagt, dass er unheilbar krank war."

„Das tut mir Leid, Janet." Marjorie legte ihrer Patentante eine Hand auf die Schulter. „Ich hätte nicht danach fragen dürfen."

„Es ist ja alles schon sehr lang her." Die alte Dame zwang sich zu einem Lächeln. „Das jedenfalls ist es, worüber Greg nie hinweggekommen ist. Er hat nicht verstehen können, wieso ich Ben damals nicht verlassen habe. Nach Bens Tod kehrte Greg auf die Ranch zurück, aber die Kluft zwischen uns war unüberbrückbar geworden. Manchmal glaube ich, dass er mich wirklich hasst. Ich habe mir solche Mühe gegeben, die Mauer zu durchbrechen, die er um sich errichtet hat, Marjorie." Sie seufzte schwer. „Ich habe versucht, ihm zu zeigen, dass es mir Leid tut. Ich nehme an, meine Bemühungen, eine Frau für ihn zu finden, waren so etwas wie ein Versuch, alles wieder gutzumachen. Nun, sie sind allesamt gescheitert."

„Niemand bringt es fertig, sein Leben lang nur zu hassen", sagte Marjorie leise.

„Wirklich nicht?“ Janet schaute wieder zu ihrem Sohn hinüber, der gerade ein Pferd bestieg. „Ich bin mir da nicht mehr so sicher.“

„Hast du ihm schon von Becky erzählt?“ fragte Marjorie plötzlich. „Hast du ihm gesagt, warum ich hier bin?“

„Noch nicht“, bekannte Janet. „Ich habe immer auf den richtigen Augenblick gewartet.“

„Er will mich nicht hier haben“, sagte Marjorie. „Vielleicht wäre es wirklich besser, wenn ich nach San Antonio zurückginge.“

„Nein!“ entgegnete Janet entschieden. „Ich habe ein Recht darauf, dich hierher einzuladen. Das kann er mir nicht verbieten.“

„Ich will nicht immerzu kämpfen müssen.“

„Wir werden ihm einfach aus dem Weg gehen“, meinte Janet. „Ich bin sicher, er wird bald wieder arbeiten. Dann haben wir das Haus ganz für uns.“

Aber sehr zuversichtlich wirkte sie bei diesen Worten auch nicht.

Am nächsten Morgen fragte Janet Greg, ob er ein Pferd für Marjorie habe.

„Bitte, es ist doch nicht nötig ...“ warf Marjorie rasch ein, als sie sah, wie Gregs Miene sich verfinsterte.

„Nein, ich habe kein Pferd übrig“, erklärte dieser auch schon gereizt. „Ich habe genug zu tun. Meine Kälber müssen eingefangen, gebrandmarkt und geimpft werden. Die Herde muss auf die Sommerweide. Zwischendurch habe ich mich um neue Männer zu kümmern, die angeleitet werden müssen wie kleine Kinder. Ich muss für den kranken Verwalter einspringen und dafür sorgen, dass alle Vorräte da sind, die wir brauchen. Und mein Schreibtisch quillt über von Post, die meine Sekretärin nicht allein beantworten kann ... Ich habe einfach keine Zeit, mich jetzt auch noch um Touristen zu kümmern.“

„Deswegen brauchst du wirklich nicht gleich ausfallend zu werden, Greg!" erwiderte Janet vorwurfsvoll.

Er erhob sich. „Sie ist dein Gast, nicht meiner. Wenn du Wert darauf legst, dass sie unterhalten wird, musst du dich schon selbst darum kümmern."

Ohne ein weiteres Wort verließ er das Zimmer.

„Dieser Mann hat wirklich den Charme eines Kühlschranks", murmelte Marjorie.

Janet schenkte Kaffee nach. „Es tut mir wirklich Leid", sagte sie bedrückt.

„Du brauchst dich doch für das Verhalten deines Sohnes nicht zu entschuldigen. Immerhin verstehe ich ihn jetzt ein wenig besser", sagte Marjorie lächelnd. „Es ist schon in Ordnung. Wenn es dir recht ist, gehe ich jetzt ein wenig spazieren."

„Sieh nur zu, dass du ihm nicht über den Weg läufst!"

„Darauf kannst du dich verlassen." Marjorie lachte.

Sie warf sich ihren gelben Anorak über und verließ das Haus durch die Hintertür. Es war noch ein wenig kühl, aber das machte ihr nichts aus. Sie war gern in der freien Natur.

Wie sehr unterschied sich das Leben hier doch von dem in der Stadt! Marjorie wusste die Vorzüge des Letzteren sehr wohl zu schätzen. Aber im Grunde ihres Herzens war sie doch ein Landmensch. Hier fühlte sie sich wirklich wohl. Es mochte manches geben, was geeignet war, den Aufenthalt auf der Coleman-Ranch für sie unerfreulich zu machen. Im Grunde freute sie sich aber doch, hier zu sein.

Sie ging über den Hof zur Pferdekoppel. Es waren nur noch wenige Pferde dort. Die meisten benötigten die Cowboys, die die weiter entfernten Rinder hertreiben mussten.

Versonnen betrachtete sie einen großen schwarzen Hengst. Im Licht des frühen Morgens bot er einen majestätischen Anblick. Fasziniert beobachtete Marjorie, wie er den Kopf hochwarf und am Zaun entlanggaloppierte.

„Reitest du noch?"

Marjorie erschrak, als sie so unvermittelt angesprochen wurde. Sie drehte sich um und stellte zu ihrer Überraschung fest, dass Gregory hinter ihr stand. Gegen einen Baum gelehnt, rauchte er gelassen eine Zigarette und sah sie herausfordernd an.

Marjorie schluckte. Er wirkte männlicher denn je in dem langärmeligen Hemd und den engen Jeans. So ganz anders als Dennis, den sie im Grunde immer ein wenig langweilig gefunden hatte.

„Ich ... ich reite, aber nicht gut", stammelte sie.

Er deutete auf den Hengst. „Ich nenne ihn Crow. Er ist reinrassig, und man hatte die größten Hoffnungen in ihn gesetzt. Aber dann hat er einen Mann getötet und sollte erschossen werden. Ich habe ihn gekauft. Nur ich reite ihn, sonst niemand. Es gibt kein gefährlicheres Tier hier. Komm also bitte nicht auf dumme Gedanken!"

„Ich würde niemals ein Pferd nehmen, ohne vorher um Erlaubnis gebeten zu haben", erwiderte Marjorie ruhig. „Vielleicht sind die Frauen, die du sonst kennst, impulsiver. Ich jedenfalls bin vorsichtig. Ich tue nichts Unbedachtes."

Er musterte sie einen Moment lang aus zusammengekniffenen Augen. „Wieso bist du dann hier?" fragte er schließlich mit schroffer Stimme.

„Deine Mutter hat mich eingeladen."

„Warum?"

„Was würdest du denn vermuten?"

Er lächelte. Es war kein besonders freundliches Lächeln. Ohne sie aus den Augen zu lassen, warf er die Zigarette weg und kam auf sie zu.

Sie waren allein. Mehrere Eichen und Sträucher machten die Stelle, an der sie sich befanden, vom Haus her uneinsehbar. Von den Männern war niemand in der Nähe. Für Marjorie war jede Art von Intimität seit ihrer Ehe ein Albtraum. Sie wich immer weiter zurück, bis sie mit dem Rücken gegen den Stamm einer großen Eiche stieß.

„Nervös?“ fragte Greg höhnisch. Er kam immer näher. „Wieso eigentlich? Ich habe gehört, was Mutter an eurem ersten Abend hier zu dir gesagt hat. Ich weiß, wieso du hier bist, Marjorie. Wieso läufst du also davor davon?“

Sie spürte, wie sich in ihrem Inneren alles verkrampfte, als er dicht vor ihr stehen blieb. „Du ... du verstehst nicht“, stieß sie hervor.

„Das hast du mir nun schon mehrfach gesagt“, beschied er sie knapp. Er legte seine Hände zu beiden Seiten ihres Kopfes an den Stamm und beugte sich vor. Der herbe Duft seines Rasierwassers stieg ihr in die Nase. Ihr fiel auf, dass er den gesunden Arm etwas stärker belastete als den kranken.

„Was soll das alles?“ flüsterte sie.

„Du bist so etwas wie ein Trostpreis, scheint mir.“ Er lächelte spöttisch. „Meine Mutter glaubt, es sei ihre Schuld, dass ich ein so einsamer Mann bin. Sie bringt mir dutzendweise Heiratskandidatinnen her. Aber ich bin es leid, die Frauen auf dem Silbertablett präsentiert zu bekommen. Falls ich je heirate, werde ich mir meine Frau selbst aussuchen. Ich möchte etwas Frisches, Warmes, Süßes, verstehst du? Ein Mädchen vom Lande, keine Dame der Gesellschaft, die jahrelang herumgereicht worden ist wie ein Tablett mit Hors d’œuvres.“

Marjorie wollte etwas sagen, aber Greg sah es und legte ihr sofort einen Finger auf die Lippen. Sie hätte sich ihm nicht zu widersetzen vermocht.

Er war ihr immer als ein sehr kalter, gefühlsarmer Mann erschienen. Die Erfahrenheit, die aus seiner kleinen Geste sprach, überraschte sie. Marjorie konnte es kaum glauben, dass nach all den Jahren eine solche Szene zwischen ihnen möglich war. Zum ersten Mal sah sie in ihm wirklich den Mann und nicht einen Feind. Zum ersten Mal empfand sie seine Männlichkeit nicht als Bedrohung, war empfänglich für seine Sinnlichkeit. Ja, er war erfahren. Seine Art, sie anzusehen, verriet es ihr. Sie verstand selbst nicht mehr, wie sie einen Mann für kalt hatte halten können, der sie durch eine leichte Berührung fast um den Verstand zu bringen vermochte.

„Das magst du, nicht wahr, Marjorie?“ flüsterte er. Seine tiefe Stimme klang ein wenig verächtlich. „Du magst es, wenn ich dich berühre. Deine Lippen sehnen sich danach, geküsst zu werden.“ Sanft fuhr er ihr mit dem Zeigefinger über die Unterlippe, ganz langsam, wie um sich die Konturen genau einzuprägen. Marjorie erschauerte. Greg lächelte wissend.

„Nein!“ flüsterte sie, aber er beachtete ihren Protest nicht. Auf einmal drückte er sie fest an sich, sodass sie die Wärme seines Körpers spürte. Vor Jahren hatte sie davon geträumt, von ihm berührt zu werden. Damals hatte sie sich nach seinem Kuss gesehnt. Sie hatte ihn begehrt, und sie hatte instinktiv gewusst, dass er es spürte. Aber sie hatten beide gewusst, dass mehr zwischen ihnen nicht sein durfte, weil sie noch zu jung war. Damals hatte sie ihr Alter geschützt.

Nun, bei ihrem Wiedersehen, hatte sie geglaubt, er sei zu kalt, um noch in Versuchung geraten zu können. Wie hatte sie nur so naiv sein können!

Er hob ihr Kinn leicht an und sah ihr in die Augen. „Hast du dich je gefragt, wie es wäre, meine Lippen auf deinen zu spüren?“

Tränen standen ihr in den Augen. Es schockierte sie, dass sie nach allem, was Dennis ihr angetan hatte, noch einmal Verlangen nach der Liebe eines Mannes verspürt. Immer fester gruben sich ihre Fingernägel in die harten Muskeln seiner Arme.

„Greg ...“

„Was hat meine Mutter dir geboten, Marjorie?“ fragte er mit rauer Stimme.

„Was? Was sie mir geboten hat?“ Sie verstand nicht.

Er presste sich so fest an sie, dass sie spüren konnte, wie erregt er war.

„Sie hat dich einzig und allein meinetwegen auf die Ranch gebracht. Sie hat begriffen, dass mich Karrieremädchen nicht interessieren. Jetzt versucht sie es mit alten Erinnerungen. Sie will, dass ich dich heirate."

„Ich ... dich heiraten?" Marjorie hatte Mühe, einen klaren Gedanken zu fassen.

„Spiel mir nichts vor!" befahl er. Er sah sie wütend an. „Ich habe doch gehört, wie ihr beiden zusammen Pläne geschmiedet habt. Lass dir eines sagen, kleine Marjorie: Ich bin nicht interessiert an der Ehe! Aber wenn du nur ein wenig mit mir spielen willst, bin ich gern bereit mitzumachen. Ich habe dich schon immer aufregend gefunden."

Er küsste sie. Aber von der Zärtlichkeit, die Marjorie erwartet hatte, war nichts in diesem Kuss. Er war grob und fordernd. Ihre Nähe schien ihn um seine Selbstbeherrschung gebracht zu haben. Er stöhnte auf vor Schmerz, als er sie ein wenig zu fest an sich drückte und dabei auch noch mit dem verletzten Arm gegen den Baum stieß. Aber er ließ sie nicht los. Seine Leidenschaft schien sich sogar noch zu steigern.

Marjorie spürte, wie heftig sein Herz klopfte, sie spürte, wie stark dieser Mann war. Sie stemmte sich ihm mit all ihrer Kraft entgegen. „Nein!" entfuhr es ihr schließlich. „Nein! Nicht so!" Sie versuchte, sich ihm zu entwinden.

Er drückte sie mit seinem Körper wieder gegen die Eiche. „Was ist?" fragte er schwer atmend. „Musst du erst den Ehering vor dir sehen, um in Stimmung zu kommen?" Sein spöttischer Tonfall klang nicht überzeugend. Greg bebte vor Wut.

Marjorie war den Tränen nahe. Die Männer waren doch alle gleich. Sie wollten nur das eine: Sex. Es war genau wie bei Dennis. Auch er hatte ihr immer nur bewiesen, wie viel stärker er war als sie. Er hatte sich einfach genommen, was er haben wollte, ohne dabei an sie zu denken.

Sie begann zu weinen.

„Ist es so schlimm?" fragte Greg ohne jedes Mitgefühl.

Ihre Lippen bebten. „Ich will ... das nicht", schluchzte sie. „Ich will niemanden. Ich will nur in Ruhe gelassen werden."

Greg runzelte die Stirn. Hatte er sich getäuscht? Konnte es sein, dass sie die Wahrheit sagte? Er war sich ganz sicher gewesen, am Anfang auch bei Marjorie Anzeichen von Verlangen bemerkt zu haben. Aber nun sah sie ihn ganz bestimmt nicht voller Verlangen an, sondern voller Angst.

Er ließ sie los. Marjorie verschränkte die Arme vor der Brust. Sie zitterte am ganzen Körper, als sie Greg ansah.

„Was soll das alles?“ Er musterte sie durchdringend. „Hat meine Mutter dir nicht gesagt, wieso sie dich eingeladen hat?“

Marione schluckte. Sie wusste nicht, ob sie ihrer Stimme trauen konnte. „Ich bin nur hierher gekommen, weil ich eine Weile Ruhe brauchte“, sagte sie schließlich. „Ich habe nicht die Absicht, deine Frau, deine Geliebte oder sonst etwas zu werden. Jetzt wäre es mir sogar am liebsten, wenn ich dich nie wiedersehen müsste.“

„Aber wieso bist du hier?“

Sie lächelte unsicher. „Ich laufe wirklich davon“, gestand sie dann. „Ich will hier in Ruhe überlegen, wie ich verhindern kann, dass mein Exmann mir meine kleine Tochter wegnimmt. Sie hat Angst vor ihm – genau wie ich. Er hat den größten Teil meines Vermögens in seinen Besitz gebracht und will jetzt wieder heiraten. Meine Chancen in einem Prozess gegen ihn stünden sehr schlecht. Du musst wissen, dass meine Tochter ein großes Vermögen geerbt hat. Das ist es, was Dennis interessiert.“

Greg glaubte, seinen Ohren nicht trauen zu können. Er starrte Marjorie eine ganze Weile schweigend an. „Exmann?“ brachte er schließlich hervor.

Marjorie nickte.

„Wer hat die Scheidung gewollt: er oder du?“

„Ich.“

„Der arme Mann.“

„Er kannte genug Frauen, die gern bereit waren, ihn zu trösten – während und auch nach der Ehe.“

Er musterte sie mit undurchdringlicher Miene. „Bist du so schlecht im Bett?“ Er war offensichtlich verärgert, weil er sie begehrte und fälschlich angenommen hatte, sie sei genauso erregt wie er.

Marjorie starrte ihn einen Moment lang wie benommen an. Schließlich wandte er sich ab. Seine Frage schien ihm plötzlich selbst peinlich zu sein.

„Wo ist deine Tochter jetzt?“

Marjorie trat ein paar Schritte zur Seite. Greg zündete sich eine neue Zigarette an. Er musterte Marjorie neugierig.

„Sie ist in einem Internat in San Antonio. Janet sagte, ich könne sie hierher holen ...“

„Verdammt!“

„Du brauchst nicht zu befürchten, dass noch mehr Leute deine Ranch bevölkern könnten“, sagte Marjorie leise. „Ich werde mit dem nächsten Bus zurückfahren, und Becky kommt auf keinen Fall hierher, das verspreche ich.“ Ihr drohten die Knie weich zu werden, als sie ihn so vor sich stehen sah. Sie glaubte, seine Lippen immer noch auf den ihren zu spüren. Es fiel ihr nicht leicht, sich auf das zu konzentrieren, was sie sagen wollte. „Falls heute kein Bus mehr geht, fahre ich per Anhalter.“

„Hast du etwa Angst vor mir?“

„Ja.“ Es war die Wahrheit.

Er zog an seiner Zigarette. „Und wie willst du meiner Mutter eine so plötzliche Abreise erklären?“

„Mir fällt schon etwas ein.“

„Sie wird sich aufregen. Ich habe so schon genug Probleme. Ich habe keine Lust, mich mit hysterischen Anfällen auseinander zu setzen.“

„Ich will nicht ...“

„Wie alt ist deine Tochter?“ fragte er plötzlich.

„Sie ist gerade sechs geworden.“

„Was, zum Teufel, macht sie dann in einem Internat? Was

bist du nur für eine Mutter, dass du es fertig bringst, sie einfach so fortzuschicken?"

Marjorie kämpfte schon wieder mit den Tränen. „Ich muss doch arbeiten", flüsterte sie. „Ich fürchtete, Dennis würde sie entführen, wenn sie nach der Schule allein zu Hause wäre. Damit hat er früher schon immer gedroht. Im Internat ist sie geschützt. Um sie dort herauszubekommen, braucht er einen gerichtlichen Bescheid."

Greg seufzte schwer. „Was für ein schrecklicher Zustand für ein Kind in diesem Alter!"

Plötzlich wurde ihr bewusst, dass er aus Erfahrung sprach. Fast hätte sie es laut gesagt. Aber sie schluckte die Bemerkung dann doch hinunter. Sie hatte auch so schon genug Probleme. Es war wirklich nicht nötig, ihn noch weiter aufzubringen.

„Wann ist das Schuljahr zu Ende?"

„Am Freitag nächster Woche."

Einen Moment lang betrachtete er gedankenverloren seine Zigarette. Dann blickte er auf. „Okay. Bring sie her! Aber ihr beiden bleibt mir vom Leib, klar?"

„Ich möchte nicht hier bleiben."

„Du bleibst", erwiderte er knapp. „Für alles andere ist es jetzt zu spät. Ich möchte nicht, dass Mutter sich aufregt. Außerdem muss ich ja, wie es scheint, nicht befürchten, dass du mir nachläufst wie die anderen weiblichen Gäste, die sie mir ins Haus gebracht hat."

„Das stimmt."

Als er sie so ansah, musste er auf einmal lächeln. „Weißt du eigentlich, dass ich dich schon küssen wollte, als du gerade erst sechzehn warst? Du brauchst mich gar nicht so schockiert anzusehen. Und ich bin sicher, du wolltest es damals auch, gib es zu!"

Marjorie senkte den Blick. Es war die Wahrheit. Er war ihr Traummann gewesen.

„Marjorie ..."

Sie sah ihn an „Ja?"

Er trat ein paar Schritte auf sie zu. Dabei ließ er sie nicht aus den Augen. Ihm entging nicht, dass sie sofort wieder verkrampft und ängstlich wirkte.

„Okay", sagte er leise, und zum ersten Mal klang seine Stimme ein klein wenig zärtlich. „Ich werde dich nicht wieder anrühren. Du solltest dich übrigens um deine Lippe kümmern. Ich habe sie ein wenig verletzt, als ich dich geküsst habe."

Als sie sich mit einem Finger über die Lippe fuhr, stellte sie fest, dass sie tatsächlich ein bisschen blutete. Sie hatte es gar nicht bemerkt. In Gregs Nähe reagierte sie so ganz anders als sonst. Nie zuvor hatte ein Mann sie so erregt.

Er zog ein Taschentuch hervor und reichte es ihr. Ihm fiel auf, wie sehr sie sich bemühte, ihn nicht zu berühren, als sie es stumm entgegennahm. Vorsichtig tupfte sie ihre Lippe damit ab.

Ihr Gesicht glühte, ihre Knie waren weich. Wie kam es nur, dass er eine so starke Wirkung auf sie hatte?

„Er hat dir wehgetan, nicht wahr?" fragte Greg plötzlich. „Beim Sex, meine ich."

Marjorie hätte im Boden versinken mögen. „Ja", flüsterte sie.

„Warum, zum Teufel, hast du dann ein Kind von ihm zur Welt gebracht?"

„Ich hatte schließlich keine andere Wahl." Sie konnte ihm nicht in die Augen sehen.

Er zündete sich noch eine Zigarette an. Dabei murmelte er etwas, was nicht sehr freundlich klang.

„Das ist ja jetzt alles Vergangenheit", sagte sie leise. „Ich habe jetzt nur noch den Wunsch, mit meiner Tochter zusammen ungestört zu leben. Es war nie meine Absicht, dich in die Ehe zu locken, glaub mir! Ich möchte nie wieder etwas mit einem Mann zu tun haben. Ich will dir gern aus dem Weg gehen und bitte dich, mir deinerseits aus dem Weg zu gehen."

„Solche Abkommen treffe ich nicht, Honey."

„Nenn mich nicht so!"

„Das habe ich früher immer getan. Hast du es vergessen?" Er sah ihr offen in die Augen. „Ich gehe mit diesem Wort nicht so leichtfertig um wie andere Männer. Zu schade, dass du damals nicht darauf geachtet hast." Bevor sie etwas dazu sagen konnte, war er schon zu einem anderen Thema übergegangen. „Hast du einen guten Anwalt?"

„Ja, ich glaube schon."

„Ich werde dafür sorgen, dass du dir dessen sicher sein kannst, wenn der Prozess beginnt."

„Hör zu, Gregory ..."

„Du warst immer die einzige Frau, die mich bei meinem vollen Namen genannt hat", sagte er nachdenklich. „Es gefällt mir."

Marjorie nahm einen neuen Anlauf. „Ich will nicht ..."

„Wegen deiner Tochter brauchst du dir keine Gedanken zu machen. Ich fliege dich nach San Antonio", sagte er, schon zum Gehen gewandt. „Sag mir einen Tag voher Bescheid, damit ich alles arrangieren kann."

„Hör mir doch endlich zu!"

„Wieso?"

„Ich komme sehr gut allein zurecht."

„Wenn ich dir so zuhöre, dann habe ich durchaus nicht den Eindruck, dass du allein zurechtkommst."

„Ich habe dich nicht nach deiner Meinung gefragt."

„Schade. Mir scheint, du könntest ein paar Tipps brauchen. Eines sollte ich aber vielleicht doch sagen, damit du keine falschen Schlüsse ziehst." Er legte eine dramatische Pause ein. „Ich habe nicht mehr vor, mit dir herumzuspielen. Ich will überhaupt großzügig sein und alles zurücknehmen, was ich gesagt habe, seit du hierher gekommen bist." Einen Augenblick lang musterte er sie nachdenklich. „Ich glaube, im Grunde bist du noch unschuldig. Du hast Angst vor Sex, bist nervös im Umgang mit Männern ..."

Marjorie spürte, wie ihr das Blut in die Wangen stieg. Wütend ballte sie die Hände zu Fäusten. „Bist du bald fertig?"

„Fürs Erste ja." Er schob sich den Hut in die Stirn. „Lass die Hände von dem Hengst!" warnte er noch einmal.

Marjorie war zu empört, um etwas zu erwidern. Dieser arrogante, eingebildete Kerl! Als sie sich das Taschentuch noch einmal an die Lippen drückte, stieg ihr der herbe Duft seines Eau de Cologne in die Nase. Wieso fing ihr Puls nur plötzlich an zu rasen? Sie wollte nicht darüber nachdenken. Also ließ sie das Tuch in der Hosentasche verschwinden und kehrte kurz entschlossen ins Haus zurück.

Marjorie verbrachte eine schlaflose Nacht. Sie wälzte sich von einer Seite auf die andere und überlegte, ob sie nach San Antonio zurückkehren sollte oder nicht. Sie brauchte schließlich nicht unbedingt einen Urlaub, um eine Lösung für ihre Probleme zu finden.

In Wahrheit war ihr Aufenthalt hier ja auch alles andere als erholsam. Zuerst hatte Gregory ihr immer wieder gezeigt, wie sehr er sie verachtete, dann hatte er sie plötzlich mit seinen Küssen verfolgt, und jetzt wollte er ihr einfach ihre Entscheidungen abnehmen. Natürlich musste man ihm zugute halten, dass er die ganze Situation von Anfang an falsch verstanden hatte. Was er am ersten Abend gehört hatte, hatte in der Tat den Verdacht wachrufen können, dass er in die Ehe gelockt werden sollte.

Voller Scham erinnerte sie sich daran, dass sie Janet in jenem Gespräch gestanden hatte, einmal für ihn geschwärmt zu haben. Hatte er das auch gehört? Nun, wahrscheinlich hatte er es wirklich schon gewusst. Damals, als Sechzehnjährige, hatte sie ja die Augen nicht von ihm wenden können. Die Mädchen hatten sie sogar geneckt, weil es so offensichtlich war. Zweifellos hatten sie auch mit ihm darüber gesprochen.

Er war schon damals anders gewesen als die anderen Männer. Einerseits hatte sie immer ein wenig Angst vor ihm gehabt

– sie hatte sie jetzt noch –, andererseits hatte sie geahnt, dass er im Grunde ein sehr zärtlicher Mann war, wenn er sich auch grob und unnahbar gab. Auch heute war das wieder zu spüren gewesen. Es machte Marjorie wehrlos. Zärtlichkeit war etwas, was sie von Dennis nie erhalten hatte. Er war ein Mensch, der immer nur nehmen wollte, ohne selbst zu geben. Wenn sie jetzt zurückblickte, war es ihr so klar wie nie zuvor. Mit Aufmerksamkeiten, die ihrer Eitelkeit schmeichelten, hatte er ihr Herz gewonnen. Im Übrigen hatte sie sich danach gesehnt, eine Familie und Kinder zu haben. Das hatte er sich zunutze gemacht.

Marjorie seufzte tief. Hätte sie doch damals die Situation etwas nüchterner eingeschätzt! Wären ihre Eltern nicht nach Austin gezogen ... Wäre Gregory wirklich an ihr interessiert gewesen, wäre er zu ihr gekommen ...

Mit diesem Gedanken schlief sie schließlich ein, um bald schon davon zu träumen, wie es hätte sein können ...

4. KAPITEL

Marjorie erzählte Janet nichts von dem, was sich zwischen Gregory und ihr ereignet hatte. Er war nun ihr gegenüber etwas weniger feindselig, aber im Großen und Ganzen hatte sich an seinem Verhalten nichts geändert. Falls er angesichts ihres Aufenthalts auf der Ranch etwas anderes als Gereiztheit verspürte, verbarg er das jedenfalls sehr gut. Offenbar hatte er es im Laufe der Jahre gelernt, niemanden merken zu lassen, was er empfand.

Sein Arm war immer noch nicht ganz verheilt. Ab und zu sah man, dass er Schmerzen hatte, aber das hielt ihn nicht davon ab, ein paar Tage später wieder in den Sattel zu steigen und seinen Männern beim Viehtrieb zu helfen. Janet sagte nichts dazu, schien aber alles in allem erleichtert.

Am folgenden Donnerstag musste Marjorie auf Gregory warten. Entweder hielt er sein Versprechen, am nächsten Tag mit ihr nach San Antonio zu fliegen, um Becky abzuholen, wenn sie ihn jetzt daran erinnerte, oder sie musste Janet bitten, ihretwegen noch einmal die lange ermüdende Autofahrt nach San Antonio auf sich zu nehmen. Marjorie seufzte, als sie daran dachte, dass es früher kein Problem für sie gewesen wäre, einfach eine Maschine zu chartern. Dennis verdankte sie es, dass sie diese Möglichkeit wohl nie mehr haben würde. Hätte sie ihm gegenüber doch nicht immer wieder nachgegeben! Sie musste zugeben, dass sie an ihrer jetzigen Lage im Grunde selbst die Schuld trug. Sie zahlte schwer für ihre Fehler!

Als Janet um neun Uhr nach oben gehen wollte, war Greg immer noch nicht zurück. Marjorie hatte es sich mit einem Buch auf dem Sofa bequem gemacht.

„Willst du noch aufbleiben?" fragte Janet.

„Ich warte noch auf Greg. Er hat versprochen, mich morgen nach San Antonio zu fliegen, wenn ich ihn daran erinnere. Ich will ihn fragen, ob er das ernst gemeint hat."

„Mein Sohn gibt nie ein Versprechen, das er nicht halten will." Janet wirkte auf einmal ein wenig entspannter. „Ich wusste nicht, dass du ihm von Becky erzählt hast, aber mir ist aufgefallen, dass er dir gegenüber nicht mehr ganz so feindselig ist."

„Es reicht immer noch." Marjorie seufzte. „Ja, ich habe es ihm gesagt. Ich sagte ihm, ich würde mit dem Bus fahren, doch davon wollte er nichts hören. Aber ich weiß nicht, ob er morgen Zeit hat."

„Du wirst schon sehen." Janet lachte leise. „Ich bin ja so froh, dass er dir seine Hilfe angeboten hat. Ich hätte nichts dagegen gehabt, dich zu fahren ..."

„Aber es ist doch so eine anstrengende Fahrt", unterbrach Marjorie sie. „Es wäre wirklich schön, wenn er dir diese Strapaze ersparen könnte."

„Ich glaube, er ist neugierig auf deine Tochter“, sagte Janet plötzlich. „Er ist kein sehr umgänglicher Mann, aber er liebt Kinder. Es ist doch schade, dass er nie geheiratet hat. Er wäre sicher ein guter Vater gewesen.“

Diese Feststellung überraschte Marjorie. Sie hätte Gregory nicht für den Typ Mann gehalten, der Kinder mochte. Aber sie brauchte schließlich nur an Dennis zu denken, um sich klar zu machen, dass ihre Menschenkenntnis nicht die beste war.

Noch lange, nachdem ihre Patentante nach oben gegangen war, dachte Marjorie über das nach, was Janet über ihren verschlossenen Sohn gesagt hatte. Er war ihr wirklich ein Rätsel. Er war kein besonders schöner Mann und dabei doch äußerst attraktiv. Seine Mutter schien zu glauben, er sei unfähig, selbst eine Frau zu finden, aber Marjorie war sich sicher, dass er kein Mann ohne Erfahrungen war. Er hatte genau gewusst, was er tat, als er sich ihr auf dem Hof näherte. Wären da nicht die belastenden Erinnerungen an ihre Ehe gewesen, hätte sie vielleicht ganz anders auf den Kuss reagiert. Seine Lippen waren hart und warm gewesen, und er hatte sehr, sehr erfahren auf sie gewirkt. Wenn sie ehrlich war, musste sie zugeben, dass ihr Körper sogar sehr heftig auf ihn reagiert hatte. Sie hatte es nur vor ihm verborgen.

Ein Geräusch an der Eingangstür riss Marjorie aus ihren Gedanken. Sie ließ das Buch offen auf ihrem Schoß liegen und sah zum Korridor hinüber. So hatte sie unverhofft Gelegenheit, einen Blick auf den wahren Gregory Coleman zu werfen.

Er ahnte nicht, dass noch jemand auf war. Der typische Ausdruck spöttischer Arroganz war verschwunden. Er wirkte müde. Das blau karierte Hemd, die Jeans und die Stiefel waren mit Staub bedeckt. Das schwarze Haar war zerzaust. Er warf seinen Hut auf den kleinen Tisch im Korridor und reckte sich. Endlich bemerkte er, dass Marjorie ihn beobachtete. Sofort setzte er wieder die wohl bekannte überlegene Miene auf.

„Konntest du nicht schlafen?“ Er lächelte spöttisch. „Falls du es auf die übliche Medizin abgesehen hast, muss ich dich enttäuschen. Ich bin müde.“

Marjorie musterte ihn schweigend. Plötzlich wurde ihr klar, dass man von seinen dauernden bissigen Bemerkungen aller Wahrscheinlichkeit nach nicht auf das schließen durfte, was er wirklich dachte. Sie waren sein Mittel, Frauen davon abzuhalten, ihm zu nahe zu kommen und sein wahres Wesen zu entdecken. Ihr hatte schon eine spitze Antwort auf der Zunge gelegen. Sie sprach sie nicht aus.

„Du hast gesagt, du würdest mich morgen nach San Antonio fliegen“, sagte sie leise. „Ich erinnere dich nur ungern daran. Du siehst müde aus.“

Er erstarrte. Es war, als hätte das Mitgefühl, das aus Marjories Worten sprach, ihn aus dem inneren Gleichgewicht gebracht. „Ich erinnere mich, ja. Morgen beginnen die Ferien deiner Tochter.“

Marjorie erhob sich. Sie war barfuß wie immer, wenn es irgendwie möglich war. Ihre Schuhe standen unter irgendeinem Sessel.

„Ich weiß nicht, ob du morgen Zeit hast. Du bist sicher sehr beschäftigt“, fuhr sie fort. „Ich will nur wissen, worauf ich mich einstellen muss.“

Sein Blick war auf ihre bloßen Füße gefallen. Er lächelte verhalten. „Hast du deine Schuhe verloren, Aschenputtel?“

„Ich hasse Schuhe“, bekannte Marjorie verlegen. „Ich habe sogar schon Becky damit angesteckt. Zu Hause läuft sie immer barfuß herum. Als sie versuchte, es in der Schule genauso zu machen, musste sie zur Strafe nachsitzen.“

„Gefällt es ihr in der Schule?“ fragte Greg unvermittelt.

„Ich nehme es an.“ Marjorie zögerte. „Sie spricht nicht darüber. Sie ist ein sehr scheues Kind.“ Sie runzelte die Stirn. „Sie ist sehr verletzlich. Vielleicht wäre es am besten, wenn ich mit ihr nach Hause führe.“

Greg zündete sich eine Zigarette an. „Wovor hast du Angst?“ fragte er ruhig. „Davor, dass ich ihr wehtun könnte? Ich bin sicher, du wirst überrascht sein, wenn du siehst, wie sie auf mich reagiert. Die Leute hier sind sehr viel weniger eingeschüchtert, als du anzunehmen scheinst.“

„Natürlich“, stimmte sie ihm mit unschuldsvoller Miene zu. „Das ist sicher auch der Grund dafür, dass deine Männer sich jeden Morgen so lange hinter den Büschen herumdrücken, bis du verschwunden bist.“

Er lächelte tatsächlich amüsiert. „Kinder haben in solchen Dingen ein sichereres Urteil als Erwachsene“, gab er zurück. „Ich muss noch einiges regeln, bevor ich fortkann“, sagte er dann unvermittelt. „Wir starten um neun Uhr.“

„Bist du sicher, dass du dir das leisten kannst? Du brauchst dich nicht verpflichtet zu fühlen.“

„Ich tue immer nur, was ich will“, entgegnete er knapp.

„Dann danke ich dir. Ich werde um neun fertig sein.“

Sie wollte an ihm vorbei zur Tür, aber er hielt sie an der Schulter fest.

„Wie alt bist du jetzt?“ Er sah sie forschend an.

„Ich ... ich bin siebenundzwanzig“, stammelte Marjorie verwirrt.

Er musterte sie ruhig. „Ich bin achtunddreißig.“

„Ja, ich weiß.“

Eine Weile standen sie einander schweigend gegenüber. Die Spannung wuchs mit jedem Augenblick. Schließlich wandte sich Greg kurz zur Seite, um seine Zigarette im Aschenbecher abzulegen. Nun konnte er Marjorie mit beiden Händen halten.

Als Greg Marjorie an den Oberarmen fasste, zuckte sie merklich zusammen.

Er schüttelte den Kopf. „Nein“, sagte er sanft. „Ich werde nicht grob zu dir sein. Nie wieder.“

Es war das erste Mal, dass er in diesem Ton mit ihr sprach. Sie sah ihn schweigend an.

„Ich habe noch nie einer Frau mit Absicht wehgetan", fuhr er fort. „Aber der Gedanke, du könntest aus dem gleichen Grund hierher gekommen sein wie all die Möchtegernbräute, hat mich völlig aus der Fassung gebracht." Er nahm ihr Gesicht zwischen seine Hände. „Du brauchst nicht vor mir zurückzuweichen, Marjorie", flüsterte er. „Ich werde dir jetzt zeigen, wie es hätte sein sollen."

„Aber ich will nicht ..."

Er sah ihr in die Augen. „Sag meinen Namen!" bat er.

„Gregory ..."

Er küsste sie zärtlich. Sie schloss die Augen. Dieser Kuss war so ganz anders als der erste. Er hatte ganz und gar nichts Beängstigendes und Forderndes. Liebevoll war er. Marjorie wollte kein anderes Wort dafür einfallen.

„So ist es richtig", flüsterte er, als sie ihre Lippen unwillkürlich ein wenig öffnete. „Diesmal werde ich dir nicht wehtun."

Ein leises, trockenes Schluchzen entrang sich ihr, als er mit der Zunge ihre Lippen zärtlich auseinander drängte. Seine Berührung weckte nie gekannte Gefühle in ihr.

Ihre Hände, die bislang zu Fäusten geballt gewesen waren, öffneten sich. Langsam ließ sie sie über seine Brust gleiten. Sie konnte seine harten Muskeln spüren. Unter ihrer sanften Berührung schien sich sein Herzschlag zu beschleunigen. Sein Atem ging schneller.

Zärtlich ließ er seine Finger über ihr Haar gleiten. Er bog ihren Kopf ein wenig zurück, sein Kuss wurde leidenschaftlicher. Marjorie wurde von einem Verlangen erfasst, dessen Heftigkeit sie überraschte. Unwillkürlich schmiegte sie sich enger an ihn. Sanft berührte er ihre Brüste. Sie trug keinen BH unter der dünnen Bluse. Ihre aufgerichteten Brustspitzen waren deutlich zu sehen. Greg stöhnte leise auf. Er drückte Marjorie an sich, presste seine Hüften gegen ihre. Sie erbebte, als sie spürte, wie erregt er war.

„Nein!“ Sie versuchte, den Kopf zur Seite zu drehen. „Nein, nicht.“

Er kam ihrer Bitte sofort nach und löste sich ein wenig von ihr. Zärtlich strich er ihr eine Haarsträhne aus der Stirn und hob ihr Kinn leicht an, um ihr in die Augen sehen zu können. Ihr Blick zeigte ihm, wie sehr sie dieser Kuss verwirrt hatte.

„Hat er dich je dazu gebracht, ihn zu begehren?“ fragte er leise.

„Nein ... nicht so wie du“, schluchzte sie, um sich im gleichen Augenblick wegen dieser offenen Antwort zu schämen. Sie konnte ihm einfach nichts vormachen.

Er sah ihr zärtlich in die Augen. „Du brauchst deswegen nicht verlegen zu sein“, flüsterte er. „Ich weiß, dass dieses Spiel trotz deiner Ehe neu für dich ist. Aber hab keine Angst: Ein erfahrener Mann kann eine Frau so lieben, wie sie es sich wünscht.“

Marjorie hatte Mühe, ihre Fassung wiederzugewinnen. Es war so schön, seinen Körper zu spüren. „Und du ... du hast Frauen gehabt“, flüsterte sie und sah ihm dabei in die Augen. Sein Blick machte ihr nun gar keine Angst mehr.

Er nickte. „Und ich könnte auch dich haben“, sagte er ruhig. „Aber das ist es nicht, was ich will. Es sollte nur so etwas wie eine Entschuldigung sein, nicht mehr. Ich habe nicht vor, Frauen wie Trophäen zu sammeln.“

Bevor sie etwas antworten konnte, schob er sie mit sanftem Druck von sich. „Möchtest du einen Drink?“ fragte er auf einmal ganz beiläufig, so als wäre überhaupt nichts geschehen.

„Einen ... einen Brandy.“

„Setz dich! Ich bringe ihn dir.“

Marjorie war immer noch etwas benommen, als sie sich in einen der Sessel sinken ließ. Ihre Augen glänzten, die Wangen waren gerötet.

Schon reichte Greg ihr ein Glas und setzte sich mit dem seinen auf die Lehne ihres Sessels. Unsicher nippte sie an dem Getränk.

„Ich ... sollte nach Hause fahren", begann sie unvermittelt.

„Warum? Ich habe nicht die Absicht, dich zu verführen." Er legte ihr einen Finger unter das Kinn und zwang sie, ihm in die Augen zu sehen. Ihr Atem ging immer noch schneller als gewöhnlich. „Am Ende würde ich noch eher Vater, als mir lieb sein kann", bemerkte er eher amüsiert als gereizt.

„Nein, das würdest du nicht." Marjorie atmete tief durch. „Ich nehme die Pille. Der Arzt hat sie mir wegen einer kleinen Hormonstörung verschrieben."

Greg lächelte verhalten. „Wie wäre es dann, wenn du mit mir nach oben kämst?"

„Ich mag so etwas nicht."

„Kein Ehering, kein Sex? Wie altmodisch, Miss Marjorie!"

Sie konnte ihm plötzlich nicht mehr in die Augen sehen. „Einer Frau bedeutet Sex sowieso nicht so viel", erklärte sie verlegen.

„Wirklich nicht? Mir haben Frauen schon den Rücken blutig gekratzt, und durchaus nicht aus Langeweile."

Marjorie errötete bis unter die Haarwurzeln. Sie sagte nichts.

„Ich könnte auch dich so weit bringen", flüsterte er. „Ich könnte dich dazu bringen, über dem Verlangen danach, von mir geliebt zu werden, alles andere zu vergessen."

„Du solltest ... so etwas nicht sagen."

„Du wirkst vollkommen unschuldig, obwohl du keinen Grund hast." Er sah sie forschend an. „Hat es jemals einen anderen Mann für dich gegeben?"

„Nein. Nur ... nur ihn."

„In gewisser Weise bist du noch unberührt", murmelte er. „Und dabei die verführerischste Frau, die mir je begegnet ist. Es ist zu schade, dass wir damals nicht getan haben, was wir beide wollten, Marjorie. Niemand kann sagen, was danach geschehen wäre. Aber eines weiß ich sicher: Du hättest erfahren, was es heißt, eine Frau zu sein. Wir fühlen uns ungewöhnlich stark zueinander hingezogen. So war es schon immer."

Sie hätte es nicht bestreiten können. Aber es machte sie doch verlegen, die Wahrheit aus seinem Mund zu hören.

Greg leerte sein Glas und erhob sich. „Du solltest jetzt lieber schlafen gehen, Honey. Wir haben einen langen Tag vor uns."

„Ja. Natürlich." Sie stellte ihr Glas beiseite.

Greg musterte sie aufmerksam. „Er hat dich eingeschüchtert, nicht wahr?" fragte er plötzlich. „Du hast dich seit damals sehr verändert. Das Mädchen, das ich gekannt habe, war voll Temperament und Lebensfreude."

„Als ich begann, mich gegen seine Demütigungen zur Wehr zu setzen, hat er prompt Rache genommen – im Bett", sagte Marjorie leise.

„Mein Gott ..."

Marjorie schaute auf. „Du könntest nie so grausam sein." Das war eine Feststellung, keine Frage. „Du magst eine Frau manchmal mit harten Worten verletzen, aber niemals würdest du ihr gegenüber Gewalt anwenden. Auch neulich im Hof hast du mir nicht wirklich wehgetan."

„Deine Lippe hat geblutet."

Er schien auf einmal bedrückt. Marjorie legte einen Finger auf seine Unterlippe. Sie war von ihrem Kuss noch ein wenig wund. Die leichte Berührung ließ ihn zusammenzucken.

„Ich habe dir auch wehgetan", flüsterte sie.

„In einem Moment der Leidenschaft, nicht im Zorn." Sein Atem ging schwer.

Marjorie zog ihre Hand mit einem leisen Lachen zurück. „Ich hätte es nie für möglich gehalten, dass ich leidenschaftlich sein könnte."

Sie wandte sich ab. Deshalb bemerkte sie nicht, dass Greg sie voller Verlangen ansah. „Gute Nacht! Aber ..."

Er hatte sie zu sich herumgezogen. „Sag noch einmal meinen Namen!“ bat er mit rauer Stimme. „Komm schon, sag ihn!“

„Nein!“ stieß sie, sofort wieder aufs Äußerste erregt, hervor.

„Sag es!“ Er drückte sie an sich. „Sag meinen Namen, oder ich küsse dich um den Verstand!“

Marjorie zweifelte nicht daran, dass er das ohne weiteres gekonnt hätte. „Gregory ...“

Er ließ sie los. „Gute Nacht!“ sagte er mit einem zärtlichen Lächeln. Ohne ein weiteres Wort verließ er den Raum.

Verwirrt sah Marjorie ihm nach. Dieser Mann war ihr ein Rätsel. Ihr Körper sehnte sich nach ihm wie noch nach keinem anderen Mann. Niemals vor diesem Abend hätte sie so etwas für möglich gehalten. Wie sollte sie sich nur verhalten? Sie wusste es nicht.

Am nächsten Morgen war Marjorie um Punkt neun Uhr reisefertig. Als sie in ihrem grauen Kostüm hinabstieg, wartete Greg bereits unten. Auch er hatte sich für Grau entschieden. Er trug einen dreiteiligen Anzug, der ihn sehr distinguiert und umwerfend männlich wirken ließ. Marjorie konnte den Blick einfach nicht von ihm wenden. Sie musste sich förmlich losreißen, als Janet zu ihnen trat, um sie zu verabschieden.

„Ich würde ja gern mitkommen“, sagte sie zu Marjorie. „Aber so ist es weniger eng in der Maschine. Hoffentlich habt ihr einen guten Flug.“

„Ich werde mich schon um alles kümmern.“ Greg warf seiner Mutter einen kühlen Blick zu und ging hinaus.

Auf dem Weg zu dem kleinen Flugfeld war Marjorie sehr schweigsam. Gern hätte sie mehr über Greg erfahren. Aber sie wagte nicht, ihm rundheraus Fragen über persönliche Dinge zu stellen. Ohne dass ihr das selbst ganz klar gewesen wäre, fürchtete sie sich davor, offene Antworten zu bekommen.

„Nervös?“ Greg warf ihr einen fragenden Blick zu.

„Nein, eigentlich nicht. Ich habe keine Angst vor dem Fliegen.“

„Das habe ich auch nicht gemeint." Er bog von der Straße in den Schotterweg ein, der zu dem Flugfeld führte. In einer kleinen Halle am Rande des Feldes waren die beiden zweimotorigen Maschinen untergestellt. Die eine, erklärte Greg, brauche er für die Arbeit, und zwar für den Viehtrieb, die andere für Geschäftsreisen.

„Fliegst du nie zum Vergnügen?"

„Dazu bleibt mir keine Zeit. Ab und zu gehe ich zu einer Frau. Das ist das einzige Vergnügen, auf das ich nicht verzichten könnte."

Verlegen wandte Marjorie den Kopf zur Seite. „Du bist sehr offen."

„Ich bin es nicht gewohnt, viele Umstände zu machen. Mir liegt viel an rückhaltloser Aufrichtigkeit. Ich habe sie bisher noch bei keiner Frau gefunden."

„Deine Mutter hat mir erzählt, dass du ..." Marjorie biss sich auf die Unterlippe.

„Hat sie dir alles gesagt, oder gehörst du doch noch nicht zum exklusiven Kreis der Eingeweihten?" fragte er mit bitterem Sarkasmus.

„Es tut mir Leid. Ich hätte nichts sagen sollen. Es geht mich wirklich nichts an."

„Mein Gott, war das wirklich nötig?" Er fluchte leise.

„Sie dachte, es könnte mir helfen, dich besser zu verstehen", erklärte Marjorie ruhig.

„Und? Hat es geholfen?"

Sie wich seinem kühlen Blick nicht aus. „Ja. Es hat alles erklärt."

Er wandte seine Aufmerksamkeit wieder der Straße zu. Sie näherten sich der Flugzeughalle.

„Ich habe ihn gehasst", sagte Greg leise. Ohne dass er es ausgesprochen hätte, wusste Marjorie, dass er seinen Stiefvater meinte. „Auch schon vor dieser Geschichte. Ich hatte ihn längst durchschaut, als meine Mutter noch fest an ihn glaubte. Sie wollte ihn ja nicht einmal verlassen, nachdem das alles geschehen war."

„Man sagt, die Liebe kann einen für immer an einen Menschen binden."

„Hast du deinen Mann nicht geliebt?"

„Ich glaubte, ihn zu lieben. Er war charmant, sehr charmant sogar, und ich war damals sehr scheu und unerfahren. Von der Vorstellung, ein so attraktiver Mann könnte sich für mich interessieren, war ich vollkommen überwältigt. Dass er in mir nur die reiche Erbin sehen könnte, kam mir zu dem Zeitpunkt überhaupt nicht in den Sinn."

„Deine Familie war sehr reich, ich weiß", sagte Greg in bitterem Tonfall. „Zu der Zeit, als du ein Teenager warst, steckte die Ranch übrigens in ernsten Schwierigkeiten."

„Das wusste ich nicht." Marjorie starrte auf ihre Hände. „Ebenso wenig wusste ich, dass Dennis in Schwierigkeiten steckte. Ich war gerade zwanzig, arglos wie ein Kind und hoffnungsvoll verliebt. Wenn er mich küsste, glaubte ich, vor Seligkeit zu vergehen. Wir haben sehr bald geheiratet." Marjorie war ganz blass geworden. „Ich hatte keine Ahnung, was Männer im Bett von einer Frau verlangen können."

Gregs Miene hatte sich verfinstert. „Was wollte er denn?"

Marjorie errötete. „Das kann ich nicht sagen."

„Ich glaube, ich kann es mir denken."

Marjorie sah zu Boden. Sie war selbst erstaunt darüber, wie leicht es ihr fiel, mit Greg über diese Dinge zu reden. „Als ich mich weigerte, seine Wünsche zu erfüllen, warf er mir die gröbsten Beleidigungen an den Kopf. Er erklärte, ich sei frigide. Von da an wurde alles immer schlimmer. Ich war fast erleichtert, als er begann, sich mit anderen herumzutreiben. Nur mein Stolz war verletzt. Ich hatte mich gerade dazu durchgerungen, ihn zu verlassen, als ich feststellte, dass ich schwanger war."

„Du hast lange mit ihm ausgehalten."

„Meine Mutter lebte damals noch. Sie hatte mir mein ganzes Leben lang gesagt, was ich zu tun hatte. Ich schreckte davor zurück, etwas gegen ihren Willen zu unternehmen. Eine Scheidung war in ihrer Familie noch nie vorgekommen. Sie hätte in dem Skandal, den ich durch diesen Schritt heraufbeschworen hätte, eine untilgbare Schande gesehen. Diesen Kummer wollte ich ihr ersparen. Nach ihrem Tod sah die Situation auch in anderer Hinsicht anders aus. Das Geld war verschleudert, und wir gehörten längst nicht mehr den gehobenen Kreisen an, in denen mein Entschluss als schockierend empfunden worden wäre."

„Du hast erzählt, deine Tochter habe Angst vor ihm."

„Becky ist sehr sensibel. Ihr Vater jagt ihr Angst ein. Weißt du, er trinkt viel." Sie seufzte. „Als er sie das letzte Mal besucht hat, muss sie etwas getan haben, was ihn aufgebracht hat. Er hat zugeschlagen. Seitdem hat sie Angst vor ihm."

Greg fluchte leise. Er bremste scharf, als sie die Maschine erreichten, die schon zur Inspektion vor der Halle stand.

„Klagt er auf alleiniges Sorgerecht?" Greg sah Marjorie fragend an.

Sie nickte.

„In San Antonio werden wir deinen Anwalt aufsuchen." Er öffnete die Wagentür „Und wenn er mir nicht gefällt, wirst du meinen nehmen."

„Einen Moment!" begann Marjorie. Aber er war schon ausgestiegen und ging um den Wagen herum, um ihr die Tür aufzuhalten.

„Nein, du hörst mir zu!" sagte er, während sie ausstieg. „Solange du mit deinem Kind hier auf meiner Ranch bist, bin ich für euch verantwortlich. Bis ihr die Ranch verlasst, werde ich für euch beide sorgen, ob es dir nun gefällt oder nicht."

„Du ungehobelter Cowboy!" Das gefährliche Funkeln in ihren grünen Augen verhieß einen größeren Zornausbruch. Seit Jahren hatte sie sich nicht mehr so kampfeslustig gefühlt.

„Nur zu, fang ruhig einen Streit mit mir an!" Er lächelte verhalten. „Wenn ich von deinen Beschimpfungen genug habe, werde ich sie auf meine Weise abstellen."

Sie konnte sich denken, was er meinte, war aber viel zu aufgebracht, um innezuhalten. „Mit deinem Männlichkeitswahn kannst du mir gar nicht imponieren", fauchte sie ihn an.

„Nur weiter so, Honey! Mach eine Szene!"

Es war ihm deutlich anzumerken, wie sehr er die Situation genoss. Marjorie musste wieder an die Szene auf dem Hof denken. Er hatte sie in die Enge getrieben, um sich zu nehmen, was er wollte. Noch die Erinnerung daran trieb ihr das Blut in die Wangen.

Belustigt zwinkerte Greg ihr zu. „Genau das würde ich tun, du kleine Unschuld. Nur würde ich mich diesmal nicht mit ein paar Küssen begnügen. Ich würde dich dahin bringen, deine Scheu vollkommen zu überwinden. Am Ende wärest du vor Verlangen nach mir völlig von Sinnen. Ich würde Dinge mit dir tun, an die du dich dein Leben lang erinnern würdest."

„Eingebildeter Esel!" murrte sie leise, aber deutlich vernehmbar.

Greg lachte leise. „Findest du? Du scheinst vergessen zu haben, wie du auf mich reagierst, Honey. Es hat dich schon immer verwirrt, wenn ich dir zu nahe gekommen bin. Und daran hat sich seit damals nichts geändert." Mit unverhohlener Bewunderung ließ er seinen Blick über ihren Körper gleiten. „Ich habe dich immer begehrt. Ich sehe dich noch deutlich vor mir, im Badeanzug, das lange schwarze Haar bis zur Taille ... Wieso hast du es eigentlich abschneiden lassen?" fragte er unvermittelt.

Marjorie seufzte. „Ich fand es zu mädchenhaft für eine Frau meines Alters. Außerdem war es im Sommer ziemlich lästig."

„Weißt du, wie oft ich davon geträumt habe, mit der Hand über dieses wunderschöne Haar zu streicheln?" Greg sah sie zärtlich lächelnd an. „Ich habe davon geträumt, es unter dir auf einem Kissen ausgebreitet zu sehen ..."

Wieder errötete Marjorie, aber sie wandte den Blick nicht

ab. Sie wusste selbst nicht, warum sie in seiner Gegenwart ständig rot wurde. „Wirklich?“

Er nickte. „Diese Vorstellung hat mich mehr und mehr gefesselt. Ich war, offen gestanden, erleichtert, als du die Mädchen nicht mehr besuchen kamst. Deine Nähe hatte mir etliche schlaflose Nächte beschert.“

„Du hast gehört, was ich Janet erzählte, nicht wahr? Ich meine, dass ich für dich geschwärmt habe?“

„Ja. Aber das wusste ich schon.“ Greg seufzte leicht. „Das war es ja, was mich so beunruhigte. Du hattest eine Art, mich anzusehen, die mir verriet, dass du alles zugelassen hättest, was ich mit dir hätte tun wollen. Der Gedanke daran hat mich damals Tag und Nacht verfolgt.“

Auch sie hatte sich damals wieder und wieder ausgemalt, wie es wohl wäre, von ihm geküsst, von ihm geliebt zu werden. Die flüchtige Vorstellung genügte, ihr Herz schneller schlagen zu lassen.

„Wir sollten uns auf den Weg machen.“ Er drehte sich um und ging auf das Flugzeug zu.

Wie benommen folgte Marjorie ihm zur Maschine. Sie war froh, dass sie Greg jetzt nicht in die Augen sehen musste. Sie war völlig verwirrt. Was sollte sie nur tun? Er begann schon, für sie und ihre Tochter Entscheidungen zu treffen.

Die Versuchung, ihm einfach nachzugeben, war groß.

5. KAPITEL

In den hohen, hellen Gängen des Internats, in dem Becky untergebracht war, herrschte fröhliche Betriebsamkeit. Gregory blickte neugierig auf, als eine Gruppe kleiner Mädchen an der Tür des Büros vorbeirannte, in dem er und Marjorie auf Becky warteten.

„Marjorie! Gott sei Dank!“ rief Mrs. Haynes aus, als sie zu

ihnen hereinkam und die Tür hinter sich schloss. „Ich wusste schon nicht mehr, was ich tun sollte. Seit einer halben Stunde ist er hier. Ich war sofort misstrauisch, weil ich ja durch deinen Anruf wusste, dass du heute selbst noch kommen würdest."

„Dennis ist hier?" Marjorie sah die Schulleiterin entsetzt an. „Sie haben ihn doch nicht etwa mit Becky allein gelassen, Mrs. Haynes?"

„Natürlich nicht! Er ist nebenan in meinem Büro ..."

Gregory schob sie mit sanftem Druck zur Seite und eilte mit langen Schritten in das Büro der Schulleiterin. Marjorie befürchtete das Schlimmste. Sie folgte ihm, so schnell sie konnte. Mrs. Haynes blickte ihnen besorgt nach.

Gregory riss die Tür zum Nebenraum auf. Der Besucher, der dort gewartet hatte, ein jüngerer blonder Mann, erhob sich verblüfft, als er sich unversehens einem grimmig dreinblickenden Fremden gegenübersah.

„Marjorie, Darling ..." Dennis lachte nervös, als er neben Gregory seine geschiedene Frau erblickte. „So früh habe ich dich gar nicht erwartet! Ich wollte dir Becky nach Hause bringen."

„Unsinn!" schnitt Gregory ihm unwirsch das Wort ab. „Und falls es sich doch so verhalten sollte, wie Sie sagen, haben Sie sich jedenfalls umsonst herbemüht. Ich nehme Marjorie und das Kind mit nach Hause."

Dennis sah ihn herausfordernd an. „Wer sind Sie überhaupt?"

„Gregory Coleman."

Dennis horchte überrascht auf. Diese Auskunft kam ihm ausgesprochen gelegen. Gregory Coleman ... Er hatte schon viel von diesem Mann gehört. Nach seinem Aussehen und Auftreten zu schließen war es wohl kaum übertrieben gewesen. Dies war also der Rancher, den Marjorie hätte heiraten sollen, wäre es nach dem Willen ihres Vaters gegangen. Marjorie ahnte wahrscheinlich nichts davon, aber er, Dennis, wusste Bescheid. Bei ihren wenigen Begegnungen hatte Marjories Vater keine Gelegenheit versäumt, es ihm gegenüber zu betonen. Er lächelte.

„So ist das also! Du lebst mit deinem alten und neuen Liebhaber, ja? Janice und ich haben am Montag geheiratet. Damit dürfte ich dir ja wohl um eine Nasenlänge voraus sein, nicht wahr? Es wird sich vor Gericht gar nicht gut ausnehmen, wenn die geschiedene Mutter ein so unstetes Leben führt. ‚Wilde Ehe' nennt man das hier zu Lande."

„Du kannst sie mir nicht nehmen!" schrie Marjorie ihn an. „Das kannst du nicht machen! Du willst doch nur das Geld!"

„Sie ist mein Kind", erwiderte Dennis mit einem kühlen Lächeln. „Und jeder Richter wird dir bestätigen, dass sie bei mir als verheiratetem Mann weitaus besser aufgehoben ist als bei dir mit deinem ... Liebhaber!" Er warf Gregory einen verächtlichen Blick zu. „Du konntest es wohl nicht erwarten, was? Na, du hast sicher auch schon herausgefunden, dass diese Frau einfach frigide ist."

Er brachte den Satz nicht zu Ende, weil Gregory ihn unsanft am Kragen packte und ohne viel Federlesens hinausschob.

„Jetzt reicht es!" knurrte er. „Es ist mir wirklich ein Rätsel, wie Marjorie jemanden wie Sie heiraten konnte."

Noch bevor Gregory zurückgekehrt war, kam Becky ins Büro gelaufen und warf sich ihrer Mutter in die Arme.

„Mama, Mama!" schluchzte sie. „Michelle sagte, Daddy sei hier." Sie löste sich von Marjorie und sah sie ängstlich an. „Ich muss doch nicht mit ihm gehen, oder?"

„Nein, Darling." Marjorie drückte sie an sich. Sie hoffte inständig, dass sie ihrer Tochter damit nichts versprochen hatte, was sie nicht würde halten können. Konnte es nicht wirklich sein, dass Dennis den Prozess gewann? Lächelnd strich sie ihrer Tochter eine Haarsträhne aus der Stirn. „Nein, Darling, du musst nicht mit ihm gehen."

Becky schaute an ihrer Mutter vorbei auf den großen fremden Mann, der nach ihr hereingekommen war. „Wer bist du?" fragte sie schließlich neugierig.

„Gregory Coleman." Er hielt ihrem forschenden Blick ruhig stand.

Becky begann auf einmal zu strahlen. „Dann bist du Tante Janets Greg, nicht wahr?" Die Kleine trat auf ihn zu. Sie sah ihn fasziniert an. „Tante Janet hat von dir erzählt. Du hast eine Ranch und Pferde und Kühe und viele Cowboys, genau wie im Film, nicht wahr? Schießt du auch auf Indianer?"

Marjorie war überrascht, als sie das liebevolle Lächeln sah, mit dem er ihre Tochter anschaute. Er ging in die Hocke. „Nein, ich schieße nicht auf Indianer", erklärte er amüsiert. „Im Gegenteil, es gibt sogar ein paar unter den Leuten, die für mich arbeiten."

Beckys Augen leuchteten. „Skalpieren sie deine Feinde?"

Er sah Marjorie an. „Ich würde ja gern einmal wissen, was du deiner Tochter für Gutenachtgeschichten erzählst."

Marjorie räusperte sich. „Du solltest wohl eher fragen, was alles im Fernsehen gesendet wird."

„Es ist wohl am besten, wir fahren zusammen auf meine Ranch, Becky", sagte er ernst. „Dann kannst du selbst sehen, wie wir dort leben."

Becky zögerte, sah ihn unsicher an. Es war der gleiche Ausdruck von Angst in ihren Augen, den er bei Marjorie beobachtet hatte.

„Deine Mutter kommt auch mit", versicherte er ihr. „Und ich schwöre dir, dass niemand dir etwas tun wird, solange ich bei dir bin."

Becky seufzte. „Dann bin ich einverstanden."

Er nickte. „Bist du fertig?"

„Ja, mein Koffer steht schon da."

Gregory erhob sich, um den Koffer zu nehmen. Dabei warf er Marjorie einen Blick zu, den sie nicht deuten konnte.

Becky war begeistert von der Ranch. Sie hatte während des Fluges kaum ein Wort gesprochen. Nur der Anblick der rotweißen

Maschine und die Tatsache, dass Greg sie selbst flog, hatten ihr Ausrufe des Staunens entlockt. Erst als sie die Ranch erreichten, fand sie die Sprache wieder.

„Ist es hier nicht wunderbar, Mama?“ Sie lief aufgeregt hin und her. „Ist es nicht wunderbar? So viele Kühe und Pferde ...“

Greg sah Marjorie leise lachend an, sagte aber nichts. Stumm rauchte er seine Zigarette.

„Darf ich auf einem Pferd reiten?“ wollte Becky wissen. „Darf ich das?“

„Nein“, erwiderte Marjorie schnell.

Im selben Moment hatte Gregory schon Ja gesagt. Er sah Marjorie herausfordernd an. „Sie ist alt genug. Ich war vier, als mein Vater mich das erste Mal auf ein Pferd gesetzt hat. Ich werde aufpassen, dass ihr nichts passiert“, setzte er ein wenig leiser hinzu, als sie immer noch zögerte.

Marjorie biss sich auf die Unterlippe. Wenn er es darauf anlegte, sie zu überreden, war sie einfach machtlos. So gab sie denn erst einmal nach, wenn auch in dem Bewusstsein, dass sie darüber noch einmal würden reden müssen.

Janet genoss die Anwesenheit des Kindes sehr und wetteiferte mit der Haushälterin darum, Becky zu verwöhnen. Zuerst wurde sie in die Küche geführt und dann nach oben in das Zimmer, das ganz allein ihr gehören sollte. Alle waren ausgelassen und guter Dinge. Nur Marjorie konnte die fröhliche Stimmung nicht teilen. Seit der Begegnung mit Dennis machte sie sich furchtbare Sorgen.

Beinahe wäre es Dennis gelungen, das Kind an sich zu bringen. Sie machte sich keine Illusionen: Wenn er die Kleine erst einmal bei sich hätte, würde es sehr schwer sein, sie wieder zurückzubekommen. Wenn sie auch nur einen Augenblick später gekommen oder Gregory nicht bei ihr gewesen wäre ...

Dennis ging nun also davon aus, dass sie einen Liebhaber hatte. Und er würde jedermann erzählen, sie lebe mit ihm zusammen. Er würde versuchen, ausgerechnet Gregory gegen sie zu verwenden. Wie sollte sie beweisen, dass das Verhältnis nur in seiner Einbildung bestand? Wenn er es geschickt anstellte, konnte er mit haltlosen Behauptungen dieser Art erreichen, dass ihm Becky zugesprochen wurde. Dann stand der Kleinen eine schreckliche Zeit bevor. Nein, so weit sollte es nicht kommen. Eher würde sie mit ihrer Tochter die Ranch heimlich verlassen. Marjorie schaute zu Gregory hinüber. Ihre Eltern hatten ihn sehr geschätzt. Vielleicht hatten sie das Dennis gegenüber einmal erwähnt und damit seinen Argwohn erregt. Dennis hatte eine lebhafte Fantasie, und er verstand es meisterlich, die Wahrheit so lange zurechtzudrehen, bis sie seinen Wünschen entsprach.

Sie wagte gar nicht, sich vorzustellen, was für einen Skandal er auf diese Weise würde heraufbeschwören können. Davon wären dann nicht nur Becky und sie, sondern, viel schlimmer noch, auch Janet und Gregory betroffen.

Während des Essens beobachtete Gregory Marjorie verstohlen. Nachdem sie Becky zu Bett gebracht hatten und Janet nach oben gegangen war, fing er Marjorie ab und bat sie in sein Arbeitszimmer.

„Wir müssen miteinander reden“, erklärte er knapp, während er ihr mit einer Geste bedeutete, sie solle im Sessel Platz nehmen.

Sie lehnte den Brandy ab, den er ihr anbot. „Was ist?“ fragte sie ein wenig betreten.

„Wir müssen über deine Tochter sprechen.“ Er ließ sich in den Sessel fallen, der dem ihren gegenüber stand. „Ich möchte wissen, wieso sie vor Männern solche Angst hat. Was hat der Kerl mit ihr gemacht?“

„Wenn Dennis die Beherrschung verliert, kann er sogar Erwachsene nachhaltig einschüchtern“, erklärte Marjorie betrübt. Sie musterte ihn einen Augenblick lang nachdenklich. „Merkwürdigerweise habe ich vor dir keine Angst. Nicht mehr“, verbesserte sie sich mit einem verhaltenen Lächeln. „Früher habe ich mich vor dir ein wenig gefürchtet. Nie werde ich vergessen, wie du den Cowboy zusammengeschlagen hast ..."

Gregorys Miene hatte sich verfinstert „Er hat dich berührt", sagte er nur. „Dafür hätte ich ihn umbringen mögen."

„Ich habe mich immer gefragt, ob das der Grund war", murmelte sie nachdenklich.

Greg nippte an seinem Glas. „Du warst so unerfahren. Ich konnte nicht zulassen, dass einer meiner Männer sich dir gegenüber so etwas erlaubte."

Marjorie schluckte. „Du ... du gehst immer den kürzesten Weg, nicht wahr?"

„Wenn ich etwas wirklich will, ja." Gregory sah sie über den Rand seines Glases hinweg an. „Dich wollte ich zwar. Aber du warst noch zu jung."

„Du hast mir nie etwas davon gesagt ..."

„Weil du zu jung warst. Vielleicht hätte ich mich irgendwann doch noch dazu durchgerungen. Aber du bist dann ja ins Internat gekommen." Gregory lachte leise. „Vielleicht hätte ich dich dann sogar gebeten, mit mir auszugehen – wenn es mir auch angesichts meiner kichernden Schwestern sicher nicht leicht gefallen wäre."

Marjorie lächelte unsicher. „Wirklich? Hättest du das getan?"

„Früher oder später bestimmt." Er zuckte mit den Schultern. „Du warst immer sehr hübsch und bist jetzt womöglich noch hübscher als damals." Er sah ihr nachdenklich in die Augen. „Du hast keine Angst mehr vor mir."

„Ja, das stimmt." Verlegen spielte sie mit einer Haarsträhne. Greg hatte seine Jacke ausgezogen. Da die oberen Knöpfe seines weißen Hemdes offen standen, konnte sie ein wenig von seiner gebräunten Haut und dem dunklen krausen Haar sehen. Ein Schauer der Erregung überlief sie, als sie daran dachte, wie er sie in seinen Armen gehalten hatte.

Greg lachte leise. „Du brauchst nicht nervös zu werden. Ich habe nicht die Absicht, mich auf dich zu stürzen. So viel Selbstbeherrschung habe ich noch. Du hast wirklich schon genug durchgemacht."

Marjorie starrte nachdenklich auf ihre Hände. „Ich kann mir nicht vorstellen, dass es irgendetwas gibt, das dir Angst einjagen könnte. Du kannst dir sicher kaum vorstellen, wie es ist, körperlich und seelisch immer der Unterlegene zu sein. Ich habe es jahrelang am eigenen Leib erfahren. Man kann die Spuren, die dies hinterlassen hat, vielleicht nicht sehen, aber sie sind unauslöschlich. Diese Jahre haben mich und Becky für immer gezeichnet."

Greg lehnte sich zurück. „Becky ist noch klein. Sie wird irgendwann alles vergessen haben. Du nie. Nicht, wenn man dir nicht hilft."

„Bietest du mir deine Hilfe an?" fragte Marjorie mit finsterer Miene. „Möchtest du mich auf diese Weise der Männerwelt zurückgewinnen?"

Greg räusperte sich. „Du täuschst dich in mir", sagte er ruhig. „Wenn ich dich lieben werde, wird das kein Mittel für irgendeinen Zweck sein. Wir werden es aus keinem anderen Grund tun, als weil wir es beide wollen."

Marjorie konnte ihm nicht in die Augen sehen. Allein die Vorstellung, von ihm geliebt zu werden, ließ ihr Herz schneller schlagen. Angesichts der unangenehmen Erfahrungen, die sie in ihrem Leben mit der Liebe gemacht hatte, kam ihr ihre Reaktion auf Gregory fast wie ein Wunder vor.

„Scheues kleines Mädchen!" Gregs Stimme klang zugleich zärtlich und belustigt. „Sieh mich an, du kleiner Feigling!"

Marjorie ärgerte sich maßlos darüber, dass sie jetzt rot wurde. „Hör auf, dich über mich lustig zu machen!" fuhr sie ihn an.

„Tue ich das? Ich hielt es für flirten."

Sie sprang auf, um schleunigst den Raum zu verlassen. Er schien ihre Absicht erraten zu haben, denn er hatte sich im selben Moment erhoben und legte ihr die Hände auf die Schultern, um sie zurückzuhalten.

„Ich war in den vergangenen Jahren nur wenig mit Frauen zusammen", sagte Greg leise. „Vielleicht habe ich einige Umgangsformen verlernt. Du wirst dich daran gewöhnen müssen, dass ich manche Dinge sehr direkt anspreche. Aber das braucht dich nicht zu erschrecken. Du kannst dich darauf verlassen, dass ich dir niemals wehtun werde. In keiner Hinsicht."

„Willst du mir damit sagen, du würdest nicht versuchen, mich beim geringsten Entgegenkommen zu verführen?" In Gregs Nähe brachte es Marjorie fertig, ohne Scheu auszusprechen, was sie fühlte und dachte.

Greg rührte sich nicht. Er hielt den Atem an. Ein Blick in ihre Augen hatte genügt, ihn völlig in ihren Bann zu schlagen. Ein nie gekanntes Gefühl von Wärme und Zuneigung erfasste ihn.

„So ungefähr", erwiderte er mit rauer Stimme. „Du hast kein Vertrauen zu Männern, nicht wahr?" Er fuhr ihr zärtlich mit der Hand über das Haar. „Wir sind eben beide gebrannte Kinder. Ein paarmal glaubte ich, verliebt zu sein, aber das verging meist schnell. Und dann hat mir die einzige Frau, mit der ich eine engere Beziehung einging, die schmerzlichste Enttäuschung meines Lebens bereitet. Seitdem war ich einfach nicht mehr fähig, einer Frau zu vertrauen."

Sein Tonfall verriet, wie tief ihn diese Erfahrung getroffen haben musste. Marjorie fühlte sich im Innersten berührt. Zärtlich sah sie ihm in die Augen. „Gebrannte Kinder", flüsterte sie.

Er zog sie stumm an sich. Eine Weile standen sie einfach nur gedankenverloren da.

„Gib mir einen Kuss!" bat Greg schließlich mit heiserer Stimme.

Ohne Zögern stellte sich Marjorie auf die Zehenspitzen und bot ihm ihre Lippen dar. Es war das erste Mal, dass sie in dieser

Weise einem Mann gegenüber die Initiative ergriff. Aber bei Greg schien ihr das ganz natürlich. Sie fühlte sich um Jahre zurückversetzt. Sie war wieder sechzehn und erlebte das erste Erwachen der Leidenschaft für einen Mann. Und dieser Mann war Greg, damals wie heute.

„Gregory …" Sie schmiegte sich an ihn, als ihre Lippen einander berührten. Greg stöhnte auf und drückte sie fest an sich.

Ehe sie sich versah, war der Zauber des Augenblicks verflogen. Greg hatte sich abrupt abgewandt, sodass sie seine Miene nicht sehen konnte. Aber als er sein Brandyglas nahm, um es in einem Zug zu leeren, sah sie, dass seine Hände leicht zitterten.

„Du hast etwas Überwältigendes", sagte sie leise.

Er dreht sich zu ihr um. Seine Augen leuchteten. „Du auch", entgegnete er schlicht und lächelte. Es war ein offenes Lächeln, ohne Spott und Sarkasmus. „Wirst du von jetzt an immer so unverblümt sagen, was du fühlst?" Er sah sie fragend an. „Ich muss dich warnen. Es ist gefährlich."

„Was ist gefährlich daran, die Wahrheit zu sagen?"

„Nichts. Es sei denn, du sagst mir die Wahrheit über deine Gefühle in einem Augenblick wie diesem", erklärte er. „Du stellst meine Selbstbeherrschung wirklich auf eine harte Probe", setzte er hinzu. „Ich hätte nie gedacht, dass mir je so etwas passieren könnte."

„Mir geht es genauso", antwortete Marjorie. „Ich … ich habe oft …" Sie verstummte, als ihr so richtig klar wurde, was sie hatte sagen wollen.

„Was, Marjorie? Was hast du oft?" Er hauchte ihr einen zärtlichen Kuss auf die Lippen.

„Ich habe oft von dir geträumt", flüsterte sie. „Davon, wie es wäre, von dir geküsst zu werden."

„Nicht nur du hast von diesem Kuss geträumt. Und die Wirklichkeit ist noch viel schöner. Mit deinem geschiedenen Mann hast du so etwas wohl nie erlebt?"

Marjorie schüttelte den Kopf. „Ich habe ihn eigentlich nie

wirklich begehrt", gestand sie. „Ich nehme an, er wusste es. Kann ein Mann das spüren?" Sie sah ihn fragend an.

Er nickte. „Wenigstens würde ich es spüren. Verlangen kann man nicht spielen."

„Nichts von dem, was ich mit ihm erlebte, konnte in mir Verlangen nach ihm wecken. Das machte unser Zusammenleben nicht gerade leichter für mich. Vollends aussichtslos wurde es, als er sich anderen Frauen zuwandte. Ich versuchte, nicht daran zu denken, wenn er bei mir war, aber es ging nicht."

„Wieso hast du ihn überhaupt geheiratet?"

Marjorie zuckte mit den Schultern. „Anfangs hat es Spaß gemacht, mit ihm zusammen zu sein. Er ging mit mir aus und machte mir Geschenke." Sie lächelte wehmütig. „Es war das erste Mal, dass ein Mann mich so mit Aufmerksamkeiten überhäufte. Er hatte leichtes Spiel mit mir."

„Ich hätte an seiner Stelle sein müssen." Greg seufzte leise. „Wenn du doch nur nicht so jung gewesen wärst, Honey ..."

„Du warst bereits ein erwachsener Mann. Du hast mich fasziniert."

„Ich weiß." Er zog sie an sich. „Ich habe dich fasziniert und dir gleichzeitig Angst gemacht. Aus diesem Grund hast du dann auch die Mädchen nicht mehr besucht, nicht wahr?"

Marjorie nickte. „Ich wusste, dass ich meine Gefühle nicht verbergen könnte, und so fürchtete ich, du würdest auf sie aufmerksam werden und dich über mich lustig machen."

„Das hätte ich sicher nicht getan. Wenn ich auch nicht sagen kann, wie ich reagiert hätte, so weiß ich doch sicher, dass ich dir nicht wehgetan oder deinen Stolz verletzt hätte." Er schwieg einen Moment. „Nachdem meine Schwestern die Schule verlassen hatten, verlor ich dich aus den Augen. Ich wollte dich zwar immer einmal besuchen, aber dann zog deine Familie nach Austin."

„Es war vielleicht gut so. Du hättest sicher mehr von mir erwartet, als ich hätte geben können."

„Nein, bestimmt nicht“, widersprach er. „Ich hätte deine Unschuld respektiert. Ich hätte dich auf keinen Fall dazu gedrängt, sie mir zu schenken, ohne sicher zu sein, dass ich mich an dich binden wollte.“ Er atmete einmal tief durch. „Wirst du je wieder mit einem Mann zusammen sein wollen, Marjorie?“

Bei seinen Worten hatte sie sich völlig entspannt. Sie spürte seinen Körper, dessen Kraft sie hilflos ausgeliefert gewesen wäre, wenn Gregory davon hätte Gebrauch machen wollen. Dennoch hatte sie keine Angst. Sie spielte mit einem Knopf seines Hemdes. In ihr rangen die alten Erinnerungen mit den ganz neuen Gefühlen von Vertrauen und auch Verlangen.

„Ich weiß nicht“, sagte sie leise.

Er legte seine Wange an ihre. „Wollen wir es herausfinden?“

„Ich habe Angst ...“

„Dazu besteht kein Grund.“ Er bedeckte ihre Wange mit zärtlichen Küssen. „Ich bin älter als du. Ich weiß mich zu beherrschen. Es wird nichts geschehen, was du nicht willst.“ Er sah ihr lächelnd in die Augen.

Sie nickte stumm.

„Vergiss nie, was ich dir gesagt habe“, flüsterte er. „Was auch geschieht, ich werde dir niemals wehtun.“

Spontan legte sie ihre Arme um ihn. Gregory beugte sich ein wenig hinab, um sie hochzuheben, musste sie aber gleich wieder absetzen. Er verzog vor Schmerz das Gesicht.

„Verdammt!“ stöhnte er und rieb sich lachend den Arm. „Die elende Schlange! Es tut immer noch weh.“

„Dein armer geschundener Arm!“ Sie berührte ihn leicht „Es tut mir Leid.“

„Mir auch.“ Er seufzte. „Die Verletzung behindert mich doch ein wenig.“

Marjorie lächelte. „Dagegen habe ich gar nichts einzuwenden, jedenfalls nicht im Augenblick.“

Er warf ihr einen gespielt grimmigen Blick zu und setzte

sich in den großen Ohrensessel. „Komm zu mir", bat er sanft, die Hand nach ihr ausstreckend.

„Aber pass auf, wo du mich berührst!"

„Kleine Unschuld!" neckte sie ihn mit seinen eigenen Worten. Sie lachten beide.

Greg zog Marjorie auf seinen Schoß und setzte sie so, dass ihr Kopf an seiner Schulter zu liegen kam. Diesmal versagte er es sich, sie zu küssen, und hielt sie nur still in seinen Armen. Es musste begonnen haben zu regnen. Von draußen drang ein gleichförmiges Rauschen zu ihnen. Marjorie ließ ihren Blick im Zimmer umherschweifen. Es war ganz in warmes, gedämpftes Licht getaucht, das die Formen des großen dunkelroten Ledersofas, des Diwans und des schweren Eichentisches weicher scheinen ließ. Eine Wand war ganz mit hohen Bücherregalen verstellt, an der anderen hingen mehrere riesige alte Ölbilder. Die Einrichtung verriet deutlich, dass sie nach dem Geschmack und den Bedürfnissen eines Mannes zusammengestellt war. Hier also arbeitete Gregory.

Sie konnte das gleichmäßige Schlagen seines Herzens spüren. Es war gut, so nah bei ihm zu sein.

„Es ist schön, dich in den Armen zu halten", sagte Gregory in diesem Moment laut. Er schlug ein Bein über das andere und zog sie enger an sich. „Sitzt du bequem?"

Marjorie schnurrte wie eine Katze. Sie hatte die Augen geschlossen. Langsam ließ sie ihre Hand über seine breite Brust bis zu dem immer noch verbundenen Arm gleiten. „Wie lange wird es dauern, bis er verheilt ist?"

„Nicht mehr sehr lange, hoffe ich", murmelte Greg. „Ich bin selbst schuld. Hätte ich besser Acht gegeben, wäre das nicht passiert. Ich hatte das Tau beiseite geworfen, als wir ein paar Rinder einfingen, und als ich wieder danach griff ohne hinzusehen, hat mich die Schlange erwischt."

„Was ist aus der Schlange geworden? Hat sie eine Blutvergiftung bekommen?“ Marjorie lachte leise, als sie Gregs empörte Miene sah.

„Diese Schlange hat das gleiche Schicksal erlitten wie alle anderen, die mir zu nahe gekommen sind. Ich habe sie erschossen.“

„Mit einem Schlangenbiss im Arm?“ fragte Marjorie entsetzt.

„Ich hatte natürlich mein Gewehr zur Hand“, erklärte er. „Und ich war wütend genug, das sofort zu erledigen, bevor noch das Gift seine Wirkung tat. Die Männer haben mich dann sofort ins Krankenhaus gebracht, wo mir ein Gegengift gespritzt wurde. Nie zuvor hatte ich mich so elend gefühlt wie an diesem Tag. Ich war gerade wieder auf die Beine gekommen, als Mutter mit dir hier eintraf.“

„Und prompt haben wir durch unser Erscheinen verhindert, dass du dich erholst.“

„Das würde ich nicht sagen.“ Er legte seine Wange an ihr Haar. „Ich muss zugeben, dass hier seit eurer Ankunft eine viel angenehmere Atmosphäre herrscht. Es ist doch nichts so sehr dazu geeignet, einen Mann wieder auf die Beine zu bringen, wie die Nähe einer schönen Frau.“

„Du hättest heiraten sollen.“

Greg hob nachdenklich ihre linke Hand und bemerkte, dass der Ring fehlte. „Weißt du, unter dem Prozess wird Becky am meisten zu leiden haben“, sagte er unvermittelt. „Nach allem, was ich heute mitbekommen habe, bin ich sicher, dass ihr Vater keine Skrupel kennt, wenn es darum geht, ihr Erbe zu ergattern.“

„Geld war für ihn immer das Wichtigste. Er ist in kleinen Verhältnissen aufgewachsen. Seine Familie war wirklich sehr arm. Das hat seinen Charakter entscheidend geprägt. Er hat aus seinen Erfahrungen den Schluss gezogen, stets nur an sich zu denken.“

„Versuch nicht, ihn zu entschuldigen! Niemand ist so sehr

Opfer von Verhältnissen, dass er nicht für seinen eigenen Charakter verantwortlich wäre. Nicht das Leben verdirbt die Menschen, Marjorie. Letztlich kommt es darauf an, wie sie sich dazu stellen."

„Und das sagt ausgerechnet jemand, der überhaupt keine Vorgaben duldet, sondern alles nach seinem Willen formen will?"

„Das macht das Leben entschieden einfacher", antwortete er lächelnd.

Marjorie schüttelte den Kopf. „Keine normale Frau könnte es lange mit so einem Draufgänger aushalten. Es gibt sicher nur wenige, die sich zutrauen würden, es mit dir aufzunehmen."

„Viele haben es versucht. Mutter hat ihr Bestes getan, um mich mit einer Ehefrau zu versorgen."

„Sie möchte doch nur, dass du glücklich wirst", sagte Marjorie leise. „Es gefällt ihr nicht, dass du allein bist."

„Mir manchmal auch nicht." Zärtlich strich er mit seinem Daumen über ihren Handrücken. „Ich wünsche mir einen Sohn."

Die Art, wie er das sagte, und sein zärtlicher Blick ließen ihr Herz höher schlagen. Ein leichter Schauer überlief sie.

„Ich hatte ursprünglich vor, in der Stadt mit deinem Anwalt zu sprechen", sagte er nach einer Weile. „Aber dann hielt ich es doch für dringender, Becky möglichst schnell vor diesem Verrückten in Sicherheit zu bringen. Ich werde am Montag noch einmal nach San Antonio fliegen und das Gespräch nachholen."

„Aber ..."

„Es hat keinen Sinn, mit mir streiten zu wollen. Hast du das noch nicht gemerkt?"

„Du kannst doch nicht einfach so über mich verfügen", protestierte Marjorie.

„Ich werde dir zeigen, was ich alles kann", murmelte Greg. „Auf der Stelle."

„Grego..."

Ein stürmischer, fordernder Kuss brachte sie zum Verstummen.

Leise seufzend schloss Marjorie die Augen. Bei Gregory fühlte sie sich klein und verletzlich und zugleich völlig geborgen. Solange er sie in seinen Armen hielt, schien ihr nichts geschehen zu können.

Er ließ seine Finger zärtlich über ihren Arm gleiten, hob sacht ihre Bluse an und begann, ihre nackte Haut zu streicheln.

„Nicht!" flüsterte Marjorie und schob seine Hand fort.

„Du hast es schon einmal zugelassen", flüsterte er. „Gefällt es dir nicht?"

„Es ... es ist nicht richtig." Vergebens suchte sie nach Worten, die geeignet gewesen wären, das auszudrücken, was sie fühlte.

Greg hob den Kopf und sah ihr prüfend in die Augen. „Fürchtest du, ich könnte dich für leichtfertig halten? Das wäre wirklich Unsinn. Ich kenne dich, seit du ein kleines Mädchen warst, Marjorie. Vor allem aber weiß ich, dass du in den letzten Jahren Schlimmes durchgemacht hast und Zeit brauchst, um darüber hinwegzukommen. Kannst du wirklich glauben, ich würde unter diesen Umständen ein leichtfertiges Spiel mit dir treiben wollen?"

Marjorie verschlug es für einen Moment die Sprache. Solche Offenheit hatte sie nicht erwartet.

„Nein", sagte sie leise. „So grausam könntest du nicht sein."

„Dann lass jetzt mein Handgelenk los, Darling, damit ich dir zeigen kann, wie schön es ist, gestreichelt zu werden!" Er beugte sich herab, um sie von neuem zu küssen.

Er ist zu stark für mich, dachte Marjorie benommen. Und seine Küsse sind zu verführerisch, um ihnen länger zu widerstehen. Sie öffnete langsam die Lippen. Ihre Zungen trafen sich. Plötzlich spürte er, wie sie sich von neuem in seinen Armen versteifte.

„Sei ganz entspannt!" flüsterte er.

Nach einem Augenblick des Zögerns gab sie nach. Wieder schob er seine Zunge zwischen ihre Lippen. Auf die leidenschaftlichen Gefühle, die seine Liebkosungen in ihr wachriefen, war sie nicht vorbereitet gewesen. Sie stöhnte leise auf und schmiegte sich enger an ihn.

Inzwischen hatte Greg wieder eine Hand unter ihre Bluse geschoben und begann, ihre Brüste zärtlich zu liebkosen. Der Verschluss ihres BHs sprang auf. Ihre Brustspitzen richteten sich auf, noch bevor Greg sie berührt hatte.

Ihr Atem kam nun stoßweise. Greg musste darüber lächeln, obwohl es ihm kaum anders erging.

„Was stellst du bloß mit mir an?“ flüsterte er, während er fortfuhr, ihre Brüste zu liebkosen. „Tue ich dir auch nicht weh?“ fragte er leise. „Es ist lange her, seit ich eine Frau so berührt habe.“

„Nein, es tut nicht weh.“ Ihre Stimme klang merkwürdig heiser.

Sanft schob er den BH beiseite und betrachtete ihre kleinen, festen Brüste. „Ja“, sagte er. Es klang beinahe feierlich, als er hinzufügte: „Genauso habe ich dich mir die ganzen Jahre über vorgestellt. Von diesen süßen kleinen Brüsten habe ich geträumt. Ich habe mich danach gesehnt, sie weich und warm unter meiner Hand zu spüren.“

„Gregory!“ Seine Offenheit erschreckte Marjorie immer noch.

„Lass mich!“ bat er. „Lass mich sie ansehen, sie berühren. Wir sind beide erwachsen, Marjorie.“

Seine tiefe Stimme übte eine fast magische Wirkung auf sie aus. Wenn er so zu ihr sprach, vermochte sie sich ihm in nichts zu widersetzen. Marjorie wehrte sich nicht länger. Als er ihre Lippen mit den seinen liebkoste, erschauerte sie leicht. Unaufhörlich ließ er seine warmen Hände über ihre bloße Haut gleiten. Ohne sich dessen selbst recht bewusst zu werden, bog sie sich ihm entgegen. Sie sehnte sich nach einer Zärtlichkeit, die nur er ihr schenken konnte, sehnte sich nach seiner Berührung, wollte seinen Körper ganz nah an ihrem spüren.

Sie glaubte sich in jenen Sommer vor elf Jahren zurückversetzt. Was sie in ihrer Ehe mit Dennis erlebt hatte, schien mit einem Mal bedeutungslos, als wäre es nie geschehen. Nur die Gegenwart zählte. Es gab nur Gregory und sie.

Er löste seine Lippen von den ihren und betrachtete Marjorie zärtlich. Ihre Haltung, ihre Bewegungen zeigten ihm, wie sehr sie sich nach ihm sehnte.

„Ja", flüsterte er, „ich möchte das auch, Marjorie." Er küsste ihre Brüste. „Du zitterst ja", sagte er leise. „Niemals habe ich eine Frau so begehrt wie dich."

Er drückte sie so fest an sich, dass sie spüren konnte, wie erregt er war. Sie erschauerte, versuchte aber nicht, sich von ihm zu lösen. „Wenn ... wenn Dennis so war, hatte ich immer nur Angst. Wie kann es sein, dass es mit dir so schön ist?" stöhnte sie.

Greg konnte nicht antworten. Dazu hätte er schließlich, wenn auch nur für einen Moment, aufhören müssen, sie zu küssen und zärtlich zu liebkosen. Trotz seiner Verletzung hob er sie leicht an und öffnete sein Hemd, um ihre Haut an seiner zu spüren.

Marjorie schrie leise auf. Ihre Gefühle drohten sie zu überwältigen. Nie hatte sie in den Jahren ihrer Ehe etwas Vergleichbares erlebt. Sie begehrte Gregory, sehnte sich danach, mit ihm eins zu werden.

Mit einem Mal stiegen Marjorie Tränen in die Augen. Ohne dessen selbst recht gewahr zu werden, weinte sie wie lange nicht mehr. Als sie allmählich wieder zu sich kam, wurde ihr bewusst, dass Greg sie mit unendlicher Zärtlichkeit tröstete.

„Beruhige dich!" flüsterte er. „Beruhige dich doch, Marjorie! Es ist ja alles gut." Er drückte ihre heiße Wange gegen seine Brust und wiegte sie wie ein kleines Kind. „So ist es gut", murmelte er dabei. „Sei nur ganz ruhig!"

„Ich habe so ... so merkwürdige Empfindungen“, schluchzte sie, als sie endlich wieder sprechen konnte.

„Ich auch.“ Er lachte leise. „Soll ich dir sagen, wo?“

„Nein!“ Sie verbarg ihr schamrotes Gesicht an seiner Brust.

Greg fuhr ihr zärtlich mit der Hand über das Haar. „Hattest du Angst?“ fragte er leise.

„Ein wenig.“

Er streichelte ihr Ohrläppchen. „Irgendwann werde ich es wissen müssen ...“

„Was?“

„Ob du bereit bist, dich mir ganz hinzugeben.“ Seine Brust hob und senkte sich schwer. „Eine solche Situation kann rasch außer Kontrolle geraten, Marjorie. Schon um Beckys willen dürfen wir an eine freie Beziehung nicht denken. Ich hoffe, du siehst das ein.“

Die Dinge entwickelten sich für Marjorie viel zu schnell. Sie erhob sich und schloss mit zitternden Fingern die Knöpfe ihrer Bluse. „Das kann ich jetzt noch nicht entscheiden“, sagte sie leise.

„Dir bleibt nicht viel Zeit.“ Er lehnte sich im Sessel zurück und beobachtete sie. „Du solltest dir rasch darüber klar werden, Honey. Du wirst Hilfe brauchen, wenn es tatsächlich zur Gerichtsverhandlung kommt. Wir müssen damit rechnen, dass dein Exmann versuchen wird, unsere Beziehung ins Gerede zu bringen.“

„Ich werde alles abstreiten.“

Er runzelte die Stirn. „Wie du willst“, meinte er und griff nach seinem Brandy. „Sein Anwalt wird dich in den Zeugenstand rufen, um dich zu unserem Verhältnis zu befragen. Wenn du dann auch nur ein einziges Mal errötest, hast du Becky verloren. Und du wirst erröten.“

Obwohl Marjorie wusste, dass er Recht hatte, sah sie im Augenblick keinen anderen Ausweg. „Was schlägst du vor? Willst du mich heiraten?“ fragte sie ironisch.

„Warum nicht?“ Er nippte an seinem Brandy. „Du bist hübsch und ehrlich, und du hast eine entzückende kleine Tochter. Ich bin ungebunden und möchte meiner Einsamkeit ein Ende machen. Du brauchst Geld, ich habe es. Alles spricht also für eine Heirat.“

„Nein, für eine Ehe sind das keine ausreichenden Gründe“, widersprach Marjorie. Dabei war sie ihrer Sache selbst nicht mehr sicher. War er nicht wirklich stark, mächtig und reich genug, um sie und Becky zu beschützen? War sie in dem bevorstehenden Kampf um ihre Tochter nicht wirklich auf seine Hilfe angewiesen? Zudem musste sie sich eingestehen, dass er sie, wenigstens körperlich, so stark anzog wie noch kein Mann vor ihm. Er würde sie die schreckliche Zeit mit Dennis vergessen lassen und sie die Liebe ganz neu entdecken lehren, dessen war sie gewiss. Aber weshalb bot er ihr das alles an? Hatte er nicht selbst gesagt, er sei nicht an einer Ehefrau interessiert? Was versprach er sich von dieser Verbindung? Vielleicht war es nur sein augenblickliches Verlangen, was ihn unbedacht dieses Angebot hatte aussprechen lassen? Vielleicht würde er es nur zu bald bereuen, wenn sie darauf einginge? In jedem Fall hätte es ein großes Wagnis bedeutet, ihn zu heiraten. Eine zweite Ehe zerbrechen zu sehen, könnte sie wohl genauso wenig verkraften wie Becky.

Ihre Miene verriet, in welche Verwirrung seine Worte sie gestürzt hatten.

„Nur zu!“ bemerkte Greg scheinbar ungerührt „Quäle dich mit tausend Bedenklichkeiten.“ Er leerte sein Glas. „Ein wenig Zeit gebe ich dir noch, aber das Ergebnis steht für mich schon fest.“ Er erhob sich. „Vergiss nie, was du vorhin selbst gesagt hast: Wenn ich mir etwas in den Kopf gesetzt habe, lasse ich mich durch kein Hindernis schrecken.“

„Würdest du auch Gewalt anwenden?“

„Niemals.“ Er beugte sich über sie und hauchte ihr einen Kuss auf die Lippen. „Du selbst sollst es wollen. In der Liebe darf man niemals nur nehmen, ohne zu geben. Was daraus entsteht, wenn einer dabei nur an sich denkt, hast du ja zur Genüge erlebt."

Marjorie sah ihn unsicher an. „Kann es wirklich für beide schön sein?" fragte sie, hin- und hergerissen zwischen Furcht und Verlangen.

„Ja. Wenn jeder bereit ist, auf die Wünsche des anderen Rücksicht zu nehmen", erklärte er bestimmt.

„Und ... es muss auch nicht wehtun?"

„Wenn es ist, wie es sein soll, tut es nicht weh."

Sie senkte den Blick. „Das wusste ich nicht. Weißt du, ich hatte nie jemanden, mit dem ich darüber hätte sprechen können. Nicht einmal Trudie, meine beste Freundin, wagte ich zu fragen. Ich kann über solche Dinge nicht reden."

„Mit mir sprichst du doch fast völlig unbefangen darüber." Greg nahm ihre Hand zärtlich in seine. „Komm wieder zu mir!"

Er setzte sich auf das große Sofa und zog sie an seine Seite. Dann zündete er sich eine Zigarette an.

„Hoffentlich bist du noch nicht allzu müde. Denn was ich dir zu sagen habe, dürfte einige Zeit in Anspruch nehmen. Ich werde dir alles über Sex erzählen, was du wissen musst, um deine unbegründete Angst zu verlieren. Meinst du nicht auch, dass du über dieses Thema endlich Klarheit bekommen solltest?"

„Ich ... ich weiß ..."

„Nichts weißt du", unterbrach er sie lächelnd. „Aber wenn du mir jetzt zuhörst, wird sich das ändern. Willst du?" Als sie nickte, legte er den Arm um sie und begann zu erzählen.

Es war faszinierend. Gregory verstand es, alles in so klaren und nüchternen Worten darzustellen, dass sie ihm ohne eine Spur von Scheu und Verlegenheit folgte. Es schien Marjorie das Natürlichste von der Welt, sich von ihm Dinge erklären zu lassen, an die sie noch vor kurzer Zeit nicht einmal zu denken gewagt hätte. Und als er geendet hatte, wusste sie mehr über die Liebe, als die Erfahrung einer sechsjährigen Ehe und eine Schwangerschaft sie gelehrt hatten.

Marjorie schluckte. „Ich wusste gar nicht, dass das so kompliziert ist."

„Es ist mehr als kompliziert. Es ist ein Wunder. Und darum sollte man es auch nicht zu einer alltäglichen Angelegenheit herabwürdigen. Ich würde niemals mit einer Frau schlafen, für die ich nichts empfinden könnte. Nie hätte ich es über mich gebracht, Liebe zu kaufen."

Marjorie musste daran denken, dass sie immer geglaubt hatte, solche Gefühle seien Männern ganz fremd. „Hast du das alles bei ... bei Frauen gelernt?"

Greg lachte leise. „Nein, nicht alles. Eine Zeit lang wollte ich Arzt werden. Ich habe die zweijährige Grundausbildung gemacht und mich dann auf Veterinärmedizin spezialisiert. Vieles von dem, was ich dir jetzt erzählt habe, habe ich während der ersten Semester meines Studiums erfahren."

„Du musst ein sehr aufmerksamer Student gewesen sein."

Er drückte sie an sich. „Sex ist etwas sehr Schönes", fuhr er nachdenklich fort. „Es ist die natürlichste und wunderbarste Art, in der zwei Menschen einander ihre Zuneigung beweisen können."

Marjorie suchte seinen Blick und hielt ihm lächelnd stand. Greg hatte ihr mit seinen Worten eine Seite von sich selbst offenbart, die sicher nur wenige Menschen kannten. So hart und unbeugsam er sich meistens zeigte, so einfühlsam und verletzlich war er im Grunde. „Danke", sagte sie kaum hörbar.

„Es war mir ein Vergnügen. Was ich dir erzählt habe, kann freilich deine schmerzlichen Erinnerungen nicht auslöschen. Aber es mag dir helfen, sie in einem anderen Licht zu sehen. Du bist nicht frigide, du bist nur unerfahren."

„Mit Dennis konnte ich nie über all das sprechen. Er warf mir immer nur vor, im Bett zu versagen."

„Damit hatte er einfach Unrecht. Wenn er ein wenig Geduld und Einfühlungsvermögen aufgebracht hätte, wäre es sicher anders geworden."

Marjorie hob den Blick. Eine Frage war ihr in den Sinn gekommen, die sie Greg gern gestellt hätte, ohne dass sie recht gewusst hätte, wie sie es beginnen sollte. Schüchtern schlug sie wieder die Augen nieder.

Er beugte sich noch weiter zu ihr vor. „Was wolltest du wissen, Honey? Wie ich im Bett bin?"

„Natürlich nicht!" erwiderte sie eine Spur zu hastig.

Er nahm ihr Ohrläppchen zwischen die Zähne und knabberte spielerisch daran. „Ich lasse mir gern viel Zeit, und ich kenne die Stellen, an denen eine Frau berührt werden möchte", flüsterte er.

Marjorie hielt es nicht länger aus. Sie sprang auf. Ihre Wangen glühten.

Gregory lachte. Er lehnte sich zurück, um sich eine Weile an ihrer Verwirrung zu weiden. „So schnell läufst du schon davon?" fragte er dann.

„Du wolltest alles wissen, und ich habe gerade erst angefangen."

„Ich fing gerade an, mein Urteil über dich zu korrigieren", rief sie in gespieltem Zorn. „Und nun zeigst du, dass du doch nichts als ein ungehobelter Cowboy bist."

„Wie kann ich meinen natürlichen Charme zeigen, wenn du so grausam zu mir bist?" entgegnete er schmunzelnd. „Ich hätte dir noch erklären sollen, welche katastrophale Folgen weibliche Grausamkeit haben kann. Sie kann den nettesten Mann in einen brummigen Bären verwandeln."

„Du warst nie ein netter Mann."

„Mag sein", stimmte er mit sanfter Stimme zu. „Aber dafür bin ich sexy."

Marjorie lächelte. „Wenn du Recht hast, hast du Recht."

„Es freut mich, dass du in diesem Punkt meiner Meinung

bist. Möchtest du vielleicht, dass ich es dir irgendwann einmal beweise?“

„Nein ...“

„Feigling!“ neckte er sie. „Geh zu Bett. Morgen werde ich Becky das erste Mal auf ein Pferd setzen. Du kannst mitkommen, wenn du willst.“

„Sie ist doch noch so klein, Gregory.“

„Dafür bin ich umso größer“, entgegnete er ungerührt. „Ich übernehme die volle Verantwortung dafür, dass weder ihr noch ihrer Mutter etwas geschieht.“

„Wenn du an meiner Stelle wärst, hättest du sicher auch Angst um sie“, versuchte Marjorie sich zu verteidigen.

„Im Augenblick besteht gar kein Grund zur Angst. Ich möchte dir helfen, sie zu überwinden. Und nun geh nach oben! Ich brauche vor dem Einschlafen noch einen Drink, der mir vergessen hilft, dass ich hier fast vergewaltigt worden wäre.“

„Vergewaltigt?“ wiederholte sie verblüfft.

„Nun ja, sieh mich doch an!“ Sein gekränkter Tonfall klang beinahe echt. „Das Hemd halb ausgezogen, die Haare zerzaust ... Und dann ist da noch der Duft deines Parfüms, den ich wohl zeitlebens nicht wieder loswerde.“

Marjorie sah ihn mit großen Augen an. Sie hatte so wenig Erfahrung im Flirten. Aber es begann, ihr Spaß zu machen.

„Du hast mir die Bluse ausgezogen“, erwiderte sie. „Gleiches Recht für alle!“

„Um genau zu sein: Ich habe dir mehr als die Bluse ausgezogen.“ Nachdenklich betrachtete er ihre Brüste. „Im alten Griechenland sind die Frauen immer barbusig gegangen, wusstest du das? Ich bezweifle allerdings, dass sie einen so schönen Anblick geboten haben wie du.“

Und sie hatte immer geglaubt, ihre Brüste seien zu klein, um einem Mann zu gefallen! „Findest du wirklich?“

Er lachte. „Ja, das finde ich. Und nun geh endlich zu Bett!

Lange wird es mir wirklich nicht mehr gelingen, unbeweglich hier sitzen zu bleiben, anstatt mich auf dich zu stürzen."

„Es wäre der Gipfel der Unverschämtheit, wenn du das tätest."

„Aber aufregend!" Seine blauen Augen funkelten. „Ich sehe die Szene deutlich vor mir: Du liegst halb nackt vor mir auf dem Teppich, eng an mich geschmiegt flüsterst du meinen Namen ..."

Marjorie hielt es für das Beste, den Rückzug anzutreten. „Ich gehe jetzt zu Bett", erklärte sie hastig.

„Ich wollte, ich könnte mir dir kommen." Gregory seufzte. „Marjorie ..."

Sie war schon an der Tür, drehte sich aber noch einmal um. „Ja?"

„Ich möchte ein paar Tage lang beobachten, wie Becky sich hier eingewöhnt. Wenn es ihr gefällt, werde ich dich noch einmal um eine Entscheidung bitten."

Sie sah ihn fragend an. „Ich verstehe nicht ..."

„Ich glaube doch." Er wich ihrem Blick nicht aus. „Denk an das, was heute Abend geschehen ist, dann weißt du, wovon ich spreche."

Marjorie schluckte. „Es ist mir vielleicht nicht möglich, dir zu geben, was du willst", sagte sie. „Die Zeit mit Dennis hat mich verändert. Heute Abend ist nichts geschehen, was ich nicht gewollt und genossen hätte. Aber ..."

„Aber du bist dir nicht sicher, ob du dich mir hingeben kannst. Ist es das?"

„Ja, das ist es."

„Vielleicht hilft es dir zu wissen, dass ich mir gut vorstellen kann, wie dir zumute ist, Marjorie. Ich will dich nur auf etwas Wichtiges hinweisen, was du, glaube ich, übersiehst."

„Und das wäre?"

„Ich bin nicht wie dein geschiedener Mann. Niemals würde ich einer Frau wehtun. Ich bin schließlich kein Sadist."

„Das weiß ich. Ich habe es immer gewusst."
„Dann vertrau mir!"
„Vertrauen zu fassen ist nicht so leicht."
„Wem sagst du das?" Er lachte bitter. „Du kennst den Grund, aus dem ich beschloss, nie wieder einer Frau zu trauen. Mutter hat dir die Geschichte ja erzählt. Aber was sie dir nicht erzählen konnte, ist, wie tief ich damals getroffen war. Das weiß nur ich. Ich habe jene Frau geliebt. Jedenfalls hatte ich es mir eingebildet." Zum ersten Mal war er sich selbst nicht mehr sicher. Es war alles so lange her.
„Es tut mir Leid ..."
„Mir auch. Für uns beide", sagte er leise. „Aber es hilft nichts, immer nur zurückzuschauen. Wir müssen an Becky denken. Wenn wir nichts unternehmen, könntest du sie verlieren."
„Ich weiß." Marjorie seufzte tief.
„Mach dir keine Sorgen! Dennis bekommt es mit mir zu tun, sei es vor Gericht oder anderswo. Ich habe auch bereits eine Idee. Du erfährst davon, wenn es mir gelingt, sie auszuführen. Gute Nacht!"
„Ich habe dir noch nicht einmal gedankt", sagte sie plötzlich. „Ich meine, für all das, was du für mich getan hast."
Sein Blick fiel auf ihre Lippen. „Bist du sicher, dass du mir nicht doch gedankt hast?" fragte er lächelnd.
Marjorie wandte sich rasch ab und verließ den Raum.

6. KAPITEL

Der Aufenthalt auf der Ranch schien Becky völlig zu verwandeln. Sie war ausgelassen und fröhlich wie selten zuvor. Dazu trug vor allem die einfühlsame Art bei, in der Greg sie mit allem vertraut machte. Trotz seines großen Arbeitspensums hatte er immer Zeit für sie.
Am ersten Tag nach ihrer Ankunft gab er ihr Reitunterricht,

wie er es ihr versprochen hatte. Mit gemischten Gefühlen beobachtete Marjorie, wie Greg ihre Tochter auf das Pferd hob.

„Du brauchst keine Angst zu haben", sagte er, als Becky schließlich im Sattel saß. „Die Stute ist alt und sanft. Deine Mutter hat sie früher auch geritten." Er sah zu Marjorie hinüber. „Erinnerst du dich noch an Butterball?"

„Das kann doch unmöglich Butterball sein!" rief Marjorie überrascht. „Butterball wäre jetzt fast fünfundzwanzig Jahre alt!"

„Sechsundzwanzig", verbesserte er sie. Nachdem er den Sattelgurt kontrolliert hatte, gab er Becky die Zügel in die Hände. Dann zeigte er ihr, wie sie Knie und Ellenbogen halten und was sie tun musste, um das Pferd zu lenken.

„Du verstehst aber eine Menge vom Reiten." Becky sah Greg voller Bewunderung an.

„Ich habe mein ganzes Leben lang mit Pferden zu tun gehabt. Tiere mag ich überhaupt sehr gern", erklärte er. „Vor etlichen Jahren besuchte ich sogar Kurse in Tiermedizin, wenn auch ohne bis zum Abschluss zu kommen."

„Ich mag Tiere auch", entgegnete Becky begeistert. „Aber wir haben nie eins gehabt." Sie seufzte. „Daddy konnte Tiere nicht leiden. Und als wir allein waren, musste Mama arbeiten, und ich kam ins Internat. Dort darf man keinen Hund haben."

„Möchtest du denn gern einen Hund?" Geflissentlich übersah er Marjories heftiges Kopfschütteln. „Bill Däne hat gerade einen Wurf junger Collies. Er wohnt ganz in der Nähe. Wenn du einen möchtest, werde ich ihn für dich holen."

Becky strahlte. „Wirklich?" Sie schien ihr Glück gar nicht fassen zu können.

Marjorie wollte schon protestieren, besann sich dann aber. Warum sollte Becky eigentlich nicht einen kleinen Hund bekommen? Er könnte im Wohnzimmer schlafen oder in einer eigenen Hütte im Garten. Das bisschen zusätzliche Mühe nahm sie gern in Kauf, wenn sie damit ihre kleine Tochter glücklich machen konnte. Sie hatte nicht einmal gewusst, dass Becky sich einen Hund wünschte.

„Natürlich werde ich das tun – falls deine Mutter es erlaubt“, setzte er etwas verspätet hinzu.

„Ihre Mutter erlaubt es.“ Marjorie schnitt ihm hinter Beckys Rücken eine Grimasse.

Gregory lachte laut auf. „Ich habe nichts anderes erwartet. Ich weiß doch, dass du mir nichts abschlagen könntest.“

„Du irrst dich. Ich mag einfach Hunde.“

„Ich auch!“ jubelte Becky. Sie sah Gregory mit leuchtenden Augen an. Einen Augenblick lang schien sie die Arme nach ihm ausstrecken zu wollen. Doch dann wich sie rasch wieder zurück und nahm die Zügel. Das Lächeln verschwand aus ihrem Gesicht.

Marjorie kamen fast die Tränen, als sie es beobachtete. Es bedeutete einen gewaltigen Fortschritt, dass Becky die Arme nach Greg hatte ausstrecken wollen. Für gewöhnlich mied sie jede Berührung mit Menschen, die sie nicht sehr gut kannte, vor allem mit Männern. Ob Greg verstand, was für ein Vertrauensbeweis das gewesen war? Marjorie beschloss, es ihm später zu erklären.

Doch Gregory schien es auch ohne Erklärung zu verstehen. Als er zu Marjorie hinübersah, war sein Lachen verschwunden. Sein Blick drückte Schmerz und Mitgefühl aus.

„Können wir nicht jetzt gleich gehen?“ fragte Becky in diesem Moment. „Können wir den Hund nicht schon heute holen?“

„Zuerst reiten wir“, antwortete Gregory. „Dann sehen wir weiter.“

„Okay.“ Becky seufzte.

„Becky!“ Marjorie sah sie vorwurfsvoll an. „Wo sind deine guten Manieren geblieben?“

„In meiner Hosentasche.“ Becky lachte verschmitzt. „Willst du sie sehen?“

Es tat gut, das sonst so scheue Kind einmal richtig ausgelassen und glücklich zu sehen. Marjorie sah Gregory lächelnd an.

Er zwinkerte ihr zu, bevor er ihr die Zügel ihrer Stute reichte. „Kannst du allein aufsitzen?" erkundigte er sich mit sanftem Spott.

„Ich brauche keine Hilfe!" erklärte sie empört – und strafte sich gleich darauf selber Lügen, als sie, den einen Fuß im Steigbügel, fast das Gleichgewicht verlor.

Hätte Greg sie nicht aufgefangen, wäre sie sicher unsanft gefallen. „Bist du sicher, dass du allein zurechtkommst?" neckte er sie, während er ihr den Steigbügel hielt und wartete, bis sie sicher im Sattel saß. Seine Hand an ihrem Knie zu spüren empfand sie nicht eben als sehr beruhigend, aber sie wehrte sich nicht gegen seine Hilfe.

Er selbst ritt seinen Hengst. Marjorie konnte den Blick nicht von Gregory wenden. Er saß mit solcher Selbstverständlichkeit im Sattel, er wirkte so ... faszinierend. Sie konnte kein anderes Wort dafür finden.

„Bleib immer neben mir!" wies Gregory Becky an. „Du brauchst keine Angst zu haben. Ich passe gut auf dich auf."

„Okay." Becky nahm die Zügel so in die Hand, wie Greg es ihr gezeigt hatte. Als sie fragend zu ihm aufsah, nickte er anerkennend.

Greg ritt in der Mitte, Becky zu seiner Linken, Marjorie zur Rechten. Der Anblick des weiten Landes ließ sie ins Träumen geraten. Hier war sie früher oft mit Gregs Schwestern geritten. Wenn er ihnen dann manchmal unerwartet begegnet war, hatte sie jedes Mal einen freudigen Schreck verspürt. Es mochte eine harmlose Schulmädchenschwärmerei gewesen sein, aber sie hatte doch eine ganze Weile gebraucht, um die Trennung von ihm zu verwinden. Sie betrachtete ihn verstohlen von der Seite. Er war ohne Zweifel der außergewöhnlichste Mann, der ihr je begegnet war. Und mit diesem Mann würde sie vielleicht schon bald verheiratet sein.

Der Gedanke beunruhigte sie. Hatte sie nicht schon einen verhängnisvollen Fehler gemacht, als sie Dennis geheiratet hatte? Konnte es nicht sein, dass sie sich auch in Gregory täuschte? Schließlich war es eine Sache, mit jemandem zu flirten, und eine andere, mit ihm zusammenzuleben. Dann erst lernte man den anderen kennen, wie er wirklich war.

Er wandte sich zur Seite und sah sie fragend an. „Du bist so still“, meinte er. „Was hast du?“

„Sie redet nie sehr viel“, erklärte Becky.

„Früher war das ganz anders.“ Greg lachte leise. „Damals war sie kaum mehr zu bremsen, wenn sie erst einmal in Fahrt gekommen war.“

„Ich habe nur so viel geredet, weil du mich nervös gemacht hast.“ Marjorie verstummte betreten, als ihr bewusst wurde, dass ihre Worte ein unfreiwilliges Geständnis enthielten.

„Deine Mama war in mich verliebt.“ Greg schmunzelte, als er sah, wie empört Marjorie auf seine unverblümte Äußerung reagierte.

Becky lachte fröhlich. „Warum hast du meine Mama denn nicht geheiratet, Onkel Greg?“ wollte sie wissen.

Marjorie wäre vor Scham am liebsten im Erdboden versunken. Sie brachte es nicht fertig, Greg anzusehen, während er sie nachdenklich musterte.

„Ich fürchtete, das, was ich ihr damals bieten konnte, werde nicht ausreichen, sie glücklich zu machen“, erklärte er sachlich. „Die Ranch steckte zu der Zeit in ernsten Schwierigkeiten. Und als es wieder bergauf ging, hatte ich deine Mutter aus den Augen verloren.“

Seine Worte stürzten Marjorie in große Zweifel. Durfte sie ihm glauben? Sollte er damals wirklich ernsthaft erwogen haben, sie zu heiraten?

Oder war das nur eine kleine Notlüge für Becky?

Greg suchte ihren Blick und lächelte ihr zu. Sie zwang sich, sein Lächeln zu erwidern, obwohl ihr ganz und gar nicht danach zumute war.

„Hier entlang", sagte Greg plötzlich und ergriff die Zügel von Beckys Stute. „Ich muss euch etwas zeigen. Komm, Marjorie!"

Sie bogen in einen schmalen Pfad ein, der zu einem Bach führte. An seinem Ufer grasten mehrere Kühe mit jungen Kälbern.

„Kleine Kühe!" rief Becky begeistert aus. „Darf ich sie streicheln?"

„Nein, Becky! Langhornrinder können gefährlich werden", protestierte Marjorie. Sie erinnerte sich noch gut an eine unangenehme Begegnung, die sie einmal mit einem solchen Tier gehabt hatte.

„Nicht diese hier. Es sind sehr zutrauliche Tiere", entgegnete Greg, während er vom Pferd stieg. „Sie werden ihr nichts tun. Komm, Becky!"

Er streckte die Arme nach ihr aus. Einen Moment lang zögerte sie, aber dann ließ sie sich willig von ihm aus dem Sattel heben. Er gab sich Mühe, sie nicht merken zu lassen, dass die Bewegung ihn schmerzte.

„Die Kälber sind erst wenige Wochen alt", erklärte er Becky, während er sie zu den Tieren führte. „Wir müssen nur ganz langsam gehen. Man kann fast jedes Wesen für sich gewinnen, wenn man sich in seiner Nähe langsam und vorsichtig bewegt und ihm leise zuredet. Frag deine Mama!"

Marjorie errötete bis unter die Haarwurzeln. Zum Glück konnte Becky nicht verstehen, worauf er anspielte. Sie hatte nur noch Augen für die Kälber. Zaghaft näherte sie sich einem der Tiere und berührte es an der Stirn. Das Kalb versuchte, ihre Hand zu lecken. Mit einem kleinen Jauchzer zog Becky die Hand zurück.

„Ist es nicht schön?“ Beckys Augen leuchteten, als sie die Hand erneut nach dem Tier ausstreckte.

„Es ist ein Er“, erklärte Greg. „Aus ihm wird einmal ein kräftiger junger Bulle.“

„Wie kannst du dir merken, wie viele Rinder du hast?“ fragte Becky.

„Ich habe einen großen Computer im Büro“, erklärte Greg ihr geduldig. „Dort ist jedes Tier, das ich besitze, registriert. Auch eine Ranch wird heute nach modernen Methoden geleitet. Früher musste man sich natürlich anders behelfen.“ Er zündete sich eine Zigarette an und begann zu erzählen, wie in früheren Zeiten die Arbeit eines Ranchers ausgesehen hatte, von seinem Kampf gegen Viehdiebe und widrige Naturbedingungen und von den Abenteuern des Viehtriebs.

„Der Viehtrieb ist auch heute noch ein großes Ereignis“, erklärte er Becky, die die ganze Zeit über das kleine Kalb streichelte. „Jeder Mann wird gebraucht, wenn die Tiere gebrandmarkt und auf die Ranchen verteilt werden. Am Ende gibt es immer ein großes Grillfest für alle Nachbarn. Wir helfen einander, wo es geht, auch auf Ranchen dieser Größe.“

„Werden beim Viehtrieb wirklich Flugzeuge eingesetzt?“ erkundigte sich Marjorie.

„Natürlich. Der Einsatz von Flugzeugen und Hubschraubern spart viel Zeit, wenn es darum geht, Tausende von Rindern zusammenzutreiben.“ Während er sprach, betrachtete er voller Bewunderung Marjorie, die in ihren engen Jeans und dem Pullover vor ihm stand und ihm interessiert zuhörte.

„Es ist sicher dennoch eine harte Arbeit“, sagte sie, plötzlich nervös geworden.

„Eine sehr harte Arbeit.“ Er warf einen Blick zu Becky hinüber, die leise mit dem Kalb sprach. „In dieser Jahreszeit bin ich oft schlecht gelaunt.“

„Das ist mir nicht entgangen“, bemerkte Marjorie trocken und lächelte.

Er trat seine Zigarette aus und kam auf sie zu. „Wirklich?"

Sie trat einen Schritt zurück. Er würde doch wohl nicht ... Er konnte doch nicht einfach so tun, als wäre Becky nicht da.

Unwillkürlich wich sie immer weiter vor ihm zurück, bis sie mit dem Rücken gegen einen Baumstamm stieß.

„Was hast du da gerade gesagt?" erkundigte er sich betont höflich. „Was war das mit meiner schlechten Laune?"

„Du hättest mich doch nach Hause geschickt, wäre nicht deine Mutter gewesen", antwortete sie.

„Nein, bestimmt nicht." Er lachte verschmitzt. „Schon bei unserer ersten Begegnung fühlte ich mich von dir angezogen wie in jenem Sommer vor elf Jahren. Vielleicht hätte ich dich zuerst wirklich abgewiesen, aber ich bin sicher, ich hätte dann doch einen Vorwand gefunden, um dich nicht gehen zu lassen."

Marjories Puls begann zu rasen. Becky stand immer noch bei dem Kalb und beachtete sie gar nicht.

Greg kam noch ein wenig näher. Er stand nun so dicht vor ihr, dass sein Atem ihr Gesicht streifte.

Sein Blick fiel auf ihre Lippen. „Wäre Becky jetzt nicht bei uns, würde ich dich hier ins Gras legen und dich spüren lassen, dass ich für dich dasselbe empfinde wie du für mich", flüsterte er mit rauer Stimme.

„Gregory!"

„Tu nicht so, als wüsstest du nicht, wovon ich spreche!" Sein Blick wanderte tiefer. „Es wäre zwecklos, es abstreiten zu wollen. Dein Körper verrät dich."

Zögernd folgte Marjorie seinem Blick. Er hatte Recht. Durch den weichen Stoff zeichneten sich ihre aufgerichteten Brustspitzen deutlich ab.

„Wenn du deine Kleidung nicht vorsichtiger wählst, ist es mit meiner Selbstbeherrschung bald endgültig vorbei."

„Soll ich deinetwegen bei dieser Hitze Wintersachen tragen?"

Er lachte. „Wie du willst. Ich habe dich jedenfalls gewarnt." Plötzlich runzelte er die Stirn. „Aber lass dich so nicht bei meinen Männern sehen!" sagte er. „Ich kann es mir diese Woche nicht leisten, jemanden zu entlassen."

„Aber ..."

„Du hast wunderschöne Brüste", flüsterte Gregory leise und sah ihr tief in die Augen.

Ein Schauer der Erregung überlief Marjorie. Für einen Moment stockte ihr der Atem. Sein Blick hielt sie gefangen.

Sie musste sich räuspern, bevor sie sprechen konnte. „So etwas solltest du nicht sagen."

„Warum sollte ich es nicht aussprechen?" entgegnete er. „Ich werde dir noch ganz andere Dinge sagen. Zum Beispiel, dass ich große Lust hätte, dich hier auf der Stelle auszuziehen und zu lieben."

„Sprich nicht weiter!"

„Warum nicht? Ich kann an nichts anderes mehr denken." Er rieb seine Nase an ihrer. „Und dir geht es genauso."

Einen Moment lang sahen sie einander stumm in die Augen.

„Kein Fluchtversuch?" fragte Greg schließlich. „Kann es sein, dass dir die Vorstellung, mich zu lieben, keine Angst mehr macht?"

„Es wäre anders als alles, was ich mit Dennis erlebt habe, nicht wahr?"

„Vollkommen anders, Honey. Es wäre einzigartig."

Im Geist sah sie die Szene vor sich: ihre nackten Körper in Leidenschaft vereint ...

„Sieh mich nicht so an!" murmelte er beschwörend. „Ich kann deine Gedanken lesen!"

„Es wäre so schön", flüsterte sie. „Mit dir."

Sie öffnete ein wenig die Lippen, bereit, sich von ihm küssen zu lassen.

„Ich kann dich nicht küssen, wenn Becky in der Nähe ist",

stöhnte Greg. „Wenn ich erst anfange, werde ich so schnell nicht wieder aufhören können."

„Ich würde es zulassen", erwiderte sie mit bebender Stimme. „Ich würde alles zulassen ... mit dir."

Er wandte sich abrupt ab.

„Möchtest du ein Feld mit wilden Blumen sehen, Becky?" rief Greg der Kleinen zu. Er schien seine Stimme nicht ganz unter Kontrolle zu haben, aber Becky merkte es nicht. Sie war viel zu sehr damit beschäftigt, ihr Kalb zu streicheln.

„Ja, gleich!" rief sie lachend.

Marjorie spürte, wie ein leichter Schwindel sie ergriff. Die Gefühle, die Gregs Nähe in ihr weckte, waren so neu für sie, dass sie ihnen vollkommen wehrlos ausgeliefert war. Er hatte ihren inneren Widerstand mühelos überwunden. Und nun begehrte sie ihn, begehrte ihn weit mehr noch als damals vor elf Jahren. Sie konnte keinen klaren Gedanken mehr fassen, wusste nicht, wie es weitergehen sollte, und ob sie es überhaupt noch über sich bringen würde, ihn zu verlassen.

„Komm doch! Wir wollen weiter!" rief Greg ihr zu.

Sie wartete, bis er Becky in den Sattel geholfen hatte, bevor sie selbst aufstieg. Als er ihr den Steigbügel hielt, kam er ihr so nah, dass sie die Wärme seines Körpers zu spüren meinte.

„Ich muss gehen", flüsterte er, als Beckys Stute sich schon in Bewegung setzte. „Einen Moment nur noch!"

Er gab ihr einen leidenschaftlichen Kuss. Marjorie öffnete die Lippen, wollte mehr, aber er löste sich sofort wieder von ihr.

„Mein Gott, ich komme mir wieder vor wie ein Teenager, der erste Erfahrungen sammelt", stöhnte er.

„Ich auch." Sie sah ihn lächelnd an.

„Wir werden bald eine Lösung finden müssen, Honey. Ich will nicht mehr sehr viel länger warten."

„Ich weiß nicht ..."

„Aber ich will dich auch nicht drängen", versicherte er ihr noch rasch, als Becky zu ihnen zurückkam. „Gut gemacht!"

lobte er sie und ging zu seinem Hengst. „Du reitest ja schon wie ein richtiges Cowgirl!"

„Wirklich?" Becky strahlte.

„Wirklich", versicherte er ihr. „Und jetzt zeige ich dir das Feld mit den wilden Blumen. Im Frühling sieht es dort aus wie im Märchenland."

Sie ritten zurück zur Straße und wandten sich dann nach Süden. Nach kurzer Zeit erreichten sie den Ort, den Greg beschrieben hatte. Er hatte nicht zu viel versprochen: Die Wiese war übersät mit den farbenprächtigsten Blumen.

„Das hier ist nur ein winziger Rest der Prärie", erklärte Greg. „Früher erstreckte sie sich, so weit das Auge reichte. Als das Land noch unberührt war, gab es hier riesige Büffelherden. All das hat man im Namen des Fortschritts geopfert."

„Werden die Büffel zurückkommen?" wollte Becky wissen.

Greg lehnte sich auf den Sattelknauf und schüttelte den Kopf. „Ich fürchte nein, Becky. Der Anblick freier Büffelherden gehört unwiederbringlich der Vergangenheit an. Die Büffel mussten der Erschließung des Landes ebenso weichen wie die Indianer, die hier lebten."

„Du würdest offenbar am liebsten alle Städte abreißen und wieder ganz von vorn beginnen", neckte Marjorie ihn.

„Das stimmt." Er lachte leise. „Ich werde mich nie damit abfinden können, dass dieses weite Land durch Zäune, Straßen und wuchernde Städte verunstaltet wird."

„Du bist einfach hundert Jahre zu spät geboren."

„Allerdings." Er seufzte. Plötzlich erblickte er in der Feme eine Staubwolke. „So Leid es mir tut, ich muss euch beide wieder nach Hause bringen, damit ich meinen Männern noch bei der Arbeit helfen kann. Heute Nachmittag gehen wir dann zu Däne, um uns die Hunde anzusehen. Was hältst du davon, Becky?"

Die Kleine lachte glücklich. „Das wäre prima, Onkel Greg."

„Gefällt es dir hier?" Er war auf einmal ganz ernst geworden.

„Ja!" Becky sah sich mit leuchtenden Augen um. „Ich wollte, ich könnte für immer hier bleiben."

Greg sah über ihren Kopf hinweg zu Marjorie hinüber, die rasch den Blick abwandte. Sie wusste nicht, ob sie die Erwartungen, die er in sie setzte, würde erfüllen können. Es konnte ihm nicht entgangen sein, dass der Gedanke an eine neue Ehe ihr immer noch Angst machte. Er durfte sie einfach nicht so drängen!

Greg schien zu spüren, was in ihr vorging. Während des Heimritts verlor er kein Wort mehr zu diesem Thema. Stattdessen unterhielt er sich mit Becky über Hunde. Die Kleine ging begeistert darauf ein. Sie schien das glücklichste Kind auf der Welt zu sein.

Die Tage vergingen wie im Flug. Greg fand immer Zeit für gemeinsame Unternehmungen mit Becky und ihrer Mutter. Er kaufte den kleinen Collie für Becky, überzeugte sie aber davon, dass der junge Hund noch ein paar Tage bei seiner Mutter bleiben musste, bevor sie ihn mit nach Hause nehmen konnte. Mit immer neuen Ideen sorgte er dafür, dass dem Kind bis dahin die Zeit nicht lang wurde.

An einem Tag zeigte er ihr ein Nest mit kleinen Vögeln. Am nächsten fuhr er mit ihr und Marjorie im Jeep zu einem kleinen Bach, in dem Becky herumwaten und bunte Steine sammeln konnte. Seine Geduld und sein Einfallsreichtum schienen unerschöpflich. Und Becky begann, die Zuneigung, die er ihr auf diese Weise bezeugte, uneingeschränkt zu erwidern.

Bald schon schien sie jede Scheu abgelegt zu haben und Greg voll und ganz zu vertrauen. Es war nicht leicht für Marjorie, mit der neuen Situation fertig zu werden. Gregs Aufmerksamkeit galt jetzt nicht mehr vorrangig ihr, sondern ihrer Tochter. Seit jenem Tag, an dem sie zusammen ausgeritten waren, hatte er sich Marjorie nicht mehr genähert. Er schien ganz bewusst Abstand von ihr zu halten. Er war nett zu ihr und verhielt sich ihr gegenüber fast wie ein älterer Bruder. Dabei vermied er es, sie zu berühren oder ihr gar zärtlich zu begegnen. Einerseits war sie darüber erleichtert, andererseits enttäuschte es sie. Marjorie verstand sich selbst nicht mehr.

So standen die Dinge, als eines Tages ihr Anwalt aus San Antonio anrief. Janet und Greg waren gerade nicht zu Hause. Er teilte ihr mit, Dennis habe die Klage bei Gericht eingereicht. Wie befürchtet, versuchte er, Gregory als ihren Liebhaber hinzustellen und dadurch zu beweisen, dass Marjorie vollkommen ungeeignet sei, ihr Kind angemessen zu erziehen.

Der Anruf ließ Marjorie unglücklich und ratlos zurück. Obwohl sie den anderen gegenüber nichts erwähnte, schien Greg zu wissen, dass etwas nicht stimmte. Er beobachtete sie nachdenklich, als sie zu dritt losfuhren, um Beckys kleinen Hund abzuholen.

„Er hat die Klage eingereicht, nicht wahr?" fragte er unvermittelt, als sie sich schon wieder auf dem Rückweg befanden. Becky, die den kleinen Collie liebevoll an sich gedrückt hielt, schien es gar nicht zu hören.

„Ja." Marjorie warf einen kurzen Blick auf das glückliche kleine Mädchen auf dem Rücksitz. Er drückte ebenso Mitleid wie Furcht aus. „Ich weiß nicht, wie ich es ihr sagen soll."

„Überlass das mir!" bat Greg leise. „Ich mache das schon. Hab keine Angst! Es wird alles gut werden." Er begann, leise fröhlich vor sich hin zu pfeifen. Marjorie kannte ihn mittlerweile gut genug, um zu ahnen, dass er bereits einen bestimmten Plan hatte.

Als sie auf der Ranch angekommen waren, trug Becky ihren Collie voller Stolz und Freude ins Haus. Dabei streichelte sie ihn fortwährend und redete ihm beruhigend zu. Marjorie konnte sich nicht erinnern, ihre Tochter zu Hause je so glücklich gesehen zu haben. Sie zeigte ihren Liebling überall herum und strahlte über das ganze Gesicht, als Janet bat, ihn auch einmal halten zu dürfen. Nur mit Mühe konnte sie dazu bewegt werden, den Hund wenigstens während des Essens auf den Boden zu setzen. Marjorie konnte es selbst kaum fassen, wie sehr die Tage auf der Ranch ihre ernste, scheue kleine Tochter verwandelt hatten.

Als sie an diesem Abend Gelegenheit hatte, Becky und Greg zusammen zu beobachten, stellte sie fest, dass nicht nur ihre Tochter sich verändert hatte. Hatte sie Greg in der ersten Zeit meist als verschlossenen, ja mürrischen und menschenscheuen Mann erlebt, so begegnete er jetzt allen offen und freundlich. Auch Janet hatte es schon gemerkt.

Als es für Becky Zeit wurde, zu Bett zu gehen, lief sie zu Greg und sah ihn mit leuchtenden Augen an.

„Ich wollte, du wärst mein Vater", sagte sie. Es klang so aufrichtig und sehnsüchtig, dass Greg sie spontan in die Arme nahm.

Dann schob er sie sanft von sich und betrachtete sie eine Zeit lang aufmerksam. Nach einem Blick auf Marjorie, die ein Stück entfernt saß, schien er zu einem Entschluss zu kommen. Er rückte Becky einen Sessel zurecht, und als sie mit ihrem Collie darin Platz genommen hatte, begann er zu sprechen.

„Ich bin nicht immer nur nett und freundlich", erklärte er sachlich. „Manchmal habe ich auch schlechte Laune, bin gereizt und möchte allein sein. Manchmal tue ich dir vielleicht weh, ohne es selbst zu merken. Dann wünschst du dir vielleicht, du wärst nie hierher gekommen."

Becky nickte. Sie drückte den kleinen Hund dabei fest an sich. „Ich habe auch schlechte Tage", erklärte sie ernst „Aber ich mag dich auch, wenn du nicht gut gelaunt bist."

Greg lachte leise. „Ich mag dich auch. Was würdest du davon halten, hier bei mir zu bleiben?"

„Du meinst, die ganzen Ferien über?"

„Nein, für immer."

Becky starrte ihn einen Moment lang fassungslos an. Marjorie stockte der Atem.

„Wärst du dann mein Daddy?" fragte sie schließlich.

„Ja."

Becky nagte an ihrer Unterlippe. Für einen Augenblick schien die alte, tief eingewurzelte Angst wieder lebendig zu werden. Marjorie konnte sich nur zu gut vorstellen, was in ihrer Tochter vorging.

„Mein Daddy war nicht nett zu mir", flüsterte die Kleine. „Er hat mir Angst gemacht. Aber ich weiß, dass du mir nie wehtun würdest."

„Nein, Becky!" rief Greg bewegt. „Nein, ich würde dir nie wehtun."

Plötzlich liefen Becky Tränen über die Wangen. „Onkel Greg, ich mag dich viel lieber als meinen Daddy."

Sie legte ihm den freien Arm um den Hals und drückte ihre Wange an seine. Greg hielt sie stumm in seinen Armen. Er schien außerstande, etwas zu sagen.

„Ich werde für dich sorgen, Becky", sagte er dann. Seine Stimme klang rauer als sonst. „Für dich und deine Mama. Niemand wird dir je wieder wehtun."

Becky gab ihm einen Kuss auf die Wange. „Ich sorge auch für dich", versprach sie lächelnd. Sie beugte sich zurück und sah ihn erstaunt an. „Onkel Greg! Deine Augen sind ja feucht!"

Er sah sie lächelnd an. „Ist das so verwunderlich? Immerhin habe ich von einem Tag auf den anderen eine Tochter bekommen."

„Könnte ich dich ‚Daddy' nennen?"

„Selbstverständlich."

Becky sah zu ihrer Mutter hinüber, der ebenfalls Tränen der Rührung in den Augen standen. „Können wir bei meinem neuen Daddy bleiben?"

„Natürlich können wir das, Darling." Marjorie sah Greg in die Augen. „Natürlich können wir das", wiederholte sie leise.

Er nickte. „Mutter!" rief er plötzlich.

Janet eilte aus dem Wohnzimmer herbei. „Was ist? Ist etwas passiert? Ich habe gerade ferngesehen ..."

„Marjorie und ich werden heiraten", erklärte er ihr ohne lange Umschweife. „Könntest du bitte alles Nötige in die Wege leiten?"

Janet starrte ihren Sohn an wie ein Wesen von einem anderen Stern. „Was hast du gesagt?"

„Wir werden heiraten", wiederholte Greg.

„Ja, wirklich", bestätigte nun auch Marjorie lächelnd. Sie wandte sich an Becky. „Nun aber ab ins Bett, Darling! Ich komme gleich nach und mache das Licht aus. Ach, den Hund muss ich ja auch noch versorgen!"

„Das ist schon in Ordnung", schaltete Janet sich ein. „Ich habe Jennie gebeten, den alten Hundekorb neben das Bett zu stellen." Sie lächelte dem Kind zu. „Nun werde ich deine Großmutter, Becky."

„Ich werde immer ganz brav sein", versprach Becky.

Janet lachte. Mit leuchtenden Augen sah sie von Marjorie zu Greg. „Was für eine wundervolle Überraschung!"

„Überraschung!" Greg schnaubte verächtlich. „Du hast doch nur einmal mehr deinen Willen durchgesetzt."

Seine unfreundliche Bemerkung verletzte Janet, doch sie ließ sich nichts anmerken. Greg ging an Marjorie vorbei zur Treppe. „Wir unterhalten uns später", sagte er. „Komm, Becky! Ich gehe mit dir nach oben."

Becky schob strahlend ihre freie Hand in seine und folgte ihm.

„Ich freue mich ja so, Marjorie!" Janet umarmte sie. „Wenn du wüsstest, wie deine Mutter und ich diesen Tag herbeigesehnt haben!"

„Es ist nicht ganz so, wie es vielleicht scheint“, sagte Marjorie leise. „In erster Linie geht es um Becky. Greg glaubt, ich werde vor Gericht keine Chance haben, wenn ich ledig bleibe. Dennis hat wieder geheiratet.“

„Ich weiß. Aber es wird bestimmt alles gut werden. Jetzt habe ich nur noch einen Wunsch: dass mein Sohn mir verzeiht, was gewesen ist.“ Sie seufzte tief. „Vielleicht muss ich nur noch ein wenig Geduld haben.“

„Ich bin sicher, er wird dir verzeihen. Glaubst du, ich habe mich richtig entschieden, Janet?“ fragte sie dann zögernd. „Für Becky ist es natürlich richtig. Aber ich ... ich glaube, ich liebe Greg nicht. Und er liebt mich auch nicht.“

„Manchmal entwickelt sich die Liebe erst im Laufe der Ehe. Auch du musst Geduld haben.“

Marjorie nickte, aber ihre Zweifel waren durchaus nicht ganz zerstreut. Greg erwartete zweifelsohne, dass sie nach der Heirat in jeder Hinsicht seine Frau würde. Und obwohl sie ihn begehrte wie nie einen Mann zuvor, war sie sich nicht sicher, ob sie sich ihm würde hingeben können.

Um sich auf andere Gedanken zu bringen, führte sie, nachdem sie Greg um Erlaubnis gebeten hatte, ein Ferngespräch mit ihrer Freundin Trudie in London und teilte ihr die Neuigkeit mit. Trudie freute sich aufrichtig für sie, wenn sie es auch bedauerte, ihre einzige Angestellte auf diese Weise zu verlieren. Während Marjorie begeistert davon sprach, wie schön es für Becky auf der Ranch sein würde, begann sie im Stillen schon wieder, an der Richtigkeit ihres Entschlusses zu zweifeln. Greg war so gut zu ihr und Becky gewesen. Er verdiente mehr als Dankbarkeit. Er verdiente eine Frau, die ihn liebte und sich um ihn kümmerte. Eine Frau, die ihm im Bett alles gab, wonach er sich sehnte. Würde sie je in der Lage sein, diesen Anforderungen zu genügen? Oder würde er bald Grund haben, seinen schnellen Entschluss, sie zu heiraten, zu bereuen?

7. KAPITEL

Nachdem er Becky zu Bett gebracht hatte, wurde Greg überraschend von einem seiner Männer nach draußen gerufen. Einer der Bullen war erkrankt. Es musste sich wohl um ein wertvolles Tier handeln, denn Greg wirkte sehr bewegt. Er war noch nicht zurück, als Janet sich für die Nacht verabschiedete und zufrieden vor sich hin summend nach oben ging.

Marjorie machte es sich auf dem Sofa im Wohnzimmer bequem und sah sich einen Film im Fernsehen an, ohne sich allerdings wirklich darauf konzentrieren zu können. Sie hatte noch nicht lange so gesessen, als Greg nach Hause kam.

„Gut, dass du noch auf bist", sagte er und schloss die Tür hinter sich. Er sperrte sogar ab. Mit einem amüsierten Lächeln beobachtete er Marjories Mienenspiel, während er die dicken Lederhandschuhe auszog. „Bist du etwa nervös, Marjorie?"

Ihr stockte der Atem, als er näher kam. „Ein wenig." Es hatte keinen Sinn, es zu leugnen. Vor ihm konnte sie ohnehin nichts verbergen.

„Warum? Weil ich die Tür abgeschlossen habe?"

„Janet ist schon nach oben gegangen."

Er blieb vor ihr stehen und musterte sie aufmerksam. „Ich möchte nicht, dass unser Gespräch gestört wird."

„Was gibt es denn zu besprechen?"

Greg griff nach seinen Zigaretten. „Zunächst möchte ich wissen, warum du immer noch Angst vor mir hast."

„Ich habe keine Angst. Ich bin nur etwas nervös."

„Nenn es, wie du willst!" Er schaltete den Fernseher aus und setzte sich zu Marjorie auf das Sofa. Er nahm einen Aschenbecher und lehnte sich entspannt zurück.

Wohl eine Minute verging, ohne dass ein Wort gesprochen wurde. Als Marjorie allmählich klar wurde, dass er gar nicht die

Absicht hatte, sich auf sie zu stürzen, begann sie, sich zu entspannen.

„So ist es schon besser“, sagte er nach einer Weile. „Wie wäre es, wenn du mir jetzt erzählen würdest, was dich so durcheinander gebracht hat?“

Marjorie senkte den Blick und starrte auf ihre Hände. „Dennis beschuldigt mich, eine schlechte Mutter zu sein. Er behauptet, ich hätte ein Verhältnis mit dir.“

„Nun, Honey, wir wussten doch, dass er das tun würde, oder?“

„Ich hatte bis zuletzt gehofft, er werde darauf verzichten. Begreifst du denn nicht, wie sehr es Janet verletzen muss, all diese Lügen in den Zeitungen zu lesen?“

Er runzelte ärgerlich die Stirn. „Du überschätzt die Empfindlichkeit meiner Mutter.“

„Nein, umgekehrt, du unterschätzt sie. Sie ist eine sehr feinfühlige Frau. Ich möchte ihr das ersparen, Greg. Was glaubst du, wie wir ins Gerede kommen, wenn Dennis’ Geschichte öffentlich bekannt wird!“

Greg betrachtete nachdenklich die Spitze seiner Zigarette. „Misst du dem, was andere Leute über dich denken, so viel Bedeutung bei?“

„Ich weiß, dir ist es egal, was sie über dich sagen. Aber ich bin nicht so stark wie du. Schließlich bin ich kein Mann.“

„Gott sei Dank!“ Er reckte sich. „Ich bin müde“, stellte er unvermittelt fest. „Ich bin richtig faul und bequem geworden, seitdem ich so viel zu Hause bin.“

„Du und bequem? Das möchte ich noch mal erleben!“ Marjorie lachte.

Er sah sie nachdenklich an und legte seinen Arm auf die Sofalehne. Durch diese Bewegung spannte sich das Hemd mehr als gewöhnlich über seiner breiten Brust. Marjorie wandte den Blick zur Seite.

„Das mag ich“, sagte Greg leise. „Mir gefällt, wie du auf

mich reagierst. Du kannst es nicht einmal verbergen. Man sieht es dir an, ob du es nun willst oder nicht."

Marjorie musste sich sehr zusammennehmen, um nicht aufzuspringen und davonzulaufen. „Du bist ein sehr attraktiver Mann", erwiderte sie ausweichend.

„Nein, eigentlich nicht. Jedenfalls hat mir das noch niemand gesagt. Es genügt mir auch vollkommen, wenn du mich anziehend findest." Er drückte die Zigarette aus und lehnte sich zurück.

„War das, was du Becky vorhin sagtest, ernst gemeint?" Marjorie sah ihn fragend an.

„Natürlich war es das. Becky braucht eine richtige Familie, ein Zuhause, das ihr Schutz und Geborgenheit bietet. Das wird sie hier finden. Ich kann ihr geben, was sie sich wünscht und braucht."

„Sie liebt dich."

„Ich weiß. Es ist eine große Verantwortung, geliebt zu werden. Deswegen wollte ich ihr gegenüber von Anfang an ehrlich sein und habe ihr auch nicht verschwiegen, dass es, wie in jeder Beziehung, zwischen uns auch einmal Schwierigkeiten geben kann. Das musste sie wissen, um ihre Entscheidung fällen zu können ..."

„Sie ist so anders, wenn sie mit dir zusammen ist." Marjorie hatte sich erhoben und betrachtete Greg nachdenklich. „Sonst hatte sie immer Angst vor Männern. Aber dir vertraut sie vorbehaltlos. Sie spielt, sie lacht, sie ist wie verwandelt. Kaum zu glauben, dass dies das scheue, ernste Kind sein soll, das vor einer Woche hier angekommen ist."

„Sie war einfach nur unglücklich, weil sie fürchtete, ihr Vater würde sie zu sich holen. Das hat sie mir erzählt Jetzt hat sie keine Angst mehr." Greg lachte leise. „Ich habe ihr gesagt, was ich mit ihm machen würde, wenn er es versuchen sollte."

Marjorie war nun fast ganz ruhig. Sie sah Greg in die Augen. „Du hast allen gesagt, wir würden heiraten."

„Ja, das stimmt.“ Er sah zu ihr auf. „Komm, setz dich zu mir!“

Sie zögerte. Er wirkte ausgesprochen sexy, wie er da so halb saß, halb lag.

„Komm doch!“ lockte er. „Du darfst auch meine Brust streicheln.“

Marjorie bedachte ihn mit einem vernichtenden Blick. „So etwas von Arroganz habe ich wirklich noch nicht erlebt!“

„Du hast überhaupt wenig erlebt.“ Ehe sie es sich versah, hatte er sie mit seinem gesunden Arm gepackt und zu sich heruntergezogen.

„Lass mich los!“ Verzweifelt versuchte sie, sich aus seinem Griff zu befreien.

„Hör auf zu zappeln, Marjorie!“ flüsterte er ihr ins Ohr. „Sonst muss ich zu drastischeren Mitteln greifen.“

Als er sie fester an sich drückte, begriff sie, welche Wirkung ihre Gegenwehr auf ihn hatte. Sie versuchte, von ihm abzurücken, aber er hielt sie fest.

„Keine andere Frau habe ich je so begehrt“, flüsterte er. „Du kannst mich allein durch deinen Gang erregen. Ich brauche dich nicht einmal zu berühren.“

„Ist das bei Männern nicht immer so?“ fragte Marjorie in bitterem Tonfall.

„Nicht bei mir. Ich bin achtunddreißig und damit eigentlich über das Alter hinaus, in dem einen der bloße Anblick einer Frau entflammt.“

Die Wendung, die die Unterhaltung zuletzt genommen hatte, beunruhigte Marjorie. Sie biss sich auf die Unterlippe.

„Sei ganz ruhig!“ flüsterte Greg Marjorie zu. „Du bist ja ganz verspannt. Du brauchst wirklich keine Angst zu haben. Ich werde nichts tun, was du nicht willst. Vertrau mir, bitte.“

Er schien stets genau zu wissen, was sie gerade bewegte. Neben ihm kam sie sich wie ein unerfahrener Teenager vor. Für einen Moment musste sie sich an seinen Schultern festklammern, um nicht das Gleichgewicht zu verlieren.

„Komm schon, entspann dich! Du hast doch wohl keine Bedenken, dich einfach nur an mich zu lehnen, oder?“

„Du ... du bist ...“ Sie brachte das Wort nicht über die Lippen.

„Erregt?“ Er knabberte zärtlich an ihrem Ohrläppchen. „Bringt dich das in Verlegenheit?“

„Ja!“ Sie verbarg ihr Gesicht an seiner Brust.

Greg fuhr ihr zärtlich mit der Hand über den Rücken. Er streichelte sie wie ein verängstigtes kleines Kind. „Gib auf, Honey!“ flüsterte er. „Komm endlich zu mir und lass mich spüren, wie dein Herz klopft!“

„Gregory ...“ Gehörte diese zitternde, schwache Stimme wirklich ihr?

„So ist es recht!“ murmelte er. Er spürte, wie ihre Anspannung allmählich nachließ. Ihre Brüste streiften sanft seinen Körper, ihre Beine berührten seine. Zärtlich drückte er sie an sich.

„Nein ... nicht!“ flüsterte sie. Ihr wurde ganz heiß.

Greg erstickte jeden weiteren Protest, indem er seine Lippen auf ihre drückte. Sein Kuss war voller Leidenschaft, voller Verlangen.

Marjorie vermochte ihm nicht länger zu widerstehen. Ihr Verlangen war zu übermächtig, als dass es noch durch Ängste und Vorbehalte hätte in Schranken gehalten werden können. Sie konnte keinen klaren Gedanken mehr fassen, konnte sich nicht mehr wehren. Und sie wollte sich auch nicht länger wehren. Sie schmiegte sich an ihn und gab sich der Lust, die seine Liebkosungen ihr bereiteten, völlig hin. Seine Hände schienen gleichzeitig an allen Stellen ihres Körpers zu sein. Unter seinen immer kühneren Berührungen wuchs ihre Leidenschaft ins Unermessliche.

„Gregory!“ stöhnte sie, als er seine Hand langsam über ihre Schenkel gleiten ließ.

„Ich werde dir nicht wehtun.“ Er drehte sie bei diesen Worten so, dass sie halb unter ihm zu liegen kam. Seine Stimme war rau vor unterdrückter Leidenschaft.

Zu spüren, wie sehr er sie begehrte, erschreckte Marjorie nicht länger. Ihr Körper sehnte sich nach ihm. Diesmal würde sie ohne Wenn und Aber ihren Gefühlen folgen.

Langsam öffnete sie die Augen, als Greg begann, die Knöpfe ihres Kleides zu öffnen. Für einen Augenblick kehrte die überwunden geglaubte Scheu noch einmal zurück. Sie sah ihn halb vorwurfsvoll, halb verlegen an.

„Du bist so schön", sagte er zärtlich. „Ich möchte dich ansehen."

„Ich habe Angst ..."

„Ich weiß." Er beugte sich zu ihr herab und küsste sie zärtlich. „Du hast keinen Grund dazu. Wir werden ein wenig miteinander spielen, wie wir es schon einmal getan haben, mehr nicht."

Marjorie entspannte sich. Nein, er würde sie nicht verletzen. Sie konnte ihm vertrauen.

Ihr Blick fiel auf sein Hemd. Plötzlich wünschte sie, seine Brust nackt zu sehen und ihre Hände auf sie zu legen, um das Spiel seiner Muskeln unter ihren Fingern zu spüren. Die Heftigkeit, mit der sie es wünschte, überraschte sie selbst. Es war noch nicht lange her, dass sie der bloße Gedanke daran erschreckt hätte.

„Was möchtest du?" Er sah Marjorie fragend an, während er begann, ihr das Kleid auszuziehen.

„Ich ... ich möchte dich berühren." Nun hatte sie es ausgesprochen.

„Wo?"

Sie senkte den Blick. „Dort." Sie ließ ihre Hände über seine Brust gleiten.

„Dann zieh mir das Hemd aus!" bat er mit rauer Stimme.

Anfangs kostete es sie noch einige Überwindung, aber dann öffnete sie die Knöpfe geradezu ungeduldig. Der Anblick seiner muskulösen, dunkel behaarten Brust raubte ihr fast den Atem. Ganz langsam ließ sie ihre Finger über das krause Haar gleiten.

Sie lag nun unter ihm. Eines seiner Beine lag zwischen den ihren. Er drehte sie ein wenig, seine Hände glitten an ihrem Körper hinab, und plötzlich war sie bis zu den Hüften nackt. Marjorie griff unwillkürlich nach ihrem Kleid, um es wieder hochzuziehen, aber Greg hielt sie zurück.

Er schüttelte langsam den Kopf. „Du brauchst keine Angst vor mir zu haben", flüsterte er. „Ich werde nie etwas tun, was dich erschrecken könnte. Ich möchte nur deine Brüste küssen, Marjorie."

Sie schluckte. Aus seinem Blick sprach ein Verlangen, das sie endgültig jeden Einwand vergessen ließ. Lächelnd beugte er sich über sie. Dann schlossen sich seine warmen Lippen um die Spitze einer ihrer Brüste.

Marjorie zitterte. Sie nahm seinen Kopf zwischen ihre Hände und zog ihn fester an sich. Ihr Körper, der nun zu allem bereit war, hob sich ihm verlangend entgegen.

Greg hob den Kopf. Sie führte ihn zu ihrer anderen Brust, zog ihn erneut zu sich herab. Ihr Atem ging schneller. Sie stöhnte leise.

Er ließ seine Hände zärtlich an ihrem Körper hinabgleiten, während er ihre Brüste, ihren Hals, ihren Mund mit heißen Küssen bedeckte. Ehe sie es sich versah, hatte er ihr auch die restlichen Kleidungsstücke abgestreift. Ein Stöhnen entrang sich ihr, als er begann, sie auf erregende Weise zu streicheln.

Sie schrie leise auf, öffnete die Augen. Greg hob den Kopf, um sie ansehen zu können.

„Was für süße kleine Laute du von dir gibst, Marjorie", flüsterte er. „Leg dich einfach zurück! Ich werde dir zeigen, wie schön es sein kann. Hab keine Angst! Ich weiß, was ich tue."

Schon bald glaubte sie, vor Lust vergehen zu müssen. Sie wand sich unter seinen Liebkosungen, die nie gekannte Gefühle in ihr wachriefen. Sie wünschte, es möge nie aufhören. Erst als sie spürte, dass er sich von ihr löste, öffnete sie die Augen. Benommen sah sie zu, wie er sich auszog. Der Anblick seines männlichen Körpers faszinierte sie. Sie streckte die Arme nach ihm aus, als er wieder zu ihr kam. Ihr Körper glühte vor Verlangen. Sie hob sich ihm entgegen. Alle Angst war vergessen. Sie sehnte sich danach, sich ihm ganz hinzugeben.

Greg schien zu spüren, was in ihr vorging, aber er ließ sich Zeit. Er bedeckte ihren Körper mit zärtlichen Küssen und streichelte sie, bis sie glaubte, die Spannung nicht länger ertragen zu können.

„Komm!" flüsterte sie. „Komm!"

Sie wurden eins. Marjorie hätte es nie für möglich gehalten, dass die Liebe so schön sein konnte. Zum ersten Mal bereitete ihr unsagbare Lust, was sie in ihrer Ehe nur als schmerzvoll und demütigend erfahren hatte. Die Woge der Leidenschaft trug sie höher und höher.

Gemeinsam erreichten sie den Höhepunkt.

Als Marjorie wieder zu sich kam, war sie schweißgebadet und ihr Atem ging schwer. Sie fühlte sich unendlich entspannt und müde.

Sie legte ihre Arme um Greg und begann, seine Brust, seine Schultern, sein Kinn zu küssen. Es waren leichte, liebevolle Küsse, die seine Haut nur wie ein Hauch streiften.

„Du hast mich geliebt", flüsterte sie. Es klang beinahe ehrfürchtig.

„Ja." Er zog sie über sich. „So war es noch nie für mich, Marjorie. Noch nie."

„Ich fürchtete, wir würden einander wehtun", murmelte sie. „Es war so ... so heftig."

„Leidenschaft ist nicht dasselbe wie Gewalt." Er küsste sie.

Marjorie schmiegte sich an ihn. „Jetzt macht es mir nichts mehr aus."

Er runzelte die Stirn. „Wovon sprichst du?"

„Es macht mir nichts mehr aus, wenn Dennis mir vorwirft, dich zum Geliebten zu haben", sagte sie leise. „Ich würde es am liebsten in alle Welt hinausposaunen. Alle sollen wissen, was für ein wunderbarer Liebhaber du bist."

„Meine Mutter wäre sicher schockiert", gab er lächelnd zu bedenken. „Schließlich hat sie mich nicht gerade dazu erzogen, in ihrem Wohnzimmer wilde Orgien zu feiern."

„Was?" Marjorie hob den Kopf und sah sich um. „Mein Gott!"

„Ganz schön wild, nicht wahr?" fragte er mit einem Blick auf ihre Kleider, die über den Teppich verstreut lagen. „Wild", wiederholte er, „und schön. So wird auch unsere Ehe sein."

„Du musst mich nicht heiraten", meinte sie zögernd.

„Ich möchte mit dir zusammen sein, jeden Tag und jede Nacht. Was wir gerade getan haben, hat unser ganzes Leben verändert. Liebende erkennt man gleich." Er lächelte verschmitzt. „Du wirst es spätestens morgen früh merken. Ich möchte wetten, dass uns jeder, Becky ausgenommen, sofort ansehen wird, was mit uns geschehen ist."

„Oh nein!" stöhnte Marjorie und verbarg ihr Gesicht an seiner Brust.

„Du brauchst deswegen nicht verlegen zu sein." Er fuhr ihr zärtlich mit der Hand über das Haar. „Für etwas so Schönes braucht man sich nicht zu schämen. Du bist jetzt meine Frau. Ich werde für dich und Becky sorgen, solange ich lebe. Wir werden eine gute Ehe führen."

„Und es macht dir nichts aus, dass du mit der Heirat gleich eine komplette Familie bekommst?"

„Im Gegenteil, es gefällt mir." Er lachte. „Becky ist ein entzückendes kleines Mädchen. Ich werde es ebenso genießen, ihr Vater zu sein wie der Vater unserer gemeinsamen Kinder." Er hob ihr Kinn leicht an, um ihr in die Augen sehen zu können. „Möchtest du Kinder mit mir haben?"

Sie sah ihn mit großen Augen an. Sie hatte sich diese Frage

bislang nicht gestellt. Nun, da er sie danach fragte, gefiel ihr der Gedanke auf Anhieb. Das überraschte sie selbst, glaubte sie doch zu wissen, dass sie ihn nicht liebte. Sie fühlte sich zu ihm hingezogen, mochte ihn. Das war alles. Und auch er konnte sie wohl kaum lieben. Er begehrte sie und brachte ihr eine gewisse Zuneigung entgegen. Und doch hatte das, was sie heute Abend erlebt hatten, etwas verändert. Es war nicht einfach nur Sex gewesen. Konnte es doch Liebe sein?

„Ja", sagte sie schlicht „Ich möchte ein Kind von dir haben."

Greg drückte sie wortlos an sich. Er wusste, was es für Marjorie bedeutete, diesen Wunsch auszusprechen.

Die spontane Reaktion seines Körpers setzte ihn selbst in Erstaunen. Das ging doch wirklich zu weit! Er hatte sie begehrt, und sie hatten einander geliebt. Er konnte doch nicht schon wieder mit ihr schlafen wollen! Es war Zufall gewesen, dass jene Frage ihm gerade jetzt eingefallen war. Er hatte nicht im Entferntesten daran gedacht, ob aus ihrem Zusammensein ein Kind entstehen könnte. Nun aber begann die Vorstellung, mit Marjorie bewusst ein Kind zu zeugen, ihn maßlos zu erregen. Sein Puls beschleunigte sich.

Marjorie sah, wie Gregs Gesichtsausdruck sich veränderte, ohne es verstehen zu können. „Stimmt etwas nicht?" fragte sie leise.

„Ich habe daran gedacht, wie es wäre, mit dir ein Kind zu zeugen", bekannte er offen. „Das ... erregt mich."

Sie lachte leise. Seine Offenheit erschreckte sie kein bisschen mehr. „Ich nehme immer noch die Pille."

„Ich wollte damit nicht sagen, dass ich schon heute Nacht für Nachwuchs sorgen möchte." Greg hatte sich wieder ganz in der Gewalt. Er musste über sich selbst lachen. Schließlich setzte er sich auf und zog Marjorie in seine Arme. „Zuerst einmal wollen wir heiraten und einander besser kennen lernen. Dann können wir den nächsten Schritt tun. Becky wird sich besser einleben, wenn sie uns erst einmal eine Weile für sich allein hat."

Es erstaunte sie immer wieder, wie gut er sich in die Vorstellungswelt eines Kindes hineindenken konnte. Zärtlich sah sie ihm in die Augen. „Als Kind musst du wie sie gewesen sein: scheu, allein und immer ein wenig traurig."

Er nickte stumm. Sein Lächeln war mit einem Mal verschwunden.

„Ich wollte dir nicht wehtun."

Er seufzte leise und hauchte ihr einen Kuss auf die Hand. „Ich bin es nicht gewohnt, über so persönliche Dinge zu reden, vor allem nicht über meine Jugend. Darüber habe ich noch mit niemandem ernsthaft gesprochen. Ich werde einige Zeit brauchen, um es zu lernen."

„Mir geht es ganz ähnlich", erwiderte Marjorie. Zärtlich sah sie ihn an. „Ihn habe ich eigentlich nie gern angesehen", sagte sie gedankenverloren – und erschrak, als Greg auflachte.

„Ich mag es, wenn du errötest", murmelte er. „Es wird mir fehlen."

„Das klingt ja ganz so, als ob du es mir abgewöhnen wolltest."

„Wenn du erst einmal Mrs. Coleman bist, wird dich bald nichts mehr in Verlegenheit bringen." Er flüsterte ihr etwas ins Ohr, was sie leise aufschreien ließ. Was sie erwidern wollte, ging in einem leidenschaftlichen Kuss unter, der keinen Zweifel daran ließ, dass er sie erneut begehrte. Sie hätte sich ihm auch diesmal nicht widersetzen können.

Widerstrebend schob Greg sie schließlich von sich. „Vielleicht sollten wir damit doch noch ein wenig warten", meinte er bedauernd, während er sie anblickte. Es war vollkommen klar, wovon er sprach.

Marjorie sah ihn fragend an.

„Ich habe das alles nicht geplant", erklärte er. „Ich wollte dich nur in den Armen halten, um dir die Angst zu nehmen. Mit dir zu schlafen hatte ich nicht vor, nicht vor unserer Hochzeitsnacht. Ich wollte dir auf diese Weise zeigen, dass es für mich etwas Besonderes und Kostbares ist. Nun habe ich dir das genommen."

„Aber ich selbst habe es gewollt, genauso wie du."

„Trotzdem habe ich das Gefühl, dass es nicht richtig war, es vor unserer Heirat von dir zu fordern. Ich werde erst wieder zu dir kommen, wenn du meinen Ring trägst. Ich glaube, auch dir ist es lieber so."

Er hatte Recht. Es erstaunte sie immer wieder, wie gut er stets verstand, was in ihr vorging.

„Ich ... es hat mir sehr gefallen", sagte sie. „Und ich ... ich würde es gern jede Nacht tun, wenn wir erst verheiratet sind."

Er beugte sich zu ihr hinab und küsste sie zärtlich. „Hast du keine Angst mehr?"

Sie schüttelte den Kopf. „Wie sollte ich je wieder Angst haben – nach dieser Erfahrung?"

„Nun, ich werde nicht immer so zärtlich sein wie heute", erklärte er nüchtern. „Irgendwann werde ich von dir mehr Leidenschaft erwarten. Diesmal habe ich nur an dich gedacht. Versteh mich nicht falsch! Es war auch für mich wundervoll. Aber ich werde doch nicht immer ganz so sanft sein."

Marjorie schluckte. „Was magst du denn?"

„Ich werde es dir zeigen, wenn wir verheiratet sind."

Marjorie erschrak. Was würde er von ihr verlangen? War er grausam? Würde er ihr wehtun wollen?

„Verdammt!" rief er ärgerlich. „Du irrst dich!" Er musste wirklich Gedanken lesen können. „Mein Gott, ich rede von der Liebe, nicht von irgendeiner Folterprozedur!"

„Es tut mir Leid. Ich bin so unerfahren auf diesem Gebiet."

„Ich weiß. Mir tut es auch Leid." Er stand auf und begann sich anzuziehen.

Marjorie beobachtete Greg fasziniert, während auch sie wieder in ihre Kleider schlüpfte. „Die Art, in der du dich bewegst, gefällt mir sehr." Sie bemühte sich, diese Bemerkung möglichst harmlos klingen zu lassen.

„Ich bin gereizt", knurrte er. „Du darfst es nicht zu weit treiben."

„Wieso? Was wirst du sonst tun?" neckte sie ihn.

„Willst du das wirklich wissen?"

„Ja."

„Ich werde dich auf den Teppich werfen, dir die Kleider vom Leib reißen und dich auf eine Weise lieben, von der du bisher nicht mal zu träumen wagtest."

„Wie würdest du mich lieben? Zeig es mir!" Sie konnte der Versuchung, ihn herauszufordern, nicht widerstehen.

Greg schluckte. Seit heute Abend gab es für ihn keinen Zweifel mehr daran, dass sie eine leidenschaftliche Frau war. Sie hatte nur bisher keine Chance gehabt, ihre Sinnlichkeit zu entdecken. Er aber würde sie ein für alle Mal aus ihrem Dornröschenschlaf wecken können, das wusste er.

Er zog sie an sich und rieb seine Lippen hart und erregend an ihren. „So", flüsterte er. „Und so ..." Seine Zunge fuhr zärtlich über ihre Lippen und drang mit raschen kleinen Stößen in ihren Mund ein. Sie stellte sich auf die Zehenspitzen, um ihm näher zu kommen, und stöhnte leise.

Greg wich zurück. „Für heute ist es genug", beschied er sie. „Du würdest mit deinen wilden Lustschreien noch das ganze Haus aufwecken."

„Wenn ich zu laut bin, dann ist das allein deine Schuld", gab sie lachend zurück. Ihr Haar war zerzaust, das Make-up verwüstet, aber sie schien ihm bezaubernder denn je. „Schließlich bist du es, der mich durch seine schockierenden Zärtlichkeiten dazu bringt."

„Haben sie dich wirklich schockiert?"

Sie senkte den Blick. „Das Einzige, was mich schockiert hat, war, dass ich Lust verspürt habe. Ich habe jede Sekunde genossen. Ich hatte nicht gewusst, dass es auch für die Frau schön sein kann."

„Wie egoistisch muss Dennis sich verhalten haben, wenn er dir das nicht zeigen konnte!"

„Ja, er ist ein Egoist. Seine Frau tut mir irgendwie Leid." Sie sah auf. „Es wird ihm gar nicht gefallen, dass Becky hier ist. Er wird vor nichts zurückschrecken, um den Prozess zu gewinnen. Er war schon immer eifersüchtig auf dich, obwohl zwischen uns nie etwas gewesen ist. Es machte ihn argwöhnisch, dass meine Eltern immer von dir sprachen. Sie mochten dich sehr."

Greg lächelte. „Ich mochte sie auch. Und mach dir wegen deines Exmanns keine Sorgen! Um diese Angelegenheit kümmere ich mich schon." Er zog sie an sich. „Kümmere du dich bitte nur um mich!"

Sie schlang die Arme um seinen Nacken. „Ich möchte dich lieben", rief sie, einem übermächtigen Impuls folgend. „Ich möchte dir so viel Lust schenken, wie ich heute empfunden habe."

„Aber das hast du doch! Hast du das nicht gemerkt?"

Sie errötete ein wenig. „Du ... du warst sehr ruhig."

„Das ist bei mir nichts Ungewöhnliches. Es hat nichts zu sagen. Du hast den Höhepunkt kurz vor mir erreicht", setzte er mit einem leichten Lächeln hinzu. „Ich nehme an, du hast nicht gemerkt, was mit mir vorgegangen ist. Ich spürte, wie dein Körper erbebte ..."

„Hör auf!" flüsterte sie.

„Es braucht dir nicht peinlich zu sein, darüber zu sprechen."

„Ich werde mich daran gewöhnen. Es ist nur alles noch so neu für mich."

Greg nickte und legte seine Wange an ihr seidiges Haar, dessen Duft ihn an wilde Blumen und Sommerwind erinnerte. Ihr Körper war weich und warm. Sein Verlangen nach ihr wuchs erneut.

Als Marjorie es spürte, lachte sie laut auf.

„Kleine Hexe!" Greg musste unwillkürlich mitlachen. „Und dich habe ich für schüchtern gehalten!"

„Ich bin auch schüchtern. Aber das heißt nicht, dass ich auch ohne Gefühl sein muss." Sie schmiegte sich an ihn. „Ich liebe es, wenn ... das passiert, Greg. Ich habe es noch nie so genossen, eine Frau zu sein."

Greg holte tief Luft. „Wir sollten einander jetzt besser gute Nacht sagen, bevor ich endgültig nicht mehr weiß, was ich tue." Er hob den Kopf und blickte ihr ernst in die Augen. „Es tut mir Leid, dich zu etwas gebracht zu haben, was du eigentlich nicht wolltest. Ich hatte mir fest vorgenommen, dich nicht zu bedrängen."

Sie ließ ihre Hand zärtlich über seine Brust gleiten. „Du hast mich nicht bedrängt. Wenn ich gewollt hätte, hätte ich es jederzeit beenden können."

„Unsinn!" Er schüttelte heftig den Kopf. „Du konntest doch gar nicht mehr klar denken. Ich bin derjenige, der ..."

„Greg!" Sie warf ihm die Arme um den Hals. „Du bist wunderbar!"

Es war ihm nicht entgangen, dass Marjorie wie Becky für gewöhnlich jeden Körperkontakt vermied. Umso mehr bedeutete es ihm, dass sie nun ganz ohne Scheu ihrer Zuneigung auf diese Weise Ausdruck gab. So hielt er sie denn eine Weile sanft in den Armen, ohne dem Verlangen nachzugeben, sie leidenschaftlich zu liebkosen.

„Honey! Ich bin so froh, dass du das sagst", murmelte er. „Ich hätte es mir nie so schön vorgestellt." Er küsste sie. „Ich habe oft davon geträumt, dich nackt zu sehen, dich zu berühren. Noch lange, nachdem du damals verschwunden warst, hast du mich in meinen Träumen verfolgt. Ich hätte damals begreifen sollen, dass ..."

„Was?" fragte sie, als er verstummte.

Greg hatte den Satz nicht beendet, weil ihm plötzlich klar

geworden war, was er damit ausgesprochen hätte. Er schob den Gedanken beiseite. Nein, so etwas durfte er nicht sagen.

„Ach, nichts“, sagte er leichthin. „Ich habe nur ein wenig zurückgedacht.“

Nachdenklich sah Marjorie an ihm vorbei ins Leere. „Greg – wie war es mit ihr?“

Er zuckte kaum merklich zusammen. „Mit ihr?“

„Mit der Frau, die du geliebt hast.“

Er zögerte einen Moment. Ihm wäre lieber gewesen, an diese Erfahrung nicht mehr erinnert zu werden.

„Ich hätte nicht davon anfangen sollen“, sagte Marjorie, als ihr bewusst wurde, wie persönlich die Frage war. Sie sah ihn offen an. „Ich habe kein Recht dazu.“

„Wirklich nicht? Nach dem, was heute Abend geschehen ist, sollten wir keine Geheimnisse mehr voreinander haben.“ Er fuhr ihr zärtlich mit der Hand über das Haar. „Es war noch mit keiner Frau so schön wie mit dir“, sagte er schließlich. „Nicht einmal ... mit ihr.“

Ihre leuchtenden Augen zeigten ihm, wie stolz und glücklich seine Worte sie machten.

Er lachte nervös. Es war ihm selbst unbegreiflich, wie rasch Marjories Nähe seine Selbstsicherheit erschüttern konnte. Er beugte sich vor und hauchte ihr einen Kuss auf die Lippen. „Geh zu Bett! Wir reden morgen früh weiter. In der Nacht bist du viel zu verführerisch, als dass ich ruhig mit dir plaudern könnte. Du hast ja selbst erlebt, wozu ich mich hinreißen lasse, wenn du bei mir bist.“

„Es hat mir aber sehr gut gefallen“, flüsterte sie.

„Mir auch.“ Er ließ sie los. „Und nun geh bitte nach oben, ja? Wenn du mich noch lange so ansiehst, kann ich mich wirklich nicht mehr beherrschen.“

„Man darf doch hoffen, oder?“ Marjorie seufzte dramatisch und bedachte ihn mit einem gespielt schmachtenden Blick.

Als sie sein grimmiges Gesicht sah, musste sie lachen. Dann hielt sie es aber doch für klüger, den Rückzug anzutreten.

„Gute Nacht!" Sie warf ihm eine Kusshand zu und verließ das Zimmer.

Greg blickte ihr versonnen nach. Es war unfassbar, wie diese Frau sich vor seinen Augen verändert hatte.

8. KAPITEL

Becky war schon in aller Herrgottsfrühe auf und eilte mit dem Hund auf dem Arm zum Bett ihrer Mutter. „Wach auf, Mama!" Sie lachte. „Sieh nur, die Sonne scheint schon!"

„Sag ihr, sie soll noch einmal verschwinden", antwortete Marjorie schlaftrunken und zog sich das Kissen über den Kopf.

„Aber du musst aufstehen", beharrte Becky.

„Warum denn?"

„Weil wir angeln gehen wollen", ließ sich plötzlich eine tiefe männliche Stimme vernehmen. Mit einem Ruck wurde die Bettdecke weggezogen.

Marjorie rieb sich die Augen. „Angeln?" wiederholte sie fassungslos und blinzelte benommen, was Greg und Becky sofort zum Lachen brachte. Greg war bereits fix und fertig angezogen und wirkte frisch und ausgeruht. Sie dagegen hätte sich am liebsten umgedreht, um noch ein paar Stunden zu schlafen.

„Ganz recht, angeln!" bestätigte er. „Lauf nach unten, Becky, und sag Jennie, dass wir ein großes Frühstück haben möchten! Okay?"

„Okay!" Mit fliegendem Pferdeschwanz eilte Becky die Treppe hinunter.

„Aber ich bin noch so müde!" stöhnte Marjorie. Ein wenig

wacher geworden, stellte sie fest, dass es nicht nur Müdigkeit, sondern auch körperliche Erschöpfung war. Sie musste nicht lange überlegen, um den Grund dafür zu finden.

„Kein Wunder, dass du müde bist." Greg lächelte viel sagend. Er setzte sich neben sie auf das Bett und betrachtete sie hingebungsvoll. „Wirklich bezaubernd!" murmelte er, während er sanft ihr zerzaustes Haar und die vom Schlaf geröteten Wangen berührte.

„Dieses Kompliment kann ich zurückgeben." Sie sah ihn voller Bewunderung an. „Guten Morgen!"

„Guten Morgen, Honey!" Er beugte sich zu ihr hin und küsste sie.

In seinem Verhalten sprach sich eine neue innige Zärtlichkeit aus. Diese Beobachtung machte Marjorie sehr glücklich. Sie zog ihn zu sich heran.

„Das ist riskant", flüsterte er. „Du hast kaum etwas an. Ich spüre deinen Körper ganz deutlich."

„Ich spüre dich auch." Sie ließ ihre Hände über seine breite, muskulöse Brust gleiten. „Ich wünschte ..." Sie zögerte fortzufahren.

„Was möchtest du?"

„Ich wünschte, wir wären ganz allein auf einer kleinen Insel, wenigstens für ein paar Stunden. Niemand könnte uns sehen und hören, und ich könnte dir so nah sein wie in der vergangenen Nacht."

„Einsame Inseln finden sich hier nicht allzu häufig." Er strich ihr lächelnd eine Haarsträhne aus der Stirn. „Aber dein Wunsch gefällt mir."

Ein Schauer der Erregung überlief sie. Sie sah ihm in die Augen. Was sie miteinander erlebt hatten, war über bloßen Sex hinausgegangen. Körperliche Lust war nur ein kurzer Rausch, der verflog, ohne Spuren zu hinterlassen. Aber das, was sie für Gregory empfand, war zu tief, um einfach spurlos zu vergehen. Ob Gregory genauso empfand? Gedankenverloren ließ sie ihre Finger über sein Kinn gleiten, über die schmalen Lippen hinauf zur Nase und von dort zur Stirn. „Das gefällt mir", sagte sie. „Eigentlich merkwürdig. Bislang hatte ich nie das Bedürfnis, einen Mann zu berühren. Nur bei dir möchte ich gar nicht mehr damit aufhören."

„Das klingt, als ob du es ernst meintest."

„Wirklich?" Sie wich seinem forschenden Blick nicht aus. „Du brauchst keine Angst zu haben", versicherte sie ihm lächelnd. „Ich werde mich nicht Hals über Kopf in dich verlieben und mich wie eine Klette an dich hängen."

„Da bin ich aber erleichtert!" Er seufzte. „Mir läge wirklich nichts daran, immerzu angeschmachtet zu werden."

Marjorie senkte rasch den Blick, damit er nicht sehen konnte, wie sehr diese achtlose Bemerkung sie verletzte. Aber weshalb ging sie ihr eigentlich so nahe? Sie mochte ihn, aber sie liebte ihn doch nicht. „Was das betrifft, besteht keine Gefahr", versicherte sie ihm noch einmal.

Greg wusste selbst nicht, wieso er sich über diese Bemerkung ärgerte. Wollte er am Ende doch von ihr geliebt werden?

Auch Marjorie schien verstimmt und irgendwie beunruhigt zu sein. Alle Farbe war aus ihrem Gesicht gewichen.

„Marjorie!" Er hob ihr Kinn leicht an, bis ihre Blicke sich trafen. „Was ist?"

„Nichts. Ich habe mich nur gefragt, ob wir wirklich heiraten sollten ..."

„Ich mag dich. Du mich nicht?"

„Doch!" Ihr Blick wurde lebhafter. „Sehr sogar."

Er lächelte. „Wir sind gute Freunde, und im Bett sind wir wie füreinander geschaffen. Warum sollten wir also nicht heiraten?"

Sie hätte keinen Grund angeben können, der dagegen sprach. Schließlich blieb ja immer noch die Hoffnung, dass die Liebe sich mit der Zeit einstellen würde. Sie betrachtete Greg eine Zeit lang schweigend. Er war so attraktiv, so unglaublich männlich. Und er würde ganz ihr gehören. Mit keiner anderen Frau würde sie ihn teilen müssen. Ja, sie wollte, dass er ihren Ring trug. Jeder sollte wissen, dass er zu ihr gehörte.

Marjorie erschrak über sich selbst. Sie war doch sonst nicht so besitzergreifend. Was war nur mit ihr los? Sie ließ ihren Blick forschend über seine markanten Züge gleiten, als könnte sie dort die Antwort lesen. Plötzlich wusste sie es: Sie liebte diesen Mann, hatte ihn immer geliebt.

Diese Erkenntnis traf sie wie ein Schlag. Es musste Liebe sein. Niemals hätte sie sich ihm so rückhaltlos hingeben können, wenn sie ihn nicht geliebt hätte. Wieso war ihr das nicht schon früher klar geworden? Eine rein körperliche Begegnung hätte ihr unmöglich so viel bedeuten können.

„Du machst dir Sorgen." Greg musterte sie stirnrunzelnd.

„Nein!" Sie setzte sich rasch auf und zwang sich zu einem Lächeln. „Wirklich nicht. Ich habe mich nur vergebens zu erinnern versucht, wie man angelt."

„Ich werde es dir zeigen. Das und noch viel mehr", versprach er.

Es blieb nicht bei dem flüchtigen Kuss, mit dem Greg sich hatte verabschieden wollen. Er spürte überrascht, wie Marjorie spontan ihre Lippen öffnete. Sanft löste er sich von ihr, um sie betrachten zu können. Ihr Blick offenbarte ihm unmissverständlich, wie sehr sie ihn begehrte. Langsam schob er die Träger ihres Nachthemds zur Seite, bis ihre kleinen, festen Brüste entblößt waren.

Marjorie beobachtete ihn aufmerksam. Sie genoss es zu spüren, wie sein Verlangen wuchs.

„Berühre mich!" bat sie leise.

Greg lächelte. Diese Frau brachte es immer wieder fertig, ihn zu überraschen. Er ließ seine Hand langsam über ihren Arm, über die Brüste zur Taille und tiefer gleiten. Es war eine leichte, zärtliche Berührung, nicht mehr. Ihre Brustspitzen richteten sich sofort auf. Ihr Atem ging flach und schnell.

„Was stellst du bloß mit mir an, Marjorie?“ fragte er leise.

Sie klammerte sich nur leidenschaftlich an ihn.

Sanft streichelte Gregory ihre Oberschenkel. „Weiter können wir jetzt nicht gehen, Marjorie“, sagte er.

Dabei hätte er gewünscht, nie aufhören zu müssen. Er umfasste ihre Brust mit seiner Hand, bezaubert von ihrer Weichheit und Wärme. Langsam ließ er seine Lippen über die zarte Spitze gleiten. Marjorie stöhnte auf. Der Laut erregte ihn, aber er wusste, dass er seinen Gefühlen jetzt nicht nachgeben durfte. Es fiel ihm wahrhaftig nicht leicht, sich zu beherrschen. Er warf sie zurück in die Kissen und beugte sich über sie, die Züge von Leidenschaft verzerrt.

„Tu es!“ stöhnte sie, ohne seinem Blick auszuweichen. „Tu es!“

Es kostete ihn eine schier übermenschliche Anstrengung, der Versuchung zu widerstehen. Aber er musste auch an Becky denken. Sie konnte jeden Augenblick zurückkommen.

Er richtete sich ein wenig auf. „Becky“, flüsterte er. „Sie würde uns sehen.“

Marjorie schloss für einen Moment die Augen. Allmählich wurde ihr wieder bewusst, wo sie sich befanden. „Mein Gott!“

„Nicht wahr, jetzt erschrickst du?“ Obwohl er sich selbst nur ungern zurückzog, musste er über ihre Reaktion lächeln. Sie senkte beschämt den Kopf. „Becky kann jeden Augenblick wiederkommen, die Tür steht sperrangelweit offen. Was hast du erwartet? Hätte ich dich unter diesen Bedingungen einfach ohne Rücksicht auf Verluste nehmen sollen?“

Marjorie errötete bis unter die Haarwurzeln. In seiner Beschreibung erschien das, was sie getan hatten, als etwas so Schäbiges. Das konnte sie ihm nicht verzeihen. In ihrer Enttäuschung bedachte sie freilich nicht, dass nur sein ungestilltes Verlangen ihn so grob hatte sprechen lassen. Sie verstand es als bewusste Kränkung.

„Tut mir Leid“, erwiderte sie betont beiläufig. „Ich hatte für einen Augenblick vergessen, wo wir hier sind. Ich ziehe mich jetzt wohl besser an."

Er gab sie widerstrebend frei und sah zu, wie sie die Träger ihres Nachthemds wieder heraufzog. Sie würdigte ihn keines weiteren Blicks, ging wortlos zum Schrank und nahm Jeans und eine Bluse heraus.

Greg erhob sich und trat hinter sie. „Ich wollte dich nicht verletzen", begann er. „Es ... es kam so überraschend. Das ist alles."

Es war auch für sie überraschend gewesen. Sie hatte gerade erst begriffen, dass sie ihn liebte. Aber wie sollte sie ihm das gestehen, wenn er sie nur ihrer Tochter wegen heiratete? Dass es sich so verhielt, hatte er schließlich selbst gesagt. Gregory sah in ihr nur eine gute Freundin und angenehme Bettgenossin. Er liebte sie nicht. Er wollte niemanden lieben.

Sie zwang sich zu einem Lächeln. „Es hat mich auch überrascht", sagte sie leichthin. „Vergessen wir das Ganze!"

Er sah sie prüfend an. „Bitte glaub mir, ich wollte deine Gefühle wirklich nicht verletzen!"

„Du hast sie nicht verletzt", versicherte sie ein wenig zu rasch. „Ich ziehe mich jetzt an. Wo wollen wir angeln?"

„An dem Teich in der Nähe des Hauses, den ich dir gezeigt habe. Dort haben wir Fische ausgesetzt."

„Wenn ich mitmachen soll, musst du für mich den Köder an der Angel befestigen."

„Okay."

Sie drehte sich zu ihm um, die Kleidungsstücke in der Hand.

Erst nach ein paar Sekunden begriff er und ging zur Tür. Dort wandte er sich noch einmal um. „Wenn wir erst verheiratet sind, werde ich in einer solchen Situation das Zimmer nicht mehr verlassen. Eheleute sollten sich nicht genieren, sich voreinander an- oder auszuziehen."

„Das finde ich auch. Aber noch sind wir nicht verheiratet."

„Am Freitag werden wir es sein." Er zog die Tür hinter sich ins Schloss.

Und so erfuhr Marjorie den Termin ihrer eigenen plötzlichen Hochzeit.

Nach dem Frühstück verteilte Greg die Angeln. Es handelte sich um Rohrstöcke, an denen Schnüre befestigt waren.

„Was?“ Verblüfft starrte Marjorie das primitive Gerät an, das er ihr in die Hand gedrückt hatte. „Damit soll ich einen Fisch fangen? Diese Ranch ist Millionen wert, und du kannst dir keine vernünftige Angel leisten?“

„Mir geht es nicht ums Geld“, erklärte Greg ungerührt. „Mit einem selbst gebauten Gerät macht das Angeln einfach mehr Spaß. Es ist spannender als mit einer supermodernen Ausrüstung, die dem Fisch keine Chance lässt. Oder kannst du mit einer solchen einfachen Angel nicht umgehen?“

„Natürlich kann ich das!“

Er verschränkte die Arme vor der Brust. „Beweise es mir!“

„Genau das werde ich tun!“

Hoch erhobenen Hauptes verließ sie mit ihrer Angel das Haus und schlug den Weg zum Teich ein.

Becky und Greg folgten in respektvollem Abstand.

Becky kicherte. „Mama war früher nie so lustig“, erklärte sie Greg. „Sie ist auf einmal ganz anders.“

„Das finde ich auch.“ Amüsiert folgte er Marjorie, die entschlossen vor ihnen zum Teich eilte, mit den Blicken.

„Kann sie angeln?“ wollte Becky wissen.

„Ich glaube schon, bin mir aber nicht sicher. Wir werden es bald herausfinden, nicht wahr, Becky?“

„Ganz bestimmt!“

Über zwei Stunden blieben sie am Ufer des Teiches. Als sie zum Haus zurückkehrten, hatten Becky und Greg je einen Fisch. Marjorie dagegen hatte nasse Jeans und eine durchgerissene Angelschnur.

„Arme Mama!“ Becky seufzte. „Es tut mir Leid, dass du nichts gefangen hast.“

„Sie hatte eben keine teure Angel", erklärte Greg mit unbewegter Miene.

Marjorie, die hinter ihm ging, wollte ihm einen Tritt versetzen – und verlor dabei prompt das Gleichgewicht, weil er, ihre Absicht ahnend, rasch zur Seite trat.

Ihre Blicke verhießen nichts Gutes. Als vollendeter Kavalier reichte Greg ihr die Hand, um ihr wieder auf die Beine zu helfen.

„Beim nächsten Mal solltest du etwas vorsichtiger sein", riet er ihr fürsorglich.

„Es dürfte dir eine Weile schwer fallen, dich hinzusetzen. Wieder einmal", setzte er mit unschuldsvoller Miene hinzu.

Marjorie warf ihm einen vernichtenden Blick zu, hielt es aber für angezeigt, sich nicht zu seiner Anspielung zu äußern.

„Ist das nicht schön?" Zufrieden betrachtete Becky ihren Fang. Dann blickte sie auf. „Jetzt sind wir eine richtige Familie. Ich bin so froh, dass ich hier bleiben kann."

„Ich bin auch froh." Greg lächelte ihr zu. „Es ist sehr schön, eine Tochter zu haben."

Becky und Greg so reden zu hören machte Marjorie unsagbar glücklich. Aber zugleich hatte sie Angst. Der Prozess hatte noch nicht begonnen, und Dennis war ein gefährlicher Gegner. Greg war mutig und stark, aber was half das, wenn Dennis vor keinem Mittel zurückschreckte?

Sie grübelte über das Problem nach, ohne eine Lösung zu finden. Sollte sie mit Greg darüber sprechen? Wahrscheinlich würde er ihr gar nicht richtig zuhören. Er war so überzeugt davon, dass sie den Prozess gewinnen würde, dass ihm jede weitere Überlegung überflüssig schien. Sie selbst war sich da nicht sicher. Der Gedanke, sie könnte Becky verlieren, war schrecklich. Sie würde alles tun, um Dennis daran zu hindern, Becky ihres Vermögens wegen an sich zu reißen.

Anfang der nächsten Woche bestellten sie das Aufgebot.

Janet half dabei, die Gäste einzuladen. Da keine Zeit mehr blieb, Einladungen drucken zu lassen, musste sie alle telefonisch verständigen.

„Es ist schon in Ordnung", versicherte Janet Marjorie. „Wir laden nur ein paar Nachbarn und Freunde aus Houston ein: John Durango und seine Frau Madeline. Die beiden sind jetzt seit vier Jahren verheiratet und haben zwei Jungen. Obwohl es Zwillinge sind, könnten sie nach Temperament und Aussehen nicht unterschiedlicher sein."

„Das ist sicher besser so."

„Das glaube ich auch." Janet sah sie fragend an. „Wollt ihr auch Kinder haben?"

„Ja." Marjorie lächelte.

Janet nickte. „Das freut mich. Das freut mich sehr." Sie griff wieder zum Telefonhörer.

„Was machen die Durangos eigentlich beruflich?" fragte Marjorie Greg am nächsten Tag.

„Was sie tun?" Er sah sie einen Moment lang fassungslos an. „Kennst du den Namen nicht? John besitzt eine Ölgesellschaft."

„Auf diesem Gebiet kenne ich mich nicht aus."

„Madeline schreibt Detektivromane. Sie hat auch den ‚Schwarzen Turm' geschrieben, der fürs Fernsehen verfilmt worden ist."

„Den ‚Schwarzen Turm'? Das war eines meiner Lieblingsbücher! Du kennst die Autorin persönlich?"

„Ich glaube schon", bestätigte er trocken. „Sie ist auch nur ein Mensch."

„Sie ist eine hervorragende Schriftstellerin!"

„Eine Frau mit viel Talent und Einfühlungsvermögen. Du wirst sie mögen." Er lachte. „Einmal hat sie John einen Kuchen an den Kopf geworfen. Ein andermal hatte er ihretwegen auf einer einsamen Landstraße eine Autopanne. Der arme Kerl hatte wirklich einiges auszuhalten, bis sie ihm endlich ihr Jawort gab."

„Es scheint sich nicht gerade um eine friedliche Romanze gehandelt zu haben."

„Das kann man wohl sagen. Sie war von ihm schwanger", sagte er leise. „Noch kurz vor der Hochzeit versuchte sie fortzulaufen, weil sie dachte, er wolle sie nur aus Verantwortung heiraten."

„Und? War das der Grund?"

Greg lächelte versonnen. „Er liebte sie bereits seit Jahren. Sie wusste nur nichts davon. Johns Bruder, Donald, hatte es auch auf Madeline abgesehen, aber er gab schließlich auf und ging nach Südfrankreich, wo er bald eine hübsche junge Künstlerin heiratete." Er strich ihr mit einer zärtlichen Geste eine Haarsträhne aus der Stirn. „Du solltest nicht zu viel an die Sonne gehen. Du bekommst einen Sonnenbrand."

Marjorie schnitt eine Grimasse. „Sieh dich doch nur selbst an!"

„Meine Haut ist an die Sonne gewöhnt. Der passiert nichts mehr."

Sie hätte ihm gern einen Kuss gegeben, aber sie wusste ja, dass er ihre Liebe nicht wollte. Er würde sie nicht aus Liebe heiraten, das durfte sie nicht vergessen.

Er fuhr ihr sanft mit der Hand über das Haar. „Bis später! Ich muss zu meinen Männern." Er zündete sich eine Zigarette an und ging hinaus.

Marjorie sah ihm nach. Sein Gang hatte sie schon immer beeindruckt. Er war so kraftvoll, so männlich. Mit einem tiefen Seufzer wandte sie sich ab. Sie musste aufhören, ihn mit sehnsüchtigen Blicken zu verfolgen, sonst würde er sie noch eines Tages dabei ertappen. Und er hatte es sich doch ausdrücklich verbeten.

Während der folgenden Tagen gewann Marjorie zunehmend den Eindruck, Greg sehe in ihr nur eine angenehme Gesprächspartnerin. Am Abend vor der Trauung, die in einer kleinen

Dorfkirche ganz in der Nähe stattfinden sollte, war Marjorie einem Nervenzusammenbruch nahe. Greg hatte sie seit jenem Morgen, an dem er mit ihr und Becky angeln gegangen war, nicht mehr berührt. Er war nett gewesen, aber nicht mehr.

„Wann werden die Durangos hier ankommen?“ fragte sie ihn nach dem Abendessen. Greg und sie waren allein. Janet war mit Becky nach oben gegangen, um ihr vor dem Schlafengehen eine Geschichte vorzulesen.

„Morgen früh. Sie fliegen noch am selben Tag zurück. John ist gerade dabei, einiges in seinem Unternehmen zu verändern. Du weißt, wie die Ölpreise gefallen sind. Er musste sich schnell etwas einfallen lassen.“

„Schade“, murmelte sie und nippte gedankenverloren an ihrem Kaffee. So entging ihr, dass Greg sie forschend ansah.

„Angenommen, ich würde eines Tages alles verlieren“, sagte er plötzlich. „Was würdest du dann tun?“

„Mir einen Job suchen, was sonst?“

Er lachte auf. „Du bist wirklich immer für eine Überraschung gut!“ Er schüttelte den Kopf. „Einen Job suchen! Das klingt fast so, als wolltest du mich verlassen.“

„Aber nein. Wie kommst du darauf?“

„Vergiss es! Ich sollte wohl nicht so viel laut denken.“ Er trank von seinem Kaffee. „Leg dich jetzt lieber hin! Morgen ist ein anstrengender Tag. Hast du die Ringe?“

Er hatte ihr am Vortag einen kleinen Diamantring und einen dazu passenden schlichten Ehering gegeben. Sie war ein wenig enttäuscht gewesen, weil er ihr die kleine Schachtel einfach in die Hand gedrückt hatte, ohne ihr den Verlobungsring anzustecken.

„Ja“, antwortete sie verzagt. „Ich habe sie.“

„Du wirst doch nicht im letzten Augenblick abspringen wollen?“

„Nein.“ Sie blickte auf. „Und du? Hast du es dir anders überlegt?“

„Ganz und gar nicht. Wieso?“

„Ich dachte nur." Sie starrte zu Boden. „Du scheinst ..." Sie zögerte. „Du scheinst kein Interesse mehr an mir zu haben."

„Ich? Kein Interesse?" fragte Gregory halb erstaunt, halb belustigt. „Wie kommst du darauf?"

Marjorie wurde verlegen. Was konnte sie ihm antworten? Etwa dass sie annehme, er begehre sie nicht mehr, weil er sie in den letzten Tagen nicht ein einziges Mal geküsst hatte? Das brachte sie nicht über die Lippen.

„Wie kommst du darauf?" fragte er noch einmal.

Sie wurde rot. „Du rührst mich nicht mehr an."

„Ist es nicht eher umgekehrt? Du warst in den letzten Tagen ziemlich unnahbar. Ich dachte, du wollest in Ruhe gelassen werden."

Sie schaute empört auf. „Wann hat dich das je von irgendetwas abgehalten? Warst du nicht derjenige, der mich gegen die Eiche gedrückt hat, kaum dass ich einmal einen Schritt vor die Tür getan hatte?"

Greg runzelte erstaunt die Stirn. Er würde sich wohl daran gewöhnen müssen, dass Marjorie, hatte sie ihre Schüchternheit erst einmal überwunden, eine ausgesprochen temperamentvolle junge Frau war.

Marjorie warf ihre Serviette auf den Tisch und erhob sich. „Ich gehe jetzt zu Bett."

„So früh schon? Es ist doch gerade erst sieben", bemerkte er mit einem erstaunten Blick auf die Uhr.

„Ich werde viel Ruhe brauchen, um den morgigen Tag zu überstehen."

„Marjorie ..."

Sie blieb stehen, vermied es aber, ihn anzusehen. „Ja?"

Greg trat hinter sie. Er berührte sie nicht, aber sie spürte seinen Atem in ihrem Nacken. „Wenn du möchtest, dass ich dich liebe, brauchst du es mir nur zu sagen. Du musst es nicht einmal aussprechen. Es genügt ein Blick, ein Lächeln. Aber Gedanken lesen kann ich nicht."

„Ich habe so gut wie alles versucht, mit Ausnahme eines Striptease vielleicht!"

„Nein, das stimmt nicht. In den letzten Tagen bist du mir stets ausgewichen. Du warst diejenige von uns beiden, die sich zurückzog, Marjorie, nicht ich."

Sie holte tief Luft. Gregory hatte Recht. Es war ihr selbst nicht klar gewesen, aber wenn sie darüber nachdachte, musste sie zugeben, dass er Recht hatte.

„Es tut mir Leid, Greg", sagte sie kleinlaut. „Ich habe mir Sorgen gemacht – wegen Dennis und des Prozesses und auch wegen unserer Heirat. Es gab so vieles, worüber ich nachdenken musste."

„Möchtest du darüber sprechen?"

Marjorie nickte, ohne sich zu ihm umzudrehen.

„Dann komm! Die Büroarbeit kann warten." Er nahm sie bei der Hand und führte sie in sein Arbeitszimmer. „Ich werde die Tür nicht abschließen", erklärte er mit unbewegter Miene. „Fühlst du dich dann sicherer?"

„Ich habe keine Angst vor dir." Sie hatte eigentlich geglaubt, ihm das deutlich genug gezeigt zu haben. „Du bist nicht wie Dennis. Du würdest mir nie wehtun, das weiß ich."

„Das ist ja immerhin schon ein kleiner Fortschritt." Er sah sie an. Ihr bloßer Anblick genügte, sein Verlangen zu wecken. Hastig wandte er sich ab und zündete sich eine Zigarette an.

Er trug enge Jeans und ein grünes Hemd, dessen leuchtende Farbe effektvoll mit seinem dunklen Teint kontrastrierte. Marjorie konnte kaum den Blick von ihm wenden. Seine Männlichkeit faszinierte sie immer wieder aufs Neue.

Ihm ging es umgekehrt nicht anders. Wie sie in ihrer hellen Hose und der Seidenbluse vor ihm stand, schien sie ihm unsagbar schön.

„Du erinnerst mich mehr und mehr an deine Mutter in jungen Jahren", meinte Greg. „Auch sie war eine Schönheit."

„Ich bin nicht schön."

„Für mich bist du es."

„Danke." Sie setzte sich auf die Ledercouch und schaute verlegen auf ihre Hände.

„Worüber wolltest du mit mir sprechen?" Er sah Marjorie fragend an.

„Was ist, wenn wir den Prozess verlieren?"

„Mein Gott, wir werden ihn nicht verlieren!" fuhr er sie ungeduldig an. „Ich werde nicht zulassen, dass er Becky bekommt."

„Wenn das Gericht zu seinen Gunsten entscheidet, werden wir es nicht verhindern können."

„Das Gericht wird nicht zu seinen Gunsten entscheiden."

„Was macht dich dessen so sicher? Ich habe Angst, und Becky geht es nicht anders. Wir haben Dennis' Skrupellosigkeit schon öfter zu spüren bekommen."

„Aber ich nicht. Es läuft alles, wie es soll. Es ist wirklich nicht nötig, sich darüber den Kopf zu zerbrechen."

„Natürlich! Für dich ist wieder einmal alles klar!" Marjorie sprang gereizt auf. „Du bist ja der große einsame Cowboy, der keine Furcht kennt! Du nimmst es mit der ganzen Welt auf ..."

„Wenigstens kann ich es versuchen", meinte er lächelnd. „Komm zu mir, Honey! Du bist nervös und missgestimmt. Dagegen kann ich etwas tun."

„Ach, wirklich?" Sie warf ihm einen vernichtenden Blick zu.

Er seufzte tief. „Du suchst tatsächlich Streit, nicht wahr?"

„Zum Teufel mit euch Männern!"

„Ich dachte mir doch, dass das früher oder später kommen würde." Er drückte seine Zigarette aus und richtete sich auf.

„Wage es ja nicht, mich anzurühren!" warnte sie ihn. „Mir steht jetzt nicht der Sinn nach Kostproben deines männlichen Charmes."

„Ich glaube, du irrst dich." Er kam langsam näher und drängte sie immer weiter zum Diwan, auf dem sie zuvor gesessen hatte. „In Wahrheit möchtest du nichts anderes als einen Beweis dafür, dass ich dich immer noch begehrenswert finde."

„Ich bettle nicht um deine Zärtlichkeiten!"

„Wie ich nicht um deine", entgegnete er gelassen. „Ich finde, niemand sollte darum betteln müssen."

Er blieb erst stehen, als sie mit dem Rücken zum Diwan stand und nicht mehr weiter zurückweichen konnte. Ohne sie aus den Augen zu lassen, begann er, sein Hemd aufzuknöpfen.

„Was machst du denn da?" Sie musste sich räuspem, bevor sie etwas sagen konnte.

„Ich mache es mir bequem. Leg dich hin, Marjorie!"

„Du meintest, wir sollten nicht ...!"

„Aber das werden wir doch auch gar nicht. Ich finde, wir sollten uns ein wenig entspannen. Das könnte uns beiden nicht schaden. Eine Heirat ist schließlich kein kleiner Schritt."

„Ich weiß."

„Komm schon, leg dich zu mir!" Er hatte sein Hemd ausgezogen und setzte sich.

Marjorie konnte den Blick nicht von seiner muskulösen Brust wenden. Sie musste daran denken, wie es gewesen war, sie zu streicheln. Die Vorstellung erregte sie maßlos.

Greg spürte, was in ihr vorging, spürte, dass sie sich danach sehnte, ihn zu berühren. „Komm!" sagte er mit rauer Stimme. „Komm zu mir!"

Er brauchte seine Aufforderung nicht mehr zu wiederholen. Sanft berührte sie ihn mit den Fingerspitzen. Sie liebte es, die Hände über seine warme Haut gleiten zu lassen und seine kräftigen Muskeln zu spüren. Sie konnte gar nicht genug davon bekommen. Sein Atem ging schneller.

„Ich kann nicht sagen, wie sehr mich das erregt", flüsterte er. „Du weißt wahrscheinlich gar nicht, was es für eine Wirkung auf mich hat, wenn du mich so ansiehst."

„Wenn ich deine Brust sehe, kann ich keinen klaren Gedanken mehr fassen", murmelte sie und küsste ihn zärtlich.

„Dieses Kompliment kann ich zurückgeben."

Er hatte seine Hand von ihrer Schulter hinabgleiten lassen und liebkoste ihre Brüste.

„Möchtest du nicht meine Haut an deiner spüren, Marjorie?" fragte er leise. „Meine Brust an deiner?"

Sie erschauerte. Natürlich war es das, was sie wollte. Aber es aus seinem Mund zu hören, machte sie verlegen.

Sein Lachen zeigte ihr, dass er ihre Gedanken erraten hatte. „Knöpf deine Bluse auf", bat er. „Es ist erregender, wenn ich dir dabei zusehe."

Er hatte Recht. Sie erbebte unter seinem bewundernden Blick, als sie sich die Bluse von den Schultern streifte. Der Anblick ihrer Brüste steigerte seine Erregung bis zum Äußersten.

„So?" flüsterte sie mit zitternder Stimme. Die Demütigungen, die sie von ihrem Exmann erfahren hatte, hatten sie zu nachhaltig verunsichert, als dass sie sich einem Mann ganz unbefangen hätte zeigen können. Greg hob eine Hand und ließ sie fast ehrfurchtsvoll über eine ihrer Brüste gleiten. Sie war so warm, so weich, so verführerisch ...

„Ich hatte schon immer eine Vorliebe für Frauen mit kleinen Brüsten", murmelte er gedankenverloren, während er sie unverwandt anblickte. „Dein Körper ist wunderbar, einfach vollkommen."

Seine Bemerkung stärkte Marjories Selbstvertrauen und weckte zugleich von neuem ihr Verlangen.

Greg zog sie an sich, sodass ihre Brüste sanft gegen seinen Oberkörper gedrückt wurden. „Wie gefällt dir das?" fragte er mit vor Erregung rauer Stimme.

„Es ist ... herrlich." Sie schmiegte sich an ihn.

Er bedeckte ihren Hals mit zärtlichen Küssen. „Ist es das, was du willst?"

„Ja ... nur tiefer!"

„Wo? Sag es mir!"

„Du weißt schon ..."

„Wenn du es mir nicht sagst, tue ich es nicht."

„Ich glaube, du wirst es doch tun." Sie mussten beide lachen. Er hob sie ein wenig an und bedeckte ihren Körper mit heißen, erregenden Küssen.

Marjorie stöhnte auf. Seine Zärtlichkeiten steigerten ihr Verlangen ins Unermessliche. So ließ sie es widerspruchslos geschehen, als er sie auf den Rücken rollte und sich neben sie kniete, um sie weiter mit Lippen und Händen zu liebkosen. Sie glaubte, vor Lust vergehen zu müssen.

„Marjorie ..." Er wandte den Blick nicht von ihr, während er sich langsam auf sie legte.

Ihr Puls ging schneller. Gregory war genauso erregt wie sie, daran gab es keinen Zweifel mehr. „Werden wir ... es tun?" Hilflos sah sie ihn an. Sie fühlte, dass sie sich dem Verlangen, das er in ihr geweckt hatte, nicht würde widersetzen können.

„Nein", sagte er leise. „Wir werden bis nach der Hochzeit warten. Ich möchte dich jetzt nur spüren."

„Du begehrst mich", flüsterte sie. „Ich spüre es."

„Das dürfte nicht schwer sein", erwiderte er seufzend.

Ihre Lippen trafen sich zu einem langen, innigen Kuss. Die Welt um sie herum schien zu versinken. Marjorie gab sich rückhaltlos dem Zauber des Augenblicks hin. Dieser Mann bedeutete ihr so unendlich viel. Und bald sollte er ihr für immer gehören.

„Es ist doch zu dumm", murmelte er.

„Das finde ich auch."

„Wenn du mir zustimmst, machst du es nur noch schlimmer."

Sie bewegte sich leicht unter ihm. „Ich möchte dich lieben."

„Ich möchte es auch. Nur deswegen habe ich mich dir in den letzten Tagen nicht genähert", flüsterte er. „Was dir als Desinteresse erschien, war genau das Gegenteil. Ich habe die ganze Woche kaum geschlafen und, um mich abzulenken, bis zum Umfallen gearbeitet."

„Mein Gott!" Marjorie schluckte. „Das war mir nicht klar. Weißt du, Dennis hat mich nie wirklich begehrt. Vielleicht war er nur deswegen grausam, weil er sich selbst dauernd etwas vorspielen musste."

„Ich kann mir gar nicht vorstellen, dass es einen Mann gibt, der dich nicht begehrt, Marjorie", sagte Greg leise. Dabei ließ er seinen Daumen zärtlich über ihre Brustspitze gleiten. Sie zuckte fast unmerklich zusammen. „Gefällt dir das?" fragte er leise.

„Es ist wunderbar."

„Morgen Nacht ..." Er rieb seine Hüften an den ihren und sah ihr bedeutungsvoll in die Augen. „Morgen Nacht werde ich alles tun, was du dir wünschst. Und wenn du schließlich einschläfst, liegst du in meinen Armen, und nichts trennt uns mehr."

Diese Vorstellung ließ sie vor Verlangen erbeben. „Gregory", flüsterte sie. „Ich kann es kaum erwarten."

Widerstrebend löste er sich von ihr und erhob sich. „Zieh deine Bluse an!" bat er mit rauer Stimme und wandte rasch den Blick ab, um sich der übermächtigen Versuchung nicht länger auszusetzen. „Du bringst mich noch um den Verstand, Marjorie!"

„Wieso? Was habe ich denn getan?" Marjorie setzte sich lächelnd auf und begann, die Bluse wieder zuzuknöpfen.

Er stöhnte auf. „Würdest du jetzt bitte zu Bett gehen?"

„Ich gehe ja schon! Schick deine arme, kleine frigide Frau nur fort!" Es war das erste Mal, dass sie unbefangen darüber scherzen konnte.

Greg wusste, was das für sie bedeutete. Er beugte sich über sie und küsste sie zärtlich. „Du bist nicht frigide", flüsterte er. „Ich werde es dir immer wieder beweisen. Gute Nacht!"

Am nächsten Morgen waren Janet und Becky schon in aller Frühe auf den Beinen, um Marjorie zu helfen.

Sie wollte ein langes weißes Kleid tragen, dazu einen kleinen

Strauß Maiglöckchen im Haar. Zu der Trauung und der anschließenden Feier waren nur die engsten Freunde eingeladen, aber sie war trotzdem schrecklich aufgeregt.

„Was wirst du anziehen?“ fragte sie Greg, als er nach oben ging.

„Jeans und mein kariertes Hemd, dachte ich.“

„Gregory!“

„Wie wäre es mit meinem grauen Anzug?“

„Der steht dir sehr gut.“ Sie sah ihn lächelnd an. „Aber ich muss zugeben, dass du auch in Jeans gut aussiehst.“

Er zwinkerte ihr zu. „Bist du auch ganz sicher, dass du mich heiraten willst?“

Marjorie nickte. „Ganz sicher. Und du?“

„Ich auch.“ Er nahm ihre Hand in seine und zog ihr langsam den Diamantring vom Finger.

„Was machst du denn da?“

„Was ich gleich hätte tun sollen, als ich ihn dir gab.“ Er hatte von Anfang an vorgehabt, ihr den Ring selbst überzustreifen. Doch im letzten Augenblick war er vor dieser bedeutungsvollen Geste zurückgeschreckt. Nun wollte er nachholen, was er versäumt hatte.

Zärtlich schob er ihr den Ring auf den Finger, hob ihre Hand an seine Lippen und küsste sie. „So hätte ich es machen müssen“, flüsterte er. „Und das hatte ich auch vorgehabt. Stattdessen habe ich ihn dir einfach nur in die Hand gedrückt, als ginge es um irgendein Geschäft, nicht wahr?“

„Ich ... Es hat mir nichts ausgemacht.“

„Doch, das hat es. Und mir ging es genauso. Es mag keine Liebesheirat sein, aber ein Geschäft ist es auch nicht.“ Er hauchte ihr einen Kuss auf die Lippen. „Und nun geh und zieh dich an, Darling! Gleich werden unsere Gäste kommen. Und heute Abend setzen wir fort, was gestern so verheißungsvoll begonnen hat.“

„Bis heute Abend!“ Sie sah ihm zärtlich in die Augen.

Er lachte und ging rasch die Treppe hinauf. Marjorie sah ihm mit einem leisen Seufzer nach. Alles war so ganz anders als bei ihrer ersten Hochzeit. Becky liebte Gregory, und Marjorie zweifelte nicht daran, dass er ein idealer Vater und Ehemann sein würde.

Sie wäre glücklich gewesen, wenn ihr nicht eines gefehlt hätte: seine Liebe.

9. KAPITEL

Marjorie fand nicht mehr viel Gelegenheit, bangen Gedanken nachzuhängen. Schon am frühen Vormittag kamen die Durangos mit ihren kleinen Zwillingen an. Marjorie war viel zu sehr mit ihren Gästen beschäftigt, um noch ins Grübeln zu geraten.

John Durango war ein Hüne von einem Mann. Er war sehr groß und breitschultrig, hatte dichtes schwarzes Haar und trug einen Schnurrbart. Seine Frau Madeline dagegen war zierlich und schlank, hatte langes rotblondes Haar und große grüne Augen. Von den Zwillingen glich einer dem Vater, der andere hatte das Gesicht und die grünen Augen der Mutter. Sie schienen von ihren Eltern geradezu vergöttert zu werden.

„Das ist Edward Donald", stellte Madeline den einen Jungen vor. Er hatte einen Matrosenanzug an. „Und dies ist Cameron Miles." Edward Donalds Bruder trug Shorts und ein gestreiftes Hemd. „Sie sind Zwillinge, aber zum Glück keine eineiigen."

„Wie finden Sie als Mutter zweier Kinder eigentlich noch Zeit zum Schreiben?" wollte Marjorie wissen.

Madeline lachte fröhlich. „Gewöhnlich wird es ein Uhr morgens, bis ich dazu komme. Manchmal kümmert sich auch John abends um die Kleinen. Oder wir rufen ihre Großmutter zu Hilfe. Im Übrigen veröffentliche ich einfach nicht mehr so viel. Ich will vor allem genug Zeit für meine Söhne haben."

„Es muss faszinierend sein, Bücher zu schreiben."

„Mutter zu sein ist noch faszinierender." Madeline warf einen Blick zu Greg hinüber, der gerade Becky und John miteinander bekannt machte.

„Es hat uns sehr gefreut zu erfahren, dass Greg heiratet", bemerkte Madeline. „John war auch achtunddreißig, als wir geheiratet haben", setzte sie hinzu. „Er ist jetzt dreiundvierzig, und ich bin einunddreißig. Die Zeit vergeht wirklich wie im Fluge, nicht wahr?"

„Viel zu schnell", stimmte Marjorie zu. „Becky liebt Greg sehr", sagte sie nach einer kurzen Pause.

„Ja, man sieht es ihr an, genau wie Ihnen."

Marjorie blickte errötend zur Seite. „Er weiß es nicht", sagte sie leise. „Er denkt, ich würde ihn nur Beckys wegen heiraten."

Madeline runzelte die Stirn. „Sollten Sie ihm nicht die Wahrheit sagen? Vielleicht empfindet er das Gleiche für Sie."

Marjorie schüttelte den Kopf. „Er hat mir schon deutlich genug zu verstehen gegeben, er wolle keine Liebe. Es genügt ihm, dass wir Freunde sind."

„Ich dachte anfangs auch, das sei für John und mich genug." Madeline schüttelte lächelnd den Kopf. „Bis ich dann eines Nachts meine Vorsätze vergaß und während eines Unwetters Ja statt Nein sagte. Neun Monate später kamen unsere Jungen zur Welt. Seit dieser Zeit weiß ich, dass ich John liebe."

Sie sah Marjorie teilnahmsvoll an. „Greg hat nicht viel von Ihnen erzählt, aber es war herauszuhören, dass Sie Probleme mit Ihrem Exmann haben."

„Ja, das ist richtig. Er kämpft um das Sorgerecht für unsere Tochter, weil sie ein Vermögen geerbt hat."

„Das muss ein feiner Mensch sein!" Madeline schüttelte angewidert den Kopf. „Aber machen Sie sich keine Sorgen! Wenn Greg sich um die Sache kümmert, wird alles gut gehen."

Kurze Zeit später stand Marjorie neben Greg in der kleinen Dorfkirche und gab ihm ihr Jawort. Während der Zeremonie musste sie immer wieder gegen Tränen der Rührung ankämpfen. Becky war Blumenmädchen, John Durango Trauzeuge.

Anschließend gaben sie auf der Ranch einen kleinen Empfang. Marjorie kam den ganzen Tag nicht zur Ruhe. Sie war schrecklich nervös.

„Beruhigen Sie sich doch!“ meinte John, als sie neben ihm am kalten Büfett stand und ihren Teller füllte. „Die Gäste werden bald verschwinden, und dann haben Sie ihn ganz für sich ... Edward! Hör auf, deinen Bruder mit Kuchen zu bewerfen!“ Edward schien es nicht zu hören.

„Jungen scheinen etwas schwieriger zu lenken zu sein als Mädchen“, meinte Marjorie lächelnd

„Glauben Sie?“ Er sah sie lachend an. „Sehen Sie nur, was Ihre Tochter gerade macht!“

Marjorie fuhr herum. Becky saß auf dem Boden und betrachtete hingebungsvoll den grünen Frosch, den sie in der Hand hielt.

„Becky!“

„Wo, zum Teufel, hat sie den Frosch her?“ ließ sich in diesem Moment Greg hinter ihnen vernehmen.

„Ich habe ihn ihr gegeben“, bekannte John Durango. „Er saß auf der Veranda und fing Fliegen. Er schien mir sehr einsam zu sein, und ich kam zu dem Schluss, er brauche eine kleine Freundin.“

Greg warf ihm einen empörten Blick zu. „Warte nur, bis deine Söhne in Beckys Alter sind! Dann werde ich auch den einen oder anderen Tipp für sie haben.“

„Aber nicht doch!“ protestierte John lachend.

„Geh und nimm ihr den Frosch weg!“ wies Madeline ihren Mann an.

„Das kann ich nicht. Es wäre zu grausam“, erwiderte John. „Sieh nur, sie küsst ihn!“

„Ekel!“ zischte Madeline ihm zu und gab ihm einen Stoß in die Seite.

„Warte!“ Greg hielt Madeline zurück, die nun selbst zu Becky eilen wollte. „Lass ihn ihr noch einen Augenblick!“

„Warum?“ Sie sah ihn verblüfft an.

„Ich möchte sehen, ob er sich nicht vielleicht in einen Prinzen verwandelt.“

Marjorie warf ihm einen vernichtenden Blick zu und ging zu ihrer Tochter.

„Ist er nicht süß?“ Becky seufzte. „Mr. Durango hat ihn mir gegeben. Glaubst du, Cuddles wird ihn mögen?“

„Dein Hund wird ihn zum Fressen gern haben. Ich vermute, er wird ihn zum Frühstück verspeisen.“

„Das würde er nie tun!“ Becky war entsetzt

Greg löste das Problem auf seine Weise. „Ich weiß, wo er ein paar Fliegen fangen kann“, erklärte er und nahm den Frosch vorsichtig von Becky entgegen. „Du kannst ihn später besuchen.“

„Kann ich während eurer Flitterwochen wirklich hier bei Grandma bleiben?“ wollte Becky von Greg wissen.

„Natürlich. Aber von Flitterwochen kann gar keine Rede sein. Wir werden nur eine Nacht fortbleiben. Wenn ich mich nicht irre, hat deine Großmutter für dich sogar einen Videozeichentrickfilm aus der Stadt kommen lassen.“

„Wirklich? Was für ein Film ist es denn?“

„Geh und frag sie!“

Im Nu war der Frosch vergessen. Die Kleine sprang auf und eilte davon. Greg blickte von dem Frosch in seiner Hand zu Marjorie. Er hielt ihn ihr hin.

„Ich habe schon einen Prinzen gefunden“, flüsterte sie und hauchte ihm einen Kuss auf die Lippen. „Trotzdem vielen Dank!“

Er lächelte ihr zärtlich zu und trug den Frosch in den Garten hinaus.

Am Abend, als alle Gäste gegangen waren, fuhren sie nach Abilene. Greg hatte dort in einem Luxushotel die Hochzeitssuite reservieren lassen. Er trug Marjorie über die Schwelle.

Mit gespielter Erleichterung trat er an das breite Bett. „Hier dürfte es etwas bequemer sein als auf der Couch im Wohnzimmer. Mir tut immer noch alles weh, wenn ich daran denke."

„Mir hat es nichts ausgemacht. Wenn du mich liebst, vergesse ich völlig, wo wir gerade sind."

Er setzte sie ab. „Mir geht es in Wahrheit genauso", erwiderte er lächelnd. „Aber glaubst du nicht, es könnte in einem komfortablen Bett wie diesem doch noch schöner werden?"

Sie wirkte hilflos und schutzbedürftig, wie sie in ihrem schlichten weißen Hochzeitskleid mitten in dem riesigen Zimmer stand. „Doch, du hast ganz Recht."

Ihre Antwort hatte ungezwungen und selbstverständlich klingen sollen, aber ihre Stimme zitterte ein wenig.

Greg blickte überrascht auf und betrachtete sie mit gerunzelter Stirn. „Was ist?" fragte er. „Du hast doch nicht etwa Angst vor mir?"

„Nein, nein, natürlich nicht." Marjorie hielt ihren Blick starr auf den obersten Knopf seiner Weste gerichtet. „Wir sind nicht oft allein gewesen, das ist alles. Es ist ein wenig ungewohnt."

Er zog sie in seine Arme. „Ich hätte es wissen müssen. In den letzten Tagen habe ich es vermieden, mit dir allein zu bleiben. Den Grund dafür kennst du ja."

„Es wird alles gut werden, nicht wahr?" Sie sah ihn an. Ihr Blick drückte Besorgnis aus.

„Natürlich", murmelte er und drückte sie noch fester an sich. Er liebte es, ihren Körper an seinem zu spüren, zu spüren, wie sie unter seinen Berührungen erbebte. „Ich werde mir heute Nacht viel Zeit lassen", raunte er ihr ins Ohr. „Es ist zwar nicht unser erstes Mal, aber es soll doch unvergesslich für dich werden."

Ihre Lippen fanden sich zu einem langen Kuss. Marjorie rieb ihren Körper voller Verlangen an seinem. Gregs Atem ging schneller. Mit einer raschen Bewegung hob er sie hoch, setzte sie sacht auf dem Bett ab und zog sie aus. Nachdem er auch sich selbst entkleidet hatte, kam er rasch zu ihr.

Das Licht war noch an, aber Marjorie nahm es nicht wahr. Sie begann zu verstehen, was Greg an breiten Betten schätzte. Für das, was er mit ihr tat, konnte das Bett gar nicht groß genug sein. Er schien überall gleichzeitig zu sein. Er berührte ihre Hände, nahm sie in die seinen, um sie zu führen. So lernte sie seinen harten männlichen Körper neu kennen.

„Komm, berühre mich!" bat er mit rauer Stimme, als sie ihm ihre Hände mit einem Mal entzog, und hielt ruhig ihrem erschreckten Blick stand. „Es ist doch nichts dabei, wir sind verheiratet."

„Ich weiß, aber es ist noch so neu für mich", flüsterte sie. „Alles ist neu."

„Ich hoffe, es wird immer wieder neu sein." Er beugte sich zu ihr hinab und begann, ihren Körper mit heißen Küssen zu bedecken.

Wie er es angekündigt hatte, ließ er sich viel Zeit. Bald meinte Marjorie, vor süßer Qual vergehen zu müssen. Sie stöhnte und wand sich unter seinen Liebkosungen. Als sie die Spannung nicht länger ertragen zu können glaubte, kam er endlich zu ihr. Er bewegte sich in einem aufreizend langsamen, unregelmäßigen Rhythmus, der sie vollends außer sich geraten ließ. Ihre Finger krallten sich in seinen Rücken, ihr Körper hob sich ihm entgegen. Tränen strömten ihr über die Wangen, und sie zitterte am ganzen Körper. Unwillkürlich schrie sie auf, als die Lust ihren Höhepunkt erreichte.

Greg schien es deutlich zu spüren. Sie hörte, wie er heiser ihren Namen flüsterte, bevor auch er den Höhepunkt erlebte.

Dann lagen sie erschöpft nebeneinander. Greg hatte seine Arme um Marjorie geschlungen. Ihre Körper waren in Schweiß gebadet.

Langsam kam Marjorie wieder zu klarem Bewusstsein. Sanft ließ sie ihre Hand über Gregs Haar gleiten. Sie liebte diesen Mann mehr, als sie je für möglich gehalten hätte. Zärtlich legte sie ihre Arme um ihn und schmiegte sich an ihn.

Ihre Bewegung erregte ihn sofort wieder. Er war müde, sehr müde, aber ihr weicher Körper war einfach zu verführerisch. Er schob seine Hände unter ihre Hüften und drang erneut in sie ein.

„Greg?“ Es war deutlich zu hören, wie überrascht Marjorie war.

Er küsste sie zärtlich auf die Nase. „Sei nur ganz entspannt!“ flüsterte er. Langsam begann er, sich in ihr zu bewegen. Sie erbebte. Er hob den Kopf und sah ihr forschend in die Augen. „Hab keine Angst!“ sagte er leise. „Ich werde dir nicht wehtun.“

Sein Zartgefühl rührte sie so sehr, dass sie fast weinen musste. „Natürlich wirst du das nicht.“ Ihre Empfindungen spiegelten sich deutlich in ihrem Blick. Greg schaute zur Seite.

Er wollte keine Dankbarkeit. Und dass sie ihm gegenüber nichts als Dankbarkeit empfand, stand für ihn außer Zweifel. Mit seiner Hilfe würde sie Becky vor Dennis schützen. Er gab ihnen Sicherheit und ein Zuhause. Vielleicht fühlte sie sich auch ein wenig zu ihm hingezogen. Aber im Grunde war es eben doch nichts anderes als ein Ausdruck von Dankbarkeit, wenn sie sich ihm hingab. Das hatte er wahrhaftig nicht gewollt.

Als er Marjorie wieder ansah, war das Feuer in seinen Augen erloschen.

„Was hast du?“ fragte sie leise. „Ist da etwas, was ich dir bisher nicht gegeben habe? Du musst es mir sagen. Ich habe zu wenig Erfahrung.“

„Ich glaube, du weißt, was ich will. Aber du hast noch Angst, es mir zu geben."

Sie wich seinem Blick nicht aus. Ja, sie wusste, was er meinte. Er wollte mehr, als dass sie sich ihm nur hingab. Er wollte Leidenschaft. Und sie hatte nicht länger Angst, ihm zu geben, was er wollte.

Sie ließ sich ganz von ihrem Gefühl leiten. Langsam streckte sie die Hand aus, um ihn zu berühren, zu streicheln. Sie genoss es, die Reaktion seines Körpers zu spüren.

„Ich kann alles tun, was du willst", flüsterte sie und sah ihm in die Augen. „Alles, Gregory." Sie drückte ihre Lippen auf seine und ließ ihre Zunge in seinen Mund gleiten. Dabei rieb sie ihren Körper mit heftigen, aufreizenden Bewegungen an seinem.

„Marjorie!"

Mehr brachte Gregory nicht heraus. Ihre Liebkosungen ließen ihn erbeben, als wäre es für ihn das erste Mal. Die Leidenschaft, die sie in ihm auslöste, überwältigte ihn völlig. Er schlang die Arme um sie, presste sie an sich, liebte sie so heftig und leidenschaftlich, wie er es sich immer erträumt hatte. Marjorie erwiderte seine ungestümen Bewegungen mit gleicher Heftigkeit. Sie stöhnte laut.

Sie erreichten den Höhepunkt im selben Augenblick. Gleichzeitig schrien sie auf. Zum ersten Mal in seinem Leben hatte Greg das Gefühl, einer Ohnmacht nahe zu sein.

Er blickte an die Decke. Nach einer Weile beugte sich Marjorie dicht über ihn. Lächelnd sah sie ihm in die Augen, stolz und selbstbewusst. Er wirkte immer noch richtig benommen.

„Was für ein Blick!" murmelte sie amüsiert „Hast du das nicht von mir erwartet?"

„Nein", antwortete er, immer noch schwer atmend.

„Nun, jetzt weißt du Bescheid." Sie streckte sich neben ihm aus. „Ich habe Hunger", seufzte sie. „Ich glaube, ich lasse mir ein Steak kommen. Möchtest du auch etwas?"

„Salbe", stöhnte Greg. „Für meinen Rücken."

Zufrieden lächelnd rollte sie sich von ihm weg, um aufzustehen. „Ich massiere ihn dir später“, versprach sie.

Er setzte sich auf und sah ihr zu, wie sie zum Koffer ging und ein zartes Nachthemd und einen Morgenmantel herausnahm. Sie winkte ihm und verschwand im Bad. Er fühlte sich angenehm erschöpft. Wo er ein zärtliches Liebesspiel erwartet hatte, war er der ungezügelten Wildheit einer leidenschaftlichen Frau begegnet. Was für eine wundervolle Überraschung! Ihre Ehe begann wirklich viel versprechend. Er richtete sich auf und griff nach seinen Zigaretten. Diese Nacht würde für sie beide unvergesslich bleiben, das wusste er.

Marjorie lächelte ihrem Spiegelbild im Bad zu. Sie hatte Greg in Erstaunen versetzt, und das war gut so. Vielleicht brachte ihn das zum Nachdenken. Sie liebte ihn, uneingeschränkt und von ganzem Herzen. Nun musste sie es ihm nur noch zeigen. Vielleicht würde er ihre Liebe eines Tages erwidern können.

Sie waren kaum zu Hause angekommen, als sich Greg auch schon wieder in die Arbeit stürzte. Er wurde von tausend Alltagsproblemen in Anspruch genommen, an denen Marjorie nicht Anteil nehmen konnte. Solange er arbeitete, blieb er ein Fremder für sie. Er war dann stets energisch, hart und unnahbar wie an dem Tag, an dem sie mit Janet auf die Ranch gekommen war.

In der Nacht war er jedes Mal wie verwandelt. Sie verbrachten wundervolle Stunden zusammen. Ihr Verlangen schien eher zu- als abzunehmen. Aber es schmerzte Marjorie, dass diese Harmonie sich so ausschließlich auf die Nächte beschränkte. Sie wollte mehr, wollte seine Liebe. Und gerade die schien er ihr nicht geben zu können.

Als der Tag des Prozesses gekommen war, hatte sie plötzlich das Gefühl, noch nie in ihrem Leben so allein gewesen zu sein.

Becky blieb bei Janet, während im Gerichtssaal über ihr Schicksal entschieden wurde.

„Du brauchst keine Angst zu haben“, versicherte Greg Marjorie ruhig. „Er wird sie nicht bekommen. Das verspreche ich dir.“

Aber seine Worte beruhigten sie nicht. Greg und Becky waren die Menschen, die sie am meisten liebte, und sie konnte den Gedanken, einen von ihnen zu verlieren, einfach nicht ertragen. Außerdem wusste sie, was es für Becky bedeuten würde, wenn sie ihr Zuhause, das sie eben erst gefunden hatte und in dem sie glücklich war wie nie zuvor, wieder verlassen müsste.

Die Richterin war eine junge, hübsche Frau. Bei ihrem Anblick verlor Marjorie allen Mut. Sie hatte gehofft, jemanden auf dem Richterstuhl vorzufinden, der Reife und Lebenserfahrung besaß.

Es wurde noch schlimmer, als sie befürchtet hatte. Dennis hatte für Marjorie nur ein kaltes, verächtliches Lächeln übrig. Seine neue Frau, die neben ihm saß, schien mehr mit ihren Fingernägeln als mit dem Prozess beschäftigt zu sein. Dennis versetzte ihr eine leichten Stoß. Sie ließ den Nagellack in der Handtasche verschwinden, nicht ohne Dennis einen empörten Blick zugeworfen zu haben.

Dennis' Anwalt beschuldigte Marjorie, jahrelang eine Affäre mit Gregory Coleman gehabt zu haben. Auch angesichts ihrer Eheschließung bleibe der Verdacht bestehen, sie sei mehr an ihrem eigenen Vergnügen als am Wohlergehen ihres Kindes interessiert. Die Tatsache, dass Becky ein Internat besuchte, schien ihm das zur Genüge zu beweisen. Er beendete seine Ausführungen mit einem dramatischen Appell an das Gericht, einer so verantwortungslosen Mutter das Sorgerecht zu entziehen.

Marjorie wurde schwarz vor Augen. Nun schien alles verloren. Wie konnte jemand die Wahrheit nur so entstellen? Sie war froh, dass Janet und Becky diese hässlichen Lügen nicht mit anhören mussten.

„Mach nicht so ein entsetztes Gesicht!“ flüsterte Greg ihr

zu. „Jetzt sind wir an der Reihe. Hör gut zu, was wir gegen den Kerl vorzubringen haben!“

Marjorie schüttelte langsam den Kopf. Was konnten sie gegen diese Lügen schon ausrichten? Ihr Anwalt ergriff das Wort. Er war ein netter älterer Herr mit einer wohlklingenden tiefen Stimme. Er öffnete einen Aktendeckel.

„Wir möchten dem Gericht einige Informationen über den Lebenswandel des Mr. Blaine zukommen lassen.“ Dabei bedachte er Dennis, der ihn nicht aus den Augen ließ, mit einem bedeutungsvollen Blick. Der Anwalt las vor. „Am Abend des 15. März nahmen Mr. Blaine und seine ... Ehefrau an einer Party teil, zu der zu vorgerückter Stunde auch zwei Kriminalbeamte in Zivil stießen. Mr. Blaine und seine Frau wurden festgenommen, weil man Kokain in ihrem Besitz fand.“ Er schwieg einen Moment lang, um seine Worte nachwirken zu lassen. „Am Abend des 18. März besuchten Mr. Blaine und seine Frau eine Party bei Nachbarn. Sie wurden dabei beobachtet, wie sie Kokain nahmen und teilnahmen an einer ... wie soll ich es nennen, Mr. Blaine?“ Dennis hatte rasch den Blick abgewandt. „Wollen wir ‚Orgie’ sagen?“

„Euer Ehren!“ Der Anwalt der Gegenpartei war aufgesprungen. „Das alles gehört nicht zur Sache. Es handelt sich um einen Versuch der Antragsgegner, meinen Mandanten in Misskredit zu bringen. Ich ...“

„Ich habe die polizeilichen Akten hier“, unterbrach Marjories Anwalt ihn. „Zusammen mit einem detaillierten Bericht darüber, was Mr. Blaine im vergangenen Monat so alles getrieben hat, angefertigt von einem der angesehensten Detektivbüros von Texas.“ Er trat zum Richtertisch. „Euer Ehren, wir möchten darauf hinweisen, dass das Interesse des Mr. Blaine ganz eindeutig nicht dem Kind gilt, sondern allein dem Vermögen, das das Kind von seinem Großvater geerbt hat. Wir können zweifelsfrei beweisen, dass Mr. Blaine seit Jahren ständig hohe Spielschulden hat, dass seine sexuellen Aktivitäten nicht auf die Ehe beschränkt sind, dass er Drogen nimmt ... Kurz, wir sind der Ansicht, dass es nicht im Interesse des Kindes wäre, es in die Obhut dieses Mannes zu geben. Es zu tun hieße, die Jugend, ja vielleicht das ganze Leben eines Menschen zu zerstören."

„Lügen!" Bleich vor Wut sprang Dennis auf. „Nichts als Lügen! Sie versucht mit allen Mitteln, meinen Ruf zu ruinieren."

Auch Greg war aufgesprungen. Er hätte diesen Mann in Stücke reißen können für das, was er Marjorie angetan hatte. Er sah sie an, sah ihren beschwörenden, angstvollen Blick. Nein, er durfte sich jetzt nicht zu unüberlegten Handlungen hinreißen lassen, wenn er ihr nicht schaden wollte. Er setzte sich wieder, ohne ihre Hand loszulassen.

„Noch ein weiterer Ausbruch dieser Art, Mr. Blaine, und Sie bekommen eine Strafe wegen Missachtung der Würde des Gerichts", wies die Richterin Dennis zurecht. „Bitte fahren Sie fort, Mr. Parmeter!"

„Vielen Dank, Euer Ehren!" Der Anwalt legte den Aktenordner beiseite. „Euer Ehren, meine Mandantin, Mrs. Coleman, hat unlängst Herrn Gregory Coleman geheiratet. Ihm gehört die berühmte Coleman-Ranch in der Nähe von Abilene. Er ist bekannt als ehrbarer Geschäftsmann. Er und meine Mandantin haben sich auf das Beste um das Kind, Rebecca, gekümmert. Mr. Coleman möchte es adoptieren ..."

„Nur über meine Leiche!" schrie Dennis aufgebracht.

„Setzen Sie sich, Mr. Blaine!" Die Stimme der Richterin hatte einen schneidenden Klang angenommen.

Dennis war klug genug, der Aufforderung nachzukommen. Er warf Marjorie und Greg einen hasserfüllten Blick zu.

„Mr. Coleman möchte das Kind so bald wie möglich adoptieren", fuhr der Anwalt fort. „Euer Ehren, das Glück dieses Kindes liegt allein in Ihrer Hand."

Er setzte sich. Marjorie hielt Gregs Hand fest umklammert. Sie war kreidebleich.

Die Richterin ließ ihren Blick über die vor ihr ausgebreiteten Unterlagen gleiten. Dann sah sie auf und musterte nacheinander eingehend beide Parteien. „Eigentlich bin ich gegen Scheidungen“, begann sie. „Ich denke, die Partner sollten versuchen, ihre Probleme auf andere Weise aus der Welt zu schaffen, vor allem, wenn Kinder aus der Ehe hervorgegangen sind.“

Marjorie schloss die Augen. Das war das Ende!

„In diesem Fall jedoch scheint mir die Scheidung wirklich unumgänglich gewesen zu sein“, fuhr die Richterin fort. Marjorie schöpfte wieder Hoffnung. „Nachdem ich die Unterlagen der Verteidigung eingesehen habe, bin ich davon überzeugt, dass es ein Fehler wäre, Ihnen“ – sie sah Dennis an – „das Kind zu überlassen, Mr. Blaine. Auch ich habe den Eindruck, dass Sie ausschließlich am Vermögen und nicht am Wohlergehen Ihrer Tochter interessiert sind.“ Sie machte eine kleine Pause, bevor sie fort fuhr: „Ich habe mich mit Becky unterhalten und sie gefragt, wo sie am glücklichsten sein würde.“ Sie sah zu Greg hinüber und lächelte. „Sie sagte mir, sie wolle bei ihrem neuen Daddy bleiben, weil er netter zu ihr sei als sonst irgendjemand auf der Welt, ihre Mama ausgenommen.“

Greg biss sich auf die Unterlippe und wandte sich ab. Marjorie drückte stumm seine Hand.

Die Richterin fuhr fort: „Als ich die kleine Becky fragte, ob sie zu ihrem richtigen Daddy wolle, erschrak sie furchtbar und begann zu weinen.“ Sie warf Dennis einen vernichtenden Blick zu. „Sie hat mir sehr viel von Ihnen erzählt, Mr. Blaine. Dinge, von denen nicht einmal ihre Mutter etwas weiß. Sie können von Glück sagen, dass Sie nicht wegen Kindesmisshandlung angeklagt worden sind.“

„Verdammt, ich will das Kind sowieso nicht!“ Dennis war erneut aufgesprungen. „Man hat mir einen Job in Südamerika angeboten. Dort kann ich sie sowieso nicht brauchen.“

Marjorie lächelte bitter. Bestimmt handelte es sich um Drogenschmuggel. Er hatte immer geglaubt, damit schnell ans große Geld kommen zu können. Eines Tages würde er an seiner Geldgier zugrunde gehen, dessen war sie sich sicher.

„Ich spreche hiermit das alleinige Sorgerecht den Colemans zu“, entschied die Richterin. „Unter den gegebenen Umständen muss dem leiblichen Vater das Besuchsrecht verweigert werden.“

„Sie gehört mir!“ flüsterte Marjorie. „Becky gehört mir!“

Greg starrte sie einen Moment lang fassungslos an. „Mir“ hatte sie gesagt, nicht „uns“. Er fühlte sich mit einem Mal abgeschoben und überflüssig.

Als sein Blick wieder auf den Mann fiel, der Marjorie unglücklich gemacht hatte, waren diese Gedanken sofort vergessen. Er konnte und wollte sich nicht länger zurückhalten. „Entschuldige, Marjorie, ich muss noch etwas erledigen.“ Er warf Dennis einen Blick zu, der nichts Gutes verhieß.

„Nein“, bat Marjorie leise. „Bitte nicht!“

„Es muss sein“, flüsterte Greg zurück. „Ich breche ihm das Genick.“

Dennis schien zu ahnen, was in Greg vorging. Er fasste seine blonde Begleiterin am Arm und verließ eilends mit ihr den Saal.

„Das Detektivbüro hat gute Arbeit geleistet“, bemerkte Mr. Parmeter, der jetzt zu Greg und Marjorie trat. „Ich bin froh, dass wir seine Dienste in Anspruch genommen haben.“

„Ich auch.“ Greg schüttelte dem Anwalt die Hand. „Vielen Dank!“

„Ja, ganz, ganz vielen Dank.“ Marjorie umarmte Mr. Parmeter spontan.

„Es war mir ein Vergnügen. Ich wünsche Ihnen beiden viel Glück.“

Marjorie sah dem Mann ein wenig bedrückt nach, als er den Gerichtssaal verließ. Im Moment sah es nicht so aus, als würde sein Wunsch Wirklichkeit werden. Greg würdigte sie keines Blickes. Während der Fahrt zur Ranch sagte er kein Wort. Das

Schlimmste war, dass Marjorie kein Ahnung hatte, was der Grund dafür sein konnte.

Janet und Becky hatten schon ungeduldig auf der Veranda auf sie gewartet. Beide waren sichtlich nervös.

„Wir haben gewonnen!" rief Marjorie ihnen zu, kaum dass sie die Wagentür geöffnet hatte. „Wir haben gewonnen!"

Becky brach in Tränen aus und rannte auf sie zu. Aber zuerst warf sie sich Greg in die Arme. Er drückte sie fest an sich.

„Wie geht es meiner Tochter?" Er lachte glücklich. „Und ich meine wirklich: meiner Tochter!"

„Gut!" Becky strahlte ihn an. „Ich wusste, dass du gewinnen würdest, Daddy!"

Er küsste sie. Janet umarmte Marjorie, die abseits stand und sich ein wenig ausgeschlossen fühlte.

„Ich freue mich ja so für euch", sagte Janet. „Wir hatten schreckliche Angst."

„Ich auch." Marjorie seufzte erleichtert. „Unseren Erfolg haben wir Greg zu verdanken. Er hat eine Detektei engagiert." Sie warf ihm einen vorwurfsvollen Blick zu. „Und wieder einmal hat er mir gar nicht gesagt, was er unternommen hat."

„Du hast nicht danach gefragt", entgegnete er trocken.

Marjorie wandte sich ihrer Tochter zu. „Becky, mein Schatz, wir haben gewonnen!" rief sie fröhlich.

Becky warf sich ihr in die Arme. „Ich bin ja so froh, dass ich bei dir und meinem Daddy bleiben kann", seufzte sie. „Ich hatte wirklich große Angst, Mama."

„Ich kenne das Gefühl." Marjorie drückte ihre Tochter fest an sich. „Wie wäre es jetzt mit einem Stück Kuchen? Ich habe großen Hunger bekommen, du nicht?"

„Ich auch." Becky nahm ihre Großmutter und Marjorie bei der Hand und zog sie mit sich ins Haus.

In der Nacht beschloss Marjorie, endlich Gregs abweisendem

Verhalten auf den Grund zu gehen. Seit dem Ende des Prozesses hatte er sie kaum angesehen und ihr, wenn überhaupt, nur ganz einsilbig geantwortet.

Sie ahnte nicht, dass ihre Bemerkung, Becky gehöre nun ihr, ihn endgültig davon überzeugt hatte, dass sie ihn nur geheiratet hatte, um das Sorgerecht für Becky zu behalten.

Als alle zu Bett gegangen waren, zog Marjorie sich ein hauchdünnes Seidennachthemd über und ging ins Schlafzimmer, um auf Greg zu warten. Es dauerte lange, bis er kam. Es war schon nach Mitternacht.

Überrascht blieb er in der Tür stehen, als er sie so verführerisch auf dem Bett hingestreckt sah.

„Was ist? Zahltag?“ Er lächelte böse. Die Tür fiel krachend hinter ihm ins Schloss.

„Ich verstehe nicht“, sagte sie verwirrt.

„Ich habe dir geholfen, Becky vor deinem Exmann zu retten. Willst du mich dafür jetzt wieder einmal belohnen?“

„Gregory!“ Sie sah ihn entsetzt an. „So ist es nie gewesen! Das solltest du doch wissen!“

„Ich weiß gar nichts mehr.“ Er fuhr sich mit der Hand durch das Haar. „Was ich jetzt brauche, sind eine Dusche und ein paar Stunden Schlaf. Ich brauche deine Dankbarkeit nicht. Becky gehört jetzt auch mir.“

Er ging ins Bad und schloss die Tür hinter sich. Marjorie sah ihm fassungslos nach. Sie war wie vor den Kopf geschlagen. Ihre Gedanken überschlugen sich. Wie konnte er glauben, sie habe sich ihm nur hingegeben, um ihm seine Hilfe zu entgelten!

Plötzlich fiel ihr wieder ein, was sie im Gerichtssaal gesagt hatte: „Becky gehört mir.“ Dabei gehörte sie doch nun ihnen beiden ...

Sie erhob sich und begann, unruhig im Zimmer auf und ab zu gehen. Wie sollte sie Greg davon überzeugen, dass er ihre Worte falsch verstanden hatte?

Nach einigem Überlegen wurde ihr klar, dass auch sie manches nicht verstanden hatte. Sie hatte sich nie klar zu machen versucht, woher eigentlich sein Zorn auf Dennis, sein rücksichtsloses Eingehen auf ihre Gefühle und seine Zärtlichkeit rührten. Vielleicht wusste er es selbst noch nicht, aber er liebte sie. Wie sonst hätte ihn ihre Bemerkung so tief verletzen können? Er dachte, sie benutze ihn nur. Und während er litt, verzehrte sie sich vor uneingestandener Liebe zu ihm! Marjorie wusste nicht, ob sie lachen oder weinen sollte.

Aber wie sollte sie ihn von seinem Irrtum befreien? Greg hatte gerade das Wasser abgedreht. Ihr blieben nur noch wenige Sekunden, um zu einer Entscheidung zu kommen. Wenn sie jetzt nicht handelte, konnte es für sie beide zu spät sein. Hätte sich seine irrige Annahme erst einmal in seinem Kopf festgesetzt, würde Greg von niemandem mehr davon abzubringen sein.

Plötzlich hatte sie die rettende Idee. Mit einem zärtlichen Lächeln öffnete sie ihr Nachtkästchen und holte ein kleines Pillendöschen heraus. In diesem Moment kam Greg aus dem Bad. Er hatte sich nur ein Handtuch um die Hüften geschlungen.

Sein Haar war noch feucht und zerzaust. Es fiel ihm in die Stirn. Er trug eine verächtliche, abweisende Miene zur Schau, genau wie in den ersten Tagen ihres Aufenthalts auf der Ranch. Aber mittlerweile kannte Marjorie ihn besser als damals und ließ sich durch sein unfreundliches Verhalten nicht mehr einschüchtern. Er selbst hatte sie gelehrt, ihre Ängste zu überwinden und nichts, was ihr wichtig war, kampflos aufzugeben. Und es gab nichts, was ihr wichtiger gewesen wäre als seine Liebe.

Sie hielt ihm ihre Handfläche hin. „Weißt du, was das für Tabletten sind?“ fragte sie ruhig.

Er betrachtete sie flüchtig. „Deine Antibabypillen.“

„Richtig.“

Sie ließ Greg nicht aus den Augen, während sie, den Arm

weit von sich gestreckt, zum Papierkorb ging, über ihm die Faust öffnete und die Pillen hineinfallen ließ.

10. KAPITEL

Nachdem Marjorie die Antibabypillen fortgeworfen hatte, war es eine Zeit lang still im Raum.

„Was soll denn das?" knurrte Greg schließlich. „Willst du zart andeuten, du habest nichts dagegen, ein Kind von mir zu bekommen? Das wäre doch zu viel der Dankbarkeit."

Sie zögerte. Während sie noch überlegte, was sie jetzt tun sollte, warf er das Handtuch beiseite und trat vor den Spiegel, um sich das Haar trocken zu föhnen. Es konnte ihm nicht entgehen, dass sie ihn beobachtete, aber es schien ihm nichts auszumachen.

Voller Bewunderung betrachtete sie seinen Körper. Er war athletisch und muskulös wie der eines Sportlers. Marjorie nahm sich viel Zeit, um ihn von Kopf bis Fuß zu betrachten. Er war einfach atemberaubend männlich.

„Mach ein Foto!" knurrte er, als ihr Blick ihn nach einer Weile doch zu irritieren begann. Jetzt bedauerte er, das Handtuch abgenommen zu haben. Gleich würde er ihr einen schönen Anblick bieten ...

Was er befürchtet hatte, trat prompt ein. Marjorie lächelte amüsiert. „So, so!" Sie verschränkte die Arme vor der Brust. „Ich dachte, du seist überhaupt nicht interessiert!"

Er warf ihr einen ärgerlichen Blick zu. „Hör auf! Eine Frau sollte genug Takt besitzen, so etwas nicht zu bemerken."

„Dann zieh dich wieder an!"

„Ich habe die Absicht, zu Bett zu gehen." Er legte den Föhn beiseite und griff zum Kamm. „Das merke ich", erwiderte sie trocken.

Wütend warf er den Kamm beiseite und riss eine Kommodenschublade auf, um sich eine Pyjamahose herauszuholen. Hastig schlüpfte er hinein.

„Seit wann bist du so prüde?“

„Was, zum Teufel, ist in dich gefahren?“

Sie kam langsam auf ihn zu. Sein Blick wurde unwiderstehlich von ihren Brüsten angezogen, die sich unter dem dünnen, fast durchsichtigen Stoff deutlich abzeichneten und bewegten.

„Ich begehre dich“, flüsterte sie. „Merkst du das nicht?“

„Das ist ganz egal. Ich begehre dich jedenfalls nicht“, entgegnete er schroff.

„Wenn man dich so ansieht, gewinnt man durchaus nicht den Eindruck, dass dich mein Anblick völlig kalt lässt.“

„Hör doch endlich auf!“ fuhr er sie gereizt an. „Es reicht jetzt, Marjorie!“

„Bringe ich dich etwa in Verlegenheit?“ Sie schnalzte mit der Zunge. „Das tut mir Leid. Aber ich dachte, du wolltest eine selbstbewusste und leidenschaftliche Frau haben.“

„Vielleicht habe ich so etwas gesagt. Aber es gefällt mir jedenfalls nicht, eine Komödie vorgespielt zu bekommen.“

„Das klingt ganz so, als wolltest du mehr von mir“, sagte sie leise.

Er fuhr sich mit der Hand durch das Haar und seufzte. „Ich weiß selbst nicht mehr, was ich will. Es war alles so schön geplant, nicht wahr? Wir wollten heiraten und Becky bei uns behalten. Ich wollte für euch beide sorgen, und wir ... wir wollten Freunde sein.“ Er schaute auf. „Aber unser Verhältnis ist nicht nur freundschaftlich, Marjorie. Und es geht auch über das Sexuelle hinaus.“ Er holte Luft. Bis heute dachte ich, es würde mir genügen, deine freundschaftliche Zuneigung zu haben. Aber als ich dich im Gerichtssaal sagen hörte, Becky gehöre nun dir, wurde mir klar, dass ich mich geirrt hatte. Ich fühlte mich plötzlich ausgestoßen und kam mir vor wie ein unerwünschter Zaungast.“

„Ich hätte es nicht sagen dürfen. Es war ganz anders gemeint. Es tut mir Leid, dass ich dich verletzt habe. Denn das habe ich getan, nicht wahr?“ Sie trat vor ihn hin, berührte ihn aber nicht. „Und ich habe dich heute noch ein zweites Mal verletzt, als ich Janet erzählte, dass du mir von dem Detektivbüro nichts erzählt hättest. Aber es stimmt doch, dass du deine Pläne und Sorgen nicht mit mir teilst. Du willst mich einfach nicht an dich herankommen lassen, so ist es doch.“

Er räusperte sich. „Du hast ja keine Ahnung, wie nah ich dich haben möchte“, sagte er mit rauer Stimme. „Nicht die leiseste Ahnung.“

„Wirklich nicht?“ Sie hob die Arme und ließ ihr Neglige zu Boden gleiten.

„Kein Sex!“

„Es wird mehr als das sein“, flüsterte sie. „Das verspreche ich dir. Sieh mich an, Gregory!“

Greg streckte unwillkürlich die Hände nach ihr aus, aber sie wich vor ihm zurück.

„Nein“, flüsterte Marjorie. „Ich möchte dir zeigen, dass ich viel mehr als Dankbarkeit für dich empfinde.“

Er hielt den Atem an, als sie langsam die Hände unter den Gummizug seiner Pyjamahose schob und sie hinunterstreifte. Jetzt waren sie beide nackt. Mit sinnlichen Bewegungen schmiegte sie sich an ihn.

„Marjorie.“ Er stöhnte auf.

„Ich will dich ganz.“ Sie bedeckte seinen Körper mit heißen, leidenschaftlichen Küssen.

Greg erschauerte, aber er ließ sie gewähren.

Marjorie hatte die Augen geschlossen. Sie genoss es, seinen Körper so zu liebkosen, wie sie es sich in ihren Träumen immer ausgemalt hatte. Sie wollte ihm alles geben, ohne Einschränkungen und Tabus.

„Ich möchte mich hinlegen“, sagte Greg leise. „Sonst könnten meine Knie nachgeben.“

Er streckte sich auf dem Bett aus. „Komm!“ flüsterte er. „Tu es!“

Marjorie hatte dieselben Worte gebraucht, als sie das erste Mal zusammen gewesen waren. Nun machte sie all das mit ihm, was er damals mit ihr getan hatte. Sie berührte seinen Körper, liebkoste ihn mit Händen und Lippen, bis er vor Lust stöhnte.

„Du bist noch lauter als ich“, neckte sie ihn zärtlich, während sie sich auf ihn schob.

Er blickte auf, sah ihr direkt in die Augen und verstand mit einem Mal, was sie ihm zeigen wollte. Sie brauchte nichts mehr zu sagen. Er ließ seine Hände zu ihren Hüften gleiten.

„Die Pille ...“ flüsterte er. „Hast du sie heute genommen?“

„Nein.“ Sie lächelte. „Und du weißt, wenn man auch nur eine auslässt ...“ Sie hauchte ihm einen verheißungsvollen Kuss auf die Lippen. „Nun, das kann sehr, sehr gefährlich sein.“ Sie biss ihn sanft in die Unterlippe. „Ich wünsche mir etwas ganz Verrücktes. Ich möchte dich überall beißen.“

Greg lachte. „Setz dich auf!“ flüsterte er. „Und komm zu mir! Ich helfe dir.“

„Ich weiß nicht wie ...“

„Sei ganz ruhig!“ Er lehnte sich gegen das Kopfende des Bettes und zog sie auf seinen Schoß.

Marjorie stöhnte auf, als er in sie eindrang. Sie klammerte sich unwillkürlich an seinen Schultern fest

„Das ist auch für mich neu“, flüsterte er. „Es zuzulassen, dass ein Kind dabei entstehen kann.“

Er sah sie mit leuchtenden Augen an. Gerührt erwiderte Marjorie seinen Blick. „Becky wird ... wird sich freuen, wenn ein Baby im Haus ist.“

Greg begann, sich vorsichtig zu bewegen. „Es kann eine Weile dauern. Manchmal dauert es Monate oder sogar Jahre.“

„Das würde mir gefallen. Dir auch?“

Er erbebte, als Majories Bewegungen schneller wurden. Der

Druck seiner Hände auf ihren Hüften verstärkte sich. „Vorsicht!“ bat er. „Du könntest blaue Flecken bekommen.“

„Das ist mir gleich“, flüsterte sie. „Ich habe keine Angst mehr vor der Leidenschaft.“

Er holte tief Luft. „Sag mir, dass dies kein neuer Versuch ist, mir deine Dankbarkeit zu beweisen!“

„Es ist nur ein Versuch, dir ... dir meine Liebe zu beweisen.“ Sie begann unvermittelt, sich sehr heftig zu bewegen.

Es raubte Greg fast die Besinnung. Er wollte sie bitten, es noch einmal zu sagen, aber dann ließ er es. Ihr Körper drückte ja viel besser aus, was sie empfand.

Die Welt um sie herum schien zu versinken. Greg stöhnte etwas, was er selbst nicht verstand, weil das Blut in seinen Ohren dröhnte. Wie aus weiter Ferne hörte er Marjorie etwas sagen, aber die Woge der Leidenschaft trug die Laute mit sich fort.

„Ich liebe dich“, flüsterte Marjorie. Sie küsste sein Gesicht, seine geschlossenen Lider, seine warmen Lippen.

„Ich liebe dich, ich liebe dich ...“

„Sag es immer wieder!“ flüsterte er. „Sag es jeden Tag und jede Nacht! Ich möchte es immer wieder hören.“

„Du liebst mich auch“, sagte sie und lächelte zärtlich. „Du hast es gesagt. Kurz bevor die Leidenschaft dich überwältigte. Ich habe es gehört.“

„Gesagt habe ich es? Geschrien!“ verbesserte er sie, während er sie liebevoll an sich drückte. „Bis heute war es mir selbst nicht klar. Ich habe dich immer begehrt, mich nach dir gesehnt. Aber dass es Liebe ist, wurde mir erst klar, als dieser blonde Kerl anfing, Lügen über dich zu erzählen. Ich hätte ihn am liebsten umgebracht, weil er meiner Marjorie wehgetan hatte.“

Sie lächelte glücklich. „Ich weiß schon länger, dass ich dich liebe, seit der Nacht, in der wir zum ersten Mal zusammen waren. Ich hätte das nicht gekonnt, ohne dich zu lieben.“

„Ich habe gar nicht darüber nachgedacht. Ich habe immer versucht, die Gedanken an dich zurückzudrängen, weil sie mich so beunruhigten. Immer, wenn ich nach jener Nacht ins Wohnzimmer kam, sah ich dein Bild vor Augen. Ich sehnte mich nach dir, ohne es wahrhaben zu wollen."

„Mir ging es ebenso", gestand sie.

Er sah ihr tief in die Augen. „Ich bekam wirklich weiche Knie, als du die Pillen fortwarfst."

„Und mir stand beinahe das Herz still, als ich dich auszuziehen begann. Du hast einfach nur dagestanden und nicht einmal protestiert." Sie lachte leise. „Ich hätte nicht gedacht, dass du das zulassen würdest."

„Ich wäre nicht fähig gewesen, dir Einhalt zu gebieten. Was du getan hast, war so erregend, dass ich glaubte, unter der süßen Qual vergehen zu müssen."

Ihre Augen begannen zu glänzen. „Du hattest also nichts dagegen?"

„Honey, Lieben ist Geben und Nehmen", sagte er zärtlich. „Es ist für einen Mann ebenso erregend, liebkost zu werden, wie für eine Frau. Ich fühle mich nicht weniger als Mann, wenn ich dich diese aufregenden Dinge mit mir tun lasse. Im Gegenteil." Er lachte über das ganze Gesicht. „Ich komme mir fast vor wie ein orientalischer Scheich, der sich von seinem Harem nach allen Regeln der Kunst verwöhnen lässt. Ich habe jede Sekunde genossen."

„Das ist schön. Von nun an werden wir uns abwechseln müssen."

Er drehte sie auf den Rücken und stützte sich auf die Ellenbogen, um sie besser ansehen zu können. „Willst du damit sagen, ich sei jetzt wieder an der Reihe?" flüsterte er.

„Vielleicht ..." Ihre Stimme war rau vor Erregung.

Er beugte sich über sie und ließ seine Lippen über ihre gleiten. „Ich glaube, du hast Recht."

Marjorie legte schwindelig vor Glück ihre Arme um ihn.

Als sie am nächsten Tag zusahen, wie Becky mit den Enten am

Teich spielte, hielt Marjorie den Zeitpunkt für gekommen, Greg über seinen Stiefvater aufzuklären. Janet war seit der Hochzeit sehr schweigsam gewesen und sprach bereits von einer weiteren Europareise. Greg hatte sich nicht dazu geäußert. Er schien seiner Mutter gegenüber gleichgültiger denn je. Marjorie konnte und wollte nicht länger mit ansehen, wie ein einfaches Missverständnis Mutter und Sohn einander immer mehr entfremdete. Er sollte die Wahrheit über seinen Stiefvater erfahren.

„Ich möchte dir etwas sagen“, begann sie, während sie Arm in Arm unter der großen alten Eiche standen.

„Bist du schon schwanger?“ Er sah sie lachend an.

Sie versetzte ihm einen kleinen Stoß in die Seite. „Es wäre ein Wunder, wenn ich es nach der vergangenen Nacht nicht wäre. Aber das meinte ich nicht.“ Sie fuhr ihm zärtlich mit einem Finger über die Lippen. „Ich möchte dir etwas über deinen Stiefvater erzählen.“

Sein Lächeln verschwand. Plötzlich war seine Miene undurchdringlich und wie erstarrt „Ich will nichts davon hören.“ Er versuchte, sich von ihr zu lösen, aber sie ließ es nicht zu.

„Nein“, gab sie energisch zurück. „Du wirst mir zuhören, und wenn ich dich dazu anbinden muss!“

Er sah sie erstaunt an. „Du bist ganz schön mutig!“

„Das ist alles deine Erziehung. Wenn dir das Resultat bange macht, kann ich dir auch nicht helfen. Und nun pass auf, Cowboy! Dein Stiefvater war an Krebs erkrankt. Er hatte nicht mehr lange zu leben. Deine Mutter wusste das. Deswegen hat sie ihn nicht verlassen, als er mit deiner geldgierigen kleinen Freundin geflirtet hat.“

„Was?“ Greg sah sie fassungslos an. „Er hatte Krebs, und sie hat mir nichts davon gesagt?“

„Du wolltest ihr nicht zuhören. Sie hat es versucht.“

Er holte tief Luft. „Verdammt! Und ich habe ihr all diese

Jahre Vorwürfe gemacht, sie dafür gehasst, dass sie ihn verteidigt hat. Sie sagte, er sei an einem Herzinfarkt gestorben."

„Das ist auch richtig. Es war für ihn besser so. Er hatte Knochenkrebs. Der Flirt mit der jungen Frau hat ihn wohl seine Jugend noch einmal erleben lassen. Und im Nachhinein solltest du ja auch froh sein. Wozu brauchtest du eine Frau, die es nur auf dein Geld abgesehen hatte?"

Er sah ihr liebevoll in die Augen. „Ich habe mich wie ein Esel benommen."

„Das solltest du nicht mir, sondern deiner Mutter sagen."

„Ich würde sie zu Tode erschrecken. Sie erwartet doch gar nicht mehr von mir, dass ich nett zu ihr bin. Ich würde geradezu ihre Gefühle verletzen."

Marjorie sah ihn streng an. „Gregory!"

Er schnitt eine Grimasse. „Also gut! Meinetwegen. Ich werde sie um Verzeihung bitten. Nun, da ich eine neue Familie habe, kann ich es mir ja leisten, großzügig zu sein."

„Vor dir steht ein Teil deiner neuen Familie, der dich sehr liebt", flüsterte sie und küsste ihn. „Er würde es dir gern noch einmal beweisen, wenn er nur die Kraft dazu hätte."

Greg lachte leise. „Von nun an werde ich dafür sorgen, dass du beim Essen immer zwei Portionen bekommst."

„Das könnte dir selbst auch nicht schaden", erwiderte sie und zwinkerte ihm zu. „Meine Kräfte kehren, glaube ich, schon zurück."

Greg küsste sie leidenschaftlich, bis schließlich Becky sie unterbrach.

„Papa! Mama!" Die Kleine hatte die Arme in die Seiten gestemmt und musterte sie empört. „Nun hört doch einmal auf damit und kommt schnell her! Die Enten haben ein Ei gelegt! Ihr müsst es euch unbedingt ansehen. Es ist viel interessanter als das, was ihr da macht. Ich verstehe sowieso nicht, wieso die Erwachsenen sich dauernd küssen müssen."

Greg und Marjorie schmunzelten.

„Ich werde nie einen Jungen küssen“, fuhr Becky fort, während sie zu dem Entennest zurückkehrte. „Nein, nie! Damit holt man sich nur Bazillen.“

Das war zu viel. Greg und Marjorie lachten laut auf. Als Greg sich halbwegs wieder in der Gewalt hatte, führte er Marjories Hand an seine Lippen. „Du ansteckendes kleines Ding“, neckte er sie, während sie ihrer Tochter folgten. „Es hat mich, glaube ich, schon schwer erwischt, und ich hoffe, mich nie wieder zu erholen.“

„Ich verspreche dir, mein Möglichstes zu tun.“ Marjorie schmiegte sich an ihn. Sie konnte sich nicht erinnern, je so glücklich gewesen zu sein. Sie sah Greg in die Augen. Sein Blick spiegelte die gleiche tiefe Liebe wider, die sie für ihn empfand. Wie von selbst fanden sich ihre Lippen zu einem zärtlichen Kuss.

„Nein!“ ließ sich erneut eine empörte Kinderstimme vernehmen. „Bitte nicht schon wieder!“

– ENDE –

Band-Nr. 25047
6,95 € (D)
ISBN 3-89941-058-0

Barbara Delinsky

Schätze der Liebe

Ein perfektes Paar
Deirdre braucht Urlaub – Neil auch. Also spielt ihre Freundin Victoria ein bisschen Schicksal und stellt beiden ihr Cottage auf einer einsamen Insel zur Verfügung. Ohne dass Neil und Deirdre bis zu ihrer Ankunft etwas voneinander ahnen …

Aus heiterem Himmel
Gesucht wird ein Wort, das einen gefühlsmäßigen Glückszustand zu einer anderen Person beschreibt. Liebe? Lust? Verlangen? Zärtlichkeit? Liebe passt – denn das empfindet die schöne Kreuzworträtselautorin Leah Gates für Garrick Cooper …

Gesucht – Gefunden?
Auf einem kleinen Segelboot sind Sheila und Alex auf der Suche nach einem versteckten Piratenschatz unterwegs in die Karibik. Und mit jeder Seemeile, die sie hinter sich lassen, werden ihre Gefühle füreinander heißer …

MIRA®

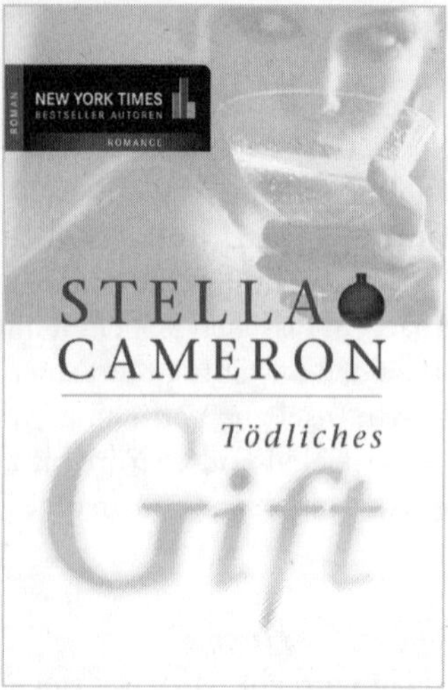

Band-Nr. 25049
6,95 € (D)
ISBN 3-89941-060-2

Stella Cameron

Tödliches Gift

Als die junge Historikerin Kristin Wallace ins malerische Lyme Regis kommt, um Nachforschungen über den adligen Zweig von Charles Belmains Familie anzustellen, scheint gerade das jemand mit allen Mitteln verhindern zu wollen. Der überraschende Tod eines alten Archivars und verbrannte Unterlagen machen Charles misstrauisch: Ist Kristin, die ihn mit jedem Tag mehr fasziniert, ganz unbeabsichtigt einem dunklen Geheimnis auf der Spur?

MIRA®

Nora Roberts
Cordina's Royal Family
„Eine königliche Affäre"

Prinzessin Gabriella de Cordina und Reeve MacGee – eine bezaubernde Romanze der Erfolgsautorin Nora Roberts.

Band-Nr. 25029
ISBN 3-89941-037-8
6,95 € (D)

Nora Roberts
Cordina's Royal Family
„Ein königlicher Kuss"

Ein Herz und eine Krone: Schauspielerin verliebt sich in Kronprinz – Happy End nicht ausgeschlossen.

Band-Nr. 25039
ISBN 3-89941-050-5
6,95 € (D)

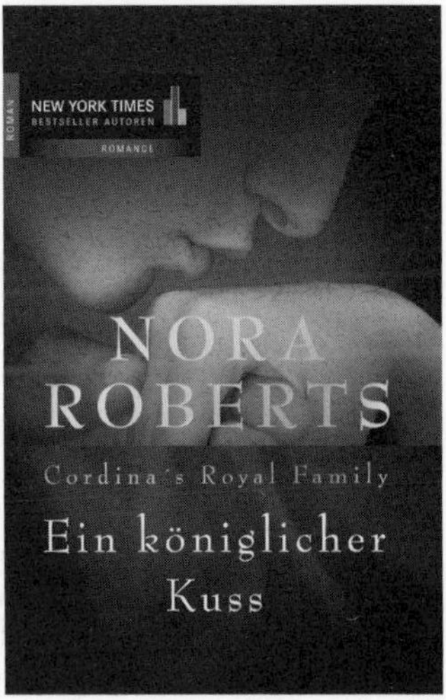

Vorschau
Dieser Roman erscheint im Juli 2003

Nora Roberts

Cordina's Royal Family
„Eine königliche Hochzeit"

Normalerweise hat Prinz Bennett, der nicht ganz zu Unrecht als Playboy-Prinz bekannt ist, kein Problem damit, eine junge Dame für sich zu gewinnen. Aber Lady Hannah Rothchild, neue Gesellschafterin am Hof, ist eine echte Herausforderung: kühl, elegant und zurückhaltend denkt sie offensichtlich gar nicht an einen Flirt. Prinz Bennett ahnt nicht, warum Hannah wirklich in Cordina ist: Als Agentin hat sie den Auftrag, die fürstliche Familie vor einem Attentat zu bewahren. Alle Sinne muss sie beisammen haben - und darf nicht von der Liebe mit dem königlichen Verführer träumen …

Band-Nr. 25056
6,95 € (D)
ISBN 3-89941-071-8

MIRA®